HEYNE <

CLAIRE WINTER

Die geliehene Schuld

ROMAN

WILHELM HEYNE VERLAG
MÜNCHEN

Von Claire Winter sind im Diana Verlag erschienen:
Die Schwestern von Sherwood
Die verbotene Zeit
Die geliehene Schuld
Kinder ihrer Zeit

MIX
Papier | Fördert gute Waldnutzung
FSC® C014496

Penguin Random House Verlagsgruppe FSC® N001967

Neuausgabe 04/2023

Neumarkter Straße 28, 81673 München
Dieses Werk wurde vermittelt durch die Literarische Agentur
Thomas Schlück GmbH, 30161 Hannover
Redaktion: Carola Fischer
Umschlaggestaltung: t.mutzenbach design, München
Umschlagmotive: © Trevillion Images/Stephen Mulcahey;
AKG-Images; Shutterstock/fotogestoeber/Lekky
Satz: Leingärtner, Nabburg
Druck und Bindung: GGP Media GmbH, Pößneck
Printed in Germany

ISBN 978-3-453-42838-6

www.heyne.de

Für M.,
ohne den dieses Buch
nicht entstanden wäre …

Prolog

Allgäu, April 1945 …

Dichte Wolken schoben sich immer wieder vor den Mond, der für kurze Augenblicke gerade genug Licht spendete, um die schroffen Felsen der Berggipfel sichtbar werden zu lassen, bevor sie auch schon wieder von der nächtlichen Schwärze verschluckt wurden. Die Männer, die sich im Schutz der Dunkelheit die Berge hinaufkämpften, kannten ihren Weg. Gelegentlich hielten sie inne, verlangsamten ihren Schritt, bis sie sicher waren, ausreichend Halt auf dem manchmal unebenen und oft gefährlich rutschigen Grund zu haben; dann stiegen sie mit ihrer wertvollen Last eilig weiter. Wie geisterhafte Schatten bewegten sie sich vorwärts. Keiner von ihnen sprach ein Wort oder wagte, ein Licht anzuzünden.

Über Wochen hatten sie alles vorbereitet und die Plätze sorgfältig ausgesucht – einsam und weit voneinander entfernt gelegen.

Als die Männer die Stelle, die sie in dem hiesigen Gebirge ausgewählt hatten, schließlich erreichten, machten sie sich stumm und schnell an die Arbeit. Der Stahl der abgedichteten Kisten blitzte kurz im Dunkeln auf, ehe sie sie in die Tiefe der Gruben hinabließen, die sie schon Tage zuvor ausgehoben und zur Tarnung abgedeckt hatten. Anschließend schütteten sie alles wieder mit Erde zu und verteilten Moos und Steine auf den Stellen.

Es war der letzte Teil ihrer Beute, den sie heute vergruben. Ein kalter Regen, der ihre Spuren verwischen würde, schnitt ihnen scharf ins Gesicht, ohne dass sie es wirklich spürten. Einen kurzen Moment lang standen die Männer einfach nur still da. Vielleicht zum ersten Mal wurde ihnen bewusst, dass ihre Welt für immer untergegangen war und ihre Augen trafen sich. Sie streckten ein jeder die Hand aus und schlugen ein, um den Pakt, den sie geschlossen hatten, erneut zu besiegeln.

Der Morgen graute bereits, als sie sich wenig später in unterschiedliche Richtungen an den Abstieg machten. Keiner von ihnen wusste, wann sie sich wiedersehen würden …

Köln, Mai 1949, vier Jahre später

Jonathan

1

Der Laden, den man ihm beschrieben hatte, lag am Ende der Straße. Suchend irrten Jonathans Augen über die Häuser. Die Kölner Innenstadt unterschied sich auf den ersten Blick kaum von der in Berlin – Ruinen, zerstörte Fassaden mit ausgebrannten Fenstern, Trümmerhaufen und kaum ein unversehrtes Haus dazwischen. Wegbeschreibungen sind eine eigene Herausforderung geworden, dachte er bei sich und unterdrückte ein Seufzen.

Erleichtert atmete er auf, als er das Geschäft schließlich an der nächsten Ecke entdeckte. Er beschleunigte seinen Schritt. Es war ein kleiner Gemischtwarenhandel, in dem man neben Lebensmitteln auch Seife, Kurzwaren und Papier erstehen konnte. Eine dünne alte Frau in einem Kittel stand hinter der Ladentheke. Sie nickte ihm grüßend zu.

»Kann ich bei Ihnen Packpapier oder einen Pappkarton kaufen? Ich müsste dringend etwas verschicken.« Jonathan griff nach seiner Aktentasche und zog die Unterlagen hervor, um die Größe der Sendung zu veranschaulichen.

Sie musterte erst die Mappe, dann ihn. Neugierde blitzte in ihrem Gesicht auf, und er fragte sich einen Moment lang, ob man ihm die schlaflosen Nächte und das, was hinter ihm lag, so ansah. »Pappkartons haben wir nicht, aber Packpapier«, sagte sie schließlich mit einer überraschend heiseren Stimme. Ihre magere Hand griff hinter sich nach einer braunen Rolle und Schnur.

»Würde es Sie stören, wenn ich das Paket hier fertig mache? Ich müsste es gleich verschicken.«

»Aber nein, junger Mann.« Sie nickte ihm zu. »Hier, die werden Sie bestimmt brauchen.« Sie reichte ihm eine Schere und deutete auf einen kleinen Tisch, der sich am Ende einer engen Reihe mit hohen Regalen befand, an dem er das Paket einpacken und beschriften konnte.

Ein eigenartiger Geruch nach scharfem Putzmittel und Vorräten hing hier hinten in der Luft. Jonathan schnitt ein großzügiges Stück von dem braunen Papier ab.

Dann hielt er plötzlich für einen Augenblick inne. Was, wenn er sich alles nur einbildete? Unwillkürlich sah er wieder sein Zimmer in der Pension vor sich, als er gestern nach seinen Recherchen dorthin zurückgekehrt war. Vielleicht war es wirklich nur ein gewöhnlicher Einbruch gewesen? Diebe, die nach Geld, einer Uhr oder irgendwelchen Sachen gesucht hatten, die sie verkaufen konnten? Die meisten Menschen hatten noch immer kaum genug zum Überleben. Doch die Art, wie die Matratze vom Bett gezogen und die Möbel verrückt worden waren, hatte so gewirkt, als hätte jemand nach etwas ganz Bestimmten gesucht. Nein, er täuschte sich nicht.

Eilig schrieb Jonathan ein paar persönliche Zeilen zur Erklärung, die er dem Paket beilegte. Seine Kehle schnürte sich zu, als er überlegte, zu berichten, was er in Köln noch erfahren hatte. Doch er entschied sich dagegen. Die Zeit war zu knapp.

Als er fertig war, gab er der Frau die Schere zurück und zahlte. Er bedankte sich und ließ sich noch beschreiben, wo sich das nächste Postamt befand, bevor er mit dem Paket unter dem Arm wieder nach draußen trat.

Sein Blick hob sich für einen Moment zum Dom, dessen Silhouette sich majestätisch über der Stadt zeigte. Wie durch ein Wunder hatte das berühmte Wahrzeichen während des Krieges keinen größeren Schaden genommen.

Passanten eilten geschäftig an Jonathan vorbei, und er lief mit dem Strom der Menschen mit, zwischen denen er sich halbwegs sicher fühlte. Dennoch drehte er sich einige Male wie unter einem Zwang um. Seitdem er am Morgen von seinem Besuch im Untersuchungsgefängnis gekommen war, hatte er den Eindruck, dass man ihn beobachtete.

Ein Frösteln ergriff ihn, obwohl es Ende Mai war und die Temperaturen angenehm warm waren. Noch einmal führte er sich vor Augen, was er in den letzten Wochen herausgefunden hatte. Voller Bitterkeit erinnerte er sich an das Gespräch mit dem italienischen Priester, das seine schlimmsten Vermutungen bestätigt hatte. Als Journalist gehörte es zu seinen Aufgaben, Geheimnisse aufzudecken und die Wahrheit ans Licht zu bringen. Aber in seiner gesamten journalistischen Laufbahn hatte er nie einen Fall wie diesen erlebt. Etwas, das solche Ausmaße hatte! Es wäre dumm zu glauben, dass er sich nicht in Gefahr befand. Vor allem, wenn er bedachte, was noch geschehen war. Ein angespannter Ausdruck glitt über Jonathans Gesicht.

Dass er trotz allem immer an Gerechtigkeit geglaubt hatte, erschien ihm jetzt wie blanker Hohn. Wenn es alles stimmte ... die Öffentlichkeit musste davon erfahren! Bei dem Gedanken fasste er das Päckchen unter seinem Arm fester.

Nur einige Meter weiter wurde bereits das Gebäude sichtbar, in dem sich die Post befand. Jonathan beschleunigte seinen Gang und ignorierte, dass sein Knie dabei ein wenig schmerzte. Er warf noch einmal einen kurzen Blick über seine Schulter, bevor er die Stufen zum Eingang hochstieg.

Zwei Männer, die ihre Hüte ins Gesicht gezogen hatten, waren auf der anderen Straßenseite zu sehen. Standen sie schon länger dort? Einer von ihnen rauchte eine Zigarette und musterte ihn.

Hastig trat Jonathan durch die Tür in den Schalterraum, in

dem er sich in der Schlange anstellte. Ein Kunde hinter ihm stieß gegen ihn. Er zuckte zusammen.

»Verzeihung«, murmelte der Unbekannte.

Jonathan nickte knapp. »Keine Ursache«, erwiderte er. Der Mann, der ihm ein entschuldigendes Lächeln schenkte, wirkte harmlos. Doch Jonathan merkte, dass er immer noch nervös war.

Endlich war er an der Reihe. »Einmal nach Berlin, bitte. Per Eilzustellung.« Erleichtert sah er, wie der Postbeamte den Umschlag mit Marken und Stempel und einem Expressvermerk versah und das Päckchen zwischen den anderen Sendungen in einem der großen Körbe verschwand. Es kam ihm vor, als hätte ihm jemand eine schwere Last von den Schultern genommen.

Als er die Post verließ, waren auch die beiden Männer vor dem Gebäude verschwunden. Befreit atmete er durch und spürte, wie er endlich wieder ruhiger wurde.

Er überlegte, was er heute noch tun musste. Bevor er nach Berlin zurückreiste, wollte er unbedingt mit dem Anwalt sprechen. Er bog in eine leere Straße ein, die weiter in das Viertel führte, in dem seine Pension lag. Schritte waren plötzlich hinter ihm zu hören, und Jonathan wollte sich gerade umdrehen, als sich ein lautes Motorengeräusch von vorne näherte. Ein Lieferwagen bog um die Ecke. Er fuhr zu schnell – viel zu schnell. War der Fahrer betrunken? Der Wagen raste in der engen Straße direkt auf ihn zu. Jonathan suchte panisch nach einer Möglichkeit, auszuweichen. Das Fahrzeug kam immer näher.

Für den Bruchteil eines Augenblicks sah er das Gesicht des Mannes hinter dem Steuer – die zusammengekniffenen Augen und die Entschlossenheit in seinen Zügen. Wie aus weiter Ferne hörte Jonathan hinter sich jemanden aufschreien, während im selben Moment Gedanken, Bilder und Erinnerungen in einer aberwitzigen Geschwindigkeit durch seinen Kopf rasten und ihn in einem Strudel mit sich rissen. Er hätte in dem Brief doch schreiben sollen, was er in Köln noch Schreckliches erfahren hatte, durchfuhr es ihn, als ihn der Wagen auch schon erfasste – und er als Letztes ihr Gesicht vor sich sah.

Berlin, Mai 1949, drei Tage später

Vera

2

Die aufgehende Sonne hatte die Straße in ein warmes, helles Licht getaucht. Draußen war es ruhig und friedlich – nur das Gezwitscher der Vögel war zu hören und aus der Ferne die Stimmen einiger Kinder zu vernehmen. Vera, die mit ihrer Tasse in der Hand an das geöffnete Fenster getreten war, lauschte einen Moment andächtig. Noch vor einigen Wochen wäre das undenkbar gewesen, und man hätte stattdessen das nicht abreißen wollende Motorengeräusch der Flugzeuge gehört, die auf ihrem Weg nach Tempelhof über die Dächer der Stadt hinweggedonnert waren. Über elf Monate war Westberlin allein über die Luftbrücke versorgt worden. Nur drei Jahre nach Kriegsende war die Blockade der Sowjets für sie alle ein Schock gewesen.

Vera trank einen Schluck von ihrem Kaffee, den sie von ihren sorgfältig aufbewahrten Bohnen frisch aufgebrüht hatte, die nach wie vor schwer zu erstehen waren, und genoss die wärmenden Strahlen auf ihrem Gesicht.

Berlin war noch immer weit von der Normalität entfernt. Aber zumindest frisches Obst und Gemüse konnte man jetzt wieder kaufen, der Strom wurde nicht mehr nur für ein paar Stunden zugeteilt, und der Verkehr funktionierte auch einigermaßen. Erst im Nachhinein war den Menschen in Westberlin und auch ihr selbst klar geworden, wie ernst die Lage der letzten Monate wirklich gewesen war.

Ihr Blick wanderte die Straßen entlang, in der kaum mehr als die Hälfte der bürgerlichen Mietshäuser, die hier um die Jahrhundertwende entstanden waren, noch bewohnbar waren. Unwillkürlich blieben ihre Augen an den zarten Trieben eines Bäumchens hängen, das sich direkt gegenüber auf der anderen Seite inmitten der Schutt- und Mauerreste einer Häuserruine seinen Weg ins Leben erkämpfte. Ein Lächeln glitt über ihr Gesicht. Die Durchsetzungskraft der Natur war beeindruckend und beruhigend zugleich, wie sie fand. Sie nahm einen letzten Schluck von ihrem Kaffee und wandte sich vom Fenster ab, nachdem sie auf die Uhr geschaut hatte. Es wurde Zeit, dass sie sich fertig machte. Um acht musste sie in der Redaktion sein.

Die Wohnung, in der sie lebte, war winzig und spärlich möbliert. Doch sie war dankbar, überhaupt ihre eigenen vier Wände zu haben und nicht mehr länger ein Zimmer zur Untermiete bewohnen zu müssen, wo sie gezwungen war, sich mit anderen Bewohnern Küche und Bad zu teilen.

Ohne groß zu überlegen, griff sie nach einem leichten Sommerkleid aus ihrem Schrank – sie besaß ohnehin nur zwei –, schlüpfte hinein und kämmte sich vor dem kleinen Spiegel, der auf der Kommode neben ihrem Bett stand. Vor vier Wochen hatte sie ihr dunkelblondes Haar abgeschnitten, das ihr bis dahin fast bis zur Taille gegangen war. Nun fiel es ihr in leichten Wellen bis auf die Schultern hinab. Der Anblick war ihr noch immer ein wenig fremd. Doch sie hatte eine Veränderung gewollt und gebraucht. Ein sichtbares Zeichen! Ihr Rücken straffte sich. Bewusst vermied sie es, zu dem umgedrehten Foto zu sehen, das nach wie vor auf ihrem Nachttisch lag. Es ganz wegzupacken hatte sie dann doch nicht fertiggebracht.

Sie musterte ihr Gesicht, den ernsten Ausdruck, der sich auf einmal darin zeigte. Sie wusste, dass sie so ungeschminkt und unfrisiert jünger als siebenundzwanzig aussah, obwohl sie sich innerlich um Jahre älter fühlte, aber so ging es wohl den meisten ihrer Generation. Entschlossen verdrängte sie die Schatten der Vergangenheit, die sich noch immer so oft in ihr Bewusstsein zurückschlichen, ohne dass sie etwas dagegen tun konnte. Aber sie wollte nicht mehr zurückdenken, sondern diese Zeit und ihre Schrecken endlich für immer hinter sich lassen. Vera zog ihre Lippen nach und ordnete das Haar. Dann griff sie nach ihrer Handtasche und der Strickjacke. Sie war schon fast an der Tür, als sie noch einmal innehielt, zurückging und eine leere Milchflasche mit Leitungswasser in der Küche füllte, die sie mit nach unten nahm.

Bevor sie zu ihrem Fahrrad ging, überquerte sie die Straße und goss das kleine Bäumchen an der Ruine. Sein Lebenswille hatte etwas Unterstützung verdient – seit Tagen hatte es in Berlin nicht geregnet.

»Na, da sieht man es wieder – manchem Baum geht's besser als den Menschen in dieser Stadt«, ertönte eine grimmige Stimme hinter ihr, als sie gerade die letzten Tropfen ausschüttete. Es war die alte Frau Lehmke, ihre Nachbarin, die unter ihr wohnte und sie, auf ihren Stock gestützt, kopfschüttelnd von der anderen Straßenseite aus beobachtete.

Vera ließ sich von ihrem unfreundlichen Auftreten nicht beeindrucken.

»Guten Morgen, Frau Lehmke«, erwiderte sie, während sie über die staubigen Mauerreste stieg und zu ihr kam. Im Gehen klopfte sie ihr Kleid sauber. »Ich werde heute nach Redaktionsschluss noch einkaufen. Soll ich Ihnen vielleicht etwas mitbringen?«

Frau Lehmke zögerte, doch schließlich nickte sie widerwillig. Das lange Schlangestehen fiel ihr schwer. »Nun ja, Milch und ein halbes Pfund Kartoffeln wären schön.« Sie kramte in ihrem verschlissenen Stoffbeutel und reichte ihr die Lebensmittelkarte, die Vera entgegennahm.

Missbilligend sah ihr die alte Dame zu, wie sie ihr rostiges Fahrrad aufschloss. »Wirklich, Fräulein Lessing, das ist doch kein Fortbewegungsmittel für eine junge Frau!«

Vera schwang sich mit einem Lächeln ungerührt auf den Sattel. »Was soll man machen, Frau Lehmke!? Bis heute Abend!« Sie winkte ihr im Wegfahren zu und bemerkte dabei, dass am Nachbarhaus die hochgewachsene Gestalt eines Mannes stand, der zu ihr herüberblickte. Etwas an seiner Haltung weckte ihre Neugier, doch leider blendete sie die Sonne, sodass sie weder sein Gesicht erkennen noch sagen konnte, wie alt er war.

Sie trat in die Pedale und fuhr Richtung Kaiserallee.

Der frühe Sommer, der über Berlin hereingebrochen war, hatte das Gesicht der Stadt verändert. Ein zartes leuchtendes Grün zeigte sich an den Bäumen und Sträuchern, die zwischen Ruinen und Einschusslöchern überlebt hatten. In den Cafés hatte man trotz der frühen Morgenstunde bereits begonnen, Stühle nach draußen zu stellen, und in den Mienen der Menschen spiegelte sich seit Langem wieder ein Gefühl der Lebensfreude. Vera spürte, wie der Fahrtwind ihren Rock um die Beine flattern ließ, und eine ungewohnte Leichtigkeit erfasste sie.

3

Die Redaktion des *Echo*, wie die Zeitung hieß, für die sie arbeitete, war in Schöneberg untergebracht, in einem notdürftig reparierten Flachbau, den sie nach knapp zwanzig Minuten erreichte.

Vera schloss ihr Fahrrad ab und grüßte im Vorbeigehen Erwin, den alten Portier, und eine Gruppe von Kollegen, die noch draußen standen, rauchten und sich unterhielten, bevor die montägliche Konferenz beginnen würde.

Oben im ersten Stock kam ihr in dem großen lang gestreckten Büro eine Frau mit hochgesteckten kastanienbraunen Haaren entgegen. Es war Wilma, die Sekretärin, die dabei war, die Post zu verteilen.

»Guten Morgen, Vera. Hier, das gebe ich dir gleich.« Sie reichte ihr einen Stapel Briefe und zwei Päckchen und war schon an dem nächsten Tisch, als sie sich noch einmal umdrehte. »Übrigens, Jonathan hat am Freitag noch angerufen und wollte dich sprechen.«

Überrascht blickte Vera die Sekretärin an, während sie die Post in der Schublade ihres Schreibtischs verstaute. Sie würde die Briefe nach der Konferenz lesen. »Was wollte er denn?« Jonathan und sie waren schon seit der Kindheit eng befreundet. Er wollte heute eigentlich von seiner Reise zurück sein, wie sie wusste. Für die Recherchen eines Artikels war er zwei Wochen in Tirol, Italien und wohl auch in Köln gewesen. Vera wunderte sich, dass er sie so kurz vor seiner Rückkehr noch angerufen hatte. Ferngespräche waren teuer.

Wilma zuckte die Achseln. »Hat er nicht gesagt. Er meinte aber, dass er heute wieder in Berlin wäre.«

Vera nicke. »Danke.« Bestimmt würde sie ihn gleich sehen. Sie machte sich auf den Weg zum Konferenzraum, wo das Gewirr der lauten Stimmen bereits bis nach draußen auf den Flur drang. Ein Teil der Kollegen hatte schon um den langen Tisch herum Platz genommen. Gesprächsfetzen über Wochenendunternehmungen und die aktuellen politischen Entwicklungen waren von allen Seiten zu hören.

»Na, Vera! Schönes Wochenende gehabt?« Fred, der für das Wirtschaftsressort arbeitete, rutschte mit einem Augenzwinkern zur Seite, um ihr Platz zu machen. Bevor sie ihm antworten konnte, wurde es plötzlich schlagartig still. Alfred Lubowisky, der Chefredakteur, war in den Raum getreten. Mit seinen fast sechzig Jahren war der gestandene Journalist, der lange Jahre unter den Nationalsozialisten Schreibverbot gehabt hatte und sogar verhaftet worden war, eine imposante Erscheinung, die von allen respektiert wurde.

»Morgen!«, sagte er knapp in die Runde. Dann begann er, konzentriert die Themenvorschläge der Ressorts einen nach dem anderen durchzusprechen, und ließ sich von seinen Redakteuren außerdem auf den neuesten Stand ihrer Beiträge bringen. Das *Echo*, das wie alle Zeitungen noch immer unter der Aufsicht der Alliierten stand, erschien wöchentlich und beleuchtete unterschiedlichste Themen aus Gesellschaft und Politik.

Vera, die ausschließlich für den Kulturteil schrieb, berichtete kurz über zwei mögliche Buchrezensionen und einen Artikel über die neue Theaterlandschaft in Westberlin. Obwohl das *Echo* auch überregional verkauft wurde, lag sein Schwerpunkt auf Berlin, und Lubowisky sprach sich für den Bericht über die Theater aus. Die Diskussionen wandten sich schnell wieder politischen Themen zu, wie dem gerade in Kraft getretenen Grundgesetz und den ersten Bundestagswahlen, die im August stattfinden würden. Vera enthielt sich jeden Kommentars, als die Redakteure kurz darauf erhitzt über zwei juristische Fälle zu diskutieren begannen, bei denen es wieder einmal um die Verurteilung zweier deutscher Kriegsverbrecher ging. Nicht ohne Grund wollte sie am liebsten nichts mit Politik zu tun haben. Jonathan warf ihr das manchmal vor. *»Wenn wir die Möglichkeit haben, unsere Gesellschaft neu zu formen und an ihrem Aufbau mitzuwirken, müssen wir doch auch moralisch in unseren Artikeln Position beziehen. Gerade du musst das doch verstehen!«*

Sie schätzte Jonathan für seine Einstellung und auch für sein journalistisches Engagement, aber sie selbst war nun mal anders. Ja, sie war ehrlich genug, um zuzugeben, dass sie an all das nicht mehr erinnert werden wollte! Das Einzige, was sie sich wirklich wünschte, war ein Neuanfang, und sie war sich ziemlich sicher, dass es den meisten anderen Menschen in diesem Land und wahrscheinlich in halb Europa ebenso ging.

Sie wunderte sich, wo Jonathan war. Es sah ihm nicht ähnlich, die Konferenz am Montag zu verpassen.

»Gut, meine Damen und Herren. Dann mal alle wieder an die Arbeit!«, riss sie die tiefe, ein wenig dröhnende Stimme von Alfred Lubowisky aus ihren Gedanken, der sich von seinem Stuhl erhob. Die Journalisten taten es ihm nach und begannen sich zu zerstreuen. Vera griff nach ihrer Tasche, als sie sah, wie Wilma vom anderen Ende des Ganges auf den Chefredakteur zugeeilt kam, der noch mit zwei Redakteuren zusammenstand.

»Ein Telefonat für Sie!«

Lubowisky nickte und folgte ihr.

Von ihrem Schreibtisch aus beobachtete Vera wenig später, wie der Chefredakteur am Ende des großen Büros hinter der Glasscheibe telefonierte, die seinen Arbeitsplatz von dem der übrigen Mitarbeiter trennte. Es schienen keine guten Neuigkeiten zu sein, die er erhielt, denn sein Gesicht war erstarrt, und er sank mit ungläubig entsetzter Miene auf einen Stuhl.

Vera wollte sich betreten abwenden, als er unerwartet den Kopf zu ihr drehte, während er sprach. Dann legte er mit einem Nicken den Hörer auf.

Was hatte das zu bedeuten? Mit einem unguten Gefühl öffnete sie die Schublade, in die sie die Post hineingelegt hatte, und nahm dabei aus den Augenwinkeln wahr, wie das Rollo vor der Glasscheibe hinuntergelassen wurde.

Auf einmal stand Wilma vor ihr. »Herr Lubowisky möchte dich sprechen!«

Vera nickte erstaunt und folgte ihr.

»Schließen Sie bitte die Tür, Vera, und setzen Sie sich.«

»Ist etwas passiert, Herr Lubowisky?«, fragte sie unsicher, denn der Chefredakteur klang ungewöhnlich ernst. Plötzlich fiel ihr sein fahler Gesichtston auf, und sie bemerkte, dass er ihrem Blick auswich. Er schien nach den richtigen Worten zu suchen. »Es hat einen Unfall gegeben. In Köln«, sagte er schließlich.

In Köln? Sie spürte, wie sich alles in ihr verkrampfte. »Ist etwas mit Jonathan?«

Sein Blick war Antwort genug. »Ja«, sagte er dann mit tonloser Stimme. »Er wurde von einem Lkw angefahren und dabei schwer verletzt … Er hat nicht überlebt.«

Sie starrte ihn an, während seine Worte nur langsam in ihr Bewusstsein drangen. Ein Schwindelgefühl ergriff sie. Das konnte nicht sein! »Er … er ist tot?«

Lubowisky nickte, und sie merkte, wie ihr innerlich und äußerlich zugleich kalt wurde. Jede Empfindung begann in ihr abzusterben. Sie kannte den Zustand nur zu gut, und es kostete sie all ihre Kraft, dagegen anzukämpfen und sich nicht an diesen Ort zu flüchten, an dem sie nichts mehr erreichen konnte, an dem kein Schmerz mehr zu spüren war.

»Ich weiß, sie standen sich sehr nah«, sagte Lubowisky.

Vera ignorierte seine Bemerkung. Sie wusste, es hatte immer mal wieder Gerüchte unter den Kollegen gegeben, weil Jonathan und sie eine so ungewöhnlich enge und vertraute Beziehung verband. Aber die Wahrheit war, dass zwischen ihnen nie mehr als Freundschaft bestanden hatte. Sie kannten sich seit ihrem achten Lebensjahr. Jonathan war wie ein Bruder für sie – die einzige Familie, die ihr noch geblieben war, denn sie hatte im Krieg ihre Eltern und auch ihren Mann verloren. In den schweren Zeiten, die hinter ihr lagen, hatte Jonathan ihr immer zur Seite gestanden, und er war es auch gewesen, der ihr im letzten Jahr geholfen hatte, beim *Echo* unterzukommen.

»Was genau ist passiert?«, fragte sie mit zugeschnürter Kehle.

Lubowisky fuhr sich durch sein graues Haar. Diesmal wich er ihrem Blick nicht aus, als er sprach: »Ein Lkw-Fahrer, der anscheinend betrunken war und viel zu schnell fuhr, hat Jonathan in einer schmalen Straße angefahren und ein Stück mitgeschleift. Er wurde gegen eine Mauer geschleudert«, erklärte er vorsichtig und so sachlich wie möglich. »Die Polizei nimmt an, dass er durch die Wucht des Aufpralls sofort tot war. Der Mann hat Fahrerflucht begangen, aber es gab einen Zeugen, der alles gesehen hat.«

Sie schloss für einen Moment die Augen. »Und wann … Wann ist das geschehen?«

»Am Freitagnachmittag.«

Sie musste daran denken, dass Wilma erzählt hatte, Jonathan habe am Freitagmittag noch in der Redaktion angerufen. Sie wünschte auf einmal, sie wäre hier gewesen und hätte noch mit ihm sprechen können.

Ohne dass sie es mitbekommen hatte, war Lubowisky aufgestanden und hatte eine Hand auf ihre Schulter gelegt. »Ich bin selbst völlig erschüttert. Wenn Sie sich heute freinehmen wollen … ich habe vollstes Verständnis.«

Sie nickte nur. Mit zittrigen Knien erhob sie sich vom Stuhl, unfähig, etwas zu sagen. Sie wollte nicht weinen, nicht hier.

Der Chefredakteur blickte sie besorgt an. »Gibt es vielleicht etwas, das ich für Sie tun kann?«

Sie schüttelte den Kopf. Als sie das Büro verlassen hatte und mit bleichem Gesicht den Gang zurück durch die Tischreihen zu ihrem Arbeitsplatz ging, nahm sie die verstohlenen Blicke der Kollegen wahr. Vera ignorierte sie und griff wie betäubt nach ihrer Tasche und Strickjacke. Sie war Lubowisky dankbar, dass er sie vor allen anderen informiert hatte. Das Entsetzen und die Bestürzung der Kollegen miterleben zu müssen, wenn sie von Jonathans Tod erfuhren, hätte sie nicht ausgehalten. Plötzlich wollte sie nur noch hier raus und allein sein.

4

Sie fühlte, wie in ihrem Inneren der Schmerz noch immer gegen die schockartige Gefühllosigkeit kämpfte, während sie im Hinausgehen gleichzeitig versuchte, sich auf die nächstliegenden Dinge zu konzentrieren: ihre Tasche und Strickjacke auf den Gepäckträger zu klemmen, ihr Fahrrad aufzuschließen, auf den Sattel zu steigen und in die Pedale zu treten. Instinktiv fuhr sie den Weg nach Hause, doch auf halber Strecke wurde ihr bewusst, dass sie die Einsamkeit in ihren vier Wänden nicht ertragen würde. Bevor es ihr wirklich klar wurde, änderte sie die Richtung und fuhr zum Ufer der Spree. An einer Stelle, wo die Überbleibsel einer kleinen Parkanlage erhalten geblieben waren, stieg sie ab. Sie war hier manchmal auch mit Jonathan gewesen. Die Bäume, die direkt nach dem Krieg noch am Ufer standen, waren in einem der eisigen Winter abgeholzt worden, als die Berliner auf der verzweifelten Suche nach Brenn- und Heizmaterial gewesen waren, aber einige Sträucher waren nachgewachsen, und neben dem Weg blühten ein paar verwaiste gelbe Dotterblumen. Vera ließ sich auf einen Baumstumpf sinken. Er war tot! *Jonathan, das kannst du mir nicht antun* … Plötzlich merkte sie, wie ihr die Tränen über die Wangen liefen. Sie hatten einander bei so viel Schrecklichem beigestanden und den Krieg überlebt. Wie konnte es sein, dass er nun so sinnlos bei einem Unfall ums Leben kam? »Jetzt wird alles wieder gut«, hörte sie seine Stimme, und eine Erinnerung drängte sich jäh vor ihre Augen. Es war wenige Monate nach Kriegsende gewesen, nach der Kapitulation. Die Amerikaner hatten endlich Berlin erreicht, und die ersten Wochen, während derer sie unter der Willkür und den Grausamkeiten der sowjetischen Besatzer leiden mussten, waren vorüber, als Jonathan eines Abends mit einer Flasche Branntwein in der Hand vor der Tür stand. Er hatte sie im Tausch gegen seine Uhr und zwei silberne Messer auf dem Schwarzmarkt erstanden. »Wir leben noch, Vera! Das ist das Einzige, was zählt, und darauf trinken wir jetzt.« Seine Augen sprühten, und etwas an seinem Enthusiasmus hatte sie damals aus ihrer Apathie gerissen, mit der sie seit Monaten das Leben zu ertragen versuchte. Bevor sie Nein sagen konnte und wusste, wie ihr geschah, hatte er sie schon die Straße entlang mit sich gezogen, und sie waren in der Dunkelheit die Treppen eines unbewohnten, halb zerstörten Hauses bis auf das flache Dach hinaufgestiegen. Nicht einen Moment hatten sie darüber nachgedacht, dass es hätte einstürzen können. Unten hatte man im Licht des Mondes die gespenstische Silhouette der Ruinen von Berlin gesehen, die nur gelegentlich von dem vorbeifahrenden Scheinwerferlicht eines Armeefahrzeugs erhellt wurden. Jonathan öffnete die Flasche und nahm einen Schluck. »Das ist also übrig geblieben vom Tausendjährigen Reich«, sagte er nüchtern. Dann ließ er sich nach hinten sinken und starrte mit hinter dem Kopf verschränkten Armen in den Sternenhimmel. »Ehrlich, ich habe oft nicht geglaubt, dass wir es schaffen, Vera, dass wir überleben werden.«

Sie verstand, was er meinte – es gab so viele Situationen, in denen sie hätten sterben können und immer wieder in Gefahr geraten waren. Und Jonathan hatte sich noch dazu nie an das System anpassen können. Sein Vater, ein Sozialdemokrat, war schon in den Dreißigern verhaftet worden, und nachdem Jonathan selbst sich weigerte, in die Nationalsozialistische Partei einzutreten, versagte man ihm nicht nur den Zutritt zu einer der renommierten Journalistenschulen, sondern er wurde auf die berüchtigten Listen derjenigen gesetzt, die durch die Gestapo überwacht wurden. Mehrere Male verhaftete und verhörte man ihn, ja misshandelte ihn sogar, ließ ihn aber unter Drohungen immer wieder frei, bis er schließlich für die Front eingezogen wurde. Ein Granatsplitter war sein Glück und

Unglück zugleich. Er wurde so schwer verletzt, dass er viele Monate im Krankenhaus verbrachte und ein Arzt ihm am Ende bescheinigte, dass er für den Dienst an der Waffe nicht mehr zu gebrauchen sei. Sie hatte noch gut in Erinnerung, wie glücklich er trotz seines schmerzenden Arms und Beins war, als man ihm diesen Befund mitteilte.

In jener Nacht auf dem Dach hatten sie sich besinnungslos betrunken. Vera entsann sich, wie der Alkohol in ihrer Kehle brannte. Sie selbst war sich damals nicht sicher, ob sie wirklich glücklich sein konnte, überlebt zu haben, oder ob nicht einfach zu viel geschehen war, das sie verändert hatte.

»Wir werden Zeit brauchen, aber wir werden es hinter uns lassen, Vera, glaub mir!«, hatte Jonathan gesagt, als würde er ihre Gedanken erraten.

Sie unterdrückte ein Schluchzen, als sie ihn vor sich sah, wie er damals in der Dunkelheit den Kopf zu ihr gewandt hatte, schon ein wenig betrunken, aber mit einem so überzeugenden Lächeln, dass sie ihm geglaubt hatte.

»Alles in Ordnung, Fräulein?«, ertönte in diesem Augenblick eine Stimme neben ihr. Ein junger Arbeiter, der seine Schirmmütze in der Hand hielt, war besorgt vor ihr stehen geblieben.

Sie wischte sich hastig die Tränen von den Wangen. »Ja, danke. Es ist nichts. Ich brauche nur einen Moment für mich.«

Nur zögernd ging der junge Mann weiter, drehte sich jedoch noch einige Male nach ihr um.

Sie wünschte, sie hätte mit irgendjemandem, der Jonathan genauso gut gekannt hatte wie sie, reden und ihren Schmerz teilen können. Aber er hatte keine Angehörigen mehr gehabt. Seine Familie war genau wie ihre eigene bei einem Bombenangriff in Berlin ums Leben gekommen.

Doch dann fiel ihr jemand ein, den sie über seinen Tod informieren musste.

5

Die *Goldbar* lag in Wilmersdorf, im Keller eines schmalen Hauses, das wie durch ein Wunder zwischen zwei Ruinen unzerstört geblieben war. Kein Schild wies auf das Etablissement hin, zu dem man nur gelangte, wenn man dem schuttgesäumten Pfad hinter den Mauerresten folgte.

Theo Helmstedt, der Besitzer, hatte die Bar kurz nach dem Krieg eröffnet. Zunächst illegal, später mit einer Lizenz, die er durch seine Verbindungen zu einigen Offizieren des amerikanischen Militärs erlangt hatte, mit denen er damals dubiose Schwarzmarktgeschäfte abwickelte, wie Jonathan Vera einmal erzählt hatte. Die muskelbepackte Gestalt des Barbesitzers, die trotz seines Hemdes und der Fliege noch erkennen ließ, dass er früher einmal sein Geld als Boxer verdient hatte, war auf den ersten Blick einschüchternd.

Fassungslos blickte der Barbesitzer sie jetzt an, als er hörte, was Schreckliches geschehen war. Er und Jonathan waren eng befreundet gewesen. Theo sank auf einen der hohen Hocker. »Bei einem Unfall?«

»Ja, es ist am Freitag passiert ... in Köln.« Veras Augen waren angeschwollen und noch immer vom Weinen gerötet. Den ganzen Nachmittag war sie ziellos durch die Stadt gefahren und hatte sich schließlich gezwungen, wenigstens die Einkäufe für Frau Lehmke zu besorgen. Vera hatte sie der alten Dame vorbeigebracht, bevor sie am frühen Abend – ohne einmal in ihrer Wohnung gewesen zu sein – zur *Goldbar* gekommen war.

»Verdammt, wie kann man denn am helllichten Tag von einem Lkw angefahren werden?«, entfuhr es Theo. Auf seinem Gesicht, dessen rechte Wange zwei Narben zierte, spiegelte sich Bestürzung und Trauer.

Die *Goldbar* war noch nicht sehr voll. Klänge von Jazzmusik ertönten im Hintergrund auf dem alten Grammofon.

Rica, die Barfrau, die noch nicht allzu viel zu tun hatte, hatte sich diskret abgewandt. Trotzdem spürte Vera, wie man zu ihnen sah. Die Klientel der *Goldbar* bestand aus einer eigenwilligen Mischung – von zwielichtig bis mondän war hier alles vertreten, bis hin zu Militärangehörigen der alliierten Besatzer –, und wahrscheinlich wirkte sie in ihrem Sommerkleid und der Strickjacke seltsam fehl am Platz.

»Der Fahrer soll angetrunken gewesen sein«, erklärte Vera und fragte sich dabei, wie man das eigentlich hatte feststellen können, wenn der Mann doch einfach weitergefahren war. Dann fiel ihr ein, dass es einen Zeugen gegeben hatte. Sie sah zu, wie Theo nach einer Flasche griff und zwei Gläser füllte. Whisky oder Cognac. Sie hatte keine Ahnung. Seine wundersame Fähigkeit, trotz der wirtschaftlich und politisch schwierigen Zeiten stets begehrte alkoholische Getränke anbieten zu können, war eines der Geheimnisse für den Erfolg seiner Bar.

Theo leerte das Glas in einem Zug, und sie tat es ihm nach. Eine Weile schwiegen sie. Sie sah, wie er seine kräftigen Hände zu Fäusten ballte. »Weißt du, ich habe in meinem Leben viele Menschen getroffen, aber nur eine Handvoll, die wirklich Charakter hatten – Jonathan gehörte dazu. Er hat mir selbst mal sehr aus der Klemme geholfen.«

Vera blickte ihn an. Die Wege der zwei Männer hatten sich in den Wirren der letzten Kriegsmonate gekreuzt. Jonathan hatte ihr gegenüber einmal erwähnt, dass damals etwas Dramatisches geschehen war, das den Grundstein für die Freundschaft der beiden ungleichen Männer gelegt hatte. Ihre Finger umfassten das Glas. »Ja, Jonathan hat eine Geradlinigkeit und Ehrlichkeit besessen, die es selten gibt. Manchmal habe ich ihn darum beneidet«, gestand sie.

Theo schüttelte traurig den Kopf. »Ich habe immer befürchtet, dass ihm sein Beruf mal zum Verhängnis werden könnte, aber dass er nun bei einem Unfall ums Leben gekommen ist!?«

Ohne dass es Vera mitbekommen hatte, schenkte er ihr nach. Sie zögerte. »Ich glaube, ich sollte lieber nach Hause gehen«, sagte sie.

»Nein, bleib. Es tut nicht gut, wenn man in so einem Zustand allein ist. Hinten ist neben dem Büro noch ein Zimmer mit einem Sofa. Du kannst dort gerne heute Nacht schlafen.«

Sie nickte und nahm sein Angebot an, denn ihr graute tatsächlich davor, allein zu sein. Seitdem sie von Jonathans Tod erfahren hatte, fühlte sich alles um sie herum seltsam unwirklich an.

Er goss sich ebenfalls noch einmal ein, und sie tranken beide mit dem Gedanken an Jonathan ihr Glas aus. Vera hätte nicht sagen können, wie lange sie so an der Theke saß. Irgendwann stellte sie fest, dass es um sie herum merklich voller geworden war. Der Rauch von Zigaretten und der Geruch von Alkohol lagen in der Luft, und die Klänge der Jazzmusik waren wilder und aufgekratzter geworden. Gläser klirrten, Menschen lachten und unterhielten sich. Einige standen auch nur an der Bar und beobachteten das Treiben um sich herum. Vera nahm wahr, wie die Blicke einiger Männer sie hungrig streiften. Doch man ließ sie in Ruhe, da Theo, der sich inzwischen mit um seine Gäste kümmerte, immer wieder zu ihr kam, um mit ihr zu reden und ihr Glas zu füllen.

Der Alkohol betäubte den Schmerz etwas, und schließlich ging sie nach hinten in das Zimmer. Rica, die Barfrau, hatte ihr eine Decke und ein Kissen auf das Sofa gelegt. Durch die geschlossenen Türen drang der Lärm der Bar nur noch gedämpft, und sie spürte, wie ihr erneut die Tränen über die Wangen liefen, bevor sie mit dem Bild von Jonathan vor Augen in einen unruhigen Schlaf fiel.

6

Als sie erwachte, konnte sie durch das Souterrainfenster sehen, dass draußen der Morgen graute.

Theo saß hinter dem Tresen und zählte das Geld in der Kasse, als sie nach vorn kam. Er blickte auf. »Hast du etwas geschlafen?«

»Nicht besonders viel, aber danke noch mal, dass ich hierbleiben konnte.«

Er nickte nur. Dann schrieb er etwas auf einen Notizzettel und reichte ihn ihr. »Hier, wenn irgendetwas ist – das ist meine Telefonnummer, unter der du mich tagsüber erreichen kannst.«

Nur im ersten Augenblick war sie überrascht, dass er einen Telefonanschluss hatte.

Als sie sich zum Gehen anschickte, legte er seine kräftige Hand auf ihren Arm. Auf seinem Gesicht lag ein ernster Ausdruck. »Jonathan lag viel an dir. Glaub mir, er hätte nicht gewollt, dass du zu sehr um ihn trauerst!«

Seine Worte gingen ihr nicht aus dem Kopf, während sie nach Hause fuhr. Die Sonne ging gerade erst auf, als sie wenig später die Treppen zu ihrer Wohnung hochstieg. Einen Augenblick blieb sie auf der Schwelle stehen, nachdem sie aufgeschlossen hatte. Ihre Augen hefteten sich auf die angeschlagene Kaffeekanne auf dem Tisch. Unweigerlich erinnerte sie sich, wie sie am Morgen am Fenster gestanden hatte, an die Leichtigkeit, mit der dieser Tag begonnen hatte. War das wirklich erst gestern gewesen?

Auf einmal stutzte sie und runzelte die Stirn. Irgendetwas stimmte nicht. Sie war sich sicher, dass sie den Papierstapel auf dem Tisch auf der rechten Seite abgelegt hatte, und sie hatte die Schublade an dem Schreibtisch nicht komplett geschlossen. Das tat sie nie, weil sie klemmte. Sie ließ sie immer etwas vorstehen. Eine leise Angst erfasste sie. War etwa jemand in ihrer

Wohnung gewesen? Sie warf einen schnellen Blick in das Bad und die Küche, doch dort schien alles genauso zu sein, wie sie es verlassen hatte. Mit einem Mal war sie sich nicht mehr sicher. Vielleicht hatte sie die Schublade doch aus Versehen geschlossen? Warum sollte schließlich jemand bei ihr einbrechen? In einer plötzlichen Eingebung ging sie zu ihrem Nachttisch und zog die Schublade auf. Darin lag eine kleine Schatulle, in der sich die einzigen Gegenstände von Wert befanden, die sie besaß – ihr Schmuck und zwei alte Goldmünzen. Aber alles war noch da. Wäre jemand eingebrochen, hätte er sie ganz bestimmt mitgenommen. Vera spürte, wie sie sich wieder beruhigte, obwohl das beklommene Gefühl nicht ganz weichen wollte.

Nachdem sie die Wertsachen wieder zurückgelegt hatte, wusch sie sich, zog sich um und machte sich auf den Weg zum *Echo*.

Als sie um zwanzig vor acht die Redaktion erreichte, waren die meisten Kollegen noch nicht da. Nur Wilma saß bereits an ihrer Schreibmaschine. Sie kam fast immer früher, weil sie in der einen Stunde mehr schaffte als im Laufe des gesamten Vormittags danach, wenn die Redakteure alle eingetroffen waren, wie sie Vera einmal anvertraut hatte. Überrascht hörte die Sekretärin auf zu tippen. »Na, wie geht es dir?«, erkundigte sie sich mitfühlend.

»Nicht besonders«, erwiderte Vera wahrheitsgemäß, etwas vorzumachen hätte ohnehin keinen Sinn gehabt. Ein kurzer Blick in den Spiegel hatte Vera am Morgen verraten, dass man ihr nur zu deutlich ansah, wie schlecht es ihr ging – ihre Augen waren geschwollen, und die dunklen Schatten darunter ließen keinen Zweifel, dass sie nur wenig geschlafen hatte.

Zögernd blieb sie vor Wilma stehen. »Kann ich dich etwas fragen? Ich muss immer daran denken, dass Jonathan am Freitag noch einmal angerufen hat. Erinnerst du dich noch, was er genau gesagt hat?«

Wilma überlegte. »Nicht viel. Er hat sich kurz erkundigt, wie es mir geht, und dann gefragt, ob du in der Redaktion bist. Ich habe ihm angeboten, dir eine Nachricht von ihm auszurichten. Aber er meinte, er müsse mit dir persönlich sprechen und dass er Montag ja wieder in Berlin sei.«

Grübelnd verzog Vera das Gesicht. Was um Gottes willen war so wichtig gewesen, dass er noch versucht hatte, sie anzurufen? Ein Ferngespräch von Köln nach Berlin führte man nicht ohne Grund. »Hat er irgendwie anders gewirkt als sonst?«

Wilma schwieg. Sie schien nach den richtigen Worten zu suchen, während sie ihre Finger mit den sorgfältig lackierten Nägeln vor sich faltete. »Ein bisschen angespannt vielleicht, ja, als wenn er unter Zeitdruck stehen würde. Aber ich kann mich auch irren. Es war wirklich nur ein sehr kurzes Gespräch. Das habe ich auch der Polizei gesagt.«

»Der Polizei?« Verwirrt schaute Vera sie an.

»Ja, sie war gestern noch hier. Es war schon ziemlich spät. Sie wollten Jonathans Schreibtisch sehen und haben Fragen gestellt.«

Vera runzelte die Stirn. »Aber warum denn? Es war doch ein Unfall.«

Wilma zuckte die Achseln. »Das habe ich auch gesagt. Sie meinten, es sei reine Routine. Sie waren von der Kripo. Ein Herr Kommissar Braun und sein Assistent, Herr Luckstedt.«

Vera überlegte, was das zu bedeuten hatte. »Haben sie eine Telefonnummer hinterlassen?«

»Nein, aber die Nummer von der Kripo kann ich dir auch so geben.« Wilma schlug ihr dickes Adressbuch auf und schrieb sie auf einen Zettel, den sie Vera reichte. »Glaubst du etwa, da steckt mehr dahinter?« Mit einem Mal wirkte die Sekretärin beunruhigt. »Ehrlich gesagt habe ich auch ein schlechtes Gefühl gehabt, als ich ihnen Jonathans Schreibtisch gezeigt habe. Aber was hätte ich denn machen sollen? Herr Lubowisky war schon weg, und die beiden Herren hatten ja Kripoausweise.«

Vera legte ihr beruhigend die Hand auf den Arm. »Das war bestimmt in Ordnung. Ich werde einfach mal dort anrufen.«

Nachdenklich ging sie mit dem Zettel zum Telefon und ließ sich mit der Nummer verbinden.

Nur knappe fünf Minuten später wusste sie, dass definitiv etwas nicht stimmte – bei der Berliner Kripo gab es weder einen Kommissar Braun noch einen Assistenten namens Luckstedt.

»Vielleicht waren die Herren von einer anderen Abteilung bei der Polizei, und Sie haben sich verhört, aber so oder so gehört sich das nicht«, mutmaßte Lubowisky etwas später, als Vera und Wilma ihn über den seltsamen Besuch informierten, nachdem er in der Redaktion eingetroffen war.

»Ich bin mir eigentlich ziemlich sicher, dass sie *Kripo* gesagt haben, aber offensichtlich muss ich sie ja falsch verstanden haben. Eine andere logische Erklärung gibt es wohl nicht, oder?«, erwiderte Wilma kleinlaut.

»Was haben die Männer sich denn an Jonathans Schreibtisch angesehen?«, erkundigte sich Vera.

»Nicht besonders viel. Sie wollten im Grunde nur wissen, woran er gerade gearbeitet hat. Ich habe ihnen erzählt, dass er zu verschiedenen Themen recherchiert hat, aber dass sie genauere Auskünfte natürlich nur von unserem Chefredakteur bekommen können. Jonathan hatte auch kaum Unterlagen hier.«

Lubowisky nickte. »Es lag nur eine Mappe auf seinem Schreibtisch mit einigen Notizen zu den Themen, über die er schreiben wollte, die hatte ich gestern schon an mich genommen.« Er legte die Stirn in Falten. »Nun, vielleicht melden sich die Herren noch einmal. Nächstes Mal schreiben Sie sich bitte die Dienstnummer auf, und hier bekommt keiner Zutritt, ohne dass er vorher mit mir gesprochen hat, ja?«, fügte er nachdrücklich an Wilma gewandt hinzu, die betroffen nickte.

Damit schien die Angelegenheit zunächst erledigt.

Vera arbeitete über Mittag an ihrem Artikel über die Berliner Theaterlandschaft weiter, doch ihre Gedanken schweiften immer wieder ab, und sie musste an Jonathan und den merkwürdigen Besuch der Kriminalpolizei denken.

Als sie zwischendurch die Schublade ihres Schreibtischs aufzog, fiel ihr auf, dass sie ihre Post noch immer nicht geöffnet hatte, die ihr Wilma am Vortag gegeben hatte. Sie nahm den Stapel heraus, griff nach einem Brieföffner und begann gedankenverloren, die Umschläge aufzureißen, deren Inhalt sie nur überflog. Es war das Übliche: neue Theaterprogramme, einige Leserzuschriften und die Zusage eines Autors für ein Interview. Die zwei Päckchen, die unter den Briefen lagen, nahm sie sich zuletzt vor. In dem ersten befand sich ein neuer Roman, den sie rezensieren wollte. Bei dem zweiten Päckchen stutzte sie. Es war ungewöhnlich schwer. Der Absender war in sehr kleinen Druckbuchstaben auf der Rückseite notiert – es war eine Kölner Pension. Sie riss vorsichtig die eine Seite auf und sah, dass sich eine dicke Mappe mit Unterlagen in dem doppelt eingewickelten Packpapier befand. Sie zog sie hervor. Obenauf lag ein Briefumschlag, auf dem ihr Name stand – *Vera*. Ihre Kehle schnürte sich zu, denn an dem Schwung, mit dem das *V* geschrieben war, erkannte sie sofort Jonathans Schrift. Mit zittrigen Händen öffnete sie den Brief.

Liebe Vera,
ich schicke Dir hier in aller Eile einige Unterlagen, die ich ungern weiter mit mir herumtragen möchte. Gestern wurde in meine Pension eingebrochen, und ich bin deshalb etwas unruhig … Wahrscheinlich leide ich nach dem, was ich in

der letzten Woche herausgefunden habe, aber einfach nur unter Verfolgungswahn.

Also, Montag werde ich in die Redaktion marschieren, und Du wirst mir dieses Paket in die Hand drücken, und wir tun so, als hätte ich es Dir nie geschickt, ja?

Falls aber nicht und sollte irgendetwas mit mir geschehen sein, nun ... dann vertraue ich Dir diese Unterlagen an. Es sind die Ergebnisse meiner bisherigen Recherchen, und ich bitte Dich, sie sicher zu verwahren und zu Ende zu führen. Leider bleibt mir keine Zeit, alles zu erklären, aber Du wirst es auch so verstehen. In den Papieren findest Du auch die Namen einiger Ansprechpartner, die weiterhelfen werden. Ich weiß, Du wirst wenig begeistert sein, aber es gibt niemanden, dem ich diese Dinge sonst anvertrauen könnte. Und wenn Du erst alles weißt, wirst Du genau wie ich begreifen, dass die Öffentlichkeit davon erfahren muss. Sollte mir also etwas passiert sein – ich weiß, das klingt furchtbar melodramatisch, wie in einem dieser schlechten Theaterstücke, die Du so hasst, aber ich bitte Dich, diese Worte ernst zu nehmen –, dann kannst Du niemandem vertrauen. Keinem Freund und auch keinem Kollegen. Nicht einmal Herr Lubowisky weiß, woran ich wirklich gearbeitet habe. Offiziell habe ich nur für einen Artikel über die Flüchtlingsströme in Europa recherchiert.

Nachdem ich mich vermutlich gerade vollkommen lächerlich mache und ich hoffe, dass Du mich bis in unser Greisenalter mit diesem Brief aufziehen wirst, umarme ich Dich, liebe Freundin.

Bis Montag
Dein Jonathan

Vera starrte auf die Zeilen. Beim Lesen hatte sie beinah das Gefühl, Jonathans Stimme hören zu können. Sie suchte aufgelöst nach dem Poststempel. Das Päckchen war am Freitag abgeschickt worden. Die bemüht locker geschriebenen Zeilen konnten nicht darüber hinwegtäuschen, dass er sich gefürchtet hatte. Zu Recht, wie ihr jetzt voller Entsetzen klar wurde. Es war kein Unfall gewesen …

Ein Schatten fiel plötzlich auf sie, und sie fuhr zusammen.

»Geht es dir gut, Vera? Du bist ja ganz blass.«

Hastig bedeckte sie mit den Händen das Schreiben vor sich. Ihr Kollege Fred war vor ihrem Schreibtisch stehen geblieben. Ausgerechnet! Er war immer freundlich und höflich, aber seitdem sie beim *Echo* angefangen hatte, versuchte er sie zu überreden, mit ihm auszugehen.

»Ich musste nur gerade an Jonathan denken«, erwiderte sie, was ja auch stimmte und zumindest eine halbwegs glaubwürdige Erklärung für ihren emotionalen Zustand bot.

Er verzog bedauernd das Gesicht. »Das ist so furchtbar. Wir stehen alle wie unter Schock!« Er musterte sie. »Soll ich dir vielleicht ein Glas Wasser besorgen? Du bist wirklich leichenblass.«

Vera schüttelte den Kopf und zwang sich zu einem schiefen Lächeln. »Nein danke, ich glaube, ich werde es für heute einfach gut sein lassen und nach Hause gehen.«

Sie wandte sich ab und merkte, dass er nur widerstrebend weiterging. Sobald Fred aus ihrem Sichtfeld verschwunden war, steckte sie den Brief samt der Mappe hastig zurück in das Packpapier, das wie ein stabiler Umschlag geformt war, und verstaute ihn in ihrer großen Handtasche. Ein Teil ragte oben aus der Öffnung. Sie würde die Unterlagen mit nach Hause nehmen und dort lesen. Das Risiko, dass jemand sie hier darauf ansprach oder versuchte, so wie eben Fred, einen

Blick darauf zu werfen, war zu groß. Zu deutlich hatte sie Jonathans Worte im Kopf, dass sie niemandem vertrauen könne.

Es kostete Vera ihre gesamte Beherrschung, sich nichts anmerken zu lassen, als sie sich von den Kollegen verabschiedete und die Redaktion verließ.

Sie hätte nicht sagen können, wie sie es überhaupt schaffte, nach Hause zu fahren. Ihre Hände umfassten zitternd den Fahrradlenker, während sich das Entsetzen, das sie beim Lesen des Briefes erfasst hatte, immer weiter in ihr ausbreitete. Mehr als einmal musste sie schlucken, um die Tränen zurückzudrängen, die in ihr hochstiegen. Diesmal jedoch nicht vor Trauer, sondern aus einem Gefühl der Ohnmacht heraus. Sie dachte daran, was Jonathan geschrieben hatte – dass seine Reportage über die Flüchtlingsströme in Europa nur ein Vorwand gewesen sei, um eigentlich an etwas anderem zu arbeiten. War er deshalb überhaupt nach Tirol gefahren?

Während Vera ihr Fahrrad vor dem Haus abschloss, fragte sie sich beklommen, was an dem Thema wohl eine solch gefährliche Brisanz gehabt haben konnte, dass man Jonathan deswegen umgebracht hatte. Was um Gottes willen hatte er bei seinen Recherchen herausgefunden?

Ihre Handtasche fest umklammert, hastete sie die Treppe hoch und schloss die Tür auf. Anscheinend war sie am Morgen so aufgewühlt gewesen, dass sie vergessen hatte, die Wohnungstür abzuschließen. Mit einem Stirnrunzeln stellte sie fest, dass sie sie nur zugezogen hatte.

Als Vera in der Wohnung war, steckte sie den Schlüssel von innen ins Schloss und drehte ihn rasch zweimal herum. Ihre Finger umfassten noch den Schlüssel, als sie begriff, dass das ein Fehler gewesen war, denn sie spürte, dass jemand hinter ihr im Raum war. Sie erstarrte. Bevor sie sich auch nur umdrehen oder überlegen konnte zu schreien, legte sich schon eine behandschuhte Hand mit schmerzhaft festem Griff auf ihren Mund, und ihr rechter Arm wurde mit einer schnellen unsanften Bewegung auf ihren Rücken gedreht. Ihre Handtasche rutschte von der Schulter. Sie fühlte eine breite Männerbrust, an die sie gepresst wurde.

»Ganz ruhig. Lassen Sie den Schlüssel los«, sagte eine leise Stimme.

Ihr Herz raste, und sie schaffte es nicht, sich zu wehren, ja, sie versuchte nicht einmal, Widerstand zu leisten, denn das Gefühl und die Bilder waren im selben Moment wieder da, ohne dass sie etwas dagegen tun konnte: *Hände, deren festen Druck sie durch den Stoff ihres Kleides spürte, die sie gierig betasteten, sie grob gegen die Wand des dunklen Kellers drückten und unter ihrem Rock nach der nackten Haut fassten, um an ihrem Oberschenkel nach oben zu fahren. Hände, die sie nicht würde aufhalten können …* Sie spürte, dass die Panikattacke wie eine dunkle Welle auf sie zuraste. Selbst der widerliche, stinkende Geruch nach fremdem Schweiß, der sie damals einhüllte und nach Luft ringen ließ, war wieder präsent.

Sie bemühte sich zu atmen, doch die Luft wollte nicht aus ihren Lungen weichen. Kalte Schweißtropfen perlten auf ihrer Stirn. Die Konturen der Tür vor ihr begannen zu verschwimmen. Vera merkte, wie ihr schwarz vor Augen wurde, und kämpfte dagegen an. Nein, sie durfte nicht ohnmächtig werden, nicht jetzt, dann würde sie völlig wehrlos sein.

Wie durch eine Wand gedämpft, bekam sie mit, dass die Stimme hinter ihr mehrmals etwas sagte und sich der Griff an ihrem Arm und auf ihrem Mund unerwartet lockerte.

»Beruhigen Sie sich. Atmen Sie«, vernahm sie den Mann hinter sich. »Ich werde Ihnen nichts tun. Ich will nur etwas von Ihnen haben«, fügte er mit gesenkter Stimme hinzu.

Irgendwann schaffte sie es schließlich, wieder halbwegs Luft zu bekommen. Der Mann hinter ihr stand einfach still und wartete. Sie versuchte zu begreifen, wer er war. Und was er damit meinte, dass er etwas von ihr *haben wollte.*

»Ich werde meine Hand jetzt von ihrem Mund nehmen, und Sie werden nicht schreien! In Ordnung?«

Sie nickte stumm und spürte erleichtert, wie sich seine Finger von ihr lösten. Die andere Hand hatte er noch immer an ihrem Arm und zog sie mit sich, von dem kleinen Flur ins Zimmer bis zu einem Stuhl. Sie fasste nach ihrer Handtasche. »Setzen Sie sich!«

Sie tat, was er verlangte.

Er trat einen Schritt von dem Stuhl zurück, und als sie den Kopf hob, konnte sie ihn zum ersten Mal sehen. Er war groß, dunkelhaarig und ungefähr dreißig Jahre alt, schätzte sie. Eine gepflegte Erscheinung, unter anderen Umständen hätte sie ihn wahrscheinlich als attraktiv bezeichnet.

»Sie haben ein Paket bekommen – aus Köln. Wo ist es?«, fragte er kühl. Seine Haltung, die beinah gleichgültige Ruhe, die er ausstrahlte – ohne dass man etwas von seinen Emotionen ahnte –, und die Art, wie er sie mit wenigen Griffen an der Tür in seine Gewalt gebracht hatte, ließen darauf schließen, dass er eine militärische Ausbildung genossen hatte, die über die eines einfachen Soldaten hinausgegangen war. Aber warum wollte er Jonathans Paket?

»Ich habe keine Ahnung, wovon Sie sprechen«, log sie.

Erst da bemerkte sie, dass er eine Pistole in der Hand hielt. Entsetzt blickte sie ihn an.

Er lächelte knapp. »Sie ersparen sich und mir einige Unannehmlichkeiten, wenn Sie mir das Paket einfach geben.«

Ihr Blick huschte durch das Zimmer – die Unterlagen lagen quer auf ihrem Schreibtisch verstreut, und die Schublade war weit aufgezogen. Er hatte die Wohnung vorher durchsucht, begriff sie und entsann sich, dass sie am Tag zuvor schon einmal das Gefühl gehabt hatte, es wäre jemand hier gewesen. Sie versuchte, sich ihre Angst nicht anmerken zu lassen. »Ich weiß wirklich nicht, was Sie meinen.«

Er musterte sie. Seine Augen, die sich zu schmalen Schlitzen verengt hatten, blieben an ihrer Tasche hängen. Dann trat er so schnell und unvermittelt an sie heran, dass sie zusammenzuckte. Bevor sie reagieren konnte, hatte er mit einer schnellen Bewegung nach der Handtasche gegriffen, die sie an sich gepresst hatte.

»Nein, lassen Sie das!«

Die Mündung der Waffe richtete sich auf sie, während er mit der anderen Hand das Päckchen hervorzog. Er warf einen kurzen Blick auf den Inhalt des geöffneten Umschlags, gab ihr die Handtasche zurück und war mit zwei großen Schritten auch schon durch die Haustür verschwunden.

7

Der Schreibtisch von Alfred Lubowisky spiegelte auf unaufdringliche Weise seine Persönlichkeit wider: rechts außen die Kopfbüste von Friedrich Ebert – Zeugnis seiner Sympathie für die Sozialdemokraten –, daneben ein Brieföffner aus angelaufenem Messing sowie ein runder, dunkler Herrenaschenbecher, in dem wie immer eine Zigarette glomm, und auf der anderen Seite ein schlicht gerahmtes Foto, das einen jungen Mann zeigte. Es war der verstorbene Bruder des Chefredakteurs, der bei einer Auseinandersetzung mit der SS ums Leben gekommen war.

Vera löste ihren Blick von dem Schreibtisch. »Danke, dass Sie kurz Zeit für mich haben«, sagte sie und verdrängte dabei das Bild des Fremden von gestern, das sie nicht aus ihrem Kopf bekam. Der Schock, dass jemand einfach so in ihre Wohnung hatte eindringen und sie überwältigen können, saß tief. Doch irgendwann im Laufe der Nacht war ihre Furcht einer immer größer werdenden Wut gewichen und hatte ihren Kampfgeist geweckt. Sie wollte wissen, woran Jonathan gearbeitet hatte, und wenn es irgendwie ging, seinen Letzten Willen erfüllen, auch wenn der Mann ihr die Unterlagen mit den Recherchen weggenommen hatte.

»Ich weiß, dass Jonathans Themen nicht meinem eigentlichen Ressort entsprechen, aber ich würde die Arbeit an seiner Reportage trotzdem gerne übernehmen. Ich glaube, das wäre auch in seinem Sinne«, erklärte sie geradeheraus.

Sie betete, dass der Chefredakteur auf ihren Vorschlag eingehen würde, denn sie hoffte, in Jonathans Notizen, die Lubowisky an sich genommen hatte, einen Hinweis zu bekommen, worüber er wirklich recherchiert hatte.

Noch immer fragte sie sich, woher der Unbekannte überhaupt wissen konnte, dass Jonathan ihr das Päckchen geschickt hatte. Es schien ihr unwahrscheinlich, dass der Freund irgendjemandem davon erzählt hatte – nicht nach den Zeilen, die er ihr geschrieben hatte. Kurz hatte Vera gestern sogar überlegt, zur Polizei zu gehen, doch dann hatte sie sich dagegen entschieden. Ihr Verhältnis zu den Behörden, in denen oft noch genau dieselben Leute arbeiteten wie vor dem Kriegsende, war zwiegespalten. Außerdem wusste sie nach dem ominösen Besuch der Kripobeamten in der Redaktion ohnehin nicht, ob sie der Polizei überhaupt trauen konnte.

Sie merkte, wie Lubowisky sie prüfend musterte. »Ich bezweifle keineswegs, dass Sie das hinbekommen würden, Sie sind eine fähige Journalistin, aber aus meiner Perspektive wäre es nicht nötig. Ehrlich gesagt habe ich ohnehin bereut, dass Jonathan sich auf dieses Thema eingelassen hat.«

Überrascht blickte Vera ihn an. »Und warum, wenn Sie mir die Frage erlauben?«

Sein Gesicht verschloss sich. »Jonathan hat mich, als er in Tirol war, angerufen und darüber informiert, dass er gerne noch einem anderen Thema nachgehen würde. Er hatte den Verdacht, dass die Flüchtlingsrouten möglicherweise für kriminelle Machenschaften genutzt werden.«

Vera horchte auf, als ihr klar wurde, dass Jonathan zumindest versucht hatte, dem Chefredakteur gegenüber eine Andeutung zu machen, woran er wirklich arbeitete. »Und wissen Sie, welche Art von kriminellen Machenschaften er meinte?«

Lubowisky zuckte die Achseln. »Schmuggel von Waffen oder Kunstschätzen, nehme ich an. Davon ist ja in den letzten Kriegsmonaten viel versteckt worden. Jonathan wollte es mir nicht genau verraten, er hatte auch keinerlei Beweise. Ich habe ihm gesagt, dass wir darüber sprechen sollten, wenn er zurück ist. Gerade wenn es um solche Themen geht, schauen uns die Alliierten auf die Finger, und wir müssen darauf achten, was wir veröffentlichen, und uns doppelt absichern. Wir stehen als Zeitung nun mal unter Beobachtung.«

Es verwunderte Vera, derartige Worte ausgerechnet aus seinem Mund zu hören. Ja, es stimmte, Zeitung und Radio standen in Deutschland nach wie vor unter der Aufsicht des Kontrollrats, der demnächst von der Hohen Kommission der Alliierten abgelöst werden würde. Daran hatten auch die neue Verfassung und die Gründung der Bundesrepublik nichts geändert – Deutschland stand noch immer unter Besatzungsstatus. Andererseits hatte Lubowisky ihnen als Chefredakteur immer gepredigt, dass sie verpflichtet seien, für die Information und Wahrheit mit aller Kraft zu kämpfen.

Plötzlich war Vera froh, dass Jonathan sie in seinem Brief gewarnt hatte, nicht einmal der Chefredakteur wisse von seinen Recherchen. Sonst hätte sie Lubowisky vielleicht sogar von Jonathans Päckchen und dem Überfall erzählt. Doch wenn der Chefredakteur erfahren würde, dass Jonathan gar nicht bei einem Unfall umgekommen war, und davon ausgehen musste, dass auch sie sich in Gefahr brachte, würde er ganz sicher seine Erlaubnis, Jonathans Arbeit fortzusetzen, verweigern.

Sie zwang sich erneut zu einem Lächeln. »Könnte ich wenigstens einen Blick in seine Unterlagen werfen und mir einen Überblick verschaffen? Bitte!«, setzte sie hinzu.

Er seufzte, reichte ihr dann aber eine schmale Mappe. »Gut, schauen Sie es sich an, aber seine Papiere sind so spärlich, dass Ihnen das kaum weiterhelfen wird. Und erlauben Sie mir, Ihnen einen gut gemeinten Rat zu geben – Sie sollten sich nicht verpflichtet fühlen, Jonathans Arbeit zu Ende zu führen, nur weil er Ihnen so viel bedeutet hat.«

»Nein, natürlich nicht«, log Vera. Lubowisky ahnte glücklicherweise nicht, wie sehr genau das der Fall war. Sie wandte sich zum Gehen, doch in der Tür blieb sie noch einmal stehen. »Was ist eigentlich mit Jonathans persönlichen Sachen, die er in Köln bei sich hatte?«

Der Chefredakteur, der den Kopf schon wieder über seine Arbeit gebeugt hatte, blickte auf. »Die Polizei hat nichts für die Redaktion Relevantes darin gefunden. Die Sachen werden uns alle in einigen Tagen übergeben. Da Jonathan keine Angehörigen mehr hatte, wird die Redaktion seine Bestattung und die Trauerfeier übernehmen. Das ist das Mindeste, was wir tun können.«

Vera nickte mit zugeschnürter Kehle.

Zurück auf ihrem Platz, ging sie die Papiere durch. Leider schien Lubowisky mit seiner Einschätzung recht gehabt zu haben. Jonathans Unterlagen skizzierten lediglich die Grundidee für die Reportage. Kein Wunder, alles Wichtige hatte sich bestimmt in dem Päckchen befunden, dachte sie. Für einen kurzen Moment fragte sie sich, ob sie nicht erleichtert sein sollte, weil es sie der Verantwortung enthob, Jonathans Letzten Willen zu erfüllen. Wenn man ihn umgebracht hatte, würden die Täter früher oder später sicherlich auch ihr auf die Spur kommen. Obwohl sie das Gefühl hatte, dass es nicht mehr viel gab, das sie in ihrem Leben verlieren konnte, bereitete ihr dieser Gedanke Angst.

Doch würde sie andererseits damit leben können, den Letzten Willen des Freundes nicht zu erfüllen und dadurch dazu beizutragen, dass seine Mörder ungestraft davonkamen?

Sie sah Jonathan plötzlich vor sich und erinnerte sich, wie er damals nach ihr gesucht hatte. Es war kurz nach der Kapitulation gewesen. Fast zwei Tage war sie verschwunden gewesen. Verschleppt von russischen Soldaten ... Sie verdrängte die Bilder, die gegen ihren Willen in ihr aufstiegen. Sie war sich nicht sicher, ob sie damals mit dem Leben davongekommen wäre, wenn Jonathan nicht Himmel und Hölle in Bewegung gesetzt hätte, um sie zu finden. Trotz der Gefahr, in die er sich selbst damit brachte, war er schließlich zu einem obersten Offizier der russischen Militärpolizei gegangen, der ihn überraschenderweise nicht abwies. Sie verdankte Jonathan so viel. Nein, es würde sie mit tiefer Scham erfüllen, wenn sie nicht zumindest versuchte, seinem Vertrauen gerecht zu werden und seine letzte Bitte zu erfüllen.

Vera wünschte nur, sie hätte wenigstens ein paar mehr Anhaltspunkte gehabt, womit Jonathan sich bei seinen Recherchen wirklich beschäftigt hatte. Erneut stieg der Zorn darüber, dass ihr dieser Unbekannte die Unterlagen einfach so entwendet hatte, in ihr hoch.

Es half alles nichts, sie würde ganz von vorne anfangen müssen. Doch eine Möglichkeit fiel ihr noch ein. Sie begab sich nach unten in den Keller. Im Untergeschoss lief sie durch einen langen Flur, wo die Farbe von den Wänden blätterte, bis sie schließlich einen Raum erreichte, in dem sich das Archiv befand. Regale mit Hängeregistraturen, die bis unter die Decke gingen, füllten die Wände, dazwischen standen immer wieder hochgestapelte Türme von beschrifteten Kisten. Es war Vera ein Rätsel, wie man sich hier zurechtfinden konnte. Suchend ließ sie ihre Augen an den Regalen entlanggleiten, bis sie die schmale, grauhaarige Frau mit dem Zwicker auf der Nase entdeckte, die auf Zehenspitzen auf einer Leiter stand und murmelnd in einem der herausgezogenen Register blätterte.

»Guten Tag, Fräulein Brand!«

Die Angesprochene drehte sich zu ihr, wobei die Leiter gefährlich ins Schwanken geriet, und schenkte ihr von oben herab ein Lächeln. »Frau Lessing!« Mit flinken Schritten kam sie mit einer Mappe in der Hand die Leiter zu ihr hinuntergestiegen.

»Wie kann ich Ihnen helfen?«

Zögernd erklärte ihr Vera, dass sie gerne wissen wolle, ob Jonathan in den letzten Wochen etwas aus dem Archiv angefordert habe.

»Eine schreckliche Sache mit Herrn Jacobsen. Ich mochte ihn sehr«, sagte Fräulein Brand bekümmert. Dann überlegte sie. »Ja, er hat einiges geordert. Vor ungefähr drei Wochen hat er nach einer ganzen Reihe von Artikeln verlangt.«

»Wissen Sie vielleicht noch, worum es in diesen Artikeln ging, die er bestellt hat?«

Die Falten auf Fräulein Brands Stirn vertieften sich. »Um ein Kriegsgefangenenlager in Rimini, glaube ich. Warten Sie, ich habe das notiert …« Sie trat zu ihrem mit Papieren und Notizen überladenen Schreibtisch und blätterte in einem ledergebundenen Buch. Vera spähte ihr über die Schulter. Ihr Herzschlag beschleunigte sich. Unter dem Namen Jonathan Jacobsen war eine lange Liste von Zeitungsnamen, Artikeln und Daten aufgelistet. »Könnten Sie mir die vielleicht alle noch mal aus dem Archiv besorgen?«

8

Als sie sich am Abend auf den Weg nach Hause machte, fühlte sie sich müde und erschöpft, aber sie hatte das Gefühl, auf dem richtigen Weg zu sein. Fräulein Brand hatte ihr zugesichert, die gewünschten Zeitungsausschnitte bis zum nächsten Nachmittag herauszusuchen. Und mit den Artikeln würde sie bestimmt nachvollziehen können, wo Jonathans Recherchen angesetzt hatten.

Grübelnd stieg sie die abgenutzten Treppenstufen zu ihrer Wohnung in den dritten Stock hoch. Als sie den Schlüssel ins Schloss steckte, stockte sie kurz in ihrer Bewegung. Sie versuchte, nicht daran zu denken, was am Tag zuvor geschehen war.

Mit einem Seufzen trat sie über die Schwelle und warf ihre Strickjacke auf einen Stuhl. Sie wollte sich gerade zur Küche wenden, als sie erstarrte. Mitten auf dem Schreibtisch – präsentiert wie ein Geschenk – lag ein aufgerissenes Päckchen. *Jonathans Paket!* Das konnte nicht sein.

Fast im selben Moment nahm sie aus den Augenwinkeln eine Bewegung wahr und fuhr herum. Auf der Schwelle zum Bad stand der Mann, der sie gestern Abend überfallen und überwältigt hatte, genauer gesagt lehnte er in einer unangemessen lässigen Haltung am Türrahmen. Es war nicht die Selbstverständlichkeit, mit der er das zweite Mal in ihre Wohnung eingedrungen war, als hätte er jedes Recht dazu, sondern das, was er in seiner Hand hielt, das ihren Schock augenblicklich in Wut umschlagen ließ.

»Legen Sie das Bild weg!«

Für den Bruchteil einer Sekunde flammte in seinem Gesicht Neugier auf. »Schon gut.« Seine Stimme klang genauso ruhig und gleichgültig wie am Tag zuvor. Vorsichtig legte er das Bild mit der umgedrehten Seite wieder auf dem Nachttisch ab, bevor er sich ihr zuwandte.

»Ich wollte Ihnen das Päckchen zurückbringen und mich für mein Verhalten entschuldigen«, erklärte er zu Veras Überraschung.

»Und deshalb brechen Sie zum zweiten Mal in meine Wohnung ein?«

»Nun ja, ich fand es sicherer, das Päckchen hierzulassen. Ehrlich gesagt, mit einem Dietrich ist es ziemlich leicht, hier hereinzukommen. Sie sollten das Schloss auswechseln lassen.«

Ungläubig beobachtete sie, wie er sich auf einen zierlichen Stuhl neben dem Bett sinken ließ, der seine Größe auf absurde Weise noch zu betonen schien, und die Beine übereinanderschlug.

»Bitte, fühlen Sie sich wie zu Hause!«, entfuhr es ihr sarkastisch.

Er ignorierte ihren Kommentar. »Hören Sie mir einen Augenblick zu. Es tut mir wirklich leid, dass ich hier so eingedrungen bin, und mir ist klar, was Sie denken müssen«, erwiderte er. »Aber ich musste wissen, was Ihr Freund Ihnen geschickt hat. Leider kann ich Ihnen nicht erklären, warum, aber glauben Sie mir, ich hoffe und möchte Sie geradezu dazu auffordern, dass Sie seine Recherchen zu Ende führen.«

Vera starrte ihn an. Sein widersprüchliches Verhalten verwirrte sie. Er sprach fließend Deutsch, wie es nur ein Muttersprachler tat, dennoch betonte er die Worte ungewöhnlich, fiel ihr auf. »Wer sind Sie?«, fragte sie schließlich.

Er erhob sich vom Stuhl. »Das spielt keine Rolle.«

Er wollte auf die Wohnungstür zugehen, doch Vera stellte sich ihm in den Weg.

»Bitte, wenn Sie etwas wissen, das mit Jonathans Tod in Zusammenhang steht, müssen Sie es mir sagen.«

Er verharrte einen Moment auf der Stelle. »Das Einzige, was ich Ihnen sagen kann, ist, dass es kein Unfall war. Lesen Sie, was in dem Paket ist. Dann werden Sie verstehen. Und beherzigen Sie den Rat Ihres Freundes. Seien Sie vorsichtig! Ich werde mich bei Ihnen melden.«

Die letzten Worte hatte er kaum ausgesprochen, als er sie auch schon zur Seite schob und aus der Tür verschwand, die mit einem leisen Geräusch hinter ihm ins Schloss fiel.

Wie versteinert blickte Vera ihm hinterher, bevor sie sich abwandte und zum Schreibtisch trat. Mit zittrigen Händen ergriff sie das Paket und zog den Inhalt aus dem Packpapier. Kurz fiel ihr Blick auf den Brief, den Jonathan ihr geschrieben hatte. Sie legte ihn zur Seite und schlug die Mappe mit den Recherchen auf. Zeitungsausschnitte, Aufzeichnungen, die Niederschrift einiger Interviews und Notizen befanden sich darin. Ein Zettel mit einem Namen und einer Telefonnummer fiel ihr entgegen. Der Name einer Frau stand darauf – *Marie* …

Neun Monate zuvor, Bonn, August 1948

Marie

9

Ihr Herz klopfte aufgeregt. Der Mann vor ihr, der sich ihr knapp als Wilhelm Krüger vorgestellt hatte, wirkte streng. Sein Mund war kaum mehr als ein Strich unter seinem langen geschwungenen Schnurrbart, der nicht ganz in die Zeit passen wollte und Marie an ein Foto ihres Großvaters erinnerte. Zwischen seinen Brauen zeigte sich eine tiefe eingekerbte Falte, die einen ewig skeptischen Ausdruck in sein hageres Gesicht gebrannt zu haben schien. Abschätzend musterte er sie, als überlegte er, ob es wirklich der Mühe wert war, sich mit ihr näher zu beschäftigen.

Marie versuchte, ihre aufrechte Haltung beizubehalten und ihre Handflächen, die längst vor Aufregung feucht geworden waren, sittsam gefaltet auf ihrem Schoß zu lassen. Die einzig angemessene Haltung für eine junge Dame bei einem Vorstellungsgespräch, wie ihr Frau Boehmer in der Sekretärinnenschule immer wieder eingebläut hatte. »Erwidern Sie freundlich den Blick – ohne zu viel zu lächeln, das wirkt unsicher!« Die gebetsmühlenartig vorgetragenen Anweisungen waren ihr stets lächerlich vorgekommen. Doch jetzt war sie dankbar dafür, weil sie sich daran festhalten konnte. Sie musste einen guten Eindruck machen, denn sie wollte die Stelle unbedingt! Herr Krüger, der außer einem kurzen Begrüßungssatz noch immer nichts gesagt hatte, blätterte indessen weiter in ihren Bewerbungsunterlagen. Was um Gottes willen gab es darin so viel zu lesen?

Marie widerstand dem Impuls, ihre Augen durch den Raum wandern zu lassen. Auch das gehörte sich nicht, wie sie gelernt hatte. Beim Hereinkommen hatte sie nur kurz die schlichte Einrichtung aus alten Holzmöbeln wahrgenommen.

Den Blick weiter auf Herrn Krüger gerichtet, fiel ihr zu dessen rechter Seite auf dem Schreibtisch der hohe Stapel Akten auf. Waren das alles Bewerbungen? Es waren mehrere Stellen ausgeschrieben, doch angesichts dieser Zahl von Konkurrenten schwand auf einmal ihre Hoffnung, genommen zu werden.

Endlich sah Herr Krüger auf. »Wie alt sind Sie, Fräulein Weißenburg?«, fragte er kühl.

»Ich bin letzten Winter zwanzig geworden, Herr Krüger.«

»Ein bisschen jung für solch eine Stelle, nicht wahr?«

Sie schwieg, weil sie das Gefühl hatte, dass jede Antwort darauf falsch gewesen wäre und er offensichtlich zu der Sorte Menschen gehörte, die es generell nicht mochten, wenn man ihnen widersprach.

Er zwirbelte seinen Schnurrbart. »Immerhin, Ihre Zeugnisse sind einwandfrei, und Ihre Tippgeschwindigkeit ist herausragend. Außerdem hat Frau Boehmer Sie mir persönlich empfohlen!«

An und für sich wäre diese Feststellung ein Kompliment gewesen, doch in seinem Tonfall schwang die gleiche Skepsis mit, die auch in seinem Gesicht zu lesen stand.

Er musterte Maries zierliche Gestalt streng, und sie fragte sich, ob sich vielleicht eine Strähne aus ihrem hochgesteckten Haar gelöst hatte. »Sind Sie sich darüber im Klaren, wie verantwortungsvoll Ihre Arbeit hier wäre?«

»Ja, selbstverständlich. Das bin ich, Herr Krüger«, erwiderte sie eilig. Die Stelle war ausgeschrieben für vertrauliche Sekretariatsarbeiten bei dem gerade ins Leben gerufenen Parlamentarischen Rat, der ab September in Bonn seine Arbeit aufnehmen würde. Politische Vertreter aus den Ländern der westlichen Besatzungszonen sollten dort zusammen eine gesetzliche Grundlage für eine Verfassung bestimmen und verabschieden. So ganz war ihr zwar nicht klar, was das im Einzelnen bedeutete, aber dass die Arbeit einer Sekretärin in diesem Zusammenhang besonders vertrauensvoll und wichtig war, verstand sich von selbst.

»Und Ihre Eltern sind einverstanden, dass Sie diese Beschäftigung annehmen?«

»Ja, meine Mutter würde sich sehr freuen. Mein Vater lebt nicht mehr«, fügte sie hinzu.

Er blickte auf. »Er ist gefallen?«

»In Russland. Er war Offizier.«

Er nickte knapp, aber zum ersten Mal, seitdem sie den Raum betreten hatte, schien die Strenge für einen Augenblick aus seinem Gesicht zu weichen. »Das tut mir leid. Es sollte Ihnen ein Trost sein, dass viele gute Männer dort ihr Leben gelassen haben. Sie wohnen zusammen mit Ihrer Mutter in Köln?«

»Mit ihr und meinen beiden Brüdern.«

Herr Krüger fuhr mit seinen Fragen fort, und nachdem er sie noch darüber belehrt hatte, dass die Arbeit es unter Umständen erfordern könnte, dass sie sich in Bonn ein Zimmer nehmen müsse, forderte er sie auf, ihm zu folgen.

Sie liefen durch einen langen, weiß getünchten Gang und stiegen die Treppen hoch, bis sie schließlich im obersten Stockwerk zu einem Raum gelangten, in dem augenscheinlich bereits geschäftiger Bürobetrieb herrschte. Ein Mann im Anzug, der in den Vierzigern war, stand neben einem Tisch und telefonierte, den Hörer an den Hals geklemmt, während er sich gleichzeitig Notizen machte. Im Hintergrund saßen eine Sekretärin und ein Sekretär und tippten mit ratternden Geräuschen in schneller Geschwindigkeit auf ihren Schreibmaschinen. Tische und Schränke waren mit Akten und Unterlagen überladen.

Herr Krüger blieb in überraschend untertäniger Haltung im Raum stehen und wartete, bis der Mann am Telefon sein Gespräch beendet hatte.

»Verzeihen Sie, Herr Blankenhorn, dass ich Sie störe, aber das ist Fräulein Weißenburg, die uns empfohlen wurde«, sagte er schließlich beflissen.

Marie machte einen höflichen Knicks, als der Angesprochene ihr freundlich die Hand schüttelte. »Sie können tippen?«

Sie bejahte seine Frage.

»Sie war die Schnellste in dem Lehrgang von Frau Boehmer«, ergänzte Herr Krüger neben ihr eilig.

Blankenhorn, der sich gegen den Schreibtisch gelehnt hatte, nickte zufrieden. »Sehr gut.« Er wollte sich wieder dem Telefon zuwenden, aber dann hielt er noch einmal inne und wandte den Kopf wieder zu Marie. »Sie sind doch nicht Mitglied in der Sozialdemokratischen oder Kommunistischen Partei, oder?«

Marie schaute ihn verwirrt an. »Ich ... nein. Ich meine, ich bin in gar keiner Partei.« Ihr Blick glitt Hilfe suchend zu Herrn Krüger, und sie spürte, wie ihr eine leichte Röte in die Wangen stieg. War eine Parteizugehörigkeit etwa Voraussetzung für die Einstellung?

Blankenhorn zwinkerte ihr zu. »Nur ein kleiner Scherz. Wir wollen uns doch nicht den Feind ins eigene Lager holen. Sie werden nämlich für das Büro des Vorsitzenden der Christlich-Demokratischen Partei der britischen Zone arbeiten, für Herrn Adenauer«, fügte er hinzu.

Sie horchte auf. Der Name *Adenauer* war Marie natürlich bekannt. Bei ihrer Vorbereitung auf dieses Gespräch hatte sie sich auf Anraten von Frau Boehmer die Namen der Parteivorstände und Ministerpräsidenten der westlichen Zonen eingeprägt, aber Konrad Adenauer war ihr noch aus einem anderen Grunde ein Begriff. Er war nach dem Krieg für kurze Zeit Oberbürgermeister in Köln gewesen.

Erfreut blickte sie Blankenhorn an, als ihr klar wurde, was er gerade gesagt hatte. »Dann habe ich die Stelle?«

Er lächelte. »Wenn Sie so schnell tippen können, wie alle behaupten, ja. Sie können morgen anfangen.« Er deutete zu den überladenen Schreibtischen. »Wie Sie sehen, brauchen wir dringend Hilfe hier«, sagte er und wandte sich mit diesen Worten wieder dem Telefon zu, während Herr Krüger sie auch schon aus dem Raum dirigierte.

10

Marie konnte ihr Glück kaum fassen. Auf dem Rückweg nach Köln hatte sie Mühe, in der Bahn still zu sitzen. Aufgeregt schaute sie aus dem Fenster. Draußen gab die Strecke in der Kurve für einen kurzen Moment den Blick auf den Rhein frei, der sich in einem breiten Band durch die Landschaft schlängelte. Auf der anderen Uferseite erhoben sich sanfte grüne Abhänge mit Wiesen, Feldern und Ortschaften, deren Häuser aus der Ferne wie kleine Puppenstuben wirkten. Hier schien alles noch so, wie es einmal gewesen war, und man konnte sich fast der Illusion hingeben, es hätte nie einen Krieg gegeben. Köln dagegen war von der Zerstörung gezeichnet. Ihre Gedanken wanderten unweigerlich zurück zu den Tagen im Frühjahr 1945, als sie völlig ausgehungert mit ihrer Mutter und ihrem Bruder Fritz in der Ruinenstadt angekommen war. Trotz aller Gefahren hatte sie sich von Berlin aus durch das vom Krieg zerrissene Land auf den Weg nach Köln gemacht. Die Rheinstadt war bereits im März von den Amerikanern erobert worden. Freunde ihres Vaters hatten ihnen dringend nahegelegt, sich zu ihrer eigenen Sicherheit dorthin zu flüchten und Berlin unter allen Umständen zu verlassen. Der Kampf um die deutsche

Hauptstadt würde bis zum bitteren Ende geführt werden, und von den Russen, die die Stadt als Erste erreichen würden, hatten die Deutschen keine Gnade zu erwarten. Es war Marie völlig verrückt erschienen, doch ihre Mutter und Fritz – Helmut, der älteste Bruder, befand sich damals noch an der Front – hatten nicht mit sich reden lassen. Nur schemenhaft hatte sie die grauenhaften Tage noch in Erinnerung: die langen Strecken, die sie zu Fuß gegangen waren, abseits von den großen Straßen, wie sie sich über Felder und durch Wälder ihren Weg erkämpft hatten, um keinen Soldaten und Patrouillen in die Hände zu fallen. Oft waren sie so erschöpft, dass sie keinen Fuß mehr vor den anderen setzen konnten. Manchmal hatten sie sich über Stunden in irgendeinem Schuppen oder Straßengraben verstecken müssen, weil die Scheinwerferlichter herannahende Truppen verrieten. Marie lernte, dass Hunger und Kälte schrecklich waren, aber nichts gegen den Durst, der sie glauben ließ, verrückt zu werden. Es schien ihr immer noch wie ein Wunder, dass sie nach den tagelangen Strapazen tatsächlich lebend in Köln angekommen waren. Der Schock war groß gewesen, denn die Stadt war so zerstört, dass die Amerikaner überlegten, sie am besten gleich an anderer Stelle ganz neu aufbauen zu lassen. Marie war vor Verzweiflung in Tränen ausgebrochen.

Immerhin stand das kleine Haus ihrer verstorbenen Großmutter noch, das sich am südlichen Stadtrand befand. Über Stunden irrten sie durch Ruinen und Trümmer, bis sie den Weg dorthin fanden. Die Einschusslöcher in der Fassade verrieten, dass die Kämpfe sich bis an den Rhein hinuntergezogen hatten.

Kaum hatten sie sich in dem Haus etwas niedergelassen, verlangten die Amerikaner jedoch, dass sie es räumen sollten, und beschlagnahmten es als Quartier. Es war ihr Glück, dass Köln kurz darauf an die Briten übergeben wurde, denn die hatten anscheinend andere Unterkünfte, sodass sie wieder einziehen konnten. Der Anfang war trotzdem schwer gewesen. Im Garten hatten sie etwas Gemüse angebaut, aber der Hunger wurde ein ständiger, treuer Begleiter. Freunde der Familie, die ihre Mutter von früher kannten, unterstützten sie jedoch. Anfang '47 kam dann auch Maries Bruder Helmut aus dem Internierungslager frei. Seitdem war die Familie wieder vollzählig – mit Ausnahme ihres Vaters, der im letzten Kriegsjahr gefallen war.

Marie hörte, dass die nächste Haltestation angesagt wurde, und griff nach ihrer Tasche, um auszusteigen. Den Weg bis nach Hause rannte sie.

11

An der Haustür klingelte es Sturm, und ihre Mutter öffnete verwundert. »Marie? Was ist denn los? Hast du deinen Schlüssel vergessen?«

Ihre Tochter lachte. »Ich habe die Stelle! Ich habe sie.« Sie fasste ihre Mutter um die Taille und wirbelte sie einmal mit sich im Kreis. Feine graue Strähnen hatten sich in den letzten Jahren in die dunkelblonden Haare von Margot Weißenburg geschlichen, und sie war schmal geworden. Die letzten Jahre hatten ihre Spuren hinterlassen, doch jetzt lächelte sie voller Freude. »Wirklich? Ach, mein Kind, wie wundervoll.«

Marie lief ihr voran ins Wohnzimmer, in dem ein junger dunkelblonder Mann mit kantigen Gesichtszügen an einem Tisch von seinen Unterlagen aufsah. Es war ihr Bruder Helmut, der die Neuigkeit mitgehört hatte.

»Gratulation. Dann kannst du ja jetzt auch etwas zum Unterhalt beisteuern«, sagte er, während er die Unterlagen vor sich zusammenpackte und in einen kleinen Schrank neben dem Regal einschloss.

Marie straffte sich. Sie liebte ihren Bruder, aber ihr Verhältnis war nicht immer einfach. Das lag vor allem daran, dass er sich ihr gegenüber mit seinen fünfundzwanzig Jahren immer wie der überlegene Ältere verhielt, der glaubte, ihr Vorschriften machen zu können. Seit dem Tod des Vaters war er der Meinung, die Rolle des Familienoberhaupts übernehmen zu müssen, und nach seiner Rückkehr aus dem Internierungslager hatte sich sein bevormundendes Verhalten noch verschlimmert. Zu ihrem Leidwesen ließ ihre Mutter ihn oft gewähren, wenn er sie oder auch ihren Bruder Fritz, der gerade zweiundzwanzig geworden war, herumkommandierte. Einmal hatte Marie es nicht ausgehalten und sich ihr gegenüber heimlich beschwert. Daraufhin hatte ihre Mutter sie zur Seite genommen und ihr erklärt, dass ihr Bruder sie doch nur beschützen und das Beste für sie wolle. Liebevoll hatte sie den Arm um sie gelegt und lange über die unterschiedlichen Rollen von Mann und Frau gesprochen und darüber, dass ihr Bruder, genau wie ihr Vater, doch schließlich für sie beide sein Leben im Krieg riskiert habe. Am Ende hatte Marie sich ganz schlecht gefühlt und nur stumm genickt. Sie musste anerkennen, dass Helmut es von ihnen allen sicherlich am schwersten gehabt hatte. Er war während der Kriegsjahre erwachsen geworden, hatte selbst an der Front gekämpft und musste nach der Kapitulation nicht nur die Demütigung der Gefangenschaft ertragen, sondern auch seinen Traum von einer militärischen Laufbahn bei der Wehrmacht endgültig begraben. Seit letztem Oktober studierte er jetzt Ingenieurwissenschaften, war unter den Studenten aber einer der Ältesten und arbeitete nebenbei einige Schichten in einer Fabrik, um die Familie zu unterstützen.

»Natürlich werde ich auch meinen Teil beisteuern«, erwiderte Marie jetzt. »Ich werde auch schon morgen im Büro des

Vorsitzenden der CDU als Sekretärin anfangen«, erklärte sie stolz. »Und wisst ihr, wer das ist!?«

Ihre Mutter und ihr Bruder schüttelten fragend den Kopf.

»Konrad Adenauer!«, verkündete sie.

Helmut runzelte die Stirn und lehnte sich in seinem Stuhl zurück. »Tatsächlich?«, fragte er, während er sich eine Zigarette anzündete.

Marie nickte, als hinter ihr Schritte zu hören waren. Ihr Bruder Fritz war ins Wohnzimmer getreten.

»Ist dieser Adenauer nicht uralt? Das heißt dann, du arbeitest für einen Greis?«, fragte Fritz und knuffte Marie dabei freundschaftlich in die Seite. Er studierte Jura und war so ganz anders als Helmut. Mit ihm war es immer leicht auszukommen, und obwohl er es liebte, sie oft ein bisschen aufzuziehen, fühlte sich Marie von ihm doch stets respektiert.

Sie zog die Nase kraus. »Keine Ahnung. Ich weiß nicht, wie alt er ist.«

»Nun, alt zu sein – das muss ja auch nicht schlecht sein, mein Sohn«, mischte Margot Weißenburg sich tadelnd ins Gespräch. »Das spricht schließlich für Reife und Erfahrung. So, und nun kommt, wenn Marie jetzt hier ist, können wir auch alle essen.«

Sie legte den Arm um ihre Tochter und zog sie mit sich. Die Familie nahm um den schlichten Esstisch herum Platz, während Margot Weißenburg die Kartoffelsuppe in die Teller zu füllen begann.

Das Abendbrot war die Mahlzeit, die sie als Familie stets zusammen einnahmen, darauf legte sie Wert, auch wenn sie inzwischen alle keine Kinder mehr waren. Ihre Brüder gingen danach oft noch aus, vor allem Fritz, der seit Neuestem eine Freundin hatte.

Ihre Mutter bestand darauf, dass Marie während des Essens noch einmal in allen Einzelheiten von ihrem Vorstellungsgespräch berichtete. Lebhaft schilderte sie die Begegnung mit Herrn Krüger und Herrn Blankenhorn. Während sie sprach, fiel ihr Blick auf einmal auf das große gerahmte Foto ihres Vaters, das an der Wand hing. Die Erinnerung an ihn trübte ihre Freude. »Ich wünschte, Vater wäre bei uns, und ich könnte ihm von heute erzählen«, entfuhr es ihr traurig.

Das betretene Schweigen am Tisch und die Gesichter ihrer Brüder, die sich in Richtung ihrer Teller senkten, während ihre Mutter den Mund zusammenpresste, ließ sie die Worte jedoch fast augenblicklich bereuen. So war es immer, wenn das Gespräch auf ihren Vater kam. Sie sprachen über seinen Tod genauso wenig wie über die Jahre, die hinter ihnen lagen. Als wenn es ein stillschweigendes Abkommen darüber in der Familie geben würde. Manchmal kam es ihr so vor, als wäre ihr Vater dadurch auf zweifache Weise gestorben.

»Egal, wo er jetzt ist, glaub mir, er wäre bestimmt stolz auf dich«, sagte ihre Mutter mit einem so gezwungenen Lächeln, dass Marie erneut wünschte, sie hätte den Mund gehalten.

Sie unterdrückte ein Seufzen. Die entspannte Stimmung war dahin, und sie war froh, als sie sich alle wenig später vom Tisch erhoben. Während sie ihrer Mutter beim Abräumen half, sah sie, dass diese sich mit den Fingerspitzen die Schläfen massierte und die Augen zusammenpresste. Ein untrügliches Zeichen, dass ein Migräneanfall nahte. Seitdem sie in Köln lebten, litt sie oft darunter.

Marie berührte sie sanft am Arm. »Leg dich ruhig hin. Ich räume ab und mache die Küche.«

»Danke, mein Kind.« Margot Weißenburg blickte sie erleichtert an und stieg die Treppe zum Schlafzimmer hoch.

Eine Weile hing Marie beim Aufräumen und beim Abwasch ihren eigenen Gedanken nach. Sie spürte, dass ein großer Neuanfang vor ihr lag, und sie freute sich darauf.

Als sie nach getaner Arbeit schließlich zurück ins Wohnzimmer ging, sah sie die Tageszeitung, die auf einem kleinen Beistelltisch im Flur lag. Auf der ersten Seite prangte eine Schlagzeile zum Parlamentarischen Rat. Neugierig nahm Marie die Zeitung in die Hand und schlug die Seite auf, auf der der gesamte Artikel abgedruckt war. *Eine neue Verfassung für Westdeutschland.* Sie überflog die Zeilen, die sich vor allem mit der Frage befassten, ob mit der neuen gesetzlichen Grundlage nicht auch die Spaltung von Ostdeutschland weiter vorangetrieben würde. Seit der Währungsreform und der Berlin-Blockade durch die Sowjets war eine gemeinschaftliche Lösung für Deutschland in weite Ferne gerückt. Marie musste zugeben, dass sie inzwischen froh war, dass sie nach Köln geflohen waren. Wie sehr sich die Welt in den letzten Jahren verändert hatte. Auch wenn der Krieg vorbei war, wusste doch niemand, welche Zukunft sie alle erwartete. Nachdenklich faltete Marie die Zeitung wieder zusammen. Dabei fiel ihr Blick auf den unteren Teil der Seite, auf dem das Foto eines Mannes abgedruckt war. Überrascht starrte sie es an. Sie kannte ihn von früher. Er war ein Freund und Kollege ihres Vaters, der oft bei ihnen in Berlin zu Besuch gewesen war – Ernst Schulenberger, *Onkel Ernst* für sie, genauer gesagt. Die Bilder eines warmen Sommertages tauchten aus der Erinnerung vor ihren Augen auf. *Sie saßen alle im Garten und aßen Kuchen. Sie war vielleicht elf oder zwölf, und er hatte ihr eine Puppe als Geschenk mitgebracht, die sie sich schon lange gewünscht hatte. Jubelnd fiel sie ihm um den Hals. »Danke, Onkel Ernst!« Liebevoll tätschelte er ihr das Haar. Ihr Vater stand lächelnd neben ihnen und hatte ihm kameradschaftlich die Hand auf die Schulter gelegt. »Du verwöhnst die Kinder zu sehr, Ernst!«* Fast jedes Mal hatte er ihnen Geschenke gemacht, und später, als ihr Vater schon in Russland war, hatte er der Familie oft geholfen.

Warum um Gottes willen war sein Bild jetzt in der Zeitung? Mit einem unguten Gefühl las sie die klein gedruckten Zeilen.

»Ernst Schulenberger, Angeklagter im Wilhelmstraßen-Prozess und ehemaliger führender Mitarbeiter des Reichssicherheitshauptamtes, am letzten Freitag bei einem der Verhandlungstage in Nürnberg …«

Nürnberg? Marie ließ die Zeitung in der Hand nach unten sinken. Sie wusste, dass dort die großen internationalen Kriegsverbrecherprozesse stattfanden, aber was hatte Ernst Schulenberger damit zu tun?

Sie vernahm Schritte hinter sich und drehte sich um. Ihr Bruder Helmut war die Treppe heruntergekommen. Er trug eine Jacke in der Hand und wollte anscheinend noch ausgehen. »Hast du das gesehen?«, fragte Marie ihn. Sie hielt ihm die Zeitung mit dem Foto entgegen. »Onkel Ernst ist in Nürnberg angeklagt worden!«

Helmut zog die Brauen hoch. Wortlos nahm er die Zeitung entgegen. Doch er warf kaum mehr als einen kurzen Blick auf das Foto und die Zeilen daneben, bevor er das Nachrichtenblatt auch schon verächtlich in den Mülleimer neben dem Schirmständer feuerte. »Einfach widerlich. Dass man ihn so vorführt …«

Als er den verwirrten Ausdruck im Gesicht seiner Schwester bemerkte, legte er seine Hand auf ihre Schulter. »Lies das gar nicht und vor allem glaub nicht, was da steht. Die können doch alles behaupten. Das ist keine Gerechtigkeit, sondern Siegerjustiz, was sie da in Nürnberg aufführen«, sagte er aufgebracht, bevor er sich zum Gehen wandte und auch schon durch die Tür entschwunden war.

Einen Moment lang blickte sie ihm hinterher, doch dann fischte sie die Zeitung wieder aus dem Mülleimer heraus. Nachdenklich betrachtete sie das Foto von Ernst Schulenberger.

12

Ihre ersten Arbeitstage waren so aufregend und ausgefüllt, dass Marie den Zeitungsartikel über Ernst Schulenberger zunächst wieder vergaß. Am frühen Morgen fuhr sie mit dem ersten Zug nach Bonn und kam erst mit dem letzten wieder zurück nach Köln.

Bis zur Eröffnung des Parlamentarischen Rates waren es nicht einmal mehr zehn Tage, und in der Pädagogischen Akademie, in der die Abgeordneten ab dem ersten September ihre Arbeit aufnehmen sollten, herrschte Hochbetrieb. Sonja, die als Sekretärin für das Fraktionsbüro der CDU arbeitete, führte sie am ersten Tag durch die Flure und zeigte ihr die Büros des Gebäudes. Die beiden Frauen schlängelten sich an Malern vorbei, die dabei waren, Wände zu streichen, während in manchen Räumen die Handwerker noch die Decken verputzten oder an zerstörten Fenstern die Brettverschalung wieder durch Glas ersetzten.

»Alles noch etwas chaotisch, wie du siehst«, sagte Sonja, während sie auf eine große Doppeltür wies. »Das ist die Aula – sie wird vorerst als Plenarsaal dienen.«

Sie öffnete die Tür zu dem großen Raum, in dem sich lange Reihen von Pulten befanden – genug Platz für die siebzig Abgeordneten, die sich hier zu ihren Sitzungen treffen würden. Die Fensterseite war vollständig verglast, an der hinteren Wand waren dagegen gerade mehrere Männer damit beschäftigt, einen Gobelin aufzuhängen, der dem Raum wohl etwas Würdevolles verleihen sollte. »Stammt aus dem Besitz der Stadt Bonn«, erklärte Sonja. Sie war nur wenige Jahre älter als Marie und mit ihrem rotblond gewellten Haar und der kurvigen Figur eine echte Erscheinung. Gleich bei ihrem ersten Gespräch am Morgen, als sie noch schnell im Hof eine Zigarette geraucht hatte, hatte sie Marie trocken erklärt, dass sie die Stelle vor allem angenommen habe, um ihre Chancen zu erhöhen, hier einen Ehemann zu finden.

»Das meinst du nicht ernst!«, hatte Marie mit einem Lachen erwidert.

»Aber sicher«, hatte Sonja entgegnet, während sie einen tiefen Zug nahm und sie dann vielsagend anblickte. »Überleg doch mal, auf zwei Männer im heiratsfähigen Alter kommen drei Frauen. Stand gerade in der Zeitung. Und seien wir ehrlich, von den zweien hat entweder einer auch noch einen psychischen Schaden im Krieg erlitten oder er ist nicht in der Lage, eine Familie zu ernähren. Da muss man schon etwas tun, um seine Möglichkeiten zu verbessern!«

Die Besorgnis, die sich auf ihrem Gesicht zeigte, wirkte echt. Dabei schien es nur schwer vorstellbar, dass ausgerechnet Sonja jemals Probleme haben würde, einen Ehemann zu finden, dachte Marie bei sich. Sie mochte sie auf Anhieb. Ihre unverblümte Ehrlichkeit hatte etwas Erfrischendes, und die beiden jungen Frauen gewöhnten sich schnell an, ihre kurzen Pausen gemeinsam zu verbringen.

Die meiste Zeit war jedoch mit Arbeiten angefüllt. Marie nahm Diktate auf und tippte Protokolle, Ablaufpläne und Anschreiben jeder Art, vor allem für Herrn Blankenhorn – und das alles in solcher Geschwindigkeit, dass sie kaum zum Durchatmen kam und ihre Finger sich am Abend wund anfühlten und schmerzten. Das Geräusch des Tastenanschlags verfolgte sie bis in den Schlaf. Adenauer selbst hatte sie bis jetzt noch kein einziges Mal zu Gesicht bekommen.

»Ab September, wenn erst einmal alle bei der Arbeit sind, wird es leichter«, sagte Blankenhorn mit einem Lächeln zu ihr, als er einmal mitbekam, wie sie ihre Finger zwischendurch mit einigen Dehnungsübungen zu entspannen versuchte. Blankenhorn, der nicht nur Referent von Adenauer war, sondern auch das Amt des Generalsekretärs der Christlich-Demokratischen

Partei in der britischen Zone innehatte, war fast immer mit mindestens drei Sachen gleichzeitig beschäftigt. Oft diktierte er Marie noch im Laufschritt auf dem Weg zu seinem verbeulten Wagen zwei, drei Anschreiben. Es war offensichtlich, dass es überall an Geld genauso wie an Personal und ausreichenden technischen Hilfsmitteln fehlte. »Man muss sich in diesen Zeiten eben zu helfen wissen«, pflegte er zu sagen und bezeichnete Marie dabei als Geschenk des Himmels, weil sie so schnell schreiben konnte wie zwei Schreibkräfte zugleich. Natürlich war das übertrieben, aber sie freute sich über das Kompliment, das ihr das Gefühl gab, nützlich zu sein. Zum ersten Mal in ihrem Leben fühlte sie sich gebraucht – auch wenn sie sich nicht erinnern konnte, abends jemals so erschöpft ins Bett gefallen zu sein.

Sie merkte auch, dass selbst die wenigen Tage, die sie jetzt arbeitete, sie unmerklich zu verändern begannen. Vielleicht lag es nur daran, dass sie sich angesichts ihres neuen Arbeitsumfeldes, in dem ständig über Politik geredet wurde, plötzlich verpflichtet fühlte, jeden Morgen die Zeitung zu lesen. Einmal stand dort wieder etwas über die Nürnberger Prozesse, und auch wenn Ernst Schulenberger diesmal nicht erwähnt wurde, verspürte sie eine leise Furcht vor den Fragen, die sie sich dabei tief in ihrem Inneren stellte.

In den letzten Augusttagen sah sie auch endlich Herrn Adenauer das erste Mal. Eines Morgens – sie saß hinter ihrer Schreibmaschine und tippte – stand er überraschend vor ihr und begrüßte sie wie alle anderen Mitarbeiter mit Handschlag. Er stellte sich höflich vor. »Es freut mich, Fräulein Weißenburg«, sagte er. »Der liebe Blankenhorn berichtete mir bereits, welche Wunder Ihre schnellen Finger zu vollbringen wissen«, ließ er sich mit funkelnden Augen in einem rheinischen Tonfall vernehmen.

»Vielen Dank!« Eine leichte Röte stieg Marie ins Gesicht, als sie seine Hand schüttelte. Er war tatsächlich alt, wie sein Gesicht mit den ungewöhnlich markant hervorstehenden Wangenknochen verriet. Umso beeindruckender war die Vitalität, mit der der Zweiundsiebzigjährige sich bewegte und sprach.

Über ihre Schreibmaschine hinweg beobachtete sie, wie er später mit Blankenhorn im Flur zusammenstand und leise, aber entschieden diskutierte. Danach verschwand der Referent wie ein Vasall, der in die Schlacht geschickt wurde. Den gesamten Tag war er auf den Fluren unterwegs, führte Gespräche und telefonierte ohne Unterlass. Jedes Mal, wenn er dann Bericht erstattete, schien sich ein unmerkliches Lächeln auf Adenauers Gesicht auszubreiten. Auch Marie wurde schließlich gerüchteweise von den Mitarbeitern zugetragen, dass Adenauer von seiner Partei für ein wichtiges Amt des Rates aufgestellt werden sollte und sich schon im Vorfeld der Stimmen der anderen Abgeordneten versicherte. Obwohl sie ihn nicht näher kannte und von der Politik kaum Ahnung hatte, zweifelte Marie nicht, dass er sein Ziel erreichen würde.

13

1. September 1948 …

Vor dem naturkundlichen Forschungsmuseum in Bonn, dem Museum König, standen Polizisten in blauen Uniformen Spalier, und die Länderfahnen der Westdeutschen Zonen waren gehisst. Die Presse stand schon den gesamten Vormittag mit gezückten Fotoapparaten bereit und wartete. Kaum ein Chefredakteur der großen Zeitungen hatte es sich nehmen lassen, von dem heutigen Anlass persönlich Zeugnis zu nehmen.

Marie konnte sich nicht erinnern, je ein solches Aufgebot an bekannten Menschen gesehen zu haben. Alles, was Rang und Namen in Westdeutschland hatte, war heute zum Festakt anlässlich der Eröffnung des Parlamentarischen Rats gekommen.

Sie schlängelte sich mit Sonja zwischen den Schaulustigen durch und war doppelt dankbar für das neue Kleid, dem man seine Herkunft tatsächlich nicht mehr ansah. Eine Schneiderin, die bekannt für ihren Erfindungsreichtum war und selbst aus einer Gardine noch etwas zu zaubern wusste, hatte es auf Bitten ihrer Mutter für Marie aus einem Stück alter Fallschirmseide genäht. Und Sonja hatte zusätzlich darauf bestanden, sie vor der Veranstaltung etwas zu schminken. »Du machst einfach zu wenig aus dir«, hatte sie schon einige Male tadelnd gesagt und ihr Gesicht nun mit einem Hauch von Rouge und Lippenrot und etwas Lidschatten verschönt, der ihre Augen umrahmte. Marie hatte sich anschließend im Spiegel kaum wiedererkannt: Eine erwachsene junge Frau hatte ihr entgegengeblickt. Ein plötzlicher Übermut und Lebenshunger hatte sie erfasst, sie hatte Sonja einfach die Zigarette entwendet und einen tiefen Zug genommen. Es schmeckte scheußlich, und sie musste einen Hustenkrampf unterdrücken – und trotzdem gefiel es ihr. Sonja hatte nur gelächelt.

Sie drängten sich weiter durch die Menge. Marie versuchte, an einer Gruppe Journalisten vorbeizukommen, in die im selben Augenblick unerwartet Bewegung kam. Anscheinend war jemand besonders Prominentes am Eingang erspäht worden. Eine Aktentasche wurde ihr unsanft in die Seite gestoßen, und sie wurde nach rechts mitgezogen. »Oh, Achtung!« Ein dunkelhaariger Mann, der ungefähr Ende zwanzig war und ungewöhnlich blaue Augen hatte, hielt sie mit festem Griff, bevor sie weiter fortgerissen werden konnte. Er war ein ganzes Stück größer als sie und schenkte ihr ein verschwörerisches Lächeln, bevor er mit seinem rechten Arm etwas Platz für sie erkämpfte, sodass sie an den Journalisten vorbeikam.

»Vielen Dank!«

»Es war mir ein Vergnügen.«

Sie schlüpfte an ihm vorbei und traf am Eingang Sonja wieder, die sich bereits suchend nach ihr umgeschaut hatte.

»Da bist du ja! Komm, wir gehen am besten nach oben auf die Galerie«, sagte sie, denn die gepolsterten Stühle, die man im hohen Lichthof aufgestellt hatte, waren sämtlich für die prominenten Gäste reserviert.

Sie zog Marie mit sich.

Die beiden jungen Frauen fanden oben einen Platz, gleich in der ersten Reihe. Ausgestopfte Perlhühner und Flamingos auf einem Bein starrten ihnen aus Glaskästen entgegen. Unten im Lichthof dagegen hatte man die präparierten Tiere – ein russischer Bär, Wölfe und sogar eine Giraffe befanden sich darunter – mit rotem Tuch verhüllt und diskret in die Nischen an die Seite verbannt.

Die beiden jungen Frauen grüßten einige Bekannte. Auch die Presse nahm hier oben Platz. Sogar die Wochenschau war vor Ort, wie Marie feststellte, und ein Zeichner hatte eigens Position bezogen, um das Ereignis auf Papier zu bannen.

Sonja unterhielt sich angeregt mit einem Mann an ihrer Seite. Es war der Referent der Bayerischen Vertretung, wie Marie erkannte, und sie genoss es, einige Augenblicke für sich zu haben und einen Blick nach unten zu werfen. Der große Lichthof war mit Kübelpalmen, Lorbeerbäumen und Gladiolen geschmückt, und der größte Teil der illustren Gäste hatte bereits Platz genommen.

»Verzeihung, ist hier noch frei?«, fragte eine Stimme. Zwei Männer waren vor ihr aufgetaucht.

Marie lächelte, als sie einen von ihnen wiedererkannte. Es war der Mann, der ihr draußen so aufmerksam geholfen hatte, an den anderen Journalisten vorbeizukommen. In seiner Begleitung befand sich ein korpulenter grauhaariger Herr, der einen großen Fotoapparat um den Hals trug.

»Aber ja!«

»Jonathan Jacobsen, Redakteur aus Berlin, und das ist mein Kollege und Fotograf, Emil Dachmann«, stellte er sich und seinen Begleiter vor und reichte ihr die Hand. Seine tiefe Stimme hatte einen warmen Klang, der ihr sofort sympathisch war.

»Marie Weißenburg. Und danke noch mal für vorhin.« Sie schüttelte seine Hand und schaute ihn dann neugierig an. »Und Sie kommen aus Berlin? Dort habe ich früher mal gelebt. Ich dachte, aus der Stadt kommt man zurzeit gar nicht mehr raus?«, fragte sie, denn in jeder Zeitung konnte man lesen, wie schwierig es für Privatpersonen geworden war, Berlin seit der Blockade zu verlassen.

»Nur im Flugzeug und mit einer Sondererlaubnis für Journalisten. Ich schreibe für das *Echo*«, erklärte er.

»Wirklich?« Marie kannte die Zeitung, die zu den jüngeren Neuerscheinungen der Nachkriegsjahre gehörte. Sie war ihr schon einige Male durch die ungewöhnlichen Titelbilder am Kiosk aufgefallen. Es war das erste Mal, dass sie mit einem Journalisten sprach, wurde ihr bewusst. »Ich arbeite als Sekretärin für den Parlamentarischen Rat.«

Er musterte sie interessiert. »Wie spannend. Dann werden Sie das Privileg genießen können, sozusagen persönlich mitzuerleben, wie eine neue Verfassung entsteht.« Ihre Blicke trafen sich, und obwohl sie sich mitten unter Leuten befanden, ergriff Marie für einen kurzen Augenblick eine leichte Befangenheit. Er schien noch etwas sagen zu wollen, doch im selben Augenblick wurde es plötzlich still, und sie schauten beide nach unten.

Man sah, wie der Dirigent vor das Orchester trat, seinen Taktstock hob, und mit einer Ouvertüre von Bach wurde sodann der Festakt eröffnet. Bewegte Reden von verschiedenen Politikern folgten, die sich immer wieder mit dem Spiel des Orchesters abwechselten. Es war eine feierliche Atmosphäre, der etwas Besonderes innewohnte, und Marie musste an die Worte von Herrn Blankenhorn denken, als dieser ihr die Einladung gegeben hatte. *»Es ist Ihnen vielleicht noch nicht bewusst, und es wird bestimmt oft anstrengend werden, aber Sie nehmen hier an etwas Großem teil, Fräulein Weißenburg.«*

14

Das Auto war eines der letzten Fahrzeuge gewesen, das in der Fahrbereitschaft noch zur Verfügung gestanden hatte, als sie sich am Abend auf den Weg zum Empfang des Festakts machen wollten. Nun waren sie auf der Rückbank vier statt drei und eindeutig zu viele im Wagen. Trotz des Protestes von Erwin, dem Fahrer, hatten sie sich alle hineingezwängt: Marie und Sonja, Lisa von der Verwaltung und Frank und Max von der Fraktion. Sie lachten in jeder Kurve. »Wenn das jemand sieht, bin ich nicht nur meine Stelle, sondern auch gleich meinen Führerschein los«, brummte Erwin.

»Ach, die Polizei wird uns schon nicht kontrollieren, und wir sind ja auch gleich da«, entgegnete Sonja von hinten und schenkte ihm im Rückspiegel ein hinreißendes Lächeln, das, seiner Reaktion nach zu urteilen, wohl das Risiko durchaus aufwog, denn er wandte fortan nicht mehr den Blick von ihr.

Tatsächlich waren sie bereits in Bad Godesberg, und man konnte von Weitem die Lichter des Palais erkennen, das *Redoute* genannt wurde. Der Ministerpräsident von Nordrhein-Westfalen hatte als krönenden Abschluss zur Eröffnung des Rates zum abendlichen Empfang in die feudalen Räume geladen, die die belgischen Besatzer nur ungern für diesen Abend geräumt hatten.

Ein ereignisreicher Tag lag hinter ihnen. Am Nachmittag hatten sie im Büro der Fraktion angestoßen und gefeiert – denn Adenauer war heute auf der ersten Plenarsitzung, die es im Anschluss an den Festakt gegeben hatte, zum Präsidenten des Rates gewählt worden. Sein Plan war also aufgegangen. Marie ahnte allerdings, dass sein zusätzliches Amt für das Büro vor allem eines bedeutete – mehr Arbeit.

Der Wagen hielt, und jemand öffnete von außen die Tür – eine Art Portier, der mit seiner Verbeugung wie ein Lakai aus früheren Tagen wirkte und überrascht schaute, wie viele Menschen dem Fahrzeug entschlüpften.

Marie konnte gerade noch ihr Kleid glatt streichen, dann stiegen sie schon die Stufen hoch und betraten den prachtvollen alten Saal, in dem sich bereits die Menschen drängten. Politiker, aber auch andere bekannte Gesichter, die sie sonst nur von Bildern aus der Zeitung und Wochenschau kannte, standen und saßen plaudernd zusammen. Der Rauch von Zigaretten und Zigarren lag in der Luft, und von irgendwoher erklang Musik. Eine Zeit lang beobachtete Marie diskret das Geschehen und die Leute um sich herum. Auch Adenauer entdeckte sie, der in einer Ecke mit dem Befehlshaber der belgischen Besatzungstruppen und dem Bischof von Köln ins Gespräch vertieft war. Wie zu erwarten, schien er bester Dinge, und ein äußerst zufriedenes Lächeln umspielte seine Lippen.

Später wurde auch getanzt. Marie ließ sich einige Male von Frank und auch Max auffordern.

»Schenken Sie mir den nächsten Tanz?«, fragte sie da eine Stimme, als sie gerade wieder zu ihrem Tisch gehen wollte. Sie drehte sich um. Vor ihr stand Jonathan Jacobsen.

»Dreimal treffen bringt Glück, oder?«, fügte er hinzu.

Marie lächelte. Sie freute sich, ihn wiederzusehen. Tatsächlich hatte sie heimlich gehofft, dass sie sich hier noch einmal über den Weg laufen würden. »Mit Vergnügen!« Marie reichte ihm die Hand, und schon bald bewegten sie sich zusammen über die Tanzfläche. Sie sprachen nicht viel, doch sie spürte seine Gegenwart dadurch umso intensiver. Obwohl er nicht älter als Ende zwanzig war, verriet ihr sein Gesicht, dass er nicht nur einfache Zeiten erlebt hatte. Trotzdem entdeckte sie keine Bitterkeit in seinen Zügen, wie sie sie von ihrem Bruder Helmut kannte, und auch nicht die Unbedarftheit von Fritz.

»Wo in Berlin haben Sie früher gewohnt?«, fragte er, als sie später an der Bar etwas tranken.

»In Dahlem. Zusammen mit meinen Eltern und meinen zwei Brüdern. Wir hatten dort ein Haus.« Sie sah an seinem Blick, dass ihn die Antwort überraschte. Dahlem war eine wohlhabende Gegend – sie eine einfache Sekretärin. Aber nicht nur für sie hatte sich seit damals viel verändert. Bilder stiegen schemenhaft vor ihren Augen auf – die Villa mit dem großen Garten, in der sie gelebt hatten. Die Sorglosigkeit, in der sie ihre Kindheitsjahre verbracht hatte. Eine Köchin und sogar einen Chauffeur hatten sie damals gehabt. Das Haus, in dem sie jetzt wohnten, war dagegen klein und eng. Ihre erwachsenen Brüder mussten sich ein Zimmer teilen, und Marie schlief in einer Kammer – und trotzdem ging es ihnen besser als den meisten, musste sie zugeben.

»Ich vermisse Berlin und seine Menschen immer noch, aber ich bin froh, dass ich jetzt nicht mehr dort leben muss«, gestand sie ihm ehrlich.

Er nickte. »Es sind schwierige Zeiten für die Stadt. Aber Sie wissen ja – die Berliner sind unverwüstlich«, fügte er hinzu.

Er erzählte ihr von seiner Arbeit, von seiner Hoffnung, etwas mit seinen Artikeln und Reportagen verändern zu können, dass Deutschland seine Vergangenheit aufarbeiten müsse, und während er sprach, strahlte er Entschlossenheit und Optimismus aus. Beides hatte etwas ungeheuer Anziehendes, wie Marie fand. Sie berichtete auch von ihrer Tätigkeit und wie sie nach dem Sekretariatslehrgang einen Platz im Büro von Adenauer bekommen hatte. Irgendwann gingen sie zum *Du* über. Kaum bekam sie mit, wie die Stunden vergingen, während sie sich unterhielten, und als der Zeitpunkt kam, sich zu verabschieden, bedauerte sie, dass Jonathan in Berlin lebte.

»Lies das *Echo*. Es ist eine gute Zeitung«, sagte er.

Ihr fiel wieder auf, wie ungewöhnlich blau seine Augen waren, und ihre Blicke trafen sich – so wie schon oben auf der Galerie. Einen kurzen Moment lang schien es nur sie beide zu geben, und vielleicht war es die Wirkung des Sekts, den sie getrunken hatte, die sie plötzlich wünschen ließ, Jonathan würde sie küssen. Doch er schüttelte ihr nur höflich die Hand. »Ich hoffe, wir werden uns wiedersehen!«, sagte er, und es klang ehrlich.

Erst als sie schon auf dem Weg nach Hause war, wurde ihr bewusst, dass er sie nicht einmal gefragt hatte, wie er sie erreichen konnte, und eine leise Enttäuschung erfasste sie.

Eine Woche später traf im Büro ein Päckchen für sie ein. Die aktuelle Ausgabe der Zeitung *Echo* lag darin. *In Erinnerung an einen sehr besonderen Abend, Jonathan* – stand auf einer beiliegenden Karte, und Marie verspürte ein unerwartetes Herzklopfen. Mit einem Lächeln auf den Lippen schlug sie die Zeitung auf und las den Artikel über den Parlamentarischen Rat, den er für diese Ausgabe geschrieben hatte.

Berlin, Ende Mai 1949, neun Monate später

VERA

15

Ihre Augen brannten – vor Müdigkeit und Anstrengung, denn das Licht der kleinen Schreibtischlampe war wahrhaftig nicht geeignet, um die gesamte Nacht zu lesen. Sie warf einen Blick auf die Uhr – fast zwei. Doch an Schlaf war nicht zu denken. Seit fast fünf Stunden saß sie hier, las, machte sich Notizen und versuchte, einen Zusammenhang in Jonathans Aufzeichnungen zu bringen. Doch das schien weit weniger einfach, als es sein Brief vermuten ließ. Das Einzige, was sie schon jetzt mit Gewissheit sagen konnte, war, dass es sich bei dieser ganzen Angelegenheit um etwas handelte, von dem sie normalerweise die Finger lassen würde. *Das wusstest du genau, Jonathan!*

Eine Falte zeigte sich auf ihrer Stirn, als sie mit ihrer Hand nach der Tasse vor sich griff. Geistesabwesend trank sie einen Schluck und verzog angewidert das Gesicht, denn der Kaffee, den sie sich aufgebrüht hatte, war längst kalt geworden. Sie schob die Tasse zur Seite und goss sich stattdessen ein Glas Wasser ein, von dem sie hastig ein paar Schlucke trank, um den schlechten Geschmack aus dem Mund zu bekommen. Erneut glitten ihre Augen zu den Notizen, die sie sich beim Lesen gemacht hatte, und sie versuchte, sich zu konzentrieren. Gut, was hatte sie bisher? Das Zentrum von Jonathans Nachforschungen war ein Mann namens Hüttner, über den er ziemlich viel herausgefunden hatte. Besagter Herr war während des Krieges als Oberstleutnant der Wehrmacht in Polen und Russland im

Einsatz gewesen, hatte sich aber offenbar von dort rechtzeitig abgesetzt und mit zwei anderen Offizieren – einem gewissen Gerd Lempert und Rudolf Pape – bei Kriegsende nach Süddeutschland und von dort aus weiter in die Südtiroler Berge durchgeschlagen. Im Juni 1945 waren die drei jedoch von einer Patrouille der italienischen Carabinieri verhaftet worden und ins Kriegsgefangenenlager von Rimini gekommen. Bis dahin war an alldem nichts Ungewöhnliches. Es gab in diesen Jahren ganz sicher zahlreiche höhere Wehrmachts- und SS-Angehörige, die versucht hatten unterzutauchen. Überraschenderweise war Hüttner jedoch 1946 auf Anordnung einer oberen Stelle in Rimini freigelassen worden und nach Deutschland zurückgekehrt. In Düsseldorf hatte er sich freiwillig einem Spruchkammerverfahren gestellt, das ihn weitestgehend entlastet und lediglich in einer unteren Kategorie als Mitläufer eingestuft hatte. Dieses Ergebnis überraschte Vera nicht sonderlich, denn Hüttner hätte sich bestimmt nie von sich aus gestellt, wenn er nicht genau damit gerechnet hätte. Er wäre nicht der erste Nationalsozialist, der glimpflich davongekommen war. Die Spruchkammerverfahren waren mehr als umstritten. Im Gegensatz zu anderen Strafverfahren musste bei ihnen nämlich nicht die Schuld des Angeklagten bewiesen werden, sondern der Angeklagte selbst musste die Schuldvermutung entkräften, also Beweise oder Zeugenaussagen für seine Unschuld vorlegen. Wenn Hüttner jedoch so unschuldig war, warum war er dann überhaupt in Südtirol untergetaucht?

Dank Jonathans Unterlagen war der Lebensweg des Wehrmachtsleutnants zwischen 1944 und 1946 genau nachvollziehbar. Ganz anders verhielt es sich dagegen mit seinen beiden Begleitern, Lempert und Pape. Obwohl das Verhaftungsprotokoll der italienischen Polizei die Festnahme und Überführung aller drei Männer nach Rimini bezeugte, schien es so, als wären die beiden dort nie angekommen. Die Namen *Pape* und *Lempert* tauchten weder im Register noch in irgendeiner anderen Akte des Kriegsgefangenenlagers auf. Es war, als hätte es sie nie gegeben. Mit einem unguten Gefühl im Bauch starrte Vera auf die drei großen Fragezeichen, die Jonathan so auch direkt unter das Wort *Rimini* gesetzt hatte. Selbst für sie war es offensichtlich, dass an der Geschichte etwas nicht stimmte, denn die beiden Männer waren bestimmt nicht irgendwo auf dem Weg nach Südtirol verloren gegangen.

Doch warum hatte sich Jonathan überhaupt für diese Männer interessiert? Stirnrunzelnd blätterte sie in den Papieren weiter. Alles, was er über Hüttner und seine Begleiter in Erfahrung gebracht hatte, war von ihm in logischen, zusammenhängenden Notizen niedergeschrieben worden, dagegen schienen seine anderen Aufzeichnungen geradezu wirr und chaotisch. Die Namen von Interviewpartnern in Südtirol fanden sich darunter, genauso wie die vom Roten Kreuz in Italien und sogar die eines italienischen Priesters. Außerdem hatte Jonathan ausführliche Recherchen zu den Flüchtlingsrouten und zu der Vergabe von Pässen und Visa in Italien betrieben. Sie betrachtete eine Karte, auf der er bestimmte Orte zwischen Deutschland, Österreich und Italien mit Strichen und Pfeilen miteinander in Verbindung gesetzt hatte. Es war nicht schwer zu erkennen, dass es sich dabei um die Flüchtlingsströme handelte. Millionen von Menschen waren nach dem Krieg aus den verschiedensten Gründen auf der Flucht gewesen, und viele waren es noch immer: Vertriebene, Kriegsverbrecher, Antikommunisten, Zwangsarbeiter und Überlebende aus den Konzentrations- und Vernichtungslagern. Viele von ihnen hatten versucht, nach Italien zu gelangen, denn die Häfen des Landes waren von Mittel- und Osteuropa leicht erreichbar, und von dort aus konnte man weiter nach Übersee gelangen.

Vera erinnerte sich an ihr Gespräch mit Alfred Lubowisky, dem Chefredakteur des *Echo*, und wie er erzählt hatte, Jonathan habe geglaubt, die Flüchtlingsrouten würden für kriminelle Machenschaften genutzt. Doch nach Schmuggelgeschäften von Waffen und Kunst sah das hier nicht aus. Das ungute Gefühl in ihrem Bauch verstärkte sich. Sie musste auf einmal erneut an den ominösen Unbekannten denken, der ihr Jonathans Unterlagen erst entwendet und dann wieder zurückgebracht hatte. Warum war er daran interessiert, dass sie die Nachforschungen fortsetzte? Ob er sich wirklich noch einmal mit ihr in Verbindung setzen würde?

Während sie die Aufzeichnungen weiter durchging, wurde ihr noch etwas Merkwürdiges bewusst. Jonathan hatte die Namen, Adressen und Telefonnummern seiner Quellen und Interviewpartner zwar akribisch aufgeschrieben, aber kaum mehr als ein paar Stichwörter zu den Ergebnissen seiner Gespräche notiert. Das war für einen Journalisten mehr als ungewöhnlich. Als hätte er es absichtlich vermeiden wollen, das, was man ihm erzählt hatte, schriftlich festzuhalten.

Ihr Blick fiel auf eine Abkürzung, die Jonathan als Quellenvermerk mit einem Pfeil in kleiner Schrift an den Rand der Notizen geschrieben hatte. *L.* Offensichtlich musste das die Abkürzung für einen Namen sein. Vera hatte gesehen, dass es auf einer herausgerissenen Notizbuchseite, die sie zwischen den anderen Papieren entdeckt hatte, eine Telefonnummer dazu gab. Die würde sie morgen als Erstes anrufen, und auch jemand anderes kam ihr plötzlich in den Sinn, den sie kontaktieren würde. Aber zuvor hatte sie noch einige Fleißarbeit vor sich. Vera unterdrückte ein Seufzen. Sie würde die wichtigsten Ergebnisse und die Namen und Telefonnummern zur Sicherheit sorgfältig abschreiben, damit sie von allem eine Kopie hatte, die sie sicher verwahren konnte. Noch einmal wollte sie nicht das Risiko eingehen, mit leeren Händen dazustehen, falls ihr die Aufzeichnungen erneut entwendet würden.

16

Es war ein mehrgeschossiges, rotbraunes Mietshaus in Charlottenburg. Jemand hatte im unteren Teil der Fassade versucht, die Einschusslöcher auszubessern. Sie waren mit Putz ausgefüllt worden, ohne dass man sie überstrichen hatte, sodass den Bereich des Erdgeschosses bis zum ersten Stock nun große sandfarbene Stellen zierten, die beinah auffälliger wirkten als die Einschusslöcher in den beiden Stockwerken darüber. Vera verlangsamte ihren Schritt. Sie war lange nicht mehr hier gewesen. Schon von Weitem konnte sie die Fotos und Bilder mit den steckbriefartigen Notizen sehen, die unten im Fenster der Ladenwohnung hingen. *Privatdetektei Pistori – Suchdienst.*

Ihre Eltern und sie hatten früher nur ein paar Häuser weiter gewohnt, dort, wo in der Lücke zwischen zwei Gebäuden noch immer nur die Reste einer Ruine und Trümmer zu sehen waren. Wie jedes Mal, wenn sie hierherkam, waren die Erinnerungen an jenen Tag sofort wieder präsent: *das schrille Heulen der Sirenen; Menschen, die durch die Straßen rannten; Kinder, die schrien und von ihren Müttern an sich gerissen wurden, während schon die ersten Bomben niedergingen. Sie war nur kurz beim Lebensmittelladen gewesen. Der ohrenbetäubende Lärm der Explosionen zerriss ihr fast das Trommelfell, und plötzlich konnte man kaum noch etwas sehen – der beißende, heiße Staub und Ruß, der durch die Straßen wirbelte, nahm ihr die Sicht und den Atem. Als sie später vor dem Haus stand, war dort nur noch ein brennender Schuttberg übrig. Geschockt stand sie vor den Flammen, unfähig, sich zu bewegen. Sie war kaum mehr als zehn Minuten weg gewesen. Zehn Minuten, und alles, was ihr Leben ausgemacht hatte, war vernichtet und zerstört …*

Danach hatte sie einige Wochen bei den Pistoris gewohnt, die sich um sie gekümmert hatten. Veras Magen schnürte sich bei der Erinnerung zu. Sie zwang sich, weiterzugehen und nicht zu der leeren Stelle zwischen den anderen Häusern zu blicken, als sie jetzt die Privatdetektei betrat.

In dem kleinen Warteraum saß eine Angestellte hinter einem schmalen Schreibtisch – eine junge Frau, die kaum älter als zwanzig war und die es früher hier noch nicht gegeben hatte. »Frau Pistori hat gerade eine Klientin. Wollen Sie vielleicht kurz warten? Wenn Sie einen Suchauftrag haben, könnten Sie schon einmal diese Formulare ausfüllen.«

Vera schüttelte den Kopf. »Nein, vielen Dank. Es ist privat. Ich bin eine Freundin. Ich werde einfach warten«, erklärte sie und ließ sich auf einem der Stühle nieder.

An der Wand ihr gegenüber hing eine Fotoreihe von Vermissten – Kinder, Jugendliche und Erwachsene: Unter ihren Namen prangte überall groß das rot gedruckte Wort GEFUNDEN. Ein Hoffnungsschimmer für die, die hierherkamen.

Die Suche nach Angehörigen und Menschen, die einem nahestanden, gehörte seit Kriegsende zum Alltag. Auch das war ein Teil des Chaos dieser Jahre nach dem Krieg: auseinandergerissene Familien, Kinder, die auf Flüchtlingstrecks verloren gegangen waren, und verschollene Männer, von denen man nicht wusste, ob sie gefallen oder doch in Kriegsgefangenschaft geraten waren. Aus der Suche nach Vermissten war längst auch ein Geschäft geworden, doch Lore und Hans Pistori gehörten nicht zu jenen, denen es ums Geld ging. Sie wussten aus eigener Erfahrung nur zu gut, wie schrecklich es war, jemanden zu suchen. Ihr Sohn war fast drei Jahre lang vermisst gewesen.

Veras Gedanken wandten sich wieder ihren eigenen Angelegenheiten zu. Am Morgen war sie kurz beim *Echo* gewesen, um in der Redaktion Bescheid zu geben, dass sie den ganzen Tag für Recherchen unterwegs sei. Anschließend war sie zur Post gefahren und hatte zwei Telefonate getätigt. Beide waren äußerst merkwürdig verlaufen. Als Erstes hatte sie sich mit dem Anschluss von diesem *L.* verbinden lassen, den Jonathan in seinen Aufzeichnungen notiert hatte. Tatsächlich hatte jemand abgenommen und sich mit einem knappen *Hallo* gemeldet. Vera war jedoch kaum dazu gekommen, ihren Namen zu nennen und zu erklären, dass sie die Nummer von Jonathan bekommen habe. »*Rufen Sie nie wieder an*«, hatte der Mann sie am anderen Ende leise und mit so kalter Stimme unterbrochen, dass ihr jetzt noch ein Schauer über den Rücken lief. Dann hatte er einfach aufgelegt. Vera runzelte die Stirn, als sie überlegte, ob sie das Gespräch doch hätte anders beginnen sollen. Sie erinnerte sich wieder, dass Jonathan ihr einmal von einem geheimen Informanten erzählt hatte, der für die Briten arbeitete und dass dieser übervorsichtig, ja fast paranoid war. Er hatte sich immer nur unter besonderen Vorsichtsmaßnahmen mit ihm getroffen. Kurz vor ihrer Verabredung pflegte er einen Umschlag mit der Zeit und dem Ort für ihren Treffpunkt in der *Goldbar* zu hinterlegen.

Veras zweiter Anruf hatte schließlich dieser *Marie* in Köln gegolten. Sie wusste, dass die junge Frau Jonathan etwas bedeutet hatte. Vielleicht war sie sogar der Grund, dass er überhaupt dorthin gefahren war. Sie erinnerte sich, dass Marie im Mai kurz in Berlin gewesen war, und Jonathan wollte, dass sie sich kennenlernten, aber Vera hatte einen Bericht für eine Theaterpremiere schreiben müssen, sodass aus dem Treffen nichts geworden war. Je länger sie darüber nachdachte, desto sicherer war sie, dass die junge Frau unter Umständen eine der Letzten war, die ihn vor seinem Unfall noch lebend gesehen hatten. Unter Maries Anschluss war Vera zu ihrer Überraschung jedoch bei einer Zentralnummer gelandet, die zum ehemaligen Parlamentarischen Rat in Bonn gehörte. Ohne Maries Nachnamen, den Vera nicht kannte, könne man ihr nicht weiterhelfen, hatte sie dort eine strenge und nicht besonders sympathische Frauenstimme belehrt. Ein Teil des Büros sei inzwischen ohnehin geschlossen, hatte sie erfahren, da die Arbeit der Abgeordneten ja beendet und vom Überleitungsausschuss übernommen worden sei.

Vera verzog die Stirn und überlegte, wie sie nur den Nachnamen von dieser Marie in Erfahrung bringen konnte. Jonathan hatte ihn nirgends notiert. Ein Geräusch riss sie aus ihren Gedanken.

Eine kleine, rundliche Frau in den Fünfzigern, die ihre dunkelroten Haare zu einem Dutt hochgesteckt trug – Lore Pistori – war auf der Schwelle zum Büro aufgetaucht. Um ihren Hals hing eine goldene Brille, und sie tätschelte den Arm einer Klientin, einer blassen Frau in den Dreißigern, die eine Mappe in ihren Händen umklammert hielt. Leise redete sie auf sie ein und schien sie mit ihren Worten etwas aufzubauen. Die Frau nickte einige Male, bevor sie sich schließlich verabschiedete.

Erst in diesem Moment wandte Lore Pistori den Kopf in ihre Richtung. Überraschung stand ihr ins Gesicht geschrieben, die sofort einem Strahlen wich. »Vera!« Mit einem Schritt war sie bei ihr, und die beiden Frauen umarmten sich.

17

Sie waren in Lores Büro gegangen – einem altmodisch eingerichteten Raum, der mit seinen verschlissenen blumenverzierten Spitzenvorhängen und den plüschigen Sesseln eher an ein englisches Wohnzimmer um die Jahrhundertwende erinnert hätte, wenn nicht die Regale an den Wänden bis unter die Decke mit Akten gefüllt gewesen wären. »Wie geht es dir?«, fragte Lore, während sie Tee aus einer Kanne, die auf einem Stövchen stand, in zwei chinesische Porzellantassen goss. Prüfend ruhte ihr Blick auf Vera, als sie ihr die Tasse reichte.

Vera war Lore und ihrem Mann immer dankbar gewesen, dass sie verstanden hatten, weshalb ihre Besuche hier rar geworden waren. Zu viele schmerzhafte Erinnerungen waren damit verbunden. Deshalb versuchte sie auch erst gar nicht, ihr jetzt etwas vorzumachen. Die Freundin kannte sie zu gut.

»Nicht besonders. Jonathan ist letzten Freitag bei einem Unfall ums Leben gekommen«, erklärte sie leise.

Lore stellte schockiert ihre Tasse ab. Sie hatte den Freund, der in derselben Straße wie sie gewohnt hatte, gut gekannt. »Mein Gott, Vera. Das tut mir so leid. Ich weiß, wie viel er dir bedeutet hat«, stieß sie hervor.

Vera nickte stumm. »Es ist schrecklich … ich kann auch gar nicht darüber sprechen.« Einen Moment lang schwieg sie, bevor sie sich erinnerte, warum sie eigentlich gekommen war. »Ich wollte dich und Hans bitten, etwas für mich in Verwahrung zu nehmen.« Sie holte aus ihrer Handtasche eine Mappe hervor, in der sich eine handschriftliche Kopie von Jonathans Unterlagen und ein Brief befand, die sie ihr reichte.

Lore legte die Mappe vor sich auf den Tisch. »Natürlich. Hans kann sie bei sich in der Kanzlei deponieren. Dort gibt es einen Safe.«

»Danke!« Vera blickte sie erleichtert an. Hans Pistori war ursprünglich Anwalt von Beruf, und auch wenn er inzwischen hauptsächlich für ihre Detektei und den Suchdienst arbeitete, war er noch immer stiller Teilhaber in seiner Kanzlei. Dort würde niemand an die Unterlagen kommen. »Es sind Aufzeichnungen und wichtige Recherchen. Bei mir wurde neulich eingebrochen, und ich fühle mich einfach besser, wenn ich eine Kopie davon bei euch hinterlasse«, begründete Vera ihre Bitte.

Wenn Lore ihre Erklärung seltsam fand, ließ sie es sich zumindest nicht anmerken. Sie nickte nur.

»Und wie geht es euch?«, erkundigte sich Vera schließlich.

Lore zuckte die Achseln. »Gut. Manchmal ist die Arbeit für die Detektei anstrengend, aber die glücklichen Gesichter entschädigen einen für vieles«, fügte sie mit einem Lächeln hinzu.

Vera verstand, was sie meinte. »Arbeitet ihr eigentlich noch viel mit dem Internationalen Roten Kreuz zusammen?«

»Ja, ohne die geht gar nichts«, erwiderte Lore. »Sie verfügen nach wie vor über die größte Suchkartei.«

Vera musste an Jonathans Notizen denken. »Ich recherchiere da gerade etwas für einen Artikel. Weißt du, inwiefern das Internationale Rote Kreuz in Italien mit der Ausgabe von Ausweispapieren zu tun hat?«

Lore hatte noch einen Schluck von ihrem Tee genommen und stellte ihre Tasse wieder ab. »Sie sind neben der Internationalen Flüchtlingsorganisation eine der zentralen Stellen, die Pässe ausstellt. Seit Kriegsende sind ja Hunderttausende ohne Papiere.«

»Kann man denn einfach zu einer der Organisationen gehen und um einen Pass bitten?«, fragte Vera verwundert.

Lore lächelte leicht. »Nun, das kommt darauf an, wer du bist. Theoretisch gibt es eine Aufteilung: die Internationale Flüchtlingsorganisation ist für *alle* Flüchtlinge zuständig, außer sie sind deutscher Herkunft – deren Anerkennung lehnen sie ab. Das Rote Kreuz ist dagegen ursprünglich für die Kriegsgefangenen verantwortlich gewesen, kümmert sich aber inzwischen auch um die deutschen Vertriebenen, um Angehörige der sogenannten Feindesstaaten und die Flüchtlinge mit ungeklärtem Status. Es stellt auch Pässe für sie aus. In der Praxis ist das in Italien alles sehr chaotisch, und es gibt viele Überschneidungen …« Sie hielt inne und seufzte. »Wir haben leider oft damit zu tun. Gerade haben wir durch so einen Fall ein vermisstes deutsches Mädchen aus Schlesien wieder aufgespürt. Eine ukrainische Flüchtlingsfamilie, die

Melinyks, die vor den Kommunisten fliehen musste, hat sich seiner angenommen, nachdem die Kleine auf der Flucht von ihren Großeltern und dem kleinen Bruder getrennt wurde und fast verhungert wäre. Sie haben sie bis nach Italien mitgenommen.«

Lore griff nach einem Foto, das sie Vera zeigte. Ein kleines, abgemagertes Mädchen in einem zerschlissenen Kleid mit großen Augen und zerzaustem Haar war darauf zu sehen. Seinen Mund hatte es zu einem trotzigen Strich zusammengekniffen.

»Sie heißt Magda!«

Vera verspürte unweigerlich einen Stich. Der Krieg hatte so viel Unaussprechliches mit sich gebracht.

Sie sprachen noch eine Zeit lang über die schwierigen Verhältnisse, die in ganz Europa herrschten, bevor sich ihr Gespräch schließlich persönlichen Themen zuwandte.

Als sie sich verabschiedeten, musste Vera versprechen, bald einmal abends zum Essen vorbeizukommen. »Wir vermissen dich«, sagte Lore und schloss sie voller Wärme in ihre Arme.

»Ich euch auch«, erwiderte Vera ehrlich.

18

Lores Auskünfte über die Flüchtlingssituation und das Rote Kreuz hatten Vera nachdenklich gemacht. Während des Gesprächs war ihr die Idee gekommen, über das Schicksal der kleinen Magda vielleicht einen Artikel zu schreiben. Sie war sich sicher, dass die Leser das Thema interessieren und berühren würde. Fast jeder hatte selbst Angehörige und Freunde, die er in den letzten Jahren verzweifelt gesucht hatte, oder man kannte zumindest Menschen, denen es so ergangen war. Gleichzeitig hätte sie damit einen Grund, um nach Tirol und

Italien reisen zu können. Lubowisky würde sich bestimmt davon überzeugen lassen. Als Journalistin bekäme sie nicht nur die notwendigen Genehmigungen für ihre Papiere, sondern auch die finanzielle Unterstützung, denn sie selbst konnte sich eine solche Reise nicht leisten. Möglicherweise würde der Chefredakteur durchschauen, dass sie nur einen Vorwand suchte – er war zu intelligent, als dass man ihm etwas vormachen konnte –, aber gegen die Geschichte selbst konnte er kaum etwas einwenden, und zumindest nach außen hin gäbe es auch ihm eine gute Rechtfertigung für ihre Reise.

Ihr Blick blieb an einem Schaufenster hängen, in dem verschiedene Haushaltsgegenstände für die Küche ausgestellt waren, die es jetzt wieder überall zu kaufen gab. Ihr Bild spiegelte sich in der Scheibe, als ein Mann neben ihr stehen blieb. Er musterte sie abschätzig, und sie merkte, wie sie dabei erstarrte. Schließlich ging er zu ihrer Erleichterung weiter.

Für einen kurzen Moment wurde Vera bewusst, dass sie wahrscheinlich sehr viel mehr Angst haben sollte bei dem, was sie vorhatte. Was, wenn Jonathans Mörder trotz aller Vorsichtsmaßnahmen doch herausfanden, dass sie seine Recherchen fortsetzte? Aber seit dem Tod des Freundes empfand sie merkwürdigerweise mehr Zorn als Furcht. Sie fühlte sich verpflichtet, Jonathans letzte Bitte zu erfüllen, aber es ging ihr darüber hinaus noch um etwas anderes – sie wollte verstehen, warum er sterben musste. Was war es wert, das Leben eines anderen Menschen einfach so zu beenden? Sie war deshalb entschlossen, nach Tirol und Italien zu fahren. Nur so konnte sie Kontakt zu den Menschen aufnehmen, mit denen Jonathan gesprochen hatte. Doch als Allererstes würde sie hier in Berlin noch einmal versuchen, diesen *L.* zu erreichen. Sie hob das Kinn und steuerte wenig später zum zweiten Mal an diesem Tag auf ein Postamt zu. In einer der abgetrennten Telefonkabinen ließ sie sich mit *L.s* Nummer verbinden. Sie fasste den

Hörer fester, als am anderen Ende der Leitung tatsächlich wieder jemand abnahm.

»Hallo?«

Sie holte tief Luft und sprach schnell und abgehackt, voller Angst, dass er auflegen könnte, bevor sie das Wichtigste gesagt hatte. »Hier spricht Vera Lessing. Bitte! Ich muss mit Ihnen reden. Ich weiß, dass Sie mit Jonathan immer über die *Goldbar* Kontakt aufgenommen haben. Hinterlassen Sie mir dort eine Nachricht. Jonathan ... er ist tot.«

Für den Bruchteil eines Augenblicks war es am anderen Ende still. »Es tut mir leid, aber Sie müssen sich verwählt haben«, sagte die Stimme dann. Ein kurzes Klicken war in der Leitung zu hören. Erneut hatte er einfach aufgelegt.

Frustriert hängte Vera den Hörer auf die Gabel. Was hatte sie auch erwartet? Dass er sich auf einmal mit ihr unterhalten würde? Offensichtlich schien er zu befürchten, dass sein Telefonanschluss abgehört wurde. Einen Augenblick überlegte sie, ob sie deshalb ein schlechtes Gewissen haben musste. Aber wie hätte sie sonst in Kontakt mit ihm treten sollen? Sie hoffte, dass er sich trotzdem in der *Goldbar* melden würde, und beschloss, auf jeden Fall am Abend dorthin zu gehen.

Diesmal zog sie sich vorher um und schminkte sich etwas, um zwischen den anderen Gästen nicht aufzufallen.

Theo schien nicht sonderlich überrascht, als sie schon wieder in der Bar erschien. Es war erst neun Uhr, trotzdem war es für Mitte der Woche bereits recht voll. Jazzklänge von Charlie Parker vermischten sich mit dem Gewirr der Stimmen, als sie hereinkam. Sie schlängelte sich zwischen den Gästen zum Tresen durch.

Der Barbesitzer begrüßte sie mit einer Umarmung. »Vera! Was möchtest du trinken? Soll ich dir etwas mixen?«, fragte er, während sie auf einem der wenigen freien Barhocker vor ihm Platz nahm.

»Etwas Leichtes, bitte«, bat sie. Er nickte und begann, aus diversen Flaschen etwas in einen Shaker zu geben, den er gekonnt mit einer Hand schüttelte. Sie spürte, wie er sie aus den Augenwinkeln beobachtete.

»Hat zufällig jemand bei dir eine Nachricht für mich hinterlassen?«, fragte sie, als er ihr das Getränk reichte, das eine durchsichtig rote Färbung aufwies. Sie kostete einen Schluck. Ein erfrischend fruchtig herbes Aroma breitete sich in ihrem Gaumen aus.

Theos Brauen hoben sich kaum wahrnehmbar, während er begann, ein Glas zu polieren. »Eine Nachricht für dich? Nein. Schmeckt's?«

»Großartig. Vielen Dank.« Sie suchte in ihrer Handtasche nach Papier und Stift und beugte sich ein Stück über den Tresen, damit er sie besser verstehen konnte. »Wenn jemand in der nächsten Zeit eine Nachricht für mich hinterlassen sollte, kannst du mir dann Bescheid geben? Das ist meine Telefonnummer in der Redaktion.« Sie schrieb die Nummer auf, als Theo unerwartet das Glas abstellte, das er poliert hatte, und zu ihr um den Tresen kam. Interessiert und ein wenig neugierig beugte er sich zu ihr. »Warum sollte jemand dir hier eine Nachricht hinterlassen?«

Unwillkürlich schaute sie sich um, ob ihnen auch keiner zuhörte.

»Ich versuche, mit jemandem Kontakt aufzunehmen. Jemand, den Jonathan kannte …«

Er musterte sie mit hochgezogenen Brauen. »Hat dieser Jemand auch einen Namen?«

Sie zögerte, doch dann beschloss sie, die Wahrheit zu sagen. »Ich weiß leider nicht, wie er heißt. Ich weiß nur, dass sein Vor- oder Nachname mit *L* beginnt und Jonathan immer über deine Bar Kontakt zu ihm aufgenommen hat. Er war ein Informant von ihm, und ich muss dringend mit diesem Mann sprechen.«

In Theos Gesichtsausdruck lag mit einem Mal etwas Wachsames.

»Du kennst den Mann, oder?«, fragte sie leise.

Er schüttelte den Kopf. »Nein, das tue ich nicht«, erwiderte er überraschend harsch. Aber immerhin bestritt er zumindest nicht, dass es ihn gab, stellte sie fest.

Vera sah ihn eindringlich an. »Aber die Nachrichten wurden in deiner Bar überbracht!«

Er beugte sich noch ein Stück näher zu ihr. Seine Miene war ernst. »Glaubst du, dieser Mann ist so dumm gewesen, dass er mir die Nachrichten für Jonathan persönlich in die Hand gedrückt hat? Er hat das immer über Dritte getan. Ich mag dich, Vera, deshalb lass mich dir einen guten Rat geben. Lass die Finger von diesen Leuten.«

Sie betrachtete das Glas vor sich. »Das kann ich nicht. Bitte, du musst mir helfen«, bat sie schließlich.

Theos Gesichtszüge verhärteten sich, und sie gewann eine vage Vorstellung, wie er früher wohl als Boxer seinen Gegnern gegenübergetreten war. Er war kein Mann, den man sich als Feind wünschte.

»Selbst wenn ich das könnte. Diese Bar lebt von einer besonderen Art der Diskretion, und meine Gäste wissen, dass sie sich darauf verlassen können«, sagte er kühl.

Sie schwieg. Theo packte sie am Arm. »Vera, hör mir zu! Jonathan hatte eine Begabung dafür, mit seinen Nachforschungen auf wirklich miese Dinge im Leben von Menschen zu stoßen. Du weißt, wie sehr ich ihn geschätzt habe, aber ich habe immer gedacht, dass ihm das eines Tages zum Verhängnis werden könnte.«

Sie blickte ihn an. »Vielleicht ist ja genau das auch geschehen!«

»Ein Grund mehr, dass du die Finger davon lässt!«, entgegnete er, und sie begriff, dass ihre Worte ihn nicht einmal überraschten.

»Wirst du mir wenigstens Bescheid sagen, wenn dieser *L.* mir eine Nachricht hinterlassen wird? Bitte!«

»Glaube mir, das wird er nicht tun!«, sagte Theo. Ohne ein weiteres Wort ging er wieder hinter den Tresen.

Sie nahm einen Schluck von ihrem Getränk, das plötzlich schal schmeckte. Ihre Augen schweiften durch die Bar.

Theo stand mit zwei anderen Gästen zusammen, doch zwischendurch wandte er immer wieder den Kopf zu ihr. Fast kam es ihr vor, als wäre er besorgt. Sie fragte sich, was er wusste. *»Du kannst niemandem vertrauen«,* hatte Jonathan gesagt. Vera unterdrückte ein Seufzen, als ihr Blick an einer Gestalt auf der anderen Seite der Bar hängen blieb. Sie stutzte.

»Sie schauen so betrübt! Kann ich Ihnen vielleicht ein Getränk ausgeben?«, erklang in diesem Augenblick eine Stimme direkt neben ihr. Ein hochgewachsener Mann in den Dreißigern stand auf einmal an ihrer Seite am Tresen. Sein Gesicht wurde von scharf geschnittenen Wangenknochen dominiert, die wie gemeißelt wirkten. Er stützte seinen sehnigen Unterarm neben ihr ab und schenkte ihr ein gewinnendes Lächeln, als sie sich widerstrebend zu ihm drehte.

»Danke, nein. Ich habe noch.« Sie deutete höflich auf ihr Glas vor sich und wandte sich wieder zurück. Aber die Gestalt, die sie eben noch in der Menge erspäht zu haben glaubte, war verschwunden. Suchend ließ sie ihre Augen über die dicht gedrängten Gäste wandern. Hatte sie sich getäuscht? Doch schließlich entdeckte sie ihn erneut. Unmöglich, dass sie ihn nicht sofort wiedererkannt hätte. Sein Gesicht hatte sich in ihr Gedächtnis gebrannt – als er mit der Pistole in der Hand vor ihr gestanden hatte und noch viel mehr in dem Moment, als er erneut bei ihr eingedrungen war, um ihr Jonathans Unterlagen auf so mysteriöse Weise wieder zurückzubringen. Es war der Unbekannte aus ihrer Wohnung!

Jetzt lehnte er an der Wand und nahm einen tiefen Zug von

seiner Zigarette. Während er gemächlich den Rauch ausstieß, sah er sie über die Leute hinweg an, und es kam ihr so vor, als würde es nur sie beide in dem Raum geben. Etwas Herausforderndes und zugleich Abschätzendes lag in seinen Augen. Dann wandte er sich auf einmal jäh wieder ab. Vera bekam gerade noch mit, wie er sich anschickte, zwischen den anderen Gästen in Richtung Ausgang zu verschwinden.

Nein! Sie musste mit ihm sprechen. Diesmal wollte sie Antworten. Vera griff nach ihrer Tasche und Jacke und sprang von ihrem Barhocker, um ihm hinterherzulaufen. Menschen standen ihr im Weg und schauten sie verwundert an, als sie sich eilig an ihnen vorbeischlängelte und gegen sie stieß. Endlich erreichte sie die Tür und stürzte nach draußen.

Kühle Luft schlug ihr entgegen. Suchend blickte sie sich um. Aber es war niemand zu sehen. Die Dunkelheit hatte ihn verschluckt. Nur schemenhaft konnte sie die Ruinen um sich herum erkennen, die plötzlich etwas Unheimliches hatten. Wie diese ganze Stadt, seitdem sie von Jonathans Tod erfahren hatte, ging es ihr durch den Kopf. Die beiden hängenden Laternen vor der Bar spendeten gerade genug Licht, um den Weg zwischen den Trümmerhaufen zurück zur Straße zu finden. Vera spürte, wie sie eine Welle der Frustration erfasste und sie am liebsten gegen etwas getreten hätte. Es war ihr nicht gelungen, mit Jonathans Informanten in Kontakt zu treten. Und nun war auch noch dieser ominöse Unbekannte einfach wieder verschwunden.

Sie beschloss, nach Hause zu gehen. Fröstelnd schlang sie die Jacke mit verschränkten Armen eng um sich. Warum wurde sie das Gefühl nicht los, dass der Unbekannte keineswegs zufällig in der *Goldbar* gewesen war? Aber weshalb war er dann einfach wieder verschwunden?

Ein angetrunkenes Paar kam ihr entgegen. Die leicht bekleidete Frau, die auf hohen Schuhen den Pfad entlangstöckelte, kicherte, als der Mann sie an sich zog und küsste.

Vera wandte den Kopf ab und war froh, als sie nach einigen Schritten schließlich die Straße erreichte. Sie überlegte, wie sie jetzt mit ihren Nachforschungen am besten fortfahren sollte. Grübelnd ging sie auf ihr Fahrrad zu, das sie einige Meter weiter entfernt an einem Zaun abgestellt hatte.

Die Schritte eines Passanten waren hinter ihr zu hören, und sie drehte sich um. Doch es war niemand zu sehen. Unwillkürlich schüttelte sie den Kopf. Ihre Nerven lagen blank, merkte sie. Hastig holte sie den Schlüssel aus ihrer Handtasche hervor, um ihr Fahrrad aufzuschließen. Im selben Augenblick bemerkte sie einen Schatten, der von der Seite auf sie zuschoss. Eine Hand packte sie an ihren Haaren, zog ihr den Kopf in den Nacken, und ein Messer blitzte kurz auf, dessen kalter Stahl sich sofort an ihre Kehle legte.

»Kein Wort!«, fuhr die Stimme eines Mannes sie an.

Er zerrte sie mit in den Hauseingang eines verfallenen Hauses. Trotz der Dunkelheit konnte sie sein Gesicht erkennen – es war der Mann, der sie in der Bar angesprochen hatte. Angst durchflutete sie, doch seltsamerweise blieb die Panik, die sie bei dem Übergriff in ihrer Wohnung verspürt hatte, diesmal aus.

Der Mann drängte sie gegen die Hauswand. »Woher hast du meine Telefonnummer?«, zischte er.

Plötzlich begriff sie. »Sie sind Jonathans Kontakt!?«

»Halt den Mund. Ich will wissen, wer du bist!«

Seine kalte Stimme jagte ihr einen Schauer über den Rücken. Trotzdem verspürte sie Erleichterung, dass er vor ihr stand und sie wusste, wer er war. »Vera Lessing. Eine Freundin von Jonathan. Von ihm habe ich auch Ihre Nummer«, versuchte sie ruhig zu erklären, obwohl sich das Messer noch immer gefährlich nah an ihrem Hals befand.

Seine Augen verengten sich. »Lüg mich nicht an. Jonathan hätte meine Nummer nie weitergegeben. Außerdem ist er tot. Also, für wen arbeitest du?«

Ihr Herz raste. »Für niemanden, wirklich. Ich bin Journalistin und schreibe fürs *Echo*.«

»Verkauf mich nicht für dumm. Ich will wissen, für wen du arbeitest!« Die Klinge schien sich noch ein Stückchen fester gegen ihre Kehle zu pressen.

»Aber es stimmt!« Ihre Stimme war kaum mehr als ein heiseres Flüstern. »Ich arbeite wirklich für niemanden. Jonathan hat mir kurz vor seinem Tod ein Päckchen mit Unterlagen geschickt. Ihre Nummer stand auch darin. Sein Tod … es war kein Unfall«, brachte sie noch heraus.

Misstrauisch starrte er sie an, aber zu ihrer Erleichterung merkte sie, wie seine Hand mit dem Messer nach unten sank.

»Wenn Sie wollen, kann ich Ihnen die Unterlagen und seinen Brief zeigen«, schlug sie eilig vor, als man von der Straße her auf einmal die Stimmen einiger Betrunkener hörte.

Er presste ihr die Hand auf den Mund und wartete, bis die Passanten sich entfernten. Sie hielt still. Dann ließ er sie unvermittelt los. Sein Gesicht war in der Dunkelheit so nah vor ihrem, dass sie den nachdenklichen Ausdruck in seinen Augen erkennen konnte.

»Bitte, ich muss mit Ihnen reden! Ich brauche Ihre Hilfe«, bat sie flehentlich.

»Nicht hier.« Er schien zu überlegen. »Ich werde dir die Augen verbinden müssen«, erklärte er dann.

Sieben Monate zuvor, Bonn, Herbst 1948

Marie

19

Sonja stand herausfordernd vor ihrem Schreibtisch, die eine Hand auf die Hüfte gestützt, mit der anderen wedelte sie mit zwei Papierscheinen vor ihrer Nase herum. »Los komm, du musst auch mal Pause machen! Außerdem habe ich eine Überraschung!«

Marie blickte von der gefächerten Mappe auf, in die sie die Schreiben einsortiert hatte, die erst Herrn Blankenhorn vorgelegt wurden, bevor dieser sie dann Herrn Adenauer zur Unterschrift weiterreichte. Eine kurze Pause konnte sie sich vielleicht wirklich erlauben, überlegte sie. »Was denn für eine Überraschung?«

»Essenskarten für den Königshof!«, verkündete Sonja, die längst zu einer Freundin geworden war, mit leuchtenden Augen. Das direkt neben der Akademie gelegene Hotel und Restaurant stand für die Verpflegung und Unterbringung von Ministerpräsidenten und Abgeordneten zur Verfügung, aber gelegentlich erhielten auch Marie und ihre Kolleginnen mit einem Gastgutschein die Möglichkeit, in der eleganten Umgebung zu essen. Die Mahlzeiten waren immer hervorragend, denn zum Neid der Bonner Einwohner erhielt der Königshof vom Ernährungsamt eigens Sonderzuwendungen an Lebensmitteln.

Marie spürte, wie ihr die frische Luft guttat, als sie mit Sonja die wenigen Schritte zum Hotel lief.

Es war mitten in der Woche, und das Restaurant war nur mäßig gefüllt. Die nächste Plenarsitzung fand erst in einigen Wochen statt, und so war ein großer Teil der Abgeordneten zurzeit nicht in Bonn. Die meisten mussten auch zu Hause in ihren Heimatorten noch ihren beruflichen Verpflichtungen nachkommen.

Die beiden jungen Frauen grüßten einige Kollegen und bekamen Plätze an einem Zweiertisch mit einer gestärkten weißen Tischdecke zugewiesen.

Sie wählten beide das Hühnerfrikassee, zu dem es eine Bouillon als Vorspeise gab. Erst jetzt merkte Marie, wie hungrig sie war.

»Ich habe mich mit Erwin getroffen«, berichtete ihr Sonja. Es war zu einer festen Gewohnheit geworden, dass die Freundin ihr regelmäßig von ihren Verabredungen mit ihren Verehrern erzählte. Seit Erwin sie alle zum Abendempfang des Festakts gefahren hatte, ging sie gelegentlich mit ihm aus.

»Und? Er scheint sehr nett zu sein«, gab Marie diplomatisch zur Antwort, obwohl sie insgeheim bezweifelte, dass er Sonja auf Dauer das Wasser reichen und der Konkurrenz ihrer anderen Verehrer standhalten konnte.

Eines musste sie der Freundin lassen, sie war zielstrebig auf der Suche nach dem Richtigen und dabei ständig von Männern umschwärmt.

Es war Sonja sogar gelungen, Marie dazu zu überreden, sich einige Male mit jemandem zu verabreden. Aber keiner der Männer, mit denen sie sich getroffen hatte, hatte wirklich ihr Interesse geweckt. Unbewusst hatte sie sie alle mit Jonathan Jacobsen verglichen, dem Journalisten aus Berlin, an den sie noch immer oft dachte. Erst vor zwei Wochen hatte er ihr erneut eine Karte geschrieben. Seine Worte waren freundschaftlich gewesen, und dennoch hatte sie in ihnen wieder diese besondere Verbundenheit gespürt. Aufgewühlt hatte sie am Ende sogar Sonja von ihm erzählt. Die Freundin hatte nur den Kopf geschüttelt. »Du weißt doch gar nichts von ihm. Außerdem lebt er in Berlin und du in Köln, und nimm es mir nicht übel, er hat ja nicht einmal versucht, dich zu küssen«, hatte sie in ihrer nüchternen Art zu bedenken gegeben. Wahrscheinlich hatte Sonja recht, trotzdem musste Marie weiter an ihn denken und hatte ihm schließlich auf seine Karte geantwortet. Sie zerkrümelte gedankenverloren ein Stück von ihrem Brot, als sie sich jetzt daran erinnerte.

Die lauten Stimmen zweier Männer, die vom Nachbartisch zu ihnen drangen, rissen sie aus ihren Gedanken.

»Tja, jetzt werden sie die Herren aus der Wilhelmstraße rannehmen«, hörte sie jemanden sagen. Marie wandte den Kopf herum. Sie kannte die beiden jungen Männer vom Sehen – wenn sie sich richtig entsann, arbeiteten sie als Referenten für die Fraktion der Sozialdemokraten. Sie beobachtete, wie der andere Mann auf die Worte seines Gesprächspartners hin abschätzig die Achseln zuckte, während er auf die Tageszeitung vor sich deutete. »Ach, die vom Reichssicherheitshauptamt und Auswärtigen Amt damals haben es auch wirklich nicht anders verdient. Andererseits, wenn ich mir so anschaue, wer alles ungestraft davonkommt ...«

Marie spürte, wie sie erstarrte. Sie hatte den Artikel, der über den Fortgang des Wilhelmstraßen-Prozesses berichtete, selbst heute Morgen in der Zeitung gelesen. Entgegen dem Rat ihres Bruders verfolgte sie weiter die Berichterstattung über die Nachfolgeprozesse der Nürnberger Prozesse, seitdem sie den kurzen Artikel über Ernst Schulenberger entdeckt hatte. Die Auseinandersetzung damit fiel ihr schwer. Sie war entsetzt und geschockt, was man den Angeklagten vorwarf – die grausame Ermordung der Zivilbevölkerung, die sie angeordnet haben sollten, den Tod von so vielen Tausenden von Unschuldigen, den sie damit zu verantworten hatten ... Ein Teil von ihr hätte sich diesen Dingen am liebsten verschlossen, so, wie sie es bisher auch immer getan hatte. Was brachte es schließlich? Der Krieg und die Zeit der Nationalsozialisten waren vorbei. Aber Ernst Schulenberger, der angeklagt war, hatte genau wie ihr Vater für das Reichssicherheitshauptamt gearbeitet. Marie versuchte, den Gedanken zu verdrängen, der wieder einmal einer bohrenden Frage gleich durch ihren Kopf schoss, ohne dass sie etwas dagegen tun konnte.

Angespannt legte sie ihren Löffel ab.

»Ja, Erwin ist sehr nett, aber ich bin mir nicht sicher, ob das reicht. Verstehst du?«, berichtete Sonja noch, bevor sie plötzlich innehielt. »Geht es dir gut?«

Marie rang sich ein Lächeln ab. »Aber ja, alles in Ordnung.«

Sonja musterte sie. »Nicht, dass du krank wirst.«

Marie schüttelte den Kopf. Der Kellner kam und räumte die Bouillonteller ab. Die beiden Männer am Nachbartisch waren aufgestanden, und beinahe war Marie erleichtert, als sie sah, wie sie das Restaurant verließen.

Der Hauptgang wurde serviert, und einige Zeit aßen die beiden Freundinnen schweigend.

»Kann ich dich mal etwas fragen?«, entfuhr es Marie schließlich.

Sonja nickte. »Klar!«

Zögernd blickte Marie die Freundin an und suchte nach den richtigen Worten. »Machst du dir auch manchmal Gedanken, was deine Eltern und deine Familie früher wirklich getan haben? Ich meine, ob sie *daran* beteiligt waren?«, fragte sie stockend.

Sonja schaute sie überrascht an. »Du meinst, an dieser Sache mit den Juden und so?« Sie zuckte die Achseln. »Ich weiß es ja. Mein Vater war in der Partei und mochte die Juden nicht. Tut er bis heute nicht. Trotzdem sagte er immer, er hätte nie gewollt, dass so etwas mit ihnen geschieht. Aber erstens haben das die meisten Menschen doch gar nicht richtig gewusst, und zweitens – was hätten sie denn auch tun sollen? Man wäre doch sofort ins Lager gekommen, wenn man nur ansatzweise Kritik geäußert hätte.«

Marie schwieg. So wie die Freundin dachten die meisten, auch wenn niemand mehr gerne darüber sprach. Sie erinnerte sich an die Reaktion ihrer Mutter, als sie sie einmal danach gefragt hatte. Sie behauptete, dass sie das alles nie gewusst hätten, auch ihr Vater nicht, und dass es doch seltsam sei, dass umgekehrt nie jemand darüber spreche, wie viel die Deutschen gelitten hätten und immer noch leiden müssten. Die vielen Vertriebenen, die alles verloren hätten; die unzähligen Menschen, die bei den Bombenangriffen in Städten wie Dresden oder Köln umgekommen seien, und die vielen Witwen und Kinder, die sich jetzt allein durchschlagen müssten. Die Empörung stand ihr dabei ins Gesicht geschrieben.

Marie unterdrückte ein Seufzen, während sie sich erneut fragte, was es denn eigentlich brachte, sich mit alldem von Neuem auseinanderzusetzen.

20

Als sie am Abend mit der Bahn nach Hause fuhr, las sie trotzdem noch einmal den Artikel über den Wilhelmstraßen-Prozess. »*Kein Zweifel, dass leitende Angestellte des Reichssicherheitshauptamts in besonderer Weise in diese Gräueltaten verwickelt waren und sie sogar angeordnet haben …*«

Marie ließ die Zeitung sinken, und ihr Blick glitt aus dem Fenster. Das Reichssicherheitshauptamt war ein großes Amt mit etlichen Abteilungen und über dreitausend Mitarbeitern gewesen, versuchte sie sich zu beruhigen.

Als sie nach Hause kam, hatten ihre Brüder schon gegessen, aber ihre Mutter hatte ihr ein Brot mit Aufschnitt aufgehoben, das auf einem Teller im Kühlschrank lag. Margot Weißenburg war es heute sogar gelungen, im Geschäft einen Liter Milch zu bekommen. Sie goss Marie ein Glas ein – so, wie sie es so oft getan hatte, als sie ein Kind gewesen war. »Wir kommen nicht einmal mehr dazu, alle zusammen zu essen, so spät kommst du. Du arbeitest zu viel!«, sagte ihre Mutter kopfschüttelnd.

»Aber es macht mir Spaß, und es wird ja nicht ewig sein«, erwiderte Marie mit einem Lächeln. Ihre Anstellung war nur für eine begrenzte Zeit geplant, auch wenn sich jetzt schon abzeichnete, dass der Rat auf jeden Fall länger als die drei angesetzten Monate an der neuen Verfassung arbeiten würde.

Sie nahm ihren Teller und das Glas in die Hand und ging zusammen mit ihrer Mutter ins Wohnzimmer, wo ihre beiden Brüder in den alten Sesseln saßen. Helmut las in der Zeitung, Fritz in einem Buch fürs Studium. Sie plauderten alle ein wenig über ihren Tag. Nachdem Marie den letzten Schluck Milch getrunken hatte, wandte sie sich mit einem beiläufigen Ausdruck zu ihrer Mutter, um ihr die Frage zu stellen, die sie die ganze Zeit beschäftigte. »Was genau hat Vater eigentlich früher beim Reichssicherheitshauptamt gemacht?«

Auf einmal war es eigenartig still im Raum. Sie konnte spüren, wie Fritz von seinem Buch aufblickte.

»Was man eben bei einem Amt macht. Verwaltungsarbeit und solche Dinge«, erwiderte ihre Mutter ausweichend. Sie hatte einen Stapel Wäsche neben sich gelegt, der ausgebessert werden musste, und griff nach einem Paar Socken.

»Und was für Verwaltungssachen genau?«, hakte Marie nach und stellte das Glas ab. »Ich weiß nicht einmal, für welche Abteilung er dort gearbeitet hat.«

Ihre Mutter, die einen Faden einfädeln wollte, hielt in ihrer Bewegung inne. »Ach, das weiß ich auch nicht mehr. Er hat nicht gerne über seine Arbeit gesprochen, und die letzten Jahre war er ja auch im Krieg, in Polen und Russland. Wieso fragst du das eigentlich?«

Marie versuchte, eine unbeteiligte Miene zu machen. »Nur so. Es interessiert mich einfach, was Vater dort getan hat.«

Margot Weißenburg schien auf einmal angespannt. Sie legte die Socke zur Seite. »Hat dich jemand bei deiner Arbeit nach Vater gefragt?«

Überrascht schaute Marie ihre Mutter an. »Aber nein.«

Helmut blickte sie über die Zeitung hinweg an, und Fritz schüttelte unmerklich den Kopf. Mein Gott, was hatten sie nur! Marie begriff nicht, was so schlimm an ihrer Frage war.

Sie nahm ihren Teller und das Glas und stand auf, um beides in die Küche zu bringen und abzuwaschen. Anschließend holte sie ihre Tasche. Sonja hatte ihr neulich ein halb volles Päckchen mit Zigaretten geschenkt, da Marie es sich seit dem Festakt angewöhnt hatte, gelegentlich mit der Freundin zusammen zu rauchen.

In der Küche stand die Tür zur Veranda etwas auf, und sie trat nach draußen. Die milde Herbstluft hatte etwas Erfrischendes. Marie strich sich nachdenklich eine Haarsträhne aus dem Gesicht. Sie lehnte sich gegen die Hauswand und starrte in die Dunkelheit in den Garten hinaus, während sie sich eine Zigarette anzündete.

Nur einen Moment später hörte sie Schritte. Es war Helmut. Missbilligend musterte er sie. »Seit wann rauchst du denn? Das steht dir nicht!«

Sie zuckte die Achseln. »Ich mach's ja nur gelegentlich«, erwiderte sie und versuchte, sich ihre Unsicherheit nicht anmerken zu lassen.

»Was sollte das eigentlich eben?«, fragte Helmut.

Ohne sich von der Hauswand zu lösen, wandte sie den Kopf zu ihm. »Was denn?«

»Diese Fragen. Du weißt genau, wie es Mutter zusetzt, über *ihn* zu sprechen«, erwiderte ihr älterer Bruder streng.

»Ich habe doch nur gefragt, was Vater früher genau getan hat«, verteidigte sie sich.

»Lass solche Fragen, sie tun ihr nur weh!«, sagte er, und etwas Bedrohliches ging bei diesen Worten von ihm aus.

Sie drehte sich ganz zu ihm herum. »Aber interessiert dich das denn nicht, ich meine, fragst du dich nicht manchmal auch, was genau Vater da im Reichssicherheitshauptamt getan hat?«, entfuhr es ihr, und plötzlich wurde ihr bewusst, wie sehr sie diese Frage belastete.

Für den Bruchteil einer Sekunde verriet Helmuts Gesicht Unsicherheit.

»Nein«, antwortete er dann jedoch schroff. »Du weißt doch gar nicht, wie das alles war, Marie. Es ist so leicht, im Nachhinein alles zu verurteilen. Ich weiß nur, dass Vater für sein Land gekämpft hat, dass er ein hervorragender Offizier und tapferer Soldat war. Allein das zählt, und dafür sollte man ihn ehren und nicht im Nachhinein sein Andenken beschmutzen.«

Marie schwieg betroffen. Erst jetzt sah sie, dass Fritz hinter ihnen auf die Veranda getreten war. Ohne ein weiteres Wort drehte Helmut sich brüsk um und verschwand im Haus.

Fritz lehnte sich neben sie gegen die Wand. »Er meint es nicht so, aber er hat recht, Marie. Wir sollten Mutter nicht noch unnötig aufregen. Sie hat genug durchgemacht«, sagte er, um einen versöhnlichen Ton bemüht.

Marie schwieg noch immer. Helmuts Worte wollten ihr nicht aus dem Kopf gehen. Warum sollten ihre Fragen nach Vaters Arbeit sein Andenken beschmutzen können?

21

Nach ihrer Auseinandersetzung mit Helmut verspürte Marie trotz allem Gewissensbisse. Das Letzte, was sie wollte, war, ihrer Mutter wehzutun. Bis zur Selbstaufgabe hatte sie in den letzten Jahren alles dafür getan, dass die Familie in Köln einen Neuanfang machen konnte. Ihre Mutter hatte dafür gesorgt, dass Marie ihre Schule beendete und den Sekretärinnenlehrgang absolvierte. Und sie hatte es ungeachtet der begrenzten finanziellen Mittel geschafft, dass Fritz und auch Helmut ein Studium aufnahmen. Für ihre Kinder hatte sie schon immer alles gegeben.

Wahrscheinlich hätte Marie sich aus Respekt vor ihrer Mutter deshalb auch von ganz allein mit ihren Fragen zurückgehalten, wenn es nicht einige Tage später zu einer eigenartigen Begebenheit gekommen wäre. Sie bekamen Besuch: Onkel Karl, ein alter Freund der Familie, der der Trauzeuge ihrer Eltern und Patenonkel von Helmut und Fritz war, erschien am Sonntag auf einmal bei ihnen. Groß gewachsen, mit dunkelbraunen Haaren, die er wie früher in einem strengen Seitenscheitel mit Pomade aus der Stirn trug, und einer tiefen Stimme, vor der Marie sich als kleines Mädchen immer ein wenig gefürchtet hatte, stand er vor ihnen und umarmte sie alle voller Herzlichkeit. Früher hatte er wie die Weißenburgs in Berlin gelebt, aber nach dem Krieg war er zunächst nach Frankfurt und nun vor Kurzem mit einem neu gegründeten Transportunternehmen in die Nähe von München gezogen. Alle paar Wochen kam er jedoch zu Besuch nach Köln und brachte einen Karton voll jener Lebensmittel mit, die nach wie vor schwer zu bekommen und preislich für die Weißenburgs unerschwinglich waren. Marie war bei seinen Besuchen dabei nie ganz das Gefühl losgeworden, dass er sie nicht nur im Gedenken an ihren verstorbenen Vater und in seiner Eigenschaft als Patenonkel besuchte, sondern auch, weil er ein mehr als freundschaftliches Interesse für ihre Mutter hegte. Einige Male hatte sie ihn beobachtet, wie er ihr in der Küche heimlich Geld zusteckte und sie, als sie einmal in Tränen ausgebrochen war, sogar lange in den Arm genommen hatte.

Fritz und Helmut liebten und verehrten ihren Patenonkel indessen, und obwohl Karl mit ihnen im lockeren Ton plauderte und scherzte, war es offensichtlich, dass sie seine naturgegebene Autorität anerkannten. Er war eine väterliche Respektsperson und oft auch ein wichtiger Ratgeber für ihre beruflichen Entscheidungen. Seine Zuwendung für Marie beschränkte sich dagegen meistens darauf, dass er ihr kurz die Wange tätschelte und ein Kompliment machte, wie hübsch sie doch geworden sei. Sie würde ihrer Mutter immer ähnlicher werden. Nur als sie gerade ihre neue Stelle bekommen hatte, hatte er sich einmal detailliert nach Adenauer und Blankenhorn erkundigt. Ansonsten konnte Marie sich nicht erinnern, dass Onkel Karl jemals besonderes Interesse für sie aufgebracht hätte. Umso überraschter war sie an diesem Sonntag, als er sich – nachdem sie Kaffee getrunken und von dem Apfelkuchen gegessen hatten, den ihre Mutter eigens gebacken hatte – auf einmal mit einem breiten Lächeln zu ihr wandte. »Komm, Marie, lass uns beide mal einen kleinen Spaziergang durch den Garten machen.«

Niemand schien daran etwas Besonderes zu finden. Gehorsam stand sie auf und ärgerte sich dabei im gleichen Moment über ihre eigene Unsicherheit.

Während sie über den unebenen Rasen liefen, der von Sträuchern und drei knorrigen alten Apfelbäumen umrandet wurde, musterte sie verstohlen seine kräftige Gestalt. Fein gezeichnete Linien zeigten sich auf seiner Stirn und in seinen Augenwinkeln, und wie die meisten war er schlanker als früher.

»Schön habt ihr es hier«, sagte er, den Kopf zum Ufer des

Rheins gewandt, dessen Wasser man etwas weiter entfernt in einem dunklen Band erkennen konnte.

»Ja, wir haben Glück gehabt, dass wir in Großmutters Häuschen ziehen konnten«, erwiderte Marie ehrlich.

Er nickte und zupfte ein herbstliches Blatt von einem der alten Apfelbäume, bevor er sich zu ihr drehte. »Du bist eine hübsche und intelligente junge Frau geworden, Marie! Dein Vater wäre stolz auf dich«, sagte er, während er das Blatt betrachtete. »Dein Bruder und deine Mutter haben erzählt, dass du gerne ein bisschen mehr über ihn erfahren möchtest, darüber, womit er bei seiner Arbeit beschäftigt war?«

Es war der feine Unterton, der in seinen Worten schwang, der sie plötzlich wachsam sein ließ. In seinen Augen lag ein durchdringender Ausdruck.

»Nun ja, ist das nicht ganz normal?«, entgegnete sie vorsichtig.

»Sicher«, erwiderte er nüchtern, während er weiterging. »Hat dir jemand bei der Arbeit Fragen über ihn gestellt?«

Irritiert wandte sie den Kopf zu ihm. »Nein. Niemand. Mutter hat mich das auch schon gefragt.« Sie hob das Kinn, als sie die nächsten Worte sprach: »Und selbst wenn jemand gefragt hätte, was wäre daran denn so schlimm?«

Er lächelte nachsichtig. »Gar nichts, Marie.« Er beugte sich zu ihr und legte seine Hand sanft auf ihren Arm. »Aber siehst du, die Sache ist etwas kompliziert. Dein Vater war ein tapferer Mann, der alles für sein Land und seine Familie getan hat und sich nie etwas hat zuschulden kommen lassen. Aber für das Reichssicherheitshauptamt haben damals auch andere Männer gearbeitet, solche, die viel Schlechtes und Grausames getan haben. Leider unterscheidet man heutzutage nicht mehr zwischen den einen und den anderen, sondern neigt dazu, pauschale Verurteilungen zu treffen. Du solltest nur wissen, dass es deshalb nicht gut ist, wenn du Fragen stellst. Damit kannst du nicht nur den Ruf deines Vaters zerstören, sondern unter Umständen könnte sich das auch negativ auf deine und die Zukunft deiner Brüder auswirken.«

Marie blickte ihn ungläubig an. »Aber ich habe doch nur Mutter nach seiner Arbeit gefragt.«

»Nun, dann ist es ja gut. Dabei sollte es auch weiterhin bleiben«, sagte er mit einem Lächeln, das seine Augen nicht recht erreichen wollte.

Schweigend ging sie neben ihm zurück zum Haus und konnte sich nicht gegen das beklommene Gefühl wehren, das sich ihrer bemächtigt hatte. Sie dachte darüber nach, was Onkel Karl gesagt hatte. »Kann ich dich etwas fragen?«, wagte sie schließlich einen Vorstoß.

Er nickte. »Aber sicher.«

»Du sagst, dass es zwei Sorten Männer im Reichssicherheitshauptamt gab. Zu welcher hat denn Ernst Schulenberger gehört?«

Er schwieg, und für den Bruchteil eines Augenblicks konnte sie erkennen, wie sehr es ihn überraschte, dass sie diese Frage stellte.

»Ich habe in der Zeitung von dem Prozess gelesen«, erklärte sie, ohne seinem Blick auszuweichen.

Er verlangsamte seinen Schritt und blieb stehen. »Es spielt keine Rolle, was er getan oder nicht getan hat, er wird auf jeden Fall verurteilt werden«, erwiderte er knapp. Hinter ihm konnte sie erkennen, wie ihre Mutter und Brüder durch das Wohnzimmerfenster zu ihnen sahen, als er sie unvermittelt am Arm fasste. Durch den Stoff ihrer Strickjacke spürte sie den Druck seiner kräftigen Hand. »Lass mich dir einen guten Rat geben. Du hast deine Zukunft vor dir, genieße sie und belaste dich nicht mit der Vergangenheit, Marie!«

Karl

22

Sie hatten sich wieder an den Tisch gesetzt, als wenn nichts wäre. Die Jungen, die ewig hungrig schienen, verputzten ein zweites Stück Apfelkuchen mit Schlag, und ihre Mutter schenkte ihnen allen Kaffee nach. Während Karl einen Schluck davon trank – stark und schwarz, wie er ihn liebte –, beobachtete er unauffällig das Mädchen. Die langen Jahre, die er in der Wehrmacht gewesen war, hatten ihm ein untrügliches Gespür für Menschen gegeben. Sobald er mit jemandem sprach, wusste er, wen er vor sich hatte.

In ihrem Fall musste er zugeben, dass er sie unterschätzt hatte. Mit ihren blonden Haaren, die sie zu einem braven Zopf zusammengebunden hatte, und dem schlichten Kleid wirkte sie naiv und unbescholten. Er kannte die Kleine seit ihrer Geburt. Sie war das Nesthäkchen der Familie, und trotz des Krieges war es ihrer Mutter und ihren Brüdern gelungen, sie stets zu beschützen. Als lieb und folgsam, so hatten Margot und Helmut sie immer beschrieben, und er selbst hatte sie auch nur so erlebt, aber in dem kurzen Gespräch mit ihr hatte er ganz unerwartet noch etwas anderes in ihr entdeckt. Eine innere Festigkeit, beinah etwas Trotziges, das sich hinter ihrem scheuen Auftreten verbarg.

Nachdenklich stellte er seine Tasse ab. Als der Anruf von ihrem Bruder gekommen war, hatte er der Angelegenheit mit Marie keine besondere Bedeutung beigemessen. Es war nicht ungewöhnlich für ein junges Mädchen in ihrem Alter, dass es mehr über seinen Vater wissen wollte. Erst ihre Frage nach Ernst Schulenberger hatte ihm klargemacht, dass die Sache tiefer ging. Sie war über die Prozesse in Nürnberg informiert, hatte in der Zeitung darüber gelesen, und in ihren Augen hatte er erkennen können, dass sie auf der Suche nach Antworten war. Seine Gedanken wanderten unweigerlich einige Jahre zurück. Sie war zu jung, als dass sie alles hätte wissen können. Unter Umständen konnte das nun Probleme bereiten, auch wenn er sich sicher war, dass ihr kleines Gespräch erst mal seine Wirkung haben würde. Karl wusste um seine einschüchternde Art.

»Wirklich kein Stück Kuchen mehr?«, fragte ihn Margot Weißenburg.

Er wandte freundlich seinen Kopf zu ihr. »Danke, nein. So köstlich er schmeckt. Ich weiß nicht, wann ich das letzte Mal selbst gebackenen Kuchen gegessen habe, Margot.« Man konnte sehen, wie sie sich über das Kompliment freute. Sie war einfach großartig. Es nötigte ihm Bewunderung ab, welche Stärke und Loyalität diese Frau in den letzten Jahren bewiesen hatte.

Er unterhielt sich ein wenig mit den Jungen über ihr Studium und bemerkte dabei, dass Marie seit ihrem Gespräch ungewöhnlich schweigsam geworden war. Ihre Gesichtszüge wirkten angespannt. Karl war mit einem Mal froh, dass ihr Bruder ihm Bescheid gegeben hatte. Er nahm seine Verantwortung gegenüber der Familie ernst, und er würde seine Schwester im Auge behalten. Drei Kinder – und wie unterschiedlich sie doch alle waren, ging es ihm durch den Kopf. Während er sie insgeheim miteinander verglich, hörte er mit halbem Ohr zu, wie Fritz in seiner humorvollen Art von einem Streich für die Erstsemestler seines Studiums erzählte. Obwohl es auf den ersten Blick nicht so schien, war er der Stärkere der beiden

Söhne. Er war die entscheidenden Jahre jünger. Im Gegensatz zu Helmut hatten ihm weder Krieg noch Internierungslager zugesetzt, und trotzdem war er nicht verweichlicht, sondern die schwierige Zeit hatte ihn eher noch gefestigt. Wie sich die Dinge doch wiederholten. Er selbst war fast im gleichen Alter nach dem Ersten Weltkrieg gewesen, erinnerte sich Karl. Sein Wunsch, etwas zu verändern und aufzubauen, war immens gewesen, während sein vier Jahre älterer Bruder, der noch eingezogen worden war, nie über das Erlebte hinweggekommen war. Es hatte ihn innerlich gebrochen. Er nahm wahr, dass Marie ihm einen verstohlenen Blick zuwarf. Ihr Gespräch von vorhin schien sie noch immer zu beschäftigen. Mit einem Lächeln wandte er sich zu ihr.

»Und gefällt dir denn deine Arbeit unter den ganzen Politikern noch, Marie?«

»Ja, sehr. Ich bin dankbar, dass ich die Stelle bekommen habe«, erwiderte sie höflich.

»Aber sie arbeitet einfach zu viel«, mischte sich Margot Weißenburg in tadelndem Ton ein.

»Nun, dafür sitzt sie an der neuen Quelle der Macht«, erwiderte Karl, während er noch einen Schluck von seinem pechschwarzen Kaffee nahm. »Adenauer ist als Präsident des Parlamentarischen Rates in aller Munde. Erst neulich war ein langer Artikel über ihn in diesen linken Blättern, im *Spiegel* und auch im *Echo*. Er wird wohl noch eine wichtige Rolle in diesem Land spielen, nicht wahr, Marie?«, sagte er gönnerhaft.

»Das kann ich nicht beurteilen. Herr Adenauer ist eigentlich meistens unterwegs. Ich habe mehr mit seinem Referenten, Herrn Blankenhorn, zu tun«, erklärte sie steif.

Ihre Mutter musterte sie verwundert.

Karl lächelte leicht. Er hatte ihren kühlen Tonfall durchaus mitbekommen. Der Name *Blankenhorn* sagte ihm etwas.

Sinnend betrachtete er Marie erneut, und ihm wurde bewusst, dass es mehr als einen Grund gab, das Mädchen weiter im Auge zu behalten. Wer wusste, ob sie ihnen vielleicht nicht noch einmal in anderer Hinsicht nützlich sein konnte.

Marie

23

In der Nacht wälzte sie sich schlaflos in ihrem Bett. Der Besuch von Onkel Karl wollte Marie nicht aus dem Kopf gehen – sie dachte immer wieder über ihr Gespräch nach. Bei der Erinnerung an seine Blicke, den eindringlichen Unterton und die aufgesetzte väterliche Freundlichkeit, die er an den Tag gelegt hatte, beschlich sie ein unangenehmes Gefühl. Sie spürte, dass irgendetwas nicht stimmte. Marie musste plötzlich an ihren Vater denken, so intensiv, wie sie es seit seinem Tod nicht mehr getan hatte. Die Erinnerungen schmerzten. Sie hatte wieder sein warmes Lachen im Ohr, als würde er neben ihr stehen, und entsann sich, wie er sie früher als Kind in die Arme genommen und im Kreis um sich herumgewirbelt hatte, wenn er nach Hause kam.

Ihren Brüdern gegenüber war ihr Vater strenger gewesen, vor allem, wenn sie sich etwas hatten zuschulden kommen lassen, aber ihr konnte er nie lange böse sein. Bilder von früher stiegen in ihr auf – wie er sie als kleines Mädchen getröstet hatte, wenn sie sich die Knie aufschlug; er abends an ihr Bett kam und ihr immer noch einen Gutenachtkuss auf die Stirn gab und wie er es mit einem liebevollen Lächeln durchgehen ließ, dass sie das kleine Licht brennen ließ, wenn sie Angst vor der Dunkelheit hatte. Sie erinnerte sich, dass sie eines Tages auf dem Weg von der Schule nach Hause einen kleinen Spatz gefunden hatte, der aus dem Nest gefallen war. Er hatte ihr ein

Nest für den Vogel gebaut und danach gezeigt, wie sie ihn mit einer Pipette füttern solle.

Ja, egal an welche Begebenheit sie zurückdachte, ihre Erinnerungen an ihren Vater waren getränkt von Wärme und Liebe.

Natürlich wusste sie, dass er auch andere Seiten gehabt hatte, wie streng und auch unnachgiebig er sein konnte.

Später, wenn er von der Front zum Heimaturlaub nach Hause kam, bekam sie mit, dass er sich verändert hatte. Sein Ton war ihnen allen gegenüber schärfer geworden, und sein Gesicht markanter, beinah hager. Er wirkte müde und erschöpft. Sie hatte noch gut vor Augen, wie er bei einem seiner letzten Besuche – sie war fünfzehn gewesen – am Abend allein im Wohnzimmer saß und mit leerem Blick ins Kaminfeuer schaute. Sie war zu ihm gegangen, hatte sich auf die Lehne gesetzt und sich wie früher als kleines Mädchen an ihn geschmiegt. Wortlos hatte er ihr übers Haar gestrichen.

»Ist es schlimm dort, Vati?«, hatte sie leise gefragt.

Es hatte gedauert, bis er ihr schließlich antwortete: »Ja, aber wir tun es für euch und für unser Volk und das Reich … Bleib so, wie du bist, Marie. Das ist alles, was ich mir wünsche!«

Zwei Tage später war er an die Front zurückgekehrt. Als die Nachricht von seinem Tod kam, hatte sie immer wieder an seine Worte von diesem Abend zurückdenken müssen. Den Krieg hasste sie danach nur noch mehr. In der Schule wurde sie eine Zeit lang sogar aufsässig. Man redete mit ihrer Mutter, weil sie die Treffen des *Bund Deutscher Mädel* schwänzte, in dem sie Kriegshilfsdienste leisten sollte. Doch die Schule war zu dieser Zeit ohnehin schon in Auflösung begriffen. Ihre Mutter und auch ihr Bruder sprachen mit ihr, ermahnten, aber trösteten sie auch. Dennoch wurde es nur langsam besser. Es war letztlich das Bild ihres Vaters, der für sein Land gefallen war wie ein Held, und das Gefühl, dass sie stolz auf ihn sein konnte, das ihr half, ihre Trauer besser zu bewältigen.

Sie hatte ihn geliebt, ja, wenn sie ehrlich war – ihre Beziehung zu ihm war stets enger als zu ihrer Mutter gewesen. Vielleicht war genau das auch der Grund – sie konnte diese Erinnerungen von ihrem Vater einfach nicht mit all dem Schrecklichen, von dem man hörte, in Einklang bringen. Marie wollte wissen, ob er damit zu tun gehabt hatte. Etwas drängte sie dazu, auch wenn ein Teil von ihr sich gleichzeitig davor fürchtete, was sie erfahren könnte. Paradoxerweise hatte aber gerade ihr Gespräch mit Onkel Karl zu ihrer Beunruhigung beigetragen und sie unerwartet misstrauisch werden lassen. Immer wieder musste sie über seine Äußerung über das ehemalige Reichssicherheitshauptamt nachdenken. Als Jugendliche war dieses Amt für sie nur eine Behörde gewesen, für die ihr Vater gearbeitet hatte. Sie seien für die innere Sicherheit des Landes zuständig, hatte er ihr einmal erklärt. Doch Onkel Karls Bemerkung, dass dort auch Menschen gearbeitet hätten, »die viel Schlechtes und Grausames getan hatten«, ließ sie nun endgültig begreifen, dass diese Beschreibung wohl nicht ganz der Wahrheit entsprach.

Als sie am nächsten Morgen beim Frühstück saß, wurde ihr jedoch klar, dass sie von ihrer Familie keine Antworten erwarten konnte. Während sie ihr Brot mit Marmelade aß, fragte sie sich, weshalb Helmut und ihre Mutter Onkel Karl überhaupt von ihren Fragen nach ihrem Vater erzählt hatten. Die Atmosphäre am Tisch war angespannt, und Marie war froh, als sie das Haus verlassen konnte.

Ihre Mittagspause verbrachte sie diesmal nicht mit Sonja, sondern nahm sich etwas anderes vor. Seit der Gründung im September wurden im Rat politisch wichtige Zeitungsartikel gesammelt, die jeder einsehen konnte. Marie setzte sich in eine Ecke und begann, die letzten Monate systematisch nach Artikeln der Nürnberger Prozesse durchzugehen, denn sie hatte sich an etwas erinnert, das sie vor Kurzem gelesen hatte.

Schließlich fand sie, was sie suchte. Es war ein Artikel, der über das Wilhelmstraßen-Verfahren berichtete. Darin wurde auf einen älteren Prozess im vergangenen Jahr verwiesen – den *Einsatzgruppen-Prozess* – bei dem es zur Verurteilung verschiedener Führungskräfte des Reichssicherheitshauptamts gekommen war. Angespannt blieb ihr Blick an den letzten Zeilen hängen – und plötzlich wusste sie, was sie tun würde.

Berlin, Juni 1949, sieben Monate später

Vera

24

Sie blinzelte, als er ihr das Tuch von den Augen zog. Obwohl es nicht einmal besonders hell war, brauchte sie einen Augenblick, bis sie sich wieder an das Licht gewöhnt hatte. Sie waren durch Straßen und über unebenen steinigen Boden gelaufen. Immerhin hatte er darauf geachtet, dass sie nicht stolperte und nirgendwo gegenstieß. Doch unterwegs hatte Vera sich mehrmals gefragt, ob sie nicht eine riesige Dummheit beging. Ja, sie brauchte Informationen von ihm, aber wie konnte sie sich von einem Mann, den sie nicht kannte, einfach die Augen verbinden lassen? Was, wenn er vielleicht gar nicht dieser *L.* war, sondern irgendein Psychopath? Nur die Tatsache, dass er ihre Hände frei ließ, hatten sie vor einer Panikattacke bewahrt.

»Nun, dass du keine Agentin bist, hast du schon mal bewiesen. Dafür fehlt es dir eindeutig an Kaltblütigkeit«, stellte er jetzt fest.

Sie unterließ es, seine Bemerkung zu kommentieren.

Er warf seine Jacke auf einen Stuhl und deutete zu einem verschlissenen Sofa. Sie warf einen schnellen Blick um sich herum. Es war ein fensterloser Raum, in dem sie sich befanden. Keinerlei Geräusche von draußen drangen herein. Wahrscheinlich waren sie im Keller, überlegte sie, denn sie hatte mitbekommen, dass sie eine Treppe hinabgestiegen waren. Der Raum hier schien als Büro oder Zentrale zu dienen. Es sah auf jeden Fall seltsam aus. Eine ganze Reihe von technischen Geräten stand links auf einem schmalen Tisch – ein Fernschreiber und Morsegerät, aber auch mehrere Telefone und ein Radio, wie sie erkannte. Auf der rechten Seite dagegen befand sich ein Feldbett, ein schmaler Garderobenschrank und ein Schreibtisch, auf dem diverse kleine Behälter mit unterschiedlichen Tintenfarben aufgereiht waren. Sie merkte, dass er ihrem Blick gefolgt war und sie beobachtete. Seine kantigen Gesichtszüge strahlten etwas Kaltes aus, und seine durchtrainierte Statur verstärkte ihr Unbehagen, allein mit ihm zu sein. Doch sie zwang sich, daran zu denken, dass sie seine Hilfe brauchte.

»Also, fangen wir mal ganz von vorne an, Vera. Was hat Jonathan dir von mir erzählt?« Er griff sich einen Stuhl und setzte sich ihr gegenüber vor das Sofa.

Es gefiel ihr nicht, wie er ihren Namen aussprach, und auch nicht, dass es ihm innerhalb weniger Sekunden gelang, ihr das Gefühl zu geben, sie würde sich in einem Verhör befinden. »Nicht viel. Ich wusste nur von ihm, dass er über die *Goldbar* gelegentlich mit einem Informanten in Kontakt ist, der für die Briten arbeitet. In den Aufzeichnungen, die er mir geschickt hat und aus denen ich auch deine Telefonnummer habe, steht ein gewisser *L.* als Quelle vermerkt. Es war nicht besonders schwierig, das zu kombinieren.«

»Ich heiße Leo«, erklärte er die Abkürzung knapp.

Dass er ihr seinen Namen nannte, beruhigte sie zumindest etwas.

Er musterte sie. »Um eines klarzustellen. Das hier ist kein Spiel. In dieser Stadt wimmelt es zurzeit von Agenten aus aller Welt. Seit der Blockade der Sowjets sind alle ein bisschen hysterisch, und Informationen sind ein noch teureres und gefährlicheres Gut geworden, als sie es ohnehin schon immer waren.« Er zuckte die Achseln. »Vielleicht bist du wirklich nur eine Freundin und Kollegin von Jonathan, die seinen Tod aufklären will. Aber warum sollte ich dir vertrauen? Nebenbei bemerkt wirkst du auch nicht gerade wie eine hartgesottene Journalistin.«

Sie blickte ihn an. Sein überheblicher Ton fing langsam, aber sicher an, ihr auf die Nerven zu gehen. »Tut mir leid, wenn ich nicht deinen Vorstellungen entspreche«, entgegnete sie bissig. »Aber ein Freund von mir wurde gerade umgebracht, in meine Wohnung wurde eingebrochen, und ich musste innerhalb von wenigen Tagen zweimal einen Übergriff über mich ergehen lassen. Außerdem kann ich es nicht ertragen, wenn man mir die Augen verbindet und ich nichts sehen kann«, fügte sie etwas leiser hinzu. Sie griff nach ihrer Handtasche. Bevor sie zur Bar gekommen war, hatte sie den Brief eingesteckt. »Ich kann dich nicht zwingen, aber ich brauche deine Hilfe. Hier, das hier hat Jonathan mir zusammen mit seinen Rechercheunterlagen geschickt. Lies es.« Sie reichte ihm das Schreiben, das dem Päckchen beigelegen hatte.

Ohne etwas zu sagen, kam Leo ihrer Aufforderung nach. Als er wieder aufsah, konnte sie für den Bruchteil eines Augenblicks Betroffenheit in seinem Gesicht erkennen. »Ich bin mir nicht sicher, ob Jonathan überblickt hat, worum er dich da gebeten hat«, sagte er ernst.

»Selbst wenn er das nicht hat. Ich würde seine Bitte trotzdem erfüllen. Sie haben ihn umgebracht …« Sie brach ab, als sie spürte, wie all die Emotionen – die ganze Trauer und der Zorn – in ihr hochstiegen.

Leo gab ihr das Schreiben zurück. »Ja – und sie werden ganz sicher nicht zögern, mit dir und jedem anderen genau dasselbe zu tun.« Nachdenklich verzog er das Gesicht. »Weiß noch irgendjemand von diesem Brief und den Unterlagen?«

Vera wollte den Kopf schütteln, aber dann besann sie sich, dass es doch jemanden gab. Zögernd erzählte sie ihm von dem Unbekannten und wie er ihr das Päckchen erst entwendet und nur einen Tag später wieder zurückgebracht hatte. »Der Typ war heute in der Bar. Als er mitbekommen hat, dass ich ihn gesehen habe, ist er schlagartig verschwunden«, fügte sie hinzu.

Leo legte die Fingerspitzen gegeneinander. »Das heißt, er beobachtet dich.«

»Aber warum sollte er das tun?«

»Offensichtlich scheint er ein Interesse daran zu haben, dass du diese Nachforschungen fortsetzt. Die Frage ist nur, warum?«

Vera schwieg. Sie erinnerte sich plötzlich wieder, wie professionell und beherrscht der Unbekannte sie überwältigt hatte und wie sie deshalb vermutete, dass er eine besondere militärische Ausbildung absolviert hatte. Wenn sie nur irgendeinen Ansatz hätte, wie das alles in Zusammenhang miteinander stehen könnte. Entschlossen wandte sie sich zu Leo. »Wirst du mir helfen und einige Fragen beantworten?«

»Stell sie, dann werden wir weitersehen.«

»Gut.« Sie merkte, wie ein Teil von ihr in ihr berufliches Ich der Journalistin umschaltete und es ihr gelang, das Ungewöhnliche der gesamten Situation auszublenden. »Jonathan hat für seine Recherchen von dir Auskünfte über einige Personen eingeholt, nicht wahr?«, begann sie.

Leo nickte und lehnte sich in seinem Stuhl zurück. »Ja. Das habe ich schon öfter für ihn gemacht. Ich habe noch Kontakte in die alten Kreise von damals«, fügte er hinzu.

Für einen Augenblick war sie sich nicht sicher, ob sie ihn richtig verstand. »In die *alten Kreise*?«

Er musterte sie, als würde er kurz an ihrer Intelligenz zweifeln. Dann begann er, ohne etwas zu sagen, den linken Ärmel seines Hemds hochzukrempeln, und hob den Arm. Vera erstarrte. Auf dem hinteren Oberarm war innen ein eintätowiertes *B* zu erkennen. Mit allem hätte sie gerechnet, aber nicht damit. Der Buchstabe war eine Blutgruppentätowierung, ein typisches Merkmal der SS, die diese Kennzeichnungen früher für bestimmte Verbände zwingend vorgeschrieben hatte. Nach dem Krieg waren viele Angehörige der SS, die behauptet hatten, angeblich nur einfache Soldaten gewesen zu sein, anhand dieser Markierung identifiziert worden. Sie erinnerte sich, dass Jonathan in diesem Zusammenhang einmal einen Artikel darüber geschrieben hatte, weil eine auffallend große Zahl von Soldaten ausgerechnet an dieser Körperstelle eine Kriegsverletzung aufwies. Nicht wenige von ihnen hatten sie sich absichtlich zugefügt, um die Tätowierung damit unkenntlich zu machen.

»Schockiert dich das? Ja, ich war in der SS«, sagte Leo kalt und krempelte den Ärmel bis kurz unter den Ellbogen wieder hinunter.

Vera schwieg und fragte sich, wie ein Mann, der in der SS gewesen war, dazu kam, für die Briten zu arbeiten. »Willst du mir sagen, es gibt nach wie vor nationalsozialistische Kreise in diesem Land?« Angesichts all der Verbote, der Prozesse und Entnazifizierungsverfahren, die es in den letzten Jahren gegeben hatte, fiel es ihr mehr als schwer, das zu glauben.

Er zuckte die Achseln. »Ja und nein. Natürlich sind die politischen Strukturen und Organisation der Verbände und Partei komplett zerschlagen worden, aber das ist nur die eine Seite.« Er beugte sich nach vorne zu ihr und stützte seine sehnigen Unterarme dabei auf seinen Beinen ab. »Siehst du, es gibt etwas, das im Dritten Reich perfekt aufgebaut wurde – das ist eine Form der Kameradschaft und des Gemeinschaftsgeists, aus dem ein Netz von Seilschaften entstanden ist, in dem man sich bis heute unterstützt und gegenseitig schützt. So etwas kann nicht einfach zerstört werden. Diese Verbindungen durchziehen dieses Land noch immer wie ein feines, klebriges Spinnennetz …«

Etwas in seinem Ton ließ sie schaudern. Sie sah wieder die Notizen von Jonathans Recherchen vor sich, und ein vages Bild, das sie nicht ganz fassen konnte, tauchte in ihrem Kopf auf.

»Und was hat es in dieser Beziehung mit den drei Männern auf sich, über die Jonathan Erkundigungen eingezogen hat? Diesem Hüttner und seinen beiden Freunden, Lempert und Pape?«

Leo zündete sich eine Zigarette an. »Kann ich dir auch nicht genau sagen. Ich weiß nur, dass alles, was ich bisher über sie herausbekommen habe, zum Himmel stinkt. Über Lempert und Pape ist es unmöglich, irgendetwas in Erfahrung zu bringen, und Hüttners Lebenslauf ist für einen Oberstleutnant der Wehrmacht einfach zu auffällig unbescholten.« Er schüttelte leicht den Kopf. »Normalerweise haben solche Leute immer ihre schmutzigen Geheimnisse. Man muss nur ein bisschen suchen, dann findet man sie auch.«

»Du meinst, ihre Lebensläufe wurden gefälscht …« Dieser Gedanke war ihr ja auch sofort gekommen, als sie gelesen hatte, dass Hüttner aus Rimini freigekommen und sich später sogar freiwillig einem Spruchkammerverfahren gestellt hatte.

Leo nickte. »Mit Sicherheit. Warum sollten die Namen von zweien von ihnen sonst aus dem Register eines Kriegsgefangenenlagers verschwinden? Und da ist noch etwas …« Er griff sich den Deckel einer Blechbüchse auf dem Schreibtisch, die bereits zahlreiche schwarze Brandabdrücke aufwies, und drückte seine Zigarette darin aus, von der er kaum mehr als ein paar Züge genommen hatte. »Ich habe letzte Woche etwas Interessantes über Hüttner erfahren, das ich Jonathan nicht mehr erzählen konnte. Jemand hat mich wissen lassen, dass er schon seit einiger Zeit gezielt Kontakt zu ehemaligen Kameraden sucht. Er wirbt Leute an!«

Verwirrt schaute ihn Vera an. »Leute? Und wofür?«

»Tja, genau das wüsste ich auch gerne«, erwiderte Leo.

25

Es war weit nach Mitternacht, als Leo sie zu ihrem Fahrrad zurückbrachte. Wieder hatte er ihr die Augen verbunden. Es sei besser für sie, wenn sie nicht wisse, wo er wohne, sagte er und nahm ihr das Versprechen ab, ihn, wenn es notwendig sei, über eine Nachricht in der Bar zu kontaktieren, aber auf keinen Fall mehr bei ihm anzurufen.

»Ich werde ein paar weitere Erkundigungen einziehen. In welche Gefahr du dich begibst, wenn du Jonathans Arbeit fortsetzen willst, muss ich dir nicht noch einmal sagen, oder?«, sagte Leo schließlich, als sie aufs Fahrrad stieg.

»Nein, das weiß ich«, antwortete sie nur.

Doch die Häuser erschienen ihr dunkler, beinah finster auf der Fahrt zurück zu ihrer Wohnung. Als würden ihre Umrisse ein eigenes Leben entwickeln. Die Stadt war um diese Zeit wie ausgestorben. Sie fröstelte und bemühte sich, schneller voranzukommen. Eine Katze, deren gelbe Augen plötzlich in dem schwachen Schein ihres Fahrradlichts sichtbar wurden, ließ sie erschrocken zusammenfahren. Mit einem Fauchen sprang das Tier davon. Vera zwang sich, ihren Atem zu beruhigen. Ihre Nerven lagen blank, merkte sie. Sie versuchte, sich zusammenzureißen, und war froh, als sie schließlich ihre Wohnung erreichte. Etwas Schlaf würde ihr bestimmt guttun.

Doch als sie am nächsten Morgen zur Redaktion fuhr, musste sie immerzu daran denken, was Leo über die Verbindungen von früher erzählt hatte, und es kam ihr vor, als würde sie die Welt auf einmal mit anderen Augen betrachten.

Leo und sie hatten am Abend noch mögliche Zusammenhänge zwischen Jonathans Reise, seinen Recherchen und dem Mord an ihm erörtert. Eine Frage wollte Vera dabei nicht aus dem Kopf gehen. Warum war Jonathan überhaupt nach Köln gereist? Nichts aus den Unterlagen des Freundes gab darauf einen Hinweis, und sie hatte Leo auch von ihrer Vermutung berichtet, dass er wegen Marie dort hingefahren war.

Irgendwie musste es ihr gelingen, den Nachnamen von dieser jungen Frau herauszubekommen. Doch sie bezweifelte, dass es etwas brachte, wenn sie erneut bei der Zentrale anrief. Vielleicht konnte ihr Wilma, die Sekretärin, helfen.

»Diese Marie war eine gute Bekannte von Jonathan und weiß wahrscheinlich gar nichts von dem Unfall«, erklärte Vera ihr wenig später. »Ich kenne ihren Nachnamen nicht, weiß aber, dass sie beim Parlamentarischen Rat gearbeitet hat. Am Telefon wollte man mir keine Auskunft geben, aber vielleicht, wenn man ihnen schreibt?«

Wilma nickte. »Ich werde im Namen der Chefredaktion schreiben, dann wird man uns mit Garantie antworten. Keine Angst, das bekomme ich schon raus!«

Vera lächelte. »Danke, du bist ein Schatz!«

Aus den Augenwinkeln sah sie, dass Fred sie von seinem Schreibtisch aus beobachtete. Er bemerkte ihren Blick und zwinkerte ihr zu. Sein Verhalten war manchmal wirklich eigenartig, fand sie.

Als sie zu ihrem Platz zurückkam, lag ein Umschlag von Frau Brand aus dem Archiv auf ihrem Schreibtisch. Die Artikel, die sie bestellt hatte! Daran hatte sie gar nicht mehr gedacht.

Sie öffnete den Umschlag und nahm die Zeitungsausschnitte heraus. Routiniert ging sie einen nach dem anderen durch. Die meisten von ihnen enthielten Informationen, die sich mit denen aus Jonathans Aufzeichnungen deckten, doch an einem Artikel blieb Vera hängen. Er stammte aus dem Jahr 1946, war also fast drei Jahre alt, und befasste sich mit dem ehemaligen Kriegsgefangenenlager in Rimini. Vera vertiefte sich in den Text. Der Verfasser berichtete darüber, dass in Rimini angeblich in einer ungewöhnlich lockeren Handhabung mit den

Inhaftierten umgegangen werde und Ausbrüche an der Tagesordnung seien.

Vera machte sich ein paar Notizen, bevor sie ihren eigenen Artikel zu Ende schrieb, den sie Lubowisky heute noch vorlegen musste. Die Beschreibung der Berliner Theaterlandschaft kam ihr mit einem Mal entsetzlich banal vor. Zum ersten Mal verstand sie, was Jonathan zu seinen Themen getrieben hatte.

Der Chefredakteur nickte indessen anerkennend, als er am späten Nachmittag ihren Bericht las. »Sehr schön. Den nehmen wir auf jeden Fall in die nächste Ausgabe mit rein«, sagte er. Er hob den Kopf.

»Und, sind Sie die Unterlagen von Jonathan eigentlich durchgegangen?«

»Ja, aber ich wüsste auch nicht, wie man daraus etwas machen sollte«, behauptete sie. Insgeheim hatte sie gehofft, dass er sie darauf ansprechen würde, deshalb ergriff sie sogleich die Gelegenheit. »Aber ich habe eine Idee für einen anderen Artikel, eine Reportage, über die ich gerne mit Ihnen sprechen würde.«

Lubowisky nickte. »Erzählen Sie …«

Vera berichtete ihm in knappen Worten von der Agentur von Lore und Hans Pistori, die sich der Suche von Vermissten widmeten, und dass sie gerne etwas über das Schicksal der kleinen Magda schreiben würde und dazu nach Tirol und Italien reisen wolle.

»Ich bin sicher, dass diese Geschichte unsere Leser sehr berühren würde«, sagte sie, das Stirnrunzeln des Chefredakteurs ignorierend.

»Ja, das glaube ich auch. Ohne Frage eine sehr schöne Idee.« Sein durchdringender Blick traf sie. »Und das hat nicht rein zufällig etwas mit dem Thema von Jonathan zu tun?«

Vera bemühte sich um eine unschuldige Miene. »Aber nein. Wie gesagt, die Aufzeichnungen waren einfach zu spärlich.

Wenn ich in Südtirol bin, werde ich meine Augen sicher offen halten, aber im Schwerpunkt werde ich mich allein auf die Geschichte von Magda und vermissten Menschen stützen.«

Die Hände des Chefredakteurs spielten mit einem Stift, und er schüttelte den Kopf. Unwillkürlich hielt Vera den Atem an. Vielleicht hatte sie den Bogen doch überspannt?

»Ich muss zugeben, dass Sie mich überraschen. Ich bin sicher, es wird ein interessanter Artikel werden, den Sie da schreiben!«, sagte Lubowisky dann jedoch mit einem kaum wahrnehmbaren Lächeln.

26

Am nächsten Morgen reichte sie den von Lubowisky unterschriebenen Reiseantrag bei der Verwaltung ein. Ein grauhaariger Buchhalter namens Straub, der sich auch um die Visa kümmern sollte, inspizierte die Papiere argwöhnisch.

»Nach Bozen und weiter nach Italien? Hat Ihr Kollege, der bei diesem Unfall ums Leben gekommen ist, nicht eine ganz ähnliche Reise für seine Recherchen gemacht?« Sein missbilligender Unterton war nicht zu überhören. Aus unerfindlichen Gründen schien ihn jede finanzielle Ausgabe, die in der Redaktion getätigt wurde, persönlich zu schmerzen.

»Das ist nur Zufall. Bei mir geht es um die Geschichte eines vermissten Mädchens«, erwiderte Vera und fragte sich, warum sie ihm das überhaupt erzählte.

Seine Brauen hoben sich. »Tatsächlich?«

»Ja.« Sie sah zu, wie er den Antrag widerwillig mit diversen Stempeln versah, und verspürte angesichts seiner Nachfragen mit einem Mal eine leise Unruhe. Plötzlich traute sie niemandem mehr. Sie wagte nicht einmal mehr, das Telefon in der Redaktion zu benutzen, sondern begab sich für jeden wichtigen Anruf zu einer Telefonzelle. Es war eine unterschwellige Angst, die sie nicht mehr losließ, und Vera war froh, dass die Vorbereitungen für die Reise sie daran hinderten, zu viel darüber nachzudenken.

Als Erstes traf sie sich mit Lore Pistori von der Agentur, die begeistert war, dass sie eine Reportage über die kleine Magda schreiben wollte. Die Freundin gab ihr eine Liste mit möglichen Ansprech- und Interviewpartnern, die sie in Tirol und Italien kontaktieren konnte. Vera befragte sie noch einmal detailliert zu der Flucht der Melinyks, der ukrainischen Familie, und dem Hintergrund des Mädchens und machte sich Notizen dazu. Es stellte sich als glückliche Fügung heraus, dass die Ukrainer, nachdem sie Magda an sich genommen hatten, auch einige Zeit in Tirol verbracht hatten. Niemand würde es merkwürdig finden, wenn sie anfing, in der Gegend Fragen zu stellen. Lore gab ihr auch noch die Kontaktdaten von einem Bergführer, Ludwig Tagini, der die Melinyks über die grüne Grenze von Österreich nach Südtirol gebracht hatte und den sie selbst gut kannte.

Vera überlegte, ob sie vielleicht an einer solchen Überquerung teilnehmen könnte. Das wäre für die Reportage bestimmt eindrucksvoll.

Nach ihrem Besuch bei Lore begab sie sich schließlich zur *Goldbar*, um Leo eine Nachricht über ihre bevorstehende Reise zu übermitteln. Sie hatten ausgemacht, dass, wann immer sie ihm dort etwas hinterließ, er ihr am nächsten oder übernächsten Tag darauf antworten würde.

Am Abend vor ihrer Abreise begab sich Vera daher noch einmal in die Bar. Es war noch früh – Theo war allein und gerade dabei, den Tresen zu polieren. Er grüßte sie knapp, beinah reserviert, und händigte ihr, als hätte er bereits auf sie gewartet, einen Umschlag aus. Vera öffnete ihn rasch.

Hinterlass den Ort und die Telefonnummer deiner Unterkunft regelmäßig in der Bar. L.

**Geh davon aus, dass man dich beobachtet.*

Vera steckte die Karte wieder in den Umschlag und verstaute ihn in ihrer Handtasche. Erst da bemerkte sie, dass Theo sie stirnrunzelnd beobachtete. »Wie es aussieht, hast du meinen Rat also nicht angenommen«, stellte er fest. Zu ihrer Überraschung wirkte er besorgt.

Sie zögerte. »Ich wünschte, ich könnte dir alles erklären, Theo«, sagte sie ehrlich.

»Schon gut, es geht mich ja ohnehin nichts an.«

Sie fasste ihn sanft am Arm. »Ich tue es für Jonathan!«

Zweifelnd blickte er sie an.

»Wer hat diesen Umschlag eigentlich gebracht?«

»Ein Botenjunge, so wie immer. Es ist jedes Mal ein anderer«, fügte er hinzu.

Angesichts ihrer eigenen Erlebnisse wunderte sie sich nicht einmal besonders über Leos Vorsichtsmaßnahmen. »Ich werde ein, zwei Wochen nicht in Berlin sein und meine Adresse regelmäßig bei dir hinterlassen«, sagte sie.

Theo nickte. »In Ordnung.« Er packte das Poliertuch weg, hielt dann aber noch einmal inne und wandte sich zu ihr. »Ich habe gehört, die Zeitung wird eine Trauerfeier für Jonathan ausrichten?«

»Ja. Das Datum steht noch nicht fest.« Sie konnte spüren, wie etwas in ihr allein bei der Vorstellung erstarrte. Noch eine weitere Trauerfeier – sie wusste nicht, ob sie das ertragen würde.

Am Tag zuvor waren Jonathans persönliche Sachen aus Köln in der Redaktion eingetroffen, und Lubowisky hatte sie in sein Büro rufen lassen. »Ich dachte mir, dass Sie vielleicht etwas als Erinnerung behalten möchten«, hatte er gesagt und dabei auf die Sachen gedeutet, die ausgebreitet auf einem Tisch lagen.

Es war nicht viel, was sie genommen hatte. Den alten, roten Schal, den er noch von seinem Vater geerbt hatte, den kleinen ledernen Kalender, den er stets in seiner Hosentasche bei sich getragen hatte – und das Foto. Sie hatte nicht einmal mehr gewusst, dass Jonathan dieses Bild überhaupt noch besaß. Es hatte in einem Seitenfach seines Portemonnaies gesteckt und zeigte einen etwa zehnjährigen Jungen und ein ebenso altes Mädchen. Die beiden hielten einander an der Hand und blickten voller Stolz in die Kamera. Ohne dass Vera etwas dagegen tun konnte, waren ihr die Tränen in die Augen geschossen, denn sie erinnerte sich noch, wie ihr Vater das Bild damals mit seinem gerade neu erstandenen Fotoapparat von ihnen aufgenommen hatte.

Lubowisky hatte sich diskret abgewandt, als er ihre Tränen bemerkte. Als sie sich etwas gefasst hatte, teilte er ihr zögernd mit, dass es noch andere Sachen hier aus Berlin von Jonathan gebe. Ob sie die auch durchsehen wolle? Doch sie hatte den Kopf geschüttelt. Jonathan hatte nur ein Zimmer zur Untermiete bewohnt und nicht viel besessen. Sie wusste, dass die drei Dinge, die sie ausgewählt hatte, auch für ihn wirklich Bedeutung gehabt hatten.

Sobald Vera aus der Bar nach Hause zurückgekehrt war, zog sie noch einmal das Foto hervor. Sie legte es vor sich auf den Tisch und betrachtete es einen Augenblick, bevor sie durch Jonathans kleinen Kalender blätterte, der bis zum Sommer des letzten Jahres zurückging. Nachdenklich ging sie die abgekürzten Notizen durch, die Jonathan zu manchen Daten gemacht hatte. Er war oft in Nürnberg gewesen, weil er regelmäßig über die Prozesse dort berichtet hatte. Ihre Augen blieben an einer Eintragung aus dem letzten Herbst hängen, und auf einmal fiel ihr etwas ein, das er ihr damals erzählt hatte …

Sieben Monate zuvor, Nürnberg, Herbst 1948

Jonathan

27

Er war schon am Abend zuvor in Tempelhof ins Flugzeug gestiegen. Eine Militärmaschine, die auf dem Hinweg Güter lud, hatte ihn und einige andere ausgewählte Passagiere auf dem Weg zurück mit nach Frankfurt genommen.

Der Luftverkehr Berlins konzentrierte sich zurzeit vor allem darauf, lebenswichtige Güter in den Westteil der Stadt zu bringen – Lebensmittel, Medikamente und verstärkt Heizmaterialien. Der bevorstehende Winter würde während der Blockade eine eigene Herausforderung für die Stadt darstellen. Manchmal erschien es Jonathan wie ein Wunder, dass sie es überhaupt bis jetzt geschafft hatten. Aber in der Westberliner Bevölkerung hatte sich in den vergangenen Wochen und Monaten eine trotzige und unerschütterliche Standfestigkeit breitgemacht. Eher würde man verhungern und erfrieren, als aufzugeben.

Nürnberg kam ihm dagegen vor wie eine andere Welt. Jonathan streckte sich, als er jetzt aus dem Zug stieg. Er hatte die Nacht in Frankfurt in einer billigen Pension verbringen müssen – das Bett war so durchgelegen gewesen, dass es wahrscheinlich besser gewesen wäre, auf dem Boden zu schlafen, und er hatte Mühe gehabt, sich an dem kleinen zersprungenen Waschbecken zu rasieren. Heute früh hatte er dann die Bahn genommen. Die Reise von Berlin hierher fühlte sich jedes Mal an, als würde man auf einen anderen Kontinent fahren.

Obwohl der Krieg auch in Nürnberg überall seine Spuren hinterlassen hatte, hatte die Stadt trotzdem etwas beinah Beschauliches. Jonathan betrachtete die Menschen, die mit ihm den Bahnhof verließen. Die bedeutenden internationalen Militärgerichtsprozesse, die in ihrer Stadt stattfanden, kümmerten die meisten von ihnen wahrscheinlich kaum.

Sein Bus stand bereits an der Haltestelle, und er beschleunigte seinen Schritt. »Einmal bis zum Gericht«, bat er, nachdem er die Stufen hochgestiegen war, und löste beim Schaffner einen Fahrschein. Er ließ sich einem älteren Paar gegenüber auf einem Sitzplatz nieder.

Es waren wichtige Verhandlungen, die heute im Wilhelmstraßen-Prozess stattfinden würden. Ein Prozess, der dabei war, sich zu einem der umfangreichsten Militärtribunale nach dem Krieg zu entwickeln: weit über hundert Verhandlungstage und mehr als dreihundert Zeugen. Die Angeklagten waren Angestellte und Führungskräfte der ehemaligen Ministerien, Ämter und deutschen Wirtschaftselite.

Er musste an Veras Worte denken, als sie gestern Nachmittag vor seiner Abreise noch einen Kaffee zusammen getrunken hatten. *»Mein Gott, glaubst du wirklich, das will noch jemand hören, ob sich im Auswärtigen Amt auch noch einer schuldig gemacht hat?«* Er hatte nur milde gelächelt, denn er kannte ihre Einstellung. Nach dem, was sie mitgemacht hatte, verstand er sie sogar.

Als Journalist war ihm klar, dass die Menschen es leid waren, sich mit einer Vergangenheit zu beschäftigen, die sie am liebsten für immer aus ihrem Gedächtnis streichen würden. Auch ihm selbst verlangten diese Gerichtstage einiges ab. Vieles, was er dort hörte, verfolgte ihn nachts noch bis in seine tiefsten Träume, und er würde es wahrscheinlich nie vergessen. Doch er glaubte daran, dass es wichtig war, darüber zu berichten. Nur wenn man sich vor Augen führte, was geschehen war – und dazu gehörte auch zu versuchen, für eine späte Gerechtigkeit zu sorgen –, würde man eine andere und bessere Zukunft gestalten können.

Der Bus hielt mit einem schweren Ächzen an mehreren Haltestellen. Schließlich konnte man in einiger Entfernung draußen das lang gestreckte Justizgebäude erkennen, an das sich das Gefängnis anschloss. Armeefahrzeuge standen vor dem Gebäude in Bereitschaft, uniformierte Soldaten observierten die Straße, und sogar einige Absperrungen waren aufgebaut worden. Noch immer war der Andrang von Journalisten und Zuschauern aus aller Welt groß. Auch wenn es kein Vergleich mehr mit den ersten Hauptverhandlungen war, die die vier Alliierten noch gemeinsam durchgeführt hatten und zu denen bekannte Schriftsteller wie Hemingway, Steinbeck und Kästner gekommen waren, um darüber zu berichten.

Jonathan drängte sich an einer Gruppe von neugierigen Passanten vorbei. Er zeigte seinen Presseausweis vor und lief dann mit dem Strom der Menschen mit ins Gebäude. Für Journalisten war auf der Zuschauertribüne des Schwurgerichtssaals ein eigener Bereich reserviert, und er begrüßte einige Kollegen, bevor er sich selbst einen Platz suchte. Eine leichte Beklemmung ergriff ihn – wie immer, wenn er hier war. Seine Augen wanderten durch den holzgetäfelten Saal, dessen Fotografien inzwischen in der ganzen Welt bekannt geworden waren. Richter und Angeklagte waren noch nicht erschienen, nur einige Anwälte standen tuschelnd zusammen, und die Synchrondolmetscher und Protokollführer hatten bereits ihre Plätze eingenommen. Auf den Zuschauerbänken drängten sich dagegen die Leute.

Er bemerkte, wie zwischen einigen anderen Menschen eine junge Frau in einem schlichten Kleid und mit hochgesteckten blonden Haaren den Saal betrat. Zögernd blieb sie vor den Zuschauerbänken stehen, bevor sie sich schließlich ganz außen, an der Ecke einer der Bänke niederließ, als hätte sie Angst, jemandem den Platz wegzunehmen. Ihr schmaler Rücken war gerade aufgerichtet, die Hände auf ihrem Schoß umklammerten eine Handtasche, doch erst als sie den Kopf nach vorne zu dem noch leeren Richterpodest wandte, konnte Jonathan erkennen, wie angespannt sie war. Er brauchte einen Augenblick, bis er die vertraut wirkenden Gesichtszüge zuordnen konnte. Unwillkürlich hielt er den Atem an. Er hätte nie damit gerechnet, ausgerechnet sie hier zu treffen. Während er ihr blasses Gesicht betrachtete, fragte er sich, was Marie Weißenburg um Gottes willen in Nürnberg tat. Er sah sie vor sich, wie sie an jenem Abend vor ihm gestanden hatte – die Wangen leicht gerötet und erhitzt vom Tanzen und Alkohol. Obwohl sie sich kaum kannten, hatten sie sich ungewöhnlich vertraut unterhalten, und später hatte dann beim Abschied in ihren Augen dieser Ausdruck gelegen, der ihn so gefangen nahm. Noch oft hatte er sich seitdem daran erinnert. Er musste wieder an die Karte denken, mit der sie ihm vor einigen Tagen geantwortet hatte.

In Gedanken ging er die Möglichkeiten durch, was sie bewogen haben könnte hierherzukommen, doch keine der Antworten darauf erschien ihm logisch. Er wünschte, er hätte ihr über die Menschen hinweg ein Zeichen geben können, doch sie saß zu weit entfernt und hatte den Kopf abgewandt. In diesem Moment wurden durch die Seitentür auch bereits die Angeklagten hereingeführt. Plötzlich wurde es still im Saal, und die Augen aller richteten sich nach vorne. Die vorsitzenden Richter und die Vertreter der Anklage waren hereingekommen und nahmen auf ihren Sitzen vor der amerikanischen Flagge Platz. Die Verhandlung wurde eröffnet.

Marie

28

Sie starrte auf ihre Hände. Seitdem sie den Saal betreten hatte, fragte sie sich, was sie hier eigentlich tat. Marie verspürte Schuldgefühle, beinah kam sie sich vor wie eine Verräterin, weil niemand wusste, dass sie zu diesem Prozess gefahren war, ja, nicht einmal, dass sie überhaupt nach Nürnberg gereist war. Sie hatte sich zwei Tage freigenommen und ihrer Familie gegenüber vorgegeben, dass sie für die Arbeit nach Frankfurt müsse, weil es dort angeblich ein Treffen mit den Militärgouverneuren gebe und eine Schreibkraft für die Protokolle gebraucht werde. Es war das erste Mal in ihrem Leben, dass sie ihre Familie angelogen hatte und es schockierte sie, dass es ihr nicht einmal besonders schwergefallen war. Es war ihr alles so logisch erschienen, was sie vorhatte – sie wollte in Nürnberg hören, was man Ernst Schulenberger vorwarf, was Zeugen über den ehemaligen Mitarbeiter des Reichssicherheitshauptamtes und Freund ihres Vaters zu berichten wussten und welche Verbrechen ihm die Anklage zur Last legte. Doch jetzt kam ihr das alles falsch vor, und sie wünschte, sie hätte sich einfach wieder aus dem Saal stehlen können, ohne dass es jemand mitbekäme. Sie schämte sich, dass sie solche Zweifel an ihrem verstorbenen Vater hatte. Ihre Mutter und ihre Brüder wären außer sich.

Eine laute Stimme durchbrach die Stille des Saales. »*Der Amerikanische Staat gegen Ernst von Weizsäcker und andere …*«

Was machte sie hier? Nur Wortfetzen drangen zu ihr, als die Anklageschrift noch einmal verlesen wurde. *Angeklagt für … Kriegsverbrechen und Verbrechen gegen die Menschlichkeit, der Ermordung und Misshandlung von Kriegsteilnehmern und Kriegsgefangenen … Gräueltaten und Vergehen gegen die Zivilbevölkerung … Verfolgung von Juden … Raub und Plünderungen … Sklavenarbeit … Mitgliedschaft in verbrecherischen Organisationen.*

Einen Augenblick war Marie sich nicht sicher, ob sie eine Panikattacke bekommen würde, bis es ihr gelang, ihren Atem wieder zu beruhigen.

Die Angeklagten wurden kurz zu einigen Formalien befragt, und zum ersten Mal wagte sie nun, den Kopf wieder zu heben und einen Blick in ihre Richtung zu werfen. Die Männer hätten nicht unterschiedlicher wirken können – die einen saßen mit hängenden Schultern und in devoter Haltung auf ihren Sitzen, als hofften sie, dadurch mehr Gnade vor den Richtern zu finden, die anderen präsentierten sich arrogant und mit verschlossenen Mienen, als wären sie noch immer die Herren dieses Landes. Ernst Schulenberger erkannte sie erst auf den zweiten Blick. Der einst korpulente, von sich selbst überzeugte Mann, der so gerne mit ihnen als Kinder gelacht hatte, war schmal geworden und presste seine Lippen zu einem dünnen Strich zusammen. Neben ihm saß Walter Schellenberg, ebenfalls vom Reichssicherheitshauptamt, wie Marie wusste.

Fragen wurden gestellt, Zeugen machten Aussagen und erzählten Dinge, die so schrecklich waren, dass sie sie nicht fassen konnte. Immer wieder wurde von einem Protokoll aus dem Jahre 1942 gesprochen, das in den Akten des Auswärtigen Amtes gefunden worden war. Es gab ein Treffen zwischen Staatssekretären, hohen Partei- und SS-Funktionären in einer Villa am Wannsee wieder, bei dem die Ermordung und Vernichtung der Juden beschlossen und festgelegt worden war. Wie viel hatten die Angeklagten von dem Protokoll gewusst? Sie bestritten, dass sie über seine Reichweite informiert gewesen waren – genauso wie sie behaupteten, keine Kenntnis über die Existenz der Vernichtungslager gehabt zu haben, die sie stets nur für Arbeitslager gehalten hätten.

Wie versteinert hörte Marie zu, wie über Befehle und unterschriebene Dokumente gesprochen wurde, die die Verhaftung und Deportation von Abertausenden von jüdischen Menschen in ganz Europa ermöglicht hatten, die später ermordet worden waren.

Es erschien ihr alles so schrecklich und furchtbar, was sie hörte, dass sie es nicht glauben konnte, nicht glauben wollte. Am liebsten hätte sie sich die Ohren zugehalten. Sie wandte den Kopf zu Ernst Schulenberger und konnte nichts dagegen tun, dass sich das Bild ihres Vaters vor ihre Augen drängte. Ihre Kehle schnürte sich zu.

In diesem Augenblick riss sie ein Geräusch aus ihren Gedanken. Einer jungen Frau, die etwas rechts, in der Reihe vor ihr saß, war die Tasche aus den Händen entglitten und auf den Boden gefallen. Als sie sich bückte, um sie aufzuheben und ihr hellbraunes kinnlanges Haar zurückstrich, konnte Marie sehen, wie blass und angestrengt sie wirkte. Sie musste in etwa in ihrem Alter sein, schätzte sie und konnte nicht den Blick von ihr nehmen. Marie fragte sich, wer sie wohl war und warum sie zu diesem Prozesstag gekommen war.

Die Frau, die sich inzwischen wieder aufrecht hingesetzt hatte, presste ihre Handtasche gegen ihren Körper – beinah, als hätte sie körperliche Schmerzen. Tatsächlich wirkte sie mitgenommen. Zunächst vermutete Marie, dass ihr das Gehörte einfach psychisch zu sehr zu schaffen machte – ihr selbst ging es ja kaum anders –, doch dann bemerkte sie, dass auf der Stirn der jungen Frau Schweiß perlte und sie fröstelte. Mehrmals schloss sie kurz die Augen. Sie war krank, begriff Marie plötzlich.

Sie versuchte sich wieder auf den Prozess zu konzentrieren, aber ihr Blick wanderte immer wieder zu der jungen Frau zurück. Sie hätte ihr gerne geholfen.

Als die Richter die Verhandlung gegen Mittag für eine einstündige Pause unterbrachen, sah sie, wie sich die Unbekannte hastig von der Bank erhob und den Saal verließ. Ihre Gestalt verschwand zwischen den anderen Menschen, die sich ebenfalls erhoben hatten und nun nach draußen in den Gang strömten.

»Marie?«

Überrascht drehte sie sich um, als sie ihren Namen hörte, und blieb stehen, als sie den Mann erkannte, der durch die Menge auf sie zukam. Es war Jonathan Jacobsen aus Berlin.

Einen Augenblick lang fehlten ihr die Worte. Sie freute sich, ihn zu sehen. Ein Hauch von Röte stieg ihr in die Wangen, als ihr bewusst wurde, wie oft sie in den letzten Wochen an ihn gedacht hatte, doch im gleichen Moment war es ihr unangenehm, dass sie sich ausgerechnet hier wiedersahen und er sie fragen könnte, warum sie in Nürnberg war. Nur zu gut erinnerte sie sich, wie er ihr an jenem Abend in Bonn erzählt hatte, wie wichtig er es finde, dass die Vergangenheit in Deutschland aufgearbeitet werde. Er hatte keinen Hehl aus seiner Verachtung für die früheren Nationalsozialisten gemacht. Was würde er denken, wenn er jetzt erfuhr, warum sie zu diesem Prozesstag gekommen war? Doch bevor sie weiter darüber nachdenken konnte, war er schon bei ihr und umarmte sie.

»Marie! Wie geht es dir?«

Etwas so Vertrautes lag in der Art, wie seine Hand auf ihrer Schulter lag und er sie ansah, dass sie sich entspannte.

»Gut! Wie schön, dich zu sehen«, sagte sie ehrlich.

Ihre Augen trafen sich, und plötzlich war es wieder wie bei

ihrem ersten Treffen in Bonn. Eine eigenartige Befangenheit ergriff Marie.

Menschen drängten sich an ihnen vorbei, und sie traten beide einen Schritt zur Seite.

»Wie kommt es, dass du hier in Nürnberg bist?«, fragte Jonathan neugierig.

Sie zögerte und stellte mit einem Mal fest, dass sie ihm gerne die Wahrheit sagen wollte. Aus irgendeinem Grund war sie sicher, er würde sie verstehen. Doch hier zwischen all den Leuten konnte sie unmöglich darüber sprechen. »Das ist kompliziert zu erklären.«

Er schien ihren inneren Aufruhr zu spüren und nickte nur. »Komm, lass uns nach draußen gehen«, sagte er und legte schon seine Hand auf ihren Rücken, um sie zwischen den anderen Menschen nach draußen in den Flur zu führen.

Sie stellten sich an eine der Fensternischen in dem steinernen Gang. Marie zündete sich eine Zigarette an und bot ihm auch eine an, doch er lehnte ab.

»Du schreibst über den Prozess fürs *Echo*?«, fragte sie.

Jonathan nickte. »Ja, ich war für alle Verhandlungen hier.«

»Das muss schwierig sein, sich das alles anzuhören und zu ertragen«, sagte sie leise.

»Ja, das ist es.« Sie las die unausgesprochene Frage, die in seinen Augen lag. »Ich habe mich über deine Karte gefreut«, sagte er dann jedoch. »Ich wollte mich ohnehin bei dir melden, weil ich nächsten Monat für zwei Interviews in Bonn bin …« Er schien auf einmal zu zögern.

»Soll ich dir meine Telefonnummer im Rat geben?«, kam sie ihm zuvor.

Er lächelte. »Das wäre schön.«

Laute Stimmen, die unvermittelt von der anderen Seite des Flurs zu hören waren, unterbrachen sie. *»Lassen Sie mich!«*

Marie und Jonathan wandten den Kopf herum.

Das Blitzlicht von Fotoapparaten flammte auf, und man sah eine junge Frau, die, verfolgt von einigen Journalisten, in ihre Richtung gelaufen kam. Ihr Gesicht war kalkweiß. Marie erkannte im selben Augenblick, dass es die Frau war, die im Saal vor ihr gesessen hatte. Sie musste daran denken, wie schlecht es ihr gegangen war, als sie sah, wie die Unbekannte auf die Toilettenräume zulief.

Marie schaute ihr besorgt nach, bevor sie sich hastig zu Jonathan wandte. »Die Frau, es geht ihr nicht gut … ich habe sie vorhin schon gesehen. Entschuldige mich.« Er nickte überrascht, als sie auch schon in Richtung Toiletten eilte.

Eine uniformierte Wache hatte sich den Journalisten entgegengestellt. Marie drängte sich an allen vorbei und betrat den Toilettenraum.

Die junge Frau stand mit aufgestützten Händen am Waschbecken. Noch immer war sie leichenblass. Schatten lagen unter ihren Augen. »Lassen Sie mich in Ruhe. Ich gebe kein Interview!«, sagte sie, ohne sich umzudrehen.

Betroffen blieb Marie stehen. »Ich bin keine Journalistin«, erwiderte sie schließlich.

Die Frau drehte sich mit müden Augen zu ihr. »Was wollen Sie dann von mir?«

Marie zögerte. »Ich saß im Saal hinter Ihnen und habe gesehen, dass es Ihnen nicht gut geht. Kann ich Ihnen vielleicht irgendwie helfen?«

Die Frau wirkte erstaunt. Ihre Züge entspannten sich etwas. »Ich habe gedacht, dass dieses Unwohlsein heute Morgen schon von alleine weggehen würde, aber es ist schlimmer geworden«, versuchte sie zu erklären. Hilflosigkeit breitete sich auf ihrem Gesicht aus. »Ich muss hier irgendwie raus, aber die Presse …«

Marie nickte. »Ich werde Ihnen helfen«, sagte sie nur.

29

Sie hieß Lina Löwy und war nur zwei Jahre älter als sie. Marie riet ihr, kurz im Toilettenraum zu warten, und ging dann allein nach draußen, um Jonathan um Hilfe zu bitten.

»Manche Kollegen von mir sind einfach widerlich«, murmelte er und erklärte sich sofort bereit, die Presseleute abzulenken. Er kannte einen Seitenausgang des Gebäudes, über den sie sich mit Lina nach draußen stehlen konnte. Sie war ihm dankbar, dass er es keine Sekunde infrage stellte, dass sie einer Frau, die sie nicht einmal kannte, helfen wollte. »Ruf mich in der Redaktion an, ja? Ich bin ab morgen wieder in Berlin«, sagte er noch und schob ihr seine Karte mit der Nummer in die Hand.

Marie nickte.

Er machte seine Aufgabe gut. Durch den Spalt der Toilettentür beobachtete sie, wie Jonathan seinen Kollegen etwas erzählte und in die andere Richtung deutete, sodass sie zur gleichen Zeit unbemerkt mit Lina hinaus und über die Treppen im linken Gebäudetrakt das Gericht durch den Seiteneingang verlassen konnte.

»Wo wohnst du?«, fragte sie, während sie mit ihr am Arm auf zwei schwarze Taxis zuging, die glücklicherweise auf der Straße vor dem Gericht standen.

»Ich war nur zu Besuch hier und wollte heute Abend wieder mit dem Zug nach Düsseldorf zurück. Aber ich denke, ich werde mir wohl lieber noch eine Nacht ein Zimmer nehmen«, fügte Lina mit einem schwachen Lächeln hinzu. Obwohl es ihr nicht gut ging, konnte man jetzt im Tageslicht deutlich sehen, dass sie mit ihren mandelförmigen dunklen Augen und den gleichmäßigen Gesichtszügen eine ausgesprochen aparte Erscheinung war. »Danke noch mal für deine Hilfe. Ich werde den Fahrer bitten, mich an irgendeiner Pension abzusetzen.«

Marie zögerte, als sie Linas matten Tonfall hörte. Sie machte nicht den Eindruck, als hätte sie die Kraft, jetzt noch nach einer Unterkunft zu suchen. Außerdem würde das gar nicht so einfach sein, wie sie wusste. »Die Stadt ist voller Besucher wegen des Prozesses. Du wirst wahrscheinlich nicht so leicht ein Zimmer bekommen«, sagte sie zu ihr. »Aber du könntest mit in meine Pension kommen. Ich habe ohnehin für ein Doppelzimmer bezahlt. Es hat zwei Einzelbetten«, bot sie an.

»Du kennst mich doch gar nicht. Das kann ich nicht annehmen«, widersprach Lina.

Marie lächelte. »Doch. Es stört mich nicht, wenn das andere Bett benutzt wird«, entgegnete sie und öffnete schon die Tür des Wagens. Sie nannte dem Fahrer ihre Adresse.

Als sie sah, wie Lina den Kopf erschöpft gegen den Rücksitz lehnte, wusste sie, dass sie die richtige Entscheidung getroffen hatte. Warum sollte sie nicht das Doppelzimmer mit ihr teilen? Lina war im gleichen Alter wie sie, und Marie hatte in ihrem Leben schon oft mit fremden Menschen in einem Raum geschlafen, vor allem auf ihrer Flucht nach Köln. Sie war dankbar gewesen, wenn sie überhaupt ein Dach über dem Kopf hatte.

»Ich werde sagen, dass wir verwandt sind, ja?«, sagte Marie, als der Wagen vor der Pension Hirsch hielt.

Lina nickte, und Marie half ihr beim Aussteigen.

Frau Bertram, die Wirtin der Pension, eine füllige Frau mit einem großen Leberfleck auf der Oberlippe, thronte wie immer hinter dem provisorischen Empfangstresen, der aus einer Holzplatte bestand, die wirkte, als hätte sie früher einmal zu einem Bartresen gehört. Misstrauisch musterte sie die beiden, als sie hereinkamen.

»Das ist meine Cousine«, erklärte Marie, bevor die Wirtin irgendwelche Fragen stellen konnte. »Sie wird das Zimmer mit mir teilen. Es ist ja bereits für zwei bezahlt, nicht wahr!« Frau Bertram verzog ungnädig den Mund. Sie führte ihre Pension mit halsabschneiderischen Methoden, wie Marie fand. Während der Prozesstage verlangte sie mehr als Doppelte für ein Zimmer, und für das Doppelzimmer hatte sie darüber hinaus den vollen Preis für zwei Personen gefordert, obwohl Marie alleine war.

»Das muss aber ins polizeiliche Meldeformular eingetragen werden«, sagte sie und zog aus einer Mappe ein Papier hervor.

Marie trug Linas Namen ein und spürte, wie der Blick der Wirtin an Linas braunem Haar hängen geblieben war. »Sie sehen sich aber nicht besonders ähnlich, dafür, dass Sie Cousinen sind«, stellte sie argwöhnisch fest.

Zu ihrer Überraschung hob Lina auf einmal ihr blasses Gesicht. »Das liegt sicher daran, dass ich mehr nach dem jüdischen Teil der Familie komme«, entgegnete sie und lächelte die Wirtin dabei gespielt freundlich an.

Einen Augenblick war es so still, dass man eine Stecknadel hätte zu Boden fallen hören können. Frau Bertram schienen tatsächlich die Worte zu fehlen. Ein abschätziger Ausdruck machte sich auf ihrem Gesicht breit, bevor sie ihre Lippen zu einem schmalen Strich zusammenpresste.

Marie nahm den Schlüssel entgegen und half Lina, die Treppe hochzusteigen.

»Entschuldige. Ich konnte nicht anders«, murmelte Lina leise, als Marie die Tür zu ihrem Zimmer aufschloss.

Marie drehte sich zu ihr. »Warum? Sie sollte sich entschuldigen. Sie ist grauenhaft, diese Frau. Du musst mal sehen, wie sie das Hausmädchen behandelt«, sagte sie und öffnete die Tür.

Das Zimmer war schlicht und spärlich eingerichtet – rechts und links zwei Betten an der Wand, ein schmaler Schrank daneben und in der Mitte ein kleiner Tisch mit einem Stuhl. Möbel und Tapeten hatten sicherlich schon bessere Zeiten erlebt, und ein herausgesprungenes Stück Fensterglas war mit Pappe zugeklebt worden, aber der Raum erfüllte seine Zwecke.

»Du kannst das Bett rechts haben. Das Bad ist im Flur«, sagte Marie.

»Danke.« Lina sank sofort darauf.

»Hast du gar keine anderen Sachen mit?«

»Die habe ich heute Morgen im Bahnhof im Schließfach eingeschlossen«, murmelte Lina.

Marie reichte ihr eine Wolldecke.

»Schlaf etwas. Ich werde dir einen Tee besorgen«, sagte sie, aber Lina waren bereits vor Erschöpfung die Augen zugefallen.

Leise verließ sie das Zimmer und ging nach unten in die Küche. Anita, das deutsch-polnische Hausmädchen, war gerade dabei, einen schweren Brotteig zu kneten.

»Meinen Sie, dass ich etwas Kamillentee bekommen könnte? Meine Cousine fühlt sich nicht besonders.«

Das Hausmädchen nickte und zuckte dann zusammen. Frau Bertram war mit strenger Miene hinter ihnen in der Küche aufgetaucht.

»Anita, das muss ein bisschen schneller gehen! Wir sind hier nicht in Polen. Die Betten oben müssen noch bezogen werden!« Anschließend wandte sie sich zu Marie. »Und Sie müssen für Kamillentee extra bezahlen. So etwas ist nicht im Zimmerpreis inbegriffen.«

Marie starrte sie an. »Natürlich – setzen Sie es einfach auf die Rechnung«, sagte sie, und ihr wurde bewusst, dass sie die Wirtin aus gutem Grund vom ersten Moment an nicht gemocht hatte.

Als sie etwas später mit einem Tablett zurückkehrte, auf dem sich der Tee und auch einige Kekse befanden, die ihr Anita heimlich gegeben hatte, schlief Lina tief und fest. Marie hoffte, dass die Haube auf der Kanne den Tee etwas warm halten würde.

Nachdenklich ließ sie sich aufs Bett sinken. Ihre Augen wanderten zu Lina, deren Brustkorb sich in unregelmäßigen Atemzügen hob und senkte. Marie erinnerte sich an den Moment, als sie beobachtet hatte, wie ihr die Tasche auf den Boden gefallen war. Etwas an ihr hatte sie berührt, und für einen Augenblick war es Marie so vorgekommen, als wenn diese Frau, der es so schlecht ging, das einzig Menschliche in diesem Gerichtssaal wäre, der mit jedem Wort von so viel Grauen erfüllt wurde.

Ein schaler Geschmack breitete sich in ihrem Mund aus, als sie an die Verhandlung zurückdachte und daran, was sie gehört hatte. Es war kaum mehr als ein halber Tag gewesen, den sie auf der Zuschauerbank gesessen hatte, doch sie wusste, dass die wenigen Stunden für immer etwas verändert hatten.

Leise zog sie ein Buch aus ihrer Tasche und versuchte, etwas zu lesen, um sich abzulenken, doch es gelang ihr nur schwer.

Lina schlief fast zwei Stunden. Als sie aufwachte, ging es ihr besser. Marie konnte es an der Farbe sehen, die in ihr Gesicht zurückgekehrt war. Sie trank etwas von dem Tee und knabberte sogar an einem Keks, während sie ihr ein aufrichtiges Lächeln schenkte. »Danke noch mal. Mir ging es wirklich schlecht vorhin und dann diese Journalisten …« Sie wickelte die Decke um ihre Schultern etwas fester.

Marie hatte das Buch zur Seite gelegt. »Warum hat die Presse dich eigentlich verfolgt?«

Lina nippte an ihrem Tee und verzog bitter ihren Mund. »Weil sich das Bild einer jungen Frau, die ihre Familie durch die Nazis verloren hat, gut verkauft, wenn man über die Nürnberger Prozesse berichtet. Ich bin Jüdin«, erklärte sie, was Marie sich nach ihrer Bemerkung zu der Pensionswirtin bereits gedacht hatte. Lina erzählte ihr, dass ihre Mutter in Auschwitz umgebracht worden sei und ihr Bruder und Vater in Maly Trostinez, einem Lager in der Nähe der russischen Grenze, nachdem sie dort fast zwei Jahre als Zwangsarbeiter verbracht hätten. Ein dunkler Schatten glitt über ihr Gesicht, als sie vom

Schicksal ihrer Familie berichtete. »Meine Eltern ahnten früh, was geschehen würde. Sie waren verzweifelt, aber sie hatten nicht das Geld, um ein Visum und die horrende Reichsfluchtsteuer zu bezahlen, die für eine Ausreise notwendig war. Für meinen mittleren Bruder und mich – wir waren ja noch Kinder – konnten sie noch eine Verschickung zu entfernten Verwandten nach Amerika in die Wege leiten. Es hat uns das Leben gerettet«, fuhr sie fort, und ihr ruhiger gefasster Tonfall jagte Marie einen Schauer über den Rücken.

»Nach dem Krieg bin ich nach Deutschland zurückgekehrt. Es mag komisch klingen, aber ich wollte verstehen, wie das alles geschehen konnte, deshalb bin ich zu fast allen Prozessen in Nürnberg gekommen und dabei schließlich ins Visier einiger Journalisten geraten.« Lina stellte vorsichtig die Tasse ab.

Sprachlos blickte Marie sie an. »Es tut mir so leid, was mit deiner Familie geschehen ist. Ich weiß, das muss für dich wie eine Phrase klingen ...« Sie brach hilflos ab.

»Nein, ich danke dir.« Lina lächelte. »Eine Phrase ist es nur, wenn es nicht ehrlich gemeint ist. Und im Gegensatz zu vielen anderen spürt man, dass das bei dir nicht der Fall ist. Warum bist du eigentlich bei dem Prozess gewesen?«, fragte sie dann.

Einen Moment war Marie versucht zu lügen und einfach irgendeinen Grund zu erfinden. Wie sollte sie Lina, nach dem, was sie ihr erzählt hatte, ihre eigenen Beweggründe erklären? Doch etwas in den Augen der anderen Frau machte es ihr unmöglich, nicht die Wahrheit zu sagen. »Ich weiß nicht, ob du das hören willst«, erwiderte sie tonlos. »Einer der Angeklagten, der heute vor Gericht stand, war ein Kollege und Vorgesetzter meines verstorbenen Vaters. Ich wollte wissen, was man ihm vorwirft«, begann sie. Sie schaute Lina an, die ihr ruhig zuhörte. »Ich habe immer geglaubt, mein Vater wäre einfach ein tapferer Offizier gewesen, einer, der sein Leben für sein Land gelassen hat und der nicht wusste, was noch Schreckliches in Deutschland geschah«, fuhr Marie stockend fort. »Doch jetzt glaube ich, dass das nicht stimmt, dass er womöglich sogar mit als Täter daran beteiligt war«, setzte sie leise hinzu, und zum ersten Mal sprach sie laut aus, was sie bisher nicht einmal vor sich selbst gewagt hatte einzugestehen – dass ihr Vater vielleicht ein Mörder gewesen war …

München, Juni 1949, sieben Monate später

Hüttner

30

Er trug bei ihren Verabredungen immer den Namen Berger. Wie jedes Mal wartete er auch heute schon einige Zeit auf ihn. Es gehörte zu ihren kleinen Machtspielchen dazu. Doch es zeigte nur, wie wenig der andere ihn kannte. Hüttners Blick heftete sich auf die dunkelgrüne Isar, die vor ihm in einem wilden Strom dahinschoss. Hier und da brach sich das Wasser an einigen größeren Steinen, die hervorragten. Feine Schaumkronen kräuselten sich dahinter kurz an der Oberfläche, bevor der Fluss auch schon unbeirrt seinen Weg fortsetzte. Früher hatte hier am Weg eine Bank gestanden, auf die man sich setzen konnte. Doch sie war schon lange verschwunden. Er erinnerte sich dunkel, wie er sich hier einmal mit einem Mädchen getroffen hatte. Es war Anfang der Dreißigerjahre gewesen, damals hatte er einige Zeit in München gelebt. Greta hieß sie, und wie es ihr Name versprach, hatte sie dickes blondes Haar gehabt. Sie war beeindruckt von ihm und seiner Uniform, aber auch von der Leidenschaft, mit der er von dem Aufbruch und Neubeginn in Deutschland sprach. Ein Stückchen weiter hatten sie sich unter den Bäumen wild geküsst, und er hatte noch im Ohr, wie sich ihr schneller Atem dabei mit ihrem leisen Lachen vermischte. Wie lange das her war … Aber er gehörte nicht zu jenen, die den alten Zeiten hinterhertrauerten. Es ist, wie es ist, dachte er. Neue Aufgaben lagen vor ihnen, für die Männer, wie sie vielleicht noch viel dringender gebraucht wurden.

Von der anderen Seite des Weges hörte er Schritte, die sich näherten.

Er wandte den Kopf zu der hochgewachsenen Gestalt, die zielstrebig auf ihn zukam. Wie üblich nickten sie einander nur knapp zu. Trotz ihrer regelmäßigen Treffen hegten sie keinerlei Sympathie füreinander.

Der Amerikaner trug Jackett und Hut und hatte trotz des sommerlichen Wetters einen maßgeschneiderten Tuchmantel bei sich. In der Hand hielt er eine gefaltete Zeitung. Auf den ersten Blick wirkte er tatsächlich wie ein Zivilist. Doch seine Haltung war vom Militärischen durchdrungen, und der Majortitel war echt. So viel hatte Hüttner schnell herausbekommen. Der jüdische Name Grünberg, mit dem er sich bei ihrem ersten Treffen vorgestellt hatte, dagegen war reine Erfindung – ein Deckname, der ihn provozieren sollte. Ehrlicherweise musste er zugeben, es hatte ihn ein wenig beleidigt, dass ihn der Amerikaner für so simpel gestrickt hielt.

»In Washington ist man beunruhigt. Es gibt Gerüchte. Man hat von diesem Unfall gehört«, kam der Major ohne viel Umschweife auf das Wesentliche zu sprechen.

Der scharfe Blick des Amerikaners ließ Hüttner ungerührt, während er im Kopf dagegen schnell die Möglichkeiten durchspielte, woher sie bereits davon wissen konnten. Die Antwort gefiel ihm nicht. »Ein Unfall? Nun, in diesem Fall weiß man in Washington anscheinend mehr als hier.«

Der Major unterbrach ihn mit einer unwirschen Handbewegung. »Gott, verschonen Sie mich mit Ihrer Heuchelei! Sie wissen genau, wovon ich rede, Berger. Wir können froh sein, dass nichts davon durchgesickert ist, wie die andere Angelegenheit gelöst wurde.« Sein Tonfall war kalt und ungnädig geworden.

Er hatte gegen seinen Decknamen *Berger* an sich nichts einzuwenden – aber es störte ihn empfindlich, dass der Amerikaner ständig das »Herr« davor wegließ. Er hasste diese schlechten Umgangsformen, diese Freiheit, die sie sich in ihrem Ton jedes Mal herausnahmen. »Unfälle sind tragisch, aber leider könnte das jeden von uns treffen, oder?«

Der Major schwieg. Er zog eine Zigarette aus einem silbernen Etui und zündete sie an, ohne ihm eine anzubieten. Nach einigen Zügen wandte er ihm das Gesicht zu. »Hören Sie, in wenigen Wochen wird es hier die ersten Wahlen geben, und dieser Adenauer hat durchaus Chancen, Kanzler zu werden. Dieses Land ist auf dem Weg in eine neue Zukunft, eine demokratische Zukunft wohlgemerkt, die alle gutheißen. Seit dem Kriegsende sind die Augen der gesamten Weltpresse nicht mehr so stark auf Deutschland gerichtet gewesen wie in diesen Tagen. Das Letzte, was wir gebrauchen können, ist, dass ausgerechnet jetzt irgendwelcher Dreck aufgewirbelt wird!«

Er erkannte, dass der Major tatsächlich nervös war. »Dann sollten wir für diesen Unfall doch eigentlich dankbar sein, oder?«, entgegnete er freundlich.

Der Major trat verächtlich seine Zigarette aus. »Sie bewegen sich auf dünnem Eis, Berger. Der einzige Grund, warum wir dieses Gespräch führen, ist der, dass Sie sich in den letzten Jahren als verlässliche Größe erwiesen haben. Vergessen Sie das nicht. Und woher wollen Sie eigentlich wissen, dass dieser Journalist vorher nicht noch mit anderen Leuten, mit seinen Kollegen zum Beispiel, gesprochen hat?«

Hüttner zuckte erneut die Achseln. »Hat er nicht. Wir waren gründlich, und wenn er es getan hätte, würden wir es sofort erfahren. Wir haben jemand bei dieser Zeitung, der uns verbunden ist«, erwiderte er knapp. Das war nicht die ganze Wahrheit, aber er würde dem Major ganz sicher nicht auf die Nase binden, was er heute Morgen erfahren hatte. Eine der Journalistinnen aus der Redaktion hatte für einen Artikel eine Reisegenehmigung nach Südtirol und Italien beantragt. Sie wollte irgendeine Geschichte über ein vermisstes deutsches

Mädchen schreiben, das nach Jahren wiedergefunden worden war. Unter Umständen hatte es vielleicht gar nichts mit diesem Jonathan Jacobsen zu tun, doch man konnte nicht vorsichtig genug sein. Deshalb hatte er seine Leute darangesetzt, in Erfahrung zu bringen, wer diese Redakteurin genau war.

»Hoffen wir, dass Sie recht haben, denn sollte diese Angelegenheit damit nicht erledigt sein, werden Sie dafür geradestehen. Das verspreche ich Ihnen!« Mit diesen Worten nickte der Amerikaner ihm knapp zu und ließ ihn einfach stehen.

Mit zusammengepressten Lippen blickte Hüttner dem Major hinterher, wie er mit zackigen Schritten zwischen den Bäumen verschwand. Er wünschte, er hätte dem Amerikaner zeigen können, wie teuer er in früheren Zeiten für seine Respektlosigkeit ihm gegenüber gezahlt hätte.

Er musste indessen eingestehen, dass die Situation wirklich heikel war und alles gefährden konnte. Gegen seinen Willen hatte er plötzlich das Bild eines Dominospiels vor Augen, dessen Steine einer nach dem anderen umfielen und dabei den nächsten mit sich rissen. Man konnte ihnen nur durch eine einzige Maßnahme Einhalt gebieten – indem man rechtzeitig an der entscheidenden Stelle einige der Steine entfernte ...

Vera

31

Berlin – München …

Sie sah aus dem Fenster, als der Zug nach München erneut stehen blieb – mitten auf der Strecke. Noch immer war es mit Unbehagen verbunden, nach der Blockade durch den sowjetisch besetzten Teil Deutschlands zu fahren. Warum hielten sie jetzt? Sie waren bereits kurz hinter Berlin ein zweites Mal kontrolliert worden. Nun stiegen wieder russisch uniformierte Grenzsoldaten ein, wie Vera beobachtete. Mit finsteren Gesichtern und schweren Schritten liefen sie nur Augenblicke später durch die Waggons und verlangten, die Ausweise eines jeden einzelnen Passagiers zu sehen.

Beklommen kam Vera der Aufforderung nach und reichte einem der Soldaten, der vor ihr stehen geblieben war, ihre Papiere.

Es war offensichtlich, dass diese Kontrollen eine reine Machtdemonstration waren – ein Zeugnis dessen, wie angespannt die politische Situation nach wie vor war. Erst recht nach der Gründung der Bundesrepublik. Auch die Aufhebung der Blockade hatte daran nichts geändert. Im Gegenteil, die Fronten hatten sich seitdem eher noch mehr verhärtet. Vera bemühte sich, sich ihre Anspannung nicht anmerken zu lassen, als der Soldat sie musterte, so durchdringend, als würde er ihren Namen auf einer Liste gesuchter Schwerverbrecher vermuten. Sie war froh, dass sie außer ihren Papieren auch ihren Presseausweis und ein Schreiben von Lubowisky, ihrem Chefredakteur, mit der Begründung für ihre Reise mit sich führte. Wortlos reichte ihr der Russe schließlich die Papiere zurück, bevor er sich dem nächsten Passagier zuwandte.

Eine gefühlte Ewigkeit schien zu vergehen, bevor die Soldaten wieder den Zug verließen und sie endlich weiterfuhren.

»Einfach unerträglich, diese Russen«, sagte der dunkelblonde Mann, der ihr gegenübersaß. Während die Grenzsoldaten im Abteil gewesen waren, hatte er nicht gewagt, auch nur ein einziges Wort zu sagen.

Die ältere Dame neben ihm nickte aufgebracht. »Als wenn sie uns mit der Blockade nicht genug schikaniert hätten.« Einige andere Passagiere murmelten zustimmend etwas, nur Vera enthielt sich jeden Kommentars.

Draußen zogen Felder und Waldgebiete an ihnen vorbei, und sie lehnte nachdenklich den Kopf gegen die Scheibe. Wie immer, wenn sie in der letzten Zeit eine ruhige Minute für sich hatte, musste sie an Jonathan denken. Noch immer konnte sie nicht fassen, dass er tot war. Jedes Wort, das sie in den letzten Wochen und Monaten gewechselt hatten, und jede noch so kleine Begebenheit geisterte durch ihren Kopf, und sie suchte darin nach Anhaltspunkten und irgendeinem Hinweis, die sie hätte erkennen lassen können, in welcher Gefahr der Freund sich befunden hatte. Gut, Jonathan hatte in den letzten Wochen manchmal ungewöhnlich ernst gewirkt, das war ihr aufgefallen, aber das war er oft gewesen, wenn er sich in ein neues Thema vertiefte. Im Nachhinein bekam jedoch plötzlich alles eine andere Bedeutung – so wie die Eintragungen in seinem Kalender. Vera war bei der Durchsicht wieder eingefallen, wie er ihr im letzten Herbst, nach seiner Rückkehr aus Nürnberg, das erste Mal von dieser Marie erzählt hatte. Sie waren nach der Arbeit noch in die *Goldbar* gegangen, und Vera sah Jonathan vor sich, wie seine Finger um den Hals des Glases fuhren, während er sprach. »Ich habe eine Frau kennengelernt.« Etwas an seinem Tonfall hatte sie damals aufblicken lassen. Jonathan hatte oft Affären und auch kurze Beziehungen gehabt, aber selten hatte sich daraus etwas Ernsthaftes entwickelt. Dafür stand sein Beruf für ihn immer viel zu sehr im Vordergrund. Umso überraschter war sie, als er ihr im November von Marie berichtete.

»Sie ist noch sehr jung – und auf eine Weise besonders, die ich nicht einmal beschreiben kann. Ich habe sie in Bonn kennengelernt und nun in Nürnberg wiedergesehen. Und jetzt geht sie mir einfach nicht aus dem Kopf«, gestand er ihr.

Vera wusste, dass er und Marie sich danach einige Male getroffen hatten. Sie hatte gespürt, dass er Gefühle für sie hatte, doch da die junge Frau in Köln lebte, war sie davon ausgegangen, dass sich zwischen den beiden auf lange Sicht keine tiefere Beziehung entwickeln konnte. Grübelnd verzog sie jetzt das Gesicht. Es war bestimmt kein Zufall, dass der Zettel mit Maries Telefonnummer zwischen Jonathans anderen Rechercheunterlagen gelegen hatte. Vera hoffte, dass es Wilma, der Sekretärin, mit ihrem Schreiben gelingen würde, den Nachnamen der jungen Frau in Erfahrung zu bringen. Sie musste unbedingt mit dieser Marie sprechen.

Der Zug hatte seine Fahrt verlangsamt, und Vera sah, dass sie eine Ortschaft durchfuhren, ohne am Bahnhof zu halten. Zwei Kinder, die mit ihrer Mutter an den Gleisen standen, winkten ihnen zu, und Vera winkte zurück. Wie mochte es sich wohl anfühlen, hier im Ostteil zu leben? Die hohen Zahlen derjenigen, die versuchten, in den Westteil überzusiedeln, sprachen für sich. Die Teilung Deutschlands in zwei Gebiete mit unterschiedlichen politischen Systemen und Regierungen war inzwischen eine Tatsache geworden. Auch im sowjetisch besetzten Teil stand man kurz vor der Gründung eines eigenen Staates.

Sie musste wieder daran denken, was Leo, Jonathans Informant, erzählt hatte – dass es in Berlin angesichts der angespannten politischen Situation zurzeit nur so von Agenten der verschiedenen Geheimdienste wimmle. Es hatte sie nicht einmal überrascht. Die einstige Reichshauptstadt war von Beginn an ein symbolischer Ort für den Machtkampf zwischen den Besatzungsmächten gewesen. Weitaus mehr schockiert hatten Vera dagegen Leos Aussagen über die nach wie vor bestehenden Netzwerke und Seilschaften von früher, die angeblich keine Entnazifizierungsmaßnahme hatte zerstören können. Die Vorstellung hatte etwas Verstörendes. Dabei war Vera nicht naiv. Ihr war immer klar gewesen, dass sich die Menschen nicht von einem auf den anderen Tag ändern würden – egal was sie nach außen hin vorgaben. Genau deshalb verspürte sie auch einen solchen Widerwillen, sich noch mit Politik auseinanderzusetzen. Es kam ihr alles so heuchlerisch vor. Jonathan war da ganz anders gewesen. Trotz allem, was hinter ihm lag, hatte er nie seine moralische Überzeugung oder den Glauben an Gerechtigkeit verloren. Insgeheim hatte sie ihn dafür immer bewundert. Vera unterdrückte ein Seufzen. Es entbehrte nicht einer bitteren Ironie, dass ausgerechnet sein Tod sie nun zwang, sich mit Dingen zu beschäftigen, mit denen sie eigentlich nie wieder zu tun haben wollte.

32

München – Innsbruck …

Der Zug kam am späten Abend in München an. Vera verbrachte die Nacht dort in einer billigen Pension, die über die Zeitungsredaktion gebucht worden war. In dem schmalen

Zimmer, in das gerade einmal ein Bett und ein Nachttisch passten, hing ein feuchter, muffiger Geruch, der sie an die Berliner Notunterkunft erinnerte, wo sie nach dem Auszug bei den Pistoris gewohnt hatte. Sie war froh, dass sie nur eine Nacht in München bleiben musste.

Am nächsten Tag setzte sie ihre Reise nach Innsbruck fort.

Die österreichische Stadt, die zur französischen Besatzungszone gehörte, lag idyllisch eingebettet zwischen den Bergen. Als Vera den Bahnhof verließ, sah sie jedoch, dass der Krieg hier – wenn auch bei Weitem nicht so stark wie in Berlin – ebenso seine Spuren hinterlassen hatte. Tirol war vor allem während der letzten beiden Kriegsjahre schweren Bombardierungen ausgesetzt gewesen, nach der Kapitulation war die Stadt dann aufgrund ihrer Lage schnell ein wichtiger Durchgangs- und Sammelpunkt für Flüchtlinge auf ihrem Weg nach Italien geworden. Mehrere Routen führten von hier aus über das Gebirge ins Nachbarland nach Bozen: über den Reschenpass, den Brenner, das Zillertal und das Ahrntal.

Aus Jonathans Aufzeichnungen hatte Vera ersehen können, dass die Stadt für seine Recherchen von besonderer Bedeutung gewesen war. Der Name *Innsbruck* war mehrmals dick eingekreist und mit Pfeilen in Beziehung zu anderen Orten der Flüchtlingsrouten gesetzt worden. Doch das war nicht der einzige Grund, warum Innsbruck die erste Station für Veras Nachforschungen war. Lore Pistori hatte ihr den Kontakt zu einem Bergführer vermittelt, mit dem sie im Vorfeld von Berlin aus telefoniert hatte und den sie nun treffen wollte. Ludwig Tagini hatte sich tatsächlich bereit erklärt, Vera an einer der *illegalen* Überquerungen über die grüne Grenze teilnehmen zu lassen. Sie hoffte, dabei nicht nur an Informationen zu kommen, sondern auch einige eindrucksvolle Fotos für die Reportage machen zu können.

Am Nachmittag traf sie sich mit Tagini in einem kleinen

Café im Außenbezirk der Stadt. Es war ein ungewöhnlich warmer Junitag, das Thermometer war schon am Vormittag über fünfundzwanzig Grad geklettert, doch statt draußen unter einem der schattenspendenden Bäume Platz zu nehmen, waren sie in den Innenraum des Cafés gegangen, um ungestört sprechen zu können.

Ludwig Tagini war eine schmale, drahtige Erscheinung in den Fünfzigern und erinnerte auf den ersten Blick eher an einen Wissenschaftler als an einen Bergführer. Lediglich seine ledrige, braun gebrannte Haut, die von scharfen Falten durchzogen wurde, verriet, wie viel Zeit er im Freien verbrachte. »Streng genommen zeige ich den Leuten nur, wo sie die Grenze passieren können, und jemand nimmt sie auf der anderen Seite wieder in Empfang«, sagte er. Vera spürte, dass er vorsichtig war, obwohl Lore Pistori sich für sie verbürgt hatte und sie ihm gleich zu Beginn ihres Gesprächs versicherte, dass sie weder seinen Namen erwähnen noch andere Informationen in die Reportage einfließen lassen würde, die Rückschlüsse auf seine Person erlaubten.

Sie hatte einen Stift und Papier aus ihrer Tasche geholt. »Könnten Sie mir noch ein bisschen zur Organisation dieser Grenzüberquerungen erzählen? Wie muss man sich das vorstellen? Sind das Schlepperbanden?«

Tagini holte eine Pfeife aus seiner Westentasche und zündete sie an. »Banden würde ich das nicht nennen. Ab Innsbruck ist das meiste ein Familiengeschäft. Das Schmuggelgeschäft hat in dieser Bergregion seit Jahrzehnten Tradition und hilft vielen beim Überleben. Es gibt kaum etwas, was nicht heimlich über die grüne Grenze gebracht wird: Kaffee, Tabak, Medikamente, Vieh und eben auch Menschen. Vor allem nach dem Krieg. Da hat es hier ja nur so von Flüchtlingen und Flüchtigen gewimmelt, die keine Papiere hatten und nach Italien wollten.«

Er zog an seiner Pfeife und stieß eine Wolke Rauch aus, die ein süßliches Aroma verbreitete.

»Das muss bis zum letzten Jahr eine regelrechte Völkerwanderung gewesen sein, oder?«, fragte Vera. In Jonathans Unterlagen hatte sie Zahlen darüber gefunden, wie viele Flüchtlinge allein an der Grenze festgenommen worden waren – 1947 waren es über achttausend und 1948 fast siebentausend Menschen gewesen, und das waren nur die gewesen, derer man hatte habhaft werden können.

Tagini zog erneut an seiner Pfeife. »Ja, das war es. Wir waren manchmal völlig überfordert. Oft haben die Flüchtlinge auch auf eigene Faust versucht, die Pässe zu überqueren. Manche waren aber zu entkräftet … es sind viele gestorben.« Der Ernst in seinen Augen enthüllte für einen Augenblick, wie viel er in den letzten Jahren gesehen und erlebt haben musste.

Vera ließ ihren Stift sinken. »Haben die Behörden denn nie versucht, diese Grenzgänge stärker zu unterbinden?«

Der Bergführer schüttelte den Kopf. »Nicht wirklich. Aber eine natürliche Grenze wie die Berge kann man auch nicht vollständig überwachen. Es gibt zu viele einsame und abgelegene Pfade. Nachts oder bei schlechtem Wetter kann man deshalb ziemlich sicher davon ausgehen, nicht kontrolliert zu werden.« Er zuckte die Achseln. »Österreich ist ja im Grunde auch froh, die Flüchtlinge loszuwerden, und wenn in Italien jemand ohne Papiere festgenommen wird, dann wird er eben zurückgeschickt, und am nächsten Tag probiert er es einfach erneut. Irgendwann schafft er es schon.«

Überrascht schaute Vera ihn an. Das klang nicht sonderlich schwierig. In Deutschland gab es sehr viel strengere Kontrollen. Gedankenverloren rührte sie in ihrem Glas, einem Mocca mit Schlagobers, der in Österreich *Einspänner* genannt wurde. Schließlich griff sie nach ihrer Tasche und zeigte dem Bergführer ein Foto der ukrainischen Familie. »Erinnern Sie sich noch an die Melinyks?«

Tagini nickte zögernd. »Ja. Sie hatten dieses kleine Mädchen bei sich. Der Sohn der Familie konnte etwas Deutsch und hat mir erzählt, dass sie die Kleine auf ihrer Flucht gefunden haben. Sie soll völlig ausgehungert und verstört gewesen sein. Die Familie hat sich rührend um sie gekümmert.«

»Sie sind noch immer in Italien.« Vera erzählte ihm, dass die Familie in Mailand in einem Auffanglager lebe, aber endlich ein Visum für Venezuela bekommen habe. Eigentlich hätten sie Magda mitnehmen wollen, doch nun sehe es so aus, als hätte man ihren Vater gefunden, der auf dem Weg nach Italien sei.

Tagini lehnte sich nachdenklich in seinem Stuhl zurück. »Ehrlich gesagt, habe ich mich gewundert, dass die Familie sich überhaupt mit dem Mädchen belastet hat. Die Gebirgsüberquerung ist anstrengend und nicht ungefährlich. Die anderen Kinder waren schon etwas älter und konnten alle allein laufen, aber die Kleine musste immer einer von ihnen tragen … Das habe ich in diesen Jahren manches Mal erlebt, dass gerade die, die gar nichts mehr haben und auf der Flucht sind, unerwartet viel Menschlichkeit beweisen«, fügte er hinzu.

Vera verstand, was er meinte. Ihre eigenen Erfahrungen in den Nachkriegsjahren in Berlin waren ähnlich.

»Macht es für Sie eigentlich einen Unterschied, wem Sie über die Grenze helfen?«, fragte sie neugierig.

Er grinste. »Höchstens beim Preis.«

Als er ihren verständnislosen Blick bemerkte, erklärte er ihr, dass es feste Tarife gebe: »Fünfhundert Schilling pro Person. Juden werden meistens in Gruppen von mehreren Personen zusammengefasst, die wir pauschal für viertausend Schilling über die Grenze bringen, bekannte ehemalige Nationalsozialisten und Kriegsverbrecher müssen dagegen mindestens tausend Schilling bezahlen.«

Im ersten Moment glaubte Vera, sich verhört zu haben. Sie starrte ihn an. Natürlich war ihr klar, dass sich unter den vielen Flüchtlingen auch gesuchte Kriegsverbrecher befanden, doch eine eigene Preiskategorie sprach eindeutig dafür, dass weit mehr als nur ein paar Einzelpersonen die Grenze passierten. Sie sah Jonathans Aufzeichnungen vor sich. »Versuchen denn viele dieser *bekannten Nazis* nach Italien zu kommen?«

Tagini zuckte die Achseln. »Ich zähle sie nicht.«

Sie musste an Hüttner und die zwei anderen Wehrmachtsoffiziere denken, die auch über Österreich nach Südtirol geflohen waren, bevor man sie verhaftet hatte. »Sie müssen zugeben, dass man nicht damit rechnet, dass diese Leute so zahlreich die Grenze überqueren und es einen eigenen Tarif für sie gibt, oder?«, entgegnete sie.

Seine Miene war mit einem Mal kühl. »Es ist ja nicht so, dass sie sich vorstellen und einem erzählen, was sie verbrochen haben. Sie gehören lediglich zu einem Personenkreis, der zusätzliche Vorsichtsmaßnahmen erbittet. Mehr interessiert mich auch nicht. Mir ist egal, was jemand getan oder nicht getan hat. Ich bin schließlich Bergführer und kein Richter.«

»Sicher«, sagte sie beschwichtigend, doch er schien zu spüren, dass sie ihm nicht recht glaubte.

»Wieso interessiert Sie das eigentlich? Das hat doch nichts mit der Geschichte von diesem Mädchen zu tun.«

Vera schenkte ihm einen gespielt gleichmütigen Blick. »Nun, die Geschichte von Magda hängt mit den Flüchtlingsströmen zusammen, und natürlich interessiert unsere Leser, wer hier alles unterwegs ist.«

Tagini musterte sie. »Waren Sie schon mal in Südtirol?«, fragte er dann.

»Nein.«

»Das dachte ich mir.«

»Warum?«

Ein Ausdruck, den sie nicht recht deuten konnte, huschte über sein Gesicht. »Das ist ein Landstrich mit ganz eigenen Regeln, und Fragen wie diese sollten Sie dort lieber nicht stellen, wenn Sie mir den Rat erlauben.«

»Und weshalb nicht?«, fragte sie herausfordernd.

Er lächelte kühl. »Das werden Sie schnell verstehen, wenn Sie erst da sind.«

Mehr war aus ihm nicht herauszubekommen. Aus ihren Recherchen wusste sie jedoch durchaus um die eigenwillige Situation in Südtirol. Das Gebiet war erst 1920 von Italien annektiert worden, und die mehrheitlich deutschsprachige Bevölkerung hatte danach unter harten Diskriminierungen zu leiden gehabt. Die deutsche Sprache war an den Schulen und in der Öffentlichkeit verboten worden. Als Hitler an die Macht kam, hatten viele Südtiroler auf eine Verbesserung gehofft, aber man hatte ihnen lediglich durch eine Abstimmung die Wahl gelassen, entweder ins Deutsche Reich auszuwandern oder die italienische Staatsbürgerschaft anzunehmen. Die Mehrheit hatte sich für die Auswanderung entschieden, doch durch den Krieg war die Umsiedlung ins Stocken geraten und schließlich ganz zum Erliegen gekommen. Vera war gespannt auf die Menschen in Südtirol und fragte sich, wie diese mit den Flüchtlingsströmen seit Kriegsende zurechtkamen.

Sie sprach mit Tagini noch etwas über die bevorstehende Grenzüberquerung. Der Bergführer riet ihr, ihr Gepäck bei der Bahn aufzugeben und es vorzuschicken, um so wenig Last wie möglich tragen zu müssen. In zwei Tagen wollten sie sich in der Nähe von Steinach treffen, einem kleinen Dorf, das unweit des Brenners lag.

33

Als sie später durch Innsbruck lief, kam sie sich beinah wie eine ganz gewöhnliche Touristin vor. Vera betrachtete die Straßen mit ihren gemütlichen, eng gebauten Häusern, zwischen deren Dächern die Zwiebelturmspitzen der hiesigen Kirchen emporragten. In der Ferne konnte man die Berge sehen, die unten grün bewachsen und bewaldet waren und nach oben immer kahler wurden und ihre schroffen Konturen zeigten. Auf einigen Gipfeln glitzerte trotz der sommerlichen Jahreszeit Schnee. Es war schön hier, musste sie zugeben. Das Gespräch mit Tagini ging Vera noch immer durch den Kopf. Wenn sie als Journalistin in Erfahrung bringen konnte, dass die Fluchtrouten auf diese Weise von ehemaligen Nationalsozialisten genutzt wurden, dann mussten die Besatzungsmächte doch erst recht darüber Bescheid wissen. Warum ging man nicht strenger dagegen vor?

Gedankenverloren lief sie die Straße entlang und schickte sich an, um die Ecke zu laufen, als sie gegen einen Mann stieß, der ihr von der anderen Seite entgegenkam. Sie prallte zurück.

Der Unbekannte, ein Mann mit rötlichem Haar, der ungefähr in den Dreißigern sein musste, zog entschuldigend seinen Hut. »Verzeihen Sie. Ich hoffe, Sie haben sich nichts getan?«

Vera schüttelte den Kopf. »Nein, es ist alles in Ordnung. Danke«, sagte sie und lief weiter.

In der Post, die sie kurz darauf erreichte, meldete sie in einer der Telefonkabinen zwei Gespräche nach Berlin an. Sie sprach zunächst kurz mit Wilma in der Redaktion und gab ihr den neuesten Stand für den Chefredakteur durch. Die Sekretärin hatte inzwischen den Brief an den ehemaligen Parlamentarischen Rat geschrieben, aber auf eine Antwort müssten sie sicherlich noch einige Tage warten.

Ihr zweiter Anruf galt der *Goldbar*, wo sie bei Theo wie vereinbart die Adresse ihrer Unterkunft und ihre nächsten Stationen für Leo hinterließ.

»Wie geht's dir?«, erkundigte sich der Barkeeper.

»Es tut gut, ein paar Tage aus Berlin raus zu sein und eine andere Umgebung zu sehen«, erwiderte sie ehrlich.

»Das kann ich mir vorstellen. Ich soll dir übrigens von unserem Freund eine Telefonnummer geben, die du übermorgen um sechzehn Uhr anrufen sollst.«

Vera griff nach ihrem Stift und notierte sich den Anschluss.

»Pass auf dich auf«, sagte Theo dann.

»Das mache ich.« Sie versprach, sich wieder zu melden, und verließ die Telefonkabine.

In der kleinen Halle der Post war es voll geworden – Menschen drängten sich in beide Richtungen. Sie nahm wahr, dass von der anderen Seite ein Mann zu ihr herübersah, wandte sich jedoch ab und schlängelte sich zwischen den Leuten zum Ausgang. Erst als sie schon draußen war, fiel ihr ein, dass sie ihn schon einmal gesehen hatte – es war der Unbekannte, mit dem sie auf der Straße zusammengestoßen war. Er hatte seinen Hut abgenommen, deshalb hatte sie ihn in der Post nicht sofort erkannt. Beunruhigt erinnerte Vera sich jetzt, dass der Mann vorhin eigentlich die entgegengesetzte Richtung der Post eingeschlagen hatte. War er ihr gefolgt? *»Geh davon aus, dass man dich beobachtet«,* hatte Leo sie gewarnt. Aber wie sollte jemand so schnell mitbekommen haben, dass sie hier in Tirol war?

Dennoch erfasste sie eine leise Angst. Sie drehte sich im Laufen mehrmals um, aber die Straße war bis auf zwei ältere Damen leer.

Auf dem Rückweg zu ihrer Pension beruhigte Vera sich etwas, aber das Unbehagen wollte dennoch nicht ganz weichen.

Am Abend ging sie in einem kleinen einfachen österreichischen Restaurant etwas essen. Auf Empfehlung des Wirts bestellte sie Knödelsuppe und Kasspatzln.

Einige Gäste blickten neugierig zu ihr. Vermutlich, weil sie die einzige Frau war, die allein an einem Tisch aß. Sie versuchte sich auf ihren Reiseführer über Tirol zu konzentrieren, den sie mit zum Essen genommen hatte, aber es wollte ihr nicht so recht gelingen. An ihrem Nachbartisch saß ein Ehepaar – die Frau war vielleicht Ende dreißig, der Mann in den Vierzigern. Obwohl sie auf etwas anstießen – einen Geburtstag oder Hochzeitstag vielleicht –, wirkten sie nicht besonders glücklich und sprachen kaum miteinander. Veras Blick glitt immer wieder zu der Frau, die die Hände verkrampft neben ihrem Teller liegen hatte und deren Augen in dem einen Augenblick vor sich auf das Tischtuch geheftet waren, nur um im nächsten unruhig durch den Raum zu irren, als wäre sie am liebsten geflohen. Der Mann dagegen schaute starr ins Leere. Seine Bewegungen wirkten abgehackt, und Vera fiel auf, dass er Schwierigkeiten mit der rechten Hand zu haben schien. Eine Kriegsverletzung, vermutete sie. Wäre es zwischen Henry, ihrem Mann, und ihr auch so gewesen wie bei diesem Paar? Im selben Moment verspürte sie auch schon ein schlechtes Gewissen. Henry war tot – gefallen. So sollte sie nicht über ihn denken. Sie zwang sich, sich an die schönen Zeiten zu erinnern, die sie zusammen erlebt hatten, die Jahre, die sie glücklich gewesen waren. Aber stattdessen drängten sich die unschönen Bilder von seinem letzten Heimaturlaub dazwischen, und sie merkte, wie die Vergangenheit sie mit einem Schlag wieder einholte.

Aus den Augenwinkeln bekam sie mit, wie die Frau am Nachbartisch ihrem Mann beim Auffüllen helfen wollte und er sie daraufhin so harsch anfuhr, dass sie zusammenzuckte. Mitleid erfasste Vera. Es war eine der heimlichen Schattenseiten des Krieges, über die niemand sprach – das private Inferno: Ehepaare, die sich fremd geworden waren; Kinder, die ihre Väter nicht mehr erkannten, und Frauen, die über Jahre die Familie allein durchgebracht hatten und nun zu selbstständig geworden waren, um wieder in ihre alte Rolle zurückzufinden.

Vielleicht hätten Henry und ich tatsächlich auch so geendet wie das Paar am Nachbartisch, dachte sie.

»Darf es noch eine Nachspeise sein, gnädiges Fräulein?«, riss sie die Stimme des Kellners aus ihren Gedanken.

Vera schüttelte den Kopf. »Nein danke. Sie können mir die Rechnung bringen.«

Hüttner

34

München …

Er betrachtete das Foto, das obenauf in dem Dossier lag – es war eine vergrößerte Aufnahme des Redaktionskollegiums von diesem linken Blatt. Die Frau war darauf gut zu erkennen. Vera Lessing hieß sie. Sie war hübsch, dunkelblondes Haar, attraktive Gesichtszüge und eine schlanke Figur. Ein Jammer, dachte er. Um ihre Lippen lag ein spöttischer Zug, als hätte sie es etwas albern gefunden, diese Aufnahme zu machen, die an ein Schulklassenbild erinnerte. Dieser Jonathan Jacobsen stand direkt neben ihr.

Er hob den Kopf und schenkte dem Mann, der mit respektvoller Haltung vor ihm stand, einen wohlwollenden Blick. »Das ging schnell.«

»Unser Kontakt bei der Zeitung war hilfreich«, erwiderte Gernot bescheiden und beugte dabei den Kopf. Die Sonne, die gleißend durch das Fenster strahlte, enthüllte unvorteilhaft, dass ihm das Haar auszugehen begann. Diese Tatsache war doppelt absurd, wenn man berücksichtigte, dass der kleine, schmächtige Mann eines jener jungenhaft-kindlichen Gesichter besaß, das ihn auch jetzt mit Ende dreißig und einem Schnurrbart auf der Oberlippe noch immer aussehen ließ, als wäre er gerade erst sechzehn geworden. Gernot war einer von Hüttners zuverlässigsten Leuten. Im Dritten Reich war ihm die

Karriere, die dieser sich so leidenschaftlich wünschte, aufgrund seiner Körpergröße versagt geblieben, und vermutlich wäre aus ihm nicht mehr als ein übereifriges Parteimitglied der NSDAP geworden, wenn ihre Wege sich nicht vor vielen Jahren gekreuzt hätten. Hüttner hatte ihm geholfen, bei der Geheimen Feldpolizei in der Wehrmacht unterzukommen. Dort hatte Gernot seine Fähigkeiten gekonnt einzusetzen gewusst. Er war intelligent, gerissen und besaß eine leidenschaftliche Bereitschaft, für seine Ideale zu kämpfen, die ihn immun gegen jedes moralische Empfinden machte. Eine Eigenschaft, die Hüttner zu schätzen wusste. Nach dem Krieg hatten sie sich aus den Augen verloren, aber Gernot hatte ihn schließlich aufgespürt wie ein verlorener Hund seinen Herrn. Seitdem war er Hüttners Mann für besonders delikate Angelegenheiten – wie diese hier.

Hüttner wandte sich wieder dem Dossier zu und blätterte zu Lessings Lebenslauf vor. 1922 geboren, also war sie gerade siebzehn, als der Krieg ausbrach, rechnete er nach. Sie hatte Abitur gemacht und studiert, war aber später nicht in die Partei eingetreten und hatte sich auch sonst in keiner nationalsozialistischen Organisation engagiert, dafür aber immer wieder als freiwillige Helferin in einem Krankenhaus gearbeitet. Dort hatte man ihren Einsatz lobend erwähnt. Soweit war nichts Auffallendes in ihrer Biografie. 1941 hatte sie nach kurzer Verlobung geheiratet – einen Chemiedoktoranden, Henry Lessing –, der mehrere wissenschaftliche Auszeichnungen bekommen hatte und acht Jahre älter war als sie. Der Dekan hatte sich mehrmals dafür verwendet, dass er nicht eingezogen wurde, weil er an der Universität *unabkömmlich* und von größerem Nutzen für das Reich und den Führer sei. Bis dahin war Henry Lessing selbst der nationalsozialistischen Sache eher abgeneigt gewesen. Mehrfache Versuche, ihn zu einem Parteieintritt zu bewegen, waren fehlgeschlagen. Doch Ende 1943 musste dann etwas Gravierendes passiert sein – Lessing meldete sich freiwillig. Kurz zuvor war sein Bruder gefallen. Offensichtlich hatte er Schuldgefühle verspürt. Und noch etwas war geschehen, sah Hüttner. Seine Frau war im Krankenhaus gewesen. Leider hatte Gernot den Grund dafür nicht in Erfahrung bringen können. Die Krankenakten existierten nicht mehr. 1944 war Henry Lessing schließlich gefallen, kurz nachdem die Eltern von Vera Lessing bei einem Bombenangriff ums Leben gekommen waren. Schicksalsschläge, wie sie der Krieg so viele mit sich gebracht hatte, aber ansonsten kein ungewöhnlicher Lebenslauf. Was er las, sprach eher dafür, dass von Vera Lessing keine besondere Gefahr ausging. Auch, dass sie vor allem für den Kulturteil arbeitete und seitdem sie beim *Echo* angestellt war, keinen einzigen politisch motivierten Artikel geschrieben hatte. Andererseits war Jonathan Jacobsen ein enger Freund gewesen, den sie anscheinend seit ihrer Kindheit kannte. Doch dann stutzte Hüttner. Gernot hatte durch seine Beziehungen zu den verschiedenen Behörden herausbekommen, dass Jonathan Jacobsen kurz nach Kriegsende persönlich zur Polizei und schließlich zu einem russischen Offizier gegangen war, weil er nach Vera Lessing gesucht hatte, die anscheinend verschleppt worden war. Tausende von Frauen waren damals vergewaltigt worden. Jacobsen hätte von den Russen einfach eine Kugel in den Kopf gejagt bekommen können, dachte er grimmig, doch anscheinend war es ihm mit seiner Beharrlichkeit und Hartnäckigkeit gelungen, Vera Lessing zu finden und zu befreien. Plötzlich schien es Hüttner gar nicht mehr so wahrscheinlich, dass die Stationen von Vera Lessings Reise nur zufällig die gleichen waren wie bei Jonathan Jacobsen.

»Sie ist gerade in Innsbruck?«

Gernot nickte.

»Gut. Ich will weiter über jede Minute ihres Tagesablaufs unterrichtet werden, egal wo sie ist. Kümmern Sie sich darum.«

Gernot schlug die Hacken zusammen.

Hüttner war längst wieder allein, als er die Akte noch einmal durchging. Vielleicht war es von Vorteil, dass sie im Ausland war und beabsichtigte, weiter nach Südtirol zu fahren. Sollte ihr etwas zustoßen, würde es in den Zuständigkeitsbereich der dortigen Behörden fallen. Er konnte für diese Redakteurin nur hoffen, dass sie nicht dem Beispiel ihres Kollegen folgen und ihnen in die Quere kommen wollte.

Er presste die Fingerspitzen zusammen, als seine Gedanken zum letzten Jahr zurückwanderten. Es war sein Fehler gewesen, dass er zu spät erkannt hatte, in welcher Beziehung dieser Jonathan Jacobsen zu allem stand und welch wichtiges Verbindungsglied er gewesen war …

Sieben Monate zuvor, November 1948

Marie

35

Nürnberg – Bonn …

»Die Fahrkarten bitte, meine Damen«, ertönte eine dröhnende Stimme. Schwungvoll hatte der Schaffner die quietschende Tür ihres Abteils geöffnet. Marie und Lina waren abrupt in ihrem Gespräch verstummt.

»Na, ein Abteil ganz für sich allein – da haben Sie ja Glück«, sagte er mit einem Augenzwinkern zu den beiden jungen Frauen, als er ihre Fahrkarten mit einer großen silbernen Zange entwertete. »Die nächste Station ist dann Köln. Noch eine gute Fahrt!«

»Wir sind gleich da?«, entfuhr es Lina ungläubig. Sie hatten beide nicht mitbekommen, wie die Zeit vergangen war. Tatsächlich war draußen bereits die vertraute Landschaft am Rhein zu erkennen, bemerkte nun auch Marie, als sie den Kopf zum Fenster wandte. Fast bedauerte sie es. Sie wollte sich noch nicht von Lina verabschieden und spürte, dass es dieser nicht anders ging.

Seit es Lina gestern Nachmittag etwas besser gegangen war, hatten sie ununterbrochen geredet – bis tief in die Nacht und weiter heute früh, als sie sich beide auf den Weg zum Bahnhof gemacht hatten. Sie hatten Linas Koffer aus dem Schließfach geholt und beschlossen, einen gemeinsamen Zug zu nehmen, da sie in die gleiche Richtung fahren mussten. Köln und Düsseldorf lagen schließlich nicht weit voneinander entfernt.

Ein Gefühl der Verbundenheit herrschte zwischen ihnen, seit sie am gestrigen Nachmittag in diesem kahlen, heruntergekommenen Zimmer der Pension zusammen auf ihren Betten gesessen hatten. Lina hatte ihr vom Schicksal ihrer Familie erzählt, und sie selbst hatte ihr daraufhin ihre schrecklichen Ängste wegen ihres Vaters gestanden. Es war eine Befreiung gewesen, ihre Befürchtungen auszusprechen, stellte Marie noch immer fest, obwohl sie sich im gleichen Augenblick vor Linas Reaktion gefürchtet hatte – davor, dass sie auf einmal ihren Hass und ihre Abneigung zu spüren bekommen könnte. Marie hätte es verstanden. Doch zu ihrer Überraschung hatte sich auf Linas Gesicht etwas ganz anderes gezeigt, etwas, womit sie am allerwenigsten gerechnet hatte – Mitgefühl.

»Das tut mir sehr leid für dich. Es muss schwierig für dich sein, damit klarzukommen, dass dein Vater so etwas getan haben könnte«, sagte sie. Vielleicht lag es daran, dass die gesamte Situation so ungewöhnlich war, vielleicht auch nur an der Ehrlichkeit, die sie hinter Linas Worten spürte, doch plötzlich war alles aus Marie herausgebrochen. Sie erzählte, wie sehr sie gelitten und getrauert hatte, als sie mit gerade sechzehn Jahren erfahren hatte, dass ihr Vater an der Front gefallen war, wie sehr sie ihn geliebt hatte und wie sie – ausgelöst durch das Foto von Ernst Schulenberger in der Zeitung – angefangen hatte, Fragen zu stellen. »Dieser Gedanke, dass er an alldem beteiligt war, dass er ein ganz anderer Mensch war, ist einfach unerträglich. Es kommt mir mit einem Mal vor, als hätte ich ihn gar nicht richtig gekannt.« Während sie sprach, waren Marie die Tränen über die Wangen gelaufen, und gleichzeitig hatte sie sich geschämt, dass sie angesichts dessen, was Linas Familie widerfahren war, überhaupt etwas davon erwähnte. »Verzeih, wie kann ich nur von mir reden.« Hastig wischte sie sich die Tränen weg, als Lina sich zu ihr beugte und sanft ihren Arm berührte. »Es ist in Ordnung, wirklich. Ich meinte es ehrlich, als ich sagte, es tut mir leid für dich.« Eine unerwartete Wärme schlug ihr aus den dunkelbraunen Augen der anderen Frau entgegen.

Marie blickte sie ungläubig an. »Aber verstehst du denn nicht? Mein Vater gehört vielleicht zu den Menschen, die daran beteiligt waren, dass all dieses Grauen geschehen ist!«

»Aber *Du* kannst doch nichts dafür, was Dein Vater oder die anderen getan haben!«

Marie hatten die Worte gefehlt, denn sie war sich nicht sicher, ob sie an Linas Stelle dieselbe menschliche Großzügigkeit besessen hätte. »Ich verstehe dich nicht. Müsstest du die Deutschen nicht hassen?«, entfuhr es ihr in einem Anflug von Ehrlichkeit.

Einen Moment lang sagte Lina nichts. Sie presste die Lippen zusammen. »Ja, vielleicht. Manchmal empfinde ich ja auch Hass, vor allem, wenn ich darüber nachdenke, wie viele Menschen daran beteiligt waren und gewusst haben, was mit den Juden passiert, und es sogar gut fanden. Aber meistens macht es mir mehr zu schaffen, dass ich es einfach nicht verstehe. Deshalb gehe ich auch zu den Prozessen.« Sie brach ab, bevor sie zögernd fortfuhr: »Es ist wie ein Zwang, ich hoffe, dass ich etwas erfahre, etwas, das es mir möglich macht zu begreifen, warum sie das getan haben, aber bis jetzt habe ich das noch nicht.«

Marie verstand sie nur zu gut. Es war ihr heute nicht anders gegangen. Auch sie hatte gehofft, in Nürnberg Antworten zu bekommen, doch stattdessen waren die Fragen nur noch mehr und das Entsetzen so groß geworden, dass sie es kaum ertragen konnte.

Linas Hände umfassten die Teetasse. »Mein Bruder, er hat nie verstanden, dass ich nach Deutschland zurückwollte«, gestand sie, als sie ihre Tasse wieder absetzte. »In all den Jahren in Amerika habe ich mich immer danach gesehnt zurückzukehren. Wir haben uns deshalb oft gestritten. Aber ich fand, nicht zurückzukehren würde bedeuten, dass die Nazis und Hitler am Ende doch gewonnen hätten. Und diesen Triumph wollte ich ihnen einfach nicht gönnen.« Beinah trotzig hob sie das Kinn, und Marie erfasste eine Welle warmer Sympathie für sie. Sie mochte Lina, vom ersten Augenblick war es ihr so gegangen – auch wenn sie sich gar nicht gekannt hatten. Sie musste daran denken, wie Lina der Pensionswirtin gegenübergetreten war, obwohl es ihr so schlecht gegangen war. Hinter ihrer zierlichen Gestalt verbarg sich ohne Frage ein kämpferischer Geist, der nicht bereit war, die Opferrolle anzunehmen.

»Dann lebt dein Bruder noch in Amerika?«

»Mehr oder weniger, ja«, erwiderte Lina. »Wir telefonieren regelmäßig, aber er hofft immer noch, dass ich wieder in die USA zurückkomme. Und hast du auch Geschwister?«

Marie nickte. »Zwei ältere Brüder.« Sie verzog den Mund. »Sie lieben mich, aber sie versuchen mit allen Mitteln zu verhindern, dass ich Fragen über meinen Vater stelle.«

Ihr Blick wanderte zu Lina, und sie stellte fest, dass sie gerne mehr über sie wissen wollte. »War es sehr schlimm für dich, als du und dein Bruder Deutschland damals allein, ohne eure Eltern, verlassen musstet?«, erkundigte sie sich vorsichtig.

»Ja, vor allem am Anfang war es furchtbar. Ich habe nächtelang in New York geweint.« Lina beschrieb, wie unendlich fremd sie sich in dieser riesigen lauten Stadt mit den Wolkenkratzern, den vielen Wagen und ständigen Sirenen gefühlt hatte. Ihre Tante und ihr Onkel, die selbst drei Kinder hatten, waren ihnen gegenüber fürsorglich gewesen. Doch sie besaßen selbst kaum etwas, und so war sie nie den Eindruck losgeworden, dass sie für ihre Verwandten letztendlich eine Belastung war. Die beunruhigenden Nachrichten, die schon bald von Deutschland bis nach Amerika drangen, hatte man versucht, vor ihnen, den Kindern, geheim zu halten. »Aber natürlich bekamen wir mit, wie die Erwachsenen heimlich flüsterten und wie ihre Gesichter blass vor Sorge wurden, wenn sie von den *Transporten gen Osten* sprachen«, sagte Lina. Während sie erzählte, war es draußen längst dunkel geworden. Die kleine Lampe spendete nur wenig Licht in dem Pensionszimmer, und Schatten krochen an den Wänden hoch, die die Vergangenheit lebendig werden ließen.

»Mein Onkel, den sonst nie etwas aus der Ruhe bringen konnte, wurde nervös und betonte auf einmal ständig, wie gut es sei, dass so ein großer weiter Ozean zwischen uns und Deutschland läge.« Lina runzelte bei der Erinnerung daran die Stirn. Ihre Finger strichen erneut um den Rand der angeschlagenen Teetasse. Mit der Zeit waren die Karten und Briefe ihrer Eltern aus Deutschland dann immer seltener geworden, und als schließlich gar keine mehr kamen, hatte sie gewusst, dass etwas Schreckliches geschehen sein musste – auch ohne dass es jemand aussprach.

Maries Magen krampfte sich bei der Vorstellung zusammen.

»Trotzdem bin ich nach dem Aufstehen weiter jeden Morgen nach unten zum Briefkasten gelaufen und habe auf den Postboten gewartet«, fuhr Lina fort. Manchmal hatte der Mann ihr einen Bonbon geschenkt. »Vielleicht kommt morgen ein Brief«, hatte er gesagt, wenn er ihr enttäuschtes Gesicht sah, während sie die Briefe durchging, und sie hatte nur genickt. »Ja, bestimmt.« Die Treppe wieder hoch schien ihr danach endlos, jede Stufe wie ein nicht zu überwindendes Hindernis.

Marie sah die zwölfjährige Lina vor sich und dachte daran, wie behütet und geschützt dagegen ihre eigene Kindheit in Berlin verlaufen war. Zu ihrer Überraschung fragte Lina sie danach. Marie erzählte, dass sie in Berlin aufgewachsen war, wo auch Lina einige Zeit mit ihrer Familie gewohnt hatte, nicht einmal weit entfernt von den Weißenburgs in Dahlem. Verwundert stellten die beiden jungen Frauen fest, dass sie die gleichen Straßen kannten, die gleichen Parks und Geschäfte von früher – sogar den Süßwarenladen von dem dicken Herrn Lempke, der die köstlichsten Karamellbonbons der Stadt verkaufte, die so lecker waren, dass man nicht aufhören konnte, davon zu essen, bis man Bauchschmerzen bekam. Marie kicherte, als Lina ihr offenbarte, dass sie einmal ganz krank geworden sei, weil sie zu viel davon genascht habe. Für einen Augenblick fiel alle Schwere von ihnen ab, während sie die Bilder aus ihrer Kindheit vor Augen hatten.

»Dieser Mann, der uns vorhin geholfen hat, war das eigentlich dein Freund?«

»Jonathan?« Marie schüttelte den Kopf. »Nein, er ist Journalist.«

Lina nahm noch einen Schluck von ihrem Tee. »Aber er mag dich. Ich habe mitbekommen, wie er dich angeschaut hat, als ihr euch verabschiedet habt.«

Eine leichte Verlegenheit erfasste Marie. Hatte er sie tatsächlich so angesehen? Er hatte sich gefreut, sie wiederzusehen, das hatte sie gespürt. »Er lebt leider in Berlin.«

Lina lächelte leicht, als würde sie das für kein besonders großes Hindernis halten, und Marie nahm wahr, dass sie hier saßen und sich so vertraut wie zwei Freundinnen unterhielten, die sich schon Ewigkeiten kannten. Tatsächlich hätten sie sich schon als Kinder in Berlin begegnen können, dachte sie. Im Park oder in der Schule oder ihre und Linas Familie hätten Nachbarn sein können. Marie war sicher, dass sie sich schon damals gut verstanden hätten und Freundinnen geworden wären. Und dann wurde ihr auf einmal klar, dass das niemals geschehen wäre. Mit einem schalen Geschmack im Mund erinnerte Marie sich daran, was man ihnen damals im Rassenkundeunterricht in der Schule eingebläut hatte. Die bellend predigende Stimme von Herrn Hinrichs, ihrem Lehrer, der immer mit ihnen sprach, als wären sie alle beim Militär, hatte sie nicht vergessen. Sie hatte den Unterricht gehasst und oft schlechte Noten gehabt. Das Fragment einer Erinnerung tauchte jäh aus den Tiefen ihres Unterbewusstseins auf. Sie sah ihren Vater, wie er vor ihr stand. »*Manche Dinge gefallen einem nicht, aber man muss sie trotzdem tun, Marie*«, hatte er mit mildem Tadel gesagt. Ob ihr Vater so auch über andere Dinge gedacht hatte? Ein bitteres Gefühl stieg in ihr hoch. Wahrscheinlich!

Sie spürte Linas Blick auf sich, die ihren Stimmungswechsel mitbekommen hatte.

»Ich musste gerade wieder an meinen Vater denken.« Maries Finger kneteten den Rand der fadenscheinigen Überdecke. »Das Schlimmste ist diese Ungewissheit, dass ich einfach nicht genau weiß, was er getan oder gewusst hat. Manchmal habe ich Angst, dass ich ihm vielleicht Unrecht tue, und in anderen Momenten, an Tagen, an denen ich solche Dinge wie heute beim Prozess erfahre, denke ich, dass alles noch viel schlimmer ist, als ich es auch nur ahne.« Sie verstummte.

Lina zögerte. »Wenn es dir so geht und du dir sicher bist, dass du mit der Wahrheit leben kannst – dann musst du sie auch für dich in Erfahrung bringen.«

Marie nickte. »Ja, das muss ich«, erwiderte sie leise, denn sie wusste, dass sie anders keinen Frieden finden würde.

Seltsamerweise verhalf ihr diese Erkenntnis zu einer inneren Ruhe, die sie lange nicht mehr gehabt hatte.

Sie bemerkte, dass sich der Zug bereits Köln näherte. In einiger Entfernung konnte man die Spitzen des Doms auf der anderen Rheinseite erkennen.

Die beiden Frauen verabschiedeten sich schweren Herzens, als sie den Bahnhof erreichten. »Danke noch mal für deine Hilfe«, sagte Lina und umarmte sie. Sie hatten die Telefonnummern von ihren Arbeitsstellen ausgetauscht und versprachen, sich anzurufen, um sich, sobald es ging, zu treffen. Als sie beide die Hand zum Abschied hoben und sich zuwinkten, war ihnen bewusst, dass dies der Beginn einer ungewöhnlichen Freundschaft war.

36

Man konnte das Haus schon von Weitem sehen, wenn man in die Straße bog. Außen blätterte an einigen Stellen etwas Farbe von der Fassade, doch die kleinen Tannen, die sie im letzten Jahr alle zusammen im Vorgarten gepflanzt hatten, milderten den Anblick. Die Fenster blitzten vor Sauberkeit, und die Gardinen waren frisch gewaschen. Schon immer hatte Mutter alles dafür getan, dass sie ein behagliches Heim hatten. Normalerweise lief Marie von hier ab immer etwas schneller, weil sie es kaum erwarten konnte, nach Hause zu kommen, doch heute fiel ihr jeder Schritt schwer.

Sie klingelte nicht, sondern schloss selbst auf. Eine beängstigende Beklemmung ergriff von ihr Besitz, als sie über die Schwelle trat und ihre Mutter erfreut auf sie zukam und sie in die Arme schloss. Es kam ihr vor, als würde sie in eine Rolle schlüpfen und wieder zu einer anderen Person werden – die Marie, die ihre Familie kannte.

Helmut und Fritz fragten sie sofort über das Treffen in Frankfurt aus, bei dem sie angeblich gewesen war, während ihre Mutter glücklich war, dass sie endlich wieder einmal alle zusammen eine Mahlzeit einnehmen konnten.

»Und hat sich Adenauer nun von den Militärgouverneuren in Frankfurt kleinkriegen lassen?«, fragte Helmut, wieder einmal in Anspielung darauf, dass der Parlamentarische Rat so viele Auflagen der Besatzungsmächte zu erfüllen hatte.

»Ja, erzähl mal«, forderte sie Fritz ebenfalls auf. Unter anderen Umständen hätte ihr die ungeteilte Aufmerksamkeit ihrer Brüder sicherlich gefallen. Seitdem sie arbeitete, nahmen die beiden sie endlich ernst, doch heute wünschte sie, es wäre anders gewesen.

»Ach, ich musste so viel tippen, dass ich den Inhalt der Gespräche nur zur Hälfte mitbekommen habe«, gab sie ausweichend zur Antwort und nahm den dampfenden Teller mit dem Kohlauflauf von ihrer Mutter entgegen. Ein dünnes Stück Rinderbraten, den Margot Weißenburg auf dem Markt ergattert hatte, gab es heute sogar auch.

»Jetzt essen wir erst mal«, sagte sie mit einem Lächeln zu ihren Kindern.

Für eine Weile war nur das Geklapper der Bestecke am Tisch zu hören. Helmut und Fritz aßen hungrig. Marie warf ihnen einen verstohlenen Seitenblick zu. Sie fragte sich, woran es wohl lag, dass die beiden nicht wissen wollten, was ihr Vater bei seiner Arbeit wirklich getan hatte. Dass ihre Mutter das Bild ihres Vaters in Ehren halten wollte, konnte sie noch verstehen. Aber Helmut und Fritz waren ihre Generation. Gut, verbesserte sie sich innerlich, Helmut war seit seiner Zeit im Internierungslager wie blind. Er hasste die Besatzer und glaubte ohnehin, dass zwei Drittel von dem, was erzählt wurde, nur Erfindungen und Übertreibungen waren, um die Deutschen unter der »Knute zu halten«, wie er es ausdrückte. Und bei Fritz konnte man sich nie ganz sicher sein, was wirklich in ihm vorging. Es entsprach einfach seinem Charakter, dass er sich aus allem raushielt, was Schwierigkeiten bereiten könnte. Gedankenversunken schob Marie ein Stück Auflauf auf ihre Gabel.

»Du hörst mir ja gar nicht zu«, sagte Fritz und knuffte ihr mit einem Grinsen in die Seite. Sie fuhr zusammen. Tatsächlich hatte sie gar nicht mitbekommen, dass er das Wort an sie gerichtet hatte.

»Entschuldige, was hast du gesagt?«

»Ich habe gefragt, was die Militärgouverneure denn gefordert haben?«, wiederholte Fritz seine Frage.

»Ach, es ging um Verfassungsfragen und so«, erwiderte sie schnell, konnte jedoch nicht verhindern, dass sie ein wenig rot wurde. Plötzlich fühlte sie sich wie ertappt.

Fritz zog die Augenbrauen hoch, und Helmut musterte sie ebenfalls. Ihre Brüder hatten schon immer ein Gespür dafür gehabt, wenn sie etwas zu verbergen suchte.

»Ihr wisst doch, dass das vertraulich ist«, versuchte sie, sich herauszureden. »Ich darf darüber mit niemandem sprechen.«

»Hey, ich bin dein Bruder! Blut ist dicker als alles andere!« Fritz blickte sie mit gespielter Empörung an. Marie grinste. Die Stimmung am Tisch hatte sich wieder entspannt und das Gespräch schon anderen Themen zugewandt, als Helmut sich noch einmal zu ihr drehte. »In welchem Hotel habt ihr eigentlich in Frankfurt gewohnt?«

Zumindest auf diese Frage war Marie vorbereitet. »Im Schlosshotel, da übernachtet Herr Adenauer immer, wenn er in Frankfurt ist.«

»Nun, lasst Marie doch mal essen«, unterbrach Margot Weißenburg die beiden und kam ihr damit ungewollt zu Hilfe. Liebevoll strich ihre Mutter ihr über das Haar.

Marie aß weiter. Dabei fiel ihr Blick auf das Gesicht ihres Vaters, das aus dem gerahmten Bild an der Wand zu ihr zu schauen schien. Sie versuchte, nicht daran zu denken, was sie in Nürnberg beim Prozess gehört hatte. Doch die Stimmen der Zeugen, die furchtbaren Dinge, die sie berichtet hatten, von den Tötungen, selbst von Kindern und Greisen, wollten nicht aus ihrem Kopf gehen. Übelkeit stieg in ihr hoch.

Nach dem Essen floh sie, unter dem Vorwand, müde zu sein, schnell in ihr Zimmer.

37

Die nächsten Tage flogen im gleichförmigen Rhythmus bei der Arbeit im Parlamentarischen Rat dahin. Es gab so viel zu tun, dass sie kaum zum Nachdenken kam, und beinah war sie erleichtert darüber.

Die Tagungen des Hauptausschusses, der die Arbeit der verschiedenen Fachausschüsse zusammenführte und daraus einen ersten Entwurf des Grundgesetzes erarbeitet hatte, würden bald beginnen. Anders als bei den anderen Sitzungen, war bei diesen Beratungen auch die Presse zugelassen – und es gab dementsprechend viel zu organisieren und vorzubereiten. Sonja und sie kamen kaum noch dazu, Pause zu machen. Die Flure waren erfüllt von dem klackernden Tippgeräusch der Schreibmaschinen und dem ständigen Klingeln der Telefone. Fernschreiber summten, und in den unteren Etagen ächzten die Matrizendrucker, mit denen die Schreiben und Protokolle vervielfältigt wurden. Überall ging es hektischer denn je zu. Nur Adenauer schien die Ruhe selbst und bei dieser Betriebsamkeit zur Höchstform aufzulaufen.

Als Marie wieder einmal mit Stapeln von Papieren bewaffnet, die ihr die Sicht versperrten, durch die Flure eilte, rannte sie ihn fast um.

»Oh, entschuldigen Sie vielmals«, stieß sie peinlich berührt hervor.

»Keine Ursache, Fräulein Weißenburg.« Er reichte ihr ein Papier, das von ihrem Stapel gerutscht war, und musterte dabei ihr blasses Gesicht. »Haben Sie heute überhaupt schon etwas zu Mittag gegessen?«

Sie versuchte, den Stapel wieder zurechtzurücken, der ins Rutschen gekommen war. »Nein, aber ich muss auch noch…«

Doch Adenauer unterbrach sie. »Nein, jetzt essen Sie erst mal etwas in Ruhe. An einem Viertelstündchen Pause von Ihnen wird die Fertigstellung des Grundgesetzes schon nicht scheitern«, setzte er mit einem Augenzwinkern hinzu.

Sie folgte seinem Rat und musste zugeben, dass er recht hatte. Nachdem sie einige Bissen von ihrem Brot genommen und ein paar Mal tief durchgeatmet hatte, ging ihr die Arbeit wieder leichter von der Hand.

Trotz der Hektik gelang es ihr, mit Lina zu telefonieren und sich auch bei Jonathan in Berlin zu melden, denn sie hatte nicht vergessen, dass er sie in Nürnberg darum gebeten hatte.

Eine Sekretärin stellte sie in der Redaktion des *Echo* zu ihm durch. »Marie, wie geht es dir?«, vernahm sie seine tiefe Stimme am anderen Ende. »Seid ihr noch unbehelligt aus dem Gericht gekommen?«, fragte er sofort.

»Ja, Gott sei Dank. Ich habe Lina mit in meine Pension genommen. Danke noch mal für deine Hilfe.«

»Nicht dafür, es war schrecklich genug, wie sich einige Kollegen von mir verhalten haben.«

Für einen kurzen Moment schwiegen sie beide. »Sehen wir uns, wenn ich im Dezember nach Bonn komme? Ich würde dich gerne zum Abendessen einladen«, sagte er dann.

»Ja gerne«, antwortete sie sofort, und ihr Puls beschleunigte sich.

Marie beschloss später, dass sie in Bonn bleiben würde, wenn Jonathan kam, da sie ihrer Familie ungern von ihm erzählen wollte. Der Rat hatte für seine Mitarbeiter einige Zimmer in der Stadt angemietet, falls die Arbeit einmal so lange dauerte, dass eine Heimfahrt nicht mehr möglich war. Zu Hause behauptete sie, einige wichtige Treffen des Vorstandes würden an dem Tag ihre Anwesenheit erfordern.

»Ich weiß nicht, Marie, mir gefällt das nicht, dass du dort über Nacht bleibst«, sagte Margot Weißenburg mit gerunzelter Stirn.

»Ich bin doch nicht die Einzige, Mutti. Sonja wird auch dort sein, und immerhin bin ich nächsten Monat volljährig.«

Margot Weißenburgs Lippen wurden schmal. »Ob du nun volljährig bist oder nicht, als deine Mutter mache ich mir trotzdem Sorgen.« Doch dass sie Sonjas Namen genannt hatte, schien sie etwas zu beruhigen. Marie hatte die Freundin vor einiger Zeit zu sich nach Hause eingeladen. Nur dezent geschminkt, mit einem kleinen Blumenstrauß in der Hand hatte sie Sonja, die sich mit einem artigen Knicks bei ihrer Mutter vorstellte, kaum wiedererkannt. Auch ihre beiden Brüder waren begeistert von ihr, und Helmut hatte sie später sogar um eine Verabredung gebeten.

»Ich könnte versuchen, mir von einem Freund den Wagen zu leihen und dich abholen«, bot Fritz seiner Schwester jetzt an.

Marie schüttelte den Kopf. »Nein, das brauchst du nicht. Ich weiß doch auch gar nicht, wann ich fertig bin.« Plötzlich verspürte sie ein schlechtes Gewissen, weil sie ihre Familie schon wieder anlog. Wäre es nicht besser, ehrlich zu sein? Sie hätte ihnen einfach von Jonathan erzählen können. Bestimmt hatten weder ihre Mutter noch ihre Brüder etwas dagegen, dass sie sich verabredete. Marie hatte schließlich auch zuvor schon andere junge Männer getroffen. Aber ihre Familie hätte dann unweigerlich angefangen, Fragen über Jonathan zu stellen, und die Tatsache, dass der Journalist für ein linksgerichtetes Zeitungsmagazin arbeitete und auch noch etliche Jahre älter war als sie, hätte ihnen sicherlich nicht gefallen. Ganz zu schweigen davon, wenn sie wüssten, worum sie Jonathan bitten wollte.

Jonathan

38

Bonn …

Es gab wohl kaum einen größeren Gegenentwurf zu der ehemaligen Reichshauptstadt Berlin, in der jeder ständig unter Zeitdruck stand, als das Städtchen Bonn. Dass ausgerechnet hier die neue Verfassung für Westdeutschland erarbeitet wurde, erschien Jonathan immer noch grotesk. Er war gegen Nachmittag angekommen und hatte ein sehr spannendes Interview mit Carlo Schmid, dem Vorsitzenden des Hauptausschusses des Parlamentarischen Rates geführt. Da er anschließend noch Zeit hatte, war er durch die Innenstadt gestreift. Nicht weit vom Rhein entfernt, war ein kleiner Markt, in dem die Landwirte und Bauern aus der Umgebung frisches Obst und Gemüse verkauften – Kohl, Steckrüben, Kartoffeln, Äpfel und sogar Birnen. Jonathan erstand einen Apfel – so rot und knackig, wie er ihn in Berlin, wo die Blockade die Stadt fest im Griff hatte, seit Monaten nicht mehr in die Hand bekommen hatte.

Während er in seinen Apfel biss, wanderten seine Gedanken zu Marie. Er musste sich eingestehen, dass es nicht nur ihre lebendige Schönheit, sondern auch ihre Tiefe war, die ihn schon bei ihrer ersten Begegnung angezogen hatte. Beim Eröffnungsakt im September hatte sie jung und beinah unbekümmert gewirkt. Doch sie hatte sich verändert, als er sie in Nürnberg wiedergesehen hatte. Es war ihm erst im Nachhinein aufgefallen: Sie schien auf einmal reifer, aber auch nachdenklicher. Die Art, wie sie fahrig ihre Zigarette rauchte, als sie zusammenstanden, ließ ihn spüren, dass sie etwas belastete und sie litt. Er ahnte, dass es nicht nur mit dem Prozess zusammenhing, sondern dass in den letzten Wochen etwas in ihrem Leben geschehen sein musste. Vielleicht würde sie ihm davon erzählen.

Er machte sich auf den Rückweg zum Hotel und griff in dem kleinen Empfangsbereich nach einer Zeitung. Marie und er hatten verabredet, sich hier zu treffen, da sie nicht sicher war, ob sie es ganz pünktlich aus dem Büro schaffen würde. Er hatte die Zeitung gerade aufgeschlagen, da ging die Tür auf, und sie kam herein. Ihre Haare waren ein wenig vom Wind zerzaust und die Wangen von der kühlen Luft draußen gerötet. Suchend blickte sie sich um. Als sie ihn entdeckte, leuchteten ihre Augen auf.

Er lächelte, und als sie voreinander standen, war fast sofort wieder diese Spannung zwischen ihnen spürbar.

Jonathan hatte einen Tisch in einer kleinen Weinstube am Rhein reserviert. Auf dem Weg dorthin fragte Marie ihn nach seiner Arbeit. Sie war überraschend gut informiert und schien alle seine letzten Artikel gelesen zu haben. Es machte Spaß, sich mit ihr zu unterhalten, und er merkte, dass es ihn interessierte zu erfahren, wie sie dachte. Sie betrachtete die Dinge aus einer emotionaleren und persönlicheren Perspektive, als er es als Journalist tat. Aber ihre Gedanken besaßen eine Gradlinigkeit, die ihm gefiel.

Die Weinstube war nur halb voll, und der Kellner wies ihnen einen Tisch am Fenster mit Sicht auf den Rhein zu. Es war offensichtlich, dass er sie beide für ein Paar hielt, doch sie schien sich nicht daran zu stören.

»Warst du schon öfter hier?«, fragte sie.

»Nein, ein Kollege hat mir die Weinstube empfohlen.« Er sah sich in dem stimmungsvoll in altem Holz eingerichteten Raum um. »Es ist nett, oder?«, fügte er hinzu.

»Ja.« Marie nickte, als der Kellner ihnen die Karte brachte.

Sie wählten beide das Abendmenü, bei dem es neben dem Hauptgang noch eine Suppe und Kompott zum Nachtisch gab.

»Erzähl mir, wie ist es dir noch in Nürnberg ergangen? Und wie geht es Lina?«

Sie schien einen Moment nach den richtigen Worten zu suchen. Doch dann begann Marie zu berichten, wie sie Lina mit zu sich in die Pension genommen und sie beide sich später bis tief in die Nacht unterhalten hatten. Es imponierte Jonathan ein weiteres Mal, wie selbstverständlich sie die andere Frau, die eigentlich eine Fremde für sie war, bei sich hatte übernachten lassen. Amüsiert verzog er das Gesicht, als sie ihm beschrieb, wie Lina der Wirtin der Pension die Stirn geboten hatte.

»Ich dachte, diese furchtbare Frau fällt in Ohnmacht, als sie das Wort *jüdisch* hörte«, fügte Marie hinzu und schilderte ihm schließlich die traurige Geschichte von Linas Familie.

»Es ist erstaunlich, dass sie trotzdem nach Deutschland zurückgekommen ist«, sagte er nach einer Pause.

»Ja, das finde ich auch.«

Der Kellner hatte die Suppenteller abgeräumt, und plötzlich wurde Maries Miene unerwartet ernst. »Danke, dass du mich in Nürnberg nicht gedrängt hast, dir zu erzählen, warum ich dort war.« Sie stockte und hob das Kinn. »Ich möchte, dass du den Grund erfährst. Ehrlich gesagt hoffe ich, dass du mir vielleicht helfen kannst …«

Er blickte sie überrascht an. Natürlich hatte er sich seine Gedanken gemacht, warum sie in Nürnberg gewesen war – auch wenn er darauf keine recht schlüssige Antwort gefunden hatte.

»Ein ehemaliger Vorgesetzter und Freund meines Vaters stand dort vor Gericht«, erzählte sie nun. »Mein Vater ist 1944 in Russland gefallen. Er hat genau wie dieser Ernst Schulenberger für das Reichssicherheitshauptamt gearbeitet.«

Jonathan horchte auf. Er war zu sehr Journalist und hatte an zu vielen Prozessen teilgenommen, als dass er nicht sofort die Dimension dessen, was sie sagte, begriffen hätte.

»Weißt du, in welcher Abteilung er bei dem Amt gearbeitet hat?«, fragte er so nüchtern wie möglich.

Marie schüttelte den Kopf und strich sich eine Haarsträhne aus dem Gesicht. »Nein, leider nicht. Ich habe meine Mutter gefragt, aber sie behauptet, sich nicht mehr daran zu erinnern.« Und dann erzählte sie ihm von der engen Beziehung zu ihrem Vater, von dem Bild des ehrenhaften Offiziers, das sie gehabt hatte, und wie sie schließlich durch das Foto von Ernst Schulenberger begonnen hatte, zu Hause Fragen zu stellen, die ihr niemand beantworten wollte. »Ich möchte aber wissen, was mein Vater getan hat und wer er wirklich war.« Ihre Finger umschlossen fest den Hals des Glases vor ihr, als suchte sie Halt daran. »Ich hatte gehofft, dass du mir vielleicht helfen könntest, mehr über ihn herauszubekommen.« Sie hatte leise, beinah verzweifelt gesprochen. Für einen Augenblick wusste er nicht, was er sagen sollte, denn er war sich nicht sicher, ob ihr klar war, worauf sie sich damit unter Umständen einließ.

Unsicher schaute sie ihn an. »Ist das zu viel verlangt? Ich dachte, als Journalist hast du bestimmt ganz andere Möglichkeiten, an solche Informationen heranzukommen.« Die Worte brachen aus ihr heraus.

»Nein, ich helfe dir gerne, Marie. Aber bist du dir sicher, dass du wirklich die Wahrheit wissen willst?«, fragte er sanft.

»Du meinst, ob ich bereit bin, am Ende damit zu leben?« Ein bitterer Zug zeigte sich in ihrem Gesicht. »Glaub mir, schlimmer als das, was ich mir momentan vorstelle, kann es kaum sein. Ich träume jede Nacht von diesen Zeugenaussagen beim Prozess.«

Er verspürte Mitleid und legte seine Finger auf ihre schmale Hand. Deutlich fühlte er die Zartheit ihrer Haut und blickte sie eindringlich an.

»Ich will dich nicht davon abhalten, im Gegenteil, aber es ist anders, etwas zu ahnen oder es wirklich zu wissen. Dein Vater ist tot, du wirst nicht einmal mehr die Möglichkeit haben, mit ihm darüber zu sprechen.«

Sie nickte und schien sich darüber selbst schon lange Gedanken gemacht zu haben. »Das weiß ich. Also, wirst du mir helfen?«, fragte sie dann noch einmal.

Er nickte. »Ja, aber dafür brauche ich ein paar Informationen.« Er zog einen kleinen Notizblock, den er immer bei sich trug, aus der Tasche. »Wie hieß dein Vater mit ganzem Namen?«

»Hermann Josef Weißenburg. Er wurde am 11. Oktober 1905 in Berlin geboren«, begann sie.

39

Unwillkürlich musterte Jonathan Maries Gesicht, als sie später das Restaurant verließen – den nachdenklichen, aber dennoch entschlossenen Ausdruck, der sich darauf zeigte. Er empfand Hochachtung dafür, dass sie sich durchgerungen hatte, die Wahrheit über ihren Vater in Erfahrung zu bringen – gegen den Widerstand ihrer Mutter und ihrer zwei Brüder.

»Ich hoffe, dass es mir schnell gelingt, etwas über deinen Vater herauszubekommen«, sagte er, als sie in der Dunkelheit noch ein Stück am Rhein entlangspazierten. »Es gibt einige Leute, die ich kontaktieren werde, und natürlich behandle ich alle Informationen streng vertraulich, sodass niemand etwas erfährt«, fügte er hinzu.

Sie hatte sich wie selbstverständlich bei ihm untergehakt und nickte. Er fühlte die Wärme ihres Körpers, und ihm wurde bewusst, wie sehr sie ihm vertraute. Der instinktive Wunsch, sie zu beschützen, stieg in ihm auf, und er legte den Arm um sie. Von Anfang an hatte es diese besondere Verbindung zwischen ihnen gegeben.

Sie wandte den Kopf zu ihm. »Was genau war das Reichssicherheitshauptamt damals eigentlich?«

Er musste sich für einen Augenblick daran erinnern, dass Marie bei Kriegsende nicht älter als sechzehn gewesen sein konnte. Zu jung, um zu wissen, wie dieser Staat im Nationalsozialismus funktioniert und gearbeitet hatte. »Ein Zusammenschluss der Gestapo, der Kriminalpolizei und des Sicherheitsdienstes, dem Geheimdienst der NSDAP«, erklärte er. »Das Amt war für alle sicherheitspolitischen und nachrichtendienstlichen Belange in Deutschland zuständig – kurz gesagt hat es die gesamte Verfolgungs- und Vernichtungspolitik im In- und Ausland gesteuert.«

Er konnte sehen, wie Marie erstarrte. »Ein Freund meiner Familie meinte, dass nicht alle Männer, die dort gearbeitet haben, an den Grausamkeiten beteiligt waren«, wandte sie unsicher ein.

Einen Moment lang suchte er nach den richtigen Worten. Selbst er als Journalist, der im Krieg das Grauen mit eigenen Augen gesehen hatte, hatte später kaum glauben können, mit welcher kaltblütigen Systematik man beim RSHA vorgegangen war. »Es gab sicherlich auch viele, die nur verwaltungstechnische Arbeiten erledigt haben, aber so, wie ich dich verstanden habe, hat dein Vater in einer Führungsposition gearbeitet, oder?«

»Ich glaube schon.«

»Verstehe mich nicht falsch, Marie, aber hast du dir mal Gedanken gemacht, wie es sein konnte, dass deine Familie rechtzeitig, bevor die Russen Berlin erreichten, noch nach Köln fliehen konnte?«

»Freunde meines Vaters, die mit ihm zusammengearbeitet haben, haben meine Mutter und meinen Bruder gewarnt«, erwiderte sie zögernd.

Er nickte. »Ja genau, aber das heißt, diese *Freunde* haben zu einem Zeitpunkt bereits sehr genaue Informationen über die Kapitulation gehabt, als der größte Teil der Bevölkerung die nicht hatte. Das können sie nur so früh gewusst haben, wenn sie zum inneren Führungsstab gehört haben, Marie.«

Er blickte sie an. Zum ersten Mal in seinem Leben fühlte sich Jonathan im Zwiespalt. Seiner moralischen Überzeugung nach gab es kein höheres Gut als die Wahrheit. Das, was unter Hitler geschehen war, konnte man nicht einfach vergessen oder verdrängen, wenn man ein gesundes und gerechtes neues politisches System in diesem Land aufbauen wollte. Jeder Einzelne war seiner Meinung nach dabei gefragt, und so richtig er in dieser Hinsicht Maries Fragen über ihren Vater fand, so viel hätte er gleichzeitig dafür gegeben, ihr den Schmerz zu ersparen, den diese Auseinandersetzung für sie bringen würde. Und dass es so kommen würde, bezweifelte er nicht. Die Frage war nicht, ob Hermann Weißenburg schuldig war, sondern nur, wie aktiv er persönlich an den Verbrechen beteiligt war, die das RSHA zu verantworten hatte.

Schweigend waren sie an einem Geländer oben am Fluss stehen geblieben. Man konnte hören, wie das Wasser in leichten Wellen gegen die Befestigung schlug.

»Danke, dass du mir hilfst, Jonathan. Es ist so schwer für mich zu glauben, dass mein Vater so etwas getan haben könnte, dass er bei alldem mitgemacht hat … Er war immer so liebevoll und fürsorglich. Ich hatte das Gefühl, er hätte alles für mich getan …« Sie brach ab, und ihre Stimme verlor sich in der Dunkelheit.

»Du bist sehr mutig, Marie«, sagte er. »Wären mehr Menschen wie du an der Wahrheit interessiert, würde es besser um die Zukunft dieses Landes stehen.«

»Nein, ich bin nicht mutig, ich kann nur nicht mit einer Lüge leben«, entgegnete sie und schaute dabei noch immer aufs Wasser.

Die Lichter eines Schleppers glitten an ihnen vorbei. Entfernt konnte man das Motorgeräusch hören, das der Wind vom Fluss zu ihnen trug. »Ich mag den Rhein«, sagte sie dann. Sie drehte sich zu ihm. »Ich kann dir gar nicht sagen, wie wichtig es für mich ist, dass ich mit dir darüber sprechen kann – und dass du hier bist und wir uns sehen, Jonathan.« Als sie ihren Kopf hob, trafen sich ihre Augen, und plötzlich veränderte sich etwas in der Atmosphäre zwischen ihnen, war die Spannung wieder deutlich fühlbar.

Er hob seine Hand und strich ihr sachte durchs Haar. »*Du* bedeutest mir viel, Marie. Ich weiß, es ist schwierig, weil ich in Berlin lebe, und ich möchte nicht, dass du denkst, ich würde dir nur aus Interesse an dir helfen …«

Sie unterbrach ihn, ohne den Blick von ihm zu lösen. »Ich weiß. Es hat nichts damit zu tun, und es ist mir egal, dass du in Berlin lebst«, sagte sie leise, aber so eindringlich, dass er verstummte.

Er strich mit dem Daumen zart über ihre Wange. Er konnte ihren warmen Atem auf seiner Haut fühlen, so dicht stand sie vor ihm. Dann zog er sie an sich und küsste sie.

Tirol, Juni 1949, sechs Monate später

Vera

40

Sie hatte Taginis Rat befolgt und ihre Reisetasche mit der Bahn nach Südtirol aufgegeben. In ihrem Rucksack, den Vera bei sich hatte, befanden sich nur einmal Wäsche zum Wechseln, ihre Kamera und Unterlagen sowie etwas Proviant und eine Flasche Wasser. Glücklicherweise besaß sie ein Paar feste Schuhe, das für längere Fußmärsche geeignet war und ihr nun wertvolle Dienste leisten würde.

Tagini hatte einen Treffpunkt außerhalb des Dorfes ausgemacht, und nachdem sie in Steinach ausgestiegen war, lief sie durch die kleine Ortschaft, vorbei an einigen ländlichen Häusern und einer barocken Pfarrkirche mit einer imposanten Doppelturmfassade. Die wenigen Einheimischen, die ihr entgegenkamen, schenkten ihr kaum Aufmerksamkeit. An Fremde schien man hier gewöhnt zu sein.

Am Ortsausgang folgte sie gut zwanzig Minuten einem Wegweiser zu einer Hütte. Es war früher Nachmittag, und die Sonne brannte erbarmungslos vom Himmel herunter. Keine einzige Wolke trübte die Sicht. Vera merkte, wie ihr der Schweiß auf der Stirn perlte, während sie den schmalen Pfad entlanglief, bis sie in der Ferne die Felsengruppe erkennen konnte, die Tagini ihr beschrieben hatte. Kurz dahinter befand sich die Hütte. Wobei diese wohl eher den Namen Unterstand verdient hätte, denn sie bestand lediglich aus einem Dach und einer Rückwand. Drei Männer und eine Frau saßen auf dem Boden.

Ihre Kleidung war abgetragen, und ihre wenigen Habseligkeiten lagen in Taschen und Bündeln neben ihnen. Ihre Köpfe fuhren herum, als sie ihre Schritte hörten. Tagini, der an einem Stein lehnte und mit seinem Messer an einem Stück Holz schnitzte, sagte etwas in einer fremden Sprache zu ihnen – es klang Polnisch –, woraufhin sich ihre Mienen zu beruhigen schienen. Vera nickte der Runde freundlich zu. Die ausgezehrten Gesichter, diese Mischung aus Anspannung und Resignation, die sich darin fand, erinnerte sie an die Menschen in den Flüchtlingstrecks aus dem Osten, die nach dem Krieg so oft durch Berlin gekommen waren.

Tagini hatte sich von dem Stein hinter ihm abgestoßen und kam nun mit federnden Schritten auf sie zu. Er trug Lederhosen, Bergstiefel, hatte eine Jacke um die Hüften geknotet und einen Filzhut auf dem Kopf. In der rechten Hand hielt er einen abgenutzten Wanderstab. Er musterte sie kurz. »Hallo, dann sind wir jetzt vollzählig«, sagte er schließlich. »Den anderen habe ich es schon erklärt. Wenn der Aufstieg steiler wird und mehr Aufmerksamkeit erfordert, gehen Sie einzeln, einer nach dem anderen, hinter mir. Wenn ich dieses Zeichen mache …« Er hob die Handfläche. »Bleiben Sie sofort stehen und sind mucksmäuschenstill; und wenn ich pfeife, gehen Sie in Deckung und versuchen, sich so schnell wie möglich zu verstecken.« Er steckte zur Demonstration zwei Finger in den Mund und imitierte gekonnt einen Vogelruf.

Vera nickte ein wenig überrumpelt.

Tagini warf einen Blick auf seine Uhr. »Da wir einige Umwege nehmen, werden wir rund neun Stunden brauchen und sollten also kurz nach Mitternacht an der Grenze sein. Dann mal los.« Er gab den anderen der Gruppe ein Zeichen, die sofort aufsprangen, als hätten sie nur auf sein Signal gewartet. Dann setzten sie sich auch schon alle in Bewegung. Vera hörte, wie die Männer leise in der fremden Sprache miteinander sprachen. Die Frau schenkte ihr ein scheues Lächeln. Sie war jung, höchstens zwanzig, schätzte Vera, und obwohl sie müde und erschöpft wirkte, sah man, dass sie ausgesprochen schöne Gesichtszüge hatte.

Vera beschleunigte ihren Schritt, bis sie neben Tagini lief. »Wissen die anderen, dass ich Journalistin bin?«

»Ja. Ich habe ihnen auch gesagt, dass sie unterwegs wahrscheinlich Fotos machen werden. Sie möchten nur nicht mit ihren Gesichtern zu erkennen sein.«

»Woher kommen sie?«

»Aus Polen. Juden«, erwiderte er knapp.

»Displaced Persons?«, fragte sie. *DPs,* so wurden die Millionen von Zivilisten genannt, die sich durch den Krieg nicht mehr in ihrem ursprünglichen Heimatland befanden und oft ohne Hilfe auch nicht mehr dorthin zurückkehren konnten: ehemalige Zwangsarbeiter, Kriegsgefangene, befreite Häftlinge der Konzentrationslager genauso wie Osteuropäer, die vor dem sowjetischen Regime auf der Flucht waren. Die politischen Veränderungen hatten viele der *DPs* de facto staatenlos werden lassen, und die Auffanglager waren noch immer voll von ihnen.

Tagini hatte sich zu ihr gedreht. »Nehme ich an. Sie wollen nach Palästina.«

»War das vorhin Polnisch, was Sie gesprochen haben?«, erkundigte Vera sich.

»Ja, ich spreche es etwas. Kriegsbedingt.«

Vera begriff, dass er dieses Thema nicht weiter vertiefen wollte. Auf ihre Bitte hin erklärte er sich jedoch bereit, später einige Fragen für sie zu übersetzen, die sie den Flüchtlingen stellen wollte.

Die Strecke ging inzwischen steil bergauf, und alle verstummten, um genügend Luft für den Aufstieg zu haben. Schon bald fielen sie alle hinter Tagini zurück, der, ohne dass sein Atem auch nur einen Hauch schneller ging, zügig voranschritt und immer wieder geduldig auf sie wartete. Der Blick über das schmale grüne Tal mit seinen wilden Blumen und dem kleinen Bach zu den mächtigen Berggipfeln hin war beeindruckend schön und ließ Vera die Anstrengung etwas vergessen. Und nicht nur ihr schien es so zu gehen. Sie konnte beobachten, wie sich die Gesichter der anderen entspannten. Ihre heimliche Sorge, ob der Anstieg für die drei Männer und die Frau, die allesamt dünn und ausgezehrt wirkten, nicht doch zu anstrengend sein könnte, erwies sich als falsch. Sie liefen langsam, aber in einem stetigen Schritt, der offensichtlich werden ließ, dass sie es gewohnt waren, lange Strecken zu Fuß zu gehen. Als Vera einen Schluck Wasser trank und der Frau ihre Flasche anbot, schüttelte diese den Kopf. Einige Schritte gingen sie nebeneinander her. »Ich heiße Vera«, versuchte sie mit Handzeichen zu erklären.

Die junge Polin lächelte. »Nadia«, erwiderte sie und deutete dabei auf sich.

Die Männer waren etwas zurückhaltender, vielleicht auch misstrauischer, aber eine gute Stunde später kannte Vera auch ihre Namen: Natan, Adam und Igor. Als sie schließlich die erste Pause einlegten, war das Eis zwischen ihnen so weit gebrochen, dass sie einige Fragen beantworteten.

Vera erfuhr, dass Nadia und Adam Geschwister waren, die bei Partisanen den Krieg überstanden hatten, während die anderen zwei das KZ überlebt hatten. Natan zeigte ihr bereitwillig die Nummer, die man ihm auf den Arm tätowiert hatte. Veras eigene traumatische Erlebnisse verblassten, als sie hörte, dass sich für die vier nach der Kapitulation keineswegs alles zum Besseren gewendet hatte. Nadia und Adam waren in ihr Dorf nach Polen zurückgekehrt, wo sie feststellen mussten, dass inzwischen andere Menschen in ihrem Haus lebten und sich des Besitzes ihrer Familie bemächtigt hatten. Sie wurden von ihnen beschimpft und bedroht, und man griff sie sogar tätlich an. Als ein anderer zurückgekehrter Jude eines Tages totgeschlagen auf der Straße gefunden wurde, flohen Nadia und Adam aus ihrem Dorf. Natan und Igor waren nach der Befreiung dagegen so geschwächt und krank, dass sie mehrere Monate in einem Lazarett verbringen mussten. Die Wege der vier hatten sich schließlich in einem der alliierten Auffanglager für *DPs* gekreuzt, wo sie vergeblich auf ein Visum warteten und daher beschlossen, ihr Schicksal in die eigene Hand zu nehmen.

Vera schaute die vier an und fragte sich, woher sie nach allem, was sie mitgemacht hatten, noch die Hoffnung auf eine bessere Zukunft nahmen. Ihr Blick traf den von Nadia, die sich gegen Igor gelehnt hatte. Er schien ihr Freund oder Verlobter zu sein, begriff Vera. Und plötzlich hatte sie wieder Jonathans Worte im Kopf, als sie damals zusammen auf dem Dach waren. »*Wir leben, das ist das Einzige, was zählt.*«

Sie spürte, wie sich ihre Kehle zuschnürte, und war dankbar, als Tagini in diesem Moment wieder zum Aufbruch drängte.

Angesichts der Lebensgeschichten ihrer Weggefährten musste Vera erneut an ihr Gespräch mit dem Bergführer in Innsbruck zurückdenken. Die Vorstellung, dass diejenigen, die verantwortlich für das Schicksal von Menschen wie Nadia und ihren Begleitern waren, hier genauso über die Grenze gebracht wurden, war verstörend.

Die Sonne stand inzwischen tief, und sie ließ Tagini fragen, ob die Gruppe damit einverstanden wäre, wenn sie einige Fotos von ihnen aufnehmen würde, ohne dass man ihr Gesicht erkannte. Im Licht der untergehenden Sonne hoben sich ihre Gestalten beeindruckend von dem Panorama der Berge ab, und als Vera durch das Suchfeld der Kamera blickte, wusste sie, dass es großartige Bilder werden würden.

41

Nicht einmal eine Stunde später wurde es dunkel, und die Atmosphäre um sie herum veränderte sich. Die Nacht war klar, und der Mond spendete zumindest etwas Licht, gerade genug, dass sie einigermaßen die nächsten Schritte vor sich sehen konnten. Die gewaltigen Berggipfel der Alpen, die über ihnen thronten, waren schon bald nur noch als düstere Silhouette auszumachen. Das Panorama, das zuvor so malerisch ausgesehen hatte, wirkte mit einem Mal fast bedrohlich. Sie alle waren still geworden. Nur gelegentlich war von einem von ihnen ein Keuchen zu hören, denn der Anstieg wurde zunehmend steiler und anstrengender, und sie alle konzentrierten sich mit ihrer ganzen Aufmerksamkeit darauf, einen Fuß vor den anderen zu setzen.

Tagini hielt nun weit öfter inne als zuvor, um auf sie zu warten und auf Unebenheiten und Hindernisse auf ihrem Weg aufmerksam zu machen. Er schien sich ohne Mühe in der Dunkelheit orientieren zu können. Manchmal wurde der Pfad so schmal, dass sie einer nach dem anderen hintereinander laufen mussten und der Bergführer sie an einem Seil über gefährliche Passagen lotste. Wahrscheinlich war es gut, dass sie so wenig sehen konnten. Vera ahnte, dass jedes Mal, wenn Tagini sie hieß, nur mit den Händen am Seil vorwärtszugehen, es rechts und links neben ihnen steil bergab ging. Gelegentlich kam einer von ihnen ins Straucheln, doch sofort waren einer der anderen vor oder hinter ihm zur Stelle. Im Zuge dieser Nacht wurden sie – so fremd sie sich waren – zu einer Einheit, die sich geschlossen vorwärtsbewegte. Vera hätte nicht sagen können, ob es die Angst war oder weil sie sich im Anblick dieser übermächtigen Natur, die sie umgab, alle klein und unbedeutend fühlten, die sie so zusammenfinden ließ. Wie viele Menschen waren hier wohl vor ihnen entlanggekommen? Menschen, die alles hinter sich gelassen hatten und einer Zukunft entgegenblickten, die völlig ungewiss war. So wie Nadia und ihre Begleiter oder die Melinyks. Vera war beeindruckt, dass sie trotz allem, was sie erlitten hatten, ihren Mut nicht verloren hatten und bereit waren, für die Aussicht auf ein besseres Leben zu kämpfen.

Mit der Dunkelheit war es auch kühler geworden, und sie alle hatten ihre Jacken angezogen. Manchmal bedeutete Tagini ihnen, stehen zu bleiben und hob die Hand, weil er Geräusche hörte. Doch meistens war es nur der Wind. Einmal stand ihnen auf einmal ein Luchs mit seinen leuchtend gelben Augen gegenüber, der schnell das Weite suchte.

Während sie liefen und immer wieder auch ein Stück bergab gingen, nur um danach erneut einen noch höheren Anstieg zu bewältigen, merkte Vera, wie sich zum ersten Mal seit Jonathans Tod eine eigentümliche Ruhe in ihr ausbreitete. Bilder und Erinnerungen wanderten durch ihren Kopf, die sogleich wieder verblassten, und mit jedem Schritt verlor sie mehr und mehr jedes Gefühl für die Zeit. Sie hätte nicht sagen können, wie lange sie so in der Dunkelheit gelaufen waren, als sie eine Anhöhe erreichten und der Bergführer jäh in seinem Schritt innehielt. Er sagte etwas auf Polnisch und wandte sich anschließend auch zu Vera: »Einen halben Kilometer geradeaus befindet sich die Grenze. Die Anhöhe verengt sich dort zu einem schmalen Tal. Auf der anderen Seite wird Sie ein Führer aus Südtirol in Empfang nehmen, der Sie in Richtung Sterzing geleiten wird. Das Losungswort heißt *Sakristei,* und der Mann wird Ihnen daraufhin mit *Pater Leonard* antworten.«

Vera wartete ab, bis sich Nadia und die Männer von Tagini verabschiedet hatten, dann trat sie zu ihm. »Danke, dass Sie mir das hier ermöglicht haben. Es wird mir sehr bei der Reportage helfen.«

Er nickte. Sie versprach, ihm den Artikel zu schicken, den sie schreiben würde, wenn sie wieder in Berlin war, und wollte sich zum Gehen wenden, als er sie unerwartet aufhielt. »Da gibt es noch etwas, das Sie vielleicht wissen sollten. Nach unserem Treffen in Innsbruck hat jemand Fragen nach Ihnen gestellt«, sagte er mit gesenkter Stimme.

»Fragen? Wer denn?«

»Ein Mann, Mitte dreißig, ziemlich klein und schmächtig. Ich kannte ihn nicht, aber er hat beeindruckend viel Geld dafür geboten, dass ich seine Fragen beantworte.«

Veras Blick glitt zu den vier Polen, die etwas abseits standen und auf sie warteten. Sie fröstelte plötzlich. »Was haben Sie ihm erzählt?«

Er zuckte die Achseln. »Nur die Wahrheit. Dass Sie eine Reportage über ein vermisstes Mädchen schreiben und erfahren wollten, wie die Melinyks nach Südtirol gekommen sind.«

Sie schwieg.

»Er schien etwas enttäuscht«, fügte Tagini hinzu.

Ihre Blicke trafen sich, dann griff der Bergführer seinen Wanderstab fester. »Denken Sie daran, was ich Ihnen bezüglich Südtirol gesagt habe«, sagte er noch, bevor er ihr zum Abschied noch einmal zunickte und davonmarschierte.

Vera lief den anderen nach, die sich langsam in Bewegung gesetzt hatten. Also war es doch keine Einbildung gewesen, dass sie bereits in Innsbruck beobachtet worden war. Sie kämpfte gegen die Panik an, die sie ergriff. Ihre Verfolger mussten über Macht und Einfluss verfügen, wenn sie es so schnell geschafft hatten, in Österreich jemanden auf sie anzusetzen, und sogar Geld für Informationen über sie geboten hatten.

42

Südtirol …

Sterzing am Brenner war die nördlichste Stadt Italiens und lag eingebettet in einem Tal zwischen dem Brenner- und Jaufenpass, das sie am späten Morgen erreichten. Von Nadia, Adam, Igor und Natan hatte Vera sich schon einige Kilometer zuvor verabschiedet, denn die vier Polen wollten die Ortschaften möglichst meiden. Ihr Ziel war Meran, wo sich eine jüdische Organisation befand, die ihnen mit Papieren helfen würde, damit sie weiter nach Palästina reisen konnten. Sie umarmten sich zum Abschied. Die gemeinsamen Stunden hatten sie zusammengeschweißt, und Vera wünschte, sie hätte ihre Sprache etwas sprechen können, um ihnen alles Gute und viel Glück für die Zukunft zu wünschen. So tauschten sie nur ein von vielen herzlichen Gesten begleitetes Lächeln aus.

Der Bergführer Alois, der die Gruppe auf der anderen Seite der Grenze in Empfang genommen hatte, war ein wortkarger, nicht besonders sympathischer Mann, der noch weiter bis nach Sterzing mitkam. Vera war erleichtert, als sie sich dort wieder von ihm verabschieden konnte.

In der kleinen Pension, in der sie ein Zimmer gebucht hatte, sank sie sofort aufs Bett. Sie war völlig erschöpft. Die schlaflose Nacht und die körperliche Anstrengung forderten ihren Tribut. Ihre Füße und Beine brannten vor Schmerz, und jeder Muskel in ihrem Körper war verspannt. Ihre letzten Gedanken vor dem Einschlafen galten ihren vier polnischen Reisebegleitern. Wie es ihnen wohl ging?, dachte sie, bevor sie auch schon in einen tiefen Schlaf fiel.

Sie erwachte am Nachmittag mit einem bohrenden Hungergefühl. Trotz immer noch schmerzender Füße begab sie sich auf eine Erkundungstour durch die Stadt. In einer Gastwirtschaft, die *Zum Mittenhofer* hieß und ein Treffpunkt der deutschsprachigen Einheimischen zu sein schien, beschloss sie, etwas zu essen. Nur einige der Tische waren besetzt, doch aus den Augenwinkeln sah Vera, dass ein breitschultriger grauhaariger Mann zu ihr schaute, der am anderen Ende des Tresens die Kasse kontrollierte. Offensichtlich war er der Wirt. Sie setzte sich an den Tresen.

Die Bedienung dahinter, eine rundliche Frau in einer weißen Bluse, stellte sich ihr als Martha vor.

Nachdem Vera ihre Bestellung bei ihr aufgegeben hatte, begann Martha bereitwillig und ungefragt zu erzählen – von den Diskriminierungen der Italiener, die die Deutschen hier am liebsten auslöschen würden; von ihrer Familie, die hier seit Generationen lebte und der man das Recht auf ihre Heimat streitig machen wollte, und natürlich von den schrecklichen Ungerechtigkeiten des Krieges. Die meiste Zeit war ihr Gesicht dabei vor Zorn und Empörung verzogen und hatte einen ungesunden rötlichen Farbton angenommen. Sie klärte Vera auch darüber auf, dass Südtirols staatliche Zukunft seit der Kapitulation noch immer nicht geklärt war, auch wenn sie seit letztem Jahr in Italien als autonome Region galten. Hin und wieder stellte Vera, während sie ihr Brot mit Ziegenkäse und den Tomaten aß, eine höfliche Frage, die Martha daraufhin mit Freude ausufernd beantwortete. Die Worte sprudelten nur so aus ihr heraus. Ihre Redefreudigkeit könnte unter Umständen ein Glücksfall sein, dachte Vera bei sich. Sie musste sie nur geschickt zu den richtigen Themen leiten.

»Und Sie schreiben also etwas über ein vermisstes deutsches Mädchen?«, richtete Martha zwischendurch neugierig das Wort an sie, während sie ein Bier zapfte.

Vera nickte und erzählte ihr von den Melinyks und der Reportage.

»Ach, diese Flüchtlingsströme«, sagte Martha kopfschüttelnd, als sie die Geschichte hörte. »Schrecklich, was hier los war, und es hört einfach nicht auf.« Sie stellte das Bier auf ein Tablett und beugte sich zu Vera. »Und unter uns, wir haben noch Glück. In Sterzing sind sie nur auf der Durchreise. Aber Hunger und Durst haben die alle, dabei haben wir ja selbst kaum genug.«

»Das kann ich mir vorstellen«, sagte Vera pflichtschuldig.

»Und wenn Sie sehen würden, wie dreckig manche von denen sind. Und dann kann man sich noch nicht mal mit ihnen verständigen. Die kommen ja aus aller Herren Länder.«

Vera trank einen Schluck von dem selbst gepressten Apfelsaft. »Sind eigentlich auch viele Deutsche darunter?«

»Deutsche?« Martha schaute sie irritiert an. »Sie meinen Juden?«

»Auch«, erwiderte Vera beiläufig. »Aber mir hat jemand erzählt, dass auch viele andere hier entlangkommen, die in Deutschland sonst Schwierigkeiten bekommen würden«, sagte sie, bewusst das Wort Nationalsozialist oder Kriegsverbrecher vermeidend.

»Schon einige«, erwiderte Martha zögernd, als auf einmal die breitschultrige Gestalt des Wirts hinter ihr auftauchte, der sie nicht aus den Augen gelassen hatte. Er legte ihr eine Hand auf die Schulter.

»Kümmere dich mal ein bisschen mehr um deine Arbeit und die anderen Gäste, Martha. Die Dame kommt ja kaum zum Essen«, sagte er mit ruhiger Freundlichkeit, aber so bestimmt, dass die Angesprochene sogleich zu einem der Tische davonstob.

»Und Sie, lassen Sie es sich schmecken«, sagte der Wirt zu Vera, aber sein Blick war kühl, als er zur anderen Seite des Tresens verschwand.

Damit war ihr Gespräch mit Martha beendet. Die Bedienung schenkte ihr gerade noch ein knappes Lächeln, als sie etwas später die Gastwirtschaft verließ. Dass ihre Nachforschungen hier nicht einfach werden würden, stand schon mal fest.

Es verwunderte Vera nicht einmal mehr, als sie später bei der Rückkehr in die Pension entdeckte, dass jemand ihr Zimmer durchsucht hatte. Regungslos blieb sie auf der Schwelle stehen. Seitdem sie von Tagini erfahren hatte, dass jemand in Innsbruck Fragen nach ihr gestellt hatte, ging sie davon aus, auch hier beobachtet zu werden. Sie trat an den Tisch und blickte auf die Mappe mit ihren Aufzeichnungen, die sie auf die Kommode gelegt hatte. Bevor sie aufgebrochen war, hatte sie eines ihrer Haare auf die Öffnungslasche geklebt. Es war ein alter Trick, den Jonathan ihr einmal gezeigt hatte. Das Haar war verschwunden. Und auch ihr Rucksack stand leicht anders, stellte sie dann fest. Sie sank aufs Bett und merkte, dass sie zittrige Knie hatte. Ihr einziger Trost war, dass man in ihren Unterlagen ohnehin nichts Verdächtiges finden konnte. Die Informationen, die sie für die Reise von Jonathans Aufzeichnungen brauchte, hatte sie so verschlüsselt notiert, dass ein Außenstehender sie unmöglich entdecken konnte. Vielleicht war es sogar gut, wenn jemand in der Mappe gelesen hatte, versuchte sie sich zu beruhigen. Doch es gelang ihr nicht. Angst und ein Gefühl der Einsamkeit drohten sie zu überwältigen. Was, wenn sie sich überschätzte? Hatte sie überhaupt eine Chance gegen ihre Verfolger? Sie wusste ja noch nicht einmal, wer sie waren. Ihr Blick fiel in den kleinen Spiegel, und der aufgelöste Ausdruck, der ihr aus ihren eigenen Augen entgegensah, ließ sie wieder etwas zur Besinnung kommen. Sie zwang sich, ruhig zu atmen. Nein, sie konnte sich jetzt nicht erlauben, schwach zu werden. Sie dachte an Jonathan, daran, dass sein Mörder nicht ungeschoren davonkommen durfte. Vera sah auf die Uhr. Leo! Sie fuhr hoch. Das hatte sie beinah vergessen. Sie griff eilig nach ihrer Strickjacke und ihrer Tasche, da sie den Informanten heute um sechzehn Uhr anrufen sollte.

Die Wirtin an der Rezeption erklärte ihr den Weg zur Post. Dort meldete sie ein Gespräch unter der Nummer an, die Theo ihr genannt hatte. Er war sofort am Apparat.

»Vera? Du bist jetzt in Südtirol?«, fragte er knapp.

»Ja.«

»Gut. Ich habe noch eine Information, die vielleicht von Bedeutung sein könnte. Mir ist etwas eingefallen. Bevor Jonathan mich gebeten hat, Nachforschungen über diesen Hüttner und die beiden Wehrmachtsoffiziere anzustellen, hat er sich noch für einen anderen Mann interessiert.«

»Warte, ich schreib mir das auf.« Vera klemmte den Hörer an ihr Ohr und nahm einen Stift und ihr Notizbuch aus der Tasche.

»Der Mann hieß Hermann Weißenburg, stammte aus Berlin und ist 1944 in Russland gefallen«, sprach er weiter.

Überrascht hörte Vera zu. »Wieso hat Jonathan sich denn für jemanden interessiert, der gar nicht mehr lebt? Weißt du, ob dieser Weißenburg noch Angehörige hat, die mir etwas über ihn sagen könnten?«

»Genau das habe ich mich auch gefragt. Und er hat noch Familie. Drei erwachsene Kinder und eine Frau. Sie leben inzwischen in Köln, habe ich herausgefunden.«

»In Köln?«, entfuhr es Vera mit tonloser Stimme. War das die Verbindung, nach der sie die ganze Zeit suchte? »Weißt du, warum Jonathan mehr über ihn wissen wollte?«

»Nein, er hat sich über die Gründe bedeckt gehalten. Aber es schien ihm ungewöhnlich wichtig.« Sie konnte spüren, wie Leo zögerte. »Nachdem wir letzte Woche gesprochen haben, habe ich mich wieder daran erinnert, was ich über Weißenburg herausgefunden hatte …«

Sechs Monate zuvor, Berlin, Januar 1949

Jonathan

43

Das rote Schild, das schief an dem Skelett des ausgebombten Hauses hing, war verbeult und mit Rußpartikeln übersät. Irgendjemand hatte jedoch mit der Hand darübergewischt, sodass man den Schriftzug *Zur Roten Lola* lesen konnte. Ansonsten ließ kaum noch etwas erahnen, dass sich hier einmal eines der bekanntesten Bordelle der nationalsozialistischen Parteigrößen befunden hatte, in dem man sich gerne untereinander ausspioniert hatte. Jonathan bahnte sich seinen Weg zwischen den Trümmerresten zu dem Haus durch und blickte sich einige Mal um. Erst als er sicher war, dass ihn wirklich niemand beobachtete, bückte er sich, um unter einem herabgestürzten Querbalken durchzukriechen und dahinter vorsichtig die Stufen in den Keller hinunterzusteigen.

Er wartete bereits auf ihn. Es war nicht das erste Mal, dass sie sich hier trafen. Jonathan hatte sich inzwischen an die umfangreichen Vorsichtsmaßnahmen gewöhnt. Bewegungslos lehnte seine durchtrainierte Gestalt mit dem strengen Seitenscheitel an einem Mauervorsprung. In seiner Hand glühte eine Zigarette.

Leo – wie er sich nannte und vielleicht sogar wirklich hieß – nickte ihm zu. Eine Aura der Wachsamkeit umgab ihn wie immer – kein Geräusch, keine Bewegung in seiner Umgebung schien ihm zu entgehen. Jonathan fragte sich, wie man es aushielt, so zu leben – stets auf der Hut und dabei die Angst im Nacken, doch enttarnt zu werden. Über die Jahre war ihm dieses Verhalten zur zweiten Natur geworden, wie Leo ihm einmal erklärt hatte. Anders hätte er auch sicherlich nicht überlebt. Schon zu Beginn des Krieges war Leo klar geworden, welcher menschenfeindliche Irrsinn hinter der SS und gesamten Ideologie der Nazis stand, und er hatte seine eigene Mitgliedschaft zutiefst bereut. Er wollte aussteigen, trug sich sogar mit dem Gedanken zu emigrieren und hatte Kontakt mit einem britischen Agenten aufgenommen. Doch die Engländer wollten zunächst einen Beweis, dass sie ihm trauen konnten. Leo sollte ihnen Informationen liefern, und das tat er – so gut, dass man ihn schließlich überzeugte, zu bleiben und auf diese Weise Hitler und das Regime zu bekämpfen.

Bis heute hielt er nach wie vor seine Kontakte zu alten SS-Gefährten und Weggenossen, die man weiter beobachten wollte, und war Jonathans wichtigste Quelle. Sie kannten sich inzwischen fast drei Jahre. Leo selbst hatte ihn kontaktiert. Jonathan hatte damals an einer mehrteiligen Reportage über deutsche Kriegsverbrecher gearbeitet und von dem Informanten die entscheidenden Hinweise zugespielt bekommen, als er mit seinen Recherchen nicht weiterkam.

»Und, konntest du etwas herausfinden?«, fragte er jetzt.

Leo nickte. »War nicht mal besonders schwierig. Eine regelrechte Bilderbuchkarriere, die dieser Weißenburg hingelegt hat. Gehörte zu der jungen Elite damals. Akademiker, hochintelligent und mit Organisationsbegabung gesegnet. Er hat für den Sicherheitsdienst gearbeitet und ist dann im Reichssicherheitshauptamt aufgestiegen. Er war dort in Amt II für die sogenannte *Gegnerforschung* tätig und war später in Polen und in Russland …«

»Weiß man, was er dort gemacht hat?«

Leo schenkte ihm einen vielsagenden Blick. »Ich habe noch nicht alle Informationen, aber ich weiß immerhin schon so viel, dass er Kommandeur der Sicherheitspolizei und des SD war und später verschiedene *Einsatzkommandos* geleitet hat.«

Jonathan schwieg. Sie wussten beide, was das bedeutete. Die Einsatzkommandos in Polen und Russland waren gezielt eingesetzt worden, um die intellektuellen Eliten, kommunistische Funktionäre und Partisanenkämpfer zu beseitigen, aber auch um Juden, Sinti und Roma und andere Angehörige ethnisch unliebsamer Gruppen auszulöschen. Er sah Marie vor sich, und ihm war klar, wie schockiert sie sein würde.

Leo zündete sich eine neue Zigarette an. »Ich versuche, noch in Erfahrung zu bringen, wo er wann genau war.« Er musterte Jonathan. »Wieso interessiert dich eigentlich dieser Typ? Er ist seit 1944 tot.«

»Er steht im Zusammenhang mit einer anderen Geschichte von jemandem, den ich kenne«, erwiderte Jonathan ausweichend, da er ihm nicht von Marie erzählen konnte. Plötzlich war er froh, dass Weißenburg tot war. Es würde die Auseinandersetzung mit der Vergangenheit für Marie zumindest etwas einfacher machen.

Leo fragte nicht weiter nach. »Sei vorsichtig, was du mit diesen Informationen anfängst. Es sieht so aus, als wenn Weißenburg zu einer Gruppe von Männern gehört hat, von denen einige noch am Leben sind. Die werden es nicht mögen, wenn man ihnen auf die Füße tritt.«

»Ich werd' darauf achten. Was gibt es sonst Neues?«, erkundigte Jonathan sich dann.

Leo zuckte die Achseln. »In den alten Kreisen übt man sich in Demokratie, und hinter verschlossenen Türen freuen sich alle über die Blockade der Sowjets. Mit einem neuen Feind vor Augen waschen sich die alten Sünden gleich doppelt so schnell rein.«

Jonathan hörte die Bitterkeit in seiner Stimme. Es war eine Tatsache, dass sich die Feindbilder verändert hatten und ohne Frage gab es etliche Leute, denen diese Entwicklungen nur recht waren.

Marie

44

Köln …

Am Sonntag war Helmuts Geburtstag. Er hatte einige Freunde eingeladen und Marie gebeten, auch Sonja Bescheid zu geben. Helmut und die Freundin hatten sich inzwischen einige Male verabredet.

Sonja schwärmte von Helmut und verzichtete in bewundernswerter Anpassungsfähigkeit an ihren Bruder nicht nur auf ihren Lippenstift, sondern hatte auch ihren Zigarettenkonsum reduziert. Marie war weniger begeistert über die Liaison der beiden, da sie sich nicht sicher war, ob nun alles, was sie der Freundin mitteilte, über kurz oder lang auch ihrem Bruder zu Ohren kommen würde. Von Nürnberg hatte sie Sonja ohnehin nicht berichtet, aber es drängte sie sehr, ihr von Jonathan zu erzählen. Marie dachte unentwegt an ihn, an den Abend und den Kuss. Wenn sie die Augen schloss, konnte sie noch immer seine Lippen auf den ihren spüren. In der ganzen düsteren Auseinandersetzung mit ihrem verstorbenen Vater und der Heimlichtuerei ihrer Familie war Jonathan wie ein Lichtblick, jemand, der ihr Halt gab. Sie wusste im Grunde schon lange, dass sie sich in ihn verliebt hatte.

Da sie jedoch keinen Weg gefunden hatte, wie sie Sonja von dem Abend erzählen sollte, ohne dass sie ihre Reise nach Nürnberg erwähnte, beschloss sie, vorerst nichts von Jonathan und dem Kuss zu erzählen.

Unglücklicherweise war sie noch nie besonders gut darin gewesen, ihre Gefühle zu verbergen. Sonja merkte schnell, dass etwas nicht stimmte. »Du bist in den letzten Tagen so anders. Ist irgendetwas mit dir?«, fragte sie auf dem Geburtstagsfest von Helmut.

»Mit mir? Nein. Ich bin nur ein bisschen müde von den langen Arbeitszeiten«, antwortete sie, was sogar der Wahrheit entsprach. Sonja musterte sie kritisch, doch zu Maries Erleichterung kamen in diesem Augenblick zwei Freunde von Helmut auf sie zu, die sie ins Gespräch verwickelten.

Es war eine gelungene Feier. Sie hatten im Wohnzimmer die Möbel verstellt und die alten Perserteppiche zusammengerollt, damit alle Platz fanden und man tanzen konnte. Ihre Mutter musste über Wochen heimlich Lebensmittelmarken gehamstert haben, denn das Buffet bog sich unter den vielen Speisen. Es gab kalten Braten, Würstchen, Eier mit Remoulade, Kartoffelsalat, Gurken und Linseneintopf, mehrere Kuchen und eine selbst gemachte Bowle mit Früchten. Auf der anderen Seite des Wohnzimmers hatte Fritz das alte Grammofon vom Speicher zum Spielen gebracht, und irgendjemand hatte eine Platte von Nat King Cole mitgebracht, zu der schon bald einige tanzten. Selbst Helmut, der auf einmal Sonjas Hand nahm und sie mit sich zog, wirbelte schon bald mit der Freundin im Kreis. Marie beobachtete, wie diese etwas zu ihm sagte und er daraufhin ausgelassen lachte. Es war das erste Mal seit langer Zeit, dass die Atmosphäre zu Hause von einer unbeschwerten Leichtigkeit erfüllt war, und Marie wünschte, sie hätte dieses Gefühl teilen können. Aber es kam ihr wieder einmal so vor, als würde sie nur eine Rolle spielen.

Vielleicht wäre es nicht ganz so schlimm gewesen, wenn zu

den unvermeidlichen Gästen des Festes nicht auch Onkel Karl gehört hätte. Er war vor einer Stunde hier angekommen, hatte ihrem Bruder eine Taschenuhr geschenkt und ihrer Mutter einen großen Strauß Blumen mitgebracht. Später hatte Marie die beiden tuschelnd in der Küche zusammenstehen sehen und sich auf einmal gefragt, ob ihre Mutter tatsächlich alle sechs Wochen zu ihrer Tante nach München fuhr. Sie wusste, es gehörte sich nicht, derartige Verdächtigungen zu hegen. Doch die Vorstellung, dass ihre Mutter ausgerechnet mit diesem Mann eine Beziehung haben könnte, gefiel ihr nicht nur nicht, sondern war ihr regelrecht zuwider.

Sie selbst war Karl bisher aus dem Weg gegangen, aber sie spürte, dass er jetzt von der anderen Seite des Wohnzimmers, wo er mit einigen anderen Gästen zusammenstand, immer wieder zu ihr blickte. Als würde er ahnen, was in ihr vorging. Sie gab vor, nichts davon zu bemerken. Ein Freund von Fritz forderte sie zum Tanzen auf, aber sie lehnte freundlich ab und trank stattdessen einen Schluck von ihrer Bowle.

Außer Atem blieb Sonja einen Augenblick später neben ihr stehen. »Hast du gar keine Lust zu tanzen?«

»Nachher vielleicht.« Sie angelte mit dem Piker nach einem Stück Frucht im Glas, bevor sie Sonja mit schräg gelegtem Kopf ansah. »Sei ehrlich, wirst du die neue Freundin meines Bruders werden?«

Eine leichte Röte schoss in Sonjas Wangen. »Das musst du ihn und nicht mich fragen. Würde es dich denn stören?«, setzte sie in einem unsicheren Ton hinzu, der so gar nicht zu ihr passen wollte.

Marie schaute sie überrascht an und verspürte ein schlechtes Gewissen. »Aber nein. Vorausgesetzt, du bleibst auch meine Freundin und erzählst Helmut nicht alles von mir. Große Brüder sind da manchmal etwas eigen.«

»Klar.« Sonja grinste und hob das Glas. Sie stießen beide an, als Marie bemerkte, dass die Gestalt von Onkel Karl sich zwischen den Gästen einen Weg zu ihnen bahnte.

»Na, Marie, wie geht es dir? Willst du mich nicht deiner Freundin vorstellen?«

Sie lächelte höflich. »Natürlich. Das ist Sonja Hallert, sie arbeitet mit mir im Parlamentarischen Rat, und das ist …«

Doch sie kam nicht dazu, ihren Satz zu beenden, denn er unterbrach sie und streckte Sonja die Hand entgegen. »Karl, ein Freund der Familie«, stellte er sich selbst vor.

»Freut mich«, sagte Sonja freundlich.

Neugierig musterte Karl sie. »Sie arbeiten zusammen? Dann waren Sie auch mit in Frankfurt?«

»In Frankfurt?« Sonja blickte verständnislos von Karl zu der Freundin.

Marie war kurz erstarrt, doch sie fing sich sofort wieder. Anscheinend hatte ihre Mutter Karl davon erzählt. »Nein, Sonja arbeitet für das Büro der CDU-Fraktion«, erklärte sie eilig.

»Verstehe«, erwiderte Karl, und seine Brauen zogen sich ein wenig zusammen. Für einen kaum wahrnehmbaren Moment ruhten seine Augen auf ihr. Etwas Kaltes lag darin, als wenn er sie ganz genau durchschauen würde, aber schließlich verzog sich sein Mund auch schon wieder zu einem breiten, jovialen Lächeln. Marie kam nicht dagegen an, dass sie ein Frösteln ergriff.

Sie war froh, als in diesem Augenblick Helmuts Freund Walter sie zum Tanzen aufforderte. Diesmal sagte sie nicht Nein. »Ihr entschuldigt mich?«

45

Es war anfangs nur ein unterschwelliges Gefühl gewesen, das schleichend jedoch immer stärker wurde und das sie irgendwann nicht mehr ignorieren konnte: Seitdem sie aus Nürnberg zurückgekommen war und sich mit Jonathan getroffen hatte, fühlte Marie sich unwohl zu Hause. Es war nicht einmal so, dass etwas Konkretes passiert wäre oder ihre Brüder und Mutter sich in irgendeiner Weise anders verhielten. Im Gegenteil, nach außen hin war alles so, wie es immer gewesen war. Sie selbst war es, die sich verändert hatte und nicht mehr dieselbe war. Auf einmal stellte sie Dinge infrage, die sie bisher als selbstverständlich angesehen hatte. Es gab Augenblicke, da ertappte sie sich dabei, dass sie ihre Brüder und ihre Mutter heimlich beobachtete, fast so als wären es Fremde und nicht die Menschen, mit denen sie ihr gesamtes bisheriges Leben verbracht hatte.

Jonathans Bemerkung, dass ihre Familie zu einem so ungewöhnlichen Zeitpunkt von Berlin nach Köln gekommen sei, ging ihr nicht aus dem Kopf.

Zum ersten Mal fragte sie sich, warum sie bei Kriegsende und in den Jahren danach zwar ein einfaches Leben geführt hatten, aber im Gegensatz zu so vielen anderen doch immer genug zum Überleben gehabt hatten. Dabei hatten sie in Berlin doch alles zurücklassen müssen, und ihre Mutter hatte nie gearbeitet. Auch eine Kriegswitwenrente bekam sie nicht. Sicher, es gab etwas Schmuck, den ihre Mutter nach dem Kriegsende in Köln versetzt hatte, aber wie hatte sie damit allein ihr Leben finanzieren können? Die Preise auf dem Schwarzmarkt für ein Stück Butter oder ein Ei waren hoch, und Helmut, der zu dieser Zeit noch im Internierungslager war, hatte erst später etwas dazuverdienen können. Wovon hatten sie also gelebt? Jedes Mal, wenn sie jetzt darüber grübelte, landeten ihre

Gedanken unweigerlich bei Onkel Karl. Welche Rolle spielte er in ihrer Familie wirklich? Unterstützte er sie schon viel länger? Ihr Verdacht, dass das Verhältnis zwischen ihm und ihrer Mutter ganz anderer Natur war, als die beiden nach außen hin vorgaben, verstärkte sich immer mehr. Sie beschloss, ihre Mutter auf die Probe zu stellen.

»Sag mal, soll ich dich nicht nächstes Wochenende zu Tante Lisbeth begleiten?«, fragte sie beim abendlichen Abwasch.

Für einen kurzen, kaum wahrnehmbaren Augenblick konnte sie sehen, wie ihre Mutter erstarrte. »Nein, Marie, das brauchst du nicht. Tante Lisbeth geht es doch so schlecht, und sie möchte auch niemand anderen bei sich im Haus haben«, sagte sie schnell, aber der fürsorgliche Ton in ihrer Stimme wirkte aufgesetzt.

Marie nickte nur, da sie im Grunde auch keine andere Antwort erwartet hatte.

Als sie am Wochenende nach Düsseldorf fuhr, um Lina zu besuchen, erzählte sie ihr davon. »Ich glaube, dass meine Mutter ein Verhältnis mit Onkel Karl hat.«

»Aber dein Vater ist ja auch schon über fünf Jahre tot«, entgegnete Lina. »Da wäre es doch nicht ungewöhnlich, wenn sich deine Mutter noch einmal für einen anderen Mann interessiert. Und dass sie das vor euch geheim halten will, finde ich eigentlich verständlich.«

Sie saßen in Linas Wohnung, die aus einem liebevoll eingerichteten Wohnzimmer und einem winzigen Schlafzimmer bestand, und tranken wunderbar starken Kaffee, den ihr ihr Bruder aus Amerika geschickt hatte. »Ja, das stimmt schon«, gab Marie zu und zog die Stirn kraus. »Ich würde es ja auch verstehen. Meine Mutter hat es in den letzten Jahren nicht leicht gehabt. Mich stört nur, wenn es ausgerechnet Onkel Karl wäre. Ich mag ihn nicht. Er hat etwas an sich, das mir unheimlich ist«, fügte sie hinzu, und ihre Miene verdüsterte sich bei der Erinnerung an den Wortwechsel auf Helmuts Geburtstag.

Lina schaute sie neugierig an. »Dieser Karl ist dein Onkel?«

Marie schüttelte den Kopf. »Nein, zumindest sind wir nicht blutsverwandt. Er ist der Pate meiner beiden Brüder und ein alter Familienfreund. Als ich angefangen habe, Fragen über meinen Vater zu stellen, hatte ich ein ziemlich unangenehmes Gespräch mit ihm«, berichtete sie und erzählte ihr, wie Karl sie damals unter Druck gesetzt hatte.

Lina stellte nachdenklich ihre Tasse ab. »Das hört sich ja an, als wenn deine Brüder oder deine Mutter ihn darum gebeten hätten.«

»Sonst wäre ich wahrscheinlich auch gar nicht so misstrauisch geworden, aber mein Gefühl scheint mir ja auch recht gegeben zu haben«, erklärte Marie. Ihr Blick glitt durch Linas Wohnzimmer, das mit alten Holzmöbeln eingerichtet war. Auf der Fensterbank stand ein siebenarmiger Leuchter – einziges Zeugnis von Linas Zugehörigkeit zum jüdischen Glauben. An der Wand auf der rechten Seite fanden sich dagegen eine Vielzahl von schlicht gerahmten Fotografien. Neugierig stellte sie ihre Tasse ab und stand auf. »Darf ich mir die Bilder anschauen?«

»Aber ja.«

Marie betrachtete das Foto des jungen Brautpaars, das glücklich lachte und sie an das Hochzeitsfoto ihrer eigenen Eltern erinnerte. Die dunkel gewellten Haare und die aparten, warmherzigen Gesichtszüge der Frau ähnelten Lina auf bestechende Weise. »Deine Eltern?«

Lina, die zu ihr getreten war, nickte. »Ja.« Sie zeigte nach rechts. »Und das sind meine beiden Tanten und mein Onkel mit ihren Kindern. Sie haben früher auch in Berlin gelebt.« Maries Augen blieben etwas weiter daneben an einem großen Gruppenbild hängen, auf dem eine Ansammlung mehrerer Generationen von Familienmitgliedern in festlicher Kleidung zu sehen war – Großeltern, Eltern, Kinder und Enkel. Die Mode der Kleidung verriet, dass es zu Beginn der Dreißigerjahre aufgenommen worden sein musste.

»Das war die Hochzeit meiner ältesten Cousine«, erklärte ihr Lina. »Das bin übrigens ich.« Sie zeigte auf ein kleines Mädchen in einem hellen Kleidchen, das zwischen mehreren anderen Kindern stand. Direkt neben ihr befanden sich zwei kleine Jungen, die einander wie ein Ei dem anderen glichen. »Sind das Zwillinge?«

»Ja, Paul und Ferdinand waren Zwillinge. Sie haben mit ihren Streichen manchmal die ganze Familie zum Narren gehalten.« Linas Augen leuchteten bei der Erinnerung an sie auf. Ein leichtes Lächeln erhellte ihr Gesicht, doch Maries Aufmerksamkeit war an der Vergangenheitsform hängen geblieben, in der sie gesprochen hatte. »Was ist mit ihnen geschehen?«, fragte sie beklommen, obwohl sie Angst vor der Antwort hatte.

»Sie sind umgekommen. Alle«, antwortete Lina. »Einige in Auschwitz, andere in Bergen-Belsen und in anderen Lagern … Nur mein Bruder und ich haben überlebt und eine Tante mit ihrer Familie in New York, weil sie schon 1925 ausgewandert sind«, sagte Lina. Es schwang nichts Anklagendes in ihrem Ton, nur Traurigkeit. »Ich will sie nicht vergessen, deshalb hängen die Fotos hier«, fügte sie leise hinzu. Maries Kehle schnürte sich zu, als sie auf die vielen Gesichter blickte.

46

Sie träumte von den Fotos. Zwei Jungen kamen lachend auf sie zugerannt. »*Komm, spiel mit uns.*« Sie griffen nach ihren Händen und drehten sich mit ihr im Kreis, schneller, immer schneller und schneller. Ihre Gesichter verschwammen vor ihren

Augen und wurden sich immer ähnlicher, bis sie erkannte, dass es die Zwillinge waren – Paul und Ferdinand. Mit einem Ruck fuhr Marie aus dem Schlaf. Es waren Kinder, und man hatte sie einfach umgebracht …

Aufgewühlt strich sie sich das Haar aus dem Gesicht. Sie musste zugeben, dass sie selbst in all den Jahren versucht hatte, nicht daran zu denken, was damals in Deutschland geschehen war. Unbewusst hatte sie es vermieden, die Artikel in der Zeitung zu lesen und die Berichte im Radio und der Wochenschau anzuschauen, die sich in den letzten Jahren immer wieder damit befasst hatten. Das Leben war auch so schon hart genug. Der Verlust ihres Vaters, die Flucht nach Köln und der schwierige Neuanfang dort waren mehr gewesen, als sie verarbeiten konnte. Egal wo man hinkam, überall waren die Städte von der Zerstörung gezeichnet und die Gesichter der Menschen vom dem, was hinter ihnen lag. Es schien ihr keinen Unterschied zwischen dem Leid der einen und der anderen zu geben.

Einige Male hatte sie zu Hause dennoch versucht, darüber zu sprechen, doch ihre Mutter hatte das Thema immer abgewehrt und behauptet, niemand hätte etwas darüber gewusst, was in den Lagern geschehen sei. Genauso, wie sie sich angeblich nicht mehr erinnern konnte, in welcher Abteilung des Reichssicherheitshauptamts ihr Vater gearbeitet hatte. Es war ihre Art, allem Unangenehmen und Schwierigen zu begegnen. Marie war sich dabei nie sicher, ob sie wirklich vergaß oder es nur einfacher für sie war, mit den Dingen so umzugehen, als hätten sie nie stattgefunden und würden nicht existieren. Eigentlich wusste sie nicht wirklich, was ihre Mutter dachte oder in ihr vorging, wurde ihr bewusst, als sie am Abend im Wohnzimmer zusammensaßen und sich nichts mehr so recht anfühlen wollte wie früher. Ihre Mutter blätterte in einem Sessel in einer Zeitung. Helmut arbeitete an dem alten Sekretär für eine Uniklausur. Nur Fritz war unterwegs. Sie musste an Lina denken.

»Würde es dich eigentlich stören, wenn ich mit einer Jüdin befreundet wäre?«, fragte sie ihre Mutter.

Obwohl niemand geredet hatte, war es schlagartig still im Raum. Jedes Geräusch schien verstummt zu sein. Ihre Mutter hatte beim Umblättern ihrer Zeitschrift innegehalten, und Helmut hatte aufgehört zu schreiben und den Kopf zu ihr gewandt.

»Wie kommst du denn auf so eine Frage? Nein, natürlich würde mich das nicht stören. Das ist ja heute auch alles anders …« Ein Anflug von Nervosität war in dem Gesicht ihrer Mutter auszumachen, als ahnte sie, dass es Marie um weit mehr ging. »Ich würde mir nur Gedanken machen, ob das gut für dich wäre und wirklich eine echte Freundschaft sein könnte.«

»Warum denn nicht?«, fragte Marie erstaunt.

»Nun ja, die meisten von ihnen haben ja offensichtlich sehr gelitten, da wäre es doch nur natürlich, dass sie Vorbehalte haben und man dich das spüren lässt«, erklärte ihre Mutter vorsichtig.

»Was ja sogar verständlich wäre, nach dem, was man ihnen angetan hat, oder?«, entgegnete Marie kühl.

»Ich will nur dein Bestes und dass du nicht verletzt wirst, mein Schatz.« Ihre Mutter hatte sich wieder ihrer Zeitschrift zugewandt. »Hast du denn eine … Jüdin kennengelernt?«, fragte sie, ohne aufzublicken.

Marie starrte sie an. »Nein. Es hat mich nur interessiert, wie du darüber denkst«, log sie, denn sie spürte instinktiv, dass sie ihrer Mutter nicht von Lina erzählen konnte. Sie griff nach ihrem Buch und stand auf. »Ich bin müde und werde schlafen gehen«, sagte sie dann.

Doch sie hatte kaum den Flur zu ihrem Zimmer erreicht, als sie hörte, wie Helmut ihr hinterherkam. Marie straffte den Rücken, als er sie auch schon am Arm festhielt und sie sich auf die Auseinandersetzung vorbereitete, die jetzt vermutlich wieder einmal folgen würde.

»Was sollte das denn eben?«, zischte er.

»Was meinst du?«

»Diese Frage!«, herrschte er sie an. Er war ein ganzes Stück größer als sie. Sie standen in dem engen Flur voreinander, und es fiel ihr schwer, sich nicht von ihm eingeschüchtert zu fühlen. Solange sie zurückdenken konnte, hatte sie getan, was er oder ihre Mutter sagten.

»Das war eine ehrlich gemeinte Frage«, entgegnete sie ruhig.

»Mein Gott, Marie. Kannst du dieses ganze Thema nicht einfach dort lassen, wo es hingehört – in der Vergangenheit!«

Sie starrte ihn an und hatte wieder die Bilder von Linas Familie vor Augen. Wut stieg in ihr hoch. »Warum? Weil es einfacher ist? Meinst du, dass die Menschen, deren Familien alle umgebracht wurden, die ihre Kinder, Eltern und Geschwister verloren haben, das auch tun sollten? Es einfach in der Vergangenheit lassen und nicht mehr darüber reden?«

Sie konnte sehen, dass ihre Reaktion ihn schockierte – nicht nur, was sie sagte, sondern dass sie überhaupt wagte, ihm in dieser Weise zu widersprechen. »Marie!«, sagte er warnend.

Doch sie war es leid, ihm etwas vorzumachen. »Was denn? Wirst du Onkel Karl davon erzählen, damit er wieder ein Gespräch mit mir führt?«

Bevor er etwas erwidern konnte, wandte sie sich ab und ging in ihr Zimmer. Sie spürte, wie ihr die Tränen in die Augen schossen. Marie sank aufs Bett. Sie wollte sich nicht mit ihrer Familie streiten. Auf einmal wurde ihr bewusst, wie einsam sie sich fühlte, wie fremd ihre Mutter und ihre Brüder ihr geworden waren.

»Marie?«

Helmut war, ohne dass sie es mitbekommen hatte, hinter ihr ins Zimmer getreten. Er schloss die Tür. Als er die Tränen in ihrem Gesicht sah, die sie hastig wegwischte, fuhr er sich durchs Haar. Plötzlich wirkte er hilflos. Er ließ sich ihr gegenüber auf einem Stuhl nieder. Marie blickte auf den Boden.

»Das war nicht ich, der Onkel Karl von deinen Fragen erzählt hat, sondern Fritz«, hörte sie ihn schließlich ruhig sagen. Überrascht hob sie den Kopf.

»Fritz?«

Er nickte und legte seine Hand auf ihre Schulter. »Marie, du bist meine Schwester, und ich würde alles für dich tun, aber du musst aufhören, diese Fragen zu stellen«, sagte er mit so ernster Miene, dass sie fast schon Angst bekam. Sie schwieg.

»Es gibt Gründe dafür«, setzte er hinzu.

»Glaubst du, ich weiß nicht, dass Vater nicht der unbescholtene ehrenhafte Offizier war, als den ihr ihn immer hinstellt?«, entgegnete sie bitter.

Sie konnte sehen, wie sich sein Kiefermuskel verhärtete und er um Beherrschung kämpfte. Er hasste es, wenn sie so über den Vater sprach, aber gleichzeitig zeigte sich auf seinem Gesicht noch ein anderer Ausdruck – er war besorgt.

»Bitte, Marie, vertrau mir, es ist besser für dich und alle anderen, wenn du die Vergangenheit ruhen lässt«, sagte er, und dabei schwang etwas beinah Flehentliches in seinem Ton.

»Ihr verheimlicht mir etwas«, stellte sie leise fest. »Warum sagst du mir nicht, was?«

»Wir schützen dich nur.«

»Aber ich will nicht geschützt werden. Ich will die Wahrheit wissen.« Ihre Augen funkelten vor Wut.

Helmuts Blick wurde hart. »Du wirst tun, was für die Familie das Beste ist. Du wirst aufhören, diese Fragen zu stellen und Mutter ständig zu provozieren.«

Er stand auf. Nachdem er ihr Zimmer verlassen hatte, starrte sie noch lange auf die Tür.

47

Nicht nur zu Hause war die Atmosphäre angespannt, sondern auch im Rat. Mitte des Monats war Blankenhorns Sekretärin krank geworden, und Marie sprang für sie ein. Mit Block und Stift bewaffnet, begleitete sie Blankenhorn den ganzen Tag durchs Haus, auch zu Adenauer. Die beiden Männer hatten schon seit einiger Zeit hinter verschlossenen Türen begonnen, über mögliches Personal einer zukünftigen Regierung zu sprechen. »Seien wir ehrlich, das ist ein Kreuz«, sagte Adenauer kopfschüttelnd, als er die Liste durchging, die Blankenhorn ihm gereicht hatte. »Die einen sind zu jung und unerfahren, die anderen zu belastet oder auf dem Schlachtfeld gefallen. Wie soll man damit einen Regierungsapparat aufbauen?«, fragte er ungehalten. Er war missgestimmt, was selten genug vorkam. Marie, die sich diskret im Hintergrund hielt, kannte den Grund dafür. Mit der Stimmung im Rat stand es schon länger nicht zum Besten, seitdem es im Dezember zu einem erbitterten Streit mit der SPD gekommen war. Man hatte Adenauer vorgeworfen, er habe versucht, die Militärgouverneure, die inhaltlich dem Programm der CDU näherstanden, in die Auseinandersetzung über die gegensätzlichen Auffassungen der Parteien mit hineinzuziehen. Die Angelegenheit hatte so hohe Wellen geschlagen, dass Adenauer schließlich eine öffentliche Erklärung abgegeben hatte, doch der Friede war damit nicht wiederhergestellt. Angriffe und Beschuldigungen waren überall im Rat zu hören und sogar in der Presse zu lesen, und es war danach schwierig gewesen, einen gemeinsamen Konsens zu finden.

Immerhin lenkten diese Ereignisse Marie ein wenig von zu Hause ab. Dort taten ihre Brüder und ihre Mutter so, als wäre alles wie immer. Aber es gab kleine Anzeichen, die nur zu deutlich werden ließen, dass etwas nicht stimmte: die sich häufenden Migräneattacken ihrer Mutter, in deren Gesicht sich selbst in entspannten Momenten ein ständiger Ausdruck der Besorgnis gebrannt zu haben schien; Helmuts bemühte Nettigkeit ihr gegenüber, die beinah etwas Verzweifeltes hatte, und Fritz' gute Laune, die auf einmal aufgesetzt wirkte. Als würden sie ein Theaterstück spielen, dachte Marie. Vor allem von Fritz fühlte sie sich verraten, seitdem sie wusste, dass er Onkel Karl informiert hatte.

Die Einzige, die die Anspannung zu Hause gelegentlich etwas löste, war Sonja, die immer regelmäßiger als Helmuts Freundin bei ihnen zu Gast war.

Auch Onkel Karl kam einige Male zu Besuch, öfter als früher. Angeblich, weil er mehr in Köln zu tun hatte. Marie wartete förmlich darauf, dass er sie auf ihre Auseinandersetzung mit Helmut ansprechen würde, doch zu ihrer Überraschung schien ihr Bruder ihm nichts davon erzählt zu haben. Als sie bei einem seiner sonntäglichen Besuche, an dem auch Sonja da war, in die Küche verschwand, um frischen Kaffee aufzubrühen, kam er ihr hinterher. »Sag mal, Marie, du warst doch im November mit Herrn Adenauer in Frankfurt, oder?«

Sie nickte nur mit einem unguten Gefühl im Bauch, während sie das heiße Wasser in den Filter nachgoss.

Er hatte sich neben sie an die Küchenzeile gelehnt. Seine Augen verengten sich. »Seltsam, denn es gab im November gar kein Treffen mit den Militärgouverneuren.«

Sie wandte den Kopf zu ihm und nahm nur am Rande wahr, dass Sonja auf der Schwelle zur Küche erschienen war. Am liebsten hätte sie ihm gesagt, dass ihn das alles überhaupt nichts anginge. Sie war jetzt einundzwanzig und volljährig. Sie konnte tun und lassen, was sie wollte!

Doch statt all das zu sagen, brachte sie keinen Ton über die Lippen und verspürte plötzlich Furcht. Weshalb interessierte es ihn, ob sie in Frankfurt gewesen war? Spionierte er ihr hinterher?

»Tja, da hat er dich erwischt, würde ich sagen«, sagte Sonja in diesem Augenblick in einem gespielt lockeren Tonfall und legte dabei den Arm um ihre Schultern. »Sie war wirklich nicht in Frankfurt, aber das dürfen Sie niemandem sagen, ja?« Sonja schenkte Karl ein verschwörerisches Lächeln, als wäre es von Bedeutung, ihn als Komplizen zu gewinnen.

»Wieso, wo warst du denn?«, fragte er zu Marie gewandt. Es war offensichtlich, dass Sonjas Intervention ihn irritierte.

Marie hatte es dagegen für einen Moment die Sprache verschlagen.

»Du kannst es ihm ruhig sagen, dass du jemand kennengelernt hast«, ergriff Sonja an ihrer Stelle das Wort und stupste sie dabei freundschaftlich in die Seite. »Dein Onkel war doch auch mal jung und wird das bestimmt verstehen.« Sie zwinkerte Karl erneut zu, und Marie begriff endlich, dass die Freundin ihr helfen wollte. Sie bemühte sich, in Sonjas Spiel miteinzusteigen. »Es stimmt, ich habe mich mit jemandem getroffen, einem Mann … Du weißt ja, wie meine Brüder mit ihrem Beschützerinstinkt sind. Bitte erzähl ihnen und Mutter nichts.«

Karls Überraschung schien echt. »Nun ja … du solltest zumindest deiner Mutter etwas sagen.«

»Die würde es doch sofort Helmut berichten«, wandte sie ein. Hoffentlich ahnte er nicht, dass ihre Brüder in Wirklichkeit keinerlei Probleme hatten, wenn sie sich mit einem Mann traf.

»Sie haben versprochen, nichts zu verraten«, sagte Sonja zu Karl, die noch immer den Arm um Marie gelegt hatte.

Das hatte er streng genommen nicht, aber er nickte trotzdem, stellte Marie erstaunt fest. Aus irgendeinem Grund schien er beinah erleichtert, und sie begaben sich schließlich alle zurück ins Wohnzimmer.

Später, als Karl bereits gegangen war, bedankte Marie sich bei Sonja. »Aber nicht doch«, sagte die Freundin. Sie hatten ihre Jacken übergeworfen und standen auf der Terrasse. Ein wenig sehnsuchtsvoll schaute Sonja dabei auf die Zigarette, die sich Marie angezündet hatte. »Dein Onkel hat schon ein paar Mal versucht, mich über dich auszufragen. Ich mag ihn nicht«, setzte sie ehrlich hinzu.

Ihre Worte verstärkten Maries Furcht. Warum tat Karl das? Was hatte Helmut noch gesagt? *»Wir wollen dich nur schützen.«* Aber wovor? War die Vergangenheit ihres Vaters tatsächlich der einzige Grund, weshalb sie solche Angst vor ihren Fragen hatten?

»Und sagst du mir jetzt, wo du im November wirklich warst?«, fragte Sonja. Sie gingen ein Stück durch den Garten.

Marie nickte. »Aber du musst mir schwören, dass du kein Wort zu Helmut oder jemand anderem darüber verlierst.«

Sonja hob die Hand. »Ehrenwort.«

Und dann berichtete sie ihr von Nürnberg, von Lina und von Jonathan und wie sie ihn erst bei dem Prozess und wenig später in Bonn wiedergesehen hatte. Nur von den Nachforschungen zu ihrem Vater erwähnte sie nichts.

Sonja blickte sie ungläubig an. »Und das hast du alles vor mir geheim gehalten?«

Ein schuldbewusster Ausdruck huschte über Maries Gesicht. Sie hatte ihre Zigarette längst aufgeraucht und zündete sich eine zweite an. »Ich dachte, du würdest das merkwürdig finden mit Nürnberg.«

Sonja sah kurz zum Haus. »Gib mir mal einen Zug«, sagte sie. Marie reichte ihr die Zigarette, und sie inhalierte mit Genuss einen tiefen Zug. »Ehrlich gesagt kann ich es auch nicht verstehen, dass du dort hingehst«, antwortete sie zögernd und ein wenig distanziert. »Aber das ist ja deine Sache. Nur stell dir vor, wenn deine Familie davon wüsste.«

Marie verspürte einen leisen Stich, dass die Freundin sie nicht verstand.

»Erzähl mir lieber von Jonathan. Die Sache finde ich viel interessanter«, forderte Sonja sie auf, bemüht, das Thema zu wechseln. »Du bist verliebt!«

»Ja, das bin ich.« Marie nahm ebenfalls einen tiefen Zug, während sie in den dunklen Himmel schaute, der nur von einigen Sternen erhellt wurde. Sie hatte einige Male mit Jonathan telefoniert, seine Nachforschungen würden noch etwas dauern, und er hatte ihr auch geschrieben.

Es war nur ein kurzer Brief, doch er war ungewöhnlich persönlich gewesen, und er hatte ihr darin noch einmal gesagt, wie viel sie ihm bedeute. Unter ihrem Bett gab es eine lose Bodendiele, unter der sich ein Hohlraum befand – dort hatte sie seine Zeilen zusammen mit den Karten von ihm versteckt, damit weder ihre Brüder noch ihre Mutter sie finden konnten. Ein leichtes Lächeln glitt bei dem Gedanken an Jonathan über ihre Lippen. Es gab kaum einen Augenblick, in dem sie nicht an ihn dachte, und auch wenn ihre Angst groß war vor dem, was er über ihren Vater herausfinden würde, fieberte sie ihrem Wiedersehen entgegen.

Jonathan

48

März …

Es war kühl in dem Café. Draußen regnete es, und die Feuchtigkeit zog durch die undichten Ritzen der Fenster. Er wünschte, es hätte einen intimeren Ort gegeben, an dem sie sich hätten treffen können. Aber die einzige Alternative wäre sein Hotelzimmer gewesen. Zumindest war es nicht zu voll hier, stellte er fest. Jonathan suchte einen Tisch ganz hinten in der Ecke aus, wo sie ungestört sein würden.

Er hatte vor dem Eingang auf Marie gewartet, und als sie auf ihn zukam, hatte er sie ohne ein Wort zu sich unter den Regenschirm gezogen und geküsst. Die Gefühle, mit der sie seine Umarmung erwidert hatte, ließen ihn einmal mehr wünschen, es hätte einen anderen Grund für ihr Treffen gegeben. Es würde nicht leicht werden.

Er musterte ihr Gesicht, das – kaum dass sie sich gesetzt hatten – sofort ernst wurde. »Bitte, sag es mir einfach. Was hast du über meinen Vater herausbekommen?« Ihre Stimme klang halb erwartungsvoll, halb voller Angst.

Er legte die Mappe auf den Tisch. »Es war für meinen Informanten nicht besonders schwierig, den Lebenslauf deines Vaters zu recherchieren. Nur für seine Zeit in Polen und Russland hat er etwas länger gebraucht«, begann er vorsichtig, doch dann zögerte er.

»Du musst mich nicht schonen. Dass mein Vater an schlimmen Dingen beteiligt war, habe ich inzwischen auch so verstanden«, sagte Marie voller Bitterkeit und mit einem Ausdruck, der ihm etwas über die schlaflosen Nächte verriet, von denen sie ihm am Telefon berichtet hatte.

»Ich wünschte, ich könnte dir etwas anderes sagen, Marie.« Er griff nach der Mappe, die er mitgebracht hatte. »Dein Vater hat im Amt II, in der sogenannten Gegnerforschung, gearbeitet. Er war Kommandeur der Sicherheitspolizei und des SD und bereits 1939 und 1940 als Einsatzkommandoleiter für kürzere Zeit in Polen ...« Jonathan brach ab. Sie war bleich geworden, denn sie schien zu wissen, was das bedeutete.

»Das ist nicht alles, oder?«, fragte sie.

»Nein«, gab er zu und fuhr sich müde durchs Haar. Er hasste es, ihr davon zu erzählen, aber es war ihr Recht, die Wahrheit zu erfahren. »1942 war dein Vater einige Monate in Auschwitz und dann in einem anderen Konzentrationslager in der Nähe der russischen Grenze. Er war für die Vernehmungen und Überwachungen zuständig, bevor er später weitere Einsatzkommandos in Russland geleitet hat ...«

Ein zunehmendes Entsetzen zeichnete sich auf ihren Zügen ab. »Ich habe in der Zeitung einen Artikel über diese Einsatzkommandos gelesen. Sie haben gezielt Menschen umgebracht, nicht wahr? Genau wie in den Lagern.« Es war mehr eine Feststellung als eine Frage. Er konnte sehen, wie etwas in ihr zerbrach – ein Rest von Unschuld, von Naivität und auch Vertrauen. Doch er wusste, dass es keinen Sinn hatte, ihr etwas vorzumachen.

»Ja, man hat alle die ermordet, die nicht ins nationalsozialistische Weltbild passten oder eine Gefahr darzustellen drohten. ›Säuberungen‹ wurde das genannt. In den Gebieten sollten später Deutsche angesiedelt werden.«

Marie hatte den Kopf zum Fenster gewandt. Der Tee, den

der Kellner irgendwann gebracht hatte, stand noch immer unberührt vor ihr. Ihre Hand zitterte etwas, als sie die Finger ineinander verschränkte. »Ich kann nicht glauben, dass er das getan hat, dass mein Vater Unschuldige ermordet hat. Bei diesen Einsatzkommandos wurden nicht nur Männer ermordet, sondern oft auch Frauen und Kinder, oder?«, stieß sie hilflos hervor.

Sie presste ihre Finger so fest aneinander, dass ihre Knöchel weiß hervortraten. Tränen standen in ihren Augen.

»Ja.« Er unterließ es, Marie davon zu erzählen, dass er während des Krieges einmal selbst unfreiwillig Zeuge einer solchen »Säuberung« geworden war. Sie waren mit einer kleineren Einheit der Wehrmacht in den Wäldern unterwegs gewesen, als sie Schüsse gehört hatten und auf einer Lichtung auf ein Einsatzkommando von SS-Leuten gestoßen waren, die dort kalt und routiniert ihre Arbeit durchgeführt hatten. Es waren auch Kinder und Greise darunter, und er hatte sich beim Anblick der Toten, die zum Teil übereinandergefallen waren, übergeben müssen. Er sah noch immer vor sich, wie ein alter Mann im Tode ein kleines Mädchen schützend mit den Armen umklammert hielt – die Augen weit aufgerissen, war er mit ihr auf den schlammigen Boden gestürzt. Diese Bilder verfolgten ihn bis heute. Nur einen Tag später war Jonathan bei einem Gefecht schwer verletzt worden, und er war dankbar dafür gewesen.

Er griff ihre Hand. »Marie …«

Doch sie unterbrach ihn mit tränenerstickter Stimme. »Weißt du, dass mein Vater mir als Kind einmal geholfen hat, einen kleinen Spatz zu retten, der aus dem Nest gefallen war? Wir haben ihm mit einer Pipette Nahrung gegeben. Einem Vogel! Wie konnte er das tun und gleichzeitig diese Menschen umbringen?«

»Ich weiß es nicht, Marie«, sagte er ehrlich. Nicht wenige

von diesen Männern waren genau wie ihr Vater liebende Ehemänner und Väter gewesen, die sich um ihre Familie, ihre Freunde und Nachbarn gekümmert und erst Hunderte Kilometer entfernt von zu Hause, im Krieg, zu ihrem anderen grausamen *Ich* gefunden hatten.

»Kann ich das lesen?« Sie deutete auf die Mappe.

»Ja, natürlich. Es ist für dich.« Sie griff danach und blätterte die wenigen beschriebenen Seiten durch, auf denen die beruflichen Stationen ihres Vaters aufgelistet waren.

»Er war in Maly Trostinez?«

Irritiert, dass ihr der Name des Lagers in der Nähe der russischen Grenze überhaupt etwas sagte, nickte er.

Obwohl sie bereits zuvor blass gewesen war, schien mit einem Mal auch die letzte Farbe aus ihren Wangen zu weichen.

»Ich glaube, ich muss hier raus ...«, stieß sie hervor und stand hastig auf. Jonathan legte eilig einen Geldschein auf den Tisch und folgte ihr.

Draußen hatte es aufgehört zu regnen, doch es war noch immer kühl. Marie stand auf der anderen Straßenseite, gegen einen Baum gelehnt, und starrte in die Dunkelheit.

Er legte seine Hand auf ihre Schulter, die bebte. »Linas Vater und Bruder sind in Maly Trostinez umgekommen«, erklärte sie leise und weinte. Er begriff, wie furchtbar diese Entdeckung für sie sein musste, und strich ihr beruhigend über den Rücken.

Schweigend liefen sie schließlich ein Stück die Straße entlang. »Kein Wunder, dass meine Familie und der Patenonkel meiner Brüder solche Angst haben, dass jemand durch meine Fragen etwas über meinen Vater erfahren könnte«, sagte sie und wischte sich im Laufen die Tränen aus dem Gesicht.

Jonathan, der noch immer den Arm um sie gelegt hatte, horchte auf. »Der Patenonkel deiner Brüder?«

»Ja.« Marie berichtete ihm von dem unangenehmen Gespräch, das sie damals mit ihm gehabt und wie er sie dabei unter Druck gesetzt hatte.

Jonathan runzelte die Stirn. »Die Befürchtungen von diesem Karl hören sich ehrlich gesagt etwas übertrieben an. Es gibt bei uns doch keine Sippenhaft. Du kannst nichts dafür, was dein Vater getan hat.«

»Ich fand seine Reaktion auch merkwürdig.«

»Bereust du, dass du es jetzt weißt?«, fragte er.

Sie schüttelte den Kopf. »Nein, im Gegenteil. Aber ich hätte nie geglaubt, dass ich das einmal sagen würde – ich bin froh, dass mein Vater tot ist ...« Sie blieb stehen, und in ihren Augen spiegelte sich plötzlich ihre ganze Verzweiflung. »Ich kann heute Abend einfach nicht nach Hause, zu ihnen nach Köln, zurück. Kann ich bei dir bleiben?«, fragte sie leise.

49

Das Hotel *Zum Adlerhof* lag nicht weit entfernt. Er musste dem Nachtportier einen Geldschein in die Hand drücken, damit Marie mit aufs Zimmer kommen durfte. »Sie wissen schon, laut der Hausordnung müssen Sie verwandt oder verheiratet sein«, sagte er. Das schmierige Lächeln, das über sein Gesicht glitt, ließ Jonathan einen Moment um Beherrschung kämpfen. Es störte ihn, dass man sie für irgendeine billige Geliebte halten könnte. Er warf dem Portier einen finsteren Blick zu, bevor er sich mit Marie zur Treppe wandte.

Sein Zimmer befand sich im dritten Stock. Es war sauber und zweckmäßig eingerichtet und verfügte über ein Doppelbett. Jonathan knipste den Schalter der altersschwachen Stehlampe und auch den der Nachttischleuchte an, die den Raum etwas erhellten. Marie sah sich kurz in dem Zimmer um – auf einem kleinen Tisch lagen seine Unterlagen und auf dem Sessel daneben ein Hemd von ihm. Sie knöpfte ihren Mantel auf, den er ihr abnahm, bevor sie zum Fenster ging. »Bei Tag kann man von hier aus das Siebengebirge sehen«, sagte er und trat zu ihr.

Sie drehte sich zu ihm. Ihre Augen waren noch immer vom Weinen gerötet, doch in ihrem Gesichtsausdruck lag etwas unerwartet Erwachsenes und Weibliches. »Danke für alles, Jonathan. Ich wüsste nicht, was ich ohne dich tun würde …«

»Danke mir nicht dafür, Marie. Ich hätte dir gerne etwas anderes berichtet.« Er strich durch ihr Haar, das sie offen trug, und etwas an der Stimmung änderte sich auf einmal, als ihre Blicke sich trafen. Ihm wurde bewusst, dass sie das erste Mal allein in einem Raum waren.

Ehe er sich's versah, hob sie den Kopf und legte ihre Hand um seinen Hals, um ihn sanft zu sich zu ziehen. Er fühlte ihre weichen Lippen, als sie ihn küsste, und einige Augenblicke gab er sich dem hin. Obwohl er spürte, wie tief seine Gefühle für sie gingen und wie sehr er sie begehrte, versuchte er dann, sich wieder von ihr zu lösen. Zu sehr fürchtete er, dass sich die Dinge vermischen würden, dass jetzt nicht der richtige Moment war und Marie es später bereuen könnte.

Doch zu seiner Überraschung ließ sie ihn nicht los, sondern suchte mit unerwarteter Festigkeit seinen Blick. »Bitte, sei nicht so anständig und weise mich zurück, Jonathan«, sagte sie leise. »Ich brauche dich. Nicht nur, weil ich es vergessen und hinter mir lassen will, sondern weil ich mich so nach dir gesehnt habe.« Etwas Verzweifeltes und derart Entschlossenes lag in ihrer Stimme, dass er nicht länger gegen sich selbst ankämpfte. Er legte die Hände um ihre Taille und zog sie zu sich. Einen Augenblick betrachtete er sie nur, bevor er sich schließlich zu ihr beugte und sie sich erneut küssten – sanft, doch schon bald von einer fiebrigen Leidenschaft erfüllt, in der sich all die Emotionen und die Spannung zu entladen schienen, die es von Beginn an zwischen ihnen gegeben hatte.

Er konnte hören, wie ihr Atem schneller ging und sie sich ihm entgegendrängte. Zwischen ihren hungrigen Küssen und Umarmungen gelangten sie irgendwie vom Fenster zum Bett, und sie streiften ihre Kleidung ab. Als sie nackt vor ihm lag, hielt Jonathan für einen Moment inne. Mit den Fingern strich er die Kontur ihres Körpers nach, der ihm so unendlich zerbrechlich schien.

Ihre Augen hatten sich vor Sehnsucht verdunkelt. »Ich liebe dich«, sagte Marie leise, bevor sie es war, die ihn nun zu sich zog, und er plötzlich begriff, wie tief seine Gefühle für sie gingen und, dass es keinen falschen Moment zwischen ihnen geben konnte.

Sehr viel später, als sie nebeneinander im Bett lagen und sie sich mit einer Natürlichkeit an ihn schmiegte, als wären sie schon lange ein Paar, stellte er fest, dass er sich eine Zukunft mit ihr wünschte. Vielleicht war genau das der Grund, warum ihm etwas, das sie ihm vorhin bei ihrem Gespräch anvertraut hatte, einfach nicht aus dem Sinn gehen wollte. Unruhig spielten seine Finger mit einer Strähne ihres Haars. »Marie, würdest du mir einen Gefallen tun – erzähl deiner Familie vorerst noch nicht, was du über deinen Vater weißt. Irgendetwas an diesem Gespräch mit dem Patenonkel deiner Brüder gefällt mir nicht. Ich würde über meinen Informanten gerne erst noch ein paar Erkundigungen über ihn einziehen.«

Sie nickte. »Ja, natürlich. Ehrlich gesagt macht mir Onkel Karl sogar ein wenig Angst«, gestand sie.

Da er sie nicht zusätzlich beunruhigen wollte, verschwieg er ihr, dass Leo ihn gewarnt hatte, er solle vorsichtig sein, weil Freunde von Hermann Weißenburg noch lebten und diese es ganz sicher nicht mögen würden, wenn man ihnen auf die Füße trat.

Er verschränkte seinen rechten Arm hinter dem Kopf.
»Wie heißt dieser Karl eigentlich mit Nachnamen?«
»Hüttner. Ich glaube, mein Vater und er sind zusammen zur Schule gegangen«, erwiderte sie.
»Karl Hüttner also.« Er nickte und fragte sich, woher nur die Besorgnis kam, die er auf einmal verspürte.

1

Südtirol, Juni 1949, drei Monate später

Vera

50

Sie war ein wenig durch Sterzing gelaufen. Nach ihrem Gespräch mit Leo vom Vortag ließ sie die Frage nicht los, warum Jonathan wohl Nachforschungen über den verstorbenen Hermann Weißenburg angestellt hatte. Sie musste unbedingt versuchen, mit den Angehörigen in Köln Kontakt aufzunehmen, sobald sie hier mit ihren Recherchen weitergekommen war. Während Vera durch die Straßen lief, fühlte sich ein Teil von ihr, als würde sie ein Theaterstück für ihre Verfolger aufführen. Sie machte einige Fotos von den engen Gassen und Häusern, die sie für die Reportage über Magda verwenden konnte. Insgeheim hielt sie jedoch Ausschau nach einem Laden, den sie schließlich in einer der Straßen fand. *Hubert Baschke – Zeitungen und Papierwaren.* Das waren der Name und die Adresse, die Jonathan notiert hatte.

Als sie die Ladentür öffnete, sah sie, dass zwei Kunden in dem Geschäft waren. Vera schlenderte zu dem Postkartenständer und tat so, als würde sie sich die Karten anschauen, während sie wartete, bis die anderen gezahlt hatten.

»Kann ich Ihnen vielleicht helfen?«, wandte sich der grauhaarige Mann hinter der Kasse zu ihr, als sie allein waren.

»Sind Sie Herr Baschke?«

Er nickte. Sie schaute ihn an: Er war um die sechzig, hatte dunkelbraune Augen und ein freundliches Gesicht. Dennoch befielen sie Zweifel. Konnte sie ihm vertrauen – nur weil Jonathan seinen Namen und seine Adresse notiert hatte? Seitdem Tagini ihr erzählt hatte, dass in Innsbruck jemand Fragen nach ihr gestellt habe, war ihr in doppelter Weise bewusst, in welche Gefahr ihre Nachforschungen sie bringen konnten.

»Ich komme aus Berlin. Jonathan Jacobsen hat mir Ihre Adresse gegeben«, sagte sie schließlich.

Seine dunkelbraunen Augen wurden wachsam. »Ja?«

»Er hat einen Unfall gehabt.«

»Was?«

Seine Betroffenheit wirkte aufrichtig. »Er ist tot«, setzte sie leise hinzu.

Sie bemerkte, wie Baschke erstarrte und gleichzeitig zur Tür blickte, denn ein Kunde kam auf den Eingang zu. »Hier können wir nicht sprechen«, sagte er hastig. »Ich schließe in einer Stunde. Kommen Sie zum Hintereingang des Ladens, und sehen Sie zu, dass Sie niemand dabei beobachtet.«

Obwohl Vera von allein darauf geachtet hätte, fand sie es beunruhigend, dass er glaubte, sie noch einmal darauf hinweisen zu müssen. Sie nickte.

Die Ladenglocke ertönte, und der Kunde von draußen kam herein. Um nicht aufzufallen, reichte sie Hubert Baschke die beiden Postkarten. »Die dann bitte«, sagte Vera laut und legte das abgezählte Geld auf den Tisch.

Sie nutzte die Stunde, um in einem Café etwas zu trinken, bevor sie sich zur verabredeten Zeit zurück zum Laden begab. Dabei nahm sie einen Umweg und vergewisserte sich mehrmals, dass ihr niemand folgte. Der Hintereingang des Geschäfts befand sich in einer schmalen Gasse, in der sich Schuppen, Garagen und Lagerräume aneinanderreihten. Es roch nach Abfall und Unrat, und ein leichtes Unbehagen erfasste sie. Wenn sie um Hilfe schrie, würde sie hier niemand hören. Zu ihrer Erleichterung musste sie nicht lange warten, bis Baschkes Gestalt aus dem Laden kam. Er schloss die Tür hinter sich ab, sah sich um, ob sie auch von niemandem beobachtet wurden, und bedeutete ihr dann, ihm zu dem Eingang eines Schuppens gegenüber zu folgen.

Das Gebäude besaß keinerlei Fenster, doch der Ladenbesitzer zog an einer Schnur, und Augenblicke später erhellte eine Glühbirne den Raum. Es war warm und stickig, und um sie herum standen hohe Regale an den Wänden, die mit Waren, Kartons, alten Gegenständen und sogar Schrottteilen gefüllt waren.

»Entschuldigen Sie, aber letzte Woche sind zwei Männer bei mir aufgetaucht und haben mir Fragen gestellt, worüber ich mich mit Herrn Jacobsen unterhalten habe. Es ist besser, wenn wir vorsichtig sind«, sagte er zu Vera.

Sie schaute ihn überrascht an, da Jonathan letzte Woche schon tot gewesen war. »Waren die Männer von der Polizei?«

Er schüttelte den Kopf. »Nein, es waren Deutsche, und sie waren nicht besonders freundlich«, setzte er grimmig hinzu. »Ich hatte Mühe, sie davon zu überzeugen, dass Herr Jacobsen bei mir nur Papier und Zeitungen gekauft hat und wir uns dabei auch über die Flüchtlingsströme in der Gegend unterhalten haben.«

Ein beklemmendes Gefühl ergriff Vera. Warum waren die Männer hier nach seinem Tod aufgetaucht? Ihr fielen wieder die angeblichen Kripobeamten ein, die nach Jonathans Tod in Berlin in die Redaktion gekommen waren.

»Setzen Sie sich doch.« Baschke deutete auf zwei größere Holzkisten, die als Sitzgelegenheit gedacht waren, und holte, versteckt zwischen einigen Kartons in einem Regal, eine Flasche Weinbrand mit zwei Gläsern hervor. »Und Herr Jacobsen ist wirklich tot?«, fragte er bedrückt, während er die Flasche öffnete und eingoss. Er reichte ihr ein Glas, während sie sich beide auf den Kisten niederließen und sie einen Schluck tranken. Der Alkohol brannte in der Kehle.

»Ja«, sagte Vera schließlich. Sie hatte beschlossen, dem Ladenbesitzer zu seiner eigenen Sicherheit nicht zu erzählen, dass Jonathan nicht durch einen unglücklichen Zufall umgekommen war, sondern man ihn ermordet hatte. »Herr Jacobsen und ich waren nicht nur Kollegen, sondern auch eng befreundet«, erklärte sie mit belegter Stimme. »Deshalb möchte ich seine Reportage zu Ende schreiben. Würden Sie mir erzählen, worüber Sie sich genau unterhalten haben? Es ging nicht einfach nur um die Flüchtlingsströme, nicht wahr?«

»Nein. Herr Jacobsen wollte etwas über die Nazis und Kriegsverbrecher wissen, die regelmäßig die Grenze überqueren«, berichtete Baschke ehrlich. »Offen gesagt fand ich es gut, dass jemand diese Tatsache an die Öffentlichkeit bringen will. Es gibt hier einige, die so wie ich denken, aber niemand traut sich etwas zu sagen.« Er betrachtete das Glas, das beinah gänzlich zwischen seinen großen faltigen Händen verschwand.

»Sie meinen, dass so viele von diesen Nazis ungehindert nach Südtirol und Italien kommen?«, fragte Vera, die sich sofort wieder an ihr Gespräch mit Tagini erinnerte.

Er nickte finster. »Ja, das ist einfach nicht richtig. Nicht nach dem, was die getan haben.«

Vera fragte sich, ob es persönliche Erfahrungen waren, die ihn diese Worte sagen ließen.

»Mein Bruder lebte in Österreich. Er war Kommunist und ist ins Lager gekommen«, erklärte er, als würde er etwas von ihren Gedanken ahnen. »Er hat nicht überlebt.« Die Falten in Baschkes Gesicht schienen mit einem Mal tiefer, und er trank den Rest des Weinbrands mit einem Schluck aus.

»Das tut mir leid«, sagte sie leise.

Er starrte auf seine Hände. »Schreiben Sie diese Reportage. Die Menschen sollten das wissen. Das habe ich Herrn Jacobsen auch gesagt.«

»Ich werde mein Bestes geben«, versprach sie. »Ich würde

Ihnen allerdings gerne noch ein paar Fragen stellen«, fuhr sie fort. »Wenn Sie eine Zahl schätzen müssten, was glauben Sie, wie viele Nationalsozialisten und Kriegsverbrecher hier in den letzten Jahren ungefähr über die Grenze gekommen sind?«

Er dachte nach. »Ich kann keine genaue Zahl nennen, aber auf jeden Fall sind es nicht nur einige Hundert gewesen, sondern eher Tausende.«

»Tausende? Meinen Sie das ernst?«

Er zuckte resigniert die Schultern. »Es sind ja nicht nur die ehemaligen Nazis und Kriegsverbrecher aus Deutschland, sondern auch die ganzen Faschisten und SS-Angehörige aus anderen Ländern. Die sind alle auf der Flucht und mischen sich unter die anderen Flüchtlinge.«

»Aber das müssten die Besatzungsmächte doch mitbekommen?«, entfuhr es Vera ungläubig.

»Vielleicht wollen sie ja gar nichts mitbekommen«, entgegnete er. »Und Südtirol entzieht sich in gewisser Weise auch ihrer militärischen Kontrolle. Die Truppen der Alliierten sind hier schon im Dezember 1945 abgezogen worden, und die Region hier war lange eine Art staatliches und territoriales Niemandsland. Der größte Teil der Bevölkerung in dieser Region fühlt sich außerdem so solidarisch mit den Deutschen, dass sie sie zumindest nicht verraten würden. Viele einflussreiche Nazis haben noch aus der Zeit vor dem Krieg Verbindungen zu den Einheimischen. Einige haben ihre Familien ja schon vor Kriegsende hier in Sicherheit gebracht.«

Vera verspürte einen schalen Geschmack im Mund, der nicht vom Weinbrand herrührte. »Und die anderen Flüchtlinge? Wie reagieren sie, wenn sie das mitbekommen?«

Er lachte bitter auf. »Die halten den Mund, weil sie selbst nicht entdeckt werden wollen. Es gibt ein Gasthaus, nicht weit entfernt von hier, da bringen sie manchmal im ersten Stock die Juden unter und unten im Erdgeschoss die Nazis.«

51

Obwohl Tagini ihr bereits einiges angedeutet hatte, war es noch einmal etwas völlig anderes, das alles so offen und direkt von Baschke zu hören. Wie sie von dem Ladenbesitzer erfuhr, spielte in Südtirol nicht nur die Bereitschaft der Bevölkerung, Deutsche zu verstecken, eine Rolle, sondern auch die Kirche. Er riet ihr, wenn sie mehr erfahren wollte, sich mit einem Franziskanerpriester namens Pater Luciano in Verbindung zu setzen, der in der Gegend zwischen Sterzing und Brixen eine kleine Wallfahrtskirche seelsorgerisch betreute. Vera entsann sich, dass der Name des Geistlichen auch in Jonathans Unterlagen aufgeführt war, und dankte Baschke für das Gespräch.

Er ließ sie als Erste aus dem Schuppen gehen, nachdem er sich erneut vergewissert hatte, dass niemand in der Gasse zu sehen war. Für einen kurzen Augenblick meinte Vera, hinter einem der Lagerräume einen Schatten wahrzunehmen. Doch dann sah sie, dass es nur eine Katze war, die elegant auf einen Mauervorsprung sprang. Vera atmete tief durch. Sie fragte sich, ob sie dieses Gefühl je wieder loslassen würde, dass jedes Geräusch sie hochschrecken ließ und jeder Mensch, der ihren Weg kreuzte oder in ihre Richtung schaute, ihr Misstrauen weckte.

Auf dem Weg zurück zur Pension bemühte sie sich, ihre Gedanken zu ordnen und sich vor Augen zu führen, was sie bisher wusste: Jonathan hatte Nachforschungen nach einem verstorbenen Mann namens Weißenburg angestellt und kurz darauf Erkundigungen nach diesem Hüttner und zwei anderen Wehrmachtsoffizieren eingeholt. Die drei hatten versucht, in Südtirol unterzutauchen, wo es hilfreiche Verbindungen und Unterstützung für ehemalige Nationalsozialisten gab, wie Vera jetzt wusste. Sie nahm an, dass Jonathan genauso schockiert gewesen war wie sie, als er erfahren hatte, dass sich die Flüchtlingszahlen von ehemaligen Nationalsozialisten und Faschisten nicht nur auf ein paar Dutzend Einzelfälle, sondern auf solche großen Zahlen beliefen.

Grübelnd lief sie weiter und beschloss, am nächsten Tag diesen Pater Luciano aufzusuchen.

Um nach außen hin weiter ihre Arbeit an der Reportage von Magda zu demonstrieren, stattete sie am Vormittag zunächst einem Gasthof in Sterzing einen Besuch ab, in dem die Melinyks einige Nächte verbracht hatten. Der Wirt war ein gesprächiger Mann und ließ sie bereitwillig Fotos machen, erinnerte sich aber leider nicht an die Familie, als sie ihm ein Bild von ihnen zeigte. »Tut mir leid, das waren so viele, die hier langgekommen sind, und geblieben sind sie ja nur ein, höchstens zwei Nächte. Wir haben in den Ställen damals extra Heu aufgeschichtet. Da konnten sie für ein paar Lire schlafen und sich am Brunnen waschen. Ein Zimmer konnten sich die meisten ja gar nicht leisten«, sagte er ein wenig abschätzig. Veras Blick glitt durch den leeren Stall, in dem der Geruch von Kuhmist in der Luft hing, und für einen Augenblick hatte sie das Gefühl, die Familie und ihre Kinder vor sich zu sehen, die nach der anstrengenden Grenzüberquerung hier erschöpft in den Schlaf gefallen waren.

Sie bedankte sich bei dem Wirt für das Gespräch und fragte ihn noch nach dem Weg zu der Wallfahrtskirche. »Am besten nehmen Sie den Bus. Zu Fuß ist das ein bisschen weit. Die Kirche liegt sehr schön, aber es gibt andere in der Gegend, die sind sehenswerter.«

»Ja, das glaube ich, aber meine Eltern haben hier früher einmal Urlaub gemacht und immer so von dieser kleinen Kirche geschwärmt«, log sie.

»Na, dann verstehe ich Sie«, sagte er und erklärte ihr, wie sie zu der Bushaltestelle kam.

52

Die kleine Wallfahrtskirche war weiß getüncht und lag auf einem Abhang versteckt zwischen den Bergen, sodass man sie nicht sofort von Weitem sehen konnte. Außer einem kleinen Steinhaus gab es keine Gebäude in der Nähe, doch wie Vera aus ihrem Reiseführer wusste, verlief genau hier eine bekannte Wanderroute, die bis nach Süditalien führte.

Sie blieb am Abhang stehen und strich sich das Haar aus dem Gesicht. Obwohl die Temperaturen hier oben in den Bergen kühler als in Innsbruck waren, war ihr bei dem Anstieg heiß geworden.

Die Kirche lag so still vor ihr, als sie oben ankam, dass sie schon befürchtete, sie wäre verschlossen. Doch der Knauf der schweren Tür ließ sich wider Erwarten mit einem Quietschen öffnen. Mehrere schmale Reihen Sitzbänke befanden sich im Inneren. Durch ein bemaltes Glasfenster fiel Licht auf den Altar und eine Statue der Jungfrau Maria. Eine friedliche Atmosphäre erfüllte den Raum.

Von einem Priester fehlte allerdings jede Spur. Enttäuscht ließ Vera den Blick durch die Kirche gleiten, als sie aus Richtung des Beichtstuhls das leise Gemurmel von Stimmen hörte.

Sie setzte sich auf eine der Bänke und fragte sich, wie viele Jahre es her war, dass sie in einer Kirche gewesen war.

Das Knarren der Beichtstuhltür riss sie aus ihren Gedanken. Ein weißhaariger Priester und ein junger Mann, dessen Augen gerötet waren und der sichtlich mitgenommen wirkte, traten in den Seitengang des Kirchenschiffs. Der Geistliche redete beruhigend auf ihn ein und begleitete ihn zum Ausgang. Als er zurückkam, erhob Vera sich von der Bank.

»Möchten Sie auch beichten, mein Kind?«

Sie war evangelisch erzogen worden und behielt für sich, dass ihr der Glaube schon lange abhandengekommen war. »Nein, vielen Dank. Sind Sie Pater Luciano? Ich würde mich gerne mit Ihnen unterhalten, wenn Sie etwas Zeit hätten«, erwiderte sie höflich.

Er nickte und schien zu überlegen, was eine junge Frau wie sie wohl zu ihm in die Einsamkeit der Berge trieb. Sein Gesicht war von Falten zerfurcht. Sie schätzte, dass er weit in den Siebzigern sein musste, doch der Ausdruck seiner hellgrünen Augen war wach und lebendig und so aufmerksam, als würde er jede Regung an seinem Gegenüber wahrnehmen. Hätte sie das Bedürfnis verspürt zu beichten, wäre er ein Priester gewesen, dem sie sich gerne anvertraut hätte.

»Wenn es um keine seelsorgerischen Belange geht, lassen Sie uns ruhig nach draußen gehen«, sagte er.

Sie folgte ihm durch den Ausgang zur Rückseite der Kirche. Eine kleine Bank stand dort, von der aus man eine malerische Sicht über die Berge hatte. Er nahm Platz und bedeutete ihr, sich neben ihn zu setzen. »Was führt Sie zu mir? Sie kommen aus Deutschland, nicht wahr?«, erkundigte er sich, da ihre Aussprache offenbar sofort ihre Herkunft verriet.

»Ja, aus Berlin.« Wie Herrn Baschke am Vortag erzählte sie auch ihm von Jonathans Unfall und dass sie nun die Arbeit an seiner Reportage fortführen wolle. Sie merkte, wie schwer es ihr unter dem betroffenen Blick des Priesters fiel, über den Tod des Freundes zu sprechen.

»Es tut mir leid für Ihren Verlust. Ich sehe, dass Sie sehr trauern«, stellte er mit sanfter Stimme fest, und für einen kurzen Moment spürte sie, wie sich seine raue Hand in einer tröstenden Geste auf die ihre legte.

»Ja, das tue ich«, erwiderte sie ehrlich.

»Wenn wir sterben, lösen wir uns von unserer irdischen Existenz, aber der Tod ist nur ein Übergang, ein neuer Anfang – vergessen Sie das nicht.«

»Glauben Sie das wirklich, Pater?«, fragte sie. »Ich will nicht respektlos erscheinen, aber ist das nicht nur ein vermeintlicher Trost für die, die jemanden verloren haben? Sonst wäre doch gar nichts dabei, wenn jemand so früh stirbt und das Leben gewaltsam genommen wird, oder?« Sie merkte selbst, wie sich ein aggressiver Unterton in ihre Stimme geschlichen hatte.

»*Gewaltsam?*«, fragte er langsam. Ein leichter Wind strich durch sein schlohweißes Haar. »Ein Mord ist eine schwere Sünde, meine Tochter«, sagte er dann.

Vera musste sich zusammenreißen, ihn nicht anzufahren, dass er sie nicht so nennen solle, dass sie weder sein Kind noch seine Tochter sei. Sie wusste selbst nicht, woher die Wut auf einmal kam, die sie verspürte. Es schien ihr, als würde auf dieser Reise alles, was sie verdrängt hatte, Stück für Stück wieder an die Oberfläche gelangen und jemand ihre sorgfältig aufgebauten Schutzmauern einreißen.

»Gott wird die, die unrecht getan haben, eines Tages richten«, sagte der Pater, als würde er ahnen, wie sehr sie mit der Ungerechtigkeit auf dieser Welt haderte. »Manchmal, aber nicht immer, sind wir sein Werkzeug auf dem Weg dahin.«

Sie drehte den Kopf zu ihm. »Nun, die Kirche in Südtirol scheint eine recht eigenwillige Interpretation darüber zu haben, dieses Werkzeug zu sein, wenn Sie mir die Bemerkung erlauben.«

»Sie spielen auf mein Gespräch mit Ihrem Freund, Herrn Jacobsen, an? Ja, das stimmt. Und glauben Sie mir, ich finde das nicht richtig. Doch ich bin alt, und es ist mir leider nicht mehr gegeben, die Dinge zu ändern.« Zum ersten Mal, seit sie sich unterhielten, sah man ihm seine Jahre tatsächlich an, und er wirkte müde.

»Stimmt es denn, dass die Kirche hier in Italien vielen Kriegsverbrechern hilft?«, fragte sie, um endlich wieder auf den eigentlichen Anlass ihres Besuchs zu sprechen zu kommen.

»Nun, viele Geistliche würden es sicherlich anders ausdrücken – als einen Weg der Barmherzigkeit, den man verirrten Seelen öffnet, um sie wieder im Schoß der Kirche aufzunehmen«, erwiderte er überraschend bitter. Er drehte sich zu ihr. »Sehen Sie, in Südtirol gab es nicht nur in der Bevölkerung, sondern auch auf der Ebene der Diözese schon lange eine sehr enge Verbindung zu Deutschland. Der Generalvikar Pompanin, der die rechte Hand des Bischofs von Brixen ist, hat schon immer alles Italienische gehasst und war ein Freund der Nationalsozialisten. Eine offene Kritik an der Ideologie des deutschen Regimes war damals unerwünscht, und umgekehrt waren die Nationalsozialisten intelligent genug, in dieser Region nie einen Machtkampf mit der Kirche anzufangen.«

»Wollen Sie damit sagen, dass dieses Zusammengehörigkeitsgefühl mit den Deutschen erklärt, warum man Kriegsverbrechern hilft, unbescholten davonzukommen?«, entgegnete sie ein wenig gereizt. Das erschien ihr dann doch etwas zu einfach.

Er schüttelte den Kopf. »Nein, zumindest nicht allein. Aber seit dem Niedergang des Nationalsozialismus versucht die Kirche, ihren Macht- und Einflussbereich wieder auszudehnen. Viele Geistliche glauben, dass man die verlorenen Schafe in die Kirche zurückholen muss. Wenn ein nationalsozialistischer Täter oder Kriegsverbrecher daher seine Sünden bereut und sich zum wahren Glauben bekennt, dann wird ihm vergeben. Viele werden im Zuge dieses neuen Bekenntnisses sogar wiedergetauft.«

»Ist den Geistlichen, die diese Taufen durchführen, denn völlig egal, was diese Menschen getan haben?«, fragte sie. Sie war nicht besonders religiös, aber sie wusste, dass die Taufe ein Sakrament der Kirche war. Es schockierte sie, dass viele dieser Täter dadurch nicht nur auf so einfache Weise davonkommen sollten, sondern sich auch noch von ihren Sünden reingewaschen fühlen konnten.

Der Pater zögerte, denn es war offensichtlich, dass er diese Vorgehensweise moralisch genauso zweifelhaft fand wie sie. »Einige sehen es sicherlich einfach als ihre christliche Pflicht an zu helfen und wissen gar nicht, wen sie da *wiedertaufen*, und die anderen – nun ja, ihre Nähe zu Deutschland auf der einen Seite und die Angst vor dem Bolschewismus auf der anderen macht sie einfach blind.«

Vera blickte ihn an. »Und sobald sie ihre Sünden bereuen, hilft man ihnen natürlich weiter ...?«

Auf der Stirn des Paters zeigten sich tiefe Falten, als er widerstrebend nickte. »Ja. Auf dem Weg Richtung Genua und Rom gibt es eine Reihe von Klöstern, wo sie sicher unterkommen können und man sie unterstützt. Unter den Flüchtenden ist sie nicht umsonst als sogenannte *Klosterroute* bekannt ...«

Vera starrte in die Ferne zu den Berggipfeln. Ohne dass sie etwas dagegen tun konnte, musste sie plötzlich an Nadia und ihre drei Begleiter, die polnischen Juden, denken, mit denen sie die grüne Grenze überquert hatte. Ob sie ahnten, was hier vorging? Sie merkte, dass sie die gleiche Frage wie schon bei ihrem Gespräch mit Tagini und Baschke beschäftigte: Weshalb gingen die Behörden und insbesondere die Alliierten, die so viel Wert auf die Prozesse in Nürnberg und die Entnazifizierung legten, nicht dagegen vor?

53

Die Worte des Paters hallten in ihr nach, als sie sich auf den Rückweg machte. Sie war erleichtert, dass er genau wie Baschke bereit gewesen war, mit ihr zu sprechen. Ganz sicher hatte Jonathan es nicht leicht gehabt, die Leute hier zum Reden zu bringen. Sie war dankbar, dass sie sich allein auf die Ergebnisse seiner Nachforschungen konzentrieren konnte. Eine leise Ahnung beschlich sie, wie groß die Dimension dessen war, dem Jonathan auf der Spur gewesen war. Südtirol schien geradezu märchenhafte Strukturen zum Untertauchen für die einstigen Nazigrößen zu bieten. Sie war sich ziemlich sicher, dass Hüttner und die anderen beiden Wehrmachtsoffiziere, Lempert und Pape, genau darauf zurückgegriffen hatten, als sie sich hierher abgesetzt hatten. Wahrscheinlich war es nur ein unglücklicher Zufall gewesen, dass sie in die Hände der Carabinieri geraten waren. Vera unterdrückte ein Seufzen. So erschreckend das alles war, der entscheidenden Information, wie das eine mit dem anderen in Verbindung stand, war sie dadurch trotzdem nicht nähergekommen.

Sie war froh, dass vor ihr die Straße mit der Bushaltestelle zu sehen war. Der Weg zu der Kirche und ihr Gespräch mit dem Pater hatten weit länger gedauert, als sie angenommen hatte. An der Haltestelle stand ein Mann, der ebenfalls auf den Bus zu warten schien. Er war von kleiner, schmächtiger Statur und hatte ihr den Rücken zugewandt. Die Haare auf seinem Hinterkopf lichteten sich bereits, doch als er sich jetzt zu ihr drehte, sah sie, dass seine Züge trotz des Schnurrbarts eher jungenhaft wirkten. Er nickte ihr zu.

Sie grüßte zurück, als der Bus sich auch bereits von der anderen Straßenseite näherte.

Auf der Fahrt hielten sie an einigen Haltestellen, doch es war schon spät, und außer ihnen waren nur wenige Menschen unterwegs.

Der Mann, der mit ihr an der Bushaltestelle gestanden hatte, stieg ebenfalls in Sterzing aus. Für einen kurzen Augenblick hatte sie das Gefühl, seinen Blick in ihrem Rücken zu spüren, als sie vom Marktplatz in eine der Gassen bog.

Sie aß schließlich draußen in einem kleinen, aber gut gefüllten Restaurant zu Abend, das sie zuvor schon einmal im Vorbeilaufen erspäht hatte. Tische waren auf der Terrasse aufgebaut, und während sie ihre Gemüsesuppe mit den Maultaschen zu sich nahm, wanderten ihre Augen immer wieder zu den Gästen und vorbeilaufenden Passanten. Die friedliche Idylle erschien ihr mit einem Mal trügerisch. Die meisten Menschen, denen sie in Südtirol bisher begegnet war, waren freundlich und nett. Doch jeder, der hier saß oder lief, konnte im Grunde jemand anderes sein, wurde ihr bewusst. Was hatte wohl Jonathan, der so an Gerechtigkeit geglaubt hatte, empfunden, als er davon erfahren hatte? Plötzlich merkte Vera, wie sehr sie den Freund vermisste.

Sie zahlte und war schon auf dem Weg zum Ausgang, als sie im Vorbeigehen den Mann aus dem Bus bemerkte. Er saß an einem der hinteren Tische auf der Terrasse. Irritiert schaute sie in seine Richtung, aber er hatte eine Zeitung aufgeschlagen, während er in Ruhe aß, und schien sie gar nicht wahrzunehmen.

Hastig verließ sie das Restaurant, um sich auf den Rückweg zu ihrer Pension zu machen. Inzwischen war es dunkel geworden. Ihre Gedanken waren noch immer mit dem Gespräch des Priesters beschäftigt, und sie war einige Zeit gelaufen, als sie mitbekam, dass jemand hinter ihr ging. Es waren die Schritte eines Mannes. Vera kämpfte gegen den Impuls an, sich umzudrehen, und beschleunigte stattdessen ihren Gang. Voller Furcht konnte sie hören, wie der Unbekannte hinter ihr ebenfalls schneller lief. Ihr Herz raste. Ohne lange zu überlegen, bog sie statt nach rechts in die schmale Gasse, die zu ihrer Pension führte, nach links ab, weil sie dort die lauten lachenden Stimmen von Menschen hörte. Doch ihre Entscheidung erwies sich als Fehler, denn als sie um die Ecke kam, konnte sie gerade noch sehen, wie die lärmende Gruppe durch eine Tür in einem Haus verschwand. Sie horchte auf, weil sie glaubte, die Schritte eines weiteren Mannes zu hören. Panik ergriff sie.

Sie drehte sich um und sah hinter sich eine hochgewachsene Gestalt um die Ecke biegen, deren Gesicht sie in der Dunkelheit nicht erkennen konnte.

Der Mann rief ihr etwas zu, das sie gar nicht mehr hörte, denn sie begann zu rennen – nach links, weiter geradeaus und wieder nach links. Irgendwohin, wo Menschen waren, doch in den verwinkelten Gassen schien es immer einsamer zu werden. Sie bog erneut ab und merkte, wie ihre Lungen brannten, als sie im selben Augenblick zwei Arme spürte, die sie zur Seite rissen, in einen schmalen Gang zwischen zwei Häuser.

Sie schrie auf und versuchte, sich mit aller Kraft zu wehren, als sie mit dem Rücken gegen die Wand gedrängt wurde, sodass sie sich nicht mehr bewegen konnte. Eine Hand legte sich auf ihren Mund. Die Situation kam ihr unangenehm bekannt vor, und sie schwor sich, wenn sie das Ganze überlebte, würde sie sich endlich eine Waffe zulegen!

»Psst! Seien Sie ruhig. Ich bin es«, ertönte eine flüsternde Stimme.

Ungläubig blickte Vera auf, denn sie kannte die Stimme. Vor ihr stand der Unbekannte aus Berlin, der Jonathans Unterlagen aus ihrer Wohnung gestohlen und wieder zurückgebracht hatte.

Seine Hand glitt von ihrem Mund, und sie merkte, wie ihr Atem sich etwas beruhigte. Sie starrte ihn an und wollte etwas sagen, aber er legte warnend den Finger auf den Mund und zog sie plötzlich mit einer schnellen Bewegung mit sich in die Nische eines Seiteneingangs.

Eilige Schritte waren von der Straße her zu hören, die näher kamen, kurz stehen blieben und schließlich weiter an ihnen vorbeieilten.

Der Unbekannte, der sie noch immer am Arm hielt, wartete einen Moment, bis nichts mehr zu hören war, dann ließ er sie los.

Vera merkte, wie sie zitterte. »Was um Gottes willen tun Sie hier?«, stieß sie hervor …

Drei Monate zuvor, Köln, März 1949

Marie

54

Als sie sich am Morgen verabschiedeten, weil er nach Berlin zurückmusste, zog Jonathan sie vor dem Hotel in seine Arme. Er küsste sie, und seine Umarmung fühlte sich genauso selbstverständlich an wie die Nacht, die sie zusammen verbracht hatten. Es war das erste Mal, dass Marie auf diese Weise mit einem Mann zusammen gewesen war, und sie fühlte seine Berührungen und seine Küsse noch immer auf ihrer Haut.

Sie bestand darauf, Jonathan zum Bahnhof zu begleiten. Er hielt ihre Hand, und sie verstand nicht, wie man einerseits so glücklich und andererseits so verzweifelt zugleich sein konnte. Es zerriss sie innerlich.

Jonathan schien zu spüren, was in ihr vorging, und strich ihr sanft über die Wange, als sie auf dem Bahnsteig standen. »Ich weiß, wie schmerzhaft es für dich ist, was du erfahren hast, aber es hat nichts mit dir zu tun, Marie. Auch wenn er dein Vater war. Versprich mir, dass du das immer im Kopf behältst.«

»Ich werde es versuchen«, erwiderte sie, obwohl sie bezweifelte, dass sie dazu wirklich in der Lage sein würde.

Die Geräusche quietschender Zugbremsen und laute Ansagen hallten durch die Bahnhofshalle. »Ich werde so schnell wie möglich wieder nach Bonn kommen und mich bemühen, etwas über diesen Karl Hüttner herauszubekommen – und zwischendurch telefonieren wir, ja?«

Sie nickte. »Jonathan …« Sie wollte etwas sagen – wie viel

ihr diese Nacht bedeutet hatte, wie wichtig er ihr war und dass sie wünschte, sie würden sich nicht verabschieden müssen, doch ihre Kehle war wie zugeschnürt, und die laute Stimme des Schaffners ließ sie nicht zu Wort kommen. *»Einsteigen bitte!«*

»Pass auf dich auf«, sagte er.

»Du auch.«

Sie küssten sich noch einmal kurz, und Jonathan hatte sich schon zum Gehen gewandt, als er unvermittelt innehielt und mit zwei großen Schritten noch einmal zurückkam. Er nahm ihr Gesicht in beide Hände und blickte sie an. »Ich liebe dich auch, Marie«, flüsterte er mit blitzenden Augen, dann sprang er auch schon in den Zug und winkte noch einmal zum Abschied.

Sie blieb auf dem Bahnsteig stehen, bis sie den Zug nicht mehr sehen konnte, und spürte, wie seine letzten Worte ihr Halt gaben und sich ein Lächeln auf ihre Lippen stahl. Beinah konnte sie nicht glauben, was in den letzten vierundzwanzig Stunden geschehen war, wie tief ihre Gefühle für ihn waren.

Doch auf dem Weg zur Arbeit kehrte die Erinnerung an ihren Vater zurück und legte sich wie ein dunkler Schatten über sie. Es gelang ihr einfach nicht, die Dinge, die er getan hatte, in Einklang mit dem Mann zu bringen, den sie als Kind und Jugendliche so geliebt hatte. Die Vorstellung, wer er wirklich gewesen war, verursachte ihr Übelkeit.

Gleichzeitig fürchtete sie sich davor, ihrer Familie gegenüberzutreten. Am Abend zuvor hatte sie ihrer Mutter über eine Nachbarin, Frau Krause – die als Einzige in der Straße einen Telefonanschluss besaß –, ausrichten lassen, dass sie länger arbeiten müsse und deshalb in Bonn bleiben werde.

Es war nur eine weitere Lüge mehr. An diesem Abend jedoch musste sie wohl oder übel wieder nach Hause. Sie kam so spät es ging und zog sich unter dem Vorwand, sie sei erschöpft, sofort auf ihr Zimmer zurück. Weder ihre Brüder noch ihre Mutter schienen ihr zu glauben. Sie kannten sie zu gut.

In den Tagen darauf verhielt Marie sich schweigsam und distanziert und fragte sich jedes Mal, wenn sie ihren Brüdern oder ihrer Mutter gegenübersaß, wie viel sie wussten. Bei den gemeinsamen Mahlzeiten tauschten sie untereinander Höflichkeiten aus und sprachen über Belanglosigkeiten wie Fremde. Sie litt unter der Distanz und dem vielen Ungesagten, das zwischen ihnen stand. Dennoch hielt sie das Versprechen, das sie gegeben hatte, und sagte nichts über ihren Vater.

An einem Abend las sie im Wohnzimmer die Zeitung, als Fritz sie neugierig ansprach. »Was liest du?«

»Einen Artikel über den Wilhelmstraßen-Prozess«, antwortete sie knapp und fragte sich, ob es Zufall war, dass er sich gerade jetzt danach erkundigte.

»Ach, mein Gott. Hoffentlich hat das bald ein Ende mit diesen Prozessen«, sagte er mit einer wegwerfenden Handbewegung.

Sie ließ die Zeitung sinken. »Ich finde es richtig, dass man diese Männer verurteilt.«

»Das kann man so nicht sagen, Marie«, mischte sich ihre Mutter ein, die um einen versöhnlichen Ton bemüht war. »Viele Männer hatten doch keine Wahl. Es war Krieg, und sie wären wahrscheinlich ins Gefängnis gekommen, wenn sie ihre Pflicht nicht erfüllt hätten.«

Marie wandte den Kopf zu ihr. »Pflicht? Vielleicht wäre es anständiger gewesen, ins Gefängnis zu gehen, als solche Verbrechen zu verüben und sogar Frauen und Kinder zu töten«, entgegnete sie mit einer Härte in der Stimme, die sie selbst erschreckte. Eine unheimliche Stille herrschte auf einmal im Wohnzimmer, und alle drei starrten sie an. Sie bemerkte Helmuts besorgte Miene, die Blässe im Gesicht ihrer Mutter und wie Fritz die Augenbrauen hochgezogen hatte, und sie konnte sich erneut nicht des Gefühls erwehren, dass sie noch etwas anderes vor ihr verbargen. Nur was?

Gleich nachdem Jonathan nach Berlin zurückgekehrt war, hatte Marie auch Lina angerufen. »Ich muss dir etwas erzählen, aber das kann ich nicht am Telefon.«

Sie verabredeten, dass sie am Wochenende nach Düsseldorf kommen würde.

»Jonathan hat mich besucht. Er hat mir die Ergebnisse seiner Nachforschungen über meinen Vater mitgebracht«, erzählte sie, als sie bei Lina in der Wohnung saß. Verzweifelt blickte Marie sie an, weil sie nicht wusste, wie sie es ihr sagen sollte. »Es stimmt alles, was ich befürchtet habe, und ist sogar noch viel schlimmer. Mein Vater war an Einsatzkommandos beteiligt, er war in Auschwitz – und, Lina, er war 1943 auch in Maly Trostinez …«

Lina fuhr entsetzt zusammen. Ihr Gesicht wurde aschfahl, als sie begriff, was das bedeutete. »Er war in *Maly Trostinez*?«

Marie nickte und begann zu weinen. Ihr Blick glitt zur Wand, dorthin, wo das Hochzeitsbild von Linas Eltern hing. Scham und Schuldgefühle ergriffen sie. »Es tut mir so leid«, flüsterte sie.

Eine Weile sagte Lina nichts und sah aus dem Fenster. Tränen standen in ihren Augen, als sie sich wieder zu ihr wandte. »Du kannst doch nichts dafür. Du bist nicht er. Verstehe mich nicht falsch, wenn dein Vater noch leben würde, würde ich dafür kämpfen, dass er verurteilt wird und ins Gefängnis kommt …« Sie stockte und starrte für einen Augenblick auf ihre Hände, bevor sie Marie erneut anblickte. »Meine Mutter und mein Vater, sie hätten dich gemocht, Marie«, sagte sie dann. »Vielleicht ist es Schicksal, dass wir uns begegnet sind.«

»Aber er war ein Verbrecher, vielleicht sogar ihr Mörder, Lina. Ich kann nicht glauben, dass dieser Mensch mein Vater gewesen ist«, brach es schluchzend aus ihr heraus. Aufgebracht wischte Marie sich über die Wange. »Und ich hätte es wissen müssen. Als Jonathan mir das alles erzählt hat, habe ich mich wieder daran erinnert, was mein Vater bei seinem letzten Heimaturlaub gesagt hat. Er hatte so verändert gewirkt, dass ich gefragt habe, ob es schlimm sei in Russland. Und weißt du, was er geantwortet hat? ›*Ja, aber wir tun es für euch, und für unser Volk und das Reich …*‹ Für euch! Diese Worte gehen mir die ganze Zeit nicht aus dem Kopf, Lina. Ich hasse ihn dafür, dass er das gesagt hat. Ich habe das alles nicht gewusst.« Sie schluchzte erneut, als sie spürte, wie Lina auf einmal den Arm um sie legte.

»Marie, beruhige dich. Du darfst dich dafür nicht schuldig fühlen.« Lina strich ihr über die Schulter. »Es tut mir leid für dich, dass dein Vater ein so anderer Mensch war, als du geglaubt hast, dass er ein Verbrecher war, aber er ist tot. Du musst das hinter dir lassen und darfst das, was geschehen ist, nicht dein Leben bestimmen lassen.«

Marie begriff, dass Lina aus eigener Erfahrung sprach. Sie schwieg.

Margot Weissenburg

55

April …

In den letzten Wochen hatten ihre Migräneattacken unaufhaltsam zugenommen, ein untrügliches Anzeichen für ihre innere Anspannung. Sie litt darunter, seitdem sie ein junges Mädchen war, und nur in einer einzigen Phase ihres Lebens war Margot Weißenburg gänzlich davon befreit gewesen – in den letzten beiden Kriegsjahren, als sie für sich und ihre Familie ums nackte Überleben gekämpft hatte. Ihr war klar, dass das mehr als symptomatisch war. Doch damals hatte sie etwas tun können und müssen. Sie hatte gar keine Wahl gehabt, jetzt dagegen waren ihr die Hände gebunden – in jeder Hinsicht. Und dabei hatte sie geglaubt, alle Schwierigkeiten hinter sich zu haben. Sie merkte, wie ihr das alles mit einem Mal zu viel wurde.

Mit zusammengepressten Lippen massierte sie sich mit den Fingern ihre Schläfen. Sie hätte gleich am Morgen ihre Tabletten nehmen sollen, nun war der Zeitpunkt verpasst. Wenn sie die Augen öffnete, flirrte alles vor ihr, und eine Welle der Übelkeit durchzog sie. Durch die zugezogenen Vorhänge des Schlafzimmers fiel ein schmaler Lichtschein, der ausreichte, um den pochenden Schmerz in ihrem Kopf zu verstärken. Ermattet ließ sie sich in die Kissen sinken. Sie sehnte sich nach Ruhe und Schlaf – doch sie wusste, dass ihr das heute nicht helfen würde. Kaum hatte sie die Augen geschlossen, sah sie das Gesicht ihrer Tochter vor sich: Marie, die Jüngste und ihr Nesthäkchen. Ihre Gedanken trieben in die Vergangenheit, zu den Zeiten, als alles so perfekt schien. Sie erinnerte sich, wie sie die Kleine nach der Geburt in den Armen gehalten hatte, wie Marie die ersten tapsigen Schritte gemacht und sich immer vor Freude in ihre Arme geworfen hatte. Und nun ausgerechnet sie! Dass sie sich um Helmut Sorgen machen würde, damit hatte sie gerechnet. Der Krieg, das Internierungslager und dieses alberne Spruchkammerverfahren hatten ihrem Ältesten stark zugesetzt, und sie war froh, dass am Ende doch seine Erziehung und sein Verantwortungsgefühl gesiegt hatten. Aber Marie? Wann hatte es angefangen, dass sie sich so verändert hatte, überlegte sie. Als sie begonnen hatte zu arbeiten? Am Anfang waren es nur diese schrecklichen Fragen gewesen, aber selbst in ihnen hatte sie schon diese unterschwellige Aufsässigkeit gespürt, die sich immer weiter verstärkt hatte. In den letzten Wochen allerdings war sie zusätzlich so distanziert und kühl. Sie wich ihnen aus, und wenn sie sich begegneten, suchte sie beinah den Streit. Von dem lieben, folgsamen Mädchen von früher war kaum noch etwas zu spüren. Je länger Margot darüber nachdachte, desto klarer wurde ihr, dass sie etwas übersehen haben musste. Irgendetwas war geschehen, erkannte sie. Sie bemühte sich, tief durchzuatmen und dabei das quälende Pochen zu ignorieren, bevor sie die Schublade öffnete, um ihr Schmerzmittel herauszunehmen. Sie brauchte einen klaren Kopf. Mit dem letzten bisschen Kraft zwang sie sich, zwei Tabletten zu schlucken und gegen die unmittelbar folgende Übelkeit anzukämpfen. In der nächsten halben Stunde lag sie flach auf dem Bett und glaubte, ihr Magen würde revoltieren, bis das Mittel schließlich doch seine Wirkung zu entfalten begann.

Sie überlegte, was zu tun war, und begriff, dass sie nach München fahren musste. Es gab Angelegenheiten, die besprach man nicht am Telefon.

Sie sammelte sich und stand vorsichtig auf, bevor sie ins Bad ging und sich das Gesicht mit kaltem Wasser wusch. Obwohl sie sich noch immer schwach fühlte und das Pochen nicht ganz verschwunden war, packte sie ein paar Sachen zusammen.

»Tante Lisbeth geht es leider schlecht, ich werde heute Abend noch nach München fahren«, verkündete sie Marie etwas später, als sie die Treppe hinunterkam. Ihre Tochter saß allein im Wohnzimmer. Mit Helmut, der mit Sonja oben war, hatte sie bereits gesprochen, und Fritz war unterwegs.

Sie spürte Maries misstrauischen Blick auf sich. »Woher weißt du das?«, fragte ihre Tochter, da sie keinen Telefonanschluss hatten.

»Frau Krause hat heute Nachmittag ihren Anruf bekommen und mir Bescheid gegeben. Meine Migräne war vorhin nur so schlimm. Ich denke, ich werde morgen, spätestens übermorgen wieder zurück sein.«

Marie holte ihre Zigaretten aus der Handtasche.

»Du solltest nicht so viel rauchen. Das steht einer jungen Frau nicht und mag kein Mann«, sagte sie missbilligend.

»Ich bin volljährig. Das ist jetzt meine Entscheidung«, erwiderte Marie ruhig.

Margot spürte, wie der pochende Schmerz in ihrem Kopf zurückkehrte. »Auch wenn du volljährig bist, gibt dir das kein Recht, unverschämt zu deiner Mutter zu sein«, sagte sie in scharfem Ton.

Einen kurzen Augenblick schien sich in Maries Augen ein Anflug von Schuldbewusstsein zu zeigen, doch dann hob sie das Kinn. Margot Weißenburg spürte auf einmal die Traurigkeit ihrer Tochter. Sie wirkt, als hätte sie etwas zutiefst erschüttert, dachte sie. Ihre Unruhe wuchs. Sie musste unbedingt so schnell wie möglich nach München.

»Ich habe überlegt, mir in Bonn ein Zimmer zu nehmen. Es ist näher an der Arbeit«, sagte Marie unvermittelt. Keine Sekunde wich sie ihrem Blick aus, und Margot erinnerte sich daran, wie Karl einmal zu ihr gesagt hatte, dass das Mädchen eine stärkere Persönlichkeit habe, als man glaube. Er hatte es nicht positiv gemeint.

»Aber spätestens im Sommer wird deine Arbeit beim Rat doch beendet sein. Das ist doch Unsinn«, erwiderte sie, während sie nach ihrem Mantel griff.

»Herr Blankenhorn meinte, dass sie mich für den Übergang danach weiter gebrauchen könnten.«

Margot widerstand dem Bedürfnis, sich erneut die schmerzenden Schläfen zu massieren, und zog ihren Mantel über. »Wir reden darüber, wenn ich zurück bin.«

Marie musterte sie. »Wirst du Onkel Karl in München sehen?«, fragte sie in einem kühlen Tonfall.

Margot fasste ihre Tasche fester und hoffte, dass man ihr ihren Schreck nicht anmerkte. »Wie kommst du denn darauf? Ich fahre zu Tante Lisbeth.«

Marie nickte. »Natürlich«, sagte sie, aber die leise Verachtung in ihrer Stimme war nicht zu überhören. Ohne ihre Mutter eines weiteren Blickes zu würdigen, wandte sie sich mit ihrer Zigarette und dem Feuerzeug um und verschwand nach draußen auf die Terrasse.

Hilflos schaute Margot ihr hinterher und konnte nichts gegen die Angst tun, die sie in einer dunklen Welle erfasste. Warum ausgerechnet jetzt? Vielleicht war es alles falsch gewesen, was sie getan hatten.

Marie

56

Ihre Mutter war noch nicht lange aus dem Haus, und sie war zurück im Wohnzimmer, als sie hörte, wie Helmut mit Sonja die Treppe herunterkam.

»Wir gehen noch runter zum Rhein und treffen uns mit ein paar Leuten, willst du nicht mit?«, fragte die Freundin.

Marie schüttelte den Kopf. »Nein, ich bleib lieber hier.«

Sonja wechselte einen kurzen Blick mit Helmut.

»Ich glaube, ich habe meinen Schal bei dir im Zimmer vergessen. Würdest du ihn mir holen?«, bat sie ihn.

»Klar.« Er verschwand nach oben.

Sonja zog sie vertraulich zu sich, sobald er aus ihrem Blickfeld verschwunden war. »Was ist denn mit dir, Marie? Du bist kaum wiederzuerkennen. Dein Bruder macht sich Sorgen um dich, und ich ehrlich gesagt inzwischen auch.«

Nervös schaute Marie sie an. »Hast du Helmut etwas gesagt?« Mehr als einmal hatte sie sich in den letzten Tagen gefragt, ob es nicht doch ein Fehler gewesen war, der Freundin von Nürnberg und Lina erzählt zu haben.

Sonja zog die Augenbrauen hoch. »Natürlich nicht. Glaubst du, ich würde meine Versprechen nicht halten?«, fragte sie verletzt.

Marie bekam ein schlechtes Gewissen. Sie war ungerecht. Sonja konnte für das alles schließlich nichts und hatte ihr sogar vor Karl geholfen. Trotzdem war ihr Verhältnis seltsam distanziert, seitdem sie ihr von ihrer Fahrt nach Nürnberg erzählt hatte. »Entschuldige. Ich bin nur etwas angespannt. Jonathan fehlt mir«, bekannte sie mit einem Seufzen. Sonja wusste zwar nichts von den Nachforschungen über ihren Vater, aber schon von der gemeinsamen Nacht, die sie mit Jonathan verbracht hatte.

»Das verstehe ich. Deshalb komm doch mit uns, das bringt dich auf andere Gedanken.«

»Ja, begleite uns«, sagte auch Helmut, der gerade wieder die Treppe herunterkam. Er reichte Sonja ihren Schal.

Marie zwang sich zu einem Lächeln.

»Ein anderes Mal, ja? Ich bin so müde von der Woche, ich will mich lieber etwas hinlegen.«

Sie sah den beiden an, dass ihnen ihre Entscheidung nicht gefiel. Nur widerstrebend verließen sie schließlich das Haus.

Als Marie hörte, wie die Tür ins Schloss fiel, wurde ihr auf einmal bewusst, dass sie ganz allein war. Auf einen Moment wie diesen hatte sie schon länger gewartet. Sie schaute hastig auf ihre schmale Armbanduhr. Es war vier Uhr. Fritz war beim Fußballtraining mit einigen Kommilitonen und würde nicht vor fünf, halb sechs wieder zurück sein. Sie musste die Chance ergreifen. Schon seit einiger Zeit wollte sie gerne heimlich einen Blick in die Unterlagen und Briefe ihrer Mutter werfen. Wenn ihre Familie etwas vor ihr verbarg, etwas, das vielleicht auch mit Karl zu tun hatte, würde sie dort möglicherweise etwas finden, das ihr eine Erklärung für all die Heimlichkeiten bot.

Sie stand rasch auf und stieg die Treppe hoch. Nur für den Bruchteil eines Augenblicks überkamen sie Schuldgefühle, als sie die Klinke zum Schlafzimmer ihrer Mutter hinunterdrückte. Nein, sie hatte ein Recht zu erfahren, was ihre Familie vor ihr verbarg.

Überrascht sah sie als Erstes, dass das Bett ungemacht war, obwohl ihre Mutter eine so penible, ordnungsliebende Person war. Auf der rechten Seite des Zimmers stand ein großer Kleiderschrank. Links vor dem Fenster der alte Damensekretär ihrer verstorbenen Großmutter. Als Kind war Marie mit ihren Brüdern manchmal in den Ferien hier gewesen, und die Möbel, denen immer noch der Geruch von früher anzuhaften schien, waren ihr noch aus dieser Zeit vertraut.

Unentschlossen, wo sie zu suchen anfangen sollte, öffnete sie zunächst den Schrank. Die Kleider ihrer Mutter hingen dort und auch einige alte Mäntel ihrer Großmutter. Die wenigen Schuhe, die ihre Mutter besaß, waren fein säuberlich auf dem Schrankboden aufgereiht. Oben, im Fach über der Kleiderstange, lagen zwei abgetragene Hüte. Unwillkürlich erinnerte Marie sich daran, in welchem Luxus ihre Mutter dagegen früher in Berlin gelebt hatte – an die eleganten Abendkleider, die Pelze und den Schmuck. Wie sehr hatte Marie es als kleines Mädchen geliebt, ihr zuzusehen, wenn sie sich an ihrem Schminktisch fertig gemacht hatte. Ganz zum Schluss hatte ihre Mutter immer die Ohrringe angelegt und sich mit einem Hauch von Parfum bestäubt, bevor sie ihr noch einen Kuss gegeben und am Arm ihres Vaters die Villa verlassen hatte. Maries Magen krampfte sich jäh zusammen, als sie die Bilder wieder vor Augen hatte und daran dachte, welcher Tätigkeit ihr Vater zu dieser Zeit schon nachgegangen war. Im Nachhinein erschien ihr alles wie eine einzige Lüge.

Sie wandte sich vom Kleiderschrank ab und trat zögernd zum Sekretär.

Sie zog die erste Schublade auf. Sorgfältig sortierte Papiere lagen darin. Als Marie sie durchging, erkannte sie, dass es sich um Angelegenheiten für das Haus handelte – Strom, Wasser, Müll und auch die Steuern. In den beiden Schubladen darunter befand sich die Korrespondenz ihrer Mutter. Bei den meisten Briefen handelte es sich um den Schriftverkehr mit den Behörden und auch einigen Stellen der Alliierten Militärregierung, in denen es um die Rückgabe des Hauses ging, nachdem die Amerikaner darin gewohnt hatten. Sie suchte weiter und stieß auf noch mehr Papiere: Der Vertrag mit der Sekretärinnen-Schule, in der Marie ihre Ausbildung gemacht hatte, und auch die Universitätsannahme von Fritz befanden sich darunter. Sie wollte die Schublade schon wieder schließen, als ihre Finger auf einmal unter allem eine schmale Mappe ertasteten. Marie zog sie mit einiger Mühe hervor. Sie war an der Seite mit einem kleinen Verschluss verschlossen. Was verwahrte ihre Mutter darin? Oben im Sekretär, in dem sich Stifte und ein Brieföffner in einer Ablage befanden, war kein Schlüssel zu entdecken. Wahrscheinlich hatte ihre Mutter ihn mitgenommen. Allerdings waren diese Zierschlösser nicht besonders schwer zu öffnen. Sie hatte selbst einmal eine Mappe dieser Art besessen und damals den Schlüssel verloren. Fritz hatte das Schloss daraufhin mithilfe einer Haarnadel für sie geöffnet. Marie zog jetzt aus ihrer hochgesteckten Frisur genau solch eine Nadel und versuchte es auf dieselbe Weise. Sie brauchte etwas länger, aber schließlich war ein feines Klicken zu hören, und das Schloss sprang auf. Sie sah, dass in der Mappe Briefe lagen. In ihrem ersten Verdacht vermutete sie, dass sie möglicherweise von Karl stammten, aber dann fiel ihr auf, dass sie die Handschrift kannte. Tante Lisbeth hatte sie geschrieben. Marie nahm den zuoberst liegenden Brief aus seinem Umschlag.

Liebe Margot,
die Sehnsucht treibt mich dazu, Dir zu schreiben. Wie lange ist es her, dass wir uns gesehen haben? Ein Jahr oder länger? Natürlich verstehe ich, dass Du mit den drei Kindern Deinen täglichen Kampf zu fechten hast. Auch wenn sie erwachsen sind, entlässt einen die Mutterrolle doch nie aus der Verantwortung. Wie gerne würde ich sehen, was aus den

dreien geworden ist. Dass Marie jetzt ihre erste Arbeitsstelle hat, erfüllt Dich bestimmt mit Stolz. Vielleicht schafft Ihr es ja im Sommer, ein paar Tage zu uns nach Travemünde an die See zu kommen?

Ich bin immer noch froh, liebe Schwester, dass ich nicht nach München zurückgegangen bin. Jetzt, da Franz wieder aus der Gefangenschaft zurück ist, fühlt sich alles wieder besser an, und es ist leichter, hier neu anzufangen, wo es keine schlechten Erinnerungen gibt. Ich gestehe, dass es nicht immer einfach ist mit ihm, aber nach dem, was er in Russland mitmachen musste, ist das zu verstehen. Wir tasten uns zusammen langsam wieder an ein normales Leben heran …

Marie brach verwirrt ab, weil der Brief im ersten Moment keinen Sinn ergab. Wieso lebte Tante Lisbeth in Travemünde? Sie starrte auf das Datum, das oben rechts auf dem Brief stand: *5. Februar 1949*. Das war nur ein paar Wochen her. Sie fröstelte, denn mit einem Mal begriff sie, dass ihre Mutter sie die ganze Zeit tatsächlich angelogen hatte und gar nicht zu ihrer kranken Schwester nach München gefahren war. Im Gegenteil, Tante Lisbeth schien es ganz ausgezeichnet zu gehen, und sie lebte auch nicht allein. Onkel Franz war längst aus der Kriegsgefangenschaft zurück. Aber wohin fuhr ihre Mutter dann an all diesen Wochenenden? Nervös steckte Marie den Brief wieder in den Umschlag, schloss die Mappe und legte sie unter die Papiere zurück. Die einzige logische Erklärung war, dass sie wirklich ein Verhältnis mit Karl hatte. Marie drückte die Schublade zu und wandte sich dem oberen Teil des Sekretärs zu, um weiterzusuchen. In den kleineren Fächern befanden sich Papier und Umschläge und auch ein Foto von früher. Sie nahm es in die Hand – es war an Weihnachten 1940 aufgenommen und zeigte sie noch zusammen mit ihrem Vater vor dem

Tannenbaum im Wohnzimmer der Berliner Villa. Sie lachten alle fünf – eine augenscheinlich glückliche Familie in wohlhabenden Verhältnissen. Plötzlich konnte sie den Anblick nicht mehr ertragen. Sie legte das Foto wieder weg und zog stattdessen eine der schmalen oberen Schubladen auf. Obwohl nur einige Quittungen und Briefmarken darin lagen, war sie erstaunlich schwer. Marie stutzte. Eine Erinnerung aus ihrer Kindheit, als sie bei ihren Großeltern zu Besuch gewesen war, tauchte jäh aus den Tiefen ihres Unterbewusstseins auf: »*Schau mal, meine kleine Marie.*« Sie sah ihre Großmutter vor sich, wie sie mit verschwörerischer Miene die Schublade herauszog und auf einen versteckten Knopf am inneren Rand drückte, der einen doppelten Boden löste und darunter ein Geheimfach enthüllte. Als Kind war sie unglaublich fasziniert davon gewesen. Die Fächer auf beiden Seiten verfügten über diesen Mechanismus, entsann Marie sich jetzt. Eilig zog sie die Schublade ganz heraus und leerte den Inhalt hastig auf die Schreibfläche. Dabei spürte sie, dass etwas unter dem doppelten Boden hin und her rutschte. Das Herz schlug ihr bis zum Hals, als sie den Mechanismus betätigte. Ein dickes Bündel Geldscheine kam in dem Geheimfach zum Vorschein. Erstaunt stellte sie fest, dass es keine neuen D-Mark waren, die es seit der Währungsreform im letzten Frühjahr gab, sondern amerikanische Dollar. Das mussten zusammen mehrere Tausend sein! Aber von wem hatte ihre Mutter so viel Geld?

Sie legte alles wieder hinein, schob das Fach zurück und zog die Schublade auf der anderen Seite auf. Darin lagen nur einige Büroklammern, aber genau wie auf der anderen Seite war das Fach eindeutig zu schwer. Sie wiederholte den Vorgang, zog es ganz heraus und löste den doppelten Boden. In dem Fach lagen mehrere Pässe. Marie griff danach und klappte den ersten auf. Überrascht hielt sie inne, denn ihr eigenes Bild blickte ihr entgegen. Das Geburtsdatum, ihre Größe und die Farbe der Augen stimmten, doch der Name war ein anderer: *Anna Gertrud Richter*, geboren in Frankfurt am Main, stand dort. Mit zittrigen Fingern schlug Marie auch die anderen Pässe auf. Sie waren auf *Holger Richter, Ernst Richter und Ingeborg Richter* ausgestellt und zeigten die Gesichter ihrer beiden Brüder und ihrer Mutter. Es waren gefälschte Ausweise für die gesamte Familie. Aber wofür? Sie überlegte, ob ihre Mutter sie vielleicht besorgt hatte, als sie von Berlin nach Köln geflohen waren. Doch dann verwarf sie den Gedanken wieder, denn die Fotos waren neu, höchstens ein oder zwei Jahre alt. Ihr Bild war ein Abzug von einem Porträtfoto, das sie erst im letzten Jahr für einen Ausweis beim Parlamentarischen Rat gemacht hatte.

Aufgewühlt legte sie die Pässe wieder zurück. Sie wollte die Schublade zurück an ihren Platz schieben, aber sie klemmte etwas. Ausgerechnet in diesem Augenblick hörte sie vom Flur her Schritte.

Sie blickte erschrocken auf die Uhr. Das musste Fritz sein. O nein! Sie hatte völlig die Zeit vergessen. Panisch drückte sie gegen die Schublade, die endlich nachgab und sich zurück an ihren Platz schieben ließ. Sie klappte hastig den Sekretär hoch und wandte sich in Windeseile zum Bett.

»Marie?«

Die Tür, die sie einen Spalt offen gelassen hatte, öffnete sich ganz. »Was machst du denn hier in Mutters Zimmer?«, fragte Fritz, der in Trikot und Trainingshose auf der Schwelle stand. Ein Paar abgetragene Sportschuhe, die er an den Schnürsenkeln zusammengebunden hatte, baumelten in seiner Hand.

»Ich mache nur etwas Ordnung.« Sie deutete auf die ungemachten Kissen und die Decke, die sie geistesgegenwärtig gegriffen hatte und nun aufschüttelte. »Mutter ging es so schlecht mit ihrer Migräne. Sie ist nicht mehr dazu gekommen. Es gab einen Notfall mit Tante Lisbeth, und sie ist nach München gefahren«, erklärte sie.

Fritz ließ seinen Blick durch den Raum wandern, in dem noch immer die stickige Luft stand. »Verstehe. Na, dann werde ich mich mal umziehen gehen«, sagte er schließlich und wandte sich ab. Sie konnte hören, wie sich seine Schritte in Richtung seines Zimmers entfernten, und merkte, dass ihre Hände vor Nervosität feucht geworden waren.

Jonathan

57

Berlin …

Sie hatten sich dieses Mal draußen an der Spree getroffen, an einem Stück Ufer, das hinter einem verfallenen Ruderhaus lag und von der Straße aus nicht einsehbar war. Er konnte Leo schon von Weitem sehen, wie er an einem Mauerstück lehnte und sinnend auf die Spree schaute. Eine Strähne seines sonst so streng gezogenen Seitenscheitels fiel ihm ins Gesicht, als wäre er auf dem Weg hierher in Eile gewesen.

»Also, auf den ersten Blick ist an diesem Karl Hüttner nichts Auffälliges«, kam Leo sofort zur Sache, nachdem sie sich begrüßt hatten. Jonathan hatte ihn um Hilfe gebeten, sobald er aus Bonn zurückgekehrt war, und nun hörte er zu, wie der Informant ihm in knappen Sätzen Hüttners Lebensstationen der letzten Jahre schilderte. »Aber ich habe mir über einige Umwege eine Kopie der Protokolle von Hüttners Spruchkammerverfahren nach seiner Entlassung aus Rimini besorgt, und da fängt es an, interessant zu werden.« Leo zog an seiner Zigarette und stieß den Rauch aus. »Er wurde damals in Südtirol zusammen mit zwei anderen Wehrmachtsoffizieren verhaftet, die Lempert und Pape heißen. Die drei wurden nach Rimini gebracht. Der Bericht über die Verhaftung lag Hüttners Akte bei. Anscheinend ist nur Hüttner in Rimini angekommen, denn von den anderen beiden fehlt jede Spur in den Akten des Kriegsgefangenenlagers.«

»Können in so einem Lager nicht auch mal Akten verloren gehen?«, entgegnete Jonathan, dem das erst mal nicht so verdächtig vorkam. Zumal das Lager inzwischen geschlossen worden war.

»Nein, mein Kontaktmann beim englischen Militär, der sich selbst dahintergeklemmt hat, hält es für ziemlich unwahrscheinlich, dass die Akten einfach so verschwinden können. Zumindest nicht zufällig.«

Jonathan, der im Laufe der Zeit gelernt hatte, bei Leo zwischen den Zeilen zu lesen, horchte auf. »Du meinst, es war Absicht?«

Leo drückte seine Zigarette mit der Schuhspitze aus und kickte sie zur Seite. »Sieht so aus. Ich werde versuchen, mehr über die beiden in Erfahrung zu bringen. Vielleicht hilft uns das weiter.«

Jonathan nickte. Er schätzte es, dass Leo nicht nur von *uns* sprach, sondern auch so dachte. Er wusste, dass er ihm aus Überzeugung half.

»Wenn ich dich richtig verstehe, glaubst du nicht, dass dieser Hüttner ein unbeschriebenes Blatt ist, oder?«, fragte Jonathan, während sie ein Stück an der Spree entlangliefen.

Leo schüttelte den Kopf. »Mein Instinkt sagt mir, dass etwas mit ihm nicht stimmt. Die Tatsache, dass er so schnell wieder entlassen wurde und das Verfahren in Deutschland so glimpflich für ihn ablief, spricht dafür, dass er über einflussreiche Beziehungen verfügt. Wie ich herausbekommen konnte, war er nicht in der SS, aber seltsamerweise ist er einer Reihe von Leuten, die ich von früher kenne, ein Begriff.« Leo schenkte ihm einen eindringlichen Blick. »Ich habe keine Ahnung, an was für einer Geschichte du da dran bist, aber ich kann dir nur noch mal raten, vorsichtig zu sein und nicht den falschen Leuten auf die Füße zu treten.«

Auf dem Rückweg zur Redaktion gingen ihm Leos Worte nicht aus dem Kopf.

»Bist du an einem neuen Thema dran?«, fragte Vera, mit der er mittags essen ging. Sie kannte ihn zu gut, als dass sie nicht mitbekommen hätte, wie abwesend er war.

»Ja, kann man so sagen.« Er wünschte, er hätte ihr alles erzählen können, doch er hatte Marie sein Wort gegeben, dass alles, was ihren Vater und damit auch Hüttner anging, streng vertraulich zwischen ihnen bleiben würde. Er hatte Vera deshalb nicht einmal gestanden, wie tief seine Gefühle für Marie inzwischen gingen und dass er zum ersten Mal in seinem Leben über eine gemeinsame Zukunft mit einer Frau nachdachte.

»Und zwar?«, riss ihn Vera erneut aus seinen Gedanken.

»Alte Nazi-Geschichten«, sagte er.

Sie zog wenig begeistert die Brauen hoch. »Das wird nie ein Ende haben, oder?«

»Nicht, solange sie unter uns leben, fürchte ich.« Ihm fiel auf, dass irgendetwas anders an Vera wirkte. »Du hast dir die Haare geschnitten«, stellte er erstaunt fest.

Sie nickte. »Ja, ich fand, es war Zeit für eine Veränderung.« Ihre Fingerspitzen fassten nach den Haarspitzen, die ihr nur noch bis zu den Schultern reichten, als könnte sie es selbst noch nicht so recht glauben.

»Steht dir«, sagte er.

»Danke.« Sie lächelte leicht. Auch ohne dass sie es aussprach, wusste er, dass es für sie ein wichtiger symbolischer Schritt nach vorne war.

Als sie nach dem Essen zu ihrer Arbeit zurückkehrten, musste er noch einmal an sein Gespräch mit Leo denken, und er rief Marie an.

»Jonathan! Hallo«, meldete sich ihre helle Stimme. Aus dem Hintergrund drangen Bürogeräusche und die Gesprächsfetzen von anderen Menschen durch den Hörer zu ihm. »Ich kann gerade nicht sprechen. Aber ich melde mich später, ja?«, sagte sie leise.

»Gut. Ich bin noch in der Redaktion und warte.«

Er schrieb an seinem Artikel weiter. Es verging fast eine Stunde, bis das Telefon klingelte.

»Es tut mir leid, aber es war ständig jemand neben mir im Büro. Ich habe schon befürchtet, du wärst gegangen.« Ihre Stimme klang bedrückt und ein wenig unruhig.

»Ist alles in Ordnung, Marie?«

»Nein, überhaupt nicht«, gestand sie. »Jonathan, ich habe Angst. Ich war am Wochenende allein bei uns im Haus, und weil ich die ganze Zeit das Gefühl habe, dass meine Familie mir noch mehr verheimlicht, habe ich die Sachen meiner Mutter durchsucht ...« Sie stockte für einen kurzen Augenblick, bevor sie fortfuhr: »Ich habe in ihrem Sekretär Geld gefunden. Ein paar Tausend amerikanische Dollar. Und das ist nicht alles. Ich bin außerdem auf gefälschte Ausweise für uns alle gestoßen.«

»Gefälscht?«, fragte er irritiert.

»Ja, sie sind auf einen anderen Namen ausgestellt.«

Jonathan fuhr sich durchs Haar und merkte, wie ihn eine wachsende Besorgnis ergriff. »Du hast niemandem erzählt, was du über deinen Vater weißt, oder?«

»Nein.«

»Das darfst du auch vorerst weiter nicht, Marie. Ich habe keine Ahnung, warum deine Mutter diese Ausweise hat, aber ich habe einen Informanten, der versucht hat, etwas über den Patenonkel deiner Brüder herauszubekommen. Irgendetwas stimmt nicht mit diesem Karl Hüttner.«

Einen Moment lang schwieg Marie am anderen Ende. »Das wundert mich nicht einmal«, sagte sie schließlich.

»Ich komme nächste Woche auf jeden Fall nach Bonn, ja?«

»Gut«, erwiderte sie erleichtert.

»Du fehlst mir«, fügte er hinzu.

»Du mir auch, Jonathan.« Sie klang verletzlich, und er wünschte, er hätte bei ihr sein und sie einfach in den Arm nehmen können.

Marie

58

Es hatte gutgetan, mit Jonathan zu sprechen und ihm von ihrer Entdeckung zu erzählen. Sie merkte, wie sie danach ruhiger war. Sie wusste nicht einmal mehr, wie sie das Wochenende hinter sich gebracht hatte. Lina, die Einzige, der sie sich außer Jonathan noch anvertraut hätte, war auf einer Fortbildung in Hannover, und so war Marie ganz allein mit ihren Befürchtungen und Vermutungen gewesen, was das alles zu bedeuten hatte. Ihre Brüder hatte sie ein-, zweimal zwischendurch gesehen, aber sie stand so unter Schock, dass sie kaum mit ihnen geredet hatte.

Sie war froh gewesen, heute Morgen zur Arbeit zu fahren. Im Büro hatte sie Herrn Blankenhorn um eine Unterredung unter vier Augen gebeten und ihn dabei höflich gefragt, ob man ihr beim Parlamentarischen Rat helfen könne, ein Zimmer in Bonn zu bekommen. Als Begründung hatte sie den langen Anfahrtsweg von Köln vorgeschoben.

Wenn Blankenhorn überrascht war, so zeigte er es ihr zumindest nicht. »Selbstverständlich, Fräulein Weißenburg. Ich werde sehen, was sich für Sie da machen lässt.« Er hatte einige Telefonate geführt und ihr schließlich mitgeteilt, dass sie wahrscheinlich in einer der Dienstwohnungen, in deren anderen Räumen auch zwei Sekretärinnen der Bayerischen Landesvertretung wohnen würden, ein Zimmer beziehen könne. Erleichtert hatte sie sich bei ihm bedankt. Als sie ihrer Mutter in ihrem Disput verkündet hatte, dass sie ausziehen wolle, hatte sie vor allem den Wunsch verspürt, sie zu provozieren, um endlich ihre immer glatte Fassade zu durchbrechen. Doch nach diesem Wochenende war Marie klar, dass sie nicht länger bei ihrer Familie wohnen konnte.

Als sie am Abend nach Hause zurückkam, war ihre Mutter inzwischen aus München zurückgekehrt.

»Wie war dein Tag, mein Schatz?«, fragte sie und gab ihr einen Kuss auf die Wange, als hätte es nie eine Auseinandersetzung zwischen ihnen gegeben. Der Tisch für das Abendessen war bereits gedeckt, und ihre Brüder kamen gerade die Treppe herunter.

»Gut«, erwiderte sie kühl. »Geht es Tante Lisbeth besser?«

»Etwas. Sie war froh, dass ich da war«, erwiderte ihre Mutter, ohne sie anzusehen, und begann, die Teller aufzufüllen.

»Tatsächlich? Dann bist du also gar nicht nach München, sondern nach Travemünde gefahren?«

Sie musste zugeben, dass sie ihre Mutter noch nie in ihrem Leben hatte so bleich werden sehen. Genugtuung erfasste sie. Margot Weißenburg stellte den Teller ab, den sie in der Hand hielt. »Marie ...«

»Was?«, stieß sie hervor. »Willst du mir endlich die Wahrheit sagen? Dass du ein Verhältnis mit Onkel Karl hast?«, fragte sie ihre Mutter verächtlich.

»Marie. Jetzt ist es genug«, sagte Helmut schneidend.

»Gar nichts ist genug«, fuhr sie ihn an. »Ich habe die Briefe an Tante Lisbeth gefunden. Und nicht nur die, sondern auch die gefälschten Pässe und das Geld.« Maries Stimme war laut geworden, und es kostete sie alle Mühe, ihrer Mutter und ihren Brüdern in diesem Moment nicht auch noch gleich zu sagen, dass sie außerdem die Wahrheit über ihren Vater kannte.

»Du warst an meinem Sekretär? Wie kommst du dazu?«, fragte ihre Mutter aufgebracht.

»Weil du mir keine andere Wahl gelassen hast. Denkst du, ich merke es nicht, dass du – oder vielmehr ihr ...« Bei diesen Worten wandte sie den Blick von ihrer Mutter zu ihren Brüdern. »... mich die ganze Zeit anlügt? Warum gibt es diese Pässe für uns alle?«

Margot Weißenburg sank auf einen Stuhl. »Marie, ich verstehe, dass dich das alles verunsichert, aber ich kann dir nichts sagen. Du musst uns vertrauen.«

Marie schüttelte aufgebracht den Kopf. Plötzlich merkte sie, wie sie ganz ruhig wurde. »Nein, ich kann euch nicht mehr vertrauen«, sagte sie leise. »Und ich glaube, ich will auch gar nicht mehr wissen, was das alles zu bedeuten hat. Ich will mit euren Lügen nichts zu tun haben. Ich habe heute im Büro darum gebeten, ein Zimmer in einer der Dienstwohnungen in Bonn zu bekommen. Sobald ich etwas habe, werde ich ausziehen.«

Sie wandte sich ab und stieg die Treppe zu ihrem Zimmer hoch. Keiner der drei sagte ein Wort.

59

Am nächsten Morgen schlich sie sich wie eine Diebin über die Terrasse aus dem Haus. Weder ihre Brüder noch ihre Mutter hatten am Abend zuvor noch versucht, mit ihr zu reden. Ein deutliches Zeichen, wie entfremdet sie inzwischen waren. Wann immer es sonst einen Streit in der Familie gegeben hatte, kamen gewöhnlich entweder Fritz oder Helmut danach zu ihr, um mit ihr zu sprechen und sie wieder zur Vernunft zu bringen. Doch dieses Mal war keiner gekommen. Die Wände im Haus waren hellhörig, und Marie hatte in ihrem Zimmer mitbekommen, wie sie unten im Wohnzimmer zu dritt noch leise miteinander geredet hatten, als würden sie etwas Wichtiges besprechen. Später hatte sie gehört, wie einer von ihnen weggegangen und die Haustür ins Schloss gefallen war. Ihr war aufgegangen, dass Fritz und Helmut von alldem gewusst haben mussten – nicht nur von den Pässen, sondern auch, dass ihre Mutter nicht nach München zu Tante Lisbeth, sondern zu Karl fuhr – denn die beiden hatten nicht im mindesten überrascht oder gar schockiert gewirkt. Das Gefühl, dass alle drei sie angelogen hatten und sie ihre eigene Familie vor etwas ausschloss, war schrecklich und tat weh. Gleichzeitig ahnte sie, dass es nichts Gutes sein konnte, was sie ihr verheimlichten, wenn sie sogar ein Zerwürfnis mit ihr in Kauf nahmen.

Bei der Arbeit lenkte es sie etwas ab, als Blankenhorn ihr mitteilte, sie könne ab kommenden Monat tatsächlich das Zimmer in der Dienstwohnung beziehen. Zwei Wochen musste sie noch durchhalten. Doch selbst das schien ihr viel zu lang. Sie versuchte Jonathan anzurufen, doch er war für ein Interview außer Haus, ließ sie die Sekretärin beim *Echo* wissen. Enttäuscht legte Marie auf. Ihr graute davor, nach Hause zu fahren und kurz trug sie sich mit dem Gedanken, ob sie sich nicht einfach in einer Pension einquartieren sollte. Sie hatte den größten Teil ihres Gehalts bis jetzt gespart und hätte es sich vielleicht sogar leisten können, doch trotzdem würde sie nach Köln zurückmüssen, weil sie all ihre Sachen zu Hause hatte. Sie verabschiedete sich von ihren Kollegen und verließ das Büro.

»Marie?« Überrascht sah sie, dass Fritz vor dem Gebäude stand. Sie versteifte sich und blieb stehen.

»Ich wollte dich nur abholen«, sagte er besänftigend und schnitt eine Grimasse. Er deutete auf den VW Käfer, der am Straßenrand stand und einem Freund gehörte, der ihn Fritz gelegentlich auslieh.

»Und warum?«, fragte Marie misstrauisch. »Das hast du doch noch nie getan.«

»Entspann dich. Wir sind immer noch deine Familie und außerdem müssen wir mit dir reden«, sagte er, während er ihr die Tür aufschloss und sie einstieg.

»Wenn ihr versuchen wollt, mich davon abzuhalten auszuziehen, muss ich euch enttäuschen. Meine Entscheidung steht fest.«

»Weißt du, was dein Problem ist, Marie?«, sagte Fritz, während er sich in den Straßenverkehr einfädelte. »Du bist immer die Jüngste gewesen und hast alles bekommen, was du wolltest. Deshalb bist du so verwöhnt und denkst nur an dich. Aber hier geht es um unsere Familie und noch viel mehr.«

Er hatte es nicht einmal unfreundlich gesagt, aber seine Worte verletzten sie trotzdem. Sie war sich sicher, dass es nur ein Vorgeschmack auf das war, was sie zu Hause noch erwartete. Schweigend blickte sie aus dem Fenster.

Als sie Köln erreichten und schließlich in die Straße einbogen, in der sie wohnten, beschlich sie ein ungutes Gefühl. Am liebsten hätte sie die Flucht ergriffen und dieser Wunsch verstärkte sich, sobald sie ausgestiegen waren und Fritz seine Hand auf ihren Rücken legte. »Nun komm schon«, sagte er. Ihr fiel auf, dass die Vorhänge im Haus zugezogen waren, obwohl es noch hell war. Irgendetwas stimmte hier nicht. Eine diffuse Angst erfasste sie. Sie wandte unwillkürlich den Kopf zu ihrem Bruder, dessen Gesicht einen undurchdringlichen Ausdruck angenommen hatte. »Wieso sind die Vorhänge vorgezogen, Fritz?«, fragte sie, aber ihr Bruder antwortete ihr gar nicht, sondern schob sie einfach weiter. Und dann waren sie schon an der Tür. Es war dunkel im Flur, als sie ins Haus traten – und seltsam still. »Ins Wohnzimmer«, sagte er und seine Stimme klang auf einmal wie die eines Fremden. Er lief hinter ihr, trat aber vor und öffnete die Tür. Es war eine seltsame unwirkliche Szenerie, die sie empfing, da nur zwei Lampen den Raum erhellten. Ihre Mutter saß mit bleicher Miene auf einem

Sessel und knetete nervös ein Taschentuch mit den Fingern, und Helmut saß mit angespannter Miene auf einem Stuhl. Erst da bemerkte sie den Mann, der etwas weiter hinten vor der Wand stand und die Familienbilder betrachtete, die dort hingen. Da sie kaum mehr als seinen Rücken im Halbdunkeln erkennen konnte, glaubte sie schon, dass es Onkel Karl sein würde. In diesem Augenblick drehte der Mann sich zu ihr.

Sein Blick traf sie, und Maries Hand griff Halt suchend nach der Lehne des Stuhls neben sich, weil sie es nicht glauben konnte, was sie sah. Sie war sich sicher, dass ihr Gehirn ihr einen makabren Streich spielte, dass sie träumte, aber es bestand kein Zweifel. Ungläubig blickte sie ihn an und merkte, wie Tränen ihre Wangen hinunterrannen.

Ein weicher Ausdruck glitt über sein Gesicht, und im selben Moment war er schon mit ein paar großen Schritten bei ihr und zog sie fest in seine Arme. »Marie«, sagte er rau.

Es war tatsächlich ihr Vater …

Südtirol, Juni 1949, sieben Wochen später

Vera

60

Sterzing …

Die schmalen Straßen und Gassen des Ortes waren dunkel. In kaum einem Haus brannte noch Licht. Dabei war es noch nicht einmal elf Uhr. Das Motorgeräusch eines Wagens, das von nicht weit entfernt zu ihnen drang, ließ Vera kurz aufhorchen. Ansonsten war es gespenstisch still.

Sie hatte Angst. Hastig lief sie neben dem mysteriösen Unbekannten her, der nach dem Übergriff in ihrer Berliner Wohnung nun scheinbar zu ihrem Beschützer geworden war. Noch immer wusste sie nicht, wie er überhaupt hierherkam, geschweige denn, wie er hieß. Auf ihre Frage hin hatte er vorhin nur den Finger auf seinen Mund gelegt, als sie mit ihm in dem Hauseingang gestanden und gewartet hatte, bis die Schritte ihres Verfolgers nicht mehr zu hören waren. Dann hatte er sie eilig mit sich gezogen. Erst dabei war ihr aufgefallen, dass er, wie in Berlin in ihrer Wohnung, wieder eine Waffe in der Hand hielt. Seltsamerweise hatte sie diese Tatsache beruhigt.

Vera war dankbar, dass er so unerwartet aufgetaucht war. Sie wollte sich nicht ausmalen, was sonst vielleicht geschehen wäre. Unwillkürlich wandte sie den Kopf zu ihm – seine große Gestalt war Respekt einflößend, und er wirkte nicht wie jemand, mit dem man sich freiwillig anlegte. Während sie liefen, observierte er mit wachsamem Blick die dunklen Häuserfassaden zu beiden Seiten, als könnte dort jederzeit jemand zum Vorschein kommen, der sie angreifen würde. Trotz seiner schweren Stiefel bewegte er sich leise und unauffällig, wie jemand, der es gewohnt war, mit der Umgebung zu verschmelzen und sich an ein Ziel heranzupirschen, schoss es Vera durch den Kopf.

Sie sah, dass er jetzt auf ein Haus mit einem turmähnlichen Vorbau zusteuerte. Plötzlich meldete sich ihr Verstand zurück. »Wohin gehen wir eigentlich?«

»Zu meiner Unterkunft. In Ihre Pension können Sie erst mal nicht zurück. Das ist zu gefährlich.«

»Aber mein Gepäck ist noch dort«, wandte sie ein.

»Ich werde versuchen, es später zu holen«, sagte er und schickte sich an, die Haustür aufzuschließen. Doch Vera zögerte und blieb stehen. »Nehmen Sie es mir nicht übel, aber mein Vertrauen in Menschen ist in den letzten Wochen ziemlich erschüttert worden, und ich weiß nicht mal, wer Sie überhaupt sind oder wie Sie heißen.«

»Eric.«

Sie zog angesichts dieser kargen Information die Brauen hoch. »Eric … wie?«

»Löwy.«

»Und wer sind Sie genau, Eric Löwy?«

»Belassen wir es dabei, dass ich einfach jemand bin, der Ihnen helfen will.« Er wandte flüchtig den Kopf zu ihr. »Und ehrlich gesagt haben Sie gar keine andere Wahl, als mir zu vertrauen. Sie werden verfolgt, und zwar von Leuten, denen Sie lieber nicht noch mal begegnen sollten. Sie können froh sein, wenn man Ihnen nur drohen wollte.«

Sein Tonfall war so ernst, dass Vera spürte, wie die Angst erneut durch ihren Körper kroch. Er hatte recht.

Wortlos folgte sie ihm ins Haus und eine Wendeltreppe hoch bis in den dritten Stock, wo er eine weitere Tür aufschloss. Als sie das Zimmer betraten, zog er zunächst die Vorhänge zu, bevor er das Licht anschaltete. Veras Augen glitten durch den Raum, in dem neben einem Doppelbett ein kleiner Tisch mit zwei Stühlen stand. Auf der Stirnseite befanden sich eine Kommode und ein großes, verschlissenes Sofa, über dem ein gewaltiges Hirschgeweih hing.

Sie spürte, wie Eric sie aufmerksam musterte, und auf einmal war sie sich der Intimität der Situation bewusst, dass sie mit diesem Mann, von dem sie noch immer nicht wusste, wer er überhaupt war, bereits das dritte Mal allein in einem Raum war. Sie wandte den Kopf zu ihm. Sein dunkles Haar war ein wenig kürzer geschnitten als beim letzten Mal, und er war legerer gekleidet als in Berlin, fiel ihr auf. Sie erinnerte sich an den kurzen Blickkontakt, den sie in der *Goldbar* gehabt hatten, und fragte sich, warum er damals einfach verschwunden war, ohne mit ihr zu sprechen. Er hatte sie beobachtet – genau wie jetzt. Weshalb hatte er ein solches Interesse, dass sie die Nachforschungen von Jonathan fortsetzte?

Wortlos goss Eric aus einer Karaffe, die auf einer Kommode stand, zwei Gläser Wasser ein und reichte ihr eins. »Trinken Sie das. Sie sind etwas blass«, sagte er freundlich. »Ich werde Ihre Sachen holen gehen. Pension *Zum Hufler*, nicht wahr? Welche Zimmernummer?«

Es überraschte sie nicht einmal, dass er wusste, wo sie untergekommen war. »Nummer 7. Aber wer auch immer mich verfolgt hat, weiß, wo ich wohne. Kurz nach meiner Ankunft in Sterzing hat jemand das Zimmer in der Pension durchsucht.« Sie zögerte einen Moment. »Oder waren Sie das?«

»Nein!« Ein beunruhigter Ausdruck flackerte in seinem Gesicht auf. »Ich werde sehen, dass ich über den Hintereingang hineinkomme«, sagte er und wandte sich zum Gehen.

Sie merkte, wie sie Panik bei dem Gedanken erfasste, in dem Zimmer allein zurückzubleiben. »Könnten Sie mir Ihre Waffe hierlassen?«

Er blieb stehen und schaute sie an. Schließlich ging er zu seiner Reisetasche zurück, die neben dem Schrank stand, und öffnete einen Reißverschluss. Als er sich umdrehte, hielt er eine zweite Pistole in der Hand, die er vor sie auf den Tisch legte. »Können Sie damit umgehen?«

Sie nickte. »Danke«, sagte sie leise und griff danach.

»Ich bin mir allerdings sicher, dass niemand weiß, dass wir hier sind«, sagte er. Dann war er auch schon verschwunden.

Es war erdrückend still in dem Raum. Vera trank erneut einen Schluck Wasser und versuchte zu begreifen, warum man sie auf einmal verfolgt hatte. Hing es mit ihrem Besuch bei dem Pater zusammen? Der Mann an der Bushaltestelle, den sie später auch im Restaurant gesehen hatte, kam ihr wieder in den Sinn.

Ihr Blick blieb an der Reisetasche hängen, aus der Eric die Pistole geholt hatte. Vielleicht konnte sie in seinen Sachen etwas entdecken, das ihr mehr über seine Identität verriet. Warum reiste er mit zwei Waffen? Ohne lange nachzudenken, stand sie auf und öffnete den Reißverschluss der Tasche. Doch der Inhalt war enttäuschend unpersönlich. Etwas Kleidung und einige Toilettenartikel zum Rasieren, und in dem Seitenfach steckten zwei Straßenkarten und ein englisches Buch. Das war alles, was sie fand. Als wollte er bewusst vermeiden, dass seine Sachen irgendwelche Rückschlüsse auf seine Person ermöglichten. Nachdenklich setzte sie sich zurück an den Tisch.

61

Sie hätte nicht sagen können, wie viel Zeit vergangen war, als sie Schritte auf der Treppe vernahm. Instinktiv griff sie sofort nach der Waffe, als die Tür aufging. Doch es war nur Eric, der ihr Gepäck dabeihatte. Einen kurzen Moment verharrte er auf der Schwelle, bis sie die Pistole sinken ließ.

Er stellte die Tasche ab und fuhr sich durchs Haar. »Vor der Pension stand tatsächlich jemand.« Er zog seine Jacke aus. Unter seinem Hemd zeichneten sich die Muskeln ab, als er sich bewegte und zu ihr an den Tisch setzte.

Vera beschloss, dass es Zeit war, ihr ein paar Fragen zu beantworten. »Woher wussten Sie, dass ich in Südtirol bin?«

Er zuckte die Achseln. »Die Sekretärin in Ihrer Redaktion war ziemlich auskunftsfreudig. Ich habe mich als ein Freund von Ihnen ausgegeben«, erklärte er ohne jede Verlegenheit und schien daran offensichtlich nichts Schlimmes zu finden. »Ich habe mir schon gedacht, dass Sie hier in Schwierigkeiten geraten könnten. Außerdem habe ich ohnehin etwas in Italien zu erledigen«, setzte er hinzu.

Sie starrte ihn an. »Sie haben sich das schon *gedacht?* Dann haben Sie mich hier einfach ins offene Messer laufen lassen?«

»Nein, das war keineswegs meine Absicht«, entgegnete er scharf.

»Wirklich? Das hört sich aber ganz anders an.« Sie fühlte, wie ihre Ohnmacht, dem allen ausgeliefert zu sein, plötzlich in Wut umschlug, weil er augenscheinlich schon die ganze Zeit Informationen für sich behalten hatte. »Sie wissen, wer meine Verfolger sind, oder?«

Eric schüttelte mit ernster Miene den Kopf. »Nein, jedenfalls nicht genau, aber offensichtlich scheint diesen Leuten viel daran zu liegen, dass Sie Ihre Nachforschungen nicht fortführen.«

Vera schwieg. Auf einmal wurde ihr das alles zu viel. »Aber das ergibt überhaupt keinen Sinn. Alles, was ich bisher in Erfahrung gebracht habe, scheint in dieser Gegend mehr oder weniger Allgemeinwissen zu sein. Ich wüsste nicht, warum man mir deshalb etwas antun sollte«, stieß sie hervor.

Er lehnte sich in seinem Stuhl zu ihr vor.

»Warum erzählen Sie mir nicht einfach, was Sie bisher herausbekommen haben?«, schlug er vor.

»Nein«, entgegnete sie kühl. Sie verschränkte die Arme vor der Brust. »Warum sollte ich das? Sie verraten mir ja auch nicht, was Sie wissen!«

Zu ihrer Überraschung zeigte sich ein Anflug von Schuldbewusstsein auf seinem Gesicht. Nicht zum ersten Mal hatte sie das Gefühl, dass er besorgt wirkte. »Das ist nicht so einfach.«

Er stand auf und goss sich erneut ein Glas Wasser aus der Karaffe ein, bevor er sich gegen die Kommode lehnte. »Lassen Sie mich Ihnen einen Vorschlag machen. Ich unterhalte mich mit Ihnen über das, was Sie bisher herausgefunden haben, und versuche, dazu etwas zu sagen, das Ihnen vielleicht weiterhilft.«

Im ersten Impuls hätte sie am liebsten weiter abgelehnt. Doch in den vielen Interviews, die sie in all den Jahren geführt hatte, hatte sie gelernt, auf die leisen Zwischentöne von Menschen zu achten, auf das, was jemand nicht aussprach. Erics letzter Satz ließ sie deshalb aufhorchen. Ihr wurde klar, dass ihm aus irgendeinem Grund die Hände gebunden waren. Wie einen Anwalt, dessen Wissen über seine Klienten der Schweigepflicht unterlag. Nur dass Eric ganz bestimmt kein Anwalt war, überlegte Vera und ging in Gedanken die Möglichkeiten durch, was für Gründe es noch für sein Schweigen geben könnte. Auf einmal verbanden sich all die kleinen Versatzstücke, die sie zu seiner Person in ihrem Kopf hatte: Die Art, wie er sie routiniert in Berlin in ihrer Wohnung überwältigt hatte, wie er vorhin die Häuserzeilen observiert hatte, und die Tatsache, dass er zwei Waffen besaß ... Eine Ahnung, wer oder was er war, erfasste sie. Schon in Berlin hatte sie den Verdacht gehabt, dass er beim Militär gewesen sein musste oder immer noch war.

»Also, was halten Sie von dem Vorschlag?«

Vera zögerte. Schließlich nickte sie. Vielleicht konnte er ihr helfen. »Gut, ich werde Ihnen erzählen, was mir Kopfzerbrechen bereitet.« Sie trank einen Schluck Wasser und sah ihn an. »Ich habe mich heute mit einem Geistlichen unterhalten, der mir erzählt hat, wie ehemalige Nationalsozialisten mithilfe der Kirche unbehelligt ein neues Leben anfangen können«, begann sie. »Zwei Fragen beschäftigen mich dabei. Zum einen – wie kann die Kirche so darüber hinwegsehen, was diese Männer getan haben, und zum anderen, wie kann es sein, dass die Geheimdienste der Alliierten das nicht mitbekommen?«

Eric betrachtete sein Glas, bevor er den Kopf hob. »Ich würde Ihnen raten, die Kirche nicht nur als religiöse, sondern auch politische Institution zu sehen. Es gibt etliche geistliche Führungspersönlichkeiten, für die der Krieg nur ein Zwischenspiel in einem weit größeren und wichtigeren Kampf war, nämlich in dem gegen den Kommunismus.«

Vera hörte ihm aufmerksam zu. Da die Kommunisten die Religion ablehnten und gegen sie ankämpften, mussten sie für die Kirche natürlich gefürchtete Feinde sein. Doch dass einige Geistliche auf so aktive Weise Position bezogen, hätte sie niemals für möglich gehalten.

»Sagt Ihnen die Organisation *Intermarium* etwas?«, fragte er.

»Nein, wer oder was ist das?«

»In der Kirche gibt es einige Fraktionen, die schon in der Vergangenheit lange mit dem Nationalsozialismus sympathisiert haben«, berichtete Eric. »*Intermarium* ist eine kirchliche Flüchtlingsorganisation, die von solchem Gedankengut durchsetzt ist. Sie koordiniert seit Kriegsende die Fluchtaktionen vieler Faschisten.«

Vera stellte ungläubig ihr Glas ab. »Dann hat das alles noch viel größere Ausmaße als nur diese Unterstützung in Südtirol?«

Er lächelte schief. »Genau dieser Frage sollten Sie nachgehen«, sagte er. »Wohin werden Sie als Nächstes fahren? Nach Mailand?«

Sie erinnerte sich, dass er Jonathans Aufzeichnungen gelesen hatte und daher auch die weiteren Stationen ihrer Reise kannte.

»Ja, ich will mit diesem Journalisten sprechen, der die Artikel über das ehemalige Kriegsgefangenenlager in Rimini geschrieben hat, aber dann möchte ich das Displaced Persons-Lager besuchen, in dem die Flüchtlingsfamilie mit dem kleinen Mädchen untergebracht ist, über die ich offiziell etwas schreibe.«

»Gut.« Er nickte zufrieden. »Sie sollten Tirol auf jeden Fall möglichst schnell verlassen.« Er blickte auf die Uhr. »Wir sollten ein, zwei Stunden schlafen, bevor wir aufbrechen.«

»*Wir?*«

»Ich habe einen Wagen und werde Sie bis nach Mailand mitnehmen. Ich muss dort ohnehin jemanden sehen.«

»Das heißt, Sie wollen sich auf einmal an meinen Recherchen beteiligen?«

»Nein, ich werde mich im Hintergrund halten und lediglich darauf achten, dass Ihnen nichts passiert.«

Sie unterdrückte erneut die Frage, wo sein eigenes Interesse in dieser Sache lag, weil sie ahnte, dass er ihr ohnehin keine Antwort geben würde.

Eric ließ sich auf dem Sofa nieder und rollte seine Jacke zu einem Kissen zusammen. »Sie können das Bett haben«, sagte er, während er sich schon ausstreckte.

62

Obwohl sie sicher war, kein Auge zuzubekommen, übermannte Vera die körperliche wie emotionale Erschöpfung, und sie schlief ein. Sie träumte wirr. Jemand verfolgte sie, und sie flüchtete. Auf einmal war sie so wie damals in einem Keller.

Man hatte ihr die Augen verbunden. Sie fühlte Finger, die sie grob am Oberschenkel packten und weiter nach oben an ihrem Bein entlangfuhren, Stoff riss, und sie schrie, versuchte, sich loszureißen. Doch der Griff war unerbittlich. Panisch begann sie, sich zu wehren. Jemand fasste sie am Arm und rief ihren Namen, doch sie schlug wie wild um sich, spürte, wie ihre Fingernägel über die Haut ihres Angreifers kratzten, als sie sich vergeblich bemühte freizukommen. *Nein.* Sie schluchzte. *Vera* … Wie durch einen Nebel drang erneut der Klang ihres Namens zu ihr durch – und dann wurde es auf einmal hell.

Keuchend riss sie die Augen auf und sah Erics Gesicht vor sich, der das Licht eingeschaltet hatte und sie mit besorgtem Blick festhielt. »Alles gut. Du hast nur geträumt«, sagte er.

Ihr Atem ging noch immer schnell, und sie merkte, wie Tränen über ihre Wangen liefen. Es war Jahre her, dass sie von dem Vorfall in dieser Intensität geträumt hatte. Erst da bemerkte sie mit einem Mal, dass Eric rote Kratzspuren auf den Armen und am Hals hatte. Sie brachte keinen Ton hervor, als sie begriff, dass sie es gewesen war, die sie ihm beigebracht hatte.

»Alles in Ordnung?« Seine Stimme klang unerwartet emotional.

Sie nickte, peinlich berührt, dass er Zeuge ihres Traums geworden war. »Ja, ich …«

»Glaub mir, du bist nicht die Einzige, die die Vergangenheit in ihren Träumen einholt. Ich kenne hartgesottene Männer, Soldaten, die im Schlaf jede Nacht wie Kinder weinen«, erklärte er mit einer eigenartigen Betonung und ließ sie vorsichtig los.

Damit schien das Thema für ihn erledigt.

Er warf einen Blick auf seine Armbanduhr. »Es ist drei. Da wir eh wach sind, können wir uns jetzt auch auf den Weg machen. Je eher wir hier weg sind, desto besser«, sagte er.

»Ja, wir können gerne aufbrechen.« Sie merkte, dass sie noch immer um Fassung rang, während sie sich die Haare aus dem Gesicht strich und nach ihrer Jacke griff.

Nicht einmal zehn Minuten später saßen sie in dem Wagen, den Eric gebraucht erstanden hatte, und verließen in der Dunkelheit Sterzing. Vera spürte, wie sie unbewusst aufatmete, als sie das Ortsschild hinter sich ließen.

Eine Weile fuhren sie die einsame Landstraße entlang. Eine ungewöhnliche Nähe herrschte seit dem Vorfall zwischen ihnen. Ohne darüber zu sprechen, waren sie zum *Du* übergegangen.

»Das vorhin tut mir leid«, durchbrach sie schließlich die Stille.

Die Hände auf dem Lenkrad, drehte er sich fragend zu ihr.

Sie deutete auf die roten Striemen, die man noch auf seinem Unterarm sehen konnte.

Eric zuckte die Achseln. »Schon in Ordnung.«

Vera blickte aus dem Fenster, wo man nur schemenhaft die Umrisse der Berge erahnen konnte. Mit einem Mal hatte sie das Gefühl, ihm eine Erklärung zu schulden. »Es ist die Dunkelheit, wenn ich nichts sehen kann … Ich kann es nicht steuern. Ich wurde damals in einen Keller verschleppt«, berichtete sie mit tonloser Stimme.

»Russen?«, fragte er nur.

Vera nickte. Ihr Schicksal war nicht ungewöhnlich. Tausende von Frauen hatten Ähnliches erlebt. Sie hatte den Kopf noch immer zum Fenster gedreht. »Ja, es waren mehrere Männer. Sie haben mich von der Straße gezerrt und in einen Keller gesperrt. Dann sind sie verschwunden. Am Anfang dachte ich, sie hätten mich vergessen, aber sie kamen am nächsten Tag zurück, nahmen mir die Augenbinde ab …« Für einen Augenblick stiegen die Bilder von jenem Tag wieder in ihr auf. Ihre zerrissene Kleidung, die kalte grobkörnige Wand, gegen die sie gepresst wurde, und die russischen Wortfetzen, die klangen, als wenn die anderen den Mann noch anfeuerten, der sich an ihr verging. Sie war stark, sie würde das schaffen, hatte sie sich am Anfang noch gesagt. Doch der Schmerz, die Demütigung und die Angst hatten sie schnell in einer so tosenden Welle überrollt, dass sie alles andere vergaß und sich nur noch wie ein panisches, zu Tode verängstigtes Tier fühlte. Und dann war plötzlich Lärm zu hören gewesen, und es wurde hell. Holz splitterte. Jemand schrie etwas in russischer Sprache – einen Befehl … Veras Finger krampften sich um den Haltegriff. Sie sah die Szene wieder vor sich, als wäre es gestern geschehen.

Erics Hand berührte sie. »Du musst nicht darüber sprechen.«

Doch sie wollte reden, damit er es verstand. »Im Grunde habe ich noch Glück gehabt«, erzählte sie mit belegter Stimme. »Ein Offizier und mehrere Soldaten standen plötzlich im Keller. Jemand sagte etwas in schneidendem Russisch, und der Mann, der sich an mir vergangen hatte, hat angefangen zu flehen. Er stand dort mit heruntergelassener Hose und hatte gleichzeitig diese unglaubliche Angst in seinen Augen. Ich war schockiert, wie jung er war. Als die Männer mich von der Straße gezerrt hatten, habe ich kaum gesehen, wer sie waren. Obwohl er mir das angetan hatte, tat er mir auf einmal beinah leid … Und nur einen Moment später hat der Offizier seine Waffe gezogen und geschossen.« Sie schauderte bei der Erinnerung. »Der Mann war sofort tot. Die anderen beiden wurden abgeführt, und der Offizier hat mich mit sich genommen. Ich solle mir nicht einbilden, dass er Mitleid für eine Deutsche empfinde, hat er voller Verachtung in gebrochenem Deutsch gesagt. Er hätte das nur getan, weil es Tage zuvor eine Anordnung gegeben habe, die die Disziplin in der Armee wiederherstellen solle. Der Soldat hätte einen Befehl missachtet. Am Ende hat er mich nach draußen gebracht.«

Sie drehte ihr Gesicht zu Eric. »Und dort vor dem Keller stand Jonathan. Ich habe erst später verstanden, dass dieser Offizier nur in dem Keller aufgetaucht ist, weil Jonathan nach mir gesucht hat und keine Angst hatte, zu den russischen Befehlshabern zu gehen. Dabei hätten sie ihn einfach erschießen oder in das nächste Kriegsgefangenenlager stecken können.«

»Das war sehr mutig von ihm«, sagte Eric ehrlich.

»Ja, das war es. Jonathan war weit mehr als nur ein guter Freund.« Ihre Kehle fühlte sich wie zugeschnürt an, als sie an ihn dachte. »Ich verdanke ihm mein Leben, und so groß meine Angst ist, ich werde alles daransetzen, seine Mörder zu finden«, sagte sie schließlich.

Eine Weile schwiegen sie beide. Irgendwann wandte Eric den Kopf zu ihr. »Es gibt einen Grund, warum ich dir nichts über mich erzähle.«

Sie schaute ihn an. »Kannst du mir wenigstens sagen, woher du wusstest, dass Jonathan nicht bei einem Unfall umgekommen ist, sondern man ihn umgebracht hat?«

Eric zögerte. »Ich werde dir alles erzählen, aber du musst noch etwas Geduld haben. Bei dieser Angelegenheit geht es nicht nur um mich allein«, fügte er hinzu.

»Heißt das, du wirst mir helfen, Jonathans Mörder zu finden?«, fragte sie leise.

Er nickte, und sie konnte sehen, wie er das Lenkrad fester umklammerte. »Ja. Und ich möchte dich mit dem Mann zusammenbringen, den ich in Mailand besuchen werde. Er hat wichtige Informationen, die mit alldem im Zusammenhang stehen.«

Hüttner

63

München …

Er warf einen Blick auf die Uhr. In einer halben Stunde hatte er eine Verabredung mit Dr. Schneider. Es war ein früher Termin. Ihm war klar, dass dieser ihn zu den Ereignissen befragen würde. Sein unterkühlter Ton am Telefon gestern Abend hatte keinen Zweifel gelassen, wie ungehalten er über die Geschehnisse war. Karl wünschte, er könnte seine Befürchtungen entkräften und ihm versichern, dass alles unter Kontrolle war, doch dem war leider nicht so. Kein Zweifel, es würde ein unangenehmes Gespräch werden. Vor allem nach dem, was er gerade erfahren hatte. Er konnte im Spiegel sehen, wie seine Halsschlagader unter der Haut ungesund pulsierte, als er seine Krawatte zurechtrückte. Gernot hatte sich aus Südtirol gemeldet. Sie hatten die Spur dieser Redakteurin verloren. Sein Instinkt hatte ihn nicht getrogen. Im Grunde hatte er es gewusst, seitdem er ihren Lebenslauf in den Händen gehalten hatte, dass Vera Lessing Ärger bedeuten würde.

Sie war Gernot irgendwo in den Gassen entwischt. Er hatte jemanden vor ihrer Pension postiert, aber dorthin war sie nicht zurückgekehrt. Trotzdem war ihr Gepäck verschwunden. Das Haus hatte einen Hintereingang, der anscheinend nicht verschlossen gewesen war. Doch wo war sie danach hingegangen? Hatte sie sich eine andere Unterkunft gesucht? Zu dieser späten Stunde fuhren weder Zug noch Bus, hatte Gernot ihm versichert. Sie hätte Sterzing nicht vor den frühen Morgenstunden verlassen können.

Grübelnd verzog Karl die Stirn. Entweder sie hatte Hilfe gehabt, oder sie hatten sie eindeutig unterschätzt. Nun, Gernot würde sie schon wieder aufspüren. Das Gute war, dass sie durch ihren Informanten beim *Echo* nicht nur ihre nächsten Reisestationen kannten, sondern auch wussten, wo sie übernachten würde. Ihr Schicksal war besiegelt.

Er griff nach seinem Hut und verließ das Haus.

Nicht einmal zehn Minuten später wurde er im Vorzimmer von Dr. Schneider von der adretten Sekretärin in Empfang genommen. Er kannte Annelore Krüger noch aus früheren Zeiten, als sie blutjung gewesen war. Gerüchte, die hübsche Siebenundzwanzigjährige und den verheirateten Dr. Schneider würden weit mehr als nur berufliche Beziehungen verbinden, hielten sich seitdem hartnäckig, und er war sich sicher, dass sie stimmten. Sie war Schneider in geradezu untertäniger Weise verbunden und genoss sein volles Vertrauen. Nach dem Krieg hatte dieser sie sogar suchen lassen.

Fräulein Krüger geleitete ihn sofort durch in das Allerheiligste. Dr. Schneider stand am Fenster und hatte ihm den Rücken zugewandt, als er ins Zimmer trat.

»Herr Hüttner ist hier«, kündigte sie ihn mit sanfter Stimme an.

Schneiders rechter Zeigefinger trommelte gegen den Fensterrahmen, aber er ließ einen Augenblick verstreichen, bevor er sich zu ihm drehte. Die Sekretärin hatte hinter ihnen die Tür geschlossen, und sie waren allein.

Schneider war kein besonders großer Mann, aber von seiner Erscheinung ging wie immer eine beeindruckende Autorität aus. Man wollte sich unweigerlich sein Wohlwollen sichern, wenn man ihm gegenüberstand. Er trug einen grauen Anzug, sein Schnurrbart war sorgfältig gestutzt, und sein braunes Haar akkurat kurz geschnitten. Karl Hüttner konnte sich nicht erinnern, ihn jemals ungepflegt oder nachlässig gekleidet gesehen zu haben. Seine stahlblauen Augen, die ihm bei den Amerikanern den Spitznamen Dr. Blue eingebracht hatten, musterten ihn durchdringend, bevor er auf einen Stuhl deutete.

»Setzen Sie sich. Es gibt einiges, über das wir uns unterhalten müssen.«

Sein Tonfall war kühl, und die Tatsache, dass er ihn nicht einmal begrüßt hatte, ließ darauf schließen, dass diese Unterredung vermutlich noch unangenehmer werden würde, als Karl es erwartet hatte.

Er kam der Aufforderung nach und setzte sich vorsichtig auf einen der schmalen Stühle.

Schneider goss zwei Tassen Kaffee ein.

»Diese ganze Geschichte scheint etwas aus dem Ruder gelaufen zu sein.«

Da es keinen Sinn hatte zu widersprechen, nickte Karl vorsichtig. »Ja, ich gebe zu, die Operation hätte optimaler durchgeführt werden können.«

Die blauen Augen ihm gegenüber verengten sich. »Unterstehen Sie sich, in diesem Zusammenhang von einer *Operation* zu sprechen«, sagte er scharf. »Als wir sagten, dass die Sache geregelt werden muss, war klar, dass das allein Ihre Angelegenheit ist und es keine Verbindung zu uns geben darf.«

Karl musste zugeben, dass das stimmte. Das Gespräch erinnerte ihn an sein letztes Treffen mit Grünberg. Doch im Gegensatz zu dem Amerikaner hatte Karl den allergrößten Respekt vor Schneider. Er und auch die anderen verdankten ihm alles. Karl hatte die Wochen nach ihrer Festnahme noch gut im Kopf. Die Bilder von dem jämmerlich armseligen Dasein, das sie damals in dem italienischen Lager fristen mussten, hatten sich unauslöschlich in sein Gedächtnis gebrannt. Es gab

Momente, in denen sie der Glaube beinah verlassen hatte. Was, wenn er sie doch vergessen hatte? Manchmal hatten sie, wie so viele andere auch, überlegt, einfach auf eigene Faust auszubrechen, aber Karl hatte sich Schneiders Worte gemerkt. Sie würden Geduld haben müssen, seine Pläne umzusetzen koste Zeit, hatte er sie vorher gewarnt, aber dann werde für sie alle ein Neuanfang beginnen. Und so hatten sie ausgeharrt, und am Ende hatte Schneider schließlich sein Wort gehalten. Vielleicht unternahm Karl deshalb den Versuch, sich jetzt zu verteidigen und ihm zu erklären, wie es so weit hatte kommen können. »Dieser Journalist war nicht vorher …«

Dr. Schneider hob unwillig die Hand und unterbrach ihn. »Nicht. Ich will nichts von ihm wissen. Wie gesagt, das ist alles Ihre Angelegenheit. Es gibt genug Gerüchte, und ich kann Ihnen nur raten, diese ganze Geschichte ein für alle Mal unter Kontrolle zu bekommen.« Er goss etwas Sahne in seinen Kaffee. »Sehen Sie, einer der Gründe, warum ich Ihnen die Auswahl und die Verantwortung für Ihre Leute lasse, ist der, dass ich mich nicht mit Wissen belasten möchte, das ich sonst unter Umständen gezwungen sein könnte, öffentlich zu machen. Ich denke, Sie verstehen doch, was ich meine?«

»Selbstverständlich. Voll und ganz, Dr. Schneider.«

Sein Gegenüber nippte an seinem Kaffee.

»Ach, und noch etwas – dieser Weißenburg will nicht aufhören, unangenehme Fragen zu stellen. Das muss auch ein Ende haben. Ich rufe es Ihnen nur ungern ins Gedächtnis, aber Sie haben ihn damals angeworben.« Verärgert blickte er ihn an.

Karl gestand sich ein, dass das ein zusätzliches Problem war, für das er noch keine Lösung gefunden hatte.

»Ich werde mich darum kümmern«, versprach er.

Er war mehr als erleichtert, als Schneiders Interesse sich anderen Themen zuwandte und er ihn nach dem Amerikaner fragte. Er war nie so dumm gewesen, Schneider zu verschweigen, welche Dienste Grünberg von ihm verlangte. Sie mochten den Krieg verloren haben, aber Karl hatte nicht vergessen, wem er seine Loyalität schuldete.

»Grünberg hofft noch immer, von mir die Identitäten zu erfahren, die Sie ihm nicht geben wollen«, berichtete Karl.

»Namen! Ich weiß, dass sie die alle wissen wollen«, sagte Schneider jetzt verächtlich. »Aber wie stellen die sich das vor? Dann können wir sie ja gleich in der Zeitung inserieren.« Er strich sich über seinen gestutzten Schnurrbart und schüttelte den Kopf. »Man würde sich wirklich wünschen, sie würden denen das Feld überlassen, die sich mit der Materie auskennen.«

Karl konnte ihm nur zustimmen.

Als er wenig später zurück in sein Büro ging, telefonierte er noch einmal mit Gernot und erteilte ihm seine Instruktionen.

Angespannt legte er schließlich den Hörer auf und dachte an Hermann Weißenburg. Er stellte in der Tat ein Problem dar. Dabei war im Grunde alles nur seine Schuld. Wie hatte er nur so dumm sein können …

Sieben Wochen zuvor, Köln, Mai 1949

Hermann Weissenburg

64

Sein Blick ruhte ungläubig und voller Stolz auf seiner Tochter. Dort stand sie. Er hatte in den letzten Jahren Fotos von ihr gesehen, doch sie reichten nicht ansatzweise an die Wirklichkeit heran – Marie war eine junge Frau geworden und noch hübscher, als er sie von früher in Erinnerung hatte.

Natürlich hatte er sich ihr Wiedersehen anders vorgestellt. Doch als Margot am Wochenende zu ihm gekommen war und ihm erzählt hatte, dass Marie auch noch die Pässe und das Geld gefunden habe, war ihm klar geworden, dass sie nicht umhinkommen würden, ihr früher als beabsichtigt die Wahrheit zu sagen. Es war ein Risiko, dass er so auf eigene Faust handelte. Nicht einmal Karl wusste davon. Auf dem Weg hierher hatte er sich durchaus gefragt, ob es richtig war, was er tat. Doch nun, da Marie vor ihm stand und er den Schock und die Tränen in ihrem Gesicht sah, lösten sich alle seine Zweifel auf.

Ihr damals nicht die Wahrheit zu sagen war eine Entscheidung, die er mit seiner Frau und seinen Söhnen zusammen getroffen hatte. Sie waren sich alle vier einig gewesen, dass es besser und sicherer für Marie wäre, wenn sie glaubte, er sei tot. Seine Tochter war zu jener Zeit erst sechzehn, und Hermann wusste, dass man sich bei einem Verhör stets das schwächste Glied in der Kette suchte. So war er selbst schließlich auch immer vorgegangen. Marie hätte – anders als die Jungen und Margot – keine Stunde solch eine Befragung durchgehalten.

Er merkte, wie seine Tochter sich jetzt aus seinen Armen befreite und ihn ansah. Wie sehr er sie vermisst hatte. Umso irritierter stellte er nun fest, dass sie vor ihm zurückwich.

»Ich verstehe das nicht«, sagte Marie und schluchzte auf. Ein wenig bekam er ein schlechtes Gewissen, als er ihr aufgelöstes Gesicht wahrnahm. »Wie konntet ihr mir verheimlichen, dass du noch lebst? Ich habe nächtelang geweint!«

»Wir mussten das tun. Zu deinem eigenen Schutz. Es war zu gefährlich.« Er wollte sie wieder in die Arme ziehen, aber sie wehrte sich und wich erneut einen Schritt zurück.

Sie schien völlig unter Schock zu stehen, und auf einmal erkannte er die Wut in ihrem Gesicht.

Hermann Weißenburg runzelte die Stirn. Er begann zu begreifen, dass das Wiedersehen weit schwieriger und anders verlaufen würde, als er es sich ausgemalt hatte. Es gefiel ihm nicht. In den Jahren, die hinter ihm lagen, als er sich nicht sicher war, ob ihre Pläne auch aufgehen würden, hatte er sich immer wieder an diesem Wiedersehen festgehalten, das es eines Tages geben würde. In unzähligen Variationen hatte er sich ausgemalt, wie Marie ihm – nach einem kurzen Augenblick der Fassungslosigkeit – ungläubig vor Freude in die Arme fallen und ihn nicht mehr loslassen würde. Eine Reaktion wie diese hatte er nie für möglich gehalten – dass seine Tochter aufgebracht vor ihm zurückweichen könnte. Es traf ihn. »Marie«, sagte er, um einen sanften Tonfall bemüht. »Glaub mir, für mich war das am schwierigsten. Ich musste meinen eigenen Tod vortäuschen. Aber ich habe das alles nur für euch getan. Für unsere Familie. Damit wir eine Zukunft haben.«

»Aber wieso musstest du so tun, als würdest du nicht mehr leben?«

Hermann Weißenburg unterdrückte ein Seufzen. Er würde nicht drum herumkommen, ihr zu erklären, wie es dazu gekommen war. »Setz dich!« Er deutete auf das Sofa und nahm dann neben ihr Platz. Es war schwierig, einen Anfang zu finden. »Du weißt, dass ich 1944 während des Krieges in Russland war, oder?«

Sie nickte, und er merkte, wie seine Gedanken zurückwanderten, zu jenem Abend vor fünf Jahren, der sein Leben so entscheidend verändern sollte. Es kam ihm vor, als könnte er die feuchte Kälte in der Datscha noch immer spüren …

65

Fünf Jahre zuvor, Russland 1944, unweit der Ostfront …

Es regnete, keine klaren Tropfen, sondern dünne, nieselnde Fäden, die die Feuchtigkeit bis in die letzte Ritze dringen ließen, die sich von innen an den dünnen Scheiben absetzte. Seit Tagen war es so. Fröstelnd rieb er sich die Hände. Ständig war ihm kalt, seitdem sie hier waren. Aber in dieser leer stehenden Datscha, in der sie sich verabredet hatten, schien es besonders schlimm. Walter hatte sofort angefangen, in den Schränken zu suchen. Die karge Einrichtung wirkte noch immer so, als würden die Bewohner gleich zurückkommen. Selbst zwei benutzte Teller standen noch auf dem Tisch. Es war gespenstisch.

»Wusste ich's doch!« Triumphierend zog Walter hinter einigem Gerümpel eine halb volle Flasche Wodka hervor. Es fanden sich sogar noch drei Gläser.

Karl, der gerade hereingekommen war und den Regen von seinem schweren Ledermantel schüttelte, grinste. »Sehr schön, in diesen Zeiten sollte man auf jeden Tag anstoßen, den wir noch leben.«

Hermann wandte ihm den Kopf zu. Der Krieg hatte Karl von ihnen drei am wenigsten zugesetzt. Sie kannten sich seit der Schulzeit. Walter und er hatten später Karriere beim Reichssicherheitshauptamt gemacht, Karl war dagegen wie schon sein Vater zur Wehrmacht gegangen. Hermann merkte, wie gut es tat, den Freund wieder in der Nähe zu haben. Seine Einheit war vor zwei Wochen zu ihnen gestoßen, und seitdem waren die drei Freunde wie in alten Tagen erneut vereint.

Er fragte sich, warum Karl Walter und ihn heute unbedingt allein hier treffen wollte.

Sie nahmen jeder ein Glas in die Hand und stürzten den Wodka hinunter. Einen Moment ließen sie den brennenden Geschmack auf ihrem Gaumen nachklingen und sagten kein Wort, bis Karl sich schließlich zu ihnen drehte. »Es gibt einen Grund, warum ich euch alleine sprechen wollte. Ich denke, es wird Zeit, dass wir uns darüber Gedanken machen, was nach diesem Krieg kommt. Gewinnen werden wir ihn jedenfalls nicht mehr.«

Walter und er schwiegen. Eine solche Aussage war Volksverrat. Hätte sie einer ihrer Vorgesetzten hören können, sie wären sofort erschossen worden. Aber es war die Wahrheit. Nach Stalingrad hatte die Rote Armee nun auch noch ihren Belagerungsring vor Leningrad gesprengt, in Afrika waren sie von den Briten geschlagen worden, und die Westalliierten waren inzwischen in der Normandie gelandet. Nicht einmal ein Wunder konnte ihnen noch zum Sieg verhelfen, und dennoch agierten sie alle in blindem Gehorsam, als könnten sie das Unumstößliche dadurch noch aufhalten.

»Was soll schon kommen, Karl?«, fragte Walter bitter, der sich gegen das schiefe Fensterbrett gelehnt hatte. Der Wodka hatte eine leichte Röte in seine Wangen getrieben. »Wenn wir Glück haben und bis dahin noch leben, fallen wir vielleicht nicht in die Hände der Russen. Eine Gefangenschaft bei den Amerikanern oder Briten erscheint mir auf jeden Fall erstrebenswerter.«

Hermann sah die Dinge ähnlich. Zu den Gesichtern der vielen Toten, die ihm in der Nacht den Schlaf raubten, gesellte sich schon seit einiger Zeit die immer größer werdende Furcht vor der Zukunft.

»Nun, ich beabsichtige ganz sicher nicht, in Gefangenschaft zu gehen«, erwiderte Karl.

Die Selbstsicherheit, mit der er diese Worte hervorbrachte, irritierte Hermann. »Willst du Deutschland doch verlassen?«

Karl schüttelte den Kopf. »Nein. Keineswegs. Aber ich werde mich auch nicht wie ein Opferlamm in die Gefangenschaft führen lassen«, verkündete er. »Ich bin dabei, Vorkehrungen zu treffen.«

Walter lachte spöttisch. »Vorkehrungen?«

»Genau.« Karls Augen verengten sich, und er senkte seine Stimme. »Hört mal, ich habe jüngst ein vertrauliches Gespräch mit jemandem aus dem Generalstab der Wehrmacht geführt, einem klugen Kopf, der schon lange gesehen hat, wo das alles hinführt. Er hat Pläne für die Zeit nach dem Krieg. Ich werde mich ihm anschließen und hoffe, dass ihr auch dabei sein werdet.« Und dann enthüllte Karl ihnen, was dieser Generalmajor zu tun gedachte. Ungläubig hörten Walter und er ihm zu. Es war waghalsig und gleichzeitig mutig und genial. Hermann begriff sofort die Möglichkeiten, die in diesem Plan lagen. Vielleicht würden sie ihr Schicksal tatsächlich noch einmal wenden können.

Und so schlossen sie an diesem Tag einen Pakt. Es war riskant, was sie vorhatten, aber gleichzeitig auch ein Hoffnungsschimmer, die Möglichkeit einer Zukunft, an die er schon so lange nicht mehr geglaubt hatte. In den Wochen und Monaten danach lebte Hermann auf, und sie arbeiteten akribisch an den Vorbereitungen. Walter und er konnten jedoch nicht ihre Identität behalten. Als Leiter der Einsatzkommandos vom RSHA hatten sie zu viel verbrannte Erde hinterlassen. Sie wussten, dass es bei den Alliierten schon längst Listen mit gesuchten

Deutschen gab, auf denen auch ihre Namen standen. Karl war als Offizier der Wehrmacht weniger gefährdet. Zumal er vorausschauend genug gewesen war, seine Mitgliedschaft in der SS schon vor einiger Zeit aus den Akten zu tilgen.

So besorgten sie sich neue Pässe, und Walter wurde zu Gerd Lempert und er zu Richard Pape. Karl gab ihnen jedoch zu bedenken, dass es nicht reichen würde, nur eine neue Identität anzunehmen. »Solange es keinen Beweis für euer Ableben gibt, werden sie nach euch suchen. Man muss euch wirklich für tot halten. Nur so habt ihr eine Chance, völlig neu anzufangen.« Die Idee, auch noch seinen eigenen Tod vorzutäuschen, erschien Hermann zunächst abwegig, aber schließlich überzeugten ihn Karls Worte.

Zu dieser Zeit waren sie durch einen ihrer Agenten auch an eine Kopie von *Operation Eclipse* gelangt – dem Plan der Alliierten, wie Deutschland nach der Kapitulation unter den Verbündeten aufgeteilt werden sollte. Der Ostteil des Reiches würde vollständig in russische Hand fallen. Hermann begriff, dass es nicht nur sicherer sein würde, wenn seine Familie Berlin verließ, sondern dass er und Walter sich auch rechtzeitig Richtung Westdeutschland absetzen mussten.

Trotz ihrer neuen Identität mussten sie davon ausgehen, dass man sie festnehmen würde, da sie Männer im wehrfähigen Alter waren. Doch sie durften auf keinen Fall auf russischem Gebiet in Gefangenschaft geraten.

Auf einer der letzten Reisen nach Berlin weihte Hermann schließlich seine Frau und Fritz ein. Mit Helmut, der auch an der Front war, hatte er bereits zuvor in Polen gesprochen.

Nur wenige Tage später sorgte Karl dafür, dass in Russland die Leichen zweier bis zur Unkenntlichkeit zerfetzter Soldaten anhand ihrer Erkennungsmarken als Hermann Weißenburg und Walter Beck identifiziert wurden. Zur gleichen Zeit machten Walter und er sich auf den Weg nach Süddeutschland.

Marie

66

»Hätten wir unseren Tod nicht vorgegeben, würden wir wahrscheinlich nicht mehr leben«, schloss ihr Vater seine Erzählung. »Wir wären in ein russisches Kriegsgefangenenlager gekommen, oder man hätte uns gleich hingerichtet.«

Marie hatte ihm schweigend zugehört. Immer wieder hatte ihr Vater zwischendurch seine Erzählung unterbrochen und ihren Blick gesucht. Wie versteinert saß sie da, bewusst mit etwas Abstand auf der Kante des Sofas. Wie konnte es sein, dass er noch lebte? Es kam ihr alles seltsam unwirklich vor, wie in einem Traum, und sie verstand kaum, was er sagte.

Er hatte sich verändert, seitdem sie sich das letzte Mal gesehen hatten. Sein Haar war dünner geworden. Graue Strähnen zeigten sich darin, und Falten zogen sich durch sein Gesicht. Nur seine warme, tiefe Stimme war noch dieselbe und rief unweigerlich die Bilder ihrer Kindheit wieder in ihr wach.

Ein Sturm widersprüchlichster Empfindungen und Gedanken tobte durch Maries Inneres, in dem sich alles zu vermischen schien – ihre Erinnerung an früher und ihre Gefühle für ihn, die sie nicht in Einklang bringen konnte mit dem, was sie in den letzten Wochen über ihn erfahren hatte. Sie wusste einfach nicht mehr, was sie denken und fühlen sollte. Ein Teil von ihr wollte sich am liebsten in seine Arme werfen und vor Freude weinen, dass er noch lebte. Sie spürte an seinen Blicken und Gesten, dass er sich nach genau dieser Reaktion von ihr sehnte.

In jedem seiner Worte schien die unterschwellige Bitte zu schwingen, ihn doch zu verstehen, ihm zu glauben, dass er keine andere Wahl gehabt hatte. Und es traf sie wie ein Schlag, dass sie trotz allem, was sie über ihn wusste, merkte, wie sehr sie ihn vermisst hatte und wie tief ihr Wiedersehen sie berührte. Wie sehr wünschte sie, er würde ihr sagen, all die furchtbaren Dinge seien nicht wahr – dass er nie in den Lagern gewesen sei und nichts mit den Einsatzkommandos zu tun gehabt habe, dass es sich nur um ein Missverständnis handle …

»Ich verstehe, dass das für dich auch nicht leicht war und ein Schock sein muss«, riss ihr Vater sie aus ihren Gedanken. Er legte den Arm um ihre Schultern, und sie schaffte es nicht, sich ihm erneut zu entziehen. Sie versuchte, einen Sinn in seine Erzählung zu bringen, um zu verstehen, was das alles bedeutete. Trotz ihres schockartigen Zustands hatte sie mitbekommen, dass er ihr etwas Entscheidendes verschwiegen hatte.

»Und die Pläne dieses Generalmajors – was ist daraus geworden? Was hast du denn seit dem Krieg nun gemacht?«, fragte sie ihn schließlich verwirrt.

Er zögerte. »Darüber darf ich leider nicht sprechen, Marie. Im Grunde dürfte ich nicht einmal hier sein, aber deine Mutter und ich fanden, dass es an der Zeit ist, dass du endlich die Wahrheit erfährst.«

»Du darfst auf keinen Fall jemandem erzählen, dass Vater noch lebt. Das ist sehr wichtig«, mischte sich die eindringliche Stimme ihrer Mutter ein.

Marie drehte den Kopf zu ihr. Beinah hatte sie die Anwesenheit von ihr und ihren Brüdern vergessen, die wie Zuschauer in einem Theaterstück das Wiedersehen zwischen ihnen verfolgt hatten. Aus den Augenwinkeln nahm sie wahr, dass Helmut blass war und sie besorgt beobachtete, während Fritz' Blick mit glühender Bewunderung an ihrem Vater hing.

»Hast du das verstanden, Marie?«, wiederholte ihre Mutter.

»Ja, natürlich habe ich das«, erwiderte sie voller Bitterkeit, während sie auf ihre Hände in ihrem Schoß starrte.

»Das, was ich tue, wird unserer Familie wieder eine Zukunft geben, eine gesellschaftliche Position in dem neuen Deutschland, das gerade entsteht. Und wir sind nicht allein. Wir müssen nur noch etwas Geduld haben«, erklärte ihr Vater. Sein Ton war ein wenig fahrig geworden, und sie fragte sich, ob er selbst glaubte, was er erzählte. Selbst wenn sie nicht all die schrecklichen Dinge über ihn wüsste, würde sie nicht einfach das Familienleben fortführen können, als wäre nichts gewesen. Fast fünf Jahre waren vergangen, seit sie ihn das letzte Mal gesehen hatte. Und in der ganzen Zeit hatten sie alle gewusst, dass er noch lebte, und sie einfach in dem Glauben gelassen, er sei tot.

»Euer Vater hat uns in den letzten Jahren mit seiner neuen Arbeit immer unterstützt. Nur so konnten eure Ausbildungen bezahlt werden«, ergänzte ihre Mutter, die instinktiv zu spüren schien, in welche Richtung sich ihre Gedanken bewegten.

Also musste sie ihm auch noch dankbar sein? Marie dachte daran, was sie im Sekretär entdeckt hatte. »Gibt es deshalb diese Pässe, die ich gefunden habe? Heißt du jetzt *Richter* mit Nachnamen?«

Ihr Vater schüttelte den Kopf. »Nein, ich heiße *Pape*. Diese Pässe, das sind nur Papiere für den Notfall. Damit wir alle jederzeit das Land verlassen können, falls etwas schiefgeht.«

Marie hatte ein flaues Gefühl im Magen. Sie erinnerte sich an das Geld, das in dem anderen Geheimfach im Sekretär gelegen hatte. Auf einmal hörte sie wieder die Stimme des Zeugen aus dem Prozess in Nürnberg, die sie so oft in ihren Träumen verfolgte: *»Sie haben die Leute zusammengetrieben. Alle, auch die Alten und Kinder. Die haben vor Angst gezittert. Man hat das Weinen der Kinder gehört, und dann haben sie zu schießen begonnen. Es war schrecklich. Manchmal haben sie sie auch* *zu den Gaswagen gebracht …«* Marie fühlte sich, als würde sie mit einem Mal keine Luft mehr bekommen.

»Irgendwann werde ich natürlich auch unseren richtigen Namen wieder annehmen«, fuhr ihr Vater fort, ohne zu ahnen, was in ihr vorging. Er lächelte tatsächlich. »In ein, zwei Jahren wird es bestimmt eine Amnestie geben, und dieser ganze Spuk wird vorüber sein. Dann können wir wieder wie eine ganz normale Familie zusammenleben.«

Und damit würde für ihn alles erledigt sein? Eine leise Abscheu erfasste Marie, dass es offensichtlich so einfach für ihn war, über die Vergangenheit hinwegzugehen. Eine Amnestie? Sie blickte ihn an, und plötzlich hielt sie es nicht mehr aus. »Ich weiß, was du getan hast, Vater!«, sagte sie.

Seine Selbstsicherheit bekam unvermittelt einen Riss. Kurz sah sie in seinen Augen einen Anflug von Angst, doch dann war er sofort wieder verschwunden. »Marie, ich weiß nicht, was du gehört hast … Karl hat mir schon erzählt, dass du Fragen über meine Arbeit gestellt hast. Das wird heute durch die Zeitungen alles ganz anders dargestellt, aber glaube mir, ich habe damals nur meine Pflicht getan.«

Ungläubig schaute sie ihren Vater an. Sie hatte die Bilder von Linas Familie vor Augen und war nicht länger bereit, hier auf dem Sofa zu sitzen und so zu tun, als wäre alles in Ordnung. Sie sprang auf. »Deine Pflicht?«, brach es aus ihr heraus. »Ich weiß, dass du in Auschwitz und Maly Trostinez warst – und später in Polen und Russland bei diesen Einsatzkommandos, die Zigtausende unschuldige Menschen umgebracht haben: Zivilisten, Greise, Frauen – sogar Kinder.« Ihre Stimme war laut geworden und ließ sie die Stille um sich herum nur umso deutlicher wahrnehmen.

Ihr Vater war bleich geworden. »Was redest du denn da?«

Tränen liefen über ihre Wangen. »Wie konntest du das tun, Vater? Was haben dir diese Menschen getan?«

Sein Gesicht verhärtete sich. »Du hast doch keine Ahnung, was damals los war. Wir haben für unsere Ideen und Ideale gekämpft, weil wir für unser Volk eine bessere und größere Zukunft wollten. Auch für dich, Marie! Wir haben den Krieg verloren, das stimmt, aber wage nicht, mir Vorwürfe wegen dem zu machen, was wir dort getan haben. Du bist meine Tochter.« Sein Ton hatte etwas so Schneidendes bekommen, dass sie ihn nicht wiedererkannte. Plötzlich war er ihr fremd. Etwas Bedrohliches ging von ihm aus. War das sein wahres Gesicht? Sein zweites Ich? War er so auch in den Lagern und bei den Kommandos gewesen? Sie schauderte, denn seine Worte ließen sie jäh noch etwas ganz anderes begreifen. »Mein Gott, es tut dir gar nicht leid! Du bereust es nicht einmal ...« Es war kaum mehr als ein Flüstern, das aus ihrem Mund kam, und sie wich erneut vor ihm zurück.

»Marie, hör auf damit«, forderte ihre Mutter sie verzweifelt auf. Erstaunlicherweise hielten sich ihre Brüder zurück. Helmut war noch ein wenig blasser geworden, und Fritz starrte sie einfach nur an.

Unerwartet löste sich der harte Gesichtsausdruck ihres Vaters wieder auf. Beinah wirkte er mit einem Mal hilflos. »Marie, deine Mutter hat recht. Lass uns aufhören damit. Die Vergangenheit ist vorbei, und ich will damit unser Wiedersehen nicht zerstören. Es bedeutet mir so viel, dich wiederzuhaben«, sagte er, um einen versöhnlichen Ton bemüht. Doch der bittende Ausdruck in seinen Augen erreichte sie nicht, sondern kam ihr nur vor wie eine Maske.

»Nein, ich muss es wissen. Bereust du es nicht? Empfindest du nicht einmal Schuld?«, fragte sie ihn mit tränenerstickter Stimme.

Sie konnte sehen, wie sehr ihre Tränen ihn irritierten. Doch dann presste er wütend die Lippen zusammen. »Was willst du hören? Ob mich die Bilder der Toten im Schlaf verfolgen? Ja, das tun sie. Es war nicht immer leicht, was wir tun mussten, aber wir haben das für ein größeres und höheres Ziel getan. Daran haben wir alle geglaubt, und deshalb haben Männer wie wir in Polen und Russland die Schmutzarbeit erledigt. Der Stärkere siegt, so ist es von jeher gewesen, und ich bereue es nicht. Hätten wir den Krieg gewonnen, würden wir dieses Gespräch nicht führen, sondern man würde uns heute als Helden feiern«, stieß er hervor.

Entsetzt blickte Marie ihren Vater an. Ein leichtes Schwindelgefühl ergriff sie, weil sie nicht glauben konnte, was er gerade gesagt hatte. In den zurückliegenden Wochen und Monaten, in denen ihr klar geworden war, wie stark ihr Vater durch seine Arbeit in die Verbrechen und Grausamkeiten unter Hitler verstrickt war, hatte sie sich manchmal damit zu trösten versucht, dass er vielleicht einfach keine Wahl gehabt und man ihn dazu gezwungen hatte. Wer wusste schon, ob man ihn nicht nur ins Gefängnis gebracht, sondern sogar erschossen hätte, wenn er sich geweigert hätte, die angeordneten Befehle auszuführen? Verzweifelt hatte Marie nach irgendeiner Rechtfertigung gesucht, die halbwegs erklärte, wie er solche Verbrechen hatte begehen können. Doch eines hätte sie ganz sicher nie für möglich gehalten – dass er aus tiefer Überzeugung gehandelt hatte.

Sie hob den Kopf und wurde plötzlich ganz ruhig. »Dann bin ich doppelt froh, dass wir den Krieg verloren haben, Vater, denn ich wäre niemals bereit gewesen, Mörder als Helden zu feiern«, sagte sie kalt.

Er zuckte zusammen. Wut verzerrte sein Gesicht, und er war mit einem Schritt so schnell bei ihr, dass sie die Ohrfeige spürte, noch bevor sie seine Hand auf sich zukommen sah. »Wie kannst du es wagen, so etwas zu sagen?«

»Hermann!«, entfuhr es ihrer Mutter, und Helmut fuhr von seinem Stuhl hoch.

Ihre Finger fassten nach der Wange, die brannte. Es tat weh, und gleichzeitig kam es ihr vor, als würde der Schmerz sie aufwecken. Ihre Augen trafen die ihres Vaters. Seine Brust bebte noch immer. Doch sie hatte keine Angst vor ihm. »Ich wage es zu sagen, weil es die Wahrheit ist!« Tränen liefen ihr erneut übers Gesicht. Es kam ihr vor, als würde ihr Vater vor ihren Augen ein zweites Mal sterben. »Ich wünschte, ich hätte dich nie wiedergesehen und nicht gehört, was du gesagt hast«, sagte sie.

Sie drehte sich auf dem Absatz um und rannte auch schon aus dem Wohnzimmer. Im Laufen griff sie nach ihrem Mantel und ihrer Tasche, die sie im Flur abgestellt hatte, und floh aus dem Haus.

Sie wollte mit ihnen allen nichts mehr zu tun haben.

67

Marie hätte nicht sagen können, wie lange sie gelaufen war. Erst einige Straßen von zu Hause entfernt verlangsamte sie außer Atem und mit verweintem Gesicht ihren Schritt. Passanten, die ihr entgegenkamen, blickten sie erschrocken an. Es war ihr gleichgültig. Sie versuchte, sich zu orientieren, und merkte, dass sie instinktiv den Weg zum Bahnhof eingeschlagen hatte.

Im ersten Moment hatte sie befürchtet, einer ihrer Brüder könnte ihr folgen, um sie zurückzuholen. Doch sie wäre nicht mitgekommen. Einmal mehr war sie dankbar, dass sie inzwischen volljährig war. Sie hatte es ernst gemeint – sie wollte mit ihnen allen nichts mehr zu tun haben.

Im Nachhinein ergab plötzlich alles einen Sinn – die vielen Wochenendreisen ihrer Mutter nach München, bei denen sie angeblich ihre Schwester besucht hatte; die enge Beziehung zu Onkel Karl, der sich bestimmt auch auf Wunsch ihres Vaters so um die Familie gekümmert hatte … Kein Wunder, dass sie alle verhindern wollten, dass sie Fragen nach ihrem Vater stellte.

Marie sah ihren Vater vor sich, wie er gesagt hatte, er würde es nicht bereuen, und verspürte Übelkeit, wenn sie daran dachte.

Sie wünschte, sie hätte mit Jonathan sprechen und ihm erzählen können, was gerade geschehen war. Doch dann ging ihr auf, dass sie das nicht tun konnte. Unvermittelt blieb sie auf der Straße stehen – wenn herauskam, dass ihr Vater noch lebte, würde man ihn mit Sicherheit verhaften, und so entsetzt Marie über das war, was er getan hatte, wollte sie dafür nicht verantwortlich sein. Sie wollte ihn einfach nur nie wiedersehen.

Unschlüssig lief sie weiter zum Bahnhof und fragte sich, was sie jetzt tun sollte. Sie hatte nur ihren Mantel und ihre Handtasche dabei, nicht einmal Kleidung zum Wechseln.

Ihr Blick glitt über die Anzeigetafel, und schließlich entschied sie sich, nach Düsseldorf zu Lina zu fahren. Sie würde der Freundin einfach erzählen, dass es Streit zu Hause gegeben hatte, denn ihr konnte sie die Wahrheit schon gar nicht sagen.

Als sie ihr Ticket löste und in den Zug stieg, kehrten die Bilder von ihrem Vater mit solcher Macht zurück, dass ihr erneut die Tränen in die Augen schossen.

Ihr Gesicht war rot und verquollen, als sie bei Lina ankam.

»Marie? Was ist denn?«, fragte die Freundin erschrocken, als sie die Tür öffnete.

»Es gab Streit bei uns … kann ich heute Nacht bei dir bleiben?«

»Aber natürlich.« Lina schloss sie in die Arme.

Nur wenig später saß Marie bei ihr in eine Decke gehüllt

auf dem Sofa und trank den Tee, den die Freundin ihr gekocht hatte. Die Situation erinnerte sie an ihre erste Begegnung in Nürnberg, als es umgekehrt gewesen war.

»Willst du darüber reden?«, fragte Lina.

»Es ging wieder um die Vergangenheit meines Vaters«, sagte sie, was streng genommen ja auch stimmte. Sie wollte Lina zumindest nicht direkt anlügen.

Vorsichtig berührte Lina Maries Wange mit der Hand. »Und dabei hat dein Bruder dich geschlagen? Du hast da einen Abdruck.«

Marie fasste unwillkürlich an die Stelle. »Ach, das ist nichts.«

»Aber das ist nicht in Ordnung, dass er dich schlägt! Selbst wenn ihr euch streitet.« Lina runzelte empört die Stirn, und plötzlich kam Marie sich doppelt schäbig vor, weil sie ihr nicht die Wahrheit erzählte. Hatte Lina nicht sogar ein Recht darauf? Gerade wegen ihrer ermordeten Familie? Doch etwas hielt Marie zurück, ohne dass sie wusste, was es war. Ein letzter Rest von Verbundenheit, von Liebe für den Mann, der trotz allem ihr Vater war und ihr eine glückliche Kindheit geschenkt hatte? Oder war es das Bewusstsein, dass sie unter Umständen nicht nur sein Leben, sondern auch das ihrer Mutter und Brüder damit zerstören könnte? Sie unterdrückte ein Schluchzen, weil alles so schrecklich war und sie nun auch noch zum Schweigen verdammt war.

»Ach, Marie!« Lina legte den Arm um ihre Schultern, und eine Weile saßen sie so beieinander.

»Danke, dass ich hier sein kann«, sagte Marie schließlich. Ihre Augen wanderten zur Wand, zu den Fotografien und blieben an dem großen Familienbild hängen. Scham erfasste sie für ihren Vater, und sie wünschte, sie würde noch immer glauben, er sei in Russland gefallen.

Hermann Weissenburg

68

Er hatte die gesamte Rückfahrt nach München darüber nachgedacht, wie die Sache so schieflaufen konnte. Es war nicht nur die Situation, sondern auch seine Tochter selbst, die er völlig falsch eingeschätzt hatte. Erst jetzt begriff er, was Margot gemeint hatte, als sie so besorgt davon sprach, Marie habe sich verändert. Im Nachhinein wusste er selbst nicht, warum er überzeugt gewesen war, sie würden sich beide vor Glück in die Arme fallen. Vielleicht, weil er es sich so sehr gewünscht hatte, aber Marie war erwachsen geworden, ein anderer Mensch als das junge Mädchen damals. Natürlich musste sein unerwartetes Auftauchen ein Schock für sie sein. Damit hatte er durchaus gerechnet. Doch er hatte angenommen, wenn er erklären würde, warum er so hatte vorgehen müssen, würde sie es verstehen und ihre Freude schnell überwiegen. Stattdessen hatte er von Anfang an ihre Distanz und Ablehnung gespürt. Ruhelos knetete Hermann Weißenburg seine Fingerspitzen. Maries Blick – die Abscheu und das Entsetzen, das er darin gesehen hatte – verfolgte ihn, seitdem sie so fluchtartig das Haus verlassen hatte. Er fühlte sich verletzt. Seine eigene Tochter! Kein Wunder, dass seine Emotionen mit ihm durchgegangen waren. Er spürte noch immer den Zorn darüber, dass sie es wagte, ihn derart zu verurteilen. Es war Krieg gewesen. Sie hatten gekämpft – gegen den Feind außen an der Front genauso wie gegen den von innen, der ihr Volk und ihre Rasse bedrohte. Wie konnte sie das nicht verstehen? Er erinnerte sich an die Rede von Himmler, die dieser damals vor einem ausgewählten Kreis gehalten hatte und die ihn tief beeindruckt hatte – dass jedes Erbarmen und jedes Mitleid fehl am Platz wären. Die Kinder der Männer, die sie getötet hatten, würden eines Tages erwachsen sein und dann nach Rache suchen, genau wie auch ihre Frauen. Dass es deshalb eine schwierige Aufgabe sei, aber es nur eine Möglichkeit gebe – sie alle zu vernichten. Es klang grausam, aber die zwingende Logik und Wahrheit dieser Worte hatten Hermann Weißenburg sofort durchdrungen, und er hatte sie verinnerlicht.

Als Marie aus dem Haus gerannt war, hatte er seiner Frau in seiner Wut Vorwürfe gemacht, sie habe ihre Tochter verzogen. Wie hatte sie zulassen können, dass sie so stark von dem Gedankengut der Besatzer infiltriert wurde? Doch gleichzeitig hatte ihn die Furcht ergriffen. Was, wenn sie in ihrem aufgelösten Zustand jemandem erzählte, dass er noch lebte? Damit konnte sie alles aufs Spiel setzen, was er in den letzten Jahren riskiert und aufgebaut hatte. Siedend heiß war ihm bewusst geworden, was für ein Fehler es gewesen war, nach Hause zu kommen.

»Marie würde niemals ihre Familie verraten«, hatte Helmut eingewandt, als er mit seinen Söhnen und seiner Frau über das Problem sprach.

»Auf jeden Fall hat sie sich verändert«, entgegnete Fritz. »Aber ich werde mit ihr sprechen und sie zur Räson bringen, Vater«, versicherte er ihm mannhaft.

»Danke, mein Sohn«, erwiderte Hermann.

Später, als er mit seiner Frau allein war, machte diese ihm Vorhaltungen. Sie weinte. »Wie konntest du so schroff reagieren? Warum musstest du überhaupt über früher reden, Hermann? Ich habe sie nicht verzogen. Sie ist ein junges Mädchen, sie kann nicht verstehen, wie es damals war.«

Er konnte ihr nur zum Teil recht geben. Ja, Marie war noch jung und naiv, aber trotzdem konnte er mehr Respekt von ihr erwarten. Sein Stolz, dass sie es stets geschafft hatten, sie aus allem herauszuhalten, schien sich nun auf einmal gegen ihn zu wenden. Was ihn mit etwas Abstand zu einer ganz anderen Frage brachte. Woher konnte sie überhaupt wissen, was er in Polen und Russland getan hatte? Selbst Margot und seinen Söhnen war nur das Allernötigste bekannt. Von wem hatte Marie diese Informationen?

Während draußen am Zug die Landschaft vorbeigezogen war, hatte Hermann Weißenburg eine zunehmende Unruhe erfasst.

Als er in München angekommen war, hatte er als Erstes Karl aufgesucht. Gernot war gerade bei ihm. Hermann mochte den kleinen schmächtigen Mann nicht, der früher bekannt dafür war, dass er seine mangelnde Körpergröße gerne mit unnötiger Brutalität gegenüber den Verhafteten ausglich. Er nickte ihm knapp zu.

»Ich muss mit dir reden«, sagte er zu Karl.

»Jetzt?«

»Ja.«

Karl gab Gernot ein Zeichen, der das Büro daraufhin mit einer untertänigen Verbeugung verließ.

Fragend blickte Karl den Freund an. Hermann hatte sich in den Sessel vor seinen Schreibtisch fallen lassen und fuhr sich mit den Händen über den Kopf.

»Ich habe einen Fehler gemacht und brauche deine Hilfe«, begann er zögernd.

Karl

69

Er ließ sich nichts von seinen Gedanken anmerken, während Hermann erzählte, was er getan hatte. Innerlich verfluchte er den Freund jedoch. Wie konnte er so dumm sein? Sie kannten sich seit ihrem zwölften Lebensjahr und hatten so ziemlich alles miteinander erlebt und auch geteilt, was zwischen Männern möglich war. Die Schule, die ersten Frauen genauso wie die Erfahrung ihrer gedemütigten Väter, die gebrochen aus dem Ersten Weltkrieg zurückgekehrt waren. Sie hatten gemeinsam an Hitler und an ein neues großes Deutschland geglaubt, im Krieg gekämpft und die Ernüchterung erlitten, dass sie ihn verlieren würden. Bis sie schließlich, damals in Russland, in dieser feuchtkalten Datscha den Entschluss gefasst hatten, sich eine neue Existenz aufzubauen, während die Welt um sie herum zerbarst. Hermann war ein loyaler Freund und herausragender Kämpfer – intelligent und ehrgeizig hatte er immer über die Härte verfügt, alles für ihre Ziele und Ideale zu tun, und er war moralisch niemals eingeknickt. Im Laufe seiner Zeit bei der Wehrmacht hatte Karl jedoch unzählige Beurteilungen von Männern vorgenommen, und so hatte er auch begriffen, dass der Freund trotz all seiner herausragenden Qualitäten einen Schwachpunkt hatte – das war seine Familie, genauer gesagt seine Tochter Marie. Hermann musste, anders als Karl, zum Kriegsende eine neue Identität annehmen. Seine Kinder waren zu diesem Zeitpunkt in einem Alter, in dem sie bereits in ein erwachsenes Leben übertraten. Daher war es nicht möglich gewesen, seine Familie in seine neue Existenz mitzunehmen, und gegenüber seiner Tochter musste Hermann sogar seinen Tod vortäuschen. Karl nahm damals verwundert zur Kenntnis, wie sehr der Freund darunter litt. Er schien ausgerechnet zu dem Mädchen eine besondere Beziehung zu haben.

Wenn Hermann seine Frau sah oder auch seine Söhne, mit denen es gelegentlich heimliche Treffen gab, erzählte er danach immer, was sie ihm über Marie berichtet hatten. Genauso war es auch, wenn Karl die Familie in Köln besuchte, um Margot Geld zu überbringen und den Jungen ein wenig männliche Führung zu geben. Hermann fragte ihn anschließend stets nach seiner Tochter. Begierig wollte er wissen, was sie gesagt hatte, wie sie aussah und auf ihn gewirkt hatte. Wäre es um einen seiner Söhne gegangen, möglicherweise hätte Karl ihn noch verstanden. Aber so? Er verzog unbewusst den Mund. Im Grunde hatte er immer geahnt, dass Hermann diese Schwäche eines Tages zum Verhängnis werden könnte. Wie konnte er einfach nach Hause fahren und seiner Tochter enthüllen, dass er noch lebte? Zu einem Zeitpunkt, wo sie von allen Seiten unter Beobachtung standen und vorsichtiger denn je sein mussten? Wenn das Mädchen irgendwem davon erzählte, konnte das zu einem Risiko für sie alle werden. Hermann schwor, dass sie das nicht tun würde. Doch was wusste er schon, dachte Karl verächtlich. Er hatte ja auch geglaubt, sie würde ihm wie in einem dieser lächerlichen alten Heimatfilme einfach in die Arme fallen. Die ganze Angelegenheit roch nach Scherereien.

Nichts von diesen Gedanken ließ sich Karl indessen anmerken, als er den Freund anblickte, der aufgewühlt vor ihm saß.

»Ich weiß, es war ein Fehler. Aber mit dieser Reaktion von ihr habe ich einfach nicht gerechnet«, erklärte Hermann niedergeschlagen.

Karl räusperte sich. »Nun, besonders klug war das Ganze nicht von dir. Aber nimm es nicht so schwer«, schob er etwas pflichtschuldig hinterher.

Hermann schaute ihn mit zerfurchter Stirn an. »Es will mir einfach nicht in den Kopf. Außerdem frage ich mich die ganze Zeit, woher sie das alles überhaupt wissen kann. Ich wollte dich deshalb um Hilfe bitten.«

Karl musste zugeben, dass der Punkt, wie Marie in den Besitz dieser Informationen kommen konnte, ihn selbst auch am meisten beunruhigte. Zumal Marie im Büro von diesem Adenauer arbeitete, der für Westdeutschland eine immer größere politische Bedeutung bekam. So dumm er Hermanns Verhalten daher auch fand, beschloss er, aus ganz eigennützigen Gründen, dem Freund zu helfen.

»Ja, selbstverständlich. Das sollten wir herausbekommen. Ich werde einen unserer Leute, dem wir vertrauen können, darauf ansetzen. Niemand wird davon etwas erfahren.«

Er konnte sehen, wie Hermann erleichtert aufatmete. »Danke, Karl. Du bist ein echter Freund!«

»Das versteht sich doch von selbst.« Sie schüttelten sich mit männlichem Druck die Hand.

Nachdem Hermann gegangen war, notierte Karl etwas und rief Gernot zu sich. Er reichte ihm einen Umschlag. »Ich brauche detaillierte Informationen über sie. Alles, was das Mädchen im letzten halben Jahr getan hat oder mit wem sie in Kontakt war. Und die Angelegenheit ist streng vertraulich. Außer uns beiden darf niemand etwas davon erfahren.«

Jonathan

70

Berlin …

Jonathan blickte nachdenklich auf die Unterlagen vor sich, doch seine Gedanken schweiften immer wieder ab. Marie ging es nicht gut. Am Morgen hatte sie ihm am Telefon erzählt, dass es zu Hause einen heftigen Streit gegeben habe. Mehr hatte sie nicht sagen können – oder wollen. Sie war überraschend wortkarg gewesen, ein eindeutiger Hinweis darauf, wie sehr die Auseinandersetzung sie mitgenommen hatte. Ihre Stimme hatte angeschlagen geklungen. Er hasste es, dass er in diesen Augenblicken nicht an ihrer Seite sein konnte.

Jonathan verstand nur zu gut, durch welche schwierige Zeit sie gerade ging. Sicherlich wurde ihr nach dem ersten Schock nun erst langsam bewusst, was ihr Vater wirklich getan hatte. Damit emotional zurechtzukommen konnte nicht einfach sein. Er erinnerte sich an etwas, das sein eigener Vater einmal zu ihm gesagt hatte: »*Wenn du nicht mehr in den Spiegel schauen und vor dir selber geradestehen kannst, dann hast du alles verloren, mein Sohn.*« Dieser Grundsatz hatte Jonathan geprägt, und er war froh und stolz, dass sein Vater danach gelebt hatte. Er wollte sich nicht vorstellen, wie er sich fühlen würde, wenn er heute erfahren würde, dass sein Vater in Wirklichkeit eine ganz andere Person gewesen war – dass er Verbrechen begangen und Menschen getötet hatte.

Ohne dass ihn die Sorge um Marie losließ, wandte er sich wieder seinen Notizen zu. Vor ihm lagen sorgfältig ausgebreitet alle Informationen, die er von Leo erhalten hatte. Doch es ergab alles keinen Sinn. Diese beiden Wehrmachtsoffiziere Lempert und Pape waren unbeschrieben wie ein weißes Blatt, Hüttner dagegen schien mehr als nur ein ehemaliger Nazi zu sein, der sich ein neues Leben aufbaute. Warum pflegte er sonst noch immer regen Kontakt zu den alten Kreisen?

Hinter dieser ganzen Sache steckte mehr. Dessen war Jonathan sich absolut sicher – spätestens seitdem er die Artikel aus dem Archiv gelesen hatte. Demnach schienen Ausbrüche aus dem Lager in Rimini, wo auch die drei Männer inhaftiert waren, an der Tagesordnung gewesen zu sein. Die Artikel waren von einem Schweizer Journalisten namens Oswald Bianchi verfasst worden, der als freier Korrespondent in Italien arbeitete. Jonathan hatte die Telefonnummer seines Büros in Erfahrung gebracht und beschloss, ihn anzurufen.

»Bianchi«, meldete sich eine Stimme mit typischem Schweizer Dialekt am anderen Ende.

»Guten Tag, hier spricht Jonathan Jacobsen, ein Kollege vom *Echo* in Berlin. Ich recherchiere gerade etwas und bin dabei auf einige Ihrer Artikel über das Lager in Rimini gestoßen. Ich wäre Ihnen sehr dankbar, wenn ich Ihnen ein, zwei Fragen dazu stellen könnte.«

Einen kurzen Moment war es am anderen Ende still. »Tut mir leid, aber das geht nicht«, ertönte es knapp.

Jonathan starrte auf den Hörer, denn Oswald Bianchi hatte einfach aufgelegt. Er probierte es noch einmal, aber es ging niemand mehr ran.

Grübelnd ging er zu seinem Tisch zurück. Etwas an dieser Geschichte stank zum Himmel. Sein journalistischer Ehrgeiz war plötzlich geweckt. Er musste irgendwie nach Italien kommen, dann könnte er versuchen, mit diesem Oswald Bianchi persönlich zu sprechen, und auch mit den Carabinieri, die Hüttner und seine beiden Begleiter verhaftet hatten. Es musste ihm nur gelingen, die Reportage seinem Chefredakteur Lubowisky zu verkaufen. Vielleicht sollte er ihm einfach vorschlagen, etwas über die Flüchtlingsströme zu schreiben, die in Europa noch immer nicht abrissen, überlegte er.

Zu Jonathans Erleichterung war Lubowisky von seiner Idee sofort angetan, als er ihn kurz darauf in seinem Büro aufsuchte.

»Aber die Aktualität geht vor. Sie können nicht fahren, bevor in Bonn nicht über den Entwurf des neuen Grundgesetzes entschieden wurde.«

»Ja, das versteht sich von selbst in dieser heißen Phase. Ich werde morgen auch wieder nach Bonn reisen.«

Lubowisky nickte zufrieden, und sie sprachen noch ein wenig über die Struktur seiner Reportage. Jonathan würde noch einige zusätzliche Recherchen anstellen müssen, aber er war froh, dass der Chefredakteur sich bereit erklärte, ihm die notwendigen Genehmigungen für die Fahrt nach Österreich und Italien zu geben. Morgen würde er jedoch erst einmal Marie sehen.

Als Jonathan am nächsten Tag nach Flug- und Zugfahrt auf dem Bahnhof in Bonn eintraf, schien sich seine Sorge um Marie zu bestätigen. So sehr die Freude ihr Gesicht erhellte, als er sie in die Arme schloss – er sah sofort, wie blass sie war und dass sie an Gewicht verloren hatte.

»Ich bin so froh, dass du hier bist«, flüsterte sie, als er sie in die Arme schloss.

»Ich auch!«

Er hatte ein Hotelzimmer für sie beide reserviert. Sie mussten vorgeben, ein Ehepaar zu sein, da Doppelzimmer nur an Verheiratete vermietet wurden. »Frau und Herr Jacobsen«, teilte er der jungen Frau an der Rezeption mit. Einen Augenblick fürchtete er, sie würde nicht nur seinen, sondern auch

Maries Ausweis sehen wollen, als er die Meldeformulare ausfüllte, doch die Rezeptionistin nickte nur.

Als sie die Treppe hochgingen, kicherte Marie. »Frau Jacobsen!?«

Es gefiel ihm, dass sie albern war und ihr Wiedersehen die Schatten aus ihrem Gesicht vertrieben hatte. Er legte den Arm um ihre Taille und schloss die Tür auf. Bevor er den Fuß über die Schwelle setzte, drehte er sich zu ihr. »Sieh dich vor, das könnte mir gefallen.«

Eine leichte Röte schoss in ihre Wangen, und sie wurde ernst. »Mir auch!«

Und dann küssten sie sich schon, während er es gerade noch schaffte, mit einer Hand die Tür hinter ihnen zuzudrücken. Sie ließ ihren Mantel fallen und schlang den Arm um seinen Hals. Jonathan zog sie an sich, und, ohne sich voneinander zu lösen, bewegten sie sich zum Bett. Es war diese Natürlichkeit, die es selbst in der größten Leidenschaft zwischen ihnen gab, die ihn von Beginn an so fasziniert hatte. Als könnte es nur so und nicht anders sein und als würden sie sich schon ewig kennen, obwohl es nur ein paar Monate waren. Und dennoch spürte er hinter all der Leidenschaft an diesem Tag noch etwas anderes bei Marie – eine leise Verzweiflung. Er wünschte, er hätte ihr helfen können.

Später, nachdem sie ihr Zimmer verlassen hatten, um draußen noch etwas zu essen, sprach er sie noch einmal auf den Streit an, den es bei ihr zu Hause gegeben hatte. »War dieser Karl eigentlich auch an eurer Auseinandersetzung beteiligt?«

Überrascht schaute Marie ihn an. »Karl? Nein, ich habe ihn auch schon länger nicht gesehen.«

Ihre Antwort beruhigte ihn.

»Warum fragst du? Hast du inzwischen etwas über ihn in Erfahrung gebracht?«

Jonathan zögerte. »Die Informationen sind etwas widersprüchlich. Laut der Akten war er nur ein Mitläufer, aber er scheint in regem Kontakt mit früheren Nationalsozialisten zu stehen. Halt dich lieber fern von ihm, Marie.«

Ihr Gesicht nahm einen harten Ausdruck an. »Keine Angst, ich habe nicht vor, ihn oder meine Familie in nächster Zeit zu sehen oder auch nur mit ihnen zu reden.«

Er strich ihr sanft über den Arm. »Was ist zu Hause passiert?«

»Ich würde eigentlich lieber nicht darüber reden«, wich sie aus. Sie starrte auf ihren Teller, doch schließlich hob sie den Kopf und begann zu sprechen: »Ich glaube, meine Mutter und meine Brüder wissen ganz genau, was mein Vater getan hat, und sie haben keinerlei Probleme damit, Jonathan!« Aufgelöst legte sie ihr Besteck ab. Er hätte schwören können, dass sie noch mehr sagen wollte, aber plötzlich verstummte sie und vermied es, ihn anzusehen. »Ich möchte am liebsten sofort hier weg. Wenn ich nicht noch meine Stelle im Rat hätte, würde ich Bonn und Köln sofort verlassen«, stieß sie leise hervor.

»Wie lange geht dein Vertrag eigentlich noch?«

»Offiziell bis zur Verabschiedung des Grundgesetzes, und das wird Gott sei Dank nicht mehr lange sein. Die Fraktionen haben sich ja endlich geeinigt.«

Er ergriff ihre Hand. Er wusste, dass das der Moment war, sie zu fragen. »Dann komm danach zu mir nach Berlin, Marie!«

Ungläubig schaute sie ihn an. »Meinst du das ernst?«, fragte sie vorsichtig, doch er konnte an ihren glänzenden Augen sehen, wie sehr sie sich über seine Worte freute.

»Ja, ich will mit dir zusammen sein und nicht nur alle paar Wochen einen Tag. Du würdest in Berlin bestimmt sofort eine neue Stelle finden. Und wenn es dir zu schnell geht, könntest du dir auch erst mal alleine ein Zimmer oder eine Wohnung nehmen, aber wir wären wenigstens in einer Stadt«, beeilte er sich hinzuzufügen.

»Nein, nein … ich möchte mit dir zusammen sein – und zusammenleben«, erwiderte sie mit einem Lächeln.

»Gut.« Er grinste schief. »Ich weiß, das hätte ich etwas romantischer vortragen sollen, aber das hole ich nach, ja?«

Eine leichte Röte stieg ihr in die Wangen, als sie verstand, was er meinte. »Das brauchst du nicht«, sagte sie, und er konnte nicht anders, als sie daraufhin zu küssen.

Diesmal fiel ihnen der Abschied weniger schwer, als er wieder abreiste.

Während des gesamten Rückflugs und auch später, als Jonathan am Nachmittag noch einmal zum *Echo* ging, dachte er über die gemeinsame Zukunft mit Marie nach und schmiedete Pläne. Ihm wurde bewusst, dass er Vera noch immer nicht erzählt hatte, wie tief seine Beziehung zu ihr geworden war.

Die Redaktion war halb leer, als er dort ankam. »Haben fast alle Auswärtstermine«, erklärte ihm Fred, einer der Kollegen. Er sah sich nach Vera um, aber sie schien auch unterwegs zu sein.

»Jonathan? Gut, dass du zurück bist.« Wilma, die Sekretärin, kam auf ihn zu. »Jemand hat gestern hier eine Nachricht für dich hinterlassen. Eine italienische Telefonnummer, unter der du einen gewissen Herrn Bianchi anrufen sollst«, sagte sie mit Blick auf die Notiz, die sie in der Hand hielt und ihm gab. »Er ist bis einschließlich heute Abend erreichbar, soll ich dir ausrichten.«

»Bianchi?« Jonathan war schon auf dem Weg zum Telefon.

»Si?«, erklang eine Frauenstimme am anderen Ende, nachdem er gewählt hatte.

»Jacobsen hier. Ich würde gerne Herrn Bianchi sprechen.« Er hoffte, dass die Frau etwas Deutsch verstand.

»Un momento, per favore.«

Er konnte hören, wie sie etwas auf Italienisch zu jemandem sagte, und vernahm Schritte.

»Herr Jacobsen? Danke, dass Sie zurückrufen.« Der Schweizer räusperte sich. »Es tut mir leid. Das war neulich etwas brüsk am Telefon, aber ich bin mir nicht sicher, ob ich in meinem Büro nicht abgehört werde. Das hier ist der Anschluss einer Freundin«, fügte er hinzu.

»Sie werden abgehört? Von wem denn?«

»Wenn ich das wüsste, hätte ich weniger Probleme.« Bianchi lachte bitter auf. »Ich wollte Ihnen unter Kollegen auch nur einen Rat geben. Sie sollten lieber keine Fragen über dieses Kriegsgefangenenlager in Rimini stellen.«

Jonathan hatte Bianchis Artikel gelesen – der Mann war ein herausragender kritischer Redakteur, umso beunruhigender erschien ihm daher sein Rat, der einem Angriff auf die journalistische Ehre gleichkam. Plötzlich hatte er einen schalen Geschmack im Mund. »Und warum sollte ich das nicht?«

Für einen Augenblick herrschte Stille am anderen Ende der Leitung. Jonathan glaubte fast schon, Bianchi hätte wieder aufgelegt, als dieser doch noch antwortete: »Weil ich massiv bedroht worden bin, nachdem ich diese Artikel geschrieben habe!« …

Italien, Juni 1949, sechs Wochen später

Vera

71

Draußen war es schon lange hell geworden. Sie saß mit Eric in einem Vorort von Mailand in einem kleinen Café, in dem sie eine Pause machten, um zu frühstücken. Vera verspürte keinen Hunger, aber sie war dankbar für den starken Kaffee.

Das Café war fast leer. Außer ihnen waren nur noch zwei junge Männer hier, die ihren Espresso im Stehen an der Bar tranken, über der italienische Reklamebilder hingen. Aus einem Radio ertönte Musik, die immer wieder von der lebhaften Stimme eines Moderators unterbrochen wurde. Vera merkte, wie sich ihre Nerven etwas entspannten, jetzt da Sterzing viele Kilometer hinter ihnen lag. Im Auto hatte sie sogar etwas geschlafen. Eine eigenartige Vertrautheit war seit der letzten Nacht zwischen ihr und Eric entstanden. Er war seit Langem der erste Mensch, dem sie erzählt hatte, was damals geschehen war. Sie war ihm dankbar, dass er kein übertriebenes Mitleid gezeigt, sondern ihr einfach nur zugehört hatte. Es hatte gutgetan, darüber zu sprechen.

»Ich habe nachgedacht, ich werde mir in Mailand eine andere Unterkunft suchen müssen«, sagte sie jetzt zu ihm. »Wenn diese Leute über die Redaktion in Berlin erfahren haben, wo sie mich in Sterzing finden können, dann werden sie auch wissen, wo ich in Mailand übernachte.«

Eric nickte. »Du hast recht.«

Vera strich sich angespannt das Haar aus dem Gesicht.

»Woher soll ich wissen, dass sie nicht auch herausbekommen haben, wen ich für meine Recherchen hier alles kontaktieren will?«, fragte sie leise.

Eric rührte seinen Kaffee um. »Wem hast du bei der Zeitung alles davon erzählt?«

»Eigentlich niemandem.« Das hatte sie tatsächlich nicht. Nach Jonathans Warnung war sie im Gegenteil besonders vorsichtig gewesen. Selbst mit Lubowisky hatte sie nur über die groben Eckpfeiler ihrer Reportage gesprochen. Zum wiederholten Mal dachte sie darüber nach, wer in der Redaktion die Information über ihre Reise weitergegeben hatte.

Sie zahlten ihr Frühstück, und Eric bestand darauf, sie anschließend in die Innenstadt, bis zum Büro des Schweizer Journalisten, zu bringen. Er selbst würde sich mit einem Freund treffen, und sie verabredeten, sich in zwei Stunden vor dem *Displaced-Persons*-Lager zu treffen, in dem die Melinyks untergebracht waren. Vera wollte dort auf jeden Fall noch das geplante Interview mit ihnen führen, um die Reportage abzuschließen.

Bianchis Arbeitsplatz lag im dritten Stock eines alten Mailänder Mietshauses. Der Putz blätterte von den Fassaden, und auch das Treppenhaus schien schon bessere Zeiten gesehen zu haben.

Die Sekretärin im Vorzimmer schaute Vera überrascht an, als sie ihr auf Deutsch erklärte, dass sie gerne zu Herrn Bianchi wolle.

»Einen Moment bitte«, sagte sie in fließendem Deutsch und verschwand in Richtung einer Tür.

Vera sah sich neugierig in dem Büro um, in dem sich überall Akten stapelten. An die Wände waren mehrere Landkarten gepinnt. Eine von ihnen zeigte Europa, wie es unter den alliierten Mächten derzeit aufgeteilt war.

In diesem Augenblick wurde hinter ihr die Tür geöffnet, ein

dunkelhaariger Mann mit Nickelbrille kam auf sie zu. Seine Hemdsärmel waren hochgekrempelt, und in der Hand hielt er einen Stift. Anscheinend hatte sie ihn mitten aus der Arbeit gerissen.

»Sie wollten zu mir?«

»Ja. Ich bin Vera Lessing aus Berlin, vom *Echo* …«

Sein Blick bekam unvermittelt etwas Wachsames.

»Ein Kollege von mir müsste mit Ihnen in Kontakt gewesen sein – Jonathan Jacobsen. Wenn Sie erlauben, würde ich Ihnen gerne ein paar Fragen stellen«, fügte sie hinzu.

Er nickte nur und bedeutete ihr, ihm in sein Büro zu folgen. Der Raum war kaum größer als das Vorzimmer. Auch hier stapelten sich Aufzeichnungen und Akten. Eine große Pinnwand hinter dem Schreibtisch war übersät mit Notizzetteln und Fotos, auf denen Vera einige Politiker und Militärgouverneure wiedererkannte.

»Wie kann ich Ihnen helfen?«, fragte er.

»Herr Jacobsen war vor einiger Zeit bei Ihnen, oder?«, fragte sie.

Der Schweizer schüttelte den Kopf. »Er wollte kommen, wir hatten eine Verabredung ausgemacht, aber er ist nie hier aufgetaucht.«

»Er war gar nicht hier?«, entfuhr es ihr erstaunt.

Misstrauisch musterte Bianchi sie. »Nein. Aber wenn Sie Kollegen sind, müssten Sie das doch eigentlich wissen?«

Sie zögerte, bevor sie beschloss, ihm die Wahrheit zu sagen. »Herr Jacobsen hatte einen Unfall. Zumindest sollte es so aussehen …« Vera erzählte ihm, was wirklich geschehen war, auch, wie sie in den Besitz von Jonathans Unterlagen gekommen war.

Bianchi blickte sie schockiert an. Er sank in seinen Stuhl zurück. »Und ich hatte ihn noch gewarnt.«

»*Gewarnt?* Wovor denn?«

Bianchi zögerte. Sein Gesicht verschloss sich. »Ich sollte darüber lieber nicht reden.«

»Bitte! Ich muss wissen, wovor Sie ihn gewarnt haben. Das könnte im Zusammenhang mit Jonathans Tod stehen. Verstehen Sie nicht, wie wichtig das für mich ist?«

Der Journalist nickte. »Doch … und Sie sollten es vielleicht auch zu Ihrer eigenen Sicherheit erfahren.« Dann berichtete er ihr, dass er nach seinen Artikeln über Rimini bedroht worden sei.

»Wissen Sie, von wem?«, fragte Vera ihn.

»Nein«, erwiderte Bianchi und atmete tief durch. »Eines Tages sind drei Männer in meinem Büro aufgetaucht. Sie müssen gezielt gewartet haben, bis meine Sekretärin Feierabend hatte. Plötzlich standen die drei vor meinem Schreibtisch und haben mich brutal zusammengeschlagen. Ich solle nie wieder wagen, etwas über das Kriegsgefangenenlager oder die Flucht von Faschisten zu schreiben. Sie würden mich nur einmal warnen. Ich wurde so schwer verletzt, dass ich fast drei Wochen brauchte, bis ich wieder auf die Beine kam.«

Veras Kehle schnürte sich zu, und sie fragte sich, ob ihr genau dasselbe widerfahren wäre, wenn Eric ihr nicht zu Hilfe gekommen wäre. »Aber ich verstehe das nicht. Diese Artikel von Ihnen waren doch bereits veröffentlicht, oder?«, erkundigte sie sich.

Bianchi spielte mit dem Stift in seinen Händen. »Das stimmt, aber ich habe an einer weiteren Reportage gearbeitet, deren Veröffentlichung sie anscheinend um jeden Preis verhindern wollten. Der Artikel sollte nicht nur in einer Schweizer Zeitung erscheinen, sondern auch für die *New York Times* übersetzt werden. Ich gebe zu, dass ich das danach auch nicht mehr gewagt habe, ich hänge an meinem Leben.«

Angesichts dessen, was ihm passiert war, verstand Vera ihn nur zu gut. »Und bei dieser Reportage ging es auch um Rimini?«

Er nickte. »Ich hatte ja bereits zuvor viel über das Lager recherchiert und Zeugen interviewt. Inzwischen ist das Lager zwar geschlossen, aber damals gab es dort fast jede Nacht Ausbrüche. Ich bin dann bei meinen Nachforschungen darauf gestoßen, dass direkt nach dem Krieg eine mehrere Tausend Mann starke Division der ukrainischen Waffen-SS in dem Lager interniert war. Darunter waren viele ehemalige Polizei- und Milizeinheiten, die mit den Deutschen kollaboriert hatten, und auch Personal aus den Vernichtungslagern. Der ukrainische Erzbischof und einige andere Geistliche haben sich beim Papst persönlich für diese Männer verwandt, wie ich herausfand. Man kann es kaum glauben, aber anstatt sie als Kriegsverbrecher an Russland auszuliefern, wie es die internationalen Abkommen verlangten, hat man ihnen die notwendigen Papiere besorgt, und sie konnten nach Kanada und Australien ausreisen.«

Ungläubig hatte Vera ihm zugehört. »War zufälligerweise eine Organisation namens *Intermarium* darin verwickelt?«

Erstaunt zog er die Brauen hoch. »Sie haben von *Intermarium* schon gehört?«

Vera berichtete ihm knapp, was sie von Eric erfahren und auch aufgrund ihrer eigenen Recherchen herausbekommen hatte.

Bianchi erzählte ihr daraufhin, dass er bereits kurz nach dem Krieg den Verdacht gehabt habe, dass hochrangige Stellen der Kirche und auch der alliierten Besatzungsmächte in diese Ausbrüche und wundersamen Freilassungen der Kriegsgefangenen verwickelt seien. Aber nachdem man ihn so massiv bedroht habe, habe er auch verstanden, dass die Geschichte eine Nummer zu groß für einen einzelnen Journalisten sei. »Ich kann Ihnen nur den Rat geben, auch die Finger davon zu lassen«, fügte er hinzu.

Vera schwieg, denn dafür war es längst zu spät. Seit Sterzing war ihr bewusst, dass sie viel zu tief in dieser Sache drinsteckte, als dass sie zurückkonnte. Die Angst war ein immer gegenwärtiger Begleiter.

Als sie sich wenig später von dem Schweizer verabschiedete, fiel ihr noch etwas ein. »Wann genau war ihre Verabredung mit Herrn Jacobsen eigentlich?«

Bianchi warf einen kurzen Blick auf seinen Kalender, der vor ihm auf dem Tisch stand, und blätterte einige Seiten zurück.

»Am Freitag, dem 27. Mai.«

Erstarrt schaute sie ihn an. Das war der Tag, an dem Jonathan den angeblichen Unfall gehabt hatte. Er war bereits am 25. Mai in Köln eingetroffen, wie sie von Lubowisky wusste. Also musste er seine Reise früher als geplant beendet haben. Aber aus welchem Grund? Sie beschloss, Wilma noch einmal anzurufen. Vielleicht hatte die Sekretärin inzwischen Antwort vom Parlamentarischen Rat bekommen, und sie konnte endlich mit dieser Marie sprechen.

Wilma

72

Berlin …

Sie ließ das Telefon wie gewöhnlich etwas klingeln. Niemand sollte denken, sie habe als Sekretärin des Chefredakteurs nicht genug zu tun. Nach dem fünften Klingeln griff sie mit ihrer sorgfältig manikürten Hand den Hörer. »Schulz, Redaktion *Echo.*«

»Hier spricht Vera.«

Wilmas Hand umfasste den Hörer fester. Auf den Anruf der Redakteurin hatte sie bereits gewartet. »Wo bist du? Ich habe versucht, dich in Sterzing zu erreichen. Bist du schon in Mailand?«

»Ja, seit heute. Gibt es inzwischen eine Antwort vom Parlamentarischen Rat?«

»Nein, sie haben sich immer noch nicht gemeldet. Ich habe keine Ahnung, warum das so lange dauert.«

»Ich brauche unbedingt den Nachnamen dieser Marie. Kannst du dort noch einmal nachhaken?«

»Sicher. Zur Not schreibe ich ihnen noch mal. Am Telefon wollte mir leider niemand etwas sagen.«

Sie wechselten noch einige Worte, bevor sie das Gespräch beendeten. Mit einem Anflug von Schuldbewusstsein blickte Wilma danach auf den Briefumschlag vor sich. Sie fühlte sich nicht besonders gut bei dem, was sie tat. Doch sie hatte keine

Wahl. Widerstrebend griff sie nach dem Zettel mit der italienischen Nummer, die man ihr am Morgen durchgegeben hatte, und wählte.

»Sie hat gerade angerufen. Ja, sie ist wirklich schon in Mailand.«

»Hat sie nach dem Brief gefragt?«, erkundigte sich die Männerstimme am anderen Ende.

»Ja. Ich habe behauptet, wir hätten noch keine Antwort bekommen. Aber sie drängt darauf.«

Wilma presste die Lippen zusammen, als der Mann sie am anderen Ende scharf zurechtwies und etwas fragte.

»Natürlich habe ich das verstanden«, erwiderte sie. »Ich habe keine Ahnung, wen sie in Mailand aufsuchen wird. So etwas organisieren die Redakteure allein«, verteidigte sie sich. Doch dann fiel ihr etwas ein. Sie sagte es ihm und war froh, als sie das Telefonat schließlich beenden konnte.

Angespannt zündete Wilma sich eine Zigarette an. Sie stieß den Rauch aus und überlegte, warum diese Leute so ein Interesse an Vera Lessing hatten. Sie hatten wissen wollen, wo sie genau hinfuhr, und bestanden darauf, über jedes Telefonat mit ihr informiert zu werden. Anfangs hatte Wilma versucht, sich zu weigern. Doch daraufhin hatten sie sie sehr deutlich daran erinnert, dass sie ihrem Bruder Kurt in dem Spruchkammerverfahren vor zwei Jahren ohne zu zögern die notwendigen Zeugen beschafft hätten, und dafür nun auch etwas Entgegenkommen von seiner Schwester erwarten könnten. Am Ende hatte ihr Bruder persönlich bei ihr angerufen. »Hilf ihnen ein bisschen, Wilma. Du weißt doch, eine Hand wäscht die andere. Es ist doch in unser aller Interesse, wenn gegen solche Nestbeschmutzungen vorgegangen wird.«

Wenn es um Jonathans Artikel gegangen wäre, dann hätte Wilma das vielleicht verstanden, aber bei Vera? »Sie hat doch noch nie einen politischen Artikel geschrieben, und jetzt recherchiert sie doch nur etwas über diese Flüchtlingsfamilie und das kleine Mädchen«, hatte sie entgegnet.

»Nun, dann spricht doch auch nichts dagegen, dass du uns über Telefongespräche mit ihr Bescheid gibst«, hatte ihr Bruder geantwortet.

Das hatte Wilma schließlich auch getan. Diese Männer waren keine Leute, die man gegen sich aufbrachte.

An den Auskünften über Veras Reisestationen und Unterkünfte war ihr zunächst auch nichts Verwerfliches erschienen. Nur mit dem Brief hatte sie jetzt doch ein schlechtes Gewissen bekommen. Sie dachte an die Antwort, die sie vom Rat erhalten hatte. Seit Wilma das Schreiben gelesen hatte, ahnte sie, dass es sich hier um eine weit größere Sache handeln musste, als sie geglaubt hatte. Allerdings spielte Vera anscheinend auch nicht mit offenen Karten. Und das war schließlich nicht ihre Schuld, oder?

Am liebsten war es Wilma ohnehin, wenn sie so wenig wie möglich wusste. Sie nahm erneut einen tiefen Zug von ihrer Zigarette und wandte sich wieder ihrer Arbeit zu.

Vera

73

Mailand, zwei Stunden später …

Nach ihren Telefonaten hatte sie etwas gegessen und sich auf den Weg zum *Displaced-Persons*-Lager gemacht. Sie nahm den Bus, der so voll mit Menschen war, dass man kaum aus den Fenstern schauen konnte.

Vera ließ ihren Blick über die Fahrgäste gleiten.

Italienische Wortfetzen waren um sie herum zu hören, Leute stießen gegen sie, und ein junger Mann musterte sie mit einem Lächeln.

Einige Bushaltestellen später stieg sie aus. Schon von Weitem konnte man die lang gestreckten Baracken sehen. Mailand war eines der wenigen *DP*-Camps Italiens, das direkt in einer größeren Stadt lag, und noch dazu eines der wichtigsten Lager im Norden des Landes.

Vera meldete sich bei der Lagerleitung an. Sie zeigte ihren Presseausweis vor und musste einige Besucherpapiere unterschreiben. Man erklärte ihr, dass es in der Unterkunft der Melinyks noch zwei weitere Ukrainer gebe, die etwas ihre Sprache sprechen würden und für sie dolmetschen könnten. Dann bedeutete ihr ein untersetzter Italiener in gebrochenem Deutsch, ihm zu folgen.

Die Straße, die sie entlangliefen, wurde von lang gezogenen Flachbauten flankiert. Eine flirrende Hitze hing in der Luft.

Zwischen den Unterkünften waren Wäscheleinen gespannt, auf denen fadenscheinige Kleidung im Wind flatterte. Es roch nach Essen und Abfall, und die Armut war spürbar. Vera fragte sich, wie man es hier aushielt, ohne zu wissen, welche Zukunft einen erwartete.

Vor den Baracken spielten ein paar Kinder. Einige von ihnen waren noch so klein, dass sie hier geboren sein mussten. Vor einer der Unterkünfte war eine Mutter gerade dabei, die Haare ihrer weinenden Tochter zu entlausen. Etwas weiter stand eine Gruppe von Männern ins Gespräch vertieft zusammen. Ihre dünnen Körper erinnerten Vera an Nadja und die drei Polen, mit denen sie die Grenze überquert hatte.

»Ist nicht mehr weit«, sagte der Italiener mit einem starken Akzent, und seine Hände fuhren, während er sprach, durch die Luft. »Ihr Freund war auch schon hier. Er kommt gleich zurück. Er musste noch telefonieren …«

Irritiert blickte Vera ihn an. Eigentlich hatte sie mit Eric ausgemacht, dass sie sich vor dem Haupteingang des Lagers treffen würden. Sie blieb stehen. Sprach er überhaupt von Eric? »Wie sah der Mann denn aus? Groß?« Sie versuchte, dem Italiener mit Handzeichen verständlich zu machen, was sie meinte.

Er schüttelte den Kopf. »Nein, klein, dünn …« Mit ausufernden Gesten beschrieb er die Statur des Mannes und fuhr mit seinem Finger über den Mund. *Ein Schnurrbart?* Ein Bild nahm vor ihren Augen Konturen an. Vera erstarrte, als ihr bewusst wurde, auf wen die Beschreibung passte: *Der Mann, der in Südtirol an der Bushaltestelle gestanden und später in dem Restaurant gesessen hatte!*

Wie hatte sie nur so dumm sein können? Dass sie in Mailand das *DP*-Lager aufsuchen würde, war vorhersehbar gewesen.

»Entschuldigen Sie, mir ist gerade etwas eingefallen. Ich muss gehen.« Sie wandte sich hastig ab, ohne die Reaktion des irritierten Italieners abzuwarten, klemmte ihre Tasche unter den Arm und rannte den Weg zum Ausgangstor zurück.

Doch das erwies sich als Fehler. Sie erkannte ihn bereits von Weitem. Seine schmächtige Gestalt hatte sich ihr ins Gedächtnis gebrannt. Er stand an dem Pförtnerhaus und war nicht allein. Ein bullig aussehender Typ mit strengem Seitenscheitel stand neben ihm, während er mit der Wache sprach.

Vera spürte, wie Panik jäh in ihr hochstieg. Sie wich zwischen die Baracken zurück. Dabei stieß sie gegen etwas. Als sie sich umdrehte, bemerkte sie, dass hinter ihr auf einer Stufe des Eingangs ein älterer Mann mit hochgekrempelten Hemdsärmeln saß und sie musterte. Auf seinem Unterarm war eine eintätowierte Nummer zu sehen. »Scusi«, murmelte sie betreten, bevor sie schon erneut um die Ecke spähte, wo inzwischen auch der Italiener, der sie zu der Unterkunft der Melinyks bringen sollte, zurückgekommen war und wild gestikulierte. Die vier sahen sich suchend um und wandten den Kopf auf einmal direkt in ihre Richtung.

Vera fuhr zurück, doch die Männer hatten sie schon entdeckt. Voller Angst wandte sie sich zu dem alten Mann, der hinter ihr auf den Stufen hockte. »Bitte, können Sie mir helfen? Gibt es hier einen anderen Ausgang? Ich werde verfolgt«, sagte sie flehentlich auf Deutsch, obwohl das die Chance, dass er ihr half, wahrscheinlich gen null sinken ließ.

Tatsächlich konnte sie sehen, wie der Mann bei dem Klang der deutschen Worte zusammenzuckte. Aber dann schien er ihre Panik zu spüren und deutete nach rechts. Sofort rannte sie zwischen den Baracken in die Richtung, in die er gezeigt hatte. Stimmen wurden hinter ihr hörbar. Ihre Panik wuchs. Der Weg war eng, und sie sah, dass sich am Ende ein hoher Zaun befand. Wo sollte hier ein Ausgang sein? Suchend blickte sie sich um. Plötzlich war hinter ihr Geschrei zu vernehmen. Sie drehte sich im Laufen um. Der alte Mann hatte sich ihren Verfolgern – unabsichtlich oder absichtlich – in den Weg gestellt. Irgendjemand brüllte etwas, und einer der vier Männer schien gestürzt zu sein. Außer Atem rannte Vera weiter, immer am Zaun entlang, und schließlich konnte sie in einiger Entfernung einen Nebenausgang erkennen. Ihre Lungen brannten, doch sie wagte nicht, langsamer zu werden. »Bleiben Sie stehen!«, schrie jemand.

Doch sie ignorierte die Rufe und lief nur noch schneller. Endlich hatte sie den Ausgang erreicht und stürzte an der verdutzten Wache vorbei auf die Straße hinaus. Zu ihrer Überraschung befand sie sich nicht weit vom Hauptausgang entfernt. Sie betete, dass Eric bereits da sein würde.

Als sie sich umdrehte, sah sie, dass der schmächtige Unbekannte ihr direkt auf den Fersen war. Er hatte eine Waffe gezogen. Ohne lange zu überlegen, rannte Vera direkt auf die Straße. Ein Bus hielt mit quietschenden Bremsen. Sie konnte gerade noch ausweichen, lief an ihm vorbei und ignorierte das wilde Hupen und die wütenden Schreie, die der Fahrer und ein Vespafahrer, der bei dem Manöver beinah umgefahren worden wäre, erst ihr und schließlich sich gegenseitig an den Kopf warfen.

Sie versteckte sich hinter dem Bus. Erics Wagen konnte sie nirgends sehen. Aus ihrer Deckung heraus bekam sie mit, dass ihr Verfolger, der auf der anderen Seite stand, hastig seine Waffe weggesteckt hatte. Er versuchte, über die Straße zu kommen, musste aber zwei vorbeifahrende Autos und ein Motorrad abwarten.

Ihr Herz raste. *Was sollte sie jetzt tun?*

Und dann entdeckte sie in einiger Entfernung den Ford Taunus von Eric.

Sie stürzte aus ihrer Deckung auf den Wagen zu und bemerkte aus den Augenwinkeln, wie ihr Verfolger sich im selben Augenblick von der anderen Straßenseite aus in Bewegung setzte. Er lief im Zickzack an einer Gruppe von Passanten vorbei, die sich in den Streit zwischen Motorroller- und Busfahrer eingemischt hatten, und kam auf sie zugerannt. Im Laufen griff er erneut nach hinten an seinen Rücken. Sie war sicher, dass er seine Waffe ziehen würde.

Aber Eric schien inzwischen mitbekommen zu haben, dass etwas nicht stimmte. Er gab Gas und bremste mit geöffneter Beifahrertür neben ihr ab, sodass sie in das Fahrzeug springen konnte. Selbst aus der Entfernung konnte Vera die kalte Wut und die Überraschung im Gesicht des Unbekannten erkennen, als sie mit aufheulendem Motor davonfuhren.

Eric murmelte einen englischen Fluch. »Das war der Mann, der dich auch in Sterzing verfolgt hat. Wie konnte er wissen, dass du hier ins *DP*-Lager wolltest?«, fragte er aufgebracht, während er um die Ecke bog.

Vera zitterte. Die Einzige, die gewusst hatte, dass sie sich bereits in Mailand aufhielt, war Wilma. Außerdem hatte sie auch die Genehmigung für das Interview im Lager beantragt.

Vera hatte ihr blind vertraut. Niemals hätte sie sich vorstellen können, dass ausgerechnet Wilma sie verraten würde.

Sie nahm wahr, dass Eric sich mehrmals umdrehte und die Straße observierte, während er den Wagen mit überhöhter Geschwindigkeit durch den Verkehr lenkte.

Vera blickte ihn verzweifelt an. »Das hat alles überhaupt keinen Sinn. Selbst wenn wir herausfinden, wer Jonathans Mörder sind. Sie sind viel zu mächtig. Man wird uns umbringen, bevor wir etwas gegen sie tun können.«

Eric wandte den Kopf zu ihr. »Beruhige dich. Ich bringe uns zu dem Freund, von dem ich dir erzählt habe. Dort werden wir erst mal in Sicherheit sein. Er ist Amerikaner.«

74

Die Villa lag etwas außerhalb von Mailand. Ein hohes Gartentor öffnete sich, als sie mit dem Wagen davor hielten und Eric einen Knopf drückte. Über eine breite Auffahrt, die gesäumt wurde von sorgfältig gepflegten Rasenflächen und Zypressenbäumen, erreichten sie ein elegantes Haus in klassizistischem Stil. Eric parkte den Wagen und drehte sich zu ihr. »Major Connor ist nicht nur ein Freund von mir, sondern auch mein ehemaliger Vorgesetzter bei der Armee. Er ist der Mann, von dem ich dir erzählt habe, mit dem du dich unterhalten solltest.«

Also stimmte es, dass Eric beim Militär war, wie Vera bereits vermutet hatte.

Während sie zum Haus gingen, erfuhr sie von Eric, dass Major Connor im letzten Jahr seinen Dienst quittiert und eine Italienerin geheiratet hatte.

Ein Hausmädchen mit Schürze öffnete ihnen die Tür und geleitete sie in einen Salon, wo sich ein kräftig gewachsener Mann mit rotblondem Haar aus einem Sessel erhob und auf sie zukam.

»Vera, das ist Major Connor. Er weiß über alles Bescheid und wird dir mit einigen Informationen weiterhelfen, die du – wie wir beide finden – kennen solltest.«

»Eigentlich Ex-Major. Eric hat Ihnen sicherlich erzählt, dass ich mich im vorzeitigen Ruhestand befinde«, ergänzte der Angesprochene mit einem hörbar amerikanischen Akzent. Er schüttelte ihr mit kräftigem Druck die Hand.

»Ich bin Vera Lessing«, stellte sie sich vor.

»Setzen Sie sich doch, Fräulein Lessing«, sagte er und deutete zu einem runden Tisch am Fenster.

»Frau Lessing«, korrigierte sie, während sie seiner Aufforderung nachkam. Sie nahm wahr, wie Eric bei ihrer Antwort den

Kopf zu ihr wandte. »Major Connor und ich haben nach dem Krieg zusammen in einer Abteilung gearbeitet, deren Aufgabe es war, flüchtige Kriegsverbrecher aufzuspüren«, erklärte er dann.

»Tee?«, fragte der Major. Vera nickte. Der Tisch vor ihr war für drei Personen gedeckt, als wenn man sie bereits erwartet hätte.

Der Major schenkte ihr ein. »Eric hat mir vom Tod Ihres Freundes und auch von Ihren bisherigen Recherchen erzählt. Eines vorweg – das Gespräch, das wir hier führen, muss unter uns bleiben, auch das, was wir Ihnen zeigen werden. Sowohl Eric als auch ich könnten allein für den Umstand, dass wir darüber mit Ihnen sprechen, vors Militärgericht gestellt werden. Dennoch sollten Sie darüber Bescheid wissen. Sagt Ihnen *CROWCASS* etwas?«

Vera erinnerte sich, dass dieser Begriff während der Redaktionskonferenzen einige Male erwähnt worden war. »Das ist eine Art Register für Kriegsverbrecher, oder?«

Der Major hob den Finger. »Nicht nur ein Register, sondern ein Programm – das *Central Registry of War Crimes and Security Suspects*. Eisenhower hat es 1945 ins Leben gerufen. Es sollte nicht nur dazu dienen, verdächtige Personen zu erfassen und ihre Namen und Identitäten mit den Millionen von Kriegsgefangenen abzugleichen, sondern auch dazu, sie aufzuspüren und festzunehmen. Viele davon wurden auch tatsächlich gefasst.« Major Connor nahm einen Schluck von seinem Tee, bevor er fortfuhr: »Eric und ich haben wie gesagt beide für *CROWCASS* gearbeitet. Kurz nach Kriegsende stellten wir jedoch fest, dass Personen, die auf diesen Listen standen und längst festgenommen worden waren, auf mysteriöse Weise aus den Lagern und Gefängnissen verschwanden. Darunter waren Männer, die schwerer Kriegsverbrechen beschuldigt wurden. Es schien uns nur natürlich, dagegen vorzugehen und eine militärische Untersuchung anzufordern, doch zu unserer Überraschung erhielten wir von oberster Stelle den Befehl, darüber absolutes Stillschweigen zu bewahren.«

»Und warum?«

Er verzog das Gesicht. »Beim Militär werden Anordnungen nicht hinterfragt, sondern nur befolgt, Frau Lessing.«

»Aber Sie sind damit trotzdem nicht einverstanden gewesen«, schlussfolgerte sie angesichts seines grimmigen Gesichtsausdrucks.

»Nein, das waren wir ganz und gar nicht.« Er starrte für einen Augenblick aus dem Fenster. Als er sich wieder zu ihr wandte, blitzte unerwarteter Zorn in seinen Augen auf. »Ich gehörte zu den Soldaten, die Bergen-Belsen befreit haben«, erklärte er. »Wenn Sie gesehen hätten, was ich gesehen habe, dann würden Sie begreifen, dass es keinen Grund, ja kein noch so großes Interesse eines Landes geben kann, welches rechtfertigen könnte, dass die Menschen, die diese Verbrechen begangen haben, einfach so davonkommen. Es verhöhnt die Opfer und alle Werte unserer Zivilisation.«

Veras Blick glitt unwillkürlich zu Eric. Sein Gesicht hatte sich verdunkelt. Obwohl er nichts sagte, konnte sie sich nicht erinnern, ihn jemals derart emotional bewegt gesehen zu haben. Ebenso wie bei dem Major zeigte sich in seinen Augen Zorn, aber darüber hinaus noch etwas anderes – Trauer und ein tiefer Schmerz. Ein leichtes Schwindelgefühl packte Vera, und ihre Hände wurden feucht. Sie hatte es verdrängt. Vielleicht, weil sie zu viel Angst vor der Auseinandersetzung hatte. Dabei hatte sie eigentlich schon lange geahnt, dass Eric Jude sein musste. Ein Gefühl der Schuld durchflutete Vera, ohne dass sie etwas dagegen tun konnte.

»Das war aber nicht der einzige Grund, warum wir beunruhigt waren«, riss sie die Stimme des Majors aus ihren Gedanken. »Wir stellten fest, dass die Fluchtrouten der Vertriebenen und Flüchtlinge regelmäßig von Kriegsverbrechern genutzt wurden, um über Italien in andere Länder, vor allem nach Südamerika, in die Freiheit zu gelangen. 1947 strengten die Behörden deshalb eine geheime Untersuchung an.« Der Major griff neben sich und legte eine Mappe auf den Tisch. »Sie sprechen Englisch?«

Vera nickte.

»Dann sollten Sie das hier lesen!«

Er zog einige zusammengeheftete Papiere aus der Mappe, die er ihr reichte. Sie waren eng in Schreibmaschinenschrift bedruckt. Vera erkannte, dass es sich um den Bericht eines gewissen Vincent La Vista handelte, eines US-Beamten aus Rom. Sein Report beschäftigte sich mit den illegalen Flüchtlingsbewegungen in Italien. La Vista hatte dazu eine Vielzahl von Behörden und Personen befragt. Lange Abschnitte waren, wie der Major es schon erwähnt hatte, der Problematik gewidmet, dass sich gesuchte Nationalsozialisten und Faschisten ohne große Schwierigkeiten unter die Vertriebenen und heimatlosen Juden mischten. Manche Passagen seines Textes waren unterstrichen worden, dort wurde auf die überaus laxe Handhabung des Internationalen Roten Kreuzes in Italien hingewiesen, das ohne echten Identitätsnachweis Papiere für die heimatlosen Volksdeutschen ausstellte, oft mit frei erfundenen Namen und Fotos. Letztere wurden nicht einmal mit einem Stempel versehen, wie La Vista ausführte, sondern einfach nur mit Klebstoff befestigt, sodass man sie ohne Schwierigkeiten austauschen und an andere Personen weitergegeben konnte.

Es musste ein Kinderspiel für flüchtige Kriegsverbrecher sein, sich solche Papiere ausstellen zu lassen und damit dann weiter nach Südamerika zu gelangen, dachte Vera, und sie erinnerte sich an ihr Gespräch mit Lore Pistori. La Vista beschrieb auch detailliert, dass der Vatikan, genauer gesagt bestimmte kirchliche Einrichtungen und Geistliche, darunter auch hochrangige Bischöfe, in die Fluchthilfe verwickelt waren und Flüchtlinge in großer Zahl versteckten. Offensichtlich hielten sie es für legitim, jedem zu helfen, solange er nur eine antikommunistische Einstellung vertrat und katholischen Glaubens war. Ungläubig las Vera, wie all das, was sie selbst in den letzten Tagen erfahren hatte, hier noch einmal in erschreckender Weise untermauert wurde und sie begriff, dass Jonathans Recherchen lediglich die Spitze eines Eisbergs aufgedeckt hatten.

Ihre Augen blieben an einer Passage gleich auf der ersten Seite hängen, in der empfohlen wurde, den vorliegenden Bericht angesichts seines Inhalts und der in den Sachverhalt involvierten Personen unbedingt von *geheim* auf *streng geheim* hochzustufen.

»Und dieser Bericht hat nicht dazu geführt, dass man in Washington dagegen vorgeht?«, fragte Vera ungläubig, als sie schließlich hochblickte.

Der Major verzog den Mund. »Nun, man war dort äußerst beunruhigt. Der Vatikan hat selbstverständlich abgestritten, Kriegsverbrechern in irgendeiner Weise wissentlich geholfen zu haben, und das Rote Kreuz argumentierte, dass seine Papiere keine echten Personalausweise ersetzen würden und seine Hilfe nur rein humanitär sei. Es gab viele Gespräche, einige Versuche, etwas zu ändern, aber am Ende hat sich in der Praxis kaum etwas getan.«

Sie blickte erneut auf den Report und musste an Jonathans Brief denken, daran, was er ihr in seinen letzten Zeilen geschrieben hatte: »*… es gibt niemanden, dem ich diese Dinge sonst anvertrauen könnte. Und wenn Du erst alles weißt, wirst Du genau wie ich begreifen, dass die Öffentlichkeit davon erfahren muss.*«

Jonathan hatte recht und sie besser gekannt als sie sich selbst. Empörung und Erbitterung erfassten sie immer mehr.

Obwohl sie diese Reise in erster Linie angetreten hatte, um Jonathans Mörder zu finden, würde sie, die nie wieder etwas mit Politik zu tun haben wollte, nun alles daransetzen, seine letzte Bitte zu erfüllen – sie würde einen Artikel darüber schreiben und diese ungeheuerlichen Vorkommnisse an die Öffentlichkeit bringen. Allerdings war ihr gleichzeitig klar, dass vermutlich nichts davon in einer deutschen Zeitung erscheinen würde. Die leitenden Stellen der Alliierten würden das ganz sicher zu verhindern suchen. So viel stand fest. Aber sie könnte sich an die Presse im Ausland wenden, die dieses Thema bestimmt brennend interessierte, überlegte sie. »Wenn Sie erlauben, würde ich mir gerne ein paar Notizen machen?«

»Selbstverständlich«, antwortete der Major.

Sie holte Block und Stift aus ihrer Handtasche und begann, sich die wichtigsten Fakten zu notieren. »Danke, dass ich das lesen konnte«, sagte sie anschließend.

Der Major nickte.

»Ich nehme an, dass es Jonathan das Leben gekostet hat, dass er auf einige dieser Fakten gestoßen ist«, sagte Eric. »Den Nazis, die es geschafft haben, sich ein neues Leben und eine neue Identität aufzubauen, wird jedes Mittel recht sein, um dagegen vorzugehen, dass diese Dinge publik werden.« Einen Moment lang wirkte es, als wollte er noch etwas sagen, doch er schwieg. Der Major musterte ihn mit einem Stirnrunzeln.

Vera dachte nach. Alles sprach dafür, dass Hüttner und diese beiden Wehrmachtsoffiziere Lempert und Pape wahrscheinlich genau solche Nazis mit gefälschten Lebensläufen waren. Doch warum hatte man Jonathan in Köln umgebracht und nicht bereits hier auf seiner Reise nach Italien? Die Frage ließ sie einfach nicht los. Die Einzige, die ihr mit einer Antwort darauf vielleicht weiterhelfen konnte, war diese Marie, stellte sie wieder einmal fest.

Von Wilma, die sie verraten hatte, konnte sie allerdings ganz sicher keine Unterstützung mehr dabei erwarten, den Nachnamen der jungen Frau herauszubekommen. Es half alles nichts. Sie musste persönlich nach Köln.

»Ich wünschte, ich wüsste den Nachnamen von dieser Marie«, sagte sie später grübelnd zu Eric.

Der Major, der darauf bestanden hatte, dass sie zu ihrer Sicherheit die Nacht in seinem Haus verbrachten, hatte sich zurückgezogen. Vera hatte noch sein Telefon benutzt, um sich bei Theo in der Bar zu melden. Dieser hatte ihr eine neue Telefonnummer gegeben, unter der sie am kommenden Nachmittag Leo anrufen sollte. Anscheinend hatte er Neuigkeiten.

Nun saß sie zusammen mit Eric im Wohnzimmer. Sie erzählte ihm von der Beziehung zwischen Jonathan und Marie.

Ein seltsamer Ausdruck glitt über Erics Gesicht. Es schien ihr, als wäre er eine Spur blasser geworden.

»Du willst wissen, wie Marie weiter heißt?«, fragte er mit belegter Stimme. »Das kann ich dir sagen – Weißenburg …«

Weißenburg? Überrascht blickte sie Eric an. Das war der Name des Verstorbenen, nach dem Jonathan vor Hüttner recherchiert hatte. Vera erinnerte sich, was Leo ihr erzählt hatte – dass Hermann Weißenburg eine Frau und drei erwachsene Kinder hinterlassen habe, zwei Söhne und eine Tochter, die in Köln lebten.

Sie starrte Eric an.

»Es gibt da etwas, das ich dir noch erzählen muss«, sagte er, und als sie seine angespannte Miene sah, begriff sie, dass sie längst noch nicht alles wusste …

Sechs Wochen zuvor, Düsseldorf, Mai 1949

Lina

75

Die Bibliothek, in der sie arbeitete, hatte pünktlich um sechs Uhr geschlossen, und sie war auf dem Weg nach Hause. Sie sah den Mann nicht zum ersten Mal. Er saß schräg hinter ihr im Bus, die aufgeschlagene Zeitung vor dem Gesicht und tat so, als würde er sie gar nicht wahrnehmen. Gestern hatte er bereits nicht weit von ihrer Wohnung entfernt vor einem Schaufenster gestanden, und am Nachmittag hatte sie ihn dann beim Lebensmittelladen entdeckt. Erst hatte er einen Hut, später eine Mütze getragen und heute seinen Mantelkragen hochgeschlagen. Er verhielt sich so unauffällig, dass jemand anderes ihn wahrscheinlich gar nicht registriert hätte. Aber Lina hatte – was nur wenige wussten – ein besonderes Gedächtnis für die Gesichter von Menschen. Wen sie einmal gesehen hatte, den vergaß sie nicht mehr – die Züge speicherten sich einer Fotografie gleich in ihrem Kopf. Es war gewöhnlich eine eher unnütze Gabe. Ihr Bruder hatte sich früher darüber immer lustig gemacht, dass sie das Gesicht jeder Verkäuferin und jedes noch so unbedeutenden Passanten auf der Straße stets wiedererkannte. »Du solltest später vielleicht ein Detektivbüro aufmachen«, hatte er ihr vorgeschlagen. Heute jedoch war Lina das erste Mal dankbar für diese Art des Gedächtnisses, denn etwas an dem Mann gefiel ihr nicht. Er war zu bemüht, nicht aufzufallen. Sobald sie ihn bemerkt hatte, stellte sie ihn auf die Probe – sie wechselte unvermittelt die Straßenseite, stieg an einer anderen Station aus dem Bus und ging noch in ein Geschäft. Am Ende hatte sie keinen Zweifel, dass er sie beobachtete und nicht wollte, dass sie es mitbekam. Doch warum? Etwa, weil sie jüdisch war? Die Frage schoss ihr durch den Kopf, ohne dass sie etwas dagegen tun konnte, und ein Gefühl der Aggression wallte in ihr hoch. Doch dann verwarf sie ihre Vermutung. Selbst wenn etliche Deutsche noch Vorurteile hatten, die Menschen in diesem Land beschäftigten inzwischen andere Sorgen.

Lina überlegte, ihren Bruder anzurufen, aber bestimmt würde er noch beunruhigter reagieren als sie und ihr nur wieder Vorhaltungen machen, warum sie überhaupt nach Deutschland zurückgekehrt war.

Nachdenklich stieg sie die Stufen hoch. Marie, die seit einigen Tagen bei ihr wohnte, war bereits zu Hause, da sie einen freien Nachmittag hatte.

»Stell dir vor, da war ein Mann, der mich beobachtet hat«, erzählte sie, während sie ihre Jacke auszog.

»Wirklich?« Marie, deren schmale blonde Gestalt am Fenster stand, drehte sich zu ihr. »Weißt du denn, wer er war?«

»Nein, keine Ahnung«, erwiderte Lina. Ihr fiel Maries bedrückte Miene auf. »Du hast wieder über deinen Vater und den Streit nachgedacht, oder?«, fragte sie sanft.

»Ja, ich komme einfach nicht dagegen an.«

Lina schüttelte tadelnd den Kopf. Marie war ein wunderbarer Mensch, voller Wärme und Mitgefühl für jedes Lebewesen. Zwischen ihnen war in kürzester Zeit eine enge Freundschaft gewachsen, und es war unbegreiflich, warum ausgerechnet ein Mensch wie sie einen solchen Vater haben musste. Marie quälte und zerfleischte sich mit dem, was er getan hatte.

»Du musst aufhören, dich für ihn schuldig zu fühlen«, sagte Lina eindringlich und nicht zum ersten Mal, denn sie wusste, dass Marie genau das tat. »Warum solltest du die Verantwortung für das, was er getan hat, auf dich nehmen?«

Marie wich ihrem Blick aus. »Vom Kopf her weiß ich das. Aber er ist mein Vater. Es ist doch sein Blut, seine Erbmasse, die ich in mir trage. Es macht mir Angst, dass vielleicht viel mehr von ihm in mir steckt, als ich weiß!«, gestand sie. »Ich bin nicht gläubig, aber steht nicht sogar in der Bibel, dass noch die Kinder und deren Kinder an der Schuld ihrer Väter tragen sollen?«, stieß sie mit leiser Verzweiflung hervor.

»Das ist doch Unsinn, Marie«, widersprach sie entschieden. »Jeder hat doch eine Wahl, was für ein Mensch er sein will. Egal was die Eltern getan haben. Sonst müsste sich doch jedes Kind eines Mörders schuldig fühlen.«

Sie sah, dass Marie ihr noch immer nicht glaubte, und legte ihr die Hand auf die Schulter. »Soll ich dir etwas sagen? Du bist ein guter und besonderer Mensch. So, wie du dich verhalten hast, als du mir im Gericht geholfen hast, obwohl ich eine Fremde für dich war – das ist dein wahres Ich. Dass du die Wahrheit über deinen Vater wissen wolltest, obwohl du geahnt hast, an welchen Verbrechen er beteiligt war, das bewundere ich, und es hilft mir, mich mit diesem Land zu versöhnen, weil es mir den Glauben zurückgegeben hat, dass nicht alle Menschen in diesem Land so waren und sind wie die, die meine Familie umgebracht haben.«

Marie blickte sie ungläubig an, und Lina sah, wie der Freundin die Tränen in die Augen traten.

»Danke. Manchmal denke ich, dass es weniger schlimm für mich wäre, wenn ich meinen Vater nicht so geliebt und derart um ihn getrauert hätte.«

»Er war nun mal dein Vater.«

Marie nickte. »Ja. Lass uns über etwas anderes reden«, bat sie dann. »Mein Zimmer in Bonn wird übrigens schon etwas früher frei. Ich kann übermorgen einziehen. Es wird mir fehlen, dass wir nicht mehr zusammen wohnen.«

»Mir auch! Ich mag gar nicht daran denken, wie es erst wird, wenn du nach Berlin gehst«, fügte Lina hinzu.

Marie hatte ihr von ihrem Gespräch mit Jonathan und ihrem Entschluss erzählt, zu ihm zu ziehen. Natürlich freute Lina sich für die Freundin, doch sie würden sich bestimmt nur noch selten sehen.

»Wir werden uns ganz oft besuchen«, versprach Marie. »Und jetzt erzähl doch noch mal. Ein Mann hat dich beobachtet? Vielleicht hast du einen Verehrer«, sagte sie neckend.

Lina schüttelte mit ernster Miene den Kopf. »Nein, das war der Mann ganz bestimmt nicht. Er muss mir aus einem anderen Grund gefolgt sein. Wenn ich mich nicht so gut an Gesichter erinnern könnte, wäre er mir wahrscheinlich gar nicht aufgefallen.«

»Aber warum sollte dich jemand beobachten?«

»Ich habe keine Ahnung«, erwiderte Lina und versuchte, das ungute Gefühl zu ignorieren, das sie bei der Erinnerung an den Mann wieder erfasste.

Marie

76

Sie war Lina dankbar, dass sie einige Tage bei ihr hatte wohnen können, doch angesichts der langen Anfahrt von Düsseldorf war das Zimmer in Bonn, das sie nun beziehen konnte, doch eine Erleichterung.

Seit jenem Nachmittag, als sie ihren Vater wiedergesehen hatte, war sie nicht mehr nach Hause zurückgekehrt. Sonja hatte ihr auf ihre Bitte einige Kleidung von dort mitgebracht, nachdem sie der Freundin erzählt hatte, dass ein Streit es ihr unmöglich mache, zu ihrer Familie zurückzukehren. Zu ihrer Überraschung hatte Sonja keine weiteren Fragen gestellt, sondern ihr am nächsten Tag einfach die Sachen gegeben. Dennoch bekam sie mit, dass die Freundin sie gelegentlich besorgt musterte.

Marie hatte nach der Auseinandersetzung mit ihrem Vater erwartet, dass ihre Mutter oder Brüder versuchen würden, mit ihr zu sprechen. Es verwunderte sie daher nicht sonderlich, als Helmut eines Abends vor dem Büro des Rates stand. Als sie bei seinem Anblick erstarrt auf dem Treppenabsatz stehen blieb, kam er hastig auf sie zu. »Ich will nur mit dir reden, Marie. Lass uns ein Stück zusammen spazieren gehen, ja?«, bat er und gab ihr einen vorsichtigen Kuss auf die Wange.

Sie nickte. Schweigend gingen sie hinunter zum Rhein. »Es tut mir leid, dass wir dich angelogen und dir nicht gesagt haben, dass Vater noch lebt«, sagte Helmut schließlich.

Sie blickte ihn an. Sein Bedauern hörte sich ehrlich an, und sie bemerkte, dass er Schatten unter den Augen hatte.

»Du wusstest, was er getan hat. Wie kannst du nur so einfach damit klarkommen?«, fragte sie ihn.

»Bitte, lass uns nicht über seine Vergangenheit reden, Marie.«

Doch sie schüttelte den Kopf. »Nein, ich kann damit nicht leben und begreife auch nicht, dass ihr einfach so darüber hinwegsehen könnt. Als wäre es nichts, was er getan hat«, entfuhr es ihr.

Helmut blieb abrupt stehen. »Dass ich dich bitte, nicht über die Vergangenheit zu reden, heißt nicht, dass ich es gut finde, was er getan hat. Denkst Du, für mich ist das leicht?«, stieß er mit zusammengepressten Lippen hervor. Es war das erste Mal, dass er etwas in dieser Art äußerte. Die Zerrissenheit und Niedergeschlagenheit, die sich jäh in seiner Miene zeigten, hatte sie nicht erwartet. »Ich wusste nicht über alles von Vater Bescheid«, setzte er dann hinzu.

Zum ersten Mal ahnte sie, dass auch ihn tief in seinem Inneren Gewissensbisse plagten, aber sein Pflichtgefühl und seine Verantwortung für die Familie ließen es nicht zu, sie laut auszusprechen.

»Du solltest nach Hause zurückkommen, Marie. Du bist meine Schwester. Mutter und Fritz glauben, dass du etwas Zeit brauchst, aber trotz allem sind wir eine Familie.«

»Das kann ich nicht, Helmut«, erwiderte sie traurig. »Selbst wenn ein Teil von mir es wollte. Er bereut es nicht einmal! Ich weiß, er ist mein Vater, und deshalb werde ich niemandem erzählen, dass er noch lebt, aber ich will nichts mehr mit ihm zu tun haben«, setzte sie entschieden hinzu.

»Vielleicht bereut er mehr, als er sagt, Marie«, sagte Helmut betreten.

»Das reicht nicht«, entgegnete sie kühl.

Er schien zu spüren, wie unumstößlich ihre Entscheidung

war. »Versprich mir wenigstens, dass wir in Kontakt bleiben, Marie.«

Sie nickte. »Natürlich. Danke, dass du hier warst«, sagte sie, als sie sich zum Abschied umarmten.

Er drückte sie fest. »Pass auf dich auf, Marie.« Seltsamerweise stand in seinen Augen ein Ausdruck der Anerkennung.

Das Gespräch mit ihrem Bruder nahm sie mit. Doch die Telefonate mit Jonathan und die Arbeit, bei der sich die politischen Ereignisse nach den zähen Verhandlungen der letzten Monate nun zu überstürzen schienen, rissen Marie schließlich wieder aus ihren dunklen Grübeleien.

Nach mehreren Lesungen des Entwurfs wurde am 8. Mai über das Grundgesetz abgestimmt. Die Presse aus der ganzen Welt war gekommen, als die Abgeordneten den Gesetzesentwurf verabschiedeten, der die demokratische Grundlage des neuen Staates bilden sollte. Es war ein feierlicher und bedeutender Moment. Nun mussten nur noch die Militärgouverneure ihre Genehmigung geben, dann stand der Gründung der Bundesrepublik nichts mehr im Wege. Es war ein Neuanfang, genauso, wie ihn Marie auch für ihr eigenes Leben plante.

Die Verabschiedung des Grundgesetzes war indessen nicht die einzige aufregende Neuigkeit. Wie es hieß, würde die Blockade in Berlin beendet werden. Nicht nur das Reisen würde dadurch einfacher, sondern auch die Lebens- und Versorgungsbedingungen der Stadt würden sich erheblich verbessern.

An einem Nachmittag steckte Blankenhorn kurz seinen Kopf in ihr Büro. »Packen Sie ein paar Sachen, Fräulein Weißenburg. Wir werden am 11. mit einer kleinen Delegation des Rates nach Berlin reisen. Herr Adenauer wird dort eine Rede vor den Berlinern halten! Bei der Gelegenheit können Sie schon mal Ihr zukünftiges Zuhause inspizieren«, setzte er mit einem Augenzwinkern hinzu, denn Marie hatte ihm inzwischen erzählt, dass sie nach Berlin ziehen wollte. Bis zum Juli würde sie ihm für die Arbeit des Überleitungsausschusses noch zur Verfügung stehen. Er bedauere ihre Entscheidung, hatte er gesagt, aber versprochen, dass man ihr nicht nur die besten Zeugnisse ausstellen, sondern ihr auch helfen werde, eine neue Stelle zu finden. In den acht Monaten, in denen sie für ihn arbeitete, war er zu einem väterlichen Freund geworden.

Sobald sie eine ruhige Minute hatte, rief sie Jonathan an und erzählte ihm von dem Berlin-Besuch. Nicht zum ersten Mal knackte die Leitung an diesem Tag und war von einem kurzen Rauschen durchsetzt, aber Marie konnte trotzdem an seiner Stimme hören, dass er ähnlich euphorisch gestimmt war wie sie und sich freute, sie schon so bald wiederzusehen.

»Ich werde an dem Tag auch arbeiten müssen, aber wir können uns bestimmt später sehen«, sagte sie und nannte ihm das Hotel, in dem sie wohnen würde.

Als sie an diesem Abend den Rat verließ, war es schon spät. Zwei Handwerker kamen ihr entgegen, die ihr erklärten, dass es im Haus ein Problem mit der Telefonleitung gebe, weshalb sie auch an dem Anschluss in ihrem Büro arbeiten müssten.

Sie erinnerte sich an das Knacken und Rauschen, das ihr nicht nur bei ihrem Telefonat mit Jonathan aufgefallen war. »Sprechen konnte ich aber noch«, sagte sie, bevor sie den beiden einen schönen Abend wünschte. Da sie am nächsten Tag ohnehin wegfuhr, machte sie sich keine Gedanken; wenn sie von der Reise zurückkehrte, würde bestimmt alles wieder in Ordnung sein.

Karl

77

Pullach …

Sie hatten sich auf Gernots Wunsch außerhalb des Geländes getroffen.

»Es wird Ihnen nicht gefallen, was wir herausgefunden haben«, sagte er jetzt zögernd.

»Erzähl schon«, erwiderte Karl ein wenig barsch. Es gefiel ihm, Gernot gelegentlich zu duzen, obwohl dieser ihn stets siezte. Er war angespannt, merkte er. Was allein an Gernot lag, denn gewöhnlich war sein Mann für schwierige Angelegenheiten die Zuversicht in Person.

»Wir haben das Mädchen und alle Personen, mit denen sie in den letzten Tagen in Kontakt war, beschatten lassen. Sie hat beim Parlamentarischen Rat einen eigenen Telefonanschluss im Büro, und da wir davon ausgehen, dass sie von dort aus auch private Gespräche führt, lassen wir die Verbindungen dieser Nummer ebenfalls abhören. Allerdings erst seit gestern Abend. Die Verwanzung im Rat hat einige Vorkehrungen erfordert, weil …«

Karl unterbrach ihn. »Mich interessieren allein Ergebnisse.«

Gernot nickte. »Selbstverständlich. Sie hat einige Tage bei einer Freundin in Düsseldorf gewohnt, bevor sie das Zimmer in Bonn bezogen hat. Einer gewissen Lina Löwy. Sie ist Bibliothekarin.«

Karl zog angesichts des Nachnamens die Brauen hoch. »Im Ernst?«, stieß er hervor. »*Löwy?* Ist sie das, wonach sich ihr Name anhört?«

»Ja. Sie ist Jüdin.«

Karl presste die Lippen zusammen. Weshalb musste sich Marie ausgerechnet mit einer Jüdin anfreunden? Es war weiß Gott nicht so, dass es noch viele von ihnen in diesem Land gab. Er merkte, wie seine angespannte Stimmung in eine ausgewachsene schlechte Laune umschlug.

»Lass mich raten. Ihre Familie ist natürlich im Lager umgekommen?«

Gernot nickte. »Mit Ausnahme von ihr und ihrem Bruder. Die beiden sind nach Amerika zu Verwandten verschickt worden. Die gesamte deutsche Familie und einige Verwandte in Frankreich wurden ausgelöscht. Das Mädchen ist dann nach dem Krieg zurückgekommen.«

Karl zündete sich eine Zigarette an. »Und woher kennen die beiden sich? Düsseldorf und Köln liegen doch etliche Kilometer voneinander entfernt, oder?«

»Das ist der springende Punkt. Wir haben etwas gebraucht, um das herauszubekommen. Diese Löwy war regelmäßig Zuschauerin bei den Nürnberger Prozessen. Ihr Name ist in dem Zusammenhang einige Male in der Zeitung aufgetaucht. Als unsere Männer gestern im Parlamentarischen Rat waren, um die Wanze im Büro von Marie Weißenburg zu installieren, haben sie auch ihren Schreibtisch durchsucht. Dabei haben wir die Rechnung einer Nürnberger Pension für eine Übernachtung im letzten November gefunden.« Gernot räusperte sich. »Das Datum passt zu einem der Verhandlungstage des Wilhelmstraßen-Prozesses. Wir nehmen an, dass die beiden sich dort kennengelernt haben.«

Karl starrte ihn an. Sein Kopf arbeitete. Er erinnerte sich, wie Marie ihn nach Ernst Schulenberger gefragt und im letzten

November über das angebliche Wochenende in Frankfurt gelogen hatte. Für einen Augenblick sah er sie und diese Freundin Sonja wieder vor sich, wie sie damals vor ihm in der Küche gestanden und ihm erzählt hatten, Marie habe jemanden kennengelernt. Er hatte ihnen geglaubt. Niemals wäre er auf die Idee gekommen, dass Marie stattdessen in Nürnberg gewesen war.

»Ich will einen Mitschnitt aller Telefonate von ihr«, sagte er mit fester Stimme.

»Selbstverständlich. Da ist allerdings noch etwas, das Sie wissen sollten.«

Karls Brauen zogen sich erneut hoch.

»Der Vater und älteste Bruder von dieser Lina Löwy sind in Maly Trostinez umgekommen. Zur gleichen Zeit, als Hermann Weißenburg dort war.«

Karl schwieg. »Das heißt, Marie könnte die Informationen über ihren Vater alle von ihr haben?«, fragte er dann.

Gernot nickte. »Möglich wäre es auf jeden Fall.«

Karl unterdrückte einen Fluch. Die ganze Geschichte weitete sich zu einem einzigen Albtraum aus. Wenn Marie dieser Löwy erzählte, dass ihr Vater noch lebte, konnte das zu einer Gefahr für sie alle werden. Karl begriff, dass diese Angelegenheit zu ernst war, als dass er sie alleine entscheiden konnte. Nachdem er und Gernot getrennt zum Gelände zurückgekehrt waren, griff er nach dem Telefon. Er zögerte nur kurz, bevor er Schneiders Nummer wählte.

Marie

78

Berlin, Mai 1949 …

Es war das erste Mal seit der Flucht mit ihrer Familie, dass Marie nach Berlin zurückkehrte. Obwohl die Stadt schon damals von Zerstörung gezeichnet und sie von Köln den Anblick der Trümmer und zerbombten Häuser gewöhnt war, schmerzte es sie, jetzt zu sehen, wie wenig von der ehemaligen Reichshauptstadt noch erhalten war. Nun, die Geschichte hatte ohnehin anders entschieden – Bonn würde die nächste Hauptstadt werden, wie inzwischen feststand.

Der Berliner Dialekt weckte sofort Kindheitserinnerungen in Marie, und ein Gefühl der Vertrautheit erfasste sie.

Sie bekamen bei ihrer Ankunft noch mit, wie Wagen des Westsenders RIAS durch die Straßen fuhren und für Mitternacht das Ende der Blockade verkündeten. Menschen blieben auf der Straße stehen oder hielten mit dem Fahrrad an. Sie wirkten ungläubig, einige beinah erstarrt, doch die meisten begannen zu strahlen und zu jubeln.

Am nächsten Tag sollte Adenauer vor der Stadtverordnetenversammlung sprechen und später auch das Wort an die Berliner richten. Mehrere Tausend versammelten sich zu diesem Anlass vor dem Rathaus Schöneberg. Die Menschen standen so dicht, dass man keine Straße und keinen Bürgersteig mehr erkennen konnte. Manche waren sogar auf Laternen geklettert. Ein Banner *Für Freiheit und Demokratie* war über dem Eingang des Rathauses aufgehängt worden. Aufgeregt schaute Marie sich um. Sie stand in einem für die geladenen Besucher und die Presse abgesperrten Bereich neben der Rednertribüne, als sie eine Hand an ihrer Taille spürte. »Marie.« Sie wirbelte herum.

Es war Jonathan, der über diesen Tag für das *Echo* schreiben sollte. Wie selbstverständlich küsste er sie.

Sie hatten sich am Abend zuvor nur kurz gesehen, weil sie beide arbeiten mussten. Marie stellte ihn Herrn Blankenhorn vor, der mit einem Lächeln ihre Begrüßung verfolgt hatte. »So, so, Sie sind also der junge Mann, der mich Fräulein Weißenburgs berauben will.«

»Ja, der bin ich«, antwortete Jonathan schlicht und selbstbewusst, ohne dass er dabei Maries Hand losließ. Den Arm um sie gelegt, blickte er mit ihr zu der dicht gedrängten Menge. Etwas Besonderes haftete den Gesichtern der Menschen an – ein Lächeln schien auf ihnen allen zu liegen und auch ein Ausdruck des stillen Triumphs, dass sie mit ihrem Widerstand gegen die Sowjets zusammen etwas errungen hatten. Instinktiv fand Adenauer die richtigen Worte – er dankte den Berlinern für ihren Kampf, ihr Leid, wie er es ausdrückte, und die Geduld, die sie bewiesen hatten, die jetzt zum Sieg geführt hatten. Es war ein historisch bedeutsamer Tag.

Später spazierte sie mit Jonathan durch Berlin. Die Straßen waren vom Duft des Flieders erfüllt, der gerade erblüht war, und überall sah man nur fröhliche Menschen.

»Es gibt eine Freundin, Vera, die ich dir gerne vorstellen möchte«, sagte Jonathan. »Wir sind zusammen aufgewachsen, und sie bedeutet mir viel. Leider ist sie heute auf einer Theaterpremiere und muss arbeiten. Ich habe ihr ein wenig von dir erzählt, aber sie weiß noch nicht, dass du nach Berlin kommen wirst …«

Marie erinnerte sich, dass er den Namen *Vera* einige Male erwähnt hatte. »Ich würde sie gerne kennenlernen«, erwiderte sie mit einem Lächeln.

»Ihr werdet euch mögen.«

Sie waren auf dem Weg zurück zum Hotel. »Dort, wo ich zur Untermiete wohne, ist kein Damenbesuch erlaubt. Sonst hätte ich dich zu mir eingeladen, aber ich habe schon angefangen, nach einer Wohnung für uns Ausschau zu halten.«

»Mir ist es egal, wo wir uns sehen«, sagte Marie ehrlich und schmiegte sich in den Arm, den er um sie gelegt hatte. In seiner Gegenwart schien alles leichter, und die Schatten der Vergangenheit um ihren Vater schienen weit weg.

Später im Hotelzimmer erzählte er ihr, dass er am nächsten Tag für die Recherchen eines Artikels nach Österreich und Italien reisen werde.

»Wie lange wirst du weg sein?«

»Zehn Tage, denke ich. Ich schreibe etwas über die Flüchtlingsströme. Auf dem Rückweg werde ich über Bonn fahren, damit wir uns sehen können.« Er blickte sie aus seinen ungewöhnlich blauen Augen an. »Vielleicht finde ich dabei auch noch etwas über diesen Karl Hüttner heraus.«

Sie schüttelte vehement den Kopf. »Das brauchst du nicht. Über Karl will ich gar nichts mehr wissen. Damit will ich nur noch abschließen«, erwiderte sie voller Ernst.

Er zögerte, und für einen Moment wirkte es, als wollte er noch etwas sagen, doch stattdessen strich er ihr sanft durchs Haar. »Marie, ich weiß, dass das alles viel schneller gekommen ist, als wir beide geahnt haben ...« Sie lagen nebeneinander auf dem Bett, und er griff neben sich. Plötzlich hielt er etwas in der Hand. Das Abendlicht brach sich in dem glitzernden Stein.

Ungläubig blickte sie auf den Ring mit seiner wunderschönen geschwungenen Fassung. »Jonathan ...«

»Er hat meiner Mutter gehört ... Ich liebe dich, Marie. Könntest du dir vorstellen, meine Frau zu werden?«

Einen Moment lang fehlten ihr die Worte.

Sie merkte, dass er sie unverwandt anschaute, und zu ihrer Überraschung wirkte er beinah ein wenig nervös.

»Ja, Jonathan! Das möchte ich furchtbar gerne«, sagte sie eilig und schlang ihre Arme um seinen Hals, um ihn zu küssen.

Karl

79

Pullach, einige Tage später …

Er hatte sich die Abschriften der Telefonate durchgelesen und sich danach die Mitschnitte noch einmal angehört. Zweimal. Es war vor allem der Tonfall ihrer Stimme, der ihn beunruhigte. Maries Gespräche mit dieser Löwy waren nur kurz gewesen, aber trotzdem wurde deutlich, wie eng die Beziehung der beiden jungen Frauen war. Auch auf emotionaler Ebene. In zwei Telefonaten hatten sie über Maries Vater gesprochen. Immerhin schien diese Lina Löwy nicht zu ahnen, dass er noch lebte, aber Karl hatte sehr wohl das Zögern und das unterschwellige Schuldbewusstsein in Maries Stimme gehört. Sie wirkte gebrochen, wenn sie von ihrem Vater sprach. Er war sich sicher, dass sie innerlich unentwegt dagegen ankämpfte, der Freundin nicht die Wahrheit zu erzählen.

Es war nur eine Frage der Zeit. Er erinnerte sich an seine eigenen Gespräche mit Marie, an die überraschende Festigkeit ihrer Persönlichkeit. Hermann hätte ihr niemals die Wahrheit sagen dürfen. Das Wissen des Mädchens, dass ihr Vater unter einer falschen Identität ein neues Leben angefangen hatte, glich einer tickenden Zeitbombe.

Sie war in Berlin gewesen, zusammen mit der Delegation des Parlamentarischen Rats, im Stab von Adenauer. Schlimmer konnte es kaum kommen. Seine Leute hatten sie dort unglücklicherweise nur von Weitem beobachten können. Während der Feierlichkeiten hatte sie sich länger mit einem Mann unterhalten, mit dem man sie später auch gesehen hatte. Karl hatte gehofft, in den Mitschnitten der letzten Tage etwas über seine Identität zu erfahren, aber Marie hatte ihn nach ihrer Rückkehr nach Bonn nicht angerufen. Was ihn zu der Schlussfolgerung brachte, dass es sich um nichts sonderlich Ernstes zwischen den beiden handelte. Dennoch sollten seine Leute weiter versuchen herauszubekommen, wer er war.

Auf Anraten von Schneider, der wie zu erwarten mit der ganzen Sache nichts zu tun haben wollte, hatte Karl sich gestern mit dem Amerikaner getroffen. Es war nicht einfach gewesen, Grünberg die Geschichte mit Hermann verständlich zu machen, und er verfluchte den Freund innerlich dafür, dass er es überhaupt tun musste. Die Miene des Amerikaners war finster gewesen.

»Ich nehme an, dieser Pape ist auch einer der Leute, deren Identität Dr. Schneider nicht offenlegen will?«

Karl nickte. »Ein fähiger und verlässlicher Mann«, beeilte er sich hinzuzufügen.

Grünberg musterte ihn. »Aber ein Mann mit einer Vergangenheit ...«

»Ja«, erwiderte er nur, denn alles, was er sonst hätte sagen können, hätte dem Amerikaner sicherlich nicht gefallen. Tatsache war – die meisten von ihnen hatten das, was man eine belastete Vergangenheit nannte. Anders wäre es zu jener Zeit auch gar nicht möglich gewesen, Karriere zu machen. So hatte nun mal das System funktioniert. Er fand die Kategorisierungen der Amerikaner daher etwas naiv, aber er war ganz sicher der Letzte, der sich darüber beschweren würde, da sie ihnen zum Vorteil gereichten.

»Was genau hat er getan?«

»Einsatzkommandos in Russland, und er war einige Zeit in

zwei KZ, wo er politische Verhöre durchgeführt hat«, erwiderte er knapp. Ihm war klar, dass er Hermann damit unter Umständen ans Messer lieferte, aber hier ging es nicht mehr nur um ihn, sondern um ihrer aller Zukunft.

Grünberg stieß einen Fluch aus. »Nicht auszudenken, wenn das irgendwie an die Öffentlichkeit gelangt. Und das noch zum jetzigen Zeitpunkt.«

»Ich weiß.«

Grünberg starrte auf die Isar. »Ich werde mit Washington sprechen, dann melde ich mich. Behalten Sie dieses Mädchen solange im Auge«, fügte er hinzu.

Karl hatte eine schlaflose Nacht nach dem Gespräch verbracht, in der er alle möglichen Szenarien durchspielte, wie die Amerikaner auf diese Situation reagieren könnten. Keines davon gefiel ihm.

Am nächsten Tag fuhr er nach Köln, denn es gab noch etwas, das nur er selbst in Erfahrung bringen konnte. Er hatte beschlossen, Maries Freundin Sonja einen Besuch abzustatten. Ihre Adresse hatte er von Fritz. Der hatte ihm auch berichtet, dass Marie erst angefangen hatte, Fragen zu stellen, nachdem sie vor einigen Monaten ein Foto von Ernst Schulenberger in der Zeitung gesehen hatte. Es war nicht besonders schwer für Karl, eins und eins zusammenzuzählen. Er ahnte, wie es dazu gekommen war, dass sie nach Nürnberg gefahren war.

Sonja wohnte allein in Bonn, und für einen kurzen Moment war ein deutlicher Schreck auf ihrem Gesicht auszumachen, als sie ihm die Tür öffnete.

»Herr Hüttner!«

Von der koketten jungen Frau, die er auf der Geburtstagsfeier von Helmut erlebt hatte, war nicht mehr viel übrig.

»Hallo, Sonja.«

»Ich habe leider gar keine Zeit ...«

»Nur ein paar Minuten. Ich habe ein, zwei Fragen.«

Sie schien kurz zu überlegen, einfach die Tür zu schließen, aber dann fiel ihr Blick auf seinen Fuß, den er rasch auf die Schwelle gestellt hatte.

»Gut.« Sie ließ ihn herein, doch er sah den Hauch von Angst in ihren Augen.

Er ging an ihr vorbei in das winzige Wohnzimmer. »Setz dich doch«, sagte er und deutete auf einen Sessel, als wenn es sein und nicht ihr Zuhause wäre. Er selbst blieb stehen und lehnte sich gegen das Fensterbrett. Kurz ließ er seinen Blick durch den Raum schweifen, von den spießbürgerlichen Topfpflanzen hin zu den Filmplakaten der großen, weiten Welt, die an der Wand gegenüber hingen. Er drehte sich zu ihr.

»Ich weiß, dass du gelogen hast, und würde dir raten, jetzt lieber ehrlich zu sein«, sagte er kalt. »An diesem Wochenende, als Marie angeblich eine Verabredung mit einem Mann hatte. Wo war sie da tatsächlich? In Nürnberg?«

Er konnte sehen, wie sie schluckte. »Ja.«

»Und warum?«

Sonja hob irritiert den Kopf zu ihm, dann zuckte sie die Achseln. »Es hat sie beschäftigt, was ihr Vater früher wirklich getan hat. Ich glaube, sie hat gedacht, sie würde bei dem Prozess etwas darüber erfahren.«

»Wen hat sie dort kennengelernt?«

»Kennengelernt? Niemand. Jedenfalls hat sie mir nichts erzählt«, log sie ihm direkt ins Gesicht, da er wusste, dass es anders gewesen war. Sie machte Anstalten, sich aus dem Sessel zu erheben, und täuschte eine selbstbewusste Miene vor, aber er konnte an ihrem Hals sehen, dass ihr Puls raste. »Ich muss jetzt leider los.«

Er war mit einem Schritt bei ihr. »Du gehst nirgendwohin, bis du meine Fragen beantwortet hast.« Er legte seine Finger um ihre Kehle, ohne zuzudrücken. Nur als Warnung. »Ich habe dir gesagt, dass du mich nicht anlügen sollst, oder?«

Sie wurde bleich und nickte.

»Also noch mal – wen hat Marie in Nürnberg kennengelernt?«, fragte er und verstärkte leicht seinen Griff.

»Ich weiß nur, dass sie dort einer Frau geholfen hat, die von der Presse verfolgt wurde«, stieß Sonja hastig hervor. »Die beiden haben sich später einige Male getroffen. Sie heißt Lina. Ihren Nachnamen kenne ich nicht …«

»Hat Marie einen Freund?«, fragte er schnell.

Sie zögerte einen Moment zu lange. »Nein.«

»Du lügst.« Er drückte zu.

Panisch versuchte sie, sich zu befreien. »Lassen Sie mich. Sie haben kein Recht …«

Mit einer blitzschnellen Bewegung hatte er sie an beiden Armen gepackt, sodass sie sich nicht befreien konnte, und umfasste mit der anderen Hand erneut ihren Hals und drückte zu. Sie schluchzte.

»Hat sie einen Freund?«

Sie wollte etwas sagen, als sie beide das Geräusch hinter sich hörten.

»Karl!« Im selben Augenblick riss ihn jemand von Sonja weg und gab ihm einen Stoß. Er taumelte einen Schritt zur Seite und fuhr herum.

Wutentbrannt stand Helmut vor ihm. Offensichtlich hatte er einen Schlüssel für die Wohnung. »Bist du verrückt? Was soll das?« Schützend legte er den Arm um Sonja und zog sie hinter sich. Dabei wirkte er, als wollte er gleich noch einmal auf ihn losgehen.

Karl zog sein Jackett zurecht, ohne sich seinen Ärger anmerken zu lassen. Warum hätte er nicht fünf Minuten später kommen können? Er war sich sicher, Sonja an dem Punkt gehabt zu haben, wo sie ihm die Wahrheit gesagt hätte. »Ich habe ihr nur ein paar Fragen zu Marie gestellt«, sagte er mit ruhiger Stimme.

»Sie haben mich fast erwürgt!«, schrie Sonja.

»Du hast mich angelogen.«

»Ja, weil es Sie überhaupt nichts angeht, was Marie in Nürnberg bei diesem Prozess gemacht hat.«

Helmut wandte irritiert den Kopf zu seiner Freundin.

Karl lächelte kalt angesichts seiner Reaktion. »Tja, anscheinend hast du auch nicht gewusst, dass Marie bei diesem Wilhelmstraßen-Prozess gewesen ist. Vielleicht erzählt dir Sonja ein wenig davon. Ich will nur von ihr wissen, ob Marie einen Freund hat.«

Sonja hob das Kinn. Unglücklicherweise schien ihr Mut in Gegenwart von Helmut zurückgekehrt zu sein. »Nein. Wie sollte sie auch? Sie arbeitet ja nur.«

Er fixierte sie mit seinem Blick. »Du lügst«, zischte er.

»Es reicht. Du solltest jetzt gehen, Karl«, forderte Helmut ihn drohend auf und trat einen Schritt auf ihn zu.

Er musste einsehen, dass er hier nicht mehr weiterkommen würde, und ging zur Tür. Helmut folgte ihm. Auf der Schwelle packte er ihn mit überraschender Kraft am Arm. »Du bist mein Patenonkel und hast viel für mich und meine Familie getan, aber wenn du noch einmal wagen solltest, meine Freundin zu bedrohen, dann wird das keine Rolle mehr spielen, und ich werde mich vergessen«, sagte er voller Zorn. Seine Halsschlagader pochte.

Karl nickte nur und unterließ es, darauf zu antworten. Er konnte Helmut unmöglich erklären, warum es so wichtig war, dass Sonja seine Fragen beantwortete. Weder seine Patensöhne noch Margot, wussten, für wen Hermann wirklich arbeitete. Er würde sich um Helmut später kümmern und ihn wieder beruhigen. Diese Geschichte uferte zu einem einzigen Balanceakt zu allen Seiten hin aus.

Zurück in München, wurde Hermann zu einem immer größeren Problem. Er wollte wissen, ob er bereits etwas herausbekommen habe. Karl hatte ihm lediglich berichtet, dass Marie in Nürnberg gewesen sei und versuchte seitdem, ihn hinzuhalten. Wahrscheinlich habe Marie weitere Informationen von jemandem aus dem Parlamentarischen Rat bekommen, hatte er sich herausgeredet. Von Lina Löwy würde er Hermann vorerst ganz bestimmt nicht erzählen. Die Gefahr, dass er völlig irrational reagierte, war zu groß.

Er nahm den Nachtzug zurück nach München. Am nächsten Tag meldete sich Grünberg bei ihm. Beunruhigenderweise wurde Karl in sein Büro bestellt. Eine Sekretärin geleitete ihn zu einem Konferenzraum. Grünberg trug Uniform – und er war nicht allein. Sie saßen in einem Halbkreis um den Tisch, auch Schneider war unter ihnen, und Karl fühlte sich unwillkürlich wie ein Angeklagter. »Washington weist genau wie wir jede Verantwortung für diese Geschichte zurück. Gleichzeitig vertritt man jedoch die Ansicht, dass dieses Problem eine Gefährdung, wenn nicht gar eine ernste Bedrohung darstellen könnte.«

Die letzten Worte hingen wie ein Damoklesschwert in der Luft. Grünberg schlug mit einer demonstrativen Geste eine Akte auf, die vor ihm lag, und noch bevor er sprach, wusste Karl, was er sagen würde. Es kam ihm vor, als wäre er geradewegs in eine Falle getappt.

Marie

80

Bonn, einige Tage später …

Maries Mitbewohnerinnen waren übers Wochenende zu ihren Familien gefahren, und so bekam sie Besuch von Lina.

Die beiden jungen Frauen verbrachten den sonnigen Maitag am Rhein, picknickten und tranken eisgekühlte Limonade, die es an einem Stand zu kaufen gab. Lina bestand darauf, dass sie ihr alle Einzelheiten über ihren Besuch in Berlin und das Ende der Blockade berichtete.

»Es war unglaublich, Lina. Diese frohen Gesichter der Menschen und diese Zusammengehörigkeit, die man unter ihnen gespürt hat.« Marie schwärmte unwillkürlich, als sie die Bilder wieder vor sich sah, doch dann blickte sie die Freundin an. »Ich muss dir aber noch etwas ganz anderes erzählen«, sagte sie mit glänzenden Augen und gestand ihr, dass Jonathan ihr einen Antrag gemacht hatte. Stolz zeigte sie der Freundin den Ring.

»Was für eine ungewöhnliche Fassung und welch ein schöner Stein! Ich freue mich so für dich, Marie.« Überschwänglich umarmte Lina sie. »Ich habe ja schon damals in Nürnberg an der Art, wie er dich angesehen hat, gemerkt, dass er etwas für dich empfindet.«

Marie erinnerte sich noch gut, wie Lina sie auf Jonathan angesprochen hatte. »Ja, das hast du.« Sie streckte ihre Füße im Gras aus und schaute zu zwei Schiffen, die sich auf dem Rhein kreuzten. »Weißt du, es ist seltsam, aber als wir in Berlin ankamen, hatte ich das Gefühl, nach Hause zu kommen. Alles war derart vertraut dort, obwohl die Stadt so zerstört ist. Ich habe mich sofort wohlgefühlt.«

Lina nickte verständnisvoll, während ihre Finger mit einem Grashalm spielten, den sie abgebrochen hatte. »Ich verstehe, was du meinst. Wenn ich mich in New York nach Deutschland gesehnt habe, dann habe ich auch immer an Berlin gedacht, obwohl wir ja später auch kurz in Frankfurt gewohnt haben. Als würde man diese Wurzeln aus der Kindheit nie verlieren.«

Marie drehte sich zu ihr, denn ihr schoss eine Idee durch den Kopf. »Warum suchst du dir nicht auch eine Stelle dort? Als Bibliothekarin bekommst du bestimmt etwas. Es wäre zu schön, wenn wir in einer Stadt lebten.«

Lina lächelte. Aber man sah ihr an, dass sie die Vorstellung nicht einmal abwegig fand.

Etwas später gingen sie zu Maries Wohnung zurück. Im Hausflur kam ihnen Max entgegen, der als Fahrer für das Plenum arbeitete und in einer der unteren Wohnungen wohnte.

»Ich habe dir einen Zettel an die Tür geheftet. Ein Herr Jacobsen hat für dich angerufen. Er will sich um neun Uhr noch mal melden«, ließ er sie im Vorbeigehen wissen, als er das Haus verließ. Es war einer der Vorteile in Maries neuer Wohnstätte, dass im Auftrag des Rates ein Münzfernsprecher im Hausflur eingebaut worden war. So waren die Mitarbeiter immer erreichbar, denn auf dem Anschluss konnte man auch angerufen werden.

»Danke«, rief sie ihm hinterher. Jonathan hatte sich gestern kurz aus Italien gemeldet, wo er inzwischen für seine Recherchen angekommen war, und sie hatte ihm die Nummer aus dem Haus gegeben. Eigentlich hatten sie abgemacht, erst Montagabend wieder zu telefonieren.

»Na, da hält es ja wohl einer kaum ohne dich aus«, sagte

Lina mit einem Augenzwinkern. Sie begann, ihre Sachen zusammenzusuchen, die sie für den Besuch mitgebracht hatte, da sie den letzten Zug zurück nach Düsseldorf nehmen wollte. Morgen früh hatte sie sich freigenommen, denn ihr Bruder wolle zu Besuch kommen, berichtete sie noch.

»Er ist hier? Ich dachte, er wollte nicht mehr nach Deutschland kommen?«, entfuhr es Marie erstaunt. Sie erinnerte sich noch gut, dass Lina ihr erzählt hatte, wie angespannt ihr Verhältnis sei aufgrund ihrer Entscheidung, nach Deutschland zurückzukehren.

»Er ist auch nicht ganz freiwillig hier. Eric ist in der *Army* und hat für ein paar Tage in Frankfurt zu tun.«

Sie blickte Marie an. »Warum kommst du uns morgen Abend nicht besuchen?«, schlug sie spontan vor. »Dann könntet ihr euch kennenlernen.«

Marie zögerte. Allein den Erzählungen nach machte ihr Linas Bruder ein wenig Angst. Auch wenn sie tief in ihrem Inneren durchaus Verständnis für seine Vorbehalte gegenüber den Deutschen hatte.

»Bitte, Marie!«

Und so sagte sie zu, da es der Freundin etwas zu bedeuten schien und sie natürlich auch neugierig auf deren Bruder war. Sie umarmten sich zum Abschied und freuten sich, dass sie sich am nächsten Tag schon wiedersehen würden.

Kurz nachdem Lina gegangen war, begab sich Marie nach unten, um Jonathans Anruf entgegenzunehmen. Bereits auf dem Treppenabsatz hörte sie das Klingeln. Sie rannte und nahm eilig ab.

»Jonathan?«

»Ja, gut, dass ich dich erreiche, Marie.«

»Wo bist du gerade?« Die Verbindung war nicht besonders gut nach Italien.

»In Südtirol. Für die Flüchtlingsreportage habe ich schon

alles zusammen. Aber ich bin noch an etwas anderem dran«, berichtete er angespannt. Erst nach einer kurzen Pause sprach er weiter. »Dabei habe ich auch noch einige Nachforschungen über diesen Karl angestellt. Es gibt etwas, das ich schon in Berlin erfahren habe, dir aber nicht gleich gesagt habe, weil ich dich nicht noch mehr beunruhigen wollte. Aber jetzt, wo ich begreife, wie weit das alles reicht …«

Marie verspürte jäh ein schlechtes Gewissen, weil sie Jonathan nicht erzählt hatte, dass sie inzwischen mehr über Karl wusste, als ihr lieb war. »Das brauchst du nicht. Ich meinte es ernst, als ich in Berlin zu dir gesagt habe, dass ich mit alldem einfach abschließen will«, sagte sie hastig.

»Ich weiß, Marie, aber hör mir zu. Hier geht es um mehr als nur um Karl Hüttner. Die Öffentlichkeit muss davon erfahren, und du musst vorsichtig sein. Als Karl in Südtirol verhaftet wurde, war er nicht allein, sondern in Begleitung zweier Wehrmachtsoffiziere. Sie heißen Lempert und Pape und sind mit ihm ins Kriegsgefangenenlager nach Rimini gekommen, doch wenn man versucht, über die beiden etwas herauszubekommen, dann scheint es, als hätten sie nie existiert. Es gibt keine Akte und nirgends eine Aufzeichnung über sie. Aber das Verhaftungsprotokoll existiert noch, und die Carabinieri, die ich ausfindig gemacht habe, sind sich sicher, dass damals Fotos von den Verhafteten gemacht wurden. Sie wollen sie mir aus dem Archiv besorgen …«

Marie erstarrte. Das Bild ihres Vaters flammte unwillkürlich vor ihren Augen auf. »*Nein, ich heiße jetzt* Pape …« Sie fasste den Hörer fester. »Jonathan. Du darfst keine weiteren Nachforschungen anstellen«, stieß sie hervor. Sie begriff plötzlich, dass sie einen riesigen Fehler begangen hatte. Nach ihrem Gespräch in Berlin war sie davon ausgegangen, dass Jonathan seine Erkundigungen über Karl Hüttner einstellen würde. Doch er war Journalist. Natürlich war ihm die Geschichte merkwürdig vorgekommen, und er wollte wissen, was es damit auf sich hatte. Keinen Moment hatte sie darüber nachgedacht, dass er über Karl Hüttner auch auf ihren Vater und seinen Freund Walter stoßen würde. Und weshalb musste *die Öffentlichkeit* davon erfahren?

»Was meinst du damit? Warum sollte ich mit meinen Recherchen aufhören, Marie?«, fragte Jonathan erstaunt.

Ein leichtes Schwindelgefühl erfasste sie. Ausgerechnet jetzt hörte sie auch noch Schritte hinter sich. »Ich kann es dir nicht sagen. Nicht am Telefon«, erklärte sie aufgelöst und bemühte sich, ihre Stimme zu senken. Zwei Männer kamen von der Straße herein, und Marie drehte sich hastig von ihnen weg, als die zwei Hausbewohner, die sie noch nie gesehen hatte, an ihr vorbeiliefen. Sie musste Jonathan die Wahrheit sagen. Warum hatte sie das nicht schon längst getan? »Bitte, du musst mit deinen Nachforschungen aufhören. Ich erzähle dir alles, wenn du hier bist«, sagte sie erneut beschwörend.

»Marie, du verstehst nicht. Das hier ist eine richtig schlimme Sache, der ich auf der Spur bin«, entgegnete er leise. »Tausende von Nazis kommen hier ohne irgendwelche Schwierigkeiten über die Grenze nach Italien, können sich nach Übersee oder sonst wohin in die Freiheit absetzen. Es ist unfassbar. Und dabei bekommen sie auch noch Unterstützung ...« Seine letzten Worte wurden von der abgehackten Verbindung verschluckt.

Marie verfluchte das Telefon. Plötzlich erinnerte sie sich wieder daran, was ihr Vater erzählt hatte – an den Generalmajor, der Pläne für die Nachkriegszeit hatte und dem sie sich angeschlossen hatten. Er dürfe nicht darüber sprechen. Aber es hatte nach einer großen Sache geklungen, und als wenn mehr als nur eine Handvoll Männer daran beteiligt wären ... Ihre Gedanken überschlugen sich.

Ein Gefühl der Angst erfasste sie, dass Jonathan sich mit seinen Nachforschungen unter Umständen in Gefahr bringen könnte. »Jonathan, bitte. Du musst mir vertrauen und zurückkommen«, flehte sie.

»Marie, um Gottes willen. Was ist denn los?«

Sie unterdrückte ein Schluchzen. Sie konnte es ihm nicht sagen, nicht hier im Hausflur, mit dieser abgehackten Verbindung und Hunderten von Kilometern zwischen ihnen. Sie wollte, dass er verstand, warum sie es ihm verschwiegen hatte, und musste ihm deshalb dabei in die Augen sehen.

»Bitte, komm zurück, Jonathan. Es ist wichtig ... Ich werde dir alles erzählen, wenn du hier bist.« Und dann wusste sie sich keinen anderen Rat, als ihm zumindest etwas zu sagen: »Ich weiß, wer diese beiden Männer Lempert und Pape sind.«

Einen Moment lang war es totenstill am anderen Ende. »Marie ...«, brach es zögernd aus ihm heraus, und er klang dabei auf einmal ernsthaft besorgt. »Gut«, erwiderte er. »Ich muss morgen noch ein Interview für die Flüchtlingsreportage machen, aber ich nehme Dienstag früh den Zug.«

Sie wischte sich die Tränen aus dem Gesicht. »Danke. Ich liebe dich, Jonathan.«

»Ich dich auch, Marie«, erwiderte er sanft, bevor er schließlich auflegte.

Bedrückt ging sie nach oben in ihre Wohnung. Ihre Erleichterung, dass er zurückkommen würde, vermischte sich mit Schuldgefühlen. Sie hätte Jonathan von Anfang an die Wahrheit sagen müssen, aber das Wiedersehen und der Streit mit ihrem Vater hatten sie in jeder Hinsicht überfordert. Ihre Angst, wie Jonathan reagieren könnte, wenn er erfuhr, dass dieser noch lebte, war einfach zu groß gewesen. Dabei würde er niemals etwas gegen ihren Willen tun. Ihre Finger griffen im Laufen unwillkürlich nach dem Ring, den er ihr geschenkt hatte, und das Gefühl des kühlen Steins beruhigte sie etwas.

Marie schloss die Tür auf und trat in die Wohnung. Sie zog ihre Strickjacke aus, die sie übergeworfen hatte, und hängte sie an die Garderobe. In diesem Augenblick hörte sie aus Richtung der Küche ein Geräusch. War eine ihrer Mitbewohnerinnen vorzeitig zurückgekommen? War sie so vertieft in ihr Gespräch mit Jonathan gewesen, dass sie nicht mitbekommen hatte, wie jemand ins Haus gekommen war? Sie machte zögernd zwei Schritte durch den Flur, als sie wie versteinert vor Schreck stehen blieb. Auf der Schwelle zur Küche war die Gestalt eines Mannes aufgetaucht. Er war eher klein und schmächtig und trug trotz des warmen Wetters lederne Handschuhe. Sein Gesicht trug eine ausdruckslose Miene zur Schau, und jäh erkannte Marie, dass sie ihm nicht zum ersten Mal begegnete. Er war einer der Handwerker, der ihren Telefonanschluss im Büro repariert hatte. Ihre Gedanken überschlugen sich, und sie dachte an Lina, die erzählt hatte, dass sie von einem Mann beobachtet worden war. Mit einem Mal setzte sich alles in ihrem Kopf zusammen.

Marie fuhr herum und rannte in Todesangst zur Tür. Sie schaffte es, sie aufzureißen, doch statt nach draußen fliehen zu können, prallte sie gegen einen bullig aussehenden Mann mit strengem Seitenscheitel. Er stieß sie zurück in die Wohnung. Sie wollte schreien, doch sie begriff selbst, dass es zu spät war.

Lina

81

Düsseldorf …

Der Zug hatte Verspätung gehabt, und es war bereits dunkel, als sie wieder in Düsseldorf ankam. Ihre Gedanken weilten noch bei dem schönen Tag, den sie mit Marie in Bonn verbracht hatte. Sie überlegte, ob sie sich tatsächlich vorstellen konnte, nach Berlin zu ziehen, oder ob die Erinnerungen zu schmerzhaft waren. In der Stadt hatte sie die schönsten Jahre mit ihrer Familie verbracht. Eine leise Trauer ergriff sie, als sie an ihre Eltern und ihren ältesten Bruder dachte. Sie war dankbar, dass ihr zumindest Eric geblieben war. Lina wünschte nur, sie würde ihn öfter sehen, aber dass er sie morgen besuchte, war zumindest ein Anfang. Sie lief durch den Hausflur und stieg mit ihrer Tasche leichtfüßig die Treppe hoch. In einiger Entfernung hörte man die Sirenen eines Polizeiwagens.

Als sie oben die Tür aufschloss und die Wohnung betrat, blieb sie irritiert stehen. Die Türen zur Küche, dem Bad und ihrem Wohn- und Schlafzimmer standen offen, obwohl Lina sie immer geschlossen hielt. Es wirkte, als wäre jemand hier gewesen. Sie trat über die Schwelle zum Wohnzimmer – und erstarrte. Ihre Angst, doch noch einen Einbrecher zu überraschen, erwies sich als unbegründet, aber für einen Moment glaubte sie, sich in der falschen Wohnung zu befinden. Ihre Möbel standen anders, und ihr Esstisch war ein einziges Chaos übersät mit Zeitungsartikeln und Notizen. Eine große Schere und ein Stift lagen quer verteilt darüber – und jemand hatte ihre Schreibmaschine herausgeholt. Sie fröstelte angesichts der gespenstischen Szene. Was war hier los? Sie sollte nach unten gehen und die Polizei rufen. Zwei Straßen weiter gab es eine Post mit einem Münzfernsprecher. Doch stattdessen trat sie an den Tisch heran. Wie im Schock sah sie, womit sich all die Artikel befassten, von denen manche aus deutschen, andere aus englischen Zeitungen der Nachkriegsjahre stammten: Die Nürnberger Prozesse, die Befreiung der Konzentrationslager, die Verbrechen der SS … Grauen erfasste sie, als sie das alles so ausgebreitet vor sich erblickte. Manchmal war etwas auf den Ausschnitten unterstrichen oder mit einem Kreis markiert worden. Ihr Blick glitt zu den getippten Seiten, die obenauf lagen. Eine Art Stammbaum von einer Familie war auf einem der Papiere aufgezeichnet. Hermann Weißenburg stand darüber und darunter waren – mit Pfeilen und Kreisen verbunden – sämtliche Mitglieder von Maries Familie aufgeführt. Auf einem anderen Blatt standen detaillierte Informationen zu Marie. Ihr Name war mehrmals mit einem roten Kreis umzogen worden. Daneben lagen einige Fotos von ihr. Lina versuchte voller Entsetzen zu verstehen, was das alles zu bedeuten hatte, als sie hinter sich Schritte und Stimmen hörte. Sie fuhr herum – mehrere uniformierte Polizeibeamte stürmten in die Wohnung.

»Sind Sie Lina Löwy?«, fragte ein Mann, der als Einziger keine Uniform, sondern Hut und Mantel trug. Die Beamten wichen vor ihm zurück.

Lina nickte verwirrt. Sie war froh, dass die Polizei hier war, aber sie hatte sie doch gar nicht gerufen? »Ja, das bin ich.«

»Kriminalpolizei. Wir müssen Sie mitnehmen. Sie stehen unter Mordverdacht!«

Entgeistert schaute sie ihn an. »Mord? Das muss ein Missverständnis sein. Bei mir wurde eingebrochen.« Sie deutete zu dem Tisch. »Das alles gehört nicht mir«, versuchte sie zu erklären.

»Sicher«, sagte der Kommissar, ohne sie weiter zu beachten, und drehte sich zu einem seiner Beamten. »Sorgen Sie dafür, dass jedes einzelne Papier davon sichergestellt wird.«

Sie legten ihr Handschellen an. »Was soll das?« Lina wollte sich wehren, als sie im Hintergrund ein Gesicht erblickte. *Der Mann aus dem Bus!* Er war wie ein Polizist gekleidet und erhob sich gerade aus der Hocke. Offensichtlich hatte er sich an einem ihrer Schränke zu schaffen gemacht.

»Was machen Sie da?«, rief sie. Doch die anderen Polizisten beachteten sie gar nicht. Plötzlich war sein Gesicht zwischen denen der anderen Männer wieder verschwunden. Sie bemühte sich verzweifelt zu begreifen, was hier geschah. Erst jetzt kamen die Worte des Kommissars wirklich in ihrem Bewusstsein an. Was hatte er gesagt? Ihre Augen weiteten sich vor Schreck. »Mord? Aber wer wurde denn umgebracht?«

Der Kommissar, der das Wohnzimmer inspiziert und nachdenklich die Bilder ihrer Familie an der Wand betrachtet hatte, drehte sich zu ihr. Einen Augenblick lang musterte er sie, als überlegte er, ob er ihr ihre schockierte Reaktion glauben sollte.

»Marie Weißenburg«, sagte er, und dann nahm man sie mit …

Mailand 1949, vier Wochen später

Vera

82

Die Stille zwischen ihnen war spürbar, als Eric aufgehört hatte zu sprechen.

»Ich kann das alles nicht glauben«, sagte Vera schließlich. Sie fühlte sich wie im Schock. Sie hatte alle möglichen Gedanken und Überlegungen zu Marie gehabt, aber dass sie tot sein könnte, das hätte sie nie für möglich gehalten – und ganz sicher nicht, dass man Erics Schwester des Mordes an ihr verdächtigte. Vera hatte ja nicht einmal geahnt, geschweige denn gewusst, dass er überhaupt eine Schwester hatte. Ihr Blick glitt zu ihm.

Eric saß vornübergebeugt auf seinem Sessel, die Unterarme auf seine Knie abgestützt, und es schien, als wenn eine Maske von ihm abgefallen wäre – man sah ihm an, wie müde, bedrückt und von tiefer Sorge erfüllt er war. Es war das erste Mal, seitdem sie sich kannten, dass er sich keine Mühe gab, ihr gegenüber seine Emotionen zu verbergen. Vera erinnerte sich, dass sie in unbeobachteten Augenblicken manchmal schon kurz diesen Ausdruck der Besorgnis an ihm bemerkt hatte, den sie nicht hatte einordnen können. Nun verstand sie, weshalb.

»Warum hast du mir das alles nicht schon viel früher erzählt?«

Eric hob ungläubig den Kopf. »Abgesehen davon, dass mir anfangs nicht einmal klar war, ob ich dir trauen kann? Wie hätte ich davon ausgehen können, dass du mir glaubst? Auch wenn ich weiß, dass meine Schwester keine Mörderin ist – die

Beweislast gegen sie ist doch erdrückend, Vera.« Er fuhr sich mit der Hand durchs Haar. »Ich bin ein Jude, der seine gesamte Familie durch die Nazis verloren hat. Alles, was ich dir gesagt hätte, hätte persönlich motiviert und nicht objektiv gewirkt. Und von *CROWCASS* konnte ich dir nicht erzählen, bevor ich nicht mit Major Connor gesprochen hatte. So lange schien es mir der richtige Weg und sicherer, dass du selbst herausfindest, welcher Sache Jonathan auf der Spur war.«

Vera schwieg. Ein Teil von ihr verstand ihn. Zweifellos wäre sie misstrauisch und skeptisch gewesen und hätte die Dinge ohne die Recherchen und Gespräche, die sie in den zurückliegenden Tagen geführt hatte, anders beurteilt. Dennoch wünschte sie sich, sie hätte vorher davon gewusst.

Sie schüttelte den Kopf. »Ich begreife das trotzdem alles nicht – wahrscheinlich hat man Marie umgebracht, weil sie etwas gewusst oder gesehen hatte, das diesen Leuten gefährlich werden kann. Aber wer ist so perfide, dass er nicht nur einen anderen Menschen tötet, sondern auch bewusst in Kauf nimmt, dass eine Unschuldige, wie deine Schwester, als Mörderin verurteilt wird?«

Eric presste die Fingerspitzen gegeneinander, als sie ihn ansah. »Menschen, die Macht und viel zu verlieren haben«, sagte er dann. »Diese ganzen Beweise, die man bei Lina gefunden hat, die Zeitungsartikel, die Fotos ...« Er stockte. »Das muss sorgfältig vorbereitet worden sein. Und eines steht fest, es war nicht die Tat eines Einzelnen. Genau deshalb habe ich auch so viel Angst um Lina.«

Vera schwieg. Noch etwas beschäftigte sie. »Marie hat Jonathan viel bedeutet. Das hat auch deine Schwester gesagt. Aber warum hat er in seinem Brief an mich ihren Tod mit überhaupt keinem Wort erwähnt?«, überlegte sie.

Eric blickte sie an. »Das war die erste Frage, die ich mir auch gestellt hatte, als ich die Aufzeichnungen und Briefe an dich durchgelesen habe. Ich denke, dass für Jonathan der Zusammenhang zwischen seinen Nachforschungen und Maries Tod nicht sofort ersichtlich war. Seine Recherchen zeigen zwar, dass er versucht hat, herauszubekommen, wer dieser Lempert und Pape wirklich sind – und ich glaube auch, dass ihm das zum Verhängnis wurde –, aber seine Erkundigungen sind insgesamt weit größer und allgemeiner angelegt. Er hat die Strukturen und Handhabung aufgedeckt, wie all diese Nazis fliehen konnten und es noch immer können. Aber es muss für ihn auch beängstigend gewesen sein zu sehen, wer alles darin involviert war. Als jemand, der für *CROWCASS* gearbeitet hat, war ich zutiefst beeindruckt, was er in so kurzer Zeit herausgefunden hat.«

Vera dachte darüber nach, was Eric gesagt hatte, auch darüber, wie kurz die Zeitspanne zwischen Maries Tod und dem Moment war, in dem Jonathan selbst umgekommen war. »Ich kannte ihn so gut«, sagte sie leise. »Und als ich seinen Brief gelesen habe, konnte ich in seinen Worten die Angst spüren. Jonathans Schrift sah aus, als hätte er die Zeilen in großer Eile verfasst, als wenn er geglaubt hätte, keine Zeit mehr zu haben …« Die Vorstellung, wie er sich gefühlt haben musste, war schrecklich. Wie schon so oft wünschte Vera sich rückblickend, sie wäre an jenem Tag in der Redaktion gewesen und hätte seinen Anruf annehmen können.

»Ja, dass er keine Zeit hatte, schien er geahnt zu haben«, riss Eric sie aus ihren Gedanken. Er wirkte mit einem Mal ernst und aufgewühlt. Eine dunkle Ahnung erfasste sie, und ihr wurde bewusst, dass es etwas gab, das er ihr noch immer nicht erzählt hatte.

»Woher wusstest du eigentlich von dem Paket, das er an mich geschickt hat?«

Eric schien einen Moment nach den richtigen Worten zu suchen. Ein Schatten glitt über sein Gesicht. »Ich habe ihn gesehen«, sagte er schließlich mit belegter Stimme …

Drei Wochen zuvor, Bonn, Ende Mai 1949

Jonathan

83

Er drängte sich zwischen den anderen Reisenden am Bahnhof durch. Seine Unruhe hatte sich auf der gesamten Rückfahrt nicht gelegt, und er war froh, dass er endlich in Bonn angekommen war.

Noch immer fragte Jonathan sich, warum Marie am Telefon derart emotional reagiert hatte. Beinah hatte er den Eindruck, als hätte sie sich Sorgen um ihn gemacht. Was wollte sie ihm so dringend erzählen? Er ahnte, dass es mit Hüttner zusammenhing. Hatte sie etwas Neues über ihn erfahren, das er nicht wusste? Jonathan runzelte die Stirn. Er war sich ziemlich sicher, dass dieser Mann mit seinen alten Verbindungen in irgendwelche neuen Machenschaften verwickelt sein musste. Es war ein Fehler gewesen, dass er Marie nicht gleich von Lempert und Pape erzählt hatte, das begriff er jetzt, doch er hatte sie nicht noch zusätzlich beunruhigen wollen, bevor er nicht wirklich etwas über die beiden herausgefunden hatte. Und nun stellte sich heraus, dass sie die beiden sogar kannte!

Seine Gedanken kehrten zu seinen Recherchen zurück. Er würde die Carabinieri bitten, ihm einen Abzug der Fotos von den drei Männern in die Redaktion nach Berlin zu schicken.

Es fiel Jonathan nach wie vor schwer zu glauben, was er in den letzten Tagen herausbekommen hatte. Anfangs war es nicht einfach gewesen, Leute zu finden, die überhaupt bereit waren, mit ihm zu reden. Die meisten hatten Angst und wollten nicht über das Thema sprechen. Aber Jonathan war hartnäckig und hatte von jemandem in Innsbruck schließlich einen Tipp bekommen. So war er erst auf Baschke und über ihn wiederum auf den Priester gestoßen.

Er war noch immer entsetzt und fassungslos über das, was seitdem wie eine Lawine an Informationen über ihn gerollt war und ihn an allem zweifeln ließ. Wie konnte es sein, dass Kirche, Behörden und Alliierte nicht nur darüber hinwegsahen, sondern zum Teil sogar daran beteiligt waren, dass Tausende von Nazis einfach entkamen?

Ja, er war Journalist, und natürlich hatte er die Veränderungen in der Weltpolitik mitbekommen. Vor allem seit dem letzten Jahr: In der Tschechoslowakei hatten die Kommunisten die Macht mit einem Putsch an sich gerissen, und in Italien hatte man kurz darauf nur durch einen antikommunistischen Kreuzzug des Vatikans und der USA gerade noch ihren Sieg verhindern können. Nicht einmal drei Monate später hatten die Sowjets dann mit der Berlin-Blockade versucht, neue Machtverhältnisse zu schaffen. Seitdem war endgültig klar, wie sehr sich die weltpolitische Lage verändert hatte.

Es gab neue Feinde, die zu bekämpfen wichtiger geworden war, als die alten zu verfolgen. Aber dass man deshalb so blind geworden war und vergessen hatte, was diese Leute getan hatten, konnte er nicht begreifen. Er hatte sich in den letzten Tagen oft an sein Gespräch mit Leo erinnert, an dessen Bitterkeit, als sie über den Wandel der Feindbilder gesprochen hatten. Dieses Ausmaß hätte er sich trotzdem nie vorstellen können.

Gleichzeitig war ihm bewusst, welche Brisanz dieses Thema besaß, denn die Öffentlichkeit ahnte nichts davon. Es würde nicht einfach sein, einen Artikel darüber zu publizieren, aber er war bereit, dafür zu kämpfen.

All diese Gedanken gingen ihm durch den Kopf, während er

auf dem Weg zu Maries Wohnung war. Er war schnell gelaufen und sah nun das alte Bonner Mietshaus bereits vor sich.

Das Schloss an der Tür unten war kaputt, und so betrat er das Haus und stieg direkt die Treppen hoch. Trotz der Reisetasche in der Hand nahm er zwei Stufen auf einmal, weil er sich so freute, Marie gleich zu sehen. Dann klingelte er oben.

Susanne, eine von den Mitbewohnerinnen, öffnete ihm die Tür. Jonathan war ihr erst einmal begegnet – bei diesem Anlass war die junge Frau eine quirlige, sorgfältig zurechtgemachte Erscheinung gewesen. Irritiert sah er sie jetzt an. Es schien ihr heute nicht sonderlich gut zu gehen, denn sie war bleich, fast ungeschminkt und wirkte sichtlich mitgenommen.

»Jonathan«, stieß sie hervor.

»Hallo, Susanne, ich wollte zu Marie. Ist sie schon hier?«

Sie blickte ihn entsetzt an, und spätestens, als sie sich die Hand vor den Mund schlug, wurde ihm klar, dass hier etwas nicht stimmte.

»O Gott, es ist so schrecklich. Du weißt es noch nicht … Ach, Jonathan.« Tränen schossen ihr in die Augen, und sie machte Anstalten, ihm weinend um den Hals zu fallen. Er spürte, wie eine eisige Kälte von ihm Besitz ergriff, und wich hastig einen Schritt zurück. »Was weiß ich noch nicht? Ist etwas mit Marie?«

»Ja«, brach es aus ihr heraus. »Jonathan, sie ist tot. Sie wurde umgebracht. Von dieser Frau!«

Einen Moment hatte er das Gefühl, sein Herz würde stehen bleiben und aufhören zu schlagen. Das konnte nicht sein. Was erzählte sie da? Marie konnte nicht tot sein. Sie hatten doch am Sonntag noch telefoniert. Er nahm kaum wahr, wie er sie einfach zur Seite schob und mit schnellen Schritten zu Maries Zimmer lief.

Im Eingangsbereich waren seltsame Kreidestriche auf dem Boden zu sehen, die sein Gehirn zu ignorieren versuchte, obwohl sich alles in ihm zusammenzog. Er riss die Tür zu Maries Zimmer auf. Es war aufgeräumt. Sämtliche persönliche Dinge fehlten. Selbst die Bettdecken.

Er fuhr zu Susanne herum.

»Die Polizei hat alles untersucht und ihre Sachen mitgenommen«, sagte sie leise. Tränen rannen über ihre Wangen.

Ihm wurde schwindlig. Er spürte einen stechenden Schmerz, der seinen gesamten Körper erfasste. Ein schwarzer Abgrund schien sich vor ihm aufzutun. Halt suchend fasste er nach der Wand neben sich. *Marie war tot?*

»Was … was ist passiert?«

»Es war diese Frau«, sagte sie erneut. Sie begann schluchzend zu reden, doch er hörte kaum, was sie erzählte – von der jüdischen Freundin Maries, die diese im Streit am Sonntagabend erschlagen hätte; von der Polizei, die gesagt hätte, Lina hätte die Freundschaft nur vorgetäuscht und es die ganze Zeit auf Marie abgesehen, weil sie deren Vater für den Mörder ihres Vaters und ihres Bruders gehalten hätte, obwohl man das gar nicht wüsste, und selbst wenn, dass doch Marie für all das gar nichts könnte …

Nur wie durch eine Glaswand drangen Susannes Worte zu ihm. *Marie war tot …* Er hatte nicht gewusst, dass es solch einen Schmerz geben konnte. Es war ein Gefühl, als würde in ihm alles zerreißen und ihn eine tiefe Dunkelheit verschlingen.

Benommen bewegte er sich zum Eingang zurück. Er starrte auf die Kreidestriche auf dem Boden und begriff erst jetzt, was sie zu bedeuten hatten. Die Umrisse, die an einigen Stellen schon ein wenig verwischt waren, markierten grob, wie sie im Moment des Todes gelegen hatte. Mit dem Gesicht nach unten, ein Bein abgewinkelt … Sein Brustkorb schnürte sich zu, und er glaubte, keine Luft mehr zu bekommen. Er musste hier raus.

»Jonathan?« Er nahm Susannes beunruhigte Stimme wahr,

doch er beachtete sie nicht, sondern stürzte mit schnellen Schritten an ihr vorbei, aus der Wohnung, die Treppe hinunter und auf die Straße hinaus.

Nur mühsam schien der Sauerstoff in seine Lungen zurückzukommen. Wie getrieben lief er hinunter zum Rhein, wo sie so oft zusammen gewesen waren. Er dachte an ihren letzten Anruf zurück. Warum hatte er nicht noch am selben Abend den Zug zurück genommen? Doch dann entsann Jonathan sich, was Susanne gesagt hatte. Dass Marie am Sonntagabend ermordet worden war. Es musste nach ihrem Telefonat gewesen sein. Um neun Uhr hatten sie noch miteinander gesprochen …

Taumelnd hielt er sich am Geländer fest, als er die Stufen hinunter zum Ufer stieg. Ein stummer Schrei wollte aus seinem Mund kommen. Bilder stiegen vor seinen Augen auf – wie er Marie das erste Mal beim Festakt erblickt hatte, so jung und unbekümmert. Er erinnerte sich, wie sie später an diesem Abend miteinander getanzt hatten und er sie schon damals küssen wollte, es aber erst Wochen danach getan hatte. Er sah sie vor sich, wie sie mit ernster Miene in Nürnberg vor ihm stand, und genauso, wie sie mit blitzenden Augen in der Pension in Bonn neben ihm die Treppe hochging. *»Frau Jacobsen?«*, hörte er ihre helle Stimme fragen, als wäre es erst gestern gewesen. Und er konnte noch fühlen, wie er sie in Berlin in den Armen gehalten hatte und die Wärme ihres Körpers an seinem spüren, als er ihr den Ring gab. *»Ich liebe dich, Marie. Könntest du dir vorstellen, meine Frau zu werden?«* Ihr Gesicht leuchtete. *»Ja, Jonathan. Das möchte ich furchtbar gerne.«*

Verzweifelt sank er auf eine der Stufen nieder und umschlang seine Knie. Und dann begann er schluchzend zu weinen.

Zum ersten Mal in seinem Leben wusste er nicht, wie er weitermachen sollte.

84

Er hätte nicht sagen können, wie lange er dort am Ufer des Rheins saß und seinen Tränen verzweifelt freien Lauf ließ. In dieser Nacht schlief er nicht, aber am nächsten Morgen ging er in der Früh noch einmal zu ihrer Wohnung zurück. Dunkle Ringe lagen unter seinen Augen. In ihm war alles wie tot – als wäre mit Marie auch jede Empfindung in ihm gestorben.

Er bat Susanne, noch einmal zu erzählen, was geschehen war. »Du siehst schlimm aus«, sagte sie besorgt. Er ignorierte es.

Als er von dem Schürhaken hörte, mit dem Marie erschlagen worden war, musste er gegen Übelkeit ankämpfen. Dennoch verstand er nicht. *Warum sollte Lina sie umgebracht haben?*

Susanne berichtete ihm schließlich von den Beweisen, die man in ihrer Wohnung gefunden hatte. Sie hatte die Telefonnummer eines Kriminalkommissars, eines Herrn Oberländer, der für den Fall zuständig war. Er hatte sie gebeten, ihn anzurufen, falls ihr noch etwas einfiel.

Jonathan beschloss, ihn aufzusuchen.

Bei der Polizei wollte man ihn allerdings nicht zu dem Kommissar vorlassen.

»Ich bin Journalist«, sagte er, weil er glaubte, so eher eine Chance zu haben.

Bei diesem Fall sei die Presse leider unerwünscht, klärte ihn der Polizeibeamte auf.

Jonathan blickte ihn an. »Ich bin auch der Verlobte der Ermordeten.«

Der Beamte zögerte, doch dann schienen ihm seine geröteten Augen und die Schatten darunter aufzufallen, und er verschwand. Wenige Augenblicke später wurde Jonathan in das Büro des Kommissars gebeten.

Dieser musterte ihn abschätzig. »Die Familie hat nie einen Verlobten erwähnt.«

»Marie hatte ihnen noch nicht von uns erzählt. Ich lebe in Berlin. Unsere Beziehung war ihnen nicht bekannt.«

Der Kommissar zog die Brauen hoch und nickte ausdruckslos, so, wie er es wahrscheinlich auch einem Verbrecher gegenüber tat, wenn dieser beteuerte, unschuldig zu sein.

»Ich habe Sonntagabend noch mit Marie telefoniert. Um neun Uhr«, erklärte Jonathan.

»Wie lange haben Sie gesprochen?«

»Vielleicht zehn Minuten.«

»Hat Fräulein Weißenburg da von Lina Löwy gesprochen? Hat sie vielleicht erwähnt, dass sie mit der Freundin einen Streit hatte?«

Jonathan schüttelte den Kopf. »Nein, mit keinem Wort.« Er zögerte, als er an das Gespräch zurückdachte und worum es dabei gegangen war. Doch er konnte dem Kommissar unmöglich davon berichten. Er vertraute den Behörden schon lange nicht mehr.

»Tja«, sagte Oberländer. »Fräulein Weißenburg muss kurz darauf ermordet worden sein. Wir nehmen an, dass es einen Streit zwischen ihr und Lina Löwy gegeben hat. Sie wurde hinterrücks erschlagen.«

Jonathan sah die Kreidestriche vor sich und starrte ihn an. Er hörte wieder Maries Stimme, wie sie ihm von Lina erzählt hatte, wie besonders sie sei und wie oft sie immer wieder versucht habe, ihr die Schuldgefühle wegen ihres Vaters zu nehmen. Konnte man sich so in einem Menschen täuschen? »Aber die beiden waren eng befreundet.«

Der Kommissar zuckte die Achseln. »Wenn Sie in meinem Beruf arbeiten würden, wüssten Sie, dass das nicht viel zu sagen hat. Die meisten zivilen Morde geschehen im persönlichen Umfeld. Die Indizien sprechen in diesem Fall ohnehin für sich.«

»Aber niemand, der jemand umbringt, ist doch so dumm und lässt die Beweise überall in seiner Wohnung verstreut herumliegen.«

Ein kurzes Zögern war im Gesicht des Kommissars auszumachen, und Jonathan begriff, dass dieser genau darüber auch schon nachgedacht hatte. »Sie vergessen das Motiv«, sagte er dann jedoch.

Er hatte sein Urteil längst gefällt. Doch irgendetwas stimmt nicht an diesem Fall, dachte Jonathan.

KARL

85

Pullach …

Er hasste es, wenn er Fehler machte, und dieser hätte nicht passieren dürfen. Nachdem ihn Margot Weißenburg am Montag weinend angerufen und von dem Mord an Marie erzählt hatte, war er pflichtschuldig nach Köln gefahren. Hermann war zurzeit für einen Auftrag in Prag und nicht erreichbar. Auf Karls Bitte hin hatte Dr. Schneider dafür extra gesorgt.

In Köln versuchte er, Margot zu trösten, die einen Nervenzusammenbruch erlitten hatte. Er besorgte ihr schließlich ein Beruhigungsmittel. Die beiden Jungen trauerten kaum weniger, aber der Hass auf die Mörderin ließ sie ihren Schmerz besser ertragen. Fritz hielt sich wieder einmal mannhafter als Helmut. Zu Letzterem war Karls Verhältnis seit dem Vorfall mit Sonja ohnehin so schlecht, dass sie kaum noch miteinander sprachen.

Fritz war es am Ende auch, der ihm von dem Ring erzählte, den seine Schwester an der Hand getragen hatte. »Er sieht aus wie ein Verlobungsring. Sie hat ihn an ihrer linken Hand gehabt.«

Karl verspürte jäh ein Stechen im Magen.

Helmut, der in diesem Moment die Treppe herunterkam, hatte ihren Wortwechsel mitbekommen. »Sie hatte einen Freund«, sagte er. »Hat mir Sonja erzählt«, setzte er hinzu und blickte ihm dabei direkt ins Gesicht.

Es kostete Karl Mühe, sich seine Wut nicht anmerken zu lassen. *Also hatte er recht gehabt.*

»Warum hast du uns das nicht erzählt?«, fragte Fritz erstaunt.

»Weil Marie offensichtlich nicht wollte, dass wir es wissen.« Helmut verschränkte die Arme ineinander. »Warum war dir das eigentlich so wichtig herauszubekommen, ob sie einen Freund hatte, Karl?«

Er seufzte. »Dein Vater hatte mich um ein paar Nachforschungen gebeten, Helmut. Er wollte herausfinden, woher Marie Bescheid wusste, wo er während seiner Zeit im Krieg war. Er hatte, genau wie ich, den Verdacht, dass Marie von jemandem negativ beeinflusst wurde.«

»Und um das in Erfahrung zu bringen, findet mein Vater es in Ordnung, dass du meine Freundin würgst?«

Fritz schaute sie beide überrascht an.

Karl schwieg. »Ich habe sie nicht gewürgt, Helmut, sondern nur mit etwas Nachdruck gefragt«, antwortete er schließlich. »Wenn ich ihr damit Angst gemacht habe, tut es mir leid. In Ordnung?«

Doch Helmut bedachte ihn nur mit einem verächtlichen Blick und ließ ihn stehen.

»Das mit Marie setzt ihm zu«, versuchte Fritz, seinen Bruder zu entschuldigen, der offensichtlich eher ihm als Helmut Glauben schenkte.

Karl nickte. »Hör mal, Fritz«, wandte er sich dann an ihn. »Wenn du in Maries Sachen irgendetwas findest, das auf diesen Freund von ihr hindeutet, sag mir Bescheid, ja? Ich muss das wissen, damit ich euren Vater schützen kann.«

»Klar, Onkel Karl«, hatte Fritz erwidert, und er hatte gewusst, dass er sich auf ihn verlassen konnte.

Bereits am nächsten Tag rief er ihn an. Unter Maries Bett hatte er eine lose Diele gefunden. Darunter hatten mehrere

Karten und ein Brief gelegen. Von einem gewissen Jonathan Jacobsen aus Berlin. Ein Journalist, der für eines dieser linken Blätter schrieb, wie Karl schnell herausfand. Das musste auch der Mann sein, mit dem man Marie in Berlin gesehen hatte. Schlimmer hätte es nicht kommen können. Doch warum hatten die beiden nicht miteinander telefoniert? Sie hatten doch Maries Anschluss abgehört. Durch einige geschickte Anrufe in der Redaktion der Zeitung erfuhr Karl den Grund. Jacobsen war am 14. Mai zu einer Recherchereise nach Österreich und Italien aufgebrochen. Er war durch die Maschen ihres Netzes gerutscht, ohne dass sie es mitbekommen hatten.

Karl verbrachte eine schlaflose Nacht. Er setzte Gernot und seine Leute darauf an, so schnell wie möglich herauszubekommen, wo Jacobsen sich zurzeit aufhielt. Sie vermuteten ihn in Italien. Doch er war in Köln. Überraschenderweise bekam Karl die Information direkt auf seinen Tisch.

Noch immer blickte er ein wenig ungläubig auf den Durchschlag der Anmeldeliste für Besucher, die er vom Gefängnis bekommen hatte. Jacobsens Name stand darauf.

LINA

86

Köln …

Sie starrte auf den nackten Boden ihrer Zelle. Drei Tage war sie jetzt hier. *Klingelpütz* – so hieß das Gefängnis, in dem sie saß, im Volksmund, und der Name, der eher nach etwas Amüsantem klang, hatte so gar nichts mit den kahlen, feuchten Mauern hier gemein. Seit dem Augenblick, in dem man sie verhaftet hatte, nein, eigentlich schon seitdem sie an jenem Abend in ihre Wohnung zurückgekommen war, fühlte sie sich wie eine Figur in einem grausamen Spiel, dessen Regeln und Ziel sie nicht kannte.

Die Nacht und den ersten Tag hatte sie wie im Schock verbracht, hatte geweint, sobald sie allein war, weil sie nicht glauben, ja nicht fassen konnte, dass Marie tot sein sollte, dass sie tatsächlich jemand ermordet hatte. Sie trauerte voller Schmerz um die Freundin, um den Menschen Marie, der ihr in manchen Momenten so nah gewesen war, als hätten sie sich schon immer gekannt und wären Schwestern und nicht nur Freundinnen gewesen.

Während der ersten Nacht hatte man Lina mehrmals aus ihrer Zelle geholt. Man hatte sie verhört und mit Druck versucht, sie dazu zu bewegen, ein Geständnis zu unterschreiben, aber sie hatte alles abgestritten. Irgendwann war ihr durch ihren Schock und ihre Trauer hindurch klar geworden, in welchen ernsten Schwierigkeiten sie steckte, und sie hatte jede weitere Antwort verweigert.

Am nächsten Morgen war Eric gekommen. Er trug seine Uniform. Sein Gesicht war starr vor Schreck, als er sie in die Arme schloss. Weinend erzählte sie ihm, was geschehen war, von ihrer Freundschaft mit Marie und wie sie gestern noch zusammen den Tag verbracht hatten und bei ihrer Rückkehr dann all diese ausgeschnittenen Artikel auf dem Tisch in ihrer Wohnung lagen.

»Wer könnte ein Interesse daran haben, dir einen Mord anzuhängen, Lina?«, fragte er leise, als sie sich wieder etwas beruhigt hatte, um zu vermeiden, dass der Wärter, der ein Stück entfernt neben der Tür saß, etwas von ihrem Gespräch mitbekam. Sie sah die Sorge in seinem Gesicht.

»Ich weiß es nicht, Eric«, erwiderte sie. »Aber es macht mir Angst. Wie sind all diese Sachen in meine Wohnung gelangt, und woher wusste man überhaupt, dass ich mit Marie befreundet bin? Und wer hat die Polizei informiert? Wie konnte es sein, dass sie genau in dem Moment gekommen sind, als ich gerade wieder zu Hause war?«

Sie merkte ihm an, dass er sich die gleichen Fragen stellte. Es tröstete sie ein wenig, dass er sich mit diesen Dingen auskannte, da er beim Militär eine spezielle Ausbildung absolviert hatte, um Kriegsverbrecher aufzuspüren und zu verhören.

»Ich besorge dir den besten Anwalt, den es gibt. Ohne den sprichst du mit keinem, ja? Mit wirklich niemandem.« Sie nickte, doch seine ernste Stimme verstärkte ihre Angst.

Der Anwalt, ein Herr Salbacher, kam am nächsten Nachmittag. Er hatte sich Einsicht in die Polizeiakten verschafft. Neben den Beweisen auf dem Tisch in ihrem Wohnzimmer hatte man in einem ihrer Schränke ein blutiges Tuch gefunden, das Marie gehört hatte, berichtete er nüchtern. Erst da erinnerte Lina sich wieder an den Mann, der sie Tage zuvor beobachtet hatte und dann mit den anderen Polizeibeamten in ihrer Wohnung aufgetaucht war. Sie berichtete Eric und dem Anwalt davon. »Haben Sie jemand erzählt, dass sie beobachtet wurden?«, fragte Herr Salbacher.

»Nur Marie.«

Der Anwalt sagte nichts, doch sie wusste auch so, was er dachte – dass ihr niemand glauben würde.

In den Tagen darauf führte sie weitere Gespräche mit Herrn Salbacher und Eric, ohne dass sie weiterzukommen schienen. Was sollte nur werden?

Linas Blick wanderte vom Boden zu den kahlen Wänden ihrer Zelle, über eine zog sich ein unschöner Riss. Durch das kleine vergitterte Fenster fiel nur wenig Licht. Sie spürte, wie sie zum ersten Mal echte Panik ergriff. Sollte sie wirklich hier enden?

Sie schreckte auf. Ein Geräusch war an der Tür zu hören. Es wurde geöffnet, und ein Wärter erschien auf der Schwelle.

»Sie haben Besuch. Kommen Sie mit«, brummte er.

Jonathan

87

Es war ihm nicht leichtgefallen herzukommen. Er zögerte einen Moment lang, als der Wärter ihm bedeutete, ihm zu folgen. Was, wenn er in ihr Gesicht blickte und erkennen würde, dass sie es getan hatte? War er fähig, Maries Mörderin gegenüberzutreten? Doch es gab zu viele Zweifel und so viele Fragen, die ihn beschäftigten – er brauchte Gewissheit.

Lina war bereits im Raum. Da er weder ein Angehöriger noch ein Anwalt war, hatte Jonathan seinen Besuch anmelden müssen und kurz gefürchtet, man würde ihm verwehren, mit ihr zu sprechen, oder sie sich möglicherweise sogar weigern. Es erleichterte ihn, dass dem nicht so war.

Sie stand neben dem vergitterten Fenster, eine zierliche Gestalt mit blassen Zügen, und er erinnerte sich unwillkürlich an Nürnberg, als Marie ihr geholfen hatte, aus dem Gerichtsgebäude zu entkommen.

Ungläubig blickte sie ihn an. »Jonathan!« Und an dem einen Wort erkannte er, auch wenn sie sich nur einmal begegnet waren, wie viel sie von Marie über ihn wusste.

Tränen schossen ihr in die Augen. Trauer, Verzweiflung und ein solcher Schmerz standen in Linas Gesicht geschrieben, dass sie ihm wie ein Spiegel seines eigenen Selbst erschien – und er wusste, sie konnte es nicht getan haben.

»Es tut mir so leid … Ich kann nicht glauben, dass sie tot ist«, stieß sie hervor, als sie sich beide an den Tisch setzten.

»Ich auch nicht, Lina«, erwiderte er leise und fand Trost darin, dass sie den Schmerz um den Verlust von Marie teilten. »Erzähl mir, was du weißt und was passiert ist«, sagte er.

Man hatte ihm nur zwanzig Minuten Besuchszeit zugestanden, aber es reichte, um sich ein Bild von den Geschehnissen zu machen. Lina berichtete ihm alles, auch von dem Mann, der sie beobachtet hatte, und Jonathans eigene Vermutungen schienen sich auf unheilvolle Weise zu bestätigen. Es gab zu viele Details, die beim genaueren Hinsehen und Überlegen unlogisch waren. Seitdem er sich mit dem Kriminalkommissar unterhalten hatte, dachte er darüber nach, dass zum Beispiel etliche der Zeitungsartikel, die man in ihrer Wohnung gefunden hatte, bereits aus vergangenen Jahren stammten. Es hatte so gewirkt, als hätte Lina sie gesammelt und schon lange darüber Bescheid gewusst, wer Hermann Weißenburg war. Aber warum hatte sie dann nicht viel früher den Kontakt zu den Weißenburgs gesucht, wenn sie sich hatte rächen wollen? Ganz zu schweigen davon, dass Marie es gewesen war, die Lina angesprochen hatte und nicht umgekehrt. Zudem sah die Art und Weise der Mordtat nicht danach aus, als ob sie von langer Hand geplant gewesen wäre. Weshalb hätte Lina so dumm sein sollen, die Beweise demonstrativ bei sich in der Wohnung herumliegen zu lassen? Und obendrein fand Jonathan das Bild, das Marie in ihren Erzählungen von Lina gezeichnet hatte, mit jedem Wort der jungen Frau bestätigt.

»Ich werde versuchen, dir zu helfen, und für dich aussagen«, sagte er. »Aber ich werde etwas Zeit brauchen.« Er versprach, am nächsten Tag wiederzukommen.

Auf dem Rückweg zu seiner Pension ging ihm nur eine Frage durch den Kopf – wer hatte Marie wirklich umgebracht? Grübelnd lief er die Straßen zwischen den zerstörten Häusern entlang. Er fühlte sich wie jemand, der in der Dunkelheit die Orientierung verloren hatte – als wäre er zu blind, etwas zu sehen, was genau vor ihm lag. Gab es einen Zusammenhang zwischen seinem letzten Telefonat mit Marie und ihrem Tod? Ihr aufgelöster Zustand sprach dafür. Doch der Mord musste vorher geplant worden sein, und Lina war bereits Anfang Mai von dem Unbekannten beobachtet worden.

Er hörte Schritte hinter sich, und obwohl auch andere Passanten unterwegs waren, drehte er sich auf einmal um, weil er das Gefühl hatte, beobachtet zu werden. Nur einige Meter hinter ihm lief ein Mann, der direkt zu ihm sah, sich dann aber abrupt dem Schaufenster eines kleinen Geschäfts zuwandte.

Jonathan ging weiter, wandte sich aber noch einige Male um. Erleichtert stellte er fest, dass der Mann nicht mehr zu sehen war. Seitdem er aus dem Gefängnis gekommen war, hatte er den Eindruck, er würde verfolgt.

Angespannt betrat er wenig später den Eingang seiner Pension und stieg die Treppe hoch zum ersten Stock. Er meinte, ein Geräusch zu hören, als er die Tür am Ende des Flurs öffnete, die zu seinem Zimmer führte. Abrupt blieb er stehen. Jemand war hier gewesen: Der Schrank war aufgerissen, die Matratze vom Bett gezerrt, die Schubladen der Kommode waren aufgezogen, und der Inhalt seiner Reisetasche lag überall verstreut auf dem Boden. Er blickte zu der fadenscheinigen Gardine, die vor dem sperrangelweit geöffneten Fenster flatterte.

Schließlich rief er nach der Wirtin. Frau Kunze, eine rundliche ältere Dame, die unter Kurzatmigkeit litt, war empört. »Das wird immer schlimmer in diesem Land. Die Menschen haben überhaupt keinen Anstand mehr«, schimpfte sie und schickte sich dann an, die anderen Gästezimmer zu überprüfen. Aber Jonathans Zimmer war das einzige, in das eingebrochen worden war. »Wahrscheinlich haben Sie die Täter überrascht«, sagte die Wirtin mit Blick auf das geöffnete Fenster. »Soll ich die Polizei rufen?«

Jonathan, der begonnen hatte, seine verstreuten Sachen einzusammeln, schüttelte den Kopf. »Nein, ich glaube, es fehlt nichts.« Er versicherte Frau Kunze, er könne die Möbel selbst wieder richtig hinstellen.

Nachdenklich sah er sich noch einmal um und überlegte, was ihm so merkwürdig vorkam. War es die vom Bett gezerrte Matratze und die Art, wie die Möbel verschoben worden waren? Das Zimmer wirkte, als hätte jemand nach etwas Bestimmtem gesucht. Eine leise Furcht erfasste ihn. Plötzlich war er froh, dass er seine Unterlagen in seiner Tasche bei sich gehabt hatte.

Er dachte an Marie, und der Schmerz überkam ihn erneut mit aller Macht. Den Kopf in den Händen vergraben, brauchte er eine Weile, bevor er sich wieder gefangen hatte. Schließlich zwang er sich erneut zum Nachdenken. Hatte Maries Tod irgendetwas mit Karl Hüttner zu tun? Aber dieser war beinah so etwas wie ein Verwandter, ein enger Freund der Familie. Und was hätte sein Motiv sein sollen? Dass Marie Nachforschungen über ihren Vater angestellt hatte? Außerdem hatte Karl Hüttner nichts von ihrer Freundschaft mit Lina gewusst. Sie hatte zu Hause niemandem davon erzählt. Vielleicht hing es mit diesem Lempert und Pape zusammen, überlegte er. Er merkte, wie sich seine Gedanken im Kreis drehten und ihm ein entscheidendes Verbindungsstück zu fehlen schien.

Als er Lina am nächsten Tag besuchte, erzählte er ihr von dem Einbruch. Sie wollte, dass er ihren Bruder kennenlernte, doch Jonathan hatte sich entschieden, am späten Nachmittag nach Berlin zurückzureisen. Er brauchte Leos Hilfe und die Fotos der italienischen Polizei. Außerdem musste er seine Recherchen zu Papier bringen.

»Ich werde dir helfen und komme bald zurück, aber erst muss ich in Berlin ein paar Dinge klären.« Er wollte aber vor seiner Abreise auf jeden Fall noch ihren Anwalt aufsuchen.

Als er das Gefängnis verließ, verstärkte sich sein Unbehagen, denn er hatte wie am Tag zuvor den Eindruck, verfolgt zu werden. Er dachte an die Notizen, die er bei sich trug. Niemand wusste darüber Bescheid. Er beschloss, Vera in der Redaktion anzurufen. Nicht weit entfernt sah er das Schild eines Grandhotels. Zu seiner Erleichterung ließ man ihn dort einen Anruf machen. Vera sei bei einem Termin außer Haus, erklärte ihm die Sekretärin.

Jonathan überlegte, was er nun tun konnte, doch sein Entschluss, die Sachen nicht länger bei sich zu tragen, stand fest. Er blickte sich suchend um und sprach einen Passanten an, wo sich das nächste Geschäft befand, in dem er Packpapier erstehen konnte …

Mailand 1949, drei Wochen später

Vera

88

Eric blickte sie an. »Ich habe ihn an jenem Tag gesehen«, sagte er mit tonloser Stimme. »Er war so nervös und hat sich immer wieder umgedreht. Ich bekomme die Bilder bis heute nicht aus dem Kopf.«

Veras Kehle schnürte sich zu, während sie Jonathan in aller Deutlichkeit vor sich sah.

Eric erzählte ihr, dass er Lina an jenem Vormittag im Gefängnis besucht habe und außer sich gewesen sei, als er hörte, dass sie mit Jonathan gesprochen und ihm einfach so blind vertraut habe. Immerhin war er der Verlobte der Frau, die Lina angeblich umgebracht hatte, und hielt sie wahrscheinlich für die Mörderin, hatte er damals geglaubt. »Diese fingierten Beweise gegen Lina, die Aussichtslosigkeit ihrer Situation ... Es lag nahe, dass jemand aus ihrem persönlichen Umfeld daran beteiligt war, und es gab für mich keinen Grund zu der Annahme, dass Jonathan es nach dem Tod von Marie gut mit ihr meinen könnte«, sagte Eric.

Vera hörte das Schuldbewusstsein, das im Nachhinein in seiner Stimme schwang.

Er hatte wissen wollen, wer dieser Mann war und mit wem er in Kontakt stand. Lina hatte ihm erzählt, dass Jonathan an jenem Freitag noch einmal zu Besuch kommen wollte. Also wartete er vor dem Gefängnis und heftete sich an seine Fersen, als dieser das Gebäude verließ. »Ich habe sofort gemerkt, dass etwas nicht stimmte. Aber ich ahnte natürlich nicht, dass ich nicht der Einzige war, der ihn beobachtete. Ich bin ihm zur Post gefolgt, habe mich hinter ihm in die Schlange gestellt und bin dann wie unabsichtlich gegen ihn gestoßen, damit ich sehen konnte, an wen er das Paket schicken wollte.«

»Bist du ihm danach noch weiter gefolgt?«, fragte sie beklommen.

Er nickte.

Vera spürte, wie sich ihr Brustkorb zusammenzog. »Du hast es gesehen?«, flüsterte sie fassungslos.

»Ja …« Sein Gesicht war fahl, als er weitersprach. »Ich war hinter ihm und habe es zu spät erkannt«, erklärte er stockend. »Es ist vor der Pension passiert. Die Straße war so schmal, und der Lieferwagen fuhr mit überhöhter Geschwindigkeit direkt auf ihn zu …«

Sie merkte, wie ihr die Tränen über die Wangen rannen.

»Es ist furchtbar schnell gegangen, Vera, das ist das Einzige, womit ich dich trösten kann. Er hat es wahrscheinlich kaum mitbekommen.« Ihre Schultern bebten.

Er zog sie in seine Arme. »Es tut mir so leid«, sagte er leise.

Später, als sie sich wieder etwas gefasst hatte, ging ihr noch etwas durch den Kopf – der Chefredakteur hatte gesagt, dass es einen Zeugen gegeben habe. »Dann warst du das? Aber warum hast du der Polizei nicht erzählt, dass der Fahrer es darauf abgesehen hatte, ihn umzubringen?«, fragte sie Eric.

Er blickte sie verständnislos an. »Ich war nie bei der Polizei. Nach diesem fingierten Unfall war mir klar, dass es um eine weit größere Sache gehen musste als nur den Mord an Marie und ich mich selbst sofort ins Visier dieser Leute bringe, wenn ich mich bei der Polizei als Zeuge melde. Das konnte ich wegen Lina unmöglich riskieren. Außerdem war ich mir nicht einmal sicher, ob man mir glauben würde.«

»Vielleicht hat einer der Anwohner etwas aus dem Fenster

beobachtet«, überlegte Vera. »Der Zeuge hat behauptet, der Fahrer wäre betrunken gewesen.«

»Von Weitem könnte es so gewirkt haben, oder der Zeuge war einer von ihren Leuten«, sagte Eric.

Noch lange saßen sie zusammen im Wohnzimmer der Mailänder Villa von Major Connor. Es war längst dunkel geworden, und durch das Fenster konnte man draußen im Garten die Umrisse der Zypressen und des Springbrunnens erahnen. Vera versuchte, sich nicht von ihrer Furcht besiegen zu lassen. Was hatten Marie und Jonathan gesehen oder erfahren, das ihnen so zum Verhängnis geworden war? Obwohl es warm war, fröstelte sie. Doch jetzt, wo sie von Jonathans letzten Stunden erfahren hatte und wusste, wie feige man ihn getötet hatte, würde sie erst recht nicht ruhen, bis sie seine und Maries Mörder gefunden hatte. Nur so konnte sie auch Erics Schwester Lina helfen.

»Als du deine Schwester im Gefängnis besucht hast, hat sie da irgendeinen Verdacht geäußert, wer Marie umgebracht haben könnte?«, fragte sie Eric schließlich.

Er schüttelte den Kopf. »Nein. Sie hat nur erwähnt, dass Marie Streit mit ihrer Familie hatte. Es ging wohl um die Vergangenheit ihres Vaters. Sie hat deshalb auch ein paar Tage bei Lina gewohnt.«

Vera spürte, dass er genau wie sie zu überlegen schien, wie sie jetzt am besten weiter vorgehen sollten.

»Ich weiß, dass Jonathan versucht hat, über Weißenburg Informationen zu bekommen, noch bevor er sich für Hüttner interessiert hat«, sagte sie. »Wir sollten nach Köln fahren. Ich würde mich gerne mit deiner Schwester über Jonathan unterhalten und diesen Weißenburgs mal einen Besuch abstatten.«

Er nickte. »Ja, ich denke auch, dass wir nur dort weiterkommen.«

89

Einen Tag später …

Der Verkehr rollte nur stockend vorwärts. Vor ihnen lag die deutsch-österreichische Grenze. Zwischen Pkws und Lastwagen war eine kleine Kolonne amerikanischer Militärfahrzeuge zu sehen, die unweigerlich in Erinnerung riefen, dass die neu gegründete Bundesrepublik auch weiter unter Besatzung stand. Vera spürte, wie ihre Nervosität mit jedem Meter zunahm, dem sie sich dem Kontrollübergang näherten. Die italienisch-österreichische Grenze hatten sie ohne Schwierigkeiten überquert, doch die Kontrollen aus und nach Deutschland waren dafür bekannt, dass sie strenger waren.

Eric kurbelte das Fenster herunter und reichte dem Grenzbeamten die Papiere, die sie als das jung vermählte Ehepaar Helene und Erich Westbach aus Düsseldorf auswiesen. Vera hatte gestern noch eine ganze Legende auswendig lernen müssen. »Nur falls man uns Fragen stellt«, hatte Eric erklärt. Major Connor hatte darauf bestanden, ihnen diese neuen Pässe zu besorgen. Außerdem hatte er auch die Nummernschilder ihres Wagens auswechseln lassen. Es konnte gut sein, dass man auf den Bahnhöfen und Grenzübergängen auf dem Weg nach Deutschland nach ihnen suchen ließ und ihre Verfolger vielleicht sogar Hilfe von den Behörden bekämen. Er war besorgt, verstand jedoch, dass sie keine andere Möglichkeit hatten, als nach Deutschland zurückzukehren. Vera hatte gestern auch noch bei Leo angerufen und ihm in knappen Worten erzählt, was geschehen war – auch von dem Mord an Marie und der Verhaftung von Erics Schwester hatte sie ihm berichtet.

»Sei vorsichtig, Vera, diese Leute sind heute noch genau solche Mörder, wie sie es früher waren«, warnte er sie.

»Ich weiß«, sagte sie bitter. »Wir müssen unbedingt mehr über diesen Hüttner herausbekommen. Es läuft alles bei ihm zusammen.«

»Ruf mich übermorgen zur gleichen Zeit wieder an. Ich habe vielleicht etwas. Dann hatte Leo auch schon aufgelegt.

Vera merkte, wie angespannt sie jetzt war, als sich der Grenzbeamte zu ihnen herunterbeugte und erst ihre Papiere und danach sie inspizierte. Sein Blick wanderte von ihrem Gesicht zu ihren Händen. Bestimmt konnte man ihr ansehen, wie nervös sie war.

»Alles in Ordnung, junge Frau?«

Sie spürte, wie Eric die Hand auf ihre Schulter legte. »Wir schaffen das schon noch rechtzeitig, Liebling. Keine Angst.«

Er schenkte dem Grenzbeamten ein entschuldigendes Lächeln. »Meine Schwiegermutter ist ins Krankenhaus gekommen und wird heute operiert. Wir mussten unsere Reise deshalb vorzeitig abbrechen«, erklärte er.

Der Ausdruck des Grenzbeamten verlor ein wenig an Strenge. »Dann will ich Sie nicht länger als nötig aufhalten. Gute Fahrt.« Er gab ihnen die Papiere zurück, sodass sie weiterfahren konnten.

Vera atmete auf, als der Grenzübergang im Rückspiegel immer kleiner wurde. »Danke«, sagte sie zu Eric. »Ich weiß auch nicht, was eben mit mir war. Vielleicht sind es die Uniformen. Es hat mich plötzlich an früher erinnert, an die vielen Straßenkontrollen während des Krieges und die ständigen Verhaftungen …« Sie verstummte abrupt als ihr bewusst wurde, worüber sie gerade im Begriff war, zu sprechen.

Eric warf ihr einen knappen Blick zu, doch er sagte nichts.

Einige Zeit schossen sie mit dem Wagen durch die süddeutsche Landschaft. Wälder und Felder glitten an ihnen vorbei. Gelegentlich konnte man in der Ferne die ein oder andere Ortschaft ausmachen. Sie dachte daran, was sie in Köln erwarten würde. »Erzähl mir von deiner Schwester«, bat sie ihn.

»Lina?« Seine Hände auf dem Lenkrad lockerten sich. »Sie ist bezaubernd und furchtbar stur. Ich habe ihr von Anfang an gesagt, dass es keine gute Idee sei, nach Deutschland zurückzukehren.« Er verzog den Mund. »Aber seltsamerweise hat sie sich immer danach gesehnt. ›*Unsere Familie hat seit Generationen dort gelebt*‹, hat sie gesagt. ›*Es ist genauso gut mein Land wie deren Land. Willst du Hitler am Ende so siegen lassen?*‹ Wir haben uns furchtbar darüber gestritten.« Er schüttelte bei der Erinnerung den Kopf und schien seine Schwester vor sich zu sehen. »Das Absurde ist, dass Lina niemals jemandem etwas zuleide tun könnte. Im Gegensatz zu mir war sie immer frei von dieser Wut und diesem Hass …«

»Und du? Wolltest du nie zurück?«, fragte sie vorsichtig.

Erics Gesichtsausdruck verhärtete sich. »Nein. Nie. Zu viel Schmerz, zu viel Trauer und zu viel Hass sind für mich mit diesem Land verbunden. Es ließ sich aber nicht vermeiden, dass ich für meine Tätigkeit beim Militär hierhermusste. Da ich Deutsch kann, hat man mich einige Male zu wichtigen Verhören dazugeholt. Deshalb war ich auch an dem Wochenende hier, an dem Lina verhaftet wurde.« Sein Ausdruck hatte sich unmerklich verdunkelt. »Aber ich mag mich selbst nicht, diesen Menschen, zu dem ich werde, wenn ich in Deutschland bin …«

Ihre Kehle schnürte sich zu, als ihr bewusst wurde, wie es für ihn sein musste, in das Land zurückzukehren, das ihm erst seine gesamte Familie genommen und in dem man nun auch noch seine Schwester unschuldig ins Gefängnis gebracht hatte. Es gab so viel, was es sie drängte zu sagen, und doch schien ihr jedes Wort gleichermaßen unfähig wie ungenügend, auch nur im Entferntesten auszudrücken, was sie ihm eigentlich mitteilen wollte. »Und nun sitzt du mit einer Deutschen im Auto auf dem Weg nach Köln«, sagte sie stattdessen leise.

Er drehte seinen Kopf zu ihr. »Ja, nun sitze ich mit einer Deutschen zusammen im Auto«, antwortete er, und sie konnte an seinem Tonfall hören, dass ihn das selbst erstaunte.

Eric

90

Er erinnerte sich wieder an den ersten Eindruck von ihr. Er war in ihre Wohnung eingedrungen und hatte dort auf sie gewartet. Vera hatte ahnungslos die Tür aufgeschlossen: Eine junge Frau von Mitte bis Ende zwanzig, schlank, beinah zierlich, dunkelblondes Haar – eine typische Deutsche, doch ihre großen graugrünen Augen, die vom Weinen gerötet waren und unter denen Schatten lagen, brachen das Bild schon damals. Nach Linas Verhaftung waren sein Hass und seine Wut auf dieses Land und seine Menschen wieder so groß geworden, dass diese Emotionen vollständig von ihm Besitz ergriffen hatten. Er hatte sie mit zwei schnellen Griffen gepackt und fast etwas wie Genugtuung bei ihrer Angst verspürt – bis er ihre Panik bemerkte. Er war dafür ausgebildet worden, mit Menschen in Extremsituationen umzugehen, und schon damals hatte er geahnt, dass ihre Reaktion nicht allein seinem Übergriff geschuldet war. Später in jener Nacht in Sterzing, als sie in ihrem Albtraum auf ihn eingeschlagen hatte, als würde sie um ihr Leben ringen, war er in seiner Vermutung bestätigt worden. Sie erzählte ihm, was geschehen war.

Schon zuvor hatte sich etwas zwischen ihnen verändert. Als er angefangen hatte, sie zu beobachten, war er überrascht über ihre Entschlossenheit gewesen. Sie war mutig, denn er konnte sehen, dass sie das alles tat, obwohl sie die ganze Zeit Angst hatte. Das hatte er nicht nur eben am Grenzübergang wahrgenommen oder als sie in Südtirol verfolgt worden war, sondern in vielen anderen Momenten, wenn sie ein Geräusch zusammenfahren ließ oder ihr Blick einem Unbekannten mit Misstrauen begegnete und die Anspannung dabei ihren gesamten Körper erfasste.

Er musste unwillkürlich an etwas denken, was Lina in einem ihrer Telefonate zu ihm gesagt hatte: *»Sie sind nicht alle gleich, Eric. Du kannst nicht jeden von ihnen hassen. Wenn sie für dich immer nur ›die Deutschen‹ sind, bist du nicht anders als die, die immer von ›den Juden‹ sprechen …«* Er war voller Zorn gewesen, als sie ihm das an den Kopf geworfen hatte, vielleicht weil er tief in seinem Inneren spürte, dass Lina recht hatte. Doch er hatte einfach nie verstanden, wie seine Schwester in dieses Land, das ihnen alles genommen hatte, zurückkehren konnte.

Umso irritierter stellte er nun fest, wie vertraut ihm Vera geworden war. Dabei wusste er im Grunde nur wenig über sie. »Erlaubst du mir eine persönliche Frage?«

»Sicher.«

»Dieses Foto, das umgedreht auf deinem Nachttisch liegt …«

Sie zog die Brauen hoch, als würde sie sich ganz genau an die Situation erinnern, als er das Bild in ihrer Wohnung in der Hand gehalten hatte. »Mein Mann – Henry«, antwortete sie knapp. »Er ist gefallen. Ich wollte das Bild wegstellen, habe es aber nicht fertiggebracht. Deshalb liegt es umgedreht dort.«

»Verstehe.«

»Das glaube ich kaum«, sagte sie tonlos. Ihr Blick, in dem auf einmal eine Trauer und ein Schmerz lagen, die ihn unerwartet berührten, glitt nach draußen. »Es war zum Schluss schwierig zwischen uns«, erzählte sie. »Er hat sich sehr verändert, nachdem sein Bruder gefallen ist und ich … ich eine Fehlgeburt erlitten hatte. Henry hat sich plötzlich freiwillig gemeldet und war überzeugt von einer Sache, die er zuvor immer abgelehnt hatte. Ich fühlte mich im Stich gelassen, und auf seinem letzten Heimaturlaub, da wurde mir klar, dass ich es nicht mehr ertragen würde, mit ihm zusammenzuleben.« Sie stockte und blickte auf ihre Hände, bevor sie weitersprach. »Zwei Wochen später bekam ich die Benachrichtigung, dass er gefallen war.«

Er sah ihr an, dass sie sich noch immer schuldig fühlte, und berührte ihre Hand. »Der Krieg verändert die Menschen.«

»Ja, das tut er«, erwiderte sie nur.

Leo

91

Berlin …

Schon seit Veras Abreise hatte Leo nichts unversucht gelassen, um mehr über Hüttner herauszubekommen, was sich trotz all seiner Verbindungen als überraschend schwierig erwiesen hatte – und das wiederum war ein schlechtes Zeichen. Er hoffte, heute endlich mehr in Erfahrung zu bringen. An der Straßenecke vor ihm tauchte das Schild der Berliner Kneipe *Zum Falken* auf. Das Haus war wie durch ein Wunder zwischen den zerstörten Nachbargebäuden stehen geblieben. Leo stieg die drei Stufen in den Keller hinunter. Die Welt, die einen hier unten empfing, wirkte auf den ersten Blick, als wäre die Zeit stehen geblieben. Irmgard, die üppige Endvierzigerin, die hinter dem Tresen stand, hatte bereits in den Dreißigern in der Kneipe bedient – damals noch weit blonder und etliche Pfund schlanker. Sie grüßte ihn mit einem Kopfnicken. Die dunklen Tische und Stühle bestanden ebenso wie der Tresen aus abgewetztem Eichenholz. Über die Jahre hatte sich der Zigarettenrauch genauso in die Tapete und das Holz gefressen wie der Geruch von Alkohol. Das schlechte Gemälde mit der Berglandschaft hing schon immer an der Wand – und auch die Sammlung Bierkrüge. Ein großer, heller Abdruck auf der vergilbten Tapete, der auf das Führerporträt hinwies, das hier gehangen hatte, war dagegen demonstrativ leer geblieben. Früher hatten sie hier oft ihre Kameradschafts- und Gruppentreffen der SS abgehalten. *Ihre Jungs*, so nannte Irmgard sie noch heute.

»Gut siehst du aus«, sagte sie mit Blick auf seinen strengen Seitenscheitel und die aufrechte, militärische Haltung, die er wie in einer Rolle annahm, wenn er hierherkam. »Ein Bier? Die Jungs sind hinten.«

»Ja. Danke.« Er ging durch den Gastraum an den anderen Gästen vorbei und schob hinten einen braunen Vorhang zur Seite. *Vereinsraum* nannte sich dieser abgetrennte Bereich, aus dem ihm lautes Stimmengewirr entgegenschlug. Sie trafen sich regelmäßig zum Skat und Reden in der Kneipe. Zumindest ließen die Männer es nach außen so wirken, in Wirklichkeit tauschten sie Informationen aus und pflegten die alten Verbindungen. Vor allem aber sorgten sie dafür, wieder ein wenig von der Bedeutung zu verspüren, die sie früher einmal gehabt hatten und die ihnen so fehlte.

Leo grüßte einige ehemalige Kameraden per Handschlag und nahm aus den Augenwinkeln wahr, dass Rudolf, der Mann, auf den er es abgesehen hatte, auch hier war. Er war erst vor Kurzem zu ihren Treffen dazugestoßen, und Leo hatte am Rande eines Gesprächs mitbekommen, dass er nach dem Krieg für einige Monate in Rimini inhaftiert war – zur selben Zeit wie Hüttner.

Leo griff sich einen Stuhl und ließ sich neben einem Mann nieder, der mit seinen hageren Gesichtszügen und einem Schmiss auf der Wange noch immer etwas unangenehm Bedrohliches ausstrahlte. Die anderen Männer begegneten ihm mit unverhohlenem Respekt. Wilhelm war SS-Sturmbannführer gewesen, und Leo hatte das zweifelhafte Vergnügen gehabt, in früheren Jahren des Öfteren Zeuge seiner ungeheuren Brutalität zu werden. Er war für ihn der Inbegriff all dessen, was er hasste. Dennoch hatte er Wilhelm, der mit seinen weitreichenden Verbindungen einer seiner wichtigsten Informationsquellen war, vor zwei Jahren mit der heimlichen Hilfe des britischen Geheimdienstes vor einer Verhaftung bewahrt.

»Hallo, Oscar.« Er schlug ihm freundschaftlich auf die Schulter, ohne dabei das Kartenspiel am Tisch aus den Augen zu lassen.

»Wilhelm.« Leo nickte ihm zu und wartete, bis sich die Aufmerksamkeit der anderen wieder ihren Gesprächen und dem Kartenspiel zuwandte. Er bot Wilhelm eine Zigarette an, gab ihm Feuer und nahm sich selbst ebenfalls eine.

»Sag mal, dieser Hüttner, von dem du mir neulich mal erzählt hast, sucht der noch Leute?«, erkundigte er sich beiläufig.

Wilhelm zog an seiner Zigarette. »Wieso? Suchst du Arbeit?«, fragte er spöttisch.

Leo schüttelte den Kopf. »Ich nicht. Aber ein alter Kamerad, den ich getroffen habe. Ist gerade aus dem Lager von den Roten zurück.«

»Armes Schwein. Hat er Erfahrung?«

Leo nickte. »Wehrmacht. Offizier der Luftwaffe«, sagte er und konnte spüren, wie Rudolf, der auf der anderen Seite von Wilhelm saß, ihnen zuhörte. Genau wie er es beabsichtigt hatte.

»Dann ist das möglicherweise was für ihn. Ich gebe dir eine Telefonnummer. Da soll er anrufen und meinen Namen nennen.«

»Danke.« Leo stieß den Rauch aus. »Für was genau suchen die eigentlich Leute?«

»Darüber schweigt Hüttner sich aus. Ist wohl geheim.« Wilhelm zuckte die Achseln. »Aber scheint was Militärisches zu sein. Ich habe gehört, dass sie sogar unsere Männer ansprechen, die sich ins Ausland abgesetzt haben.«

»Tatsächlich?«

»Ja, wäre ja auch eine Schande um die Jungs, wenn die nicht wieder unterkommen«, setzte Wilhelm hinzu.

Leo nickte nur. Das Gespräch wandte sich anderen Themen zu, aber er konnte sehen, wie Rudolf sie beobachtete. Männer wie er waren leicht zu durchschauen. Rudolf war ein mittelgroßer, eher unscheinbarer Mann, der gerade einmal die Grundvoraussetzungen für die Aufnahme in der SS erfüllt haben dürfte. Sicherlich hatte er höchstens einen unteren Rang innegehabt. Es war vorherzusehen, dass er, neu, wie er in der Gruppe war, sich instinktiv denen zuwenden würde, denen er die größte Autorität und Macht zusprach. Die Nummer eins war zweifellos Wilhelm, den ein Mann wie Rudolf aufgrund der Hierarchie aber nicht wagen würde, direkt anzusprechen. Seine Wahl würde zunächst auf dessen unmittelbare Vertraute fallen – und das war in diesem Fall er, Leo.

Und in der Tat, Wilhelm war schon gegangen, als Rudolf mit seinem Bier in der Hand wie zufällig neben ihm stehen blieb.

»Hab gehört, dass ihr vorhin über diesen Hüttner gesprochen habt. Scheint 'ne große Sache zu sein, die er da aufzieht«, sagte er.

»Ja, scheint so«, erwiderte Leo knapp.

Rudolf beugte sich zu ihm. »Soll ich dir was sagen? Der Hüttner hat das schon damals gewusst. Ich war mit ihm in Rimini, und er hat immer damit geprahlt, dass man ihn da rausholen würde. So war es dann auch.«

»Wer hat ihn denn da rausgeholt?«

»Keine Ahnung, aber ich kenne jemand, der war im letzten Kriegsjahr in Bad Reichenhall, und der hat mir erzählt, dass Hüttner zu dieser Zeit ein geheimes Gespräch mit einem hohen Tier der Wehrmacht gehabt haben soll, einem Generalmajor Gehlen.«

Leo horchte auf. Natürlich war ihm Gehlen ein Begriff. Er war Leiter der Spionageabteilung, der Abteilung Fremde Heere Ost, gewesen. Leo beschloss, dass es an der Zeit war, Rudolf ein Bier auszugeben. »Gehlen? Reinhard Gehlen? Bist Du Dir sicher?«

Rudolf nickte, zufrieden, endlich Leos Aufmerksamkeit errungen zu haben. »Absolut sicher.«

Vera

92

Köln …

Es war das erste Mal, dass sie ein Gefängnis besuchte, und als die Justizvollzugsanstalt in der Straße vor ihnen sichtbar wurde, erfasste Vera sofort ein beklemmendes Gefühl. Ihr Blick glitt zu den von Einschüssen gezeichneten Fassaden und dem geflickten Dach. Von einem der Gebäude lagen noch immer mehrere Stockwerke offen.

»Ich habe dich unter deinem neuen Namen, unter Helene Westbach, für den Besuch bei meiner Schwester angemeldet. Es war nicht einfach, die Erlaubnis zu bekommen. Ich musste erst ausspielen, dass ich beim amerikanischen Militär bin. Offiziell bist du eine Freundin von Lina, falls dich jemand fragt«, sagte Eric.

Vor ihrer Abfahrt aus Mailand hatte er noch mit dem Anwalt telefoniert, der ihm erklärt hatte, die Beweislast gegen Lina sei so erdrückend, dass er seiner Schwester nur den Rat geben könne, sich schuldig zu bekennen. Wenn man es so darstellte, als hätte sie die Tat im Affekt begangen, könnte man angesichts der tragischen Familiengeschichte möglicherweise auf mildernde Umstände plädieren.

»Die Zeitungsartikel, die man in ihrer Wohnung gefunden hat, sprechen allerdings für eine geplante Tat«, hatte Eric gesagt, als er ihr von dem Gespräch mit dem Anwalt berichtete.

Fassungslos hatte Vera ihn angeblickt. »Aber deine Schwester kann sich doch nicht für eine Tat schuldig bekennen, die sie gar nicht begangen hat!«

»Nein, solange ich das verhindern kann, wird sie das auch nicht«, hatte Eric mit zusammengepressten Lippen erwidert.

Er parkte den Wagen, und sie liefen auf den eigenwillig angeordneten Häuserkomplex der Strafanstalt zu. Das Gefängnis war wie die meisten Haftanstalten überbelegt, da es überall an Gebäuden fehlte, dennoch hatte Lina eine Einzelzelle bekommen. Anscheinend wolle man verhindern, dass ihre Religion zu Schwierigkeiten mit anderen Gefangenen führte, bemerkte Eric voller Bitterkeit. Selbst die Presse habe Anweisungen, über den Fall so zurückhaltend wie möglich zu berichten, da man im Nachkriegsdeutschland Schlagzeilen zu dem Rachemord einer Jüdin an einer Deutschen nicht gebrauchen könne. Eine fehlende Öffentlichkeit bedeutete jedoch auch, dass der Fall weniger hinterfragt werden würde. Vermutlich war genau das die Absicht der Täter gewesen.

Angespannt legte Vera am Eingang ihren falschen Pass vor. Der Vollzugsbeamte, der Eric bereits kannte, warf jedoch nur einen kurzen Blick darauf. Er trug ihren falschen Namen in eine Liste ein. Anschließend ließ er Vera ein Formular unterschreiben, und sie musste sämtliche Gegenstände abgeben, die sie bei sich trug, auch ihre Handtasche.

Lina Löwy, die von einem Wärter in den Besucherraum geführt wurde, wirkte blass und mitgenommen, dennoch war nicht zu übersehen, dass sie aparte Züge hatte. Sie war von schmaler Statur, und Vera fragte sich, wie man auch nur einen Augenblick glauben konnte, dass diese Frau sowohl die Kraft als auch den Charakter hätte, jemand anderen mit einem Schürhaken zu erschlagen.

Es schnitt Vera ins Herz, als sie sah, wie Eric seine Schwester in dem Besucherraum fest in die Arme schloss. Ein Wärter, der in einer Ecke auf dem Stuhl saß – immerhin weit genug entfernt, dass er nicht jedes Wort verstehen konnte –, beobachtete sie.

»Ich hole dich hier raus. Das verspreche ich dir«, sagte Eric leise. Dann stellte er die beiden Frauen einander vor.

Vera schüttelte ihr die Hand. »Ich bin eine Freundin von Jonathan.«

»Eric hat mir erzählt, dass er diesen *Unfall* hatte.« Ein trauriger Ausdruck glitt über Linas Gesicht. »Es ist alles so furchtbar. Ich kann nicht glauben, dass sie beide tot sind – Marie und Jonathan …«, sagte sie tonlos. Tränen standen in ihren Augen.

Sie setzten sich an den abgenutzten Holztisch, der für die Besucher bereitstand. Eric warf einen kurzen Blick zu dem Wärter, der gelangweilt mit dem Schlüsselbund in seinen Händen spielte, bevor er erneut die Stimme senkte. »Hör zu, Lina, du musst uns noch einmal genau schildern, worüber du mit Jonathan gesprochen hast, als er hier war«, sagte er eindringlich.

Sie nickte und berichtete dann, dass Jonathan detaillierte Fragen zu ihrem letzten gemeinsamen Tag mit Marie gestellt habe. Jonathan selbst habe kurz vor Maries Tod noch mit dieser telefoniert. »Ihm war sofort klar, dass ich nichts mit dem Mord zu tun haben kann. Er war sehr besorgt und beunruhigt. Als wenn er gespürt hätte, was geschehen würde …«, sagte Lina leise und schauderte dabei.

»Hat er dir auch erzählt, worüber er in seinem letzten Telefonat mit Marie gesprochen hatte?«, fragte Vera behutsam.

»Ja, über etwas, worüber er neben seinen anderen Recherchen in Südtirol Erkundigungen eingezogen hatte – über Maries dubiosen Onkel, einen Karl Hüttner. Der war zusammen mit zwei anderen Männern in Italien im Kriegsgefangenenlager. Irgendetwas mit den beiden stimmte wohl nicht. So ganz habe ich das alles nicht verstanden.«

»Karl Hüttner ist Maries Onkel?« Vera horchte auf.

Lina nickte und wollte etwas sagen, doch dann stockte sie.

Der Kopf des Wärters hatte sich in ihre Richtung gewandt, und sie beugte sich etwas zu Vera und Eric, damit er sie nicht verstehen konnte. »Dieser Hüttner ist eigentlich der Patenonkel ihrer Brüder, ein guter und sehr enger Familienfreund. Marie mochte ihn aber nicht«, erklärte Lina. Sie erwähnte auch noch, dass Jonathan in Italien die Carabinieri ausfindig gemacht habe, die die drei damals verhaftet hätten. Er habe von der Polizei die Fotos bekommen sollen, die man bei der Verhaftung gemacht habe. Während ihres Telefonats habe Marie ihn jedoch auf einmal angefleht, mit seinen Recherchen aufzuhören. »Jonathan meinte, sie sei völlig aufgelöst gewesen und habe gesagt, es gebe etwas, über das sie mit ihm sprechen müsse, das sie ihm aber nicht am Telefon sagen wollte.«

»Deshalb ist Jonathan früher aus Italien zurückgekommen«, schlussfolgerte Vera, die sich sofort an ihr Gespräch mit dem Schweizer Journalisten erinnerte.

»Ja. Ich glaube, keine Recherche wäre es ihm wert gewesen, dass es Marie nicht gut ging. Die beiden haben sich geliebt. Als Marie im Mai in Berlin war, hat Jonathan sie gebeten, seine Frau zu werden …« Lina konnte ihre Tränen nicht länger zurückhalten. Die letzten Worte hatte sie so laut ausgesprochen, dass der Wärter den Kopf hob.

»Er hat ihr einen Antrag gemacht?« Davon hatte Jonathan nichts erzählt, doch dann ging Vera auf, dass er erst kurz vor seiner Abreise um Maries Hand angehalten haben musste. Sie entsann sich wieder dunkel, wie Jonathan an diesem Tag erwähnt hatte, dass er ihr jemand vorstellen wolle, der in Berlin zu Besuch sei. Aber sie musste an diesem Abend für einen Bericht eine Theaterpremiere besuchen. Danach hatte sie Jonathan nicht mehr gesehen.

»Wenn wir irgendwie an diese Fotos von den Carabinieri kommen könnten … Vielleicht könnten wir damit feststellen, wer dieser Lempert und Pape sind«, raunte sie zu Eric.

Sie sah ihm an, dass er den gleichen Gedanken hatte. »Ich werde Major Connor in Mailand um Hilfe bitten.«

»Ich verstehe das alles nicht«, sagte Lina verstört. »Ich frage mich die ganze Zeit, was Marie Jonathan erzählen wollte und ob man sie deshalb umgebracht hat.«

Vera musste zugeben, dass sie genau dieselbe Frage beschäftigte.

Sie waren beide still, als sie die Strafanstalt verließen und sich auf den Rückweg nach Bonn machten, wo sie in einer Pension untergekommen waren.

Erics Handknöchel spannten sich um das Lenkrad, und er blickte beim Fahren mit starrer Miene auf die Straße.

Sanft berührte sie ihn am Arm. »Wir werden es irgendwie schaffen, Eric. Sie wird freikommen.«

»Es bringt mich um, sie dort zu sehen und nichts richtig tun zu können«, sagte er.

»Sie ist eine starke Persönlichkeit«, erwiderte Vera. Sie verstand, was in ihm vorging. Es würde ihr an seiner Stelle nicht anders gehen. Sie fühlte mit ihm, genau wie mit Lina. Vera hatte die junge Frau auf Anhieb gemocht. Sie hatte ernst gemeint, was sie zu Eric gesagt hatte. Es musste ihnen gelingen zu beweisen, dass Lina unschuldig war. Auch das war Teil des Vermächtnisses, das Marie und Jonathan hinterlassen hatten.

Morgen würde sie als Erstes den Weißenburgs einen Besuch abstatten, nahm sie sich vor.

Karl

93

Sie hatten ganz Mailand durchsucht – die Hotels und Pensionen genauso wie die Bahnhöfe und Bushaltestellen. Doch sie war wie vom Erdboden verschluckt – so wie auch schon in Sterzing. Doch immerhin wussten sie jetzt, dass sie Hilfe gehabt hatte. Beunruhigend war nur, dass sie keine Ahnung hatten, um wen es sich handelte. Gernot hatte das Nummernschild des Wagens überprüfen lassen – das Auto war gebraucht gekauft worden und auf einen Herbert Witzstein in Frankfurt zugelassen. Noch bevor sie dessen Adresse ausfindig machten, hatte Karl bereits geahnt, dass der Name nicht echt war – und er hatte recht behalten. Ein Herbert Witzstein existierte nicht.

Er versuchte, analytisch an die Frage heranzugehen, wer der Mann sein könnte. Gernot hatte ihn nur kurz gesehen und als nicht älter als dreißig geschätzt, eher Ende zwanzig. Er hatte dunkle Haare und schien groß, soweit man das bei jemandem in einem vorbeifahrenden Auto beurteilen konnte. Diese Beschreibung traf jedoch auf Tausende zu. Die Reaktion des Mannes, als Vera Lessing vor dem Lager auf ihn zurannte, war da schon interessanter – er hatte die Situation innerhalb von Sekunden erfasst und schnell, ja beinah kaltblütig gehandelt, die Beifahrertür im Fahren aufgestoßen und im selben Moment Gas gegeben, als sie in den Wagen gesprungen war. Er schien in keinerlei Weise überrascht gewesen zu sein, sondern Bescheid zu wissen, dass Vera Lessing sich in Gefahr befinden könnte. Wahrscheinlich war der Mann ihr schon in Sterzing zu Hilfe gekommen. Das würde erklären, wie sie von dort verschwinden konnte, ohne dass es jemand mitbekommen hatte. Zog man zusätzlich noch in Betracht, dass der Unbekannte gefälschte Papiere besaß, verhieß das alles nichts Gutes.

Karl wusste, dass bei den Amerikanern ein interner Streit tobte. Es ging dabei mehr um Macht als um Moral, aber sie standen direkt im Scheinwerferlicht. Schneider wurde nicht müde, ihnen das immer wieder zu predigen, und er hatte recht. Karl verspürte einen unangenehmen Druck im Magen. Sodbrennen! Missmutig verzog er das Gesicht. Das hatte er das letzte Mal im Krieg gehabt. Er hasste es, wenn die Situationen seiner Kontrolle entglitten. Abgesehen davon, dass sie nicht nur diese Redakteurin aus dem Verkehr ziehen mussten, galt es, unbedingt herauszufinden, wer dieser Mann war …

»Karl?«

Er hob den Kopf, als er die Stimme hörte. Ausgerechnet, dachte er, als er Hermann auf der Schwelle erblickte. Er sah elendig aus – blass, mit Ringen unter den Augen und diesem fahrigen Zug um den Mund. Er hatte mehrere Pfund Gewicht verloren, aber immerhin trank er wenigstens nicht, wie es sein Sohn Helmut seit Neuestem tat.

»Setz dich doch«, forderte Karl ihn mit aufgesetzter Wärme auf, die man von einem Freund in einer solchen Situation erwartete, die er aber nicht im Geringsten empfand. Es war Hermanns Schuld, wie alles gekommen war. Hätte er sich zusammengerissen, könnte seine Tochter vielleicht noch leben.

»Ich habe nachgedacht, und mir gehen einige Fragen einfach nicht aus dem Kopf«, sagte Hermann jetzt. Seine Kleidung wirkte seltsam faltig, als wenn er darin geschlafen oder gelegen hätte, stellte Karl irritiert fest.

»Ja?«, entgegnete er. Er war erneut froh, dass er dafür gesorgt hatte, dass Dr. Schneider Hermann auf seine Bitte hin mit einem Auftrag nach Prag geschickt hatte, als es geschehen war. Der Freund hatte erst nach seiner Rückkehr von dem Mord an seiner Tochter erfahren. Natürlich hatte er nur die offizielle Version zu hören bekommen. Es war das erste Mal, dass Karl ihn hatte weinen sehen – und der Anblick hatte ihn abgestoßen. Ein Mann konnte Schmerz empfinden, ja, aber Tränen waren etwas Schwächliches und so Verweichlichtes, das man sie höchstens einer Frau zubilligen konnte.

Doch Hermann war zusammengebrochen und hatte schließlich begonnen, Fragen zu stellen. Karl war darauf vorbereitet und zeigte ihm den Polizeibericht. »Wir hatten keine Ahnung, dass sie diese Jüdin überhaupt kannte, als wir Marie überprüft haben. Sie wohnt ja auch in Düsseldorf, und die beiden haben sich nur gelegentlich gesehen«, behauptete er und verschwieg dabei wohlweislich, dass Marie sogar einige Tage bei dieser Lina Löwy gewohnt hatte.

Anfangs nahm Hermann seine Auskünfte einfach hin, doch nach ungefähr einer Woche, als er sich etwas gefasst hatte – Walter hatte sich auf Karls Anordnung um ihn gekümmert –, ergriff ihn zu seiner Trauer auf einmal eine maßlose Wut. Er wollte alles über Lina Löwy wissen, jedes noch so kleine Detail, und war von einem besessenen Hass erfüllt. Karl erzählte ihm, was sie über die Löwy in Erfahrung gebracht hatten, auch dass Marie die andere Frau bei den Nürnberger Prozessen kennengelernt hatte. Für einen kurzen Moment hatte er Hermann die Betroffenheit angemerkt. Es musste ihm wie ein Verrat vorkommen, dass seine Tochter dorthin gegangen war. Danach war er einige Tage ruhig gewesen.

»Was für Fragen denn?«, fragte Karl jetzt, da Hermann sich zwar gesetzt, aber noch immer nichts gesagt hatte.

»Warum Dr. Schneider mich im Mai ausgerechnet zu diesem Zeitpunkt nach Prag geschickt hat. Hast du mit ihm mal darüber gesprochen?«

Irritiert schaute Karl ihn an. »Was meinst du mit *ausgerechnet*? Wir mussten dringend zwei unserer Leute aus Prag rausholen, weil sie Gefahr liefen, enttarnt zu werden.«

Hermann zögerte, bevor er ihm widersprach: »Wir vermuten nur, dass den Sowjets dieses Dokument in die Hände gefallen ist, wissen tun wir es aber nicht. Unsere Männer hätten auch erst einmal in Prag untertauchen und abwarten können. Eigentlich wäre das sogar klüger gewesen. Ich habe auch mit Walter darüber gesprochen …«

Karl kniff die Augen kurz zusammen, dann beugte er sich ein Stück zu ihm vor. »Hermann, als Freund sage ich dir jetzt mal etwas. Du musst mit diesen Fragen aufhören. Dr. Schneider schätzt das nicht. Er hat mich bereits auf dein Verhalten angesprochen. Es ist tragisch und schrecklich, was mit Marie geschehen ist, aber dadurch wird sie nicht wieder lebendig.«

Hermann hielt seinem Blick stand. »Aber du musst doch zugeben, dass es ein seltsamer Zufall ist, dass Marie ausgerechnet in der Woche umgebracht wird, in der ich nach Prag geschickt werde«, brach es aus ihm heraus.

Karl starrte auf Hermanns Hemdkragen. Da war tatsächlich ein Fleck. »Was willst du damit sagen?«, entgegnete er scharf. »Dass Dr. Schneider dich nur weggeschickt hat, weil er wusste, man würde Marie umbringen? Dass er vielleicht gemeinsame Sache mit dieser Jüdin gemacht hat? Hörst du dir eigentlich selbst zu?« Er schüttelte ungläubig den Kopf. Angriff war in diesem Fall die beste Verteidigung, wie er wusste, und wirklich – er konnte sehen, wie Hermann einknickte.

»Nein, das meinte ich natürlich nicht.«

Karl stand auf und legte ihm die Hand auf die Schulter. »Du musst dich beruhigen und damit aufhören, Hermann. Das sage ich dir nicht nur als Freund, sondern auch als derjenige, der dafür verantwortlich ist, dass du hier bist. Hast du verstanden?«

Hermann erhob sich wieder von dem Stuhl. »Ja, sicher. Tut mir leid. Ich weiß auch nicht, was mit mir ist.«

Er verließ sein Büro. Karl starrte ihm einen Augenblick hinterher und fragte sich, ob der Mann überhaupt noch zu gebrauchen war.

Margot

94

Köln …

Sie war nie ein religiöser oder abergläubischer Mensch gewesen. Im Gegenteil. Den Glauben an Gott und ein Leben nach dem Tod hatte sie bisher immer für einen Rettungsanker der Schwachen gehalten, die nicht die Kraft aufbrachten, ihr Schicksal selbst in die Hand zu nehmen. Doch seit dem Mord an ihrer Tochter stellte Margot sich jeden Tag die Frage, ob man sie mit Maries Tod nicht doch für das, was sie getan hatten, bestrafen wolle. Es konnte schließlich kein Zufall sein, dass Marie ausgerechnet durch die Hand einer Jüdin den Tod gefunden hatte.

Rein persönlich hatte sie selbst sich nie etwas zuschulden kommen lassen und keinem Menschen je ein Leid angetan, versuchte sie, sich zu beruhigen, aber trotzdem verspürte Margot auf einmal eine heimliche Schuld, weil sie an die Ideen von damals mit so viel Leidenschaft geglaubt hatte. Ohne dass sie etwas dagegen tun konnte, schob sich Maries Bild vor ihre Augen, als sie ihre Tochter das letzte Mal bei ihrem Streit mit ihrem Vater gesehen hatte. Diese Abscheu und dieses Entsetzen, mit dem Marie sie alle angeblickt hatte. Ein unterdrücktes Schluchzen stieg in ihr hoch. Hastig lief sie ins Schlafzimmer und zog die Nachttischschublade auf. Neben ihren Migränemitteln lagen die Beruhigungstabletten, die ihr Karl besorgt hatte. Sie nahm mit zittrigen Fingern zwei Stück und spülte sie hastig mit einem Schluck Wasser hinunter. Auf keinen Fall durfte sie jetzt die Nerven verlieren. Sie musste Stärke beweisen, denn die Familie drohte ohnehin zu zerbrechen. Mit Sorge dachte sie an Helmut, der kaum noch zu Hause war.

Entschlossen ordnete sie vor dem Spiegel ihr Haar und zog ihr schwarzes Kleid glatt, als sie unten ein Klingeln hörte. Wer konnte das sein?

Sie lief hastig die Treppe hinunter und öffnete. »Ja?«

Vor ihr stand eine unbekannte junge Frau mit dunkelblondem Haar, die in den Zwanzigern sein musste. Margot hatte sie noch nie gesehen und überlegte, ob es sich um eine Freundin von Marie handeln konnte.

»Guten Tag, mein Name ist Vera Lessing. Entschuldigen Sie, dass ich einfach so klingele, ein Freund von mir war mit Ihrer Tochter Marie befreundet. Ich bin Journalistin. Hätten Sie vielleicht einen Augenblick Zeit für mich?«

Margot zögerte und wollte ihre Bitte mit dem Hinweis auf ihre Trauer sofort ablehnen. Journalisten stellten Fragen, und das war nie gut. Andererseits hatte ihr Hermann stets eingebläut, dass sie sich nach außen hin so normal und unauffällig wie möglich verhalten musste. Also war es vermutlich besser, der Frau ein paar unverbindliche Antworten zu geben. So nickte sie schließlich und ließ sie herein.

Ein Freund von Marie, hatte sie gesagt. Margot dachte an den Ring, den Marie getragen hatte. Es war ein Verlobungsring gewesen. Sie versuchte, das Bild von der Hand ihrer toten Tochter aus ihrem Kopf zu verbannen, und war mit einem Mal froh, dass sie vorhin das Beruhigungsmittel genommen hatte.

»Wie ist denn der Name Ihres Freundes?«, fragte sie auf dem Weg zum Esszimmer, wo sie beide am Tisch Platz nahmen.

»Jonathan Jacobsen.«

»Jacobsen? Das sagt mir gar nichts.« Tatsächlich hatte sie den Namen noch nie gehört.

»Er und Marie haben sich beim Eröffnungsakt des Parlamentarischen Rates kennengelernt. Marie hat Jonathan nie erwähnt?«

Margot schüttelte den Kopf. Sie sah, dass Vera Lessing das Porträt von Hermann an der Wand betrachtete.

»Ihr Mann?«

»Ja. Er ist gefallen. Ich bin Witwe. Ehrlich gesagt verstehe ich nicht, warum Sie mit mir sprechen wollen. Warum stellt Ihr Freund nicht selbst die Fragen, wenn er mit meiner Tochter befreundet war?«

Die Frau schaute ihr direkt ins Gesicht, als sie antwortete: »Er ist tot. Er hat fünf Tage nach Maries Tod einen Autounfall gehabt.«

Margot blickte sie verwirrt an. Sie war dankbar, als sich in diesem Augenblick die Tür öffnete und Fritz hereinkam, der im Garten gewesen war.

Margot stellte die beiden einander vor und setzte ihren Sohn kurz ins Bild.

»Hat Marie dir je etwas von einem Jonathan Jacobsen erzählt?«, fragte sie ihn.

»Nein, den Namen habe ich noch nie gehört«, sagte er genau wie sie. Er legte ihr die Hand auf die Schulter, als spürte er, wie dringend sie Unterstützung brauchte. »Tut mir leid, dass wir Ihnen nicht helfen konnten«, wandte er sich dann zu der Journalistin. »Ich werde Sie zur Tür begleiten.«

»Ehrlich gesagt hätte ich noch ein, zwei Fragen. Sie werden sicher verstehen, dass es schon sehr merkwürdige Umstände sind, dass die beiden innerhalb einer Woche umgekommen sind«, erwiderte die junge Frau.

Vera

95

Es war weiß Gott nicht so, dass es ihr leichtfiel, einfach sitzen zu bleiben. Vera versuchte zu ignorieren, dass Fritz Weißenburg wirkte, als würde er sie am liebsten mit Gewalt hinauswerfen. Wahrscheinlich schrieb sie deshalb lieber Artikel über Theaterstücke oder Bücher, weil es ihr einfach nicht lag, ihre Gesprächspartner in die Enge zu treiben und sich über ihre Gefühle hinwegzusetzen, um die gewünschten Antworten zu bekommen. Sie war im Grunde mit keinen konkreten Fragen zu den Weißenburgs gekommen. Ihr war klar, dass diese kaum freiwillig über die belastete Vergangenheit des verstorbenen Vaters und Ehemanns sprechen würden, dennoch hoffte Vera, einen emotionalen Eindruck von der Familie zu gewinnen und zu erfahren, mit wem sie es zu tun hatte. Und etwas stimmte hier nicht. Das hatte sie intuitiv von dem Augenblick an gespürt, als Margot Weißenburg ihr die Tür geöffnet hatte. Ihrer gesamten Erscheinung haftete – trotz des schwarzen Kleides und der dunklen Ringe unter ihren Augen – etwas Unechtes und Aufgesetztes an. Sie war zu sorgsam darauf bedacht, keinen Blick hinter die zur Schau gestellte Fassade der trauernden Mutter zu gestatten. Und sie wirkte unruhig. Die Atmosphäre im Haus war mindestens genauso sehr von Anspannung wie von Trauer erfüllt.

»Glauben Sie, dass Lina Löwy Ihre Tochter umgebracht hat?«, fragte Vera.

Einen Moment schien es, als würde eine Maske von Margot Weißenburgs Gesicht rutschen, darunter kam eine Mischung aus Nervosität und Hysterie zum Vorschein.

Fritz starrte sie ungläubig an. »Wie können Sie es wagen, meiner Mutter eine solche Frage zu stellen? Ich muss Sie bitten, jetzt zu gehen«, fuhr er sie an.

»Nein, Fritz. Es ist schon gut.« Margot Weißenburg hatte sich wieder völlig gefangen. »Warum sollte ich nicht glauben, dass sie die Mörderin ist? Die Beweise, die die Polizei gefunden hat, lassen keinen Zweifel«, sagte sie und bedachte sie dabei mit einem kalten Blick, der Vera einen leichten Schauer verspüren ließ. Offensichtlich schien Margot Weißenburg eine Frau mit vielen Facetten zu sein. Doch Vera ließ sich nicht einschüchtern.

»Marie, Ihre Tochter, war in Nürnberg beim Wilhelmstraßen-Prozess. Dort haben Lina und sie sich kennengelernt. Die beiden waren befreundet.«

»Das behauptet diese Löwy«, entgegnete Margot Weißenburg. »Aber sie hat das alles von langer Hand geplant, sagte die Kriminalpolizei.«

Veras Augen wanderten erneut zu dem Porträt an der Wand. »Hätte sie denn einen Grund gehabt? Stimmt es, dass Ihr Mann, der beim Reichssicherheitshauptamt gearbeitet hat, möglicherweise der Mörder von Linas Vater und Bruder war?«, fragte sie sanft.

Margot Weißenburg blickte sie an. Jede Emotion schien auf einmal aus ihrem Gesicht verschwunden. »Nein, aber das spielt auch keine Rolle. Es ist offensichtlich, dass Fräulein Löwy einfach nur einen Schuldigen gesucht hat.«

»Es reicht jetzt«, sagte Fritz zu Vera. Der blanke Hass schlug ihr aus seiner Stimme entgegen. »Sie werden jetzt gehen.«

»Ja sicher. Danke, dass Sie trotzdem meine Fragen beantwortet haben.«

Fritz Weißenburg geleitete sie mit kühler Miene zum Ausgang. Als er die Tür öffnete, prallte sie beinah mit einer jungen Frau mit rötlichen Haaren zusammen, die völlig aufgelöst vor ihr stand. Verwirrt schaute sie Vera an, wandte sich darauf aber sofort zu dem jungen Mann an ihrer Seite. »Fritz, Gott sei Dank bist du zu Hause. Ich weiß nicht mehr, was ich machen soll. Helmut …«

»Gleich, Sonja«, sagte er scharf. »Fräulein Lessing wollte gerade gehen.«

»Frau Lessing«, korrigierte sie ihn, als er ihr auch schon die Tür vor der Nase zuschlug. Einen Augenblick blieb Vera nachdenklich stehen. Dann fiel ihr wieder ein, woher sie den Namen kannte, den die junge Frau eben genannt hatte – Helmut hieß der älteste der drei Weißenburg-Sprösslinge.

96

»Irgendetwas stimmt nicht mit dieser Familie«, sagte Vera, als sie sich später mit Eric traf. Sie waren zurück nach Bonn gefahren und aßen in einem kleinen Café, das am Rande des Städtchens lag. »Ich bin mir sicher, dass sie Jonathans Namen noch nie gehört hatten, aber sie wollten trotzdem nicht mehr über ihn wissen. Als wenn es sie überhaupt nicht interessierte«, erklärte sie.

Der Kellner kam und brachte ihnen das Mittagsgericht – einen Gemüseeintopf –, und Eric wartete, bis er sich wieder vom Tisch entfernt hatte. »Seltsam, wenn meine Tochter oder Schwester umgekommen wäre und ich würde im Nachhinein erfahren, dass sie einen Freund hatte, würde ich auf jeden Fall mehr wissen wollen. Hast du ihnen erzählt, dass sie sogar verlobt waren?«

Vera schüttelte den Kopf. »Nein, dazu bin ich gar nicht gekommen. Sie haben ja nicht mal darauf reagiert, als ich erzählt habe, dass Jonathan einen Unfall hatte. Diese Familie hat auf jeden Fall etwas zu verbergen.«

Während sie ihre Suppe aßen, erzählte ihr Eric, dass er inzwischen mit Major Connor telefoniert hatte. Er wollte sich von Mailand aus darum kümmern, dass sie so schnell wie möglich an die Fotos von den Carabinieri kamen.

Vera nickte dankbar. Ein Mann war in das Café gekommen und warf ihnen einen kurzen Blick zu, bevor er sich an einen Tisch in der Ecke setzte. Sie merkte, wie sie sich sofort verspannte. Erst als sie mitbekam, wie er sich mit dem Besitzer unterhielt, den er zu kennen schien, entspannte sie sich wieder etwas.

»Sie wissen nicht, dass wir hier sind, Vera. Sie werden uns irgendwo in Italien suchen«, sagte Eric leise.

Sie schaute ihn an. »Im Moment nicht, aber es ist nur eine Frage der Zeit, oder? Je mehr Fragen wir stellen …« Vera beendete den Satz nicht, und Eric schwieg. Sie waren vorsichtig, versuchten, sich so unauffällig wie möglich zu verhalten, hatten sich deshalb auch in einer einfachen Pension am Rand von Bonn einquartiert und vermieden es, zu Fuß auf Straßen oder Plätzen unterwegs zu sein, wo viele Menschen waren. Namentlich tauchten sie nur mit ihrem falschen Pass auf, aber sie wussten beide, dass jeder Schritt nach draußen – sei es ihr Besuch im Gefängnis bei Lina oder Veras Gespräch mit den Weißenburgs – sehr wohl das Risiko barg, trotzdem entdeckt zu werden.

»Ich muss mit Leo telefonieren. Wir haben ausgemacht, dass ich mich heute bei ihm melde.«

Eric begleitete sie zur Post, die etwas entfernt lag. Sie nahm wahr, wie er aufmerksam die Umgebung observierte, als sie aus dem Wagen stiegen.

In der Telefonkabine ließ sie sich mit der Berliner Nummer verbinden. Wie immer ging Leo sofort an den Apparat.

»Vera? Ich glaube, ich habe etwas.« Er sprach schnell und abgehackt, da er seine Telefonate aus Sicherheitsgründen immer so kurz wie möglich hielt. »Es gibt da einen Mann, der auch in Rimini war, er hat erzählt, dass Hüttner schon vorher damit geprahlt hat, dass man ihn dort rausholen würde. Aber das Wichtigste kommt noch: Er kennt jemanden, der 1944 in Bad Reichenhall war und der mitbekommen hat, dass Hüttner sich mehrmals heimlich mit einem Generalmajor der Wehrmacht getroffen hat – einem gewissen Reinhard Gehlen. Es soll um Pläne für die Nachkriegszeit gegangen sein.«

»Reinhard Gehlen?« Vera hatte den Namen schon einmal gehört, konnte ihn aber nicht ganz zuordnen.

»Ja, ein richtig hohes Tier. Gehörte zum Generalstab. Er war Leiter der Spionageabteilung, der Abteilung Fremde Heere Ost. Gehlen wurde kurz vor Kriegsende von Hitler entlassen. Es gab schon damals Gerüchte, dass er selbst dafür gesorgt hatte, um bei den Alliierten gut dazustehen.«

Vera spürte, wie ihre Kehle vor Aufregung trocken wurde.

»Gibt es eine Möglichkeit, sich mit diesem Mann, der damals in Bad Reichenhall war, zu unterhalten?«, fragte sie eilig.

Leo zögerte. »Er heißt Franz Hernstadt und lebt am Rand von Berlin. Aber mit mir wird er sicher nicht sprechen, da ich offiziell ja noch immer in alten SS-Kreisen verkehre und er sich daraus völlig zurückgezogen hat. Er will nichts mehr damit zu tun haben.«

»Dann werde ich versuchen, mit ihm zu reden«, sagte Vera entschieden, da sie verstand, dass Leo diesem Hernstadt gegenüber nicht seine wahre Identität enthüllen konnte. »Ich muss hier noch mit ein, zwei Leuten sprechen, aber danach werde ich zusammen mit Eric so schnell wie möglich nach Berlin zurückkommen.«

»Gut, melde dich bei Theo, um mit mir Kontakt aufzunehmen«, sagte er und hatte auch schon wieder aufgelegt.

Aufgewühlt verließ sie die Telefonkabine und erzählte Eric, was sie gerade erfahren hatte.

»Reinhard Gehlen, sagst du? Wenn er zum Generalstab gehört hat, kann es gut sein, dass es eine Akte über ihn gibt. Vielleicht kann ich über die alten *CROWCASS*-Akten etwas über ihn in Erfahrung bringen.«

Sie blickten sich beide an – endlich schienen sie eine Spur zu haben.

Karl

97

Pullach …

Die Nachricht, dass Fritz angerufen hatte, lag auf seinem Tisch, als er von der Besprechung kam. »Ich soll Ihnen bestellen, dass er sich in zwei Stunden noch einmal meldet«, sagte seine Sekretärin.

Karl verbarg seine Unruhe. Das nächste Telefon befand sich einige Häuser entfernt von den Weißenburgs bei einer Nachbarin. Aber dort konnte Fritz nicht ungestört sprechen, also musste er zur nächsten Post fahren. Angesichts dieser Umstände würde der Junge sich nur melden, wenn es etwas wirklich Wichtiges gab. Karl fragte sich, ob etwas passiert war, während er sich seiner Arbeit zuwandte und einige Briefe öffnete. Ein Umschlag, den er am Vormittag von Gernot erhalten hatte, war auch darunter. Es war der Durchschlag einer Besucherliste vom Gefängnis. Vor zwei Tagen hatte Lina Löwy erneut Besuch von ihrem Bruder bekommen. Offensichtlich hatte der Amerikaner sich eigens Urlaub genommen, um seiner Schwester zur Seite zu stehen. Er war jedoch nicht allein gekommen, sondern zusammen mit einer Frau, einer Helene Westbach aus Frankfurt. Vermutlich eine Freundin der Löwy. Angesichts dessen, was bisher geschehen war, hatte Karl angeordnet, sie wie alle anderen Besucher, die zu ihr kamen, überprüfen zu lassen. Stirnrunzelnd las er jetzt den Vermerk, den Gernot am Rand notiert hatte. *Nicht möglich!*

Er ließ ihn zu sich rufen. »Was soll das heißen *nicht möglich?*«

Gernot blickte ihn entschuldigend an. »Unter der Adresse wohnt eine Helene Westbach. Ihr Name steht auf dem Klingelschild, aber es hat niemand geöffnet, obwohl wir zu unterschiedlichen Tageszeiten dort waren.«

»Bleibt dran«, erwiderte er. Vielleicht war diese Westbach für einen längeren Besuch in Köln, überlegte er.

Während der nächsten zwei Stunden unterschrieb er Papiere, Memos und erledigte einige Telefonate. Fritz hielt Wort und rief pünktlich an.

»Gestern ist bei uns eine Frau aufgekreuzt«, berichtete er nervös. »Eine Journalistin. Sie hat Fragen zu Marie gestellt.«

Karl richtete sich in seinem Stuhl auf. »Mit der Presse muss man immer vorsichtig sein. Wie hieß die Frau?«

»Vera Lessing.«

Seine Hand umklammerte den Hörer. *Sie war bei den Weißenburgs aufgekreuzt?* Wie hatte sie unbemerkt von Mailand nach Köln kommen können? In den letzten beiden Tagen hatte er sich manchmal gefragt, ob ihre Angst vielleicht doch so groß geworden war, dass sie einfach untergetaucht war. Es war einfach unerklärlich, warum sie nicht die geringste Spur von ihr finden konnten.

»Wann war sie bei euch?«

»Gestern gegen Mittag.«

Er verkniff sich die Frage, warum Fritz ihn erst jetzt anrief, und ließ sich stattdessen den Besuch in allen Einzelheiten schildern.

»Weißt du, wer dieser Jonathan Jacobsen ist, Onkel Karl? Meinst du, er war wirklich Maries Freund?«

»Ich glaube nicht, dass er für Marie große Bedeutung gehabt hat. Sonst hätte sie euch bestimmt von ihm erzählt«, log er.

»Ja, das habe ich mir auch gesagt«, erwiderte Fritz.

»Es war auf jeden Fall richtig, dass du mich angerufen hast. Ich kümmere mich um diese Journalistin«, erwiderte er schließlich. »Aber sag deinem Vater nichts, falls du mit ihm sprichst. Wir sollten zurzeit Schwierigkeiten von ihm fernhalten.«

»Ja natürlich, Onkel Karl.«

Er nahm Fritz das Versprechen ab, sich zu melden, wenn er noch etwas hörte, und legte dann auf.

Sie war in Köln ... Er rief Gernot erneut zu sich, er sollte ihre Leute darauf ansetzen, sie aufzuspüren. Sie war ein Problem, das endlich aus der Welt geschafft werden musste. Dass sie die Dreistigkeit besessen hatte, bei den Weißenburgs aufzukreuzen, und ihnen auch noch von Jacobsen erzählt hatte, zeigte ihm zwar, dass sie nicht alle Zusammenhänge kannte, aber ihre Frage an Margot Weißenburg, ob sie ernsthaft glaube, dass die Löwy die Mörderin von Marie sei, ließ ihn nachdenklich werden. Woher wusste sie überhaupt von Lina Löwy? Der Mann, der ihr in Italien geholfen hatte ... Karl holte hastig noch einmal den Durchschlag der Besucherliste hervor. Einen Augenblick schaute er darauf und merkte, wie sein Verdacht eine immer konkretere Vorstellung anzunehmen begann.

Es kostete ihn Überwindung, aber er bezwang seinen Stolz und wählte Grünbergs Nummer, da der Amerikaner der Einzige war, der ihm helfen konnte. »Ich muss Sie sprechen. Es ist dringend.«

Sie verabredeten, sich in einer Stunde an ihrem Treffpunkt an der Isar zu sehen.

Vera

98

Im Gegensatz zu Jonathan war sie nie für ein Interview oder einen Bericht beim Parlamentarischen Rat gewesen, und der Anblick der Pädagogischen Akademie – ein schlichter moderner Kastenbau, den man wahrlich nicht als schön bezeichnen konnte – überraschte sie. Es war kaum vorstellbar, dass hier die neue Verfassung erarbeitet worden war und nach den Wahlen der Bundestag und Bundesrat ihren Sitz finden sollten. Zu beiden Seiten des Gebäudes waren umfangreiche Bauarbeiten im Gang.

Vera betrat das Gebäude, in dem sich jetzt die Büros des Überleitungsausschusses befanden, und wandte sich zum Empfangstisch, an dem ein Portier saß – ein junger Mann im gestärkten blauen Hemd.

»Mein Name ist Vera Lessing. Ich bin Journalistin. Könnten Sie mir vielleicht sagen, in welchem Büro Fräulein Weißenburg hier gearbeitet hat?«

Zu ihrem Erstaunen schien ihm der Name nichts zu sagen. Dabei wäre sie davon ausgegangen, dass der Mordfall unter den Kollegen ein Thema sein musste.

»Einen Augenblick. Da müsste ich erst mal nachschauen. Ich bin neu hier. Mein Kollege ist in der Pause«, fügte er ein wenig unbeholfen hinzu. Er schlug ein Verzeichnis auf und fuhr mit dem Finger murmelnd die Spalten entlang.

»Weißenburg, sagten Sie?«

Vera nickte. »Ja.«

Schritte wurden hörbar, und ein korpulenter Mann in mittleren Jahren, der das gleiche gestärkte blaue Hemd trug, kam auf sie zu. »Kann ich helfen?«

»Ja, Herr Jansen. Die Dame möchte gerne wissen, in welchem Büro eine Marie Weißenburg gearbeitet hat.«

Der Angesprochene warf Vera sofort einen kühlen Blick zu. Es war offensichtlich, dass er im Gegensatz zu seinem Kollegen über Marie Bescheid wusste. »Warum möchten Sie das wissen?«

»Ich bin Journalistin und würde Fräulein Weißenburgs Kollegen gerne ein paar Fragen stellen.«

»Da müssten Sie schriftlich eine Anfrage einreichen. Wir haben Anweisung, nicht mit der Presse darüber zu sprechen.«

»Aber ich komme aus Berlin ...«

»Tut mir leid.«

»Können Sie mir wenigstens sagen, für wen sie hier gearbeitet hat? Es ist wirklich sehr wichtig.«

Er zögerte. »Für das Büro von Herrn Blankenhorn«, sagte er schließlich.

Stimmen waren von der anderen Seite der Eingangshalle zu hören. Zwei Männer und eine junge Frau mit rötlichem Haar waren von einer Treppe in den Gang getreten. Vera stutzte, als sie sie sah. Die drei unterhielten sich kurz, bevor die Männer in die eine Richtung und die Frau in die andere verschwanden.

Vera blickte der Frau hinterher. Sie hatte sich nicht getäuscht – sie kannte sie –, sie war mit ihr in der Tür bei den Weißenburgs fast zusammengestoßen. Sonja war ihr Name, erinnerte sie sich. Sie überlegte schnell – Sonja musste Marie gut gekannt haben, da beide für den Rat gearbeitet hatten und sie außerdem auch eine Verbindung zu deren Bruder Helmut zu haben schien. Vielleicht konnte sie ihr weiterhelfen.

»Oh, da ist jemand, den ich kenne!« Vera schenkte dem Portier ein Lächeln, nutzte den Moment der Überraschung und lief einfach an ihm vorbei.

»Hey, warten Sie!«

Doch Vera beachtete ihn gar nicht, sondern beschleunigte ihre Schritte. »Entschuldigen Sie!«, rief sie Sonja nach.

Die junge Frau drehte sich um. »Ja?« Verwundert schaute sie Vera an, als sie sie wiedererkannte.

»Mein Name ist Lessing, Vera Lessing. Hätten Sie vielleicht kurz Zeit für mich? Bitte! Ich bin eine Freundin von Jonathan Jacobsen. Marie war mit ihm zusammen«, fügte sie hastig hinzu.

Sonja zögerte. Im Gegensatz zu den Weißenburgs schien ihr Jonathans Name etwas zu sagen.

Im selben Augenblick griff jemand von hinten Veras Arm. Es war der Portier, der ihr außer Atem hinterhergelaufen war. »Sie können hier nicht einfach so rein, mein Fräulein!«

»Ist schon gut, Willy«, sagte Sonja langsam. »Frau Lessing und ich kennen uns.«

Der Portier ließ sie los.

»Ich habe aber nur kurz Zeit«, sagte Sonja.

99

Sie waren durch den Hinterausgang nach draußen in eine Art Hof getreten. »Ich dachte, Sie wären Journalistin? Hat Fritz zumindest erzählt.« Sonja musterte sie.

»Das bin ich auch. Jonathan und ich waren nicht nur enge Freunde, sondern auch Kollegen. Aber in diesem Fall bin ich aus persönlichen Gründen hier«, sagte Vera ehrlich.

Sonja hob die Brauen. »Sie *waren* Kollegen?«

»Ja. Jonathan ist tot. Er ist fünf Tage nach Marie ums Leben gekommen. Ein Lieferwagen hat ihn zu Tode gefahren. Ich versuche zu verstehen, wie es dazu gekommen ist.« Vera suchte ihren Blick – Sonja wirkte ehrlich schockiert.

»Das ist ja furchtbar«, murmelte sie betroffen. Sie begann, in ihrer Tasche zu suchen, und holte schließlich eine Zigarette heraus, die sie sich anzündete. »Ich habe wieder angefangen, nachdem das mit Marie passiert ist.«

»Waren Sie und Marie eng befreundet?«

Sonja nickte und nahm einen schnellen Zug. Man merkte ihr an, dass es sie mitnahm, an die Freundin zu denken. »Ja, über Marie habe ich auch Helmut kennengelernt. Aber in der letzten Zeit war es distanzierter zwischen uns und nicht mehr so wie früher.«

»Gab es einen Grund dafür?«

»Vielleicht, weil ich mit ihrem Bruder zusammen war, aber ich konnte auch nicht richtig verstehen, dass sie nach Nürnberg gefahren ist«, gestand Sonja und stockte unvermittelt. »Sie schreiben doch wirklich nichts über Marie, oder? Fritz würde mich umbringen, wenn er wüsste, dass ich mit Ihnen rede.« Sie verzog das Gesicht, und es wurde ersichtlich, dass sie ihn nicht übermäßig zu mögen schien.

»Nein, ich schreibe nichts über Marie«, versprach Vera.

Sonja schien erleichtert. »Im Grunde bin ich ja froh, mit jemandem darüber zu reden. Wenn Sie mich fragen, stimmt an dieser ganzen Geschichte etwas nicht.«

Vera horchte auf. »Was genau meinen Sie?«

»Ach, diese ganze Heimlichtuerei und dieses Theater in der Familie, dass niemand über den Vater reden darf.« Sie verdrehte die Augen, während sie sich mit der Zigarette in der Hand gegen eine Mauer lehnte.

»Sie meinen die Vergangenheit von Maries Vater?«

»Ja. Sicher, er hatte Dreck am Stecken. Aber mal abgesehen

davon, dass er seit Jahren tot ist, hat das doch fast jeder aus dieser Generation. Damit muss man jetzt eben leben. Deshalb habe ich auch nie verstanden, warum Marie die Vergangenheit nicht einfach Vergangenheit sein lassen konnte. Man sieht ja auch, wohin es geführt hat«, schloss sie traurig. »Wie schaurig, dass sie beide innerhalb einer Woche umgekommen sind«, sagte sie dann. »Hat man den Fahrer des Lieferwagens wenigstens gefasst?«

Vera schüttelte den Kopf. »Nein, leider nicht. Kennen Sie zufälligerweise einen Rudolf Pape oder Karl Hüttner, Maries Onkel?«

Sie bemerkte, wie Sonja sich versteifte. »Pape sagt mir nichts, aber Karl Hüttner kenne ich, ja. Und ich mag ihn nicht«, setzte sie leise hinzu.

»Und warum?«

»Wir hatten eine ziemlich unangenehme Begegnung. Er wollte wissen, wer Maries Freund ist, und ich war nicht bereit, es ihm zu sagen. In der Familie wusste ja niemand von Jonathan, und ich hatte Marie versprochen, auch nichts über ihn zu verraten.«

Es war nur ein kurzer Moment, aber man sah den Schimmer von Angst, der bei der Erinnerung an die Situation in ihren Augen wieder auftauchte. »Er wurde handgreiflich?«, fragte Vera überrascht. Sonja nickte.

Sie drückte ihre Zigarette auf dem Boden aus. »Ich muss leider wieder zu meiner Arbeit zurück«, sagte sie.

Vera trat zur Seite. »Natürlich. Danke, dass Sie sich überhaupt mit mir unterhalten haben. Eine Frage noch. Ich würde mich gerne auch mit Helmut Weißenburg unterhalten. Wohnt er in Köln mit seiner Familie zusammen?«

Sonja schüttelte den Kopf. »Nein, seit dem Mord an Marie lebt er bei mir in Bonn. Zu Hause hat er es nicht mehr ausgehalten. Aber momentan ist er mehr im *Lipperts* als überall sonst«, fügte sie mit einem bitteren Zug um den Mund hinzu.

»Im *Lipperts?*«

»Das ist eine Kneipe unten am Rhein.«

100

Sie saß zusammen mit Eric in seinem Pensionszimmer und hatte ihre Notizen auf dem kleinen Tisch neben sich ausgebreitet. »Ich denke, sobald ich mit Helmut Weißenburg gesprochen habe, sollten wir nach Berlin zurückfahren«, sagte Vera. Sie hatte Eric zuvor ausführlich von ihrem Gespräch mit Sonja erzählt.

Eric saß auf dem schmalen Bett. Er lehnte mit dem Rücken an der Wand, während sie ihm gegenüber auf dem einzigen Sessel Platz genommen hatte, und sah sie an. Manchmal war für kurze Momente eine Spannung zwischen ihnen fühlbar. Sie bekam mit, wie er sie beobachtete oder so wie jetzt anschaute, und sie reagierte darauf, auch wenn sie es sich nicht anmerken ließ. Es war normal, versuchte sie sich zu sagen. Er war ohne Frage ein attraktiver Mann. Sie verbrachten viel Zeit auf engstem Raum zusammen, und sie mochte ihn und vertraute ihm. Seit Italien hatte sich zudem etwas in ihrem Verhältnis verändert, und es gab eine besondere Nähe zwischen ihnen. So kurz sie Eric kannte, er wusste mehr als die meisten anderen Menschen über sie. Vera machte sich dennoch nichts vor – das, was sie trennte, war zu groß, als dass jemals mehr als Freundschaft zwischen ihnen sein könnte. Während der letzten Tage hatte sie auch von ihm erfahren, dass er seinen Rücktritt bei der Armee eingereicht hatte und nach Tel Aviv gehen wollte. Sie warf ihm einen kurzen Blick zu und ertappte sich bei dem Gedanken, dass Jonathan sich mit ihm verstanden hätte. Eric besaß – wenn auch auf völlig andere Weise – die gleiche Gradlinigkeit wie er.

»Ich habe übrigens vorhin noch mit dem Major gesprochen. Er hat Erkundigungen eingezogen. Dieser Gehlen steht auf der Liste gesuchter Kriegsverbrecher. Eigentlich müsste es auch eine Akte über ihn geben ...« Erics ungesagte Worte hingen bedeutungsvoll in der Luft.

»Aber die ist verschwunden?«

»Genau.«

Vera zog die Stirn kraus, während sie den Stift in ihren Händen drehte und ihre Überlegungen laut zusammenfasste. »Also – dieser Karl Hüttner hat sich an den Plänen von diesem Gehlen beteiligt. Gehlen wiederum hat zum Generalstab der Wehrmacht gehört, und wir wissen, dass Hüttner Leute anwirbt. Aber was steckt dahinter? Träumen diese Leute etwa von einer heimlichen Revolution, die die Nazis wieder an die Macht bringen soll?«, fragte sie ungläubig.

Eric hatte nachdenklich das Gesicht verzogen. »Es gibt viele Möglichkeiten. Mit Sicherheit wird es aber für Hüttner nicht schwer sein, Leute zu finden. Deutschland ist dank der Nazis ein durch und durch militarisiertes Land. Es gibt Tausende Soldaten, zahlreiche Offiziere und auch Generäle, die nie etwas anderes gelernt haben. Viele von diesen Männern wandern ins Ausland ab oder werden inzwischen heimlich von den Russen angeworben. Als ich für *CROWCASS* gearbeitet habe, war diese Problematik immer wieder ein Thema.«

»Marie und Jonathan müssen durch die Nachforschungen über ihren Vater und Hüttner auf etwas gestoßen sein, was damit in Zusammenhang steht. Vielleicht sogar unabsichtlich«, sprach Vera ihre Überlegungen weiter aus.

»Ja.« Eric war aufgestanden und lief unruhig einige Schritte durch das kleine Zimmer, bevor er schließlich ans Fenster trat.

»Mir geht dein Gespräch mit Sonja nicht aus dem Kopf«, sagte er dann. »Ich frage mich die ganze Zeit, warum Karl Hüttner sie nach Maries Freund gefragt hat. Woher konnte er von ihm wissen? In der Familie hatte keiner eine Ahnung von Jonathan.«

»Ich weiß es nicht, aber jetzt, wo du es sagst, fällt mir wieder ein, was ich zuerst dachte, als du mir von deiner Schwester erzählt hast. Jemand musste wissen, dass die beiden Frauen befreundet sind und dass Lina an diesem Abend bei Marie war.«

»Er hat sie überwachen lassen«, stellte Eric fest. Er trat ans Fenster, und sein Blick glitt nach draußen. Ein Motorgeräusch war zu hören. Plötzlich veränderte sich sein Gesichtsausdruck. Ein Fluch kam über Erics Lippen, und sie konnte sehen, wie sich sein ganzer Körper anspannte.

Er fuhr zu ihr herum.

»Vera, hör mir gut zu. Ruf Major Connor an!«, sagte er, während er sich bückte und hastig eine seiner Pistolen aus der Reisetasche holte, sie unter der Matratze versteckte und außerdem einige Geldscheine aus seiner Jacke dazusteckte.

»Was ist denn los?«

Er drehte sich zu ihr und griff sie an der Schulter. »Egal was gleich passiert – nimm die Waffe und das Geld und verlass danach sofort diese Pension durch den Hintereingang! Fahr nach Berlin. Bitte diesen Leo um Hilfe und geh auf keinen Fall in deine Wohnung oder in die Redaktion …«

Vera starrte ihn entgeistert an. Was sollte das? Sie begriff nicht, was vor sich ging, als auf einmal schwere Schritte und Stimmen auf dem Flur hörbar wurden.

Eric trat von ihr zurück. Sein Gesicht glich einer ausdruckslosen Maske, als die Tür aufgerissen wurde. Zwei britische Soldaten und ein Offizier standen mit gezogener Waffe auf der Schwelle.

»Lieutenant Eric Löwy?«

Eric nickte.

»Ich bin aufgefordert, Sie in Gewahrsam zu nehmen«, sagte der britische Offizier auf Englisch, ohne Vera zu beachten.

»Darf ich den Grund erfahren, Officer?«, fragte Eric, ohne sich zu rühren.

»Das wird man Ihnen auf Ihrem Stützpunkt in Frankfurt erläutern«, antwortete dieser. Er streckte die Hand aus. »Ihre Waffe bitte, Lieutenant.«

Eric deutete knapp zu seiner Reisetasche.

Einer der Soldaten ging darauf zu und holte seine zweite Pistole hervor. Dann führte man ihn auch schon ab.

101

Panik durchflutete sie mit solcher Macht, dass sie einige Augenblicke bewegungslos dastand. Durch das Fenster beobachtete sie, wie man Eric zu einem britischen Armeewagen brachte. Er diskutierte etwas mit dem Offizier und schien sich auf einmal zu weigern einzusteigen. Als wenn er ihr Zeit verschaffen wollte … Erst da sah sie die beiden Männer auf der anderen Straßenseite. Waren sie ihretwegen hier? Jäh meldete sich ihr Verstand zurück, und sie erinnerte sich, was Eric gesagt hatte. Sie fasste nach der Pistole und dem Geld unter der Matratze, packte beides mit ihren Notizen im Laufen in die Handtasche und rannte aus dem Zimmer.

Die Pension war in einem alten wilhelminischen Haus untergebracht. Neben der Treppe für die Gäste gab es noch einen Dienstbotengang, dessen Treppe sie nun zum Erdgeschoss hinunterstürzte. Sie kam direkt in der Küche an, lief an dem verdutzten Hausmädchen vorbei und riss die Tür zum Hintereingang auf, um nach draußen zu stürmen. Sie rannte über den

Hof zum Garten, kletterte über den Zaun, landete in einem anderen Garten und lief weiter eine schmale Einfahrt an einem Haus vorbei. Hinter sich hörte sie aus einiger Entfernung Stimmen, doch die Angst verlieh ihr ungeahnte Kräfte, und sie beschleunigte ihr Tempo, bis sie schließlich die Straße erreichte. Als wenn jemand ihre Gebete erhört hätte, hielt an der Ecke ein Bus, in den sie eilig einstieg.

»Na, Sie sind ja ganz außer Atem, Fräulein«, sagte der Schaffner.

Vera nickte nur, während sie ihren Fahrschein löste. Erschöpft ließ sie sich auf einen der Sitze fallen. Ihr Herz raste. Warum hatte man Eric mitgenommen? Und woher hatten die Soldaten überhaupt gewusst, wo sie waren? Wie viel Macht besaßen diese Leute? Sie zitterte und bemühte sich, ruhig nachzudenken. Was hatte Eric gesagt? Sie solle Major Connor anrufen. Die Nummer hatte sie Gott sei Dank bei sich. Vera fuhr einige Stationen bis zur Innenstadt, wo sie ausstieg und sich zu einer Post begab.

Zu ihrer Erleichterung ging der Major sofort ans Telefon. »Eric ist verhaftet worden. Von britischen Soldaten«, stieß sie hervor.

»Was? Wissen Sie, wo man ihn hinbringen will?«, fragte er sofort.

»Nach Frankfurt, zu seinem Stützpunkt, haben sie gesagt. Sie haben nicht mal einen Grund genannt, als er gefragt hat«, stieß sie verzweifelt hervor.

»Beruhigen Sie sich. Sie werden ihn den Amerikanern übergeben. Ich werde versuchen, etwas herauszubekommen. Sie müssen sehen, dass Sie dort verschwinden«, setzte er besorgt hinzu.

»Ich weiß«, sagte Vera.

»Gibt es jemanden, dem Sie vertrauen, zu dem ich die Fotos der italienischen Polizei schicken kann?«

Sie dachte kurz an die Pistoris, doch dann verwarf sie den Gedanken und gab dem Major die Adresse von Theo in der *Goldbar.*

»Fahren Sie am besten mit dem Bus in eine andere Stadt und nehmen Sie von dort aus den Zug nach Berlin. Das ist sicherer«, sagte der Major noch, bevor er sich verabschiedete. Sie versprach, sich wieder zu melden. Als sie aufgelegt hatte, wurde ihr bewusst, dass sie nun ganz allein auf sich gestellt war.

Doch bevor sie Bonn verließ, musste sie noch eine Sache erledigen.

Helmut

102

Er war am späten Nachmittag gekommen, da war es noch fast leer gewesen. Nur die schummrige Beleuchtung von ein paar Lampen erhellte die Kneipe. Kein Tageslicht drang hier herein, sodass man die Uhrzeit schnell vergaß und auch alles andere. Es brauchte dennoch einige Schnäpse, bis der Alkohol den Schmerz dämpfte und die Gedanken endlich langsamer wurden. Unentwegt kreisten sie in seinem Kopf genauso wie die Bilder. Er hätte besser auf sie achten, sie beschützen müssen. Seine kleine Schwester … Er hatte Maries Gesicht vor Augen, wenn sie so unbekümmert gelacht hatte. Als er aus dem Internierungslager gekommen war, hatte er ihre Unschuld und Naivität manchmal kaum ertragen können. Er hatte sie mit der Härte des Älteren behandelt, der auf einmal die Verantwortung trug, und war dabei oft ungerecht gewesen. Es hatte ihn aggressiv gemacht, wie sie nach den Jahren des Krieges nach wie vor so sein konnte. Nach all dem Schmutz, dem Dreck und Leid, durch das sie gewatet waren, das wie ein unsichtbarer Film an ihnen klebte. Erst später hatte er erkannt, dass er sie unterschätzt hatte. Er sah sie bei dem Wiedersehen mit dem Vater vor sich und dem Eklat, zu dem es dabei gekommen war. Sie hatte ihrem Vater die Stirn geboten und mit ihren Fragen sein Lügengebäude und die ganze Fassade, die sie alle so mühsam aufrechterhielten, zum Einsturz gebracht. Obwohl er schon in diesem Moment geahnt, nein gewusst hatte, dass ihre Familie daran zerbrechen würde, war er gleichzeitig von Stolz für sie erfüllt. Er hatte ihren Mut bewundert. Marie hatte mehr Stärke und Ehrlichkeit bewiesen, als Fritz oder er es je gewagt hätten. Unwillkürlich erinnerte er sich an ihr letztes Gespräch. Sie war das einzig Gute und Echte in ihrer Familie gewesen, und jetzt, da sie tot war, kam es ihm vor, als hätte man ihnen die Lebensadern abgeschnitten, und er ertrug es nicht mehr, die anderen zu sehen.

Zorn ergriff ihn, dass diese Jüdin ausgerechnet sie für ihre Rache ausgesucht hatte. Warum nicht jeden anderen von ihnen? Mit einem Zug leerte er den Schnaps und gab dem Barkeeper ein Zeichen, noch einmal aufzufüllen.

Er stellte ihm ein Glas Wasser hin. »Lass es mal ein bisschen langsamer angehen, Helmut. Der Abend ist noch jung.«

»Dir kann's doch nur recht sein. Ich bezahl schließlich dafür«, murmelte er. Er konnte es nicht ausstehen, gemaßregelt zu werden.

»Verzeihung, hier ist doch noch frei?«

Eine dunkelblonde Frau setzte sich neben ihn. Er wandte den Kopf zu ihr. Sie sah anständig aus, nicht die Sorte Frau, die man sonst allein in einer Bar antraf. Ein wenig blass und erschöpft wirkte sie. Wahrscheinlich hatte sie auch ihre Gründe, hier zu sein. Seine Gedanken wanderten zu Sonja. Er hatte sich ein Leben mit ihr vorstellen können. Doch Maries Tod hatte alles verändert. Er sei dabei, alles zu zerstören, hatte Sonja ihm vorgeworfen, und vermutlich hatte sie sogar recht – in der Uni hatte er Fehlstunden, in der Fabrik war er zu mehreren Schichten nicht erschienen. Sie würden ihn rauswerfen, wenn sie es nicht bereits getan hatten. Doch er war einfach nicht fähig, so weiterzumachen wie bisher.

»Was trinkt man hier denn am besten?«

Er brauchte einen Moment, bis er verstand, dass die Frau ihn angesprochen hatte. »Keine Ahnung. Ich weiß nur, was ich trinke – Bier und Korn.«

Sie musterte ihn, auf eine seltsam verständnisvolle Weise. »Sie sind Helmut Weißenburg, oder?«

Etwas an der Art, wie sie seinen Namen sagte, drang durch den Alkoholnebel zu ihm. »Warum interessiert Sie das?«

Sie streckte ihm die Hand entgegen. »Ich bin Vera Lessing. Ich würde mich gerne mit Ihnen über Ihre Schwester unterhalten.«

Er starrte sie an, denn er wusste, wer sie war. Fritz hatte ihm erzählt, dass eine Journalistin namens Lessing bei ihnen gewesen sei. »Verschwinden Sie!«, sagte er rüde und wandte den Kopf wieder nach vorn.

Doch sie blieb neben ihm sitzen, die Augen wie er auf das Regal mit den Flaschen hinter der Bar gerichtet. »Ich hatte einen Freund. Wir kannten uns seit unserer Kindheit, ich verdanke ihm sehr viel. Wahrscheinlich würde ich nicht mehr leben, wenn es ihn nicht gäbe.« Sie sprach nicht laut, aber melodisch und eindringlich, als müsste das, was sie sagte, für ihn von besonderem Interesse sein. Gegen seinen Willen hörte er ihr zu.

»Er hieß Jonathan Jacobsen und hatte im September eine junge Frau kennengelernt, in die er sich verliebt hat …«

Als er den Namen hörte, erstarrte Helmut. Sonja hatte ihm von Jonathan Jacobsen berichtet. Nach dem Vorfall mit Karl hatte sie ihm alles gestanden – von Nürnberg und dem Mann in Maries Leben. Es war sein erster Streit mit Sonja gewesen. Sie hatte geweint. Sie habe Marie versprochen, nichts zu erzählen. Was hätte sie denn machen sollen, hatte sie ihn unter Tränen gefragt. Es hatte Helmut selbst überrascht, wie verletzt er über Maries Geheimnisse war.

»Sie wollten heiraten«, fuhr Vera Lessing neben ihm einfach fort. »Ihre Schwester und er haben sich geliebt. Sie hat seinen Antrag angenommen …«

Plötzlich konnte selbst der Alkohol den Schmerz nicht mehr betäuben und mischte sich mit einer unerklärlichen Wut. Er fuhr zu ihr herum und packte sie am Oberarm. »Verschwinden Sie, sonst vergesse ich, dass Sie eine Frau sind.«

»Helmut!«, fuhr der Barkeeper schneidend dazwischen.

Er ließ sie los. Sie war bleich, aber kaum ein paar Zentimeter vor ihm zurückgewichen, obwohl sie zitterte.

»Meine Geschichte ist noch nicht zu Ende. Mein Freund Jonathan hat auf die Bitte Ihrer Schwester Nachforschungen über Ihren Vater angestellt. Fünf Tage nachdem Ihre Schwester angeblich von Lina Löwy umgebracht wurde, hat er einen Unfall gehabt, und der Mann, der gesehen hat, wie ein Lieferwagen ihn mit Absicht in einer schmalen Straße zu Tode gefahren hat, wurde heute verhaftet.«

»Ich weiß, dass Sie Journalistin sind. Ich glaube Ihnen kein Wort«, fauchte er kalt.

Sie bedachte ihn erneut mit diesem Blick, mit dem sie ihn schon am Anfang gemustert hatte. »Ich sehe, dass Sie um Ihre Schwester trauern. Glauben Sie wirklich, es ist ein Zufall, dass sie und Jonathan innerhalb weniger Tage beide ums Leben gekommen sind?« Sie schrieb etwas auf einen Zettel. »Wenn Sie sich mit mir unterhalten wollen, können Sie mir unter dieser Telefonnummer bei Theo eine Nachricht hinterlassen«, sagte sie, und dann ging sie.

Vera

103

Sie war nach draußen getreten und merkte, dass sie leicht zitterte. Ihr war selbst nicht ganz klar, woher sie eben den Mut genommen hatte, denn die Wut von Helmut Weißenburg hatte etwas Beängstigendes gehabt. Doch sie hatte nicht mehr viel zu verlieren. Nachdem Eric verhaftet worden war, hatte sie beschlossen, dass es Zeit war, ihre Strategie zu ändern. Realistisch eingeschätzt standen ihre Chancen nicht besonders gut, dass Hüttner und seine Leute ihrer nicht irgendwann habhaft würden. Denn dass er es war, der hinter alldem steckte, daran hatte sie keinen Zweifel mehr. Also war es ein Fehler, sich länger in Zurückhaltung zu üben. Ihre Überlebenschancen würden sich vermutlich erhöhen, wenn sie das Gegenteil tat. Zur Polizei wagte Vera nicht zu gehen – Erics Verhaftung hatte deutlich gezeigt, dass die Behörden und Alliierten auf irgendeine Weise in die Geschichte involviert waren. Aber sie würde trotzdem einige Menschen informieren. Sollte ihr etwas passieren, würde man zumindest Fragen stellen. Bevor sie zur Bar gekommen war, hatte sie deshalb auch entschieden, sich bei ihrem Chefredakteur Lubowisky zu melden. Da sie nicht davon ausging, dass Wilma sie durchstellen würde, hatte sie Fred angerufen, einen der Redakteure beim *Echo,* und ihn gebeten, den Chefredakteur für sie ans Telefon zu holen. Es sei dringend, hatte sie hinzugefügt. Tatsächlich war Lubowisky sofort an den Apparat gegangen – und explodiert: »Wo um Gottes willen sind Sie, Vera?«

»Das kann ich Ihnen nicht sagen.«

»Wenn Sie glauben, dass ich mir Ihr Verhalten bieten lasse, irren Sie sich. Wir haben seit Tagen nichts von Ihnen gehört«, fuhr er sie an, doch sie hörte deutlich die Sorge in seiner Stimme.

»Sie müssen mir zuhören«, entgegnete sie hastig. In knappen und so sachlichen Worten wie möglich hatte sie ihm alles berichtet – von Jonathans Tod, seinen Recherchen, dem Mord an Marie, Erics Verhaftung und warum man jetzt hinter ihr her war.

Für einen Moment schien es ihm die Sprache verschlagen zu haben. »Hier waren zwei Männer, die Fragen nach Ihnen gestellt haben. Ich habe sie abgewiesen. Sie sollten vorsichtig sein«, sagte er schließlich leise.

»Ich weiß. Aber falls mir etwas passiert, wollte ich, dass Sie Bescheid wissen«, antwortete sie und legte auf. Sie hoffte inständig, dass die Telefone in der Redaktion abgehört wurden und dieser Hüttner das Gespräch mitgehört hatte.

Danach war sie in die Bar gegangen. Seltsamerweise hatte sie die Trauer und Verzweiflung von Helmut Weißenburg berührt, und sie hatte ihm intuitiv die Wahrheit erzählt. Am Ende hatte das allerdings nicht viel gebracht, wie sie jetzt zugeben musste. Sie seufzte. Kurz hatte sie sogar geglaubt, er würde sie in seiner Wut schlagen.

Sie atmete tief durch. Die Straße war nahezu leer, und sie wandte sich nach rechts. Um neun Uhr gab es noch eine Busverbindung nach Frankfurt. Dort würde sie die Nacht verbringen und dann den Morgenzug nach Berlin nehmen. Ihre Gedanken wanderten zu Eric, und sie fragte sich, wo man ihn hingebracht hatte. Aus den Augenwinkeln bemerkte sie, dass aus einem Auto auf der anderen Straßenseite ein Mann gestiegen war. Er kam direkt auf sie zu. Vera griff unwillkürlich nach ihrer Handtasche, in der sich die Pistole befand, und öffnete rasch den Verschluss. Doch sie war nicht schnell genug. Schritte waren hinter ihr zu hören. Panik erfasste sie. Sie wollte sich umdrehen, als sie auch schon jemand von hinten am Arm packte. Sie versuchte, sich loszureißen und dabei gleichzeitig in ihre Tasche zu fassen. Aber ihr Angreifer schlug ihr aufs Handgelenk und riss sie zur Seite, sodass die Handtasche mit der Waffe zu Boden fiel. Sie taumelte mit ihm nach rechts, und er machte erneut Anstalten, sie zu packen. Voller Angst trat sie um sich und schrie. Der Mann vor ihr schlug ihr in den Bauch. Vera stöhnte auf und glaubte, vor Schmerz die Besinnung zu verlieren. Ihre Angreifer versuchten, sie zum Auto zu zerren. Nein! Dann war sie verloren. Sie wehrte sich mit letzter Kraft, als sie den Ruf einer lauten Stimme hörte und jemand einen der Männer von ihr wegriss. Als sie sich keuchend aufrichtete, sah sie zu ihrer Überraschung, wie Helmut Weißenburg, der einem der Angreifer einen Kinnhaken verpasst hatte, sich gerade bückte und schnell ihre Pistole vom Boden aufhob. Er richtete die Waffe auf die beiden Männer, wankte dabei aber ein wenig. »Verschwindet, wenn ihr nicht wollt, dass ich die Polizei rufe.«

Sie erkannte die Wut in den Augen ihrer beiden Angreifer. Für einen Augenblick schienen sie ihre Chancen abzuwägen, Helmut zu überwältigen, da er eindeutig nicht ganz nüchtern war. Aber die Waffe in seiner Hand schien sie zu überzeugen. Denn sie stiegen in ihren Wagen und fuhren weg.

»Danke«, sagte sie zu Helmut.

»Geht es?«

Sie nickte, obwohl ihr Bauch noch immer schmerzte.

Er gab ihr die Pistole zurück.

Einen Moment lang glaubte sie, einen Anflug von Besorgnis in seinen Augen zu entdecken. »Sie sollten sehen, dass Sie hier wegkommen«, sagte er dann und ließ sie einfach stehen.

104

Berlin, einen Tag später …

Vera war mehrmals umgestiegen, um ihre Spuren so stark wie möglich zu verwischen, und hatte sich nicht einmal getraut, in Berlin bis zum Hauptbahnhof zu fahren. Stattdessen hatte sie in Spandau, einem Randbezirk, den Zug verlassen und war die übrige Strecke bis zur Innenstadt mit Bus und U-Bahn gefahren.

Sie fühlte sich müde und unendlich erschöpft. Während der Zugfahrt hatte sie nicht eine Minute gewagt zu schlafen – aus Furcht, erneut von ihren Verfolgern überrascht zu werden. An der Grenze hatte sie ihren falschen Pass vorgezeigt, der sie als Helene Westbach auswies, und zuvor Erics Pistole in dem halb leeren Abteil unter dem Sitz versteckt. Nun war sie in Berlin und konnte weder in ihre Wohnung zurück noch in die Redaktion. Ihr Leben, wie sie es einmal gekannt hatte, existierte nicht mehr, wurde ihr bewusst, und würde es vielleicht auch nie wieder. Angst, Einsamkeit und Verzweiflung erfassten sie, und sie merkte, wie sehr sie Eric vermisste. Sie hoffte, dass es ihm einigermaßen gut ging.

Sie beschloss, als Erstes zur *Goldbar* zu fahren. Es kam ihr seltsam unwirklich vor, als sie etwas später den schmalen Pfad zwischen den Trümmerhaufen entlanglief. Sie hoffte, dass Theo überhaupt schon in der Bar war.

»Wir haben noch geschlossen«, schallte ihr eine Stimme entgegen, als sie die Tür öffnete, die zu ihrer Erleichterung nicht verschlossen war.

Theo saß an einem Tisch bei der Abrechnung.

»Ab sechs Uhr haben wir geöffnet.« Er hob den Kopf. »Vera, mein Gott.« Sein Blick verriet ihr, dass sie so aussehen musste, wie sie sich fühlte – furchtbar.

»Theo …«

Er war aufgesprungen und zog sie in seine kräftigen Arme. Vera war ihm dankbar, dass er keine Fragen stellte.

»Kann ich dein Telefon benutzen?«, fragte sie schließlich.

Er deutete zur Bar, hinter der sich der Apparat befand, und sie wählte die Nummer, die sie beim allerersten Mal angerufen hatte, als Leo einfach aufgelegt hatte.

»Ja?«

»Hier spricht Vera. Ich bin angekommen«, sagte sie nur und beendete dann das Gespräch sofort.

Theo musterte sie. »Du siehst aus, als wenn du seit Tagen nicht geschlafen hättest.«

»Die letzte Nacht nicht«, gab sie zu.

»Du kannst dich wieder hinten hinlegen.«

»Danke.« Sie blickte auf ihre Tasche und ihr verschmutztes Kleid. »Ich habe nichts mehr. Ich musste alles zurücklassen«, sagte sie stockend.

»Ich werde Rica bitten, dir etwas zum Anziehen mitzubringen. Ihr habt fast die gleiche Figur.«

Sie ging nach hinten und schlief vor Erschöpfung fast sofort ein.

Es war fast elf, als Theo sie weckte. Durch die Tür drangen die Musik und das Stimmengewirr der Gäste, die inzwischen die Bar gefüllt hatten. Er gab ihr einen Umschlag. »Das hier hat ein Bote für dich gebracht.« Es war eine Nachricht von Leo.

Morgen früh um 8.00 Uhr an der Stelle, an der Du Dein Fahrrad abgestellt hattest, als wir uns das erste Mal gesehen haben.

L.

»Wir treffen uns morgen früh«, sagte sie zu Theo.

»Du und dieser ominöse L.? Er war hier. Gestern. Ich weiß nicht alles, aber genug, um zu verstehen, in welchen Schwierigkeiten du steckst. Du bist hier sicher. Schlaf noch etwas.«

Er schloss die Tür, und erst jetzt bemerkte sie, dass er ihr ein Tablett mit etwas zu essen und trinken hingestellt hatte. Sie erinnerte sich daran, wie sie hier in jener Nacht gelegen hatte, nachdem sie von Jonathans Tod erfahren hatte. Die Geräusche, die von der Bar herüberdrangen, beruhigten sie etwas, und schließlich schlief sie wie damals mit dem Bild von Jonathan im Kopf wieder ein.

Am nächsten Morgen wachte sie früh auf. Ein sauberes Kleid und Wäsche lagen neben ihrem Bett. Sie wusch sich in dem kleinen Bad, das hinten zu dem Büro gehörte, und zog die frischen Sachen an. Das Kleid war ein wenig kurz, aber sonst passte es. Sie griff nach ihrer Jacke und Tasche.

Die Bar musste gerade erst geschlossen haben, denn Theo war noch beim Aufräumen. Wortlos schob er ihr einen heißen Kaffee hin, den sie dankbar trank.

»Hier wird ein Brief für mich ankommen. Ein sehr wichtiger, eine Eilzustellung aus Italien«, sagte sie zögernd.

»Ich werde drauf achten.«

Wenig später machte sie sich auf den Weg.

Leo wartete im Schutz der Häuserruinen. Suchend blickte sie sich um, als er sich durch einen leisen Pfiff bemerkbar machte. Er bedeutete ihr mit einem Zeichen, ihm zu folgen, und sprach erst, als sie im Flur eines verfallenen Hauses standen.

»Immerhin lebst du noch«, sagte er. »Wo ist dieser Löwy?«

»Verhaftet worden.« Sie berichtete ihm, was seit ihrem letzten Telefonat geschehen war.

Leo sah sie beunruhigt an. »Das waren britische Soldaten, die ihn mitgenommen haben? Vielleicht kann mein Kontaktmann bei den Briten etwas herausbekommen.«

Er reichte ihr einen Zettel. »Das ist die Adresse von diesem Franz Hernstadt. Er wohnt draußen in Gatow. Versprich dir aber nicht zu viel. Er steht in dem Ruf, nach dem Krieg etwas eigenwillig geworden zu sein.«

105

Als sie gut eine Stunde später in Gatow die Straße erreichte, in der Franz Hernstadt wohnte, fragte Vera sich, ob es nicht ein Fehler gewesen war, allein hierherzukommen. Das Haus lag einsam am Ende einer Sackgasse, und die Grundstücke rechts und links, die von Wiesen umgeben waren, auf denen das Gras wucherte, wirkten verfallen. Ein merkwürdiges summendes Geräusch lag in der Luft, das sie nicht einordnen konnte.

Sie fasste ihre Handtasche fester und drückte auf die Klingel neben der Haustür. Die obere Hälfte hatte vermutlich einmal aus Glas bestanden, war jetzt aber mit Pappe und Zeitung abgedichtet worden. Nichts geschah. Sie versuchte es ein zweites Mal – ohne Erfolg. Schließlich klopfte sie. »Hallo? Ist jemand zu Hause?«

Plötzlich war ihr der Klang ihrer eigenen Stimme unheimlich.

Zögernd ging sie um das Haus herum und warf einen Blick durch die Fenster. »Hallo?«, rief sie erneut. Die Möbel waren mit Decken und Laken abgedeckt, und auf dem Boden stapelten sich sorgfältig zusammengelegte Zeitungen. Vielleicht wohnte Franz Hernstadt hier gar nicht mehr. Doch dann erkannte sie, dass sie sich täuschen musste, denn das seltsame Summen war lauter geworden, genauer gesagt war es eigentlich ein Gurren. Auf der Rückseite des Grundstücks befand sich ein mehrere Meter langes Spalier hoher Käfige, in denen

Unmengen von Tauben saßen. Aus der Nähe schwoll ihr Gurren zu einem einzigen lauten Geräusch an. Ein strenger Geruch lag in der Luft. Ungläubig trat sie an die Käfige heran. Eine *Taubenzucht?*

In diesem Augenblick hörte sie Schritte hinter sich.

»Was haben Sie hier zu suchen?«

Sie fuhr herum, als sie die scharfe Stimme vernahm.

Ein Mann in einem blauen Arbeitsanzug, an dem Taubendreck haftete, war hinter ihr aufgetaucht. Sein rechtes Auge zuckte. In der Hand hielt er ein langes Messer.

Drohend kam er näher, und dabei schien sich das Zucken an seinem Auge noch zu verstärken. »Wer sind Sie?«

»Mein Name ist Vera Lessing«, beeilte sie sich zu erklären. »Sind Sie Franz Hernstadt?«

Mit dem Messer in der Hand blieb er vor ihr stehen. Misstrauisch musterte er sie. »Warum interessiert Sie das?«

»Ich brauche Ihre Hilfe«, bekannte sie ehrlich.

»Ich kann Ihnen ganz bestimmt nicht helfen. Verlassen Sie mein Grundstück.«

Mit dem Messer in der einen Hand griff er mit der anderen nach einem Eimer mit Taubenfutter und wandte sich einfach ab.

»Bitte«, stieß sie beinah flehentlich hervor. »Ich brauche wirklich Ihre Hilfe. Ein Freund von mir wurde umgebracht und auch eine junge Frau. Ihr Tod hat mit Karl Hüttner zu tun.«

Er verharrte in der Bewegung und stellte den Eimer ab. Langsam drehte er sich zu ihr. »Hüttner?«

»Ja«, erwiderte sie. »Sie waren damals in Bad Reichenhall, als Hüttner sich mit Generalmajor Gehlen getroffen hat, oder?«

»Woher wissen *Sie* davon?«

Vera erzählte ihm von ihren Recherchen.

»Sie sind Journalistin?«

»Ja.«

Er zögerte.

»Ich verspreche Ihnen, dass niemand jemals Ihren Namen erfahren wird. Aber bitte helfen Sie mir.«

Einen Moment lang schwieg er. Doch schließlich nickte er.

»Lassen Sie uns reingehen.«

Sie folgte ihm ins Haus, und er bedeutete ihr, auf dem abgedeckten Sofa Platz zu nehmen, während er sich ihr gegenüber auf einen Sessel niederließ. Vera begann, ihm von dem Mord an Marie und Jonathan zu erzählen, und auch von Linas Verhaftung und welche Verbindung zwischen ihnen und Hüttner bestand.

Betroffen hörte Hernstadt ihr zu. »Und was genau wollen Sie jetzt von mir wissen?«

»Worum es damals bei diesen Plänen von Hüttner und Gehlen ging.«

»Es waren die Pläne von Generalmajor Gehlen. Hüttner hat sich da nur rangehängt.« Sein Gesicht nahm eine verächtliche Miene an. Es war deutlich, dass Hernstadt ihn nicht gemocht hatte. »Ich weiß das, weil ich damals ein Gespräch mitbekommen habe. Hüttner hat Gehlen vorgeschlagen, wichtige Dokumente zu seiner Sache beizusteuern, er hat ihn geradezu angefleht, mit dabei sein zu dürfen. Ich habe als Offizier für Fremde Heere Ost gearbeitet«, fügte er hinzu.

»Und was für Pläne waren das, die Gehlen hatte?«, fragte sie gespannt.

Franz Hernstadt strich seine schmutzige Hose glatt. »Anfangs war mir das auch nicht ganz klar. Ich musste Kopien von sämtlichen wichtigen Akten unserer Abteilung anfertigen. Es waren vor allem Berichte, Studien und Auswertungen zur Feindlage in Russland, die ich abfotografiert habe, aber auch Karten und Luftaufnahmen der Sowjetunion. Gehlen hatte dafür ein paar vertrauenswürdige Leute gesucht und wusste, dass er sich auf mich verlassen konnte. Dass ich ihn niemals verraten würde ...« Hernstadts Hand krampfte sich um sein Knie, bis er sie hob und auf sein Auge deutete. »Sehen Sie, mein Spasmus am Auge hat mich nicht gerade zum Vorzeigeexemplar eines Offiziers gemacht. Ich wurde dafür oft angegriffen. Gehlen hat mich einmal Himmler gegenüber in Schutz genommen, der mich bei einem Besuch unserer Abteilung einen erbärmlichen Schandfleck für die deutschen Soldaten nannte. Unter anderen Umständen hätte dieser Vorfall das Ende meiner Karriere bedeuten können«, erzählte er. Er sei Gehlen deshalb dankbar gewesen. Ein paar Wochen später habe dieser ihm dann aufgetragen, wichtige Dokumente zu kopieren, fuhr er fort. Alles, was nur ansatzweise von Bedeutung war, wurde vervielfältigt. »Ich war nicht der Einzige, der mit dieser Arbeit betraut wurde. Offiziell hieß es, man wolle sich nicht der Gefahr aussetzen, das Material bei einem Bombenangriff zu verlieren, aber das war natürlich eine Lüge. Zumal wir von jeder Akte und jedem wichtigen Papier mehrere Kopien anfertigen mussten. So etwas tut man nur, wenn man Angst hat, etwas könnte verloren gehen.«

Vera blickte ihn aufgeregt an. »Warten Sie, heißt das, Gehlen ließ das gesamte geheimdienstliche Archiv über die Sowjetunion kopieren?«

Hernstadt nickte. »Gehlen und ein paar seiner engsten Vertrauten. Zu Beginn dachte ich, sie würden vielleicht versuchen, die Informationen nach dem Krieg zu verkaufen.«

Sie brauchte einen Moment, um sich zu fassen. *Das gesamte Geheimdienstarchiv!* »Und was wurde dann wirklich damit gemacht? Ich meine, das müssen doch Unmengen an Material gewesen sein.«

»Erst einmal wurde es vergraben«, erklärte er trocken. »Abgelegen in den Bergen, an verschiedenen Orten. Fünfzig Stahlkoffer.«

Einen Augenblick glaubte sie, er würde scherzen. Doch es war sein Ernst.

»Deshalb die vielen Kopien«, ergänzte er.

»Waren Sie dabei?«

Hernstadt schüttelte den Kopf. »Nein, dass die Sachen vergraben wurden, habe ich erst später erfahren.«

Gehlen sei Anfang April von Hitler entlassen worden und kurz darauf untergetaucht, erzählte er. Er selbst sei nach Kriegsende in Rimini inhaftiert worden, wo er Karl Hüttner wiedergetroffen habe.

»Ich mochte den Mann nie. Er gab oft damit an, dass man ihn und seine Freunde dort rausholen würde«, berichtete Hernstadt, aber das Entscheidende habe er von einem anderen Mann aus Hüttners Umfeld erfahren – Gerd Lempert.

Vera horchte auf, als sie den Namen hörte. Sie spürte, wie dicht sie dran war, endlich die entscheidende Verbindung zu verstehen.

»Als Lempert mitbekam, dass ich für Fremde Heere Ost gearbeitet und sogar Dokumente kopiert hatte, begann er eines Abends, über die Stahlkoffer zu sprechen. Er ging wohl davon aus, dass ich in alles involviert war. So erfuhr ich, dass sie sie vergraben hatten. Lempert protzte damit, dass die Amerikaner sich glücklich schätzen könnten, dieses Material zu bekommen, und ohne Männer wie sie, die die Sowjets kannten, keine Chance hätten.«

Verwirrt schaute Vera ihn an. »Dann haben Sie das Material an die Amerikaner verkauft?«

»Die Geheimdienstakten? Nein.« Hernstadt schüttelte den Kopf. »Ich denke eher, sie waren ihr Eintrittsgeld, um sich selbst den Amerikanern zu verkaufen.«

Sie brauchte einen Moment, bis sie verstand, was er meinte. Ihre Brauen zogen sich nach oben. »Sie meinen, sie haben ihre eigenen Spionagedienste angeboten?«

»Ja.«

Sie starrte ihn an und hatte plötzlich im Ohr, was ihr Major Connor und Eric von *CROWCASS* erzählt hatten, von den Kriegsverbrechern, die bereits festgenommen worden waren und später auf mysteriöse Weise aus den Lagern verschwunden waren. Mit einem Mal begann sich alles zusammenzusetzen.

Karl

106

Pullach …

Die Berichte der Agenten, die er hätte auswerten müssen, stapelten sich auf seinem Tisch, aber es gelang ihm nicht, sich auf seine Arbeit zu konzentrieren. Er konnte es nicht fassen, dass sie es einfach nicht schafften, dieser Redakteurin habhaft zu werden. Es hatte ihn Mühe gekostet, nicht laut zu werden, als Gernot ihm berichtet hatte, dass sie schon wieder entkommen war. Doch Karl musste zugeben, dass es seine eigene Anordnung gewesen war, keine unnötige Aufmerksamkeit auf sich zu ziehen und die Angelegenheit an einem diskreten Ort fernab von Zeugen zu erledigen. Ob er wünsche, dass sie doch offensiver vorgehen sollten, hatte Gernot ihn gefragt. Für einen Moment hatte er geschwiegen. »Es ist mir egal, wie ihr es macht, sie darf nur nicht gefunden werden«, hatte er schließlich erwidert.

Unruhig trommelte er jetzt mit den Fingerspitzen auf dem Tisch. Wenigstens hatten sie Eric Löwy inzwischen ruhiggestellt – er saß in Frankfurt in einer Zelle. Ihm war noch immer nicht ganz klar, wie er und Vera Lessing überhaupt in Kontakt gekommen waren. Doch über Löwy etwas in Erfahrung zu bringen war für ihn ohnehin schwierig gewesen, da er Amerikaner war und er anders als bei einem Deutschen keinen Zugang zu Informationen und Akten über ihn hatte. Grünberg hatte ihm nur ungern geholfen. »*Das ist das erste und einzige Mal, Berger. Wie wir es Ihnen schon gesagt haben, das ist allein Ihre Angelegenheit*«, waren seine Worte gewesen. Die Kälte in den Augen des Amerikaners ließ keinen Zweifel daran, dass er es ernst meinte. Am nächsten Tag hatte man Löwy in Bonn festgenommen – »Verdacht des Verrats militärischer Geheimnisse«, lautete die Begründung. Er konnte nur ahnen, was Grünberg dafür in Bewegung gesetzt haben musste und dass er nicht so gehandelt hätte, wenn er nicht selbst Angst gehabt hätte. Erst im Nachhinein hatte Karl von dem Amerikaner erfahren, dass Eric Löwy nicht nur ein einfacher Offizier bei der US-Army war, sondern für *CROWCASS* gearbeitet hatte.

Doch Löwy bereitete Karl die geringsten Sorgen. Als amerikanischer Militärangehöriger waren ihm in Deutschland die Hände gebunden, und die nächste Zeit würde er von seiner Zelle aus ohnehin keine Schwierigkeiten machen können. Diese Redakteurin dagegen schon.

Karls Blick wanderte zu dem Bild, das in seinem Büro an der Wand hing. Ein malerisches deutsches Haus war darauf zu sehen, das von schneebedeckten Tannen umgeben war. Sein erstes Quartier, nachdem er zurückgekehrt war. Aus dieser Perspektive konnte man sich nur schwer vorstellen, dass das Haus auf dem Militärstützpunkt in Oberursel lag. Der Anblick beruhigte ihn. Dort hatte vor drei Jahren alles angefangen. Er erinnerte sich wieder, wie sie angekommen waren, nachdem die Männer vom MIS, dem *Military Intelligence Service*, sie aus dem britischen Lager in Rimini herausgeholt hatten. Hier auf dem Militärgelände in Oberursel standen sie dann auf einmal Gehlen gegenüber. Es hatte etwas von einem Hausherrn, wie er sie empfing und den Amerikanern und anderen Männern vorstellte, von denen sie einige von früher gut kannten. Gehlen nannte sich jetzt Dr. Schneider. Am Abend saßen sie zusammen und lauschten gebannt, wie er ihnen beschrieb, was geschehen war, seitdem sie sich das letzte Mal gesehen hatten – wie er sich zwei Wochen nach der Kapitulation gestellt und es einige Zeit gedauert hatte, bis die Amerikaner verstanden, wen sie da wirklich vor sich hatten, und er ihnen schließlich von dem vergrabenen Material, den Fähigkeiten und dem Wissen erzählt hatte, das sie ihnen bieten könnten. Es war nicht leicht gewesen, sie zu überzeugen, aber am Ende hatte man ihn – samt seiner engsten Mitarbeiter und den Stahlkoffern – nach Washington geflogen. Dort waren sie zunächst über Wochen und Monate verhört worden und mussten Beweise für ihr Wissen über die Sowjets liefern. Die zunehmenden politischen Spannungen spielten ihnen in diesen Tagen jedoch glücklich in die Hände. »Gott sei Dank gibt es auch unter den Amerikanern vernünftige Leut', und selbst die gutgläubigsten Menschen müssen ja inzwischen einsehen, welche Gefahr von den Russen ausgeht. Hätte Hitler nicht Stalin angegriffen, wären die Sowjets uns zuvorgekommen. Das habe ich ihnen immer wieder gesagt«, berichtete Gehlen an diesem Abend und hob sein Glas. Tatsächlich hatte er schon lange vor Kriegsende vorhergesehen, dass der Konflikt mit Russland die Welt spalten würde, wenn Deutschland erst einmal besiegt war. Auch deshalb war Karl voller Bewunderung für ihn. Bis zum Morgengrauen saßen sie zusammen und schilderten sich gegenseitig, was ein jeder von ihnen in den zurückliegenden Monaten erlebt hatte.

»Und nun beginnt ein neues Stück Geschichte, meine Herren«, sagte Gehlen schließlich, bevor sie schlafen gingen. Es war die Wahrheit, und Gehlen war ihr unumstrittener Held.

Unter dem sperrigen Decknamen »Arbeitsgruppe Historische Studien« fingen sie damals damit an, einen neuen antisowjetischen Spionagedienst aufzubauen. *Operation Rusty* nannten die Amerikaner das Vorhaben. Gehlen war es wie durch ein Wunder gelungen, die Amerikaner davon zu überzeugen, ihn den größten Teil seiner einstigen Abteilung Fremde Heere Ost wieder aufbauen zu lassen. Nach und nach tauchten immer mehr alte Gesichter auf, die wie sie im Lager inhaftiert gewesen waren.

Karl hatte noch gut im Kopf, wie hart und ehrgeizig sie in jener Zeit gearbeitet hatten. Jeder von ihnen wusste, welche Chance dieser Neuanfang bedeutete. Sie schafften es, ihre alten Kontakte und ihr einstiges Agentennetz zu aktivieren, und wurden schnell größer.

Natürlich blieben die Fragen der Amerikaner über ihre belastete Vergangenheit nicht aus. Aber was sollte man da schon antworten? Selbstverständlich seien sie nie überzeugte Nazis gewesen. Die meisten von ihnen nahmen ohnehin eine neue Identität an. Die Abschottung von der Außenwelt, die nicht wissen durfte, was sie taten und dass sie sich überhaupt hier aufhielten, ließ sie rasch wie eine große Familie zusammenwachsen. Viele hatten inzwischen auch ihre Frauen und Kinder zu sich geholt. Da es in Oberursel zu klein für sie alle wurde, waren sie im Winter '47 schließlich mit der Hauptabteilung nach Pullach übergesiedelt – in eine abgeschirmte Anlage, der ehemaligen *Reichssiedlung Rudolf Heß*, in der es nicht nur ausreichend Wohnhäuser und Baracken für die Dienststellen, sondern auch ein eigenes Kasino und ein Schwimmbad gab. Er entsann sich noch des Umzugs, der unter größten Geheimhaltungen vonstattenging. In einer Kolonne waren sie mit amerikanischen Lastern und deutschen Wagen Richtung Bayern gefahren und hatten auf der Schwäbischen Alb in der hereinbrechenden Dunkelheit auf einem abgelegenen Parkplatz die Nummernschilder der Autos getauscht. Ja, es waren gute Zeiten damals gewesen.

Karl zwang sich, sich von den Bildern der Vergangenheit loszureißen. Seine Gedanken wanderten wieder zu der Redakteurin. Sie suchten überall nach ihr – in Köln genauso wie in Berlin, ließen die Hauptbahnhöfe und Flughäfen überprüfen und nutzten ihre Kontakte zu den Behörden. Es war nur eine Frage der Zeit. Sie konnte nicht ewig Glück haben.

Er dachte an die Übernahme durch die CIA, die mit dem nächsten Monat offiziell werden würde. Ungünstiger als zu diesem Zeitpunkt hätte diese ganze Geschichte wirklich nicht kommen können.

Vera

107

Berlin …

Auf dem Rückweg von Gatow in die Stadt war Vera das Gespräch mit Hernstadt wieder und wieder im Kopf durchgegangen. Ihre Recherche und die Verhaftung von Eric hatten im Grunde schon vorher gezeigt, dass die Sache eine Dimension hatte, die weit über Deutschland hinausging. Dennoch war sie geschockt – von der kaltblütigen Berechnung, mit der Gehlen sein Vorhaben geplant und umgesetzt hatte, während um sie herum noch der Krieg getobt hatte, aber noch viel mehr davon, dass sein Plan tatsächlich aufgegangen war und die Amerikaner sich darauf eingelassen hatten. Eine ehemalige Geheimdienstabteilung der Nazis, die nun für die Amerikaner arbeitete … Ihr war klar, dass ihr Leben keinen Pfennig mehr wert war. Hüttner, Gehlen und die anderen hatten alles zu verlieren, wenn bekannt würde, was sie eben erfahren hatte – und nicht nur sie, sondern auch die Amerikaner. Sie starrte aus dem Fenster des Busses. Trotzdem würde sie es versuchen. »*Die Öffentlichkeit muss es erfahren*«, hatte sie Jonathans Worte wieder im Kopf. Und nicht nur das – sie musste zumindest alles versuchen, um Lina und Eric zu helfen. Entschlossen presste Vera die Lippen zusammen.

Bevor sie gegangen war, hatte Hernstadt ihr seine Einwilligung gegeben, über das, was sie von ihm erfahren hatte, zu schreiben, wenn sie seinen Namen nicht erwähnte. »Ich habe zwar nicht viel zu verlieren, aber ich weiß, wozu diese Leute fähig sind. Ich hoffe dennoch sehr, dass Sie Erfolg haben werden«, sagte er mit einem scheuen Lächeln, das sie berührte. Nach seiner Freilassung aus Rimini habe er sich von allem zurückgezogen, erfuhr sie. Er sei schon damals kein linientreuer Nationalsozialist gewesen, und der Krieg und die Monate in der Gefangenschaft, die er täglich mit Männern habe verbringen müssen, von denen viele noch immer an ihren Überzeugungen hingen, hätten ihr Übriges getan, dass er die Gesellschaft von Menschen eher meide. »Meine Leidenschaft sind die Tauben«, sagte er, und Vera ahnte, dass ihm sein zuckendes Auge – eine Nervenstörung, die nach einem Grippevirus in Jugendjahren zurückgeblieben war – das Leben oft zur Hölle gemacht hatte.

Es war bereits nachmittags, als sie die *Goldbar* wieder erreichte. In dem Augenblick, als sie die Tür öffnete und hineintrat, wusste sie sofort, dass etwas nicht stimmte.

Leo stand an der Bar, und an einem der Tische saß ein gut gekleideter Mann in den Vierzigern, der seinen Hut in den Fingern drehte. Ihr Blick glitt zu Theo, der hinter dem Tresen stand und zerbrochene Scherben zusammensammelte. Entsetzt schaute sie ihn an, als er sein Gesicht zu ihr drehte. Sein rechtes Auge war blau, und über die Wange zog sich eine blutige Schramme. Außerdem war sein Handgelenk verbunden. Erst da nahm sie die zerschlagenen Flaschen auf dem Boden wahr. Neben der Bar lehnten die Teile eines zertrümmerten Stuhls.

Die Köpfe der Männer fuhren zu ihr herum. Die Erleichterung in den Mienen von Leo und Theo war genauso beunruhigend wie die Neugier in dem Gesicht des Unbekannten, der sie musterte.

»Was ist passiert …?«

»Ich hatte Besuch«, erklärte Theo grimmig.

»Mein Gott, ist das wegen mir geschehen? Du bist ja verletzt!«

»Ist nicht der Rede wert. Ich habe beim Boxen schon Schlimmeres abbekommen als von diesen Typen«, brummte er.

Sie blickte von ihm zu den Scherben auf dem Boden. »Du hast mir nicht geantwortet. Waren Sie wegen mir hier?«

Theo wechselte einen schnellen Blick mit Leo. »Ja«, erwiderte er schließlich und machte sich dann daran, weiter die Scherben aufzusammeln.

»Vera, du musst mit uns mitkommen. Die Männer haben dich gesucht, und sie werden zurückkommen«, sagte Leo

»Woher konnten sie von der Bar hier wissen?«, stieß sie hervor.

»Sie werden dein gesamtes Umfeld überwachen. Jeden, den du kennst«, entgegnete Leo.

Ihr wurde voller Ohnmacht bewusst, dass sie damit auf einmal auch jeden, der mit ihr zu tun hatte, in Gefahr brachte.

»Wir sollten jetzt wirklich gehen«, mischte sich der Mann mit dem Hut in den Händen ein, der aufgestanden war. Vera wusste nicht, was sie mehr verwirrte – sein englischer Akzent oder der ernste Tonfall, in dem er sprach.

»Vera, das ist Sir Colton, mein Kontaktmann vom britischen Geheimdienst. Er wird uns helfen.«

»Ich verstehe nicht …«

»Wir erklären Ihnen alles später«, sagte der Engländer.

»Aber wir können dich doch nicht einfach hier zurücklassen«, sagte sie zu Theo und fühlte sich in jeder Hinsicht überfordert.

Theo legte ihr beruhigend die Hand auf die Schulter.

»Keine Sorge. Ein paar Freunde von früher werden die nächsten Abende in der Bar sein. Ich habe noch etwas bei ihnen gut. Nehmt den Kellerausgang. Dann kommt ihr auf der Rückseite raus«, fügte er an Leo gerichtet hinzu.

Ein leichtes Schwindelgefühl erfasste sie, und sie wollte sich zum Gehen wenden, als Theo sie noch einmal aufhielt.

»Warte. Ich muss dir den Brief noch geben, auf den du gewartet hast. Ich habe ihn hinten.« Er lief ins Büro und kam wenige Augenblicke danach mit einem Umschlag zurück, den er Vera in die Hand drückte. Er war von Major Connor. Sie steckte ihn hastig in ihre Handtasche, als Leo sie auch schon vorwärtsdrängte. Eilig stiegen sie die Kellertreppe hinab und gelangten auf der anderen Seite nach draußen.

Sir Colton hatte seinen Mantelkragen hochgeschlagen, und sie liefen mit schnellen Schritten zwischen den Häuserruinen an der Rückseite der Bar entlang, bis sie dort die Straße erreichten.

»Der Wagen steht nicht weit entfernt«, sagte Leo. Ihr fiel auf, wie angespannt die beiden Männer waren, während sie mit prüfendem Blick die Umgebung observierten.

Sie liefen nach rechts, bogen erneut ab und steuerten auf einen dunklen Wagen zu, der am Straßenrand parkte. Sir Colton öffnete hastig die Tür, und sie stieg mit Leo ein, während der Engländer sich selbst hinters Steuer setzte.

»Wohin fahren wir?«

»In eine Wohnung, in der Sie erst einmal sicher sind.«

»Ich habe mit Hernstadt gesprochen«, sagte Vera zu Leo, als ihr der Umschlag einfiel, den ihr Theo gegeben hatte. Sie griff in ihre Handtasche und zog ihn hervor.

»Er hat mir dir geredet?«

»Ja«, sagte sie, während sie den Umschlag öffnete. Eine Karte von Major Connor lag dabei – *Ich hoffe, dass die Bilder Ihnen weiterhelfen.*

Die Abzüge dreier Fotos fielen ihr entgegen. Unten am Rand befand sich ein Datum, wann sie aufgenommen worden waren. Juni 1945. Die Gesichter der Männer wirkten müde und erschöpft. Zwei von ihnen hatte sie noch nie gesehen – doch den dritten kannte sie. Erstarrt blickte sie das Foto an. *Rudolf Pape*, stand darunter. Die Ähnlichkeit zu seinen beiden Söhnen war unverkennbar, doch auch so hätte Vera den Mann vor sich sofort wiedererkannt. Das Bild musste in etwa zur gleichen Zeit aufgenommen worden sein wie das Porträt, das sie an der Wand in Köln gesehen hatte. Es bestand kein Zweifel: Der Mann auf dem Foto war Hermann Weißenburg!

108

Leo war unruhig durch den Raum gewandert – einem eleganten Salon mit Möbeln aus der Jahrhundertwende und Stuck an der Decke. Sie befanden sich in Charlottenburg in einer Wohnung, die der gelegentlichen Unterbringung britischer Agenten diente, wie Sir Colton ihr erklärt hatte. Das großherrschaftliche, mehrgeschossige Haus, das um die Jahrhundertwende erbaut worden war, gehörte jetzt den Briten. Nach ihrer Ankunft hier waren sie in einem Fahrstuhl bis zum vierten Stock gefahren und hatten eine Wohnung betreten. Dort waren sie durch einen langen Flur gelaufen, und Sir Colton hatte am Ende hinter einem Regal eine verborgene Tür geöffnet, die zu einer weiteren Wohnung führte, in deren Salon sie sich nun befanden.

»Bist du dir sicher?«, fragte Leo, der stehen geblieben war und erneut auf das Foto sah. »Das heißt, Hermann Weißenburg lebt?« Er konnte genauso wenig wie sie fassen, wer Rudolf Pape wirklich war.

»Ja, es gibt keinen Zweifel. Obwohl ich nicht verstehe, warum Marie Weißenburg Jonathan gebeten hat, Nachforschungen über ihren Vater anzustellen«, sagte sie.

»Vielleicht wusste sie nicht, dass ihr Vater noch lebte?«, mutmaßte Leo.

Vera erinnerte sich dunkel an etwas, das Lina erzählt hatte. Sie hatte von dem Streit berichtet, den Marie mit ihrer Familie gehabt hatte. Es musste etwas Schwerwiegendes gewesen sein, denn Marie hatte danach den Kontakt zu ihrer Mutter und ihren Brüdern abgebrochen ... Und später hatte sie Jonathan am Telefon angefleht, seine Nachforschungen über Hüttner, Pape und Lempert in Südtirol einzustellen und nach Köln zurückzukommen, weil sie ihm etwas erzählen müsse. Sie hatte erfahren, dass ihr Vater noch lebte, begriff Vera auf einmal. Mit großer Wahrscheinlichkeit sogar an dem Abend, als sie nach dem Streit zu Lina gefahren war.

Sie teilte Leo und Sir Colton ihre Vermutung mit. Der Engländer, der in einem Sessel saß und sich bis jetzt schweigend im Hintergrund gehalten hatte, pfiff leise durch die Zähne. »Weißenburg ist dieser Kerl aus dem Reichssicherheitshauptamt, der auch in Auschwitz und Maly Trostinez war, oder?«, wandte er sich zu Leo.

Vera schaute ihn überrascht an. Er wusste darüber Bescheid?

Leo hatte ihren Blick bemerkt. »Sir Colton ist über alles, was geschehen ist, informiert. Ich habe ihn kontaktiert, nachdem ich von den Verwicklungen zwischen Hüttner und Gehlen erfahren habe«, erklärte er. »Er hat einige interessante Informationen zu Gehlen für dich«, fügte er hinzu.

»Zu Gehlen?« Sie drehte sich mit gespannter Miene zu Colton.

»Ja.« Der Engländer schlug die Beine übereinander. »Ein Offizier, Major Hermann Baun, hat 1944 über unsere Geheimdienstkanäle mit uns Kontakt aufgenommen. Er war Kommandeur der Frontaufklärungsverbände und unterbreitete uns ein, wie wir fanden, recht seltsames Angebot von Generalmajor Gehlen. Im Tausch von Asyl gegen Gefangenschaft wollten er und einige seiner Getreuen uns den Kern ihrer Geheimdienstabteilung zuführen – dazu gehörten führende Offiziere, ihr Wissen und ein angeblich unschätzbares Material über die Sowjets.«

Einen Moment verschlug es Vera die Sprache. »Gehlen hat es erst bei Ihnen in England versucht? Wie hat man darauf reagiert?«

»Wir haben das Angebot ignoriert, da wir weder davon ausgingen, dass das Material für uns von besonderem Interesse war noch dass die Deutschen so kurz vor Kriegsende in der Position waren, einen Tauschhandel dieser Art vorzuschlagen.«

Vera lächelte bitter. »Die Amerikaner haben das offensichtlich anders gesehen.«

»Hat Hernstadt darüber etwas erzählt?«, fragte Leo sofort.

»Ja.« Sie berichtete, was sie von dem ehemaligen Offizier bei Fremde Heere Ost erfahren hatte.

Sir Colton hatte ihr interessiert zugehört. Nachdenklich tippte er die Fingerspitzen gegeneinander. »Es gab Gerüchte darüber. Gehlen tauchte nach dem Krieg kurz auf einer amerikanischen Liste festgenommener Gefangener auf, kurz darauf verschwand sein Name aber wieder. Einer unserer Agenten berichtete uns kurz darauf, dass Gehlen und einige seiner engsten Mitarbeiter nach Washington geflogen worden seien. Wir nahmen an, um verhört zu werden – aber im Jahr darauf sind sie wieder nach Deutschland zurückgekehrt und dann plötzlich untergetaucht.«

»Aber Gehlen steht auf der Kriegsverbrecherliste«, entfuhr es Vera.

Colton lächelte vage. »Ja, er hätte an die Russen ausgeliefert werden müssen. Aber das politische Klima hat sich verändert.« Er zögerte kurz, bevor er weitersprach. »Sie sollten vielleicht wissen, dass es nach dem Krieg generell nicht unüblich war, Deutsche, die wissenschaftlich oder auch militärisch nützlich zu sein versprachen, nach Amerika und auch Großbritannien zu holen, ungeachtet dessen, was diese Personen verbrochen hatten. Man hat das als eine Art Wiedergutmachung betrachtet. Allerdings hat es sich dabei immer um Einzelpersonen gehandelt.«

»Sie meinen, die Öffentlichkeit würde es in Ordnung finden, wenn man wüsste, dass Leute wie dieser Gehlen oder Hüttner für die Amerikaner arbeiten?«, entgegnete sie ungewollt scharf.

»Die Öffentlichkeit?« Der Engländer blickte sie konsterniert an. »Um Gottes willen, nein«, sagte er.

»Das sehe ich auch so – und genau deshalb werde ich dafür sorgen, dass sie es erfährt!«, verkündete Vera.

Die beiden Männer schauten sie an, als ob sie nicht ganz bei Sinnen wäre.

Helmut

109

Er starrte auf den Zettel mit der Telefonnummer, den er seit dem Abend vor zwei Tagen mit sich herumtrug. Der Vorfall mit der Redakteurin beschäftigte ihn, ohne dass er etwas dagegen tun konnte. Als die Frau ihm in der Bar ihren Namen genannt hatte, war er sicher gewesen, er würde ihr nicht glauben, egal, was sie erzählte. Fritz hatte ihn schließlich zuvor gewarnt, dass diese Journalistin nur Lügen verbreiten würde. Dennoch hatten ihre Worte Helmut nicht kaltgelassen, als sie von ihrem Freund berichtet hatte. Vielleicht lag es auch nur an ihrem traurigen Tonfall, der so echt klang. Konnte man so lügen? Jonathan Jacobsen, der Mann, den seine Schwester geliebt hatte, war Vera Lessings Jugendfreund. Wie seltsam die Verwicklungen im Leben manchmal waren, dachte er.

Er war an jenem Abend wieder einmal betrunken gewesen, und deshalb reagierte sein Gehirn langsamer, doch selbst in seinem Zustand wurde ihm klar, dass die Dinge, die diese Lessing erzählte, im Widerspruch zu dem standen, was er bisher erfahren hatte. Kurz nachdem Vera Lessing gegangen war, war er ebenfalls aufgebrochen. Draußen vor der Bar hatte er dann gesehen, wie die beiden Männer sie angriffen. Trotz des Alkohols reagierte er schnell – als wären seine Erfahrungen, die er als Soldat im Kampf an der Front verinnerlicht hatte, doch noch zu etwas nütze.

Die entscheidenden Fragen hatte er sich allerdings erst am

nächsten Tag gestellt. Was hatten die Männer überhaupt von ihr gewollt? Nach einem gewöhnlichen Überfall hatte es nicht ausgesehen, denn die beiden Unbekannten hatten versucht, sie zu dem Auto zu zerren. Aber warum? Und weshalb besaß diese Redakteurin eine Waffe?

Zum ersten Mal seit Tagen war Helmut aufgestanden, nachdem Sonja zur Arbeit gegangen war, und hatte sich einen starken Kaffee gekocht. Punkt für Punkt rief er sich sein Gespräch mit Vera Lessing in Erinnerung. Dabei wurden seine Zweifel, was er glauben sollte und was nicht, immer größer. Schließlich fuhr er zur Post, um sich Klarheit zu verschaffen. Er rief in der Redaktion des *Echo* unter einem falschen Namen an und verlangte, Herrn Jacobsen zu sprechen.

Es tue ihr sehr leid, teilte ihm eine Sekretärin in betrübtem Tonfall mit, aber das sei leider nicht möglich, Herr Jacobsen sei verstorben. Er sei vor Kurzem bei einem Unfall ums Leben gekommen. Es war nicht schwierig, durch einige Fragen herauszubekommen, wann er umgekommen war – im Mai.

»Glauben Sie wirklich, dass es ein Zufall ist, dass sie und Jonathan innerhalb weniger Tage beide ums Leben gekommen sind?« ... Die Frage der Redakteurin geisterte wie ein Echo durch seinen Kopf.

Hatte Marie den Journalisten wirklich darum gebeten, Nachforschungen über ihren Vater anzustellen? War es gar nicht diese Lina Löwy gewesen, von der sie das alles wusste? Am Abend wartete Helmut ungeduldig auf Sonjas Rückkehr und fragte sie noch einmal, was genau seine Schwester ihr über die andere Frau berichtet hatte. Dabei war er nüchtern und hörte zum ersten Mal richtig zu. Sein unbehagliches Gefühl verstärkte sich, als er erfuhr, dass Marie Lina an dem Prozesstag geholfen hatte, weil sie krank war und von der Presse verfolgt wurde. In seiner Vorstellung war es immer Lina Löwy gewesen, die den Kontakt zu seiner Schwester gesucht hatte und nicht umgekehrt.

»Warum willst du das alles auf einmal wissen?«, fragte Sonja ihn.

»Ich bin mir selbst nicht sicher«, erwiderte er grübelnd und erzählte ihr von der Redakteurin.

Seltsamerweise wich Sonja seinem Blick aus. Schließlich gestand sie ihm, dass Vera Lessing bei ihr im Büro gewesen sei und auch nach ihm, Helmut, gefragt habe. »Sie wollte wissen, ob ich Karl Hüttner kenne. Dass er Euer Onkel ist, wusste sie nicht.«

Seit dem Vorfall hatte Sonja noch immer Angst vor Karl. *»Er hat mich richtig gewürgt, Helmut. Wenn du nicht gekommen wärst, ich weiß nicht, was geschehen wäre«,* hatte sie damals gesagt. Helmut hatte sie zu beruhigen versucht, aber er erinnerte sich, wie er selbst das Gefühl gehabt hatte, seinen Patenonkel nicht wiederzuerkennen. Karl hatte behauptet, sein Vater habe ihn mit den Nachforschungen über Marie beauftragt. Er wollte herausbekommen, woher sie über seine Vergangenheit Bescheid wusste. Helmut erinnerte sich wieder, wie besorgt sein Vater nach dem Streit mit Marie gewesen war, irgendjemand könnte von seiner falschen Identität erfahren.

Am nächsten Tag fing er Fritz an der Uni ab. »Ach, erinnerst du dich noch, dass du Familie hast! Ich verstehe nicht, wie du Mutter das nach Maries Tod antun kannst, einfach nicht mehr nach Hause zu kommen. Weißt du, wie schlecht es ihr geht?«, warf ihm sein Bruder sofort vor, als sie beide zusammen einen Kaffee trinken gingen.

Der Moment, in dem Helmut ein schlechtes Gewissen verspürte, währte nur kurz. »Wir müssen alle mit Maries Tod fertigwerden. Ich auch«, erwiderte er.

»Trotzdem sind wir eine Familie.« Fritz zündete sich eine

Zigarette an. »Ist es nicht bitter, dass ihre Mörderin eine Jüdin ist?«

Etwas in dem Tonfall seines Bruders war Helmut unangenehm. Er nickte nur und wechselte das Thema. »Hast du dich eigentlich mal gefragt, was Vater und Onkel Karl genau in München machen?«

Fritz zuckte die Achseln. »Klar. Ich denke, es hat irgendwas mit dem Militär zu tun.«

»Du meinst wegen der Geheimhaltung?«

»Ja, aber auch, weil es eine Verbindung zu ihrer Arbeit von früher geben muss, habe ich mir überlegt. Etwas, das mit ihren Fähigkeiten aus ihren ursprünglichen Berufen zu tun hat.«

Es schien logisch, was Fritz sagte. Helmut runzelte die Stirn. »Aber es gibt kein Militär mehr in Deutschland.«

»Dann vielleicht die Politik.«

Helmut schwieg. Doch der Gedanke an das, was sein Vater wirklich tat, ging ihm einfach nicht mehr aus dem Kopf.

Vera

110

Berlin …

Nachdem sie Leo und Sir Colton verkündet hatte, dass sie über die Geschehnisse und ihre Recherchen einen Artikel schreiben wolle, hatte es eine hitzige Diskussion zwischen ihnen gegeben.

Keine Zeitung der Welt würde das veröffentlichen, sagte Colton.

»Vielleicht nicht in Deutschland oder den USA, aber irgendwo auf dieser Welt schon«, widersprach Vera entschlossen. »In der Schweiz zum Beispiel.«

Leo schüttelte den Kopf. »Das würdest du nicht überleben.«

»Die Chancen dafür stehen ohnehin nicht besonders gut, oder?«, entgegnete sie bitter. »Und du hast Jonathans Brief auch gelesen, Leo. Es war seine letzte Bitte. Ganz abgesehen davon, was sollte ich sonst tun? Zur Polizei kann ich schlecht gehen. Diese Leute haben zwei Menschen getötet, Lina Löwy sitzt unschuldig im Gefängnis, und Eric wurde festgenommen …« Sie verstummte, weil sie sich erneut fragte, wie es Eric und seiner Schwester wohl erging.

»Hören Sie, ich möchte Ihnen ehrlich helfen. Das ist auch in unserem Interesse. Lassen Sie mich versuchen, mit den Amerikanern zu sprechen. Es ist auf jeden Fall von Vorteil und wird Sie schützen, wenn denen klar ist, dass wir in die Sache involviert sind«, sagte der Engländer.

»Deshalb habe ich ihn auch informiert, Vera. Die Geschichte ist für uns allein eine Nummer zu groß geworden«, mischte Leo sich ein.

»Ich werde diesen Artikel trotzdem schreiben.«

Sir Colton legte den Kopf ein wenig schräg, als würde er nachdenken. »Ja, tun Sie das«, sagte er dann unerwartet, als hätte er einen Einfall. »Vielleicht ist das überhaupt die beste Idee.«

Und so hatte sie sich am Abend hingesetzt und angefangen zu schreiben – von ihrer Reise und ihren Nachforschungen in Südtirol, von dem Lager in Rimini, wie ein Journalist bedroht worden war, der gewagt hatte, darüber einen Artikel zu verfassen, und von den Verwicklungen der Kirche genauso wie von dem La-Vista-Report, von dem sie vorgab, durch Gerüchte gehört zu haben, um Eric und den Major nicht in Schwierigkeiten zu bringen. Ihre Reportage konzentrierte sich schließlich auf die Geschichte dreier Männer, von denen sich zwei noch während des Krieges eine neue Identität zugelegt hatten. Sie schilderte, wie die drei sich einem ehemaligen deutschen Generalmajor namens Gehlen angeschlossen hatten, der für die Amerikaner arbeitete, und wie Rudolf Pape alias Hermann Weißenburg sogar seiner eigenen Tochter seine neue Identität verschwieg. Am Ende erzählte sie von Maries und Jonathans Tod. Sie weinte, als sie beschrieb, wie die beiden sterben mussten, weil Marie auf der Suche nach der Wahrheit über ihren Vater gewesen war, und wie man Lina Löwy am Ende verhaftete und eines Mordes beschuldigte, den sie nie begangen hatte. Vera merkte, wie die Worte beim Schreiben nur so aus ihr herausflossen, als wäre das alles schon längst in ihrem Kopf gewesen. Sie wusste, dass es eine gute Reportage war. Jonathan wäre stolz auf sie gewesen, und sie spürte, wie sie beim Schreiben auch begann, ein Stück von ihm Abschied zu nehmen.

Am Morgen gab sie die Reportage Leo und Sir Colton zum Lesen. Die beiden Männer schwiegen. Sie sah, wie Leo sich anschließend eine Zigarette anzündete, aufstand und ans Fenster trat. »Sie sollte diese Reportage veröffentlichen. Das wäre richtig«, sagte er.

Sir Colton erwiderte nichts. Doch er wirkte ungewöhnlich ernst. Schließlich stand er auf. »Wenn Sie erlauben, werde ich von dem Geschriebenen einige Kopien anfertigen. In der anderen Wohnung haben wir eine Vervielfältigungsmaschine im Büro.«

Vera nickte. Sie hatte die Reportage mit einem Durchschlag geschrieben, und er nahm das Original mit und verschwand kurz.

Wenig später kam er mit mehreren Kopien zurück. »Ein Exemplar nehme ich an mich, eins behalten Sie, und die anderen sollten wir in den Safe schließen«, sagte er und trat auf ein gerahmtes Bild auf der anderen Seite des Salons zu – ein Stillleben, das eine Vase mit Blumen und mehreren Früchten zeigte. Sir Colton griff an den Rahmen und klappte das Gemälde zur Seite. Dahinter befand sich ein Safe, in den er die Kopien legte.

»Was haben Sie jetzt vor?«, fragte sie, als er nach seinem Mantel griff.

Er lächelte dunkel. »Ich werde in unsere Botschaftsvertretung fahren. Dort gibt es einen Fernschreiber. Das hier werden wir jetzt den Amerikanern schicken.«

Sie erstarrte. »Aber wenn sie es gelesen haben, werden sie erst recht mit allen Mitteln zu verhindern suchen, dass der Artikel veröffentlicht wird.«

»Sicher, aber gleichzeitig ist das Ihre beste Lebensversicherung.«

»Er hat recht, Vera«, sagte Leo.

Sie zögerte. Doch schließlich hatte sie genickt, und Sir Colton war gegangen. Nun saßen sie hier und warteten.

Die Zeiger der alten Standuhr wollten einfach nicht vorwärtsrücken, und Leo stand am Fenster und rauchte die zigste Zigarette.

Veras Blick heftete sich auf den Tisch vor ihr. Etwas an ihm irritierte sie, ohne dass sie hätte sagen können, was es war. Den Rand schmückte ein in sich verschlungenes Rautenmuster. Sie verspürte einen schalen Geschmack, als sie erkannte, dass es sich um Hakenkreuze handelte, die man erst beim näheren Hinsehen wahrnahm. Der Tisch passte nicht recht zu der übrigen eleganten Einrichtung mit dem Klavier, den französischen Gemälden und vielen Büchern, und sie ahnte, dass es sich um eine der vielen enteigneten Wohnungen handelte, deren Inventar einfach übernommen worden war, als später jemand mit einer Gesinnung eingezogen war, die sich in dem versteckten Muster vor ihr spiegelte. Beinah kam ihr der Tisch auf einmal symbolisch vor.

Sie fragte sich, was Sir Colton bei den Amerikanern zu erreichen glaubte.

Grünberg

III

München …

Er verspürte das Bedürfnis nach einem starken Drink, am besten gleich zwei, während er sich zwang, den Text noch einmal zu lesen. Er hatte deswegen schon mehrere Telefonate geführt. Dabei hatte er es kommen sehen. Im Grunde schon seit geraumer Zeit. Sie hätten sich nie darauf einlassen dürfen. Grünberg bereute zutiefst, dass er jemals in dieses Land gekommen war. Als würden sie einen mit ihrem Dreck und Schmutz infizieren. Sein Gesicht verzog sich vor Abscheu. Er hatte für den Nachrichtendienst des Kriegsministeriums in den USA gearbeitet, als er im letzten Jahr von der gerade neu gegründeten CIA angeworben und gleich mit einem geheimen Auftrag nach München geschickt worden war. Er sollte sich unauffällig einen genaueren Eindruck über die Organisation Gehlen verschaffen. In Washington war schon länger klar, dass die Deutschen, die unter der Aufsicht des Militärischen Geheimdienstes G-2 standen, zu eigenständig geworden waren. Es gab Überlegungen, sie einem ihrer anderen Geheimdienste zu unterstellen. Doch niemand wollte die Katze im Sack kaufen. Deshalb hatte man eine Überprüfung beschlossen und, um auf Nummer sicher zu gehen, nicht nur Grünberg als Geheimagent, sondern noch zwei weitere Offiziere nach Pullach geschickt, die ganz offiziell einen Bericht über den deutschen Spionagedienst erstellen sollten. Fest stand relativ schnell, dass die Deutschen innerhalb kürzester Zeit eine Organisation aufgebaut hatten, die mit viertausend Angehörigen mächtiger und größer war als ihnen allen lieb sein konnte – und dass sie sich darüber hinaus weigerten, die wahren Identitäten ihrer Mitarbeiter zu enthüllen. Niemand wusste, wer da eigentlich unter amerikanischer Flagge für sie tätig war. Genau das wurde ihnen jetzt zum Verhängnis.

Natürlich hätte man überlegen können, den Spionagedienst zu zerschlagen, und Grünbergs Meinung nach wäre das auch das einzig Richtige gewesen, aber man musste sich nichts vormachen, die Organisation Gehlen hatte die besten Aussichten, zum zukünftigen westdeutschen Geheimdienst zu werden, sobald Deutschland seine Unabhängigkeit zurückerlangte. Diesen Einfluss konnten und wollten die Amerikaner nicht verlieren. Es war daher entschieden worden, die Organisation der CIA zu unterstellen und sie unter Kontrolle zu bringen.

Grünberg war schon zu Beginn seiner Zeit in München damit beauftragt worden, einen Informanten aus den Reihen von Dr. Schneider zu suchen. Seine Wahl war auf Berger alias Karl Hüttner gefallen, weil er einer der wenigen war, der seinen richtigen Namen nicht verbarg und sowohl in Pullach als auch im Außendienst arbeitete. Grünberg war klar, dass das, was Hüttner ihn wissen ließ, höchstwahrscheinlich zuvor mit Schneider abgesprochen war, aber in den Monaten, in denen sie sich immer wieder getroffen hatten, hatte er viel über seine Persönlichkeit gelernt: Hinter seiner glatten, überhöflichen Art, die oft schon beinah unterwürfig war, verbarg sich ein Mann voller Arroganz, der sich überlegen glaubte, keinerlei Demut und nicht den Hauch von Schuldgefühl dafür besaß, was in diesem Land geschehen war. Gleichzeitig war Hüttner jedoch auch gerissen und besaß eine ungewöhnliche analytische Schärfe. Gerade deshalb hätte Grünberg es nie für möglich gehalten, dass er in dieser Angelegenheit so versagen könnte.

Als vor wenigen Wochen herausgekommen war, dass die Identität von Rudolf Pape enthüllt worden war und dessen belastete Vergangenheit sie alle zu diskreditieren drohte, war man sich einig, dass Hüttner allein die Verantwortung dafür trug. Er hatte die Leute seiner Abteilung selbst angeworben und sich für sie und ihre Biografie verbürgt, denn die Struktur der Organisation Gehlen war so aufgebaut, dass die Mitarbeiter und Agenten in den Außenabteilungen stets eigenständig rekrutiert wurden. Ein durchaus genialer Schachzug von Dr. Schneider, wie Grünberg zugeben musste, da er so jede Verantwortung von sich weisen konnte, wenn sich das eine oder andere schwarze Schaf daruntermischte, wie es im Fall von Pape bzw. Weißenburg der Fall war.

Im Nachhinein war Grünberg klar, er hätte einschreiten müssen, spätestens als er erfuhr, was für einen perfiden Plan Hüttner umgesetzt hatte, aber das wäre einem Eingeständnis seinerseits gleichgekommen, von dem Tod des Mädchens gewusst zu haben. Außerdem hatte er geglaubt, damit sei alles erledigt. Er hatte sich bemüht, die Angelegenheit, die ohnehin nicht mehr zu ändern war, wie ein Soldat im Krieg zu betrachten – es gab zivile Opfer, ja, und das war bedauerlich, aber leider manchmal nicht zu vermeiden. Unglücklicherweise stellte sich schon bald heraus, dass gar nichts erledigt war. Hüttner hatte Fehler begangen, die einem herabrollenden Schneeball an einem Bergabhang glichen, der nun in einer riesigen Lawine auf sie zustob und alle unter sich zu begraben drohte.

Grünberg starrte erneut auf den Text und versuchte, seinen Ärger über das unverschämte Telefonat mit diesem Briten hinunterzuschlucken. Es half alles nichts, die Sache musste geregelt werden. Er griff nach dem Hörer, um sich abermals eine sichere Leitung nach Washington geben zu lassen.

»Sir, hier spricht Grünberg, also Major Kimball. Wir haben

ein Problem. Ein ziemlich großes sogar …« Er erzählte seinem Vorgesetzten, was geschehen war und was er getan hatte.

Die Stimme des Mannes, der auf der anderen Seite des Ozeans am Telefon saß, schien vor Kälte zu klirren, als er endlich etwas sagte. Eine Flut von Wörtern drang schneidend aus dem Hörer zu Grünberg. Er merkte, wie ihm der Schweiß auf die Stirn trat.

»Ja, Sir.«

»Ich hielt es für das Beste … Natürlich, Sir.«

»Ich werde es Ihnen sofort per Telegraf senden.«

»Selbstverständlich ist mir klar, was das für die CIA bedeuten würde, Sir.«

»Ja, es gibt keinen Zweifel, dass die Briten davon wissen«, beantwortete er schließlich die letzte Frage.

Vera

112

Berlin …

Sie saßen schweigend und angespannt im Salon, als Sir Colton gegen Mittag endlich zurückkam.

»Und?«, fragte Leo.

»Ich habe einige Telefonate geführt und ihnen den Artikel geschickt.« Colton lächelte leicht. »Man würde sich gerne mit Ihnen unterhalten«, sagte er dann zu Vera.

»Unterhalten?«

»Verhandeln – heißt das in deren Sprache.«

Vera hatte eine vage Vorstellung, was damit gemeint war, und verspürte allein bei der Vorstellung Abscheu.

Sie schüttelte entschieden den Kopf. »Nein. Sie können Ihnen bestellen, dass ich nicht einmal überlegen werde, auch nur ein einziges Wort mit ihnen zu wechseln, solange Eric Löwy nicht wieder freigelassen wird.«

Colton schaute sie überrascht an.

»Das meine ich ernst.«

Der Engländer zögerte und schien etwas sagen zu wollen, doch schließlich nickte er. »Gut, ich werde es ihnen ausrichten.« Und dann verschwand er von Neuem.

Leo musterte Vera nachdenklich. »Weißt du, als wir uns das erste Mal gesehen haben, habe ich mich gefragt, warum Jonathan ausgerechnet dir seine Aufzeichnungen geschickt hat.

Versteh mich nicht falsch, aber du wirkst sehr viel weniger mutig und hartnäckig, als man vermuten würde. Aber inzwischen verstehe ich, warum.«

»Ich bin nicht mutig, ich habe nur nichts mehr zu verlieren«, sagte sie und blickte aus dem Fenster.

»Dein Artikel – er ist wirklich gut«, sagte Leo eindringlich.

»Aber du glaubst nicht, dass er veröffentlicht wird.«

»Ich würde es mir wünschen …« Sie sah, dass ein düsterer Ausdruck über sein Gesicht glitt, als sie sich wieder zu ihm drehte. Seine scharfen Wangenknochen schienen sich noch etwas stärker unter der Haut abzuzeichnen als vor ein paar Wochen, fiel ihr auf. Ihr war inzwischen klar, dass er die Dinge aus echter Überzeugung tat, dass er deshalb Jonathan und auch ihr geholfen hatte. Unwillkürlich erinnerte sie sich, wie er sie damals bei ihrer ersten Begegnung mit verbundenen Augen mitgenommen hatte, in diese seltsame Wohnung im Keller, und ihr später bei ihrem Gespräch die SS-Tätowierung auf seinem Arm gezeigt hatte. Sie ahnte dunkel, was er von dem Zeitpunkt seiner SS-Mitgliedschaft bis heute erlebt haben musste. »Was wirst du tun, wenn das hier vorbei ist? Weiter als Informant für die Briten arbeiten?«, fragte sie ihn schließlich.

Er schüttelte den Kopf. »Nein, die Situation ist zu heikel geworden. In diese Geschichte hier sind zu viele Leute involviert. In meinen alten SS-Kreisen sind sie schon misstrauisch geworden. Glücklicherweise hat man mich gewarnt.«

»Wegen der Geschichte mit Hüttner?«, fragte sie erstaunt. »Dann ist es eigentlich meine Schuld?«

Leo zündete sich eine Zigarette an. Er wirkte unruhig. Sein einer Mundwinkel hob sich. »Ich habe es als Zeichen genommen. Meine Arbeit ist inzwischen ohnehin nicht mehr so wichtig wie nach dem Krieg, als man sich nicht sicher war, ob die alten Kameradschaftsseilschaften möglicherweise eine politische

Gefahr darstellen könnten. Vielleicht gehe ich nach Schottland. Davon habe ich früher immer geträumt.«

Sie spürte, dass er das Thema nicht weiter vertiefen wollte. Er schien über irgendetwas anderes nachzudenken, und für eine Weile schwiegen sie beide. Gegen Nachmittag war ein durchdringendes Summen zu hören. Leo ging mit der Waffe in der Hand zur Tür. Sie konnte hören, wie er mit jemandem durch die Sprechanlage sprach, bevor er die Sicherheitsverriegelung der Tür öffnete. Einer der Posten aus der vorderen Wohnung kam herein. »Sir Colton lässt Ihnen ausrichten, dass es etwas dauern wird.«

»Könnten Sie einen Ihrer Männer bitten, hier in die Wohnung zu kommen? Ich muss noch etwas erledigen«, bat Leo.

Der Mann nickte.

»Ich bin morgen Mittag wieder zurück«, sagte er zu Vera, die ihn überrascht anschaute. Bevor sie etwas sagen konnte, war er schon verschwunden.

Ein Wachposten, der sich ihr unter dem Namen Pete vorstellte, nahm im Flur vor dem Salon Platz.

Vera trat ruhelos ans Fenster. Draußen begann sich ein warmer Sommertag zu verabschieden, und sie ertappte sich bei dem Gedanken, dass sie gerne ein Stück durch die milde Abendluft spaziert wäre. Sie sehnte sich nach ihrer Freiheit, nach dem Leben zurück, das sie noch vor wenigen Wochen geführt hatte. Als sie sich wieder aufs Sofa setzte, spürte sie, wie sie die Müdigkeit übermannte. Sie griff nach der Decke, die über der Lehne lag, und nickte kurz darauf auch schon ein.

Geräusche weckten sie. Verschlafen richtete sie sich auf und machte das Licht an. Sie vernahm, wie Pete im Flur mit jemandem redete, dann wurde die Tür geöffnet. Vera warf einen Blick auf die Uhr – es war fast zehn.

Sir Colton trat herein.

»Entschuldigen Sie die Verspätung. Aber es wird Sie sicher freuen, dass ich Ihnen jemand mitgebracht habe ...«

Hinter ihm stand Eric. Er lächelte müde und auch ein wenig ungläubig.

Vera merkte, wie ihr die Tränen in die Augen schossen, als sie mit zwei Schritten bei ihm war und ihn in die Arme zog. »Mein Gott, ich bin so froh, dich zu sehen«, flüsterte sie. Sie spürte, wie er sie umfasste und fest an sich drückte. Einen Moment umhüllte sie seine Wärme, und sie standen so da. »Ich habe keine Ahnung, wie du das angestellt hast, aber ich danke dir«, sagte er mit heiserer Stimme.

Schließlich wurde ihnen bewusst, dass sie nicht allein waren.

»Sie sind bestimmt müde und erschöpft, Officer«, sagte Sir Colton. »Pete wird Ihnen ein Zimmer zeigen, wo Sie sich hinlegen können, und auch das Badezimmer, falls Sie sich etwas frisch machen wollen.«

»Danke. Ich habe in der Tat nicht viel Schlaf gehabt in den letzten Tagen«, sagte Eric. Eine Hand von ihm ruhte noch immer auf ihrem unteren Rücken, die er jetzt löste und Pete folgte.

Sir Colton blickte ihm hinterher, bevor er sich zu Vera wandte. »Ich fürchte, wir müssen uns unterhalten. Lassen Sie uns dazu am besten nach nebenan ins Arbeitszimmer gehen.«

113

Sie folgte dem Engländer ins Nebenzimmer, einem eleganten Büro mit Schreibtisch und einer Sitzgruppe.

Sir Colton war zu einer großen Karte gegangen, die an der Wand hing. »Ich würde Ihnen gerne etwas zeigen.«

»Und zwar?«, fragte sie, als sie neben ihn trat.

»Diese Karte zeigt die Welt, wie sie momentan aufgeteilt

ist.« Sein Finger fuhr über einen Teil Europas, an dem rote Markierungslinien zu erkennen waren. »Hier sehen Sie die Länder, die in demokratischer westlicher Hand sind, hier die, die von den Russen, den Kommunisten, beherrscht werden.« Er deutete gen Osten. »Und schließlich gibt es noch die Gebiete, in denen es seit der Kapitulation Konflikte zwischen den beiden Machtblöcken gibt, die jederzeit einen Krieg heraufbeschwören können.« Er zeigte auf Korea, Persien und weiter auf Berlin.

Vera fand, dass es etwas spät war für eine Lehrstunde in politischer Geografie. »Worauf wollen Sie hinaus?«

Der Engländer deutete zu dem runden Besprechungstisch, und sie setzten sich beide. Einen Moment schien er nach den richtigen Worten zu suchen und seufzte. »Ich habe heute mit verschiedenen Leuten gesprochen – nicht nur mit den Amerikanern, sondern auch mit einigen Vorgesetzten in London. Verstehen Sie mich nicht falsch, es gibt keine Frage, dass Sie moralisch im Recht sind – dennoch sind sich alle einig, dass Ihre Reportage unter keinen Umständen veröffentlicht werden darf. Das würde zu unvorhersehbaren Konflikten in der ohnehin schon angespannten politischen Lage führen.«

Mit einem Mal begriff sie, warum man Eric so schnell freigelassen hatte. »Ich beschreibe in meinem Artikel nur die Wahrheit, das, was wirklich passiert ist.«

Colton beugte sich zu ihr vor. »Können Sie sich vorstellen, welch ein Affront es für die Russen wäre, wenn sie von Gehlen erfahren würden? Der Mann hätte an sie ausgeliefert werden müssen und wahrscheinlich zahlreiche andere Männer seiner Abteilung auch. Sie haben die Berlin-Blockade selbst erlebt, Vera. Sie wissen, wozu die Russen fähig sind. Das könnte zu einer neuen Krise führen, und die Sowjets würden es gnadenlos für ihre Propaganda ausnutzen. Am Ende würde sie das nur stärken und uns schwächen.«

Sie starrte ihn ungläubig an. »Und deshalb soll es richtig sein, einfach zu schweigen und nichts zu sagen? Das können Sie nicht ernst meinen«, entfuhr es ihr aufgebracht. »Seit dieser Krieg zu Ende ist, spricht man ständig von Gerechtigkeit, von Wiedergutmachung, von den vielen Opfern … und das zu Recht!«

»Moral nimmt in der Politik keinen großen Platz ein, wenn es um wichtigere Interessen geht«, erwiderte er, doch sie sah ihm an, dass er sich unwohl fühlte.

»Ihnen war das von Anfang an klar, oder?«, fragte sie mit bitterer Stimme. Sie war Sir Colton dankbar für seine Hilfe, doch gleichzeitig fühlte sie sich von ihm verraten. Plötzlich begriff sie, dass sie sich durch Erics Freilassung selbst in eine Sackgasse manövriert hatte. Wenn sie sich nicht bereit erklärte, auf die Veröffentlichung zu verzichten, würde man ihn dann erneut festnehmen?

»Und wie stellen Sie sich das vor? Ich verzichte auf die Veröffentlichung, die Mörder kommen ungeschoren davon, und ich spaziere in mein altes Leben zurück und tue so, als wäre nichts passiert?« Vera schüttelte den Kopf. »Glauben Sie im Ernst, diese Leute würden mich in Ruhe lassen?«

Sie stand auf. »Ich habe es vorhin schon zu Leo gesagt, ich habe nicht mehr viel zu verlieren, Sir Colton.«

»Sie sollen es nicht umsonst tun – und wir würden Ihnen eine neue Identität verschaffen. Sie könnten nach England gehen.«

Vera wusste auch nicht, warum sie diese Aussage fast noch mehr schockierte, als das, was Colton zuvor gesagt hatte. Vielleicht, weil ihr in diesem Moment endgültig bewusst wurde, dass es ihr Leben, so, wie sie es gekannt hatte, nie wieder geben würde. Egal, wie sie sich entschied.

»Ich will damit sagen, dass Sie es nicht ohne Gegenleistung tun sollen«, fügte Colton eindringlich hinzu. »Erlauben Sie mir vielleicht noch eine Bemerkung. Nehmen wir einmal an, die Veröffentlichung würde Ihnen gelingen. Was könnten Sie damit am Ende wirklich erreichen?«, fragte er sie. Der Artikel würde höchstwahrscheinlich im Ausland veröffentlicht werden, gab er zu, aber dort würde diese Angelegenheit am Ende nur bedingtes Interesse hervorrufen. Gut, die Sowjets würden außer sich sein, aber ob Vera ernsthaft glaube, die Amerikaner würden, was immer sie sich mit Gehlens Material und seinen Leuten aufgebaut hätten, deshalb einfach wieder in den Boden stampfen. Colton schüttelte den Kopf. »Man wird drei, vier Leute entlassen, und zwar genau die, deren Namen an die Öffentlichkeit gelangt sind. Vielleicht klagt man sie sogar an, aber das war es dann.«

Vera hatte auf der Schwelle verharrt und ihm zugehört. »Ich kann dazu jetzt nichts sagen, ich muss darüber erst nachdenken«, sagte sie leise.

114

Niedergeschlagen stand Vera allein im Salon am Fenster, nachdem Sir Colton gegangen war. Die Nacht hatte sich über die Stadt gesenkt, und sie fragte sich, was sie nur tun sollte. Eine bittere Verzweiflung erfasste sie. Sollte sie am Ende Jonathans Vermächtnis doch nicht erfüllen können? Nach allem, was sie herausgefunden hatte und geschehen war? Das durfte nicht sein! Sir Coltons ernüchternde Frage, was sie glaube, mit der Veröffentlichung am Ende bewirken zu können, ging ihr nicht aus dem Kopf. Dabei hatte er noch nicht einmal über die Gefahr für sie gesprochen. Vera machte sich nichts vor, es war reines Glück, dass sie überhaupt noch am Leben war. Sobald sie diese Wohnung hier allein verließ, würde es nur eine Frage der Zeit sein, bis ihr genau wie Jonathan etwas zustieß – vermutlich auch ein Unfall. Und was würde mit Lina geschehen? Der Artikel brachte zwar alle Geschehnisse in einen logischen Zusammenhang, aber gerade was den Mord an Marie anging, gab es keinerlei juristische Beweise, die Erics Schwester entlasten konnten.

Wieder und wieder ging sie alle Möglichkeiten durch, ohne dass sie eine Lösung fand. Sollten diese Leute einfach so weitermachen können wie bisher? Nachdem sie zwei Morde begangen hatten? Sie dachte an Jonathan und wusste nicht, wie sie diese Ungerechtigkeit ertragen sollte. Tränen rannen ihr über die Wangen.

»Vera?«

Eric war hinter ihr in den Salon getreten, ohne dass sie es mitbekommen hatte, und kam auf sie zu.

»Kannst du nicht schlafen?«, fragte sie.

»Nein, ich wollte mit dir reden, aber vorhin warst du mit Sir Colton im Gespräch.«

Er blieb vor ihr stehen. »Was ist los?«, fragte er leise und wischte mit dem Finger sanft eine Träne von ihrer Wange.

»Ich kann nicht glauben, dass diese Leute so davonkommen sollen. Dass wir nichts gegen sie tun können, Eric«, brach es voller Verzweiflung aus ihr heraus.

Er runzelte die Stirn. »Ich habe leider etwas Nachholbedarf, was die Informationen angeht. Was genau ist passiert, seit ich vorgestern festgenommen wurde?«

Stockend begann sie, ihm alles zu erzählen, auch von Hernstadt und ihrem Gespräch an diesem Abend mit Colton.

Eric hörte ihr schweigend und mit ernster Miene zu. »Ich weiß nicht, ob ich Sir Colton mag, aber er hat recht. Die Amerikaner werden diesen Gehlen und seine Leute nicht so einfach aufgeben. Dazu haben sie sich in den letzten drei Jahren bestimmt zu viel mit ihnen aufgebaut.«

»Ich weiß«, sagte sie resigniert. »Ich frage mich die ganze Zeit, was Jonathan getan hätte …«

Eric strich ihr eine Strähne aus dem Gesicht und sah sie an. »Er hätte gewollt, dass du lebst, Vera, davon bin ich überzeugt, und ich – ich will das auch.«

Sie blickte ihn an. Ihre Augen trafen sich, als er sich zu ihr beugte und sie plötzlich sanft küsste. Sie spürte die Wärme seiner Lippen auf den ihren. Ihr wurde bewusst, wie sehr sie ihn vermisst hatte. Für einige Augenblicke verloren sie sich beide in diesem Kuss, der leidenschaftlicher wurde, bis Eric ihn auf einmal unterbrach und seine Stirn gegen ihre presste. »Das wollte ich schon seit dem Moment in Bonn in der Pension, kurz bevor ich festgenommen wurde«, murmelte er.

Sie strich mit ihren Fingern zärtlich über sein Gesicht. »Ich auch«, sagte sie leise.

Karl

115

Pullach …

Am Ende bekam man sie immer. Man musste nur Geduld haben. Er jubilierte innerlich, als er den Anruf erhielt. Sie hatten sie! Sie war in Berlin. Wie es aussah, genoss sie den Schutz der Briten. Ausgerechnet.

Karl überlegte, wie sie jetzt am besten vorgehen sollten. Solange sie dort im Haus war, konnte man nur bedingt etwas unternehmen. Sie konnten schlecht in fremdes Territorium einfallen. Doch sie wussten wieder, wo sie war, und ewig konnte sie dort schließlich nicht bleiben. Irgendwann würde sie das Haus verlassen … Ein breites Lächeln entspannte seine Gesichtszüge. Er fühlte sich wie ein Kapitän, der sein schweres Schiff mit einem waghalsigen Manöver gerade noch vor dem Kentern bewahrt hatte und nun wieder Kurs nahm. »Stellt das Haus rund um die Uhr unter Beobachtung, aber wechselt regelmäßig die Männer, damit die Briten nicht misstrauisch werden. Ich will wissen, wer in das Haus kommt und geht«, sagte er zu dem Mann aus Berlin, der ihn angerufen hatte. Einer seiner zuverlässigsten Leute dort.

Als er auflegte, hätte seine Laune nicht besser sein können, und er nahm sich sogar Zeit für Hermann, als er ihn mittags in der Kantine traf. Walter hatte ihm erzählt, dass der Freund seit dem Tod der Tochter unter Schlafstörungen litt, und man sah es ihm an. »Warum nimmst du dir nicht mal ein paar Tage frei«, schlug er vor und klopfte ihm kameradschaftlich auf die Schulter. »Fahr mit Margot ein bisschen in den Urlaub – an die See oder in die Berge. Das wird euch bestimmt beiden guttun.«

Aber Hermann schüttelte den Kopf. »Nein, danach ist mir nicht«, erwiderte er in dieser unpersönlichen höflichen Art, in der er neuerdings mit ihm sprach.

Nun gut, dann eben nicht. Ihm war einfach nicht zu helfen, dachte Karl bei sich. Er überlegte schon seit einiger Zeit, ob es nicht sinnvoll wäre, ihn auf einen Außenposten zu versetzen. In Hermanns letzten Berichten hatte es Ungenauigkeiten gegeben. Seine Leistung war nicht mehr das, was sie einmal gewesen war. Dr. Schneider hatte ihn erst neulich wieder darauf angesprochen. Und gerade jetzt, wo sie der CIA unterstellt wurden, die mit Argusaugen jeden ihrer Schritte beobachtete, konnten sie sich schon gar keine Fehler erlauben.

Auf dem Rückweg von der Kantine kam er zu dem Schluss, dass eine Versetzung wirklich die beste Lösung war.

Seine Sekretärin kam ihm entgegen, als er sein Büro betrat. »Sie haben Besuch – ein Herr Grünberg.«

Überrascht blickte er sie an, da der Amerikaner ihn nie hier aufsuchte. Sie waren stets sorgsam darauf bedacht, nach außen keinerlei Verbindung zwischen ihnen erkennbar werden zu lassen. Nicht umsonst trafen sie sich immer an der Isar.

Er ging rasch hinein.

Grünberg stand an der Wand vor dem Bild, das das Haus in Oberursel zeigte, und inspizierte dieses mit einer Gründlichkeit, als könnte es ihm eine Antwort auf eine geheimdienstliche Frage geben. Karl schloss die Tür hinter sich.

»Wie komme ich zu der Ehre Ihres Besuches?«, fragte er.

Der Amerikaner drehte sich zu ihm. Er hielt ein gerolltes Papier in der Hand. »Ich bin sehr gespannt, ob Sie gleich auch noch so guter Stimmung sein werden«, erwiderte er und knallte das Papier auf seinen Schreibtisch. »Lesen Sie!«, befahl er.

Karl griff irritiert nach dem Blatt. Nach den ersten zwei Sätzen begriff er, dass es sich um einen Zeitungsartikel handelte. Unschön, sehr unschön, dachte er beim Weiterlesen, als deutlich wurde, worum es darin ging. Er hasste solche Nestbeschmutzer. Geradezu widerlich. Einige Sätze darauf wurde er blass und verspürte ein jähes Magenbrennen, als er begriff, von wem der Artikel war. »Woher haben Sie das?«

»Das spielt wohl kaum eine Rolle. Tatsache ist nur, dass es veröffentlicht werden soll.«

»Aber es ist noch in keiner Zeitung erschienen«, stellte Karl fest, und Erleichterung durchflutete ihn. Augenblicklich gewann er seine Souveränität zurück. »Machen Sie sich keine Sorgen, diese Angelegenheit wird in Kürze aus der Welt geschafft sein. Ich habe gerade vorhin einen Anruf aus Berlin bekommen. Wir kümmern uns darum.«

»Sie schaffen das Problem aus der Welt?«, fragte der Amerikaner.

Karl nickte. Etwas an dem Gesichtsausdruck von Grünberg gefiel ihm nicht, aber er schob es darauf, dass ihn der Artikel und die ganze Geschichte so aufbrachte.

»Darauf können Sie sich verlassen«, beeilte er sich zu versichern. »Ich gebe Ihnen mein Wort. Hätte sie zwischendurch nicht die Hilfe von diesem Löwy gehabt, wäre auch schon längst alles geregelt, und wir würden auch gar nicht mehr darüber sprechen müssen. Vertrauen Sie mir!«

Vera

116

Sie hatte die Nacht in den Armen von Eric verbracht, der sie einfach nur gehalten hatte. Trotz ihrer Müdigkeit hatten sie bis zum Morgengrauen geredet. Er hatte ihr von seiner Verhaftung erzählt, wie die britischen Soldaten ihn nach Frankfurt gebracht und dort der Militärpolizei der Amerikaner übergeben hatten. Man behauptete, er habe militärische Geheimnisse aus seiner Zeit bei *CROWCASS* an Zivilpersonen verraten. Angeblich gebe es Zeugen dafür. Dann sperrte man ihn in eine Zelle. »Sie haben mich immer wieder aus dem Schlaf gerissen und verhört. Damit zermürbt man am Ende fast jeden. Aber mir war klar, dass sie hauptsächlich dafür sorgen wollten, dass du durch meine Verhaftung ganz allein auf dich gestellt bist. Ich habe mir Sorgen um dich gemacht«, bekannte er, während seine Finger über ihre Haut strichen.

Sie fragte ihn nicht nach seiner Schwester, denn sie spürte auch so, wie sehr ihn der Gedanke belastete, wie es Lina gehen mochte.

Irgendwann fielen sie in den Schlaf. Als sie aufwachte, wurde es hell, und sie lauschte einige Zeit Erics regelmäßigen Atemzügen, während sie nachdachte. Sie wollte nicht völlig kampflos aufgeben. Dazu war sie nicht bereit.

Vorsichtig wand sie sich aus seinen Armen und besorgte sich Stift und Papier. Die aufgehende Sonne schien durchs Fenster, als sie sich im Salon an den Tisch setzte und zu schreiben begann.

Sir Colton kam nur wenig später. »Sie sind schon wach?«

»Ja, ich habe nachgedacht. Sie sagten, dass ich es nicht umsonst tun müsse ...«, sagte sie.

Der Engländer nickte.

Sie blickte ihn zögernd an. »Wenn ich auf eine Veröffentlichung verzichten soll, sind das meine Bedingungen.« Sie reichte ihm das, was sie geschrieben hatte. »Und ich würde das Angebot annehmen, eine neue Identität zu bekommen«, fügte sie hinzu, da sie im Falle, dass man auf die Punkte einging, nicht mehr in Deutschland bleiben konnte.

Colton las. Schließlich sah er auf. »Ich verstehe den Gedanken, der dahintersteckt, aber ich bin mir nicht sicher, ob wir das durchsetzen können.«

»Sagten Sie gestern nicht, eine Veröffentlichung könnte eine internationale Krise heraufbeschwören? Ich könnte den Artikel auch gleich an eine russische Zeitung schicken.«

Er musterte sie. »Ihnen ist klar, dass nicht nur die Deutschen, sondern auch die Amerikaner auf die Idee kommen könnten, ihre Schwierigkeiten mit Ihnen anders zu lösen?«

»Ja, darüber denke ich unentwegt nach, und ich würde lügen, wenn ich behaupten würde, ich hätte keine Angst ...« Vera stockte, denn sie hatte in der Nacht sogar darüber nachgedacht, ob es unter Umständen selbst für die Briten einfacher sein könnte, wenn man sich ihrer einfach entledigte. Doch sie vertraute Sir Colton. Entschlossen straffte sie die Schultern. »Aber Sie sollten die Amerikaner vielleicht wissen lassen, dass ich Jonathans Aufzeichnungen, die die Grundlage für diesen Artikel darstellen, zusammen mit einem Schreiben bei einem Anwalt hinterlegt habe, das im Falle meines Ablebens geöffnet wird. Es gibt außerdem verschiedene Leute, unter anderem auch den Chefredakteur meiner Zeitung, die so viel über diese Geschichte wissen, dass sie das Ganze, sollte mir etwas zustoßen, sicher nicht auf sich beruhen lassen würden.«

Einen Augenblick sagte Sir Colton nichts. Dann lächelte er. »Nun gut. Ich werde sehen, was ich tun kann.«

Er nahm das Papier an sich und stand auf. »Wo ist eigentlich Leo?«

»Er hatte noch etwas zu erledigen.« Vera erzählte ihm, dass er gestern die Wohnung verlassen habe, aber gesagt habe, er wolle heute wiederkommen.

Sir Colton blickte sie überrascht an.

117

Das Treffen sollte auf neutralem Gebiet stattfinden, in einem Haus, das sich an der Grenze zwischen Schöneberg und Wilmersdorf und damit zu einem Teil im amerikanischen und zum anderen im englischen Sektor befand.

Sir Colton bereitete Vera akribisch darauf vor. Zwei weitere Briten vom Geheimdienst würden an der Verhandlung teilnehmen. Einer von ihnen war eigens aus London angereist. »Sie werden nichts sagen, sondern allein uns das Sprechen überlassen, gleichgültig, was die Amerikaner sagen«, wiederholte Colton eindringlich.

Wenn es nach Vera gegangen wäre, hätte sie gut darauf verzichten können, überhaupt dabei zu sein, aber die Amerikaner bestanden darauf. Ihre Frage, ob Eric sie begleiten könne, hatte Colton sofort verneint. »Bis das alles geklärt ist, muss er sich aus der Schusslinie heraushalten.«

Sie wünschte, sie hätte eine Gelegenheit gehabt, zwischendurch mit Eric allein zu sprechen, aber die Wohnung wurde plötzlich voll. Dennoch spürte sie seine Nähe.

Im Laufe des Tages trafen immer mehr Briten ein. Wachpersonal, wie Eric Veras Vermutung bestätigte, denn auch wenn sie in ihren Anzügen gut als Zivilpersonen hätten durchgehen können, waren sie alle bewaffnet. Nur Leo war seltsamerweise noch nicht zurückgekommen. Eine leichte Unruhe herrschte unter den Engländern. Unweit des Hauses hatte man in den Morgenstunden einen Deutschen festgenommen, der Fotos vom Eingang gemacht hatte. Die Agenten hatten ihn mehrere Stunden lang verhört, aber er beharrte darauf, lediglich ein Liebhaber schöner Hausfassaden zu sein. Am Ende musste man ihn gehen lassen, doch Sir Colton ließ den Amerikanern telefonisch eine Warnung zukommen.

Vera versuchte, sich nicht einschüchtern zu lassen, bis zu dem Moment, als Colton anordnete, dass sie und Eric sich von dem vorderen Bereich der Fenster fernhalten sollten. Eine leise Furcht ergriff sie, dass doch noch etwas geschehen könnte. Sie fragte sich, wie sie in all das nur hineingeraten war.

Als der Zeitpunkt des Aufbruchs nahte, war sie schon an der Tür, doch plötzlich hielt sie inne und ging noch einmal zurück zu Eric. Sie blickte ihn an. »Wenn mir etwas passiert, ich will nur, dass du weißt ...«

Er ließ sie nicht ausreden, sondern zog sie in seine Arme. »Es wird alles gut werden, Vera.«

Dann mussten sie gehen. Sie fuhren mit drei Wagen. Die Straße hatte man vorher abgesperrt. Sir Colton saß neben ihr. Er tätschelte ihr die Hand, als er ihre Nervosität bemerkte. »Sehen Sie diese Verhandlung wie ein großes Theaterstück. Nichts anderes wird es sein.«

Sie schwieg.

Nicht einmal zehn Minuten später hielten sie vor einem verfallenen Gebäude, das ehemals eine Bank gewesen war. Als sie durch die Hofeinfahrt liefen, sah sie, dass der hintere Teil gänzlich unzerstört war. Angespannt lief sie in Begleitung von Sir Colton und den Wachmännern zum Haus und atmete erleichtert auf, als sie den Treppenaufgang erreichten.

Die Amerikaner erwarteten sie in einem großen Konferenzraum, der mit Marmor gefliest war. Sie waren zu fünft, und Vera spürte, wie ihre Blicke sie durchbohrten, als sie den Raum betrat. Man schenkte ihr kaum mehr als ein knappes Nicken, während die Männer untereinander einige Begrüßungsfloskeln wechselten, dann setzten sich alle an den Tisch.

Das schnelle Englisch mit den verschiedenen Akzenten machte es Vera bald unmöglich zu folgen. Sie nahm wahr, dass der Ton zwischendurch schärfer wurde, und hörte einige Male die Namen Hüttner und Jacobsen sowie die Worte Immunität und auch Verhaftung heraus. Eine tiefe Verachtung erfüllte sie, worüber sie hier feilschten. Sie bekam mit, dass einer der Amerikaner, der eine Uniform trug, sie nachdenklich beobachtete. Als das Gespräch auf einmal beendet war, sagte er etwas zu Colton, der darauf zögernd nickte und sich zu ihr wandte. »Sie sind mit allem einverstanden, aber der Major möchte wissen, woher Sie wussten, dass Gehlen das Material damals kopiert hat.«

Sie dachte an Hernstadts zuckendes Auge und seine Taubenzucht. Niemals würde sie ihn verraten. »Ich bin mir nicht sicher, ob ich die Frage beantworten kann, Sir Colton«, gab sie zur Antwort.

»Es tut mir leid, das ist eine Bedingung von ihnen.«

Sie zögerte. »Über Gehlen habe ich von einem Informanten erfahren, aber dass er das Geheimdienstmaterial kopiert und es zusammen mit sich und seinen Mitarbeitern von Fremde Heere Ost angeboten hat, das ist mir bekannt … weil er diese Dinge zuerst den Briten offeriert hatte, noch während des Krieges.« Sie stockte. »Und das weiß ich wiederum von Ihnen, Sir Colton.«

Der Major schaute sie genauso sprachlos an wie Sir Colton, bevor mit einem Mal alle aufgeregt durcheinanderredeten. Der Engländer zuckte mehrmals die Achseln und sagte etwas. Sie hoffte, er würde ihr verzeihen.

Schließlich war alles vorbei.

»Eine einzige Frage, die Sie beantworten sollen, und Sie fallen einem so in den Rücken!«, sagte Colton leise, als sie aufbrachen, doch seine Augen funkelten belustigt.

»Es tut mir leid. Ich konnte meine Quelle nicht verraten, und ich dachte, die Amerikaner wüssten von Gehlens erstem Versuch.«

»Nun, offensichtlich nicht alle Amerikaner.«

»Und sie gehen auf alle Bedingungen ein?«, fragte Vera.

»Ja.«

»Wie lange wird es dauern, bis sie dafür sorgen?«

»Innerhalb der nächsten Stunde wird es einen Anruf in München geben, und dann wird alles seinen Lauf nehmen.«

Sie war unten an der Treppe angelangt.

Erst jetzt merkte sie, wie erleichtert sie war, das Treffen hinter sich gebracht zu haben. Sie traten nach draußen und liefen durch den Hof zur Straße weiter.

Die Sonne blendete sie für einen Moment, und einer der Briten sagte etwas zu Sir Colton, der hinter ihr zurückblieb. Sie lief auf den Wagen zu, dessen Tür einer der Bewacher bereits geöffnet hatte, als auf einmal jemand etwas rief.

»Vera!«

Sie wollte sich nach Sir Colton umdrehen und sah im gleichen Augenblick, dass von rechts die Gestalt eines Mannes mit schnellen Schritten auf sie zukam. Es war Leo. Verwirrt schaute sie ihn an. Mit entschlossener Miene presste er die Lippen zusammen und zog eine Waffe. Entsetzt blickte sie ihn an. Er stürzte auf sie zu. Erst da nahm sie wahr, dass Leo die Waffe auf einen der Briten richtete, der etwas entfernt hinter dem zweiten Wagen stand und seine Pistole auf sie gerichtet hatte. Sie erstarrte. Ein Schuss peitschte durch die Luft, dem weitere folgten, während Leo sie zu Boden riss und sie ein stechender Schmerz durchfuhr. Männer schrien durcheinander. Warum bekam sie keine Luft? Etwas Warmes, Feuchtes klebte an ihrer Hand. Ihre Finger waren voller Blut. Sie keuchte, weil es sich anfühlte, als würde ihr jemand ein Gewicht auf die Brust drücken. Dunkel begriff sie, dass es Leo war. Noch immer schrien Stimmen durcheinander. Dann war erneut ein Schuss zu hören, und plötzlich war es still.

Es gelang Vera, sich zu bewegen. Voller Entsetzen merkte sie, dass Leo sich nicht bewegte. Das Blut war von ihm …

Helmut

118

München …

Nachdem er immer wieder über die Dinge nachgedacht hatte, hatte sich ein Gedanke in seinem Kopf festgesetzt, den er für durchaus möglich hielt, so schrecklich er war. Nur kurz nach seinem Treffen mit Fritz hatte er daher einen Plan gefasst. Es war überraschend einfach, ihn umzusetzen. Er war zunächst nach München gefahren und hatte Karl angerufen und ihm gegenüber behauptet, er wäre gerade hier in der Stadt, weil er einen Freund besuchen würde. Ob Karl nicht Zeit hätte, dass sie sich auch treffen könnten. Selbstverständlich war sein Patenonkel bereit dazu. Sie verabredeten sich in einem Café in der Innenstadt, und die folgende Stunde war eher unangenehm, weil er Karls Ermahnungen über sich ergehen lassen musste. Er müsse sich seiner Mutter gegenüber anständiger verhalten und zusammenreißen. Anscheinend hatte sowohl sie als auch Fritz mit ihm telefoniert, denn er wusste auch über sein Trinken Bescheid. Helmut spielte den Reumütigen und gab vor, auch seinen Vater gerne sehen zu wollen.

»Das würde er bestimmt auch, aber du weißt doch, dass das nur mit besonderen Vorkehrungen geht. Er darf auf keinen Fall mit euch in der Öffentlichkeit gesehen werden. Und momentan ist er ohnehin nicht ganz er selbst.«

Nach einer guten Stunde hatte Karl sich schließlich verabschiedet. Helmut hatte noch im Laufen schnell eine andere Jacke und Schirmmütze übergezogen, die er in einer Tasche bei sich trug – und war ihm unauffällig gefolgt.

Karl fuhr einige Stationen mit der Tram und dann mit dem Bus. Zu seiner Erleichterung las er die ganze Zeit Zeitung, sodass Helmut auch ohne besondere Vorkehrungen nicht Gefahr gelaufen wäre, von ihm entdeckt zu werden.

Karl stieg in Pullach aus und lief auf die Einfahrt eines abgezäunten, zum Teil von Mauern umgebenen Geländes zu. Es wurde von amerikanischen Soldaten bewacht, wie Helmut verwundert feststellte. Aus der Entfernung beobachtete er, wie Karl sie grüßte, einen Ausweis vorzeigte und durch das geöffnete Tor verschwand.

Was um Gottes willen war das hier? Helmut betrachtete grübelnd die Mauern und Umzäunung. Mit einer Bewachung hatte er nicht gerechnet. Unschlüssig überlegte er, was er tun sollte, und entschied sich für den Angriff nach vorne.

Er ging auf die Einfahrt zu, doch noch bevor er etwas sagen konnte, versperrten ihm zwei Soldaten den Weg. Sie trugen Maschinengewehre.

»Stehen bleiben!«

Er hob instinktiv die Hände auf Brusthöhe. »Ich wollte zu meinem Vater, Rudolf Pape. Er arbeitet hier.«

Der andere Soldat richtete eine Pistole auf ihn. »Ihren Ausweis!«

Er zog mit der einen Hand vorsichtig seine Papiere hervor und reichte sie ihm.

»Sie heißen Weißenburg!«

»Ja, ich habe einen anderen Namen als mein Vater.« Die Soldaten redeten untereinander auf Englisch. Helmut spürte, dass die Situation mit einem Mal angespannt wurde und etwas Bedrohliches bekam.

»Woher wissen Sie von dem Gelände hier?«

»Ich …«

Weiter kam er nicht, denn im selben Augenblick hatte er plötzlich eine Pistole am Kopf, und seine Arme wurden mit einer schnellen Bewegung auf den Rücken gedreht, sodass er sich nicht mehr bewegen konnte. Es tat weh. Man drückte ihn gegen die Wand des Kontrollhäuschens.

»Wenn Sie Herrn Pape anrufen und fragen, werden Sie sehen, dass ich recht habe«, stieß er stöhnend hervor.

Die Amerikaner sprachen erneut miteinander. Dann verschwand einer von ihnen im Inneren des Häuschens und schien zu telefonieren.

Helmuts Arme und Schultern schmerzten, und eine Ewigkeit schien zu vergehen, bis man herbeieilende Schritte hörte.

»Helmut?«, ertönte die Stimme seines Vaters.

Er sagte etwas auf Englisch zu den Wachen, die ihn daraufhin zögernd losließen.

»Was machst du hier?«, fragte sein Vater. Er sagte noch etwas zu den Soldaten – Helmut hörte die Worte *familiärer Notfall* auf Englisch – und zog ihn mit sich aufs Gelände.

»Ich wollte dich besuchen – ich muss mit dir sprechen.«

»Woher weißt du überhaupt von hier? Ich kann nur hoffen, dass die Soldaten sofort wieder vergessen, wie du heißt. Stell dir vor, irgendjemand hört den Namen *Weißenburg*.«

Sein Vater lief schnell, als befürchtete er, jemand könnte ihn sehen.

»Das ist das einzig Wichtige, worum es dir geht, oder?«, erwiderte Helmut und konnte fühlen, wie sich seine Gesichtszüge verhärteten.

Sein Vater schaute ihn überrascht an, blieb ihm aber eine Antwort schuldig. Ringe lagen unter seinen Augen, und er sah müde aus. Er schien Schlafprobleme zu haben. Aber auch das schien Helmut nur ein weiterer Beweis zu sein.

Sie liefen auf ein flaches Gebäude zu, das sie betraten, und gelangten im ersten Stock in ein Büro. Es schien das Arbeitszimmer seines Vaters zu sein.

Helmuts Blick glitt über die Karten und Luftaufnahmen an der Wand und verharrte schließlich auf dem Halfter mit der Waffe, der an einem Haken hing. Durch das Fenster konnte man in einiger Entfernung eine amerikanische Flagge erkennen, die im Wind flatterte. »Du arbeitest für die Amerikaner?«

Sein Vater seufzte. »Du weißt doch, dass ich darüber nichts sagen darf. Du dürftest wirklich nicht hier sein. Ich hole uns etwas zu trinken, und du kannst mir gleich erzählen, worüber du mit mir reden willst.«

Er verschwand, und Helmut schaute sich weiter um. Auf dem Schreibtisch standen einige Familienbilder. Eines war von Marie, und er spürte, wie ihn eine kalte Wut erfasste. Es war seine Schuld!

Er wusste selbst nicht, warum er nach dem Halfter mit der Waffe griff und sich auf den Stuhl hinter dem Schreibtisch statt auf einen der Besucherstühle setzte.

Sein Vater blieb mit dem Tablett in der Hand wie angewurzelt stehen, als er ihn bei seiner Rückkehr dort entdeckte. Für einen kurzen Moment flackerte Unsicherheit in seinem Gesicht auf. »Leg das weg«, sagte er scharf, während er die Getränke abstellte. »Und setz dich sofort auf einen der Besucherstühle, wie es sich gehört!«

Doch Helmut schüttelte den Kopf, weil es ihm plötzlich gefiel, ihn zu provozieren. Selbst wenn seine Vermutung nicht stimmte, war er am Ende schuld an Maries Tod. »Nein, mir gefällt es hier. Vielleicht verstehe ich dann, wie es sich anfühlt, *du* zu sein.«

»Was soll das?« Sein Vater kam aufgebracht auf ihn zu, und man sah ihm an, dass er ihn zur Not auch mit Gewalt aus dem Stuhl befördern würde, doch zum ersten Mal spürte Helmut keinen Respekt, keine Autorität, sondern nur diese Wut, weil

Marie seinetwegen sterben musste. Er wollte die Wahrheit wissen, und wahrscheinlich würde er sie nur so erfahren. Mit einer blitzschnellen Bewegung richtete er die Waffe auf ihn, die er zuvor aus dem Halfter gezogen hatte. »Ich will, dass du mir ein paar Fragen beantwortest.«

»Du bedrohst deinen eigenen Vater?« Ungläubig wich er vor ihm zurück und starrte ihn an, bevor er auf den Stuhl hinter sich sank.

Helmut legte die Waffe vor sich auf dem Schreibtisch ab, behielt aber eine Hand darauf. »Marie musste wegen dir sterben, nicht wahr?«

Verwirrt blickte sein Vater ihn an. Er schien plötzlich nur noch ein Schatten seiner selbst. »Ja, aber das weißt du doch. Diese Jüdin wollte sich rächen.«

Helmut schüttelte den Kopf. »Nein, das glaube ich nicht mehr, nicht, seitdem ich weiß, dass Maries Freund Jonathan, dieser Journalist, fünf Tage nach ihr ums Leben gekommen ist. Er war derjenige, der die Nachforschungen über dich angestellt hat.«

»Was, wovon redest du da?«, stieß sein Vater mit hohler Stimme hervor.

Seine entsetzte Miene irritierte Helmut. Doch er glaubte ihm nicht. »Willst du sagen, du hast Karl nicht gebeten, Maries Umfeld zu überprüfen und herauszufinden, wer ihr Freund war?«, fuhr er ihn an.

»Ihr Umfeld ja, aber einen Freund? Ich schwöre dir, ich wusste nichts davon! Ich habe den Namen Jonathan noch nie gehört.«

»Nein? Karl hat Sonja, meine Freundin, gewürgt, um den Namen von ihm zu erfahren.«

»Was?«

»Es geht hier nicht nur um deine falsche Identität, die niemand erfahren darf, oder, Vater? Sondern um das, was ihr hier tut. Deshalb hattest du so eine Angst, Marie könnte irgendjemandem davon erzählen …«

Doch sein Vater schien ihm gar nicht zuzuhören, sondern über irgendetwas nachzudenken. Sein Gesicht nahm auf einmal einen kalten Ausdruck an.

Die Tür des Büros öffnete sich. »Helmut? Also haben die Wachen doch recht gehabt … Was um Gottes willen tust du hier?«, herrschte Karl ihn an. Erst da bemerkte er die Waffe vor Helmut und erfasste die Situation.

Plötzlich hörte man schwere Schritte. Soldaten der Militärpolizei stürzten ins Büro.

Helmut nahm hastig die Hände von der Waffe. Was wollten die Männer? Waren sie wegen ihm gekommen?

»Karl Hüttner? Rudolf Pape?«

Ungläubig hörte Helmut, wie der Offizier der Militärpolizei auf Englisch erklärte, dass man seinen Vater und Karl wegen einer Anklage festnehmen werde.

Doch sein Vater reagierte gar nicht, sondern starrte nur zu Karl. »Du warst es. Du hast Marie umbringen lassen«, stieß er wutentbrannt hervor und beugte sich im gleichen Atemzug mit einer blitzschnellen Bewegung nach vorne, griff die Pistole und schoss.

Karls Mund entwich ein erschrockener Laut. Er taumelte. Ein Blutfleck breitete sich auf seinem Hemd aus, und dann brach er einfach zusammen, während sich die Soldaten schon auf seinen Vater stürzten und ihn überwältigten.

Das Gesicht von Hermann Weißenburg war wie versteinert, als man ihn abführte. Helmut hatte Mühe zu begreifen, was gerade geschehen war.

Vera

119

Berlin …

Die Krankenschwester war eine energische Person. »Nein, Sie brauchen erst einmal einen Arzt und müssen untersucht werden. Vorher können Sie nirgends hingehen«, sagte sie und hielt sie am Arm fest.

Vera schaute an ihrem Kleid hinunter, das von roten Flecken durchtränkt war. »Aber wie ich schon sagte, das ist nicht mein Blut, und jetzt lassen Sie mich bitte durch.« Seit mehreren Minuten stand sie hier schon und diskutierte mit ihr, dabei wollte sie nur wissen, wie es Leo ging.

Zu ihrer Erleichterung entdeckte sie in diesem Augenblick Sir Colton am Ende des Gangs, der auf sie zukam.

Sie entzog der Krankenschwester ihren Arm und lief mit schnellen Schritten auf den Engländer zu. Man sah seinem Gesicht die Sorge an.

Nach dem Schusswechsel hatte Leo noch einmal kurz das Bewusstsein erlangt, doch dann war er erneut ohnmächtig geworden und nicht wieder zu sich gekommen. Er hatte ihr das Leben gerettet! Vera schämte sich noch immer, dass sie einen Moment geglaubt hatte, er würde auf sie schießen, als er die Pistole gezogen hatte. Als Einziger hatte er den als britischen Agenten getarnten Deutschen bemerkt, der auf sie gezielt hatte, und ihn nicht nur mit seinem Schuss niedergestreckt, sondern auch seine Kugel abgefangen. Der Schütze war tot. Noch zwei weitere Deutsche hatten auf der anderen Straßenseite gelauert. Sie waren bei der Schießerei verletzt worden und inzwischen in Gewahrsam genommen. Die Amerikaner beteuerten, nichts von dem Anschlag gewusst zu haben.

»Und, haben die Ärzte schon etwas gesagt?«, fragte Vera den Engländer. Die Briten hatten Leo sofort ins Krankenhaus gebracht. Sir Colton war mit ihm gefahren. Vera war etwas später, nachdem man sicher war, dass für sie keine Gefahr mehr bestand, in einem zweiten Wagen gefolgt.

»Nein, er wird operiert. Man kann noch nichts sagen, aber er hat viel Blut verloren. Sie sollten in die Wohnung zurückgehen. Zu Ihrer Sicherheit.«

Vera schüttelte den Kopf. »Nein, ich bleibe, das schulde ich Leo. Aber könnten Sie Eric durch einen Ihrer Leute eine Nachricht zukommen lassen, dass die Amerikaner die Bedingungen angenommen haben?«, fragte sie, als sie beide im Warteraum Platz nahmen.

Colton nickte und sprach mit einem der Wachposten, die sie ins Krankenhaus begleitet hatten, der kurz darauf verschwand.

Vera hatte Eric erzählt, was sie verlangen wollte – dass sie nicht nur die Verhaftung von Maries und Jonathans Mörder forderte, sondern auch die Freilassung seiner Schwester Lina. »Ich weiß nicht, wie ich dir danken soll, wenn dir das gelingt«, hatte er gesagt.

»Und sind Sie bereit, Deutschland zu verlassen? Sie sollten sich darauf einstellen, dass Sie innerhalb der nächsten vierundzwanzig Stunden aus Berlin abreisen müssen.«

»Wann werde ich meinen neuen Namen erfahren?«

»Aus Sicherheitsgründen erst, wenn Sie ins Flugzeug steigen.«

Sie schwieg. Ein neuer Anfang. Es fiel ihr schwer, sich das vorzustellen, und ihr wurde bewusst, dass ihr nicht einmal die Zeit bleiben würde, sich von einigen Menschen zu verabschieden.

Sie hatten fast eine halbe Stunde im Warteraum gesessen, als plötzlich die Tür aufgerissen wurde. Sir Colton und die beiden Engländer, die zu ihrem Schutz mit ihnen im Raum waren, griffen gleichzeitig nach ihrer Waffe. Doch es war nur Eric.

»Vera. Geht es dir gut?« Ungläubig blickte er von ihrem Gesicht zu ihrem blutbefleckten Kleid und zog sie in die Arme.

»Mit mir ist nichts«, beruhigte sie ihn. »Es ist Leo.«

»Man hat mir erzählt, was passiert ist. Wie geht es ihm?«

Sie schilderte Eric, was sie bisher wussten.

Einer der Briten kam auf Sir Colton zu und sprach flüsternd mit ihm. Dieser erwiderte etwas und schüttelte ungläubig den Kopf, bevor er sich zu Vera und Eric wandte.

»Ich habe eben erfahren, dass Karl Hüttner in München erschossen wurde. Von Hermann Weißenburg. Sie sollten gerade festgenommen werden.«

Hüttner war tot! Vera horchte in sich hinein, doch sie spürte nichts – weder Genugtuung noch Befriedigung und auch kein Mitleid oder Erleichterung, sondern nur Leere. Sie dachte an Marie und Jonathan und merkte, wie Eric den Arm um sie legte.

Colton berichtete ihnen, dass man auch Hüttners Handlanger festgenommen habe, einen gewissen Gernot Fechner und einige andere Männer. Außerdem hatte man in Hüttners Büroschrank Protokolle über Telefonmitschnitte zwischen Marie Weißenburg und Lina und eine Akte über sie und auch Vera gefunden. Inzwischen war auch klar, dass er ganz allein für den Anschlag verantwortlich war. Er hatte es nach seinem Gespräch mit Grünberg nicht akzeptieren können, dass seinen Machenschaften ein Ende gesetzt worden war, und geglaubt, mit dem Anschlag noch einmal alles zu seinen Gunsten beeinflussen zu können.

»Glauben Sie den Amerikanern das?«, fragte Vera ihn zweifelnd.

Colton nickte. »Ich habe ihnen, wie Sie es mir aufgetragen haben, gesagt, dass Sie Jonathans Aufzeichnungen und einen Brief bei einem Anwalt deponiert haben. Ihr Tod wäre für die Amerikaner zum jetzigen Zeitpunkt nur von Nachteil gewesen.« Vera schauderte, als ihr bewusst wurde, wie leicht für sie, und auch für Eric und Lina, alles einen anderen Ausgang hätte nehmen können.

Colton drehte sich zu Eric. »Man wird wahrscheinlich noch mehr Beweise finden, aber es ist jetzt schon offensichtlich, dass das alles Ihre Schwester entlasten wird«, sagte er. »Sie müsste in Kürze aus der Untersuchungshaft entlassen werden und wird mit einer der nächsten Maschinen aus Frankfurt nach Berlin kommen.«

»Danke«, erwiderte Eric rau.

120

Zwei Stunden später erfuhren sie, dass Leo die Operation gut überstanden hatte. Man hatte die Kugel entfernt und die verletzten Gefäße versorgt. Ein kleines Stück der Leber, die glücklicherweise nur am Rand getroffen worden war, hatte entfernt werden müssen. Die Blutung war dadurch zum Stillstand gekommen. Leo war noch schwach, aber man erlaubte Vera und Sir Colton einen kurzen Besuch.

Er war leichenblass und wirkte erschöpft und müde. Sein rechter Mundwinkel hob sich, als er Vera erblickte, obwohl man ihm anmerkte, dass er Schmerzen hatte.

»Ich wollte dir danken«, flüsterte sie.

»Hätte mir Jonathan nicht verziehen«, murmelte er. Sie drückte seine Hand.

Später fuhren sie alle zurück zur Wohnung. Vera kam es so vor, als wenn noch mehr Sicherheitspersonal da wäre als zuvor.

Es war fast Mitternacht, als Lina in die Wohnung gebracht wurde. Die beiden Geschwister fielen sich in die Arme, und etwas an diesem Bild von Bruder und Schwester versöhnte Vera.

Die ganze Nacht blieben sie wach und redeten, noch immer erstaunt, dass alles so gekommen war und sie noch lebten. Sie sprachen aber auch von Marie und Jonathan, und Vera war dankbar, von Lina ein wenig über die Frau zu erfahren, die Jonathan so viel bedeutet hatte.

Als es hell wurde, nahte der Moment des Abschieds. Lina hatte sie für einen Augenblick alleine gelassen.

»Wann fliegst du nach England?«

»Gegen Mittag.«

Sir Colton hatte ihnen beiden am Abend noch die Informationen zu ihrer Abreise gegeben. Eric und Lina würden schon am frühen Morgen nach Tel Aviv abreisen.

»Ich weiß noch nicht einmal, wie ich dort heißen werde«, sagte sie leise.

»Schreib Major Connor. Er wird mir alles weiterleiten, ja?«, sagte er. Und dann küsste er sie.

Wenig später war er fort.

Begleitet von zwei Briten zu ihrem Schutz, fuhr Vera kurz darauf noch einmal zu ihrer Wohnung. Es gab nicht viel, was sie mitnehmen wollte – einige persönliche Sachen und Jonathans roten Schal.

Sir Colton begleitete sie gegen Mittag zum Flughafen Tempelhof. »Ihr neuer Name ist Vera Johnson«, sagte er. Er gab ihr ihren neuen Pass und außerdem einen Zettel mit einer Kontonummer. Es sei nur gerecht, dass die Amerikaner ihr eine kleine Summe bezahlten, damit sie am Anfang zurechtkomme. Er habe sich erlaubt, dies noch als Bedingung hinzuzufügen.

Sie dankte ihm für alles.

In der Flughalle umarmte er sie ein wenig steif. »In Ihrem Pass liegt hinten noch eine Karte mit meiner Telefonnummer.

Denken Sie daran, niemandem zu erzählen, wer sie einmal waren, und rufen Sie mich an, wenn es Schwierigkeiten gibt. »Er griff in seine Manteltasche. »Das soll ich Ihnen auch noch geben«, sagte er und reichte ihr einen Umschlag, auf dem *Vera* stand.

Sie öffnete den Brief hoch oben in der Luft, als die Häuser von Berlin unter ihr immer kleiner wurden. Es war ein Flugticket – von London nach Tel Aviv. Der Name war noch nicht ausgefüllt. Eine Karte lag dabei, als sie sie las, stahl sich ein Lächeln auf ihre Lippen.

Ein neues Leben lag vor ihr …

Epilog

Anfang April 1956, sieben Jahre später …

Die Sonne strahlte, und das erste zarte Grün spross an den Bäumen im Regent's Park. Die Menschen hatte es nach draußen getrieben – Studenten aus den nahe gelegenen Colleges genauso wie Berufstätige, die ihren Lunch hier in der Pause einnahmen, Mütter mit ihren Kinderwagen und Spaziergänger jeden Alters.

Vera beschleunigte ihren Schritt und warf einen Blick auf die Uhr. Sie würde es noch rechtzeitig schaffen. Auf einer Parkbank saß eine junge Frau, die mit geschlossenen Augen die Frühlingswärme genoss, und sie erinnerte sich daran, wie oft sie in den ersten Monaten nach ihrer Ankunft in London selbst hierhergekommen war.

Es war nicht einfach gewesen zu Beginn – die fremde Sprache, die anderen Menschen und Gebräuche, das alte Leben wirklich hinter sich zu lassen und ein neues anzufangen. Doch am Ende war es ihr gelungen.

Sie bog nach rechts, um den Park zu verlassen, und schlängelte sich zwischen den Passanten die Straßen durch, bis sie das alte Gebäude der London University vor sich sah.

»Mrs. Johnson?« Ein grauhaariger Herr in Hut und Mantel, eine Aktentasche unter den Arm geklemmt, war vor ihr stehen geblieben. »Sie sind es tatsächlich!«

»Mr. Philby!« Überrascht erkannte sie ihren alten Lehrer, bei dem sie in den ersten Monaten Unterrichtstunden in Englisch genommen hatte, da ihre Schulkentnisse nicht ausreichten, um sich damit ein neues Leben aufzubauen.

Er griff ihre Hand. »Wie geht es Ihnen?«

»Gut, wirklich gut«, sagte sie ehrlich. Mr. Philby hatte damals mitbekommen, wie sie in der Anfangszeit oft von Wehmut und Zweifeln befallen worden war, und ihr bei einem guten englischen Tee Mut zugesprochen. »Ihr Unterricht hat sich ausgezahlt. Ich arbeite jetzt seit einigen Jahren für ein Übersetzungsbüro, und manchmal dolmetsche ich auch vor Gericht.«

»Das freut mich aufrichtig, Mrs. Johnson. Ich wusste immer, dass Sie hier Fuß fassen werden.«

Sie überlegte, ihm ihren neuen Namen zu nennen, doch dazu gehörte eine Geschichte, und sie spürte, dass er genau wie sie in Eile war. Sie verabschiedeten sich, und als sie die breite Treppe zum Vorlesungssaal hinauflief und dort ankam, öffneten sich gerade die Türen, und die Studenten strömten heraus. Einen Augenblick lang blieb sie auf der Schwelle stehen und beobachtete durch die vorbeiziehenden Köpfe der jungen Frauen und Männer, wie er unten am Pult noch mit einem Studenten sprach und seine Sachen zusammenpackte. Als spürte er ihren Blick, hob er den Kopf, und ihre Augen trafen sich. Sie lächelte, bevor sie die Stufen zu ihm hinunterstieg.

Eric gab ihr einen Kuss, nahm seine Sachen und griff wie selbstverständlich ihre Hand.

»Du hast mich schon wieder heimlich beobachtet«, sagte er auf dem Weg nach draußen ein wenig tadelnd.

»Ja, ich weiß«, bekannte sie ohne Reue, denn sie mochte es, sich manchmal in seine Vorlesungen zu schleichen und ihm zuzuhören. Es waren diese kleinen Momente, die das eigentliche Glück im Leben ausmachten, wie sie fand – ihn so zu sehen, wenn er über die Geschichte der alten Römer sprach, zu fühlen, wie er ihre Hand hielt oder so wie jetzt in der Sonne die Straße entlangzugehen.

Sie war damals entgegen aller Vernunft zu ihm nach Tel Aviv geflogen. Nur kurze Zeit nachdem sie in London angekommen war, aber obwohl ihr schnell klar war, wie viel sie für Eric empfand, spürte Vera, dass sie nicht in Israel bleiben konnte. Sie liebte Tel Aviv, das pulsierende Leben und das Klima, und zu ihrer Überraschung begegneten die Menschen ihr nur selten mit Ressentiments, wenn sie hörten, dass sie deutsch war. Doch sie selbst kam nicht damit zurecht. Wenn jemand beim Klang ihres Akzents zusammenzuckte oder Freunde und Bekannte von Eric darüber sprachen, wer von ihren Familien noch lebte, fühlte sie sich wie ein Fremdkörper, und alles erinnerte sie an früher – an den Krieg und die Verfolgung der Nazis, aber auch an Jonathans Tod.

»Es ist zu frisch, die Narben sind noch nicht verheilt, Eric. Weder in diesem Land und bei diesen Menschen, die so viel erlitten haben, noch bei mir selbst. Vielleicht in ein paar Jahren«, sagte sie unter Tränen und war schließlich nach London zurückgekehrt.

Er hatte sie nicht verstanden, und einige Wochen hatten sie nichts voneinander gehört. Es war eine einsame, schreckliche Zeit gewesen. Erst aus der Entfernung hatte sie begriffen, wie sehr sie Eric liebte. Dass es ihm nicht anders ging, erkannte sie, als er eines Tages vor der Tür stand – mit einer Reisetasche in der Hand. »Dann leben wir eben in England und verbringen die Ferien in Tel Aviv«, sagte er nur und küsste sie. Am nächsten Tag hatte er ihr einen Antrag gemacht. Zwei Jahre später war ihre Tochter Hannah auf die Welt gekommen.

Eric hatte sein Geschichtsstudium fortgesetzt, das er in Amerika begonnen hatte, bevor er zum Militär gegangen war, und nach seinem Abschluss hatte er eine Stelle an der Universität bekommen.

»Lina hat geschrieben. Sie kommt uns im Mai besuchen«, erzählte sie jetzt und sah, wie sehr Eric sich freute. Seine Schwester war damals nur kurz in Israel geblieben. Voller Trotz und Heimweh war sie nach Deutschland zurückgekehrt und lebte jetzt sogar in Berlin.

Sie lief mit Eric weiter und fasste seine Hand. Ja, sie war glücklich – trotz allem, was hinter ihnen lag, dachte Vera, als sie in eine Straße mit eng gebauten roten Townhouses einbogen, in der sie seit Kurzem wohnten.

Sie holten ihre Tochter von der Nachbarin ab, die auf sie aufgepasst hatte. Strahlend rannte Hannah auf sie zu und warf sich in ihre Arme. »Mummy! Daddy!«

Eric drehte sich lachend mit ihr im Kreis.

Später am Abend, als ihre Tochter schon schlief, stand sie in der Küche. Während Eric ihnen ein Glas Wein eingoss, blätterte sie die Zeitung durch. Sie erstarrte. Es war nur ein kleiner Absatz in der Außenpolitik.

Eric war hinter sie getreten. »Was ist?« Er las selbst.

Nach der Aufhebung des Besatzungsstatus im letzten Jahr hat die Bundesrepublik Deutschland erstmalig auch wieder einen neuen Geheimdienst. Er ist als Dienststelle dem Kanzleramt von Adenauer unterstellt. Präsident des neuen Bundesnachrichtendiensts ist Reinhard Gehlen.

Einen Moment waren sie beide still. »Später werden es die Historiker nicht glauben können«, sagte er schließlich leise. Dann zog er sie von der Zeitung weg.

Danksagungen

Ich möchte an dieser Stelle allen jenen Menschen danken, die mich bei der Entstehung dieses Romans unterstützt und begleitet haben: meiner Familie und meinen Freunden, in ganz besonderer Weise meinem Mann, der mein wichtigster Erstleser ist und mich ermutigt hat, diese Geschichte zu schreiben; Liane, die dieses Buch, ebenso wie meine anderen Manuskripte, wieder vor allen anderen gelesen hat; meiner Lektorin Carola Fischer, die den Roman mit ihren Fragen, Anregungen und ihrem Interesse für die Geschichte wertvoll bereichert hat; meinem Agenten Joachim Jessen, der mich seit langen Jahren unterstützt – und meiner Verlagsleiterin Britta Hansen vom Diana Verlag für ihr Vertrauen.

»Die geliehene Schuld« hätte ohne die Bücher bestimmter anderer Autoren nicht entstehen können. Einige von ihnen, denen mein besonderer Dank gilt, möchte ich hier exemplarisch nennen: Gerald Steinacher (2014), der mir mit seinem detailliert recherchierten Buch »Nazis auf der Flucht« einen Einblick in die Verwicklung von Kirche, Internationalem Roten Kreuz und Geheimdiensten ermöglicht hat; Christopher Simpson (2014), der sich in »Blowback« intensiv mit der amerikanischen Rekrutierung nationalsozialistischer Kriegsverbrecher beschäftigt hat, und Michael Wildt (2003), der in »Generation des Unbedingten« ein umfangreiches Bild des Reichssicherheitshauptamtes und der mit dieser Institution verbundenen Weltanschauung gezeichnet hat. Die Bücher »Der Nationalsozialismus vor Gericht« von Gerd R. Ueberschär (Hrsg./2008) und

»Das Urteil im Wilhelmstraßen-Prozess« von Robert M.W. Kempner und Carl Haensel (1950) haben mir u.a. ein tieferes Verständnis für die Nachkriegsprozesse in Nürnberg vermittelt. Für eine faktenreiche Einsicht und Auseinandersetzung mit der Organisation Gehlen, aber auch der Person Reinhard Gehlen, möchte ich außerdem den Autoren für die folgenden Werke danken: »Organisation Gehlen« von Mary Ellen Reese (1992); »Die Rattenlinie. Fluchtwege der Nazis« von Rena Giefer und Thomas Giefer (1995); »Geheimobjekt Pullach« von Susanne Meinl und Bodo Hechelhammer (2014); »Auftrag Pullach« von James H. Critchfield (2005); »Der Dienst« von Reinhard Gehlen (1971) und schließlich Gerhard Sälter (2013) für seine aufschlussreiche und spannende Abhandlung »Kameraden. Nazi-Netzwerke und die Rekrutierung hauptamtlicher Mitarbeiter« in: »Die Geschichte der Organisation Gehlen und des BND 1945–1968« von der Unabhängigen Historikerkommission zur Erforschung der Geschichte des Bundesnachrichtendienstes (Hrsg./2013).

Zu guter Letzt möchte ich hier zum Abschluss aber auch noch ganz besonders meinen Leserinnen und Lesern danken – für das großartige Feedback, das ich immer wieder von ihnen erhalte und das mir für meine Arbeit als Autorin sehr wichtig ist.

Claire Winter, Berlin, im August 2017

Wahrheit und Fiktion

Die Geschichte, die in »Die geliehene Schuld« erzählt wird, ist fiktiv. Die Familie Weißenburg, die beiden Journalisten Vera Lessing und Jonathan Jacobsen und auch die Figuren Karl Hüttner, den amerikanischen Agenten Grünberg und den Angeklagten Ernst Schulenberger u.a. hat es nie gegeben.

Der Wilhelmstraßen-Prozess hat dagegen zwischen 1947 bis 1949 tatsächlich stattgefunden. Er war der vorletzte der insgesamt zwölf Nachfolgeprozesse der Nürnberger Prozesse.

Auch den La-Vista-Report gibt es. Der Bericht, der sich mit der »Illegalen Emigration in und durch Italien« beschäftigt und dabei u.a. auch die Verwicklungen der katholischen Kirche und des Internationalen Roten Kreuzes in die Flucht von Kriegsverbrechern nachzeichnet, wurde 1947 angesichts seiner Brisanz als streng geheim klassifiziert. Heute ist er der Öffentlichkeit zugänglich.[1]

Von den Figuren im Roman hat nicht nur Konrad Adenauer historisch wirklich existiert, sondern auch sein persönlicher Referent Herbert Blankenhorn. Er wurde später ein leitender Beamter im Bundeskanzleramt bzw. Auswärtigen Amt.

Die Idee zu »Die geliehene Schuld« entstand während meines letzten Romans, als ich für eine Nebenfigur recherchierte, was in der Nachkriegszeit aus den vielen überzeugten Nationalsozialisten, die für das Reichssicherheitshauptamt gearbeitet

1 vgl. u.a. Gerald Steinacher, *Nazis auf der Flucht. Wie Kriegsverbrecher über Italien nach Übersee entkamen*. 2014. S. 80 ff. und 204 ff.

hatten, geworden war. Dabei stieß ich auch auf die Organisation Gehlen, die von Dr. Schneider alias Reinhard Gehlen geleitet wurde. Sein Lebensweg nach 1944 mutet in vielem so unwirklich an, dass man ihn auf den ersten Blick für eine Erfindung halten könnte. Doch die um seine Figur herum geschilderten Ereignisse entsprechen wahren Begebenheiten: Reinhard Gehlen war Generalmajor der Wehrmacht, der die Abteilung Fremde Heere Ost leitete. 1944, als abzusehen war, dass Deutschland den Krieg verlieren würde, traf er mit einigen Getreuen Vorkehrungen für die Zeit danach. Er kopierte das gesamte Geheimdienstarchiv seiner Abteilung auf Mikrofilm und ließ die Kopien an abgelegenen Orten in den Bergen vergraben. Im April 1945, kurz nach seiner Entlassung durch Hitler, tauchte er unter: Auf einer Alm wartete er das Kriegsende ab, bevor er sich dann im Mai 1945 den Amerikanern stellte.[2] Zunächst fand er kein Gehör bei ihnen, da er den meisten Amerikanern kein Begriff war. Laut einigen Quellen soll sich ihnen seine Bedeutung sogar erst erschlossen haben als bekannt wurde, dass die Russen nach ihm suchten. Übrigens hatte sich Gehlen über die Geheimdienstkanäle 1944 wirklich zunächst den Briten angeboten, die sein Angebot jedoch ignorierten.[3]

Gehlens Festnahme drang schließlich bis zu General Edwin Siebert durch, dem ranghöchsten US-Geheimdienstoffizier. Nach langen Verhören entschloss man sich zur Zusammenarbeit mit ihm. Die 50 Stahlkoffer mit dem Geheimdienstmaterial wurden ausgegraben, Gehlens engste Mitarbeiter aus den Internierungslagern geholt und zusammen mit den Mikrofilmen in die USA geflogen. In der Nähe von Washington –

2 vgl. u.a. Mary Ellen Reese, *Organisation Gehlen. Der kalte Krieg und der Aufbau des deutschen Geheimdienstes*. 1992. S. 38 ff.; Rena Giefer und Thomas Giefer, *Die Rattenlinie. Fluchtwege der Nazis. Eine Dokumentation*. 1995. S. 170 ff. und auch Reinhard Gehlen, *Der Dienst*. 1971. S. 124 ff.

3 vgl. ebd. Reese, S. 39 und 59.

einem Vernehmungslager, das den Codenamen Post Office Box 1142 trug – entstand nach langen Verhören der Plan, einen neuen antisowjetischen Geheimdienst aufzubauen.

Erstaunlicherweise gelang es Gehlen dabei sogar, sich mit seiner Forderung durchzusetzen, den größten Teil seiner alten Abteilung Fremde Heere Ost wieder zu verpflichten. Im Juni 1946 kehrten er und seine Getreuen nach Deutschland zurück und begannen unter Aufsicht des Militärischen Geheimdienstes G-2 auf dem amerikanischen Stützpunkt mit ihrer Arbeit. Alles geschah unter größter Geheimhaltung, da Gehlen offiziell ja nach wie vor auf der Liste gesuchter Kriegsverbrecher stand. Der MIS, der Military Intelligence Service, suchte aus Internierungsgefängnissen und Gefängnissen den Rest der ehemaligen Mitarbeiter zusammen. Es kam zu Konflikten und Verwicklungen mit dem CIC, einer anderen Spionageabteilung, die zur gleichen Zeit nach Nazis und Kriegsverbrechern fahndete und nichts von der Organisation Gehlen wusste. Von oberster Stelle wurde die Weisung erteilt, sich nicht einzumischen.[4]

Doch die Organisation Gehlen blieb unter Eingeweihten des Militärs und der Geheimdienste umstritten. Im November 1948 beauftragte die neu gegründete CIA deshalb zwei Offiziere – James Critchfield von der CIA und Charles Bromley vom militärischen Geheimdienst – damit, einen Untersuchungsbericht über die Organisation Gehlen zu erstellen. Laut des Ergebnisses dieses Berichts, der an das CIA-Hauptquartier geschickt wurde, beschäftigte die Organisation Gehlen zu diesem Zeitpunkt bereits viertausend Mitarbeiter, und es war längst nicht mehr möglich, sie in einzelne Teile zu zerschlagen,

---

4 vgl. ebd. u.a., Reese, S. 98 ff. und 122; Giefer, S. 172; Susanne Meinl, Bodo Hechelhammer, *Geheimobjekt Pullach. Von der NS-Mustersiedlung zur Zentrale des BND.* S. 147 ff.

wie man es sich ursprünglich vorgestellt hatte. Angesichts des beginnenden Kalten Krieges und des politischen Wertes, den der Geheimdienst in einem wieder unabhängigen Deutschland haben würde, beschloss man, die Organisation Gehlen der CIA zu unterstellen.[5]

Im Laufe dieses Übernahmeprozesses und der Zeit danach weigerte sich Gehlen u.a. die falschen Identitäten der Organisationsangehörigen offenzulegen. Nach heftigen Auseinandersetzungen und Verhandlungen erklärte er sich schließlich widerwillig bereit, zumindest hundertfünfzig Namen zu enthüllen. Die CIA, die zu Recht befürchtete, dass ehemalige Nazis, aber auch Kommunisten den Spionagedienst unterwandert haben könnten, versuchte, die Organisation Gehlen schließlich selbst auf dem Geheimdienstweg auszuspionieren.[6]

Critchfield, der nicht nur den oben genannten Bericht anfertigte, sondern auch die Aufsicht der CIA über die Organisation Gehlen in Pullach übernahm, war der Meinung, Gehlens Rückgriff auf ehemalige Nazis sei nie gefährdend oder problematisch gewesen. Zahlreiche Bücher und vor allem auch die Forschungsergebnisse der unabhängigen Historikerkommission des BND, die jüngst veröffentlicht wurden, belegen das Gegenteil.

Die Organisation Gehlen bestand bis in die Fünfzigerjahre aus einer Vielzahl von Teil- bzw. Außenorganisationen. Deren Leiter konnten Mitarbeiter und Agenten weitgehend selbstständig anwerben. Sie gaben für ihre Kandidaten, auch für deren Verhalten im Dritten Reich, eine Art Garantie. So konnte man sich gegenseitig decken und gemeinsame Legenden entwerfen, und wie der Historiker Gerhard Sälter ausführt, konnten

---

5 vgl. ebd. u.a. Reese, S. 163 ff.; James H. Critchfield, *Auftrag Pullach. Die Organisation Gehlen 1948–1956*. 2005. S. 96 ff.

6 vgl. ebd. Reese, S. 169–170.

dadurch ganze Seilschaften ehemaliger, auch schwer belasteter Nationalsozialisten aus SS, Gestapo und Reichssicherheitshauptamt in die Organisation gelangen.[7]

Dieses Personal wurde später in den BND übernommen und mit ihm auch die entsprechenden Welt- und Feindbilder, die die Männer prägten. Jahrzehnte später, zu Beginn der Sechzigerjahre, kam es übrigens zu mehreren Spionageprozessen vor dem Bundesgerichtshof, in denen illegale Abhörmethoden und schwerwiegende Grundrechtsverstöße auf genau solche reaktivierten Mitarbeiter des Reichssicherheitshauptamtes zurückgingen.[8]

Eine abschließende Bemerkung noch zu Reinhard Gehlen. Er wurde 1956, wie im Epilog geschildert, nicht nur der erste Präsident des Bundesnachrichtendienstes der BRD, sondern 1968 tatsächlich sogar mit dem Bundesverdienstkreuz ausgezeichnet.

---

7 in: Unabhängige Historikerkommission zur Erforschung der Geschichte des Bundesnachrichtendienstes (Hrsg.), *Die Geschichte der Organisation Gehlen und des BND 1945–1968: Umrisse und Einblicke*. Dokumentation der Tagung am 02.12.2013: Gerhard Sälter, *Kameraden. Nazi-Netzwerke und die Rekrutierung hauptamtlicher Mitarbeiter*. 2013. S. 39–49.

8 in: Andreas Nachama (Hg.), *Reichssicherheitshauptamt und Nachkriegsjustiz*. 2015; Annette Weinke, *Die (gescheiterten) Verfahren gegen Mitarbeiter des Reichssicherheitshauptamtes nach 1945*. Duncker & Humblot, Band 51, Heft 2 (2015), S. 25.

Personenverzeichnis

Adenauer, Konrad Präsident des Parlamentarischen Rates, CDU, Erster Bundeskanzler der BRD, *1876 –†1967

Baschke, Hubert Zeitungsladenbesitzer in Südtirol

Blankenhorn, Herbert Persönlicher Referent von Konrad Adenauer, Generalsekretär der CDU in der britischen Zone, *1904 – †1991

Sir Colton Leos Vorgesetzter beim britischen Geheimdienst

Major Connor Eric Löwys ehemaliger Vorgesetzter

Fechner, Gernot Hüttners Handlanger

Gehlen, Reinhard Ehemaliger Generalmajor und Leiter der Abteilung Fremde Heere Ost. Ab 1946 Leiter der Organisation Gehlen und 1956 erster Präsident des Bundesnachrichtendiensts, *1902 –†1979

Major Grünberg Amerikanischer Offizier der CIA in München

Hernstadt, Franz Ehemaliger Offizier der Abteilung Fremde Heere Ost

Hallert, Sonja Sekretärin der CDU-Fraktion, Freundin von Marie

Hüttner Ehemaliger Wehrmachtsoffizier

JACOBSEN, JONATHAN Redakteur beim *Echo*, Freund von Vera

KARL Patenonkel von Fritz und Helmut

LEO Britischer Informant
LESSING, VERA Redakteurin beim *Echo*, Freundin von Jonathan
LÖWY, LINA Freundin von Marie
LÖWY, ERIC Linas Bruder, amerikanischer Offizier
LUBOWISKY, ALFRED Chefredakteur des *Echo*

PATER LUCIANO Priester in Südtirol
PISTORI, LORE Besitzerin der Privatdetektei Pistori

THEO HELMSTEDT Besitzer der *Goldbar*, Freund von Jonathan

DR. SCHNEIDER Vorgesetzter von Hüttner
SCHULENBERGER, ERNST Angeklagter im Wilhelmstraßen-Prozess
SCHULZ, WILMA Sekretärin des *Echo*-Chefredakteurs

TAGINI, LUDWIG Bergführer in Österreich

WEISSENBURG, MARIE Sekretärin im Stab Adenauers, Tochter von Hermann Weißenburg
WEISSENBURG, MARGOT Mutter von Marie, Fritz und Helmut
WEISSENBURG, FRITZ Maries zweitältester Bruder
WEISSENBURG, HELMUT Maries ältester Bruder
WEISSENBURG, HERMANN Maries Vater, ehemaliger Mitarbeiter des Reichssicherheitshauptamtes

Jana Voosen

»Jana Voosen erzählt emotional und tiefgründig – eine faszinierende Autorinnenstimme, die lange im Ohr bleibt.« *Teresa Simon*

978-3-453-42525-5
E-Book: 978-3-641-27012-4

978-3-453-42311-4
E-Book: 978-3-641-23643-4